图书在版编目（CIP）数据

少年 ／（俄罗斯）陀思妥耶夫斯基著 ；臧仲伦译.北京 ： 人民文学出版社，2024（2025.5重印）. —— ISBN 978-7-02-018847-5

Ⅰ．I512.44

中国国家版本馆CIP数据核字第2024SJ7788号

责任编辑　李丹丹
装帧设计　刘　远
责任印制　宋佳月

出版发行　人民文学出版社
社　　址　北京市朝内大街166号
邮政编码　100705

印　　刷　北京中科印刷有限公司
经　　销　全国新华书店等

字　　数　555千字
开　　本　710毫米×1000毫米　1/16
印　　张　45.25　插页1
印　　数　4001—6000
版　　次　2024年10月北京第1版
印　　次　2025年5月第3次印刷

书　　号　978-7-02-018847-5
定　　价　106.00元

如有印装质量问题，请与本社图书销售中心调换。电话：010-65233595

少 年
ПОДРОСТОК

目录

译本序
001

前言草稿
001

第一部
001

第二部
249

第三部
435

译本序

《少年》在《祖国纪事》杂志连载之初,俄国评论界不理解陀思妥耶夫斯基的美学观点和创作方法,居然有人说《少年》是陀思妥耶夫斯基最差、最不成功的一部小说,脱离现实,歪曲现实。有的评论家甚至还说《少年》是一部"混乱无序的作品","书中有大量形形色色的思想和见解,一切混乱地搅和在一起,以致让人无法明白这部小说到底要说什么"。一向与陀思妥耶夫斯基交恶的萨尔蒂科夫-谢德林还恶意地攻击《少年》"简直是一部疯子小说"。

为此,陀思妥耶夫斯基在1875年3月22日草拟了一篇《前言》,试图反驳有人指责他脱离现实,专门描写地下室的奇谈怪论和污浊现象。他认为这些批评站不住脚,坚称他描写的恰恰是生活的本质,是多数人视而不见的"当前的现实","种种事实。擦肩而过。视而不见"。

"种种事实"虽然已经摆得很清楚了,国内和国外有些人还是看不懂,怎么办?

"我不是为笨蛋写作的。"陀思妥耶夫斯基断然道。

小说《少年》的主人公阿尔卡季·多尔戈鲁基(即少年)是俄国贵族韦尔西洛夫的私生子。他母亲原是韦尔西洛夫家的女仆,后与少爷私通,生下一子一女。为了使孩子取得合法身份，只好让孩子暂姓她自己合法丈夫的姓。她丈夫马卡尔·多尔戈鲁基原是一名家奴，在无可奈何下也只好默默吞下这颗苦果，做了孩子名义上的父亲。

小说是以少年回忆往事的形式出现的。这时少年年满十九岁，未满二十岁，按照当时俄国法律尚未成年（成年应满二十岁），所以，姑以"少年"称之，是个在肉体上成熟，但在精神上尚属幼稚的半大不小的小青年。他初涉人世，虽天真无邪，但内心却已被世俗的成见所围，过早地萌生了对自己这一偶合家庭的怨与恨，各种邪念已开始进入他的灵魂。为了迎合这个社会，他也养成了卑躬屈膝和对强者逢迎讨好等陋习。

少年因是私生子，从小受尽了屈辱和歧视。他的童年乃至少年的一切苦难，均来自他是地主的私生子，但又顶着农奴的姓，而这地主还撇下他不管，十九年里只去看过他一次。他本该诅咒自己的出身，可是他却心理扭曲，到处宣扬他是私生子，自己法律上的父亲是农奴，好像不以为耻、反以为荣似的，借此泄愤。少年热爱自己的生母，可是又千方百计地折磨她，使她痛苦，使她难堪，他恨透了自己的生父，可他又希望得到父爱，得到他在为人处世上的指点。他希望有个家，能与自己的父母和妹妹同住一起，可是他又一再申明，他要同他们一刀两断，要住出去，走自己的路。

少年初入人世，恰逢俄国1861年农奴制改革，古老的封建宗法制度开始土崩瓦解，资本主义势力弥漫整个俄国。在当时社会风气的浸染下，少年也萌生了一种敛财欲与发财梦。他把这种金钱万能的思想命名为"罗斯柴尔德思想"。詹姆斯·罗斯柴尔德是当时法国的大银行家和亿万富翁。少年的志向就是做俄国的罗斯柴尔德。他因有这样的思想而自豪，认为自己有抱负，有理想，不同于芸芸众生。他自以为有了钱就有了一切。金钱能使最微不足道的人平步青云，变成人上人。他说："金钱，当然是一种专横的实力，但与此同时也是一种高度的平等……金钱能使不平等成为平等。"能使他为所欲为，要什么有什么：可以住豪宅，蓄家奴，可以吃山珍海味，可以让千娇百媚的女人投怀送抱。"不是我死乞白赖地想当贵族，而是贵族死乞白赖地想巴结我，不是我追求女人，而是女人一窝蜂似的跑来，向我提供一个女人所能提供的一切。"

为了实现这一梦想，他先是省吃俭用，像个真正的守财奴一样聚敛财富。继而又利用刚刚兴起的拍卖市场投机取巧，低价买进，高价卖出。最后，他又投身赌博，想一夜暴富。结果，在一次赌博中，他自己的钱却被人偷了，反被人诬为小偷，受尽屈辱。他在午夜的彼得堡狂奔，恨不能放把火把整条胡同烧了，以雪心头之恨。他说："有朝一日——忽然把一切炸个人仰马翻，把所有的东西、所有的人，有罪的和无罪的，全都消灭干净，这时候大家才会忽然晓得，这都是那个被称为贼的人干的……"他猛地燃起一股破坏欲，想向社会报复。

他在发财致富的狂想中，在与生活的冲突中，也是在生父的指点下，渐渐悟出一条道理：金钱不应成为罪恶之源，不应使人陷入无耻和堕落，更不应有了钱就仗势欺人。"我不害怕金钱；它们压迫不了我，也无法迫使我去压迫别人。"他的思想依旧，但变了形——由爱钱变成不怕钱，不怕钱并不是不要钱，而是指一个人有了钱但不能变坏，不能为金钱所奴役。"或许说，我需要的不是金钱，甚至也不是强大的实力；我需要的仅仅是靠强大的实力才能得到，没有强大的实力就根本得不到的东西：这就是孤傲的、平静的力量意识！……自由！我终于写出了这两个伟大的字眼……是的，孤傲的力量意识——这意识既令人神往又无限美好。我有了力量，心中就平静了。"自由即随心所欲，予取予求，是一种高于金钱的权力。它既可以通过金钱获得，也可以因为把柄在手，权力在握，通过其他途径，实行敲诈和要挟。有了它既可以有钱，甚至可以拥有一切。他的"思想"成了他睥睨一切的"地下室"。他说："这就是我的史诗！"

少年在小说结尾处自问："我的'思想'到哪儿去了？我那么谜一般预告过的新生活，我现在才刚刚开始的那新生活，究竟指什么？这新生活，这新的、展现在我面前的路，也就是我那'思想'，也就是我过去的那个思想，不过形式完全变了，以至于都认不出来了。"可是，过去的许多评论家却认为，少年先是大吹大擂他的"罗斯柴尔德思想"，后来这思想又退居到次要地位，绝少提及，这一情况就足以说明这部小说艺术结构的"紊乱"和"松散"。

当时也有评论家独具慧眼，认出了这一思想的变形，认出了这一思想的"物质对应物"——阿赫马科娃将军夫人的那封信，即那份所谓"凭据"。它掌握在少年手中，许多人都想得到它，从而成为别人命运的"主宰和统治者"。这是一种无形的权力和威力，权钱可以交易，可以互换，权还可以得到单凭金钱得不到的东西。

《新约·马太福音》曾提到魔鬼对耶稣的三次试探，就是用人间的所谓"权力"来引诱耶稣，让他把自己的灵魂出卖给魔鬼。耶稣回答说："撒旦退去吧！"但少年不是耶稣，他不过是一名凡夫俗子，他不可能逃脱魔鬼的诱惑。他曾梦想以他手中的那封信（凭据）来要挟卡捷琳娜·尼古拉耶芙娜，以达到他不可告人的目的。但他在关键时刻终于守住了道德底线。这道德底线就是神（上帝）在圣经上说的话，就是"摩西十诫"。这也是在"混乱无序"的社会中，一名基督徒应该恪守的神圣底线。

少年曾向生父求教：应该怎么生活，怎么识别善恶。他父亲回答道："你可以读读十诫：这一切那里写得明明白白，应永记不忘。""你就照此办理，尽管你有种种问题和疑虑，你会成为一个伟人。"可是这十诫虽然人人皆知，但并不是读一遍、记住了就能说到做到的。陀思妥耶夫斯基在《少年》创作笔记中写道:"少年虽然抱着现成的思想而来,但小说的整个思想是:寻找指导行为、区分善恶的准绳,这在我们社会中并不存在,而他却十分渴望,用感觉来寻找,这就是小说的主旨。""用感觉来寻找"——这就是描写和凸显小说主旨的主要方法。因此,陀思妥耶夫斯基才特别注重细节的描写,谈主人公点点滴滴的感受(因为许多事他也是逐渐听到和看到的),于是积少成多,终于在这一年的遭遇和磨炼中得到了教训和感悟,得到了启发,从而找到了这条亘古不移的准绳。他的这条道德底线,不是谁硬灌输给他的,而是他在神(上帝)的指引下,在人生中逐渐感悟出来的,也是他凭自己的自觉意愿身体力行的,而不是像有些学者硬说的那样,这一主旨"没有得到认真的展示",也"没有得到切实、中肯的回答"。

最后,少年对金钱和权势的想法是,先有钱,然后抛弃它,视同粪土;先有权,然后唾弃它。

小说的第二个主要人物是少年的生父韦尔西洛夫。陀思妥耶夫斯基最早给这部小说定的名称是《父与子》。韦尔西洛夫虽然不是小说的主人公,但却是小说中非常重要的人物。这是一个性格十分复杂的人,集地下室人、幻想家、漂泊者、双重人格等陀思妥耶夫斯基作品中的人物特点于一身。

韦尔西洛夫出身望族,是俄国一支古老贵族的后裔。他自诩属于"俄罗斯最优秀的一千名贵族"之列,他是俄罗斯思想的"载体"。他热爱俄国,并以身为俄国人而自豪,可是他又全然否定俄国,自称"俄罗斯的欧洲人",是西方派。他热爱西欧的一切,热爱西欧的过去、现在和将来,比欧洲人还欧洲人,是"世界公民"。他推崇卢梭思想与法国社会主义思想相结合的"日内瓦思想",他把这称为"整个现代文明的思想",是"主张不要基督的美德"。可是他又抛妻别子,浪迹天涯,要去"埋葬欧洲"。他是俄国贵族,又是1871年巴黎公社社员。他谴责巴黎公社起义时焚毁了杜伊勒里宫这一艺术宫殿,可是他又承认他们这样做有理,是符合逻辑的。他指摘当时的革命派(虚无主义者、社会主义者、民粹主义者,也包括他自己的儿子在内)总想"去点燃什么,去粉碎什么,想凌驾于整个俄罗斯之上,惊天动地,叱咤风云,让所有的人都战战兢兢和欢呼雀跃"。他承认,他们的所作所为虽然不无道理,但是他又告诫他们"应保持分寸""要信仰上帝"。他叫别人信仰上帝,可是他自己却是个死心塌地的无神论者,既不祷告,也不斋戒,甚至抡起一帧古老的圣像,摔到炉角上,摔成两半。他深爱少年的母亲,可是,起初他只是看中她的年轻貌美,后来她渐渐地人未老面色先衰,倒又真正爱上了她,称她是"天上的天使"。他真正爱上她以后,因为偶然碰到另一个女人,又立刻把这个天使给忘了,让她身无分文,只身漂泊国外。他移情别恋,发疯般爱上了卡捷琳娜·尼古拉耶芙娜,为她非凡的美貌和气质所倾倒,认为她是普天下罕见的女人,近乎完美。既像莎士比亚笔下的黛丝特蒙娜,又像普希金笔下的塔季雅娜。可是他在倾倒之余,又不相信她是这样十全十美的人,肯定是在作秀。他认为,他爱她可能只是出于情爱,但他又不愿做情欲的奴隶。再加,那女人既爱他又不爱他,竟拒绝了他的求爱。于是他开始由爱生恨,恨不能杀了她。后来,这女人又遇到他的儿子——少年,少年也被她弄得神魂颠倒。对此,韦尔西洛夫更是恨上加恨,写信骂她是"水性杨花"的女人,连他的儿子都想"勾引"。她回了他一封信(之前,她从没有给他写过信),极其老实和感人地向他承认她怕他,接着又直言相告,恳求他"让她过几天安静日子"。他看到这封信后却大喜过望,脸上焕发出异彩,非但不恨她了,甚至还声言他"复活"了。怎么会发生这么大的变化呢?她在给他的回信中并没有任何新内容,只承认她怕他而已。她怕他,并不是怕他杀了她(她像《罪与罚》中的杜尼娅一样,敢于面对枪口,并不怕死),而是承认她爱他,起码是爱过他。这就够了!这就足以使他"复活"了。他写信给她,向她再次提出求婚，结果又遭到拒绝。她坦陈她爱过他，现在也差不多是爱他的，但是她不能嫁给他，因为他不是她心仪的、理想中的男人。她十分直爽地说："我是一个最平常的女人，我是一个爱平静的女人，我爱……我爱快活的人。"她之所以决定嫁给比奥林格男爵，因为跟了那人，"我感到最平静。我的整个心仍属于我自己"。也就是说，她不喜欢他那种躁狂、张扬的性格，永远徘徊于两极之间，无所适从，她宁可嫁给比奥林格，嫁给一个粗俗的人，以保持内心的平静和安宁。他开始央求她："我已经没有自尊了，我情愿像叫花子一样接受您的任何施舍"，甘愿做她的奴隶，只求她别嫁给别人。但是她不为所动，断然道："您这话我承受不起！我将一辈子思念您，思念您这个我最宝贵的人，思念您这颗最博大的胸怀。"

韦尔西洛夫由爱生恨，而且恨得比爱还深。他竟与流民团伙沆瀣一气，由兰伯特出面敲诈她（他想看看她怎样在兰伯特面前低三下四）。兰伯特还满嘴胡喷，对她进行性骚扰，最后还拔出手枪威胁她。这已经超出了韦尔西洛夫的本意。他从门背后冲了出来，夺过兰伯特的手枪，猛击兰伯特的头部，救了卡捷琳娜·尼古拉耶芙娜，而他自己也在感情的风暴中失去了理智。起先，他想用兰伯特的手枪先杀死她，然后自杀。但是少年冲出去救了卡捷琳娜·尼古拉耶芙娜。于是韦尔西洛夫又将枪口倒转过来对准自己的胸膛，少年用力一推，子弹打中了他的肩膀，救了他。

韦尔西洛夫前后判若两人。少年说："我根本不认为他真的疯了，更何况，即使现在，他也根本不是疯子。但是，我却毫无疑问地认为有'另一个他'在起作用。"他的人格分裂了，他的感情和意志分裂了。同一个人变成了两个。另一个他也是他，但根本不像原来的他了。这就是陀思妥耶夫斯基所说的"双重人格"。

韦尔西洛夫自称俄罗斯思想的"载体"。什么是俄罗斯思想呢？用他的说法，就是"各种思想的全面和解"。他主张兼容并包，把各种对立的思想调和在一起，可他自己却又偏爱走极端，反对中庸之道。他自己就是一个矛盾体。

小说《少年》的主要情节围绕事关卡捷琳娜·尼古拉耶芙娜名誉的那封信展开，包括由此而产生的种种阴谋诡计和敲诈勒索。表面看，这封信是足以左右卡捷琳娜·尼古拉耶芙娜能否继承父亲遗产的重要凭据。另外，卡捷琳娜·尼古拉耶芙娜确实担心这封怀疑她父亲有精神病的信被她父亲发现。但是，她担心的并不是自己能否继承遗产，而是父亲看到这封信后会感到伤心，这就会影响他的健康。老公爵不相信或不愿意相信有这样一封信，即便有，他也不想看或者不愿意看，因为他非常爱自己的女儿，不愿有任何东西来玷污他的爱。这封信，当大家都相信它的威力的时候，成了许多人争夺的对象，似乎重要无比。可是，到后来，当书中的主要人物看到有人想利用它来做坏事，而且不仅限于敲诈勒索的时候，似乎又一下子揭开了蒙在他们眼上的障眼布。这份象征"无限威权"的所谓"凭据"，连那个小流氓兰伯特也不屑一顾了，"留在了桌上"，无人理睬。

小说另一个重要人物是少年名义上的父亲马卡尔·多尔戈鲁基。马卡尔原是韦尔西洛夫的家奴，"农奴解放"后成了自由人，成了一名到处漂泊、朝圣的香客。他的言行体现了陀思妥耶夫斯基的宗教理想和道德理想。"'可去把你所有的财富分给穷人，做所有人的奴仆。'你就会变得比从前更富有，富有得不知多少倍；因为你将来的幸福，将不仅是吃得好，将不仅是穿金戴银，将不仅是自己得意和别人羡慕，而是因为你将拥有数不清的爱……而是拥有整个世界！"

马卡尔是俄罗斯文学中特有的宗教徒形象。与马卡尔类似的形象，还有《卡拉马佐夫兄弟》中的佐西马长老和《群魔》中的吉洪。与陀思妥耶夫斯基的马卡尔相呼应的，还有列夫·托尔斯泰《战争与和平》中的卡拉塔耶夫。他们都提出了"好品相"问题。这提法具有一种空灵的诗意。这牵涉最深层次的基督教信仰问题，由于信仰不同和中西方文化不同，这问题我说不好，待有志者继续深入钻研。对基督教（包括正教）没有深入的了解和体悟，就很难彻底读懂陀思妥耶夫斯基和列夫·托尔斯泰。

小说《少年》人物众多，思想复杂，情节曲折紧张，一个悬念接着另一个悬念，又精彩又深奥，有时使人如堕五里雾中。有些地方，恐怕只有尼采、弗洛伊德、卡夫卡、爱因斯坦，以及某些绝顶聪明和细心的读者才看得懂。

我认为，小说《少年》是陀思妥耶夫斯基最具特色的作品之一。我甚至认为，就剖析思想发达的"地下室人"的心理而言，《少年》绝不亚于《罪与罚》，甚至比《罪与罚》更深刻，更有价值。

臧仲伦

2013年9月6日

于北京大学承泽园

前言草稿[①]

（1875年3月22日）

　　种种事实。擦肩而过。视而不见。没有义不容辞的公民感。因而谁也不愿意费把劲，迫使自己去思考和注意。我不能扭头不顾，批评家们都在吵吵嚷嚷地说，我描写的不是真正的生活，但是这说服不了我。我们的社会没有根基，无规矩可循，因此也就没有生活。巨大的震荡——于是一切都断裂了，崩塌了，被否定了，仿佛根本没有存在过似的。而且不仅在外部，像在西方那样，而是在内部，在精神上。我们那些富有才华的作家，高度艺术地描写了中上层（家庭）圈子里的生活——托尔斯泰、冈察洛夫以为他们描写的是大多数人的生活——在我看来，他们描写的才是例外的人的生活。正好相反，他们描写的生活是例外的生活，而我描写的生活却是符合常规的生活。我们未来较为公正的子孙后代将会坚信这点；真理将属于我。我对此深信不疑。

　　有人说我描写真的雷声和真的雨，就像在舞台上出现的雷声和雨一样。

　　[①] 本文是为《少年》写的前言草稿，作家生前未发表。

这是哪儿的话呀？难道拉斯科利尼科夫[1]、斯捷潘·特罗菲莫维奇[2]（我小说中的主要人物）会导致这样的说法吗？或者，比如说，《死屋手记》中的阿库莉卡的丈夫。正是出于这种（公民）感觉，我差点没有归顺斯拉夫派，想复活我童年时代的各种幻想（我读过卡拉姆津的书[3]）。读过谢尔盖[4]与吉洪[5]的形象。而地下室和《地下室手记》。[6] 我引以自豪的是，我首次塑造了代表俄国大多数的真正的人，首次揭示了这种人的丑陋和悲剧的一面。这悲剧性就在于意识到自己的丑陋。就如这样一些人物，从西尔维奥[7]与当代英雄[8]到博尔孔斯基公爵[9]与列文[10]，他们不过是浅薄的自尊心（这"不好"）的代表人物，他们"受到了坏的教育"，他们之所以能改过自新，是因为有一些好的榜样（《波琳卡·萨克斯》中的萨克斯[11]，《奥勃洛摩夫》中的那个德国人[12]，皮埃尔·别祖霍夫[13]，《死魂灵》中的包税人）。但这无非是因为他们表达了浅薄的自尊心的诗意[14]。唯有我一个人描写了地下室的悲剧性，它表现为痛苦、自虐、意识到更美好的东西而又无力达到，主要是，这些不幸的人坚信所有的人都这样，

---

[1] 《罪与罚》的主人公。

[2] 《群魔》中的主要人物之一斯捷潘·特罗菲莫维奇·韦尔霍文斯基。

[3] 指俄国历史学家尼·米·卡拉姆津（1766—1826）的十二卷《俄罗斯国家史》。

[4] 指莫斯科近郊谢尔盖圣三一大寺院的创建者谢尔盖·拉多涅夫斯基（约1321—1391）。

[5] 指俄国著名主教吉洪·扎登斯基（1724—1783）。

[6] 原文如此，似有脱漏。

[7] 普希金小说《射击》中的主人公。

[8] 指莱蒙托夫小说《当代英雄》的主人公毕巧林。

[9] 指托尔斯泰小说《战争与和平》中的安德烈·博尔孔斯基公爵。

[10] 指托尔斯泰小说《安娜·卡列尼娜》中的康斯坦丁·列文。

[11] 俄国作家德鲁日宁（1824—1864）小说中的女主人公。

[12] 指伊万·亚历山大罗维奇·冈察洛夫（1812—1891）小说《奥勃洛摩夫》中的安德烈·希托尔兹。

[13] 指托尔斯泰小说《战争与和平》中的主人公。

[14] 异文：典型人物，主人公。

因此根本无须改过自新！有什么能用来支撑改过自新者呢？奖赏，信仰？奖赏——无人能给，信仰——无人可信！由此再迈出一步，就是极端的堕落、犯罪（凶杀）。奥秘哉。

有人说，奥莉娅没有足够地说明她因何上吊。但是，我不是为笨蛋写作的。博尔孔斯基因为看到阿那托利被锯掉了一条腿而改变了自己对他的看法[1]，我们大家都为他的改变而感动落泪，但是真正的地下室人是不会改变的。

地下室，地下室，地下室诗人——一些小品文作者喋喋不休地这么说，借此贬低我。这些傻瓜。这是我的光荣，因为——诚哉斯言。果戈理曾在他庄严的遗嘱中说到从他心中倾吐出来，而实际上却根本不曾有过的最后一部中篇小说[2]——须知，促使他说这番话的，就是那地下室。要知道，也许，他开始写自己遗嘱的时候，根本就不知道他会写到有关最后一部小说的事。这到底是一种什么力量呢？它甚至能迫使一个诚实严肃的人如此信口雌黄、出乖露丑，而且还是在自己的遗嘱中。（这力量是俄罗斯的，在欧洲，人较为完整，而在我国却是一些幻想家和卑鄙小人。）

形成地下室的原因——消灭对普遍准则的信仰。"没有任何神圣的东西"。半生不熟的人（一般说，由于彼得的改革[3]），就像《群魔》中的工程师[4]那样。

---

[1] 在托尔斯泰的小说《战争与和平》中，阿那托利曾企图引诱博尔孔斯基公爵的未婚妻娜塔莎与他私奔。后他在战争中受伤，被锯掉了一条腿。博尔孔斯基公爵目睹此景，由憎恨而生同情，原谅了他。
[2] 指未完成的小说《诀别的故事》。
[3] 指彼得大帝全盘西化的改革。
[4] 即基里洛夫。

少 年

ПОДРОСТОК

第一部

ЧАСТЬ ПЕРВАЯ

第一章

一

我忍不住坐下来，想把我在人生大舞台初涉人世的这段经历写下来，其实不写也可以。有一点我敢肯定：此后我永远也不会再坐下来写我的自传了，哪怕活到一百岁。只有过分卑鄙地自恋的人，才会不知羞耻地写自己。我能够原谅自己的只有一点：我写作的动机与其他人不一样，也就是说，我不是为了博得读者的赞赏。如果说，我忽然灵机一动，想把我从去年伊始发生的事逐字逐句地记下来，我之所以作如是想，是出于我内心的需要：所发生的一切使我太震惊了。我只是把所发生的事记录下来，尽量避免不相干的描写，主要是避免文字上的浮夸和华而不实。文学家往往写了三十年，到头来却完全不知道写这么多年究竟为了什么。我不是文学家，也不想当文学家，我认为把我的内心活动公之于众，对酸甜苦辣的种种感悟做一番回肠荡气的描写，然后拿到他们的文学市场上出售，这是不光彩的，也是卑鄙的。然而，我又懊丧地预感到，完全不描写感受，也不谈自己的所思所想（也许，甚至是鄙俗的），似乎也不行：可见，任何文学写作，哪怕写出来仅仅给自己看，也会对人起某种诲淫诲盗的作用。这些见解也许甚至非常鄙俗，因为你自己感到珍贵的东西，很可能在旁人看来，一文不值。但是，这一切先不去管它。不过，这也算是开场白吧；以后，这类絮聒就不会再有了。言归正传，虽说再没有比言归正传更难的了，——也许，任何事都是开头难。

二

说写就写，也就是说，我想从去年的9月19日起写我的记事录，也就是从我头一次恰好遇见那个人……的那一天起写我的记事录。

在任何人都一无所知的情况下就先来说说我遇见了谁，未免有庸俗之嫌，甚至，我想，这风格也俗不可耐：我曾经许诺要避免文字上的华而不实，可是下笔伊始我就落入了追求华而不实的窠臼。此外，要写得头头是道，光凭这愿望还不行。我还要说，用任何一种欧洲语言写作，似乎也不如用俄语写作那么难。我重读了一遍刚才写下来的东西，我发现我比所写的东西要聪明得多。一个聪明人说出来的话竟比他心中想说的要愚蠢得多，这究竟是怎么回事呢？在这要命的整整一年中，在我与人们的语言交往中，我曾不止一次地发现我有这样的毛病，为此我十分痛苦。

我虽然想从9月19日写起，但是我终究还是想插叙几句，交代一下我是谁，在此以前我在哪儿，因而在9月19日那天早上（哪怕就拿这天早上说事也行啊），我头脑里有可能在想些什么，这样，读者会清楚些，或许，我本人心里也会明白些。

三

我是一名中学刚毕业的学生，现在我已经年满二十，虚岁二十一了。我姓多尔戈鲁基，我在法律上的父亲名叫马卡尔·伊万诺夫①·多尔戈鲁基，过去，他曾是韦尔西洛夫老爷家的家奴。因此，表面上看，我是合法所生，不

---

① 伊万诺夫是马卡尔的父称，正规的写法应是"伊万诺维奇"。伊万诺夫是民间俗称。

第一部

过要较真的话，我其实是个私生子，我的出身是丝毫毋庸置疑的。这事是这样发生的：二十二年前，地主韦尔西洛夫（这人才是我的生父）二十五岁，他前来视察他在图拉省的领地。我推测，他那时候还是个浑浑噩噩，完全没有个性的人。有意思的是，这人却打我小时候起就使我印象深刻，对我的整个心灵气质具有极大影响，甚至于，也许，他还会长久地感染我，影响我的整个未来，这个人，甚至直到现在，在方方面面对我仍旧是个解不开的谜。但是，话又说回来，这事以后再说吧。这不是三言两语说得清楚的。即使不说，这人的身影也将充斥我的整个书稿。

他恰好在这时候，也就是行年二十有五的时候丧偶。他曾娶过一位出身上流社会但不十分富有的姑娘为妻，她姓法纳里奥托娃，她给他留下了一子一女。关于这位夫人的情况，由于她过早地离他而去，所以我对她知之甚少，她在我拥有的材料中几乎已经无迹可寻。再说，韦尔西洛夫私生活中的许多情况总是回避我，不让我知道，而且他和我相处时总是那么高傲自大、深藏不露而又漫不经心，尽管有时候他在我面前又显得似乎十分温良，使我感到惊愕。不过，为了提前做个交代，我还要提一下，他已经花光了三份产业，而且还是三份非常大的产业，总共值四十万卢布有余，也许还要多些。现在，不用说，他已身无分文……

当初他到乡下来，"天知道他来干什么"，至少，后来，他自己曾对我这么说过。他那两个不点儿大的小孩照例不在他身边，而是寄养在亲戚家。他终其一生就是这么对待自己的孩子的，无论是婚生的，还是私生的。这座庄园的家奴非常多，其中就有花匠马卡尔·伊万诺夫·多尔戈鲁基。为了从此一劳永逸地不再提起此事，我想在这里插句话：很少有人像我这样，在整个一生中对自己的姓深恶痛绝的了。这当然很蠢，但是又确实发生过。每逢我要进什么学校，或者遇到就我的年龄来说我必须向他们说明情况的什么长者，总之，每个老师、家庭教师、学监和牧师——随便什么人，在问到我姓甚名谁、听到我姓多尔戈鲁基后，总认为有必要没来由地加问一句：

"多尔戈鲁基公爵①？"

每次我都必须向所有这些无所事事、无聊透顶的人解释：

"不，就姓②多尔戈鲁基，不是公爵。"

这个"就姓"，最后差点没把我弄得发疯。在此，我要指出一个怪现象，我不记得任何例外：人人都问。所有的人，显然，有些人毫无必要，再说，我不知道究竟什么人会有这样见鬼的必要。但是人人都问，所有的人，无一例外。一听到我就姓多尔戈鲁基，不是公爵，问我的人通常就会用他那迟钝、愚蠢而又漠然的目光，把我浑身上下打量个遍，这目光说明，他自己也不知道这样问究竟为了什么，问完也就快快地走开了。我的同班同学问我的那副神态最侮辱人了。一名学生如何盘问一名新生的呢？一个形单影只、忸怩不安的新生，头一天去上学（不管上什么学吧）总会成为大家的牺牲品：大家对他呼幺喝六，要他逗他，像对待奴仆似的对待他。一名健康的、胖胖大大的小男孩，突然在自己的牺牲品面前站住了脚，用严厉而又傲慢的目光长久地紧盯着他，观察他若干时候。这名新生默默地站在他面前，侧目而视，如果他不是胆小鬼，就会静候下一步动静。

"你姓什么？"

"多尔戈鲁基。"

"多尔戈鲁基公爵？"

"不，就姓多尔戈鲁基，不是公爵。"

"啊，就姓多尔戈鲁基！傻瓜。"

其实，他说得也对：不是公爵，却叫多尔戈鲁基，再没什么比这更愚蠢

---

① 多尔戈鲁基公爵家族是俄罗斯15至19世纪著名的世袭贵族，所以才有此一问。
② 加着重号文字在原著中是斜体，以下不再一一标注。

的了。我背着这口愚蠢的黑锅，是无辜受辱。后来，我开始十分生气，每当有人问我"你是公爵吗？"，我就回答：

"不，我是家奴的儿子，从前是农奴。"

后来，我火冒三丈，光火到极点，每当有人问"您是公爵吗？"，有一回我就生硬地回答道：

"不，我就姓多尔戈鲁基，是我过去的主人韦尔西洛夫老爷的私生子。"

出此下策的时候，我已经在读中学六年级了，虽然很快我就毫无疑问地确信我这样做太蠢，但是我终究还是没能够立刻停止做这样的蠢事。我记得，有位老师（不过也只有他一人）发现我"充满了志在报复的正义感"。可是总的说来，大家对我的这一乖张举动，都会露出某种使我感到可气的沉思表情。最后，有名同学，这小子十分尖刻，我总共才同他说过一次话，他摆出一副一本正经的神态，但是眼睛稍许斜睨着一边，对我说道：

"这样的感情，当然，会替你增光添彩，毫无疑问，您也有可以自豪的理由；可是，要是我换了您，我才不会像您那样因为是私生子而兴高采烈呢……可是您却像过命名日似的喜气洋洋！"

从那时起，我就不再夸耀我是私生子了。

我要再说一遍，用俄语写作十分困难：我已经写了整整三页稿纸，说来说去都是说我一辈子恨透了我的姓，其实读者一眼就可以看出，我恨的正是我不是公爵，只是没有这一勋衔的多尔戈鲁基。再来解释一遍从而为自己辩护，对于我就显得屈辱了。

四

总之，在这家地主的众多仆役中，除了马卡尔·伊万诺夫以外，还有一名婢女，当时她已经约莫十八岁了，五十岁的马卡尔·多尔戈鲁基忽然示意他想娶她。大家知道，在农奴制时代，家奴们的婚姻必须在主人的恩准下才得以实现，有时候简直就是奉他们之命的包办婚姻。当时在这片领地附近还住着一位姑姑；她不是我的姑姑，她本人就是位女地主；但是，不知为什么，终其一生，所有的人都管她叫姑姑，不仅我叫她姑姑，而且韦尔西洛夫家的所有人都管她叫姑姑，其实她跟韦尔西洛夫家既不沾亲也不带故。这就是塔季雅娜·帕夫洛芙娜·普鲁特科娃。当时，她在同一省和同一县还拥有三十五名农奴。韦尔西洛夫的领地（共五百名农奴）倒不是由她来管理，而是因为彼此毗邻，由她来监管，她这种监管，我听说，抵得上任何一位精明的管家。话又说回来，她精明与否同我毫不相干，我只想撇开任何阿谀奉承之词补充一点，这位塔季雅娜·帕夫洛芙娜是位高尚的人，甚至是位怪人。

正是她，不仅不劝阻郁郁寡欢的马卡尔·多尔戈鲁基（听说，他当时阴沉着脸，很不高兴），甚至相反，不知为什么还竭力怂恿，促成此事。索菲娅·安德烈耶芙娜（这个十八岁的婢女，也就是我母亲），是个孤儿，父母双亡已经好几年了。她那已故的父亲非常尊敬马卡尔·多尔戈鲁基，由于什么事还十分感激他。他也是一名家奴。在此以前六年，他临终之际，甚至有人说，在他咽气前一刻钟，他让人把马卡尔·多尔戈鲁基叫来，指着自己的女儿，并且当着全体家仆的面，当时还有神父在场，大声地、坚定地留下遗言："把她养大后就娶她为妻。"这话大家都听见了。但是他临终时说的话，把它当作死前的胡话又有什么关系呢，再说，他又是一名农奴，他本来就没有这样说这样做的权利。至于马卡尔·伊万诺夫，我不知道他后来娶她为妻究竟是什么意思，也就是说，他心里十分乐意呢，还是履行义务。很可能他完全无所谓。这是一个在当时就善于"露一手"的人。他既不是一个熟读经书的人，也不识字（虽然他知道整套的教堂仪规，尤其熟悉某些圣徒的传记，不过多半是听人说的），他并不是那种爱说教爱讲大道理的家奴，他不过是性格固执，有时还有点出格罢了；他说话时很自负，对事情的看法说一不二，最后的结论是，用他自己的奇怪说法就是，他"规规矩矩、恭恭敬敬地活着"。当时他就是这样一个人。当然，他博得了大家的尊敬，但是，也有人说，他让大家受不了。当他摆脱家奴的身份以后，那就是另一回事了：这时只要有人提到他，无不认为他是一个什么圣徒，吃过很多苦，受过很多罪。这一点我深知，而且确信无疑。

至于我母亲的性格，在十八岁以前，她一直由塔季雅娜·帕夫洛芙娜带在身边抚养，尽管这位管家一直坚持要送她到莫斯科上学，而且让她受了某种程度的教育，也就是说，教会了她缝纫、裁衣、走路行动有点姑娘家的样子，甚至还教会了她稍许阅读的本领。至于写字，我母亲从来就没有像模像样地学会过。在她看来，跟马卡尔·伊万诺夫的这段婚姻是一件早就决定了的事，因此当时发生的一切她都认为非常好，好得不能再好了。她去参加婚礼的时候，样子十分平静，是在这种场合下可能有的最平静的姿态，以致连塔季雅娜·帕夫洛芙娜本人都说她当时像条鱼似的安安静静，一声不响。关于我母亲当时性格的所有这一切，我都是从塔季雅娜·帕夫洛芙娜本人那里听到的。韦尔西洛夫坐车到乡下来，正好是在这场婚礼后的半年。

五

我只想告诉读者，我永远无法弄清，甚至差强人意地猜测都猜不出来，他和我母亲之间的那事究竟是怎么开始的。我完全愿意相信他本人去年红着脸让我相信的那些话，尽管他讲到这一切时表情十分自然，甚至还带有某种"俏皮风趣"的表情，说什么他们俩根本就没有发生过任何罗曼史，一切就这么发生了。我相信这是事实,"这么"这个俄文词真是妙不可言。但是我还是念念不忘地想弄明白,他们俩之间的那事究竟是从什么时候开始的。我在我的整个一生中对所有这些卑鄙下流的事恨透了,过去恨,现在也恨。当然,就我这方面说,这根本不是出于一种单一的无耻的好奇心。我要指出,一直到去年,我几乎根本不认识我母亲。为了使韦尔西洛夫生活舒适,我从小就被寄养在别人家里,不过,关于这点,以后再说吧。因此,我无论如何想象不出,当时她的脸究竟应该是什么样的。如果说她长得根本不漂亮,那像当年韦尔西洛夫那样的人怎么可能会对她着迷呢?这个问题对我很重要,因为通过这一问题可以呈现出这人非常耐人寻味的方面。这就是我问他的原因,而不是出于海淫海盗之心。这个老是板着脸、性格内向的人,当他看到必须这样做的时候,便会摆出一副可爱的老实模样,这模样,鬼知道他是从哪儿学来的(好像是从口袋里掏出来似的),他就是带着这副模样亲口对我说,当时他是个非常"傻的年轻的狗崽子",说不上多愁善感,而是这样,刚读完《苦命人安东》和《波琳卡·萨克斯》①,这两篇文学作品曾对当时我国成长中的一代产生过非常广泛的启蒙影响。接着他又补充道,也许就是因为《苦命人安东》,他当时才来到乡下的,他说这话时态度还非常严肃。这只"愚蠢的狗崽子"究竟以什么形式开始同我母亲发生那种关系的呢?我现在想象得出,假如我哪怕只有一名读者,他也一定会哈哈大笑地嘲笑我,嘲笑我这个非常可笑的少年,这少年至今还保持着自己愚蠢的童贞,却硬要去考虑和解决自己一窍不通的事。是的,我的确还一窍不通,虽然我承认这点根本不是出于骄

---

① 《苦命人安东》是俄国作家格里戈罗维奇(1822—1899)的中篇小说,最早发表于《现代人》杂志1847年第6期。《波琳卡·萨克斯》是俄国作家德鲁日宁(1824—1864)的中篇小说,最早刊登于《现代人》杂志1847年第12期。《苦命人安东》写的是一名农奴艰难困苦的生活。《波琳卡·萨克斯》则提出当时的所谓女权问题,充满乔治·桑的人道主义思想。这两部小说都曾受到别林斯基的赞扬。

第一部

傲，因为我知道，一个二十岁的傻大个儿居然还这么没有经验，没有经历过这种事，这该有多蠢啊。不过，我倒要奉告这位先生，他自己也一窍不通，我这就向他证明这点。诚然，我对女人还一无所知，而且我也不想知道，因为我将一辈子唾弃这种事，我还发过誓，做过保证。但是，话又说回来，我也熟知，有的女人会以自己的美貌或者她身上天知道的什么东西刹那就把你迷住；另一种女人呢，你一下子琢磨不透，必须琢磨来琢磨去地琢磨上半年，才能弄清她的心；要看清这样的女人并且爱上她，单凭观察，单凭甘愿付出一切，那还不够，还得有一种天赋。对此我深信不疑，尽管我什么也不懂，如果情况相反，那就必须把所有的女人一下子降低到普通家畜的水平，并且照这样子把她们豢养在自己身边；恐怕，想这样做的还大有人在。

我通过好几道手才获悉，而且可以肯定，我母亲并不是个大美人，虽然她过去的相片我没有见过（这相片保存在某处①）。可见，不可能对她一见钟情。如果单纯为了"消遣作乐"，韦尔西洛夫可以另找一个女人嘛，而且这样的女人在那时就有，而且还没出嫁，是个黄花闺女，她叫安菲莎·康斯坦丁诺芙娜·萨波日科娃，是一名女仆。而一位带着《苦命人安东》下乡的人，倚仗地主的权势来破坏一桩神圣的婚姻，即使是自己家奴的婚姻，那他即使面对他自己也是很不体面的，因为，我再说一遍，就在几个月以前，也就是说，在二十年以后他谈到《苦命人安东》时仍旧非常严肃。要知道，安东被夺走的只是一匹马，而现在是夺走人家的妻子！这说明，一定是发生了什么特别的情况，因此，萨波日科娃小姐②才棋输一着（我看，是她赢了）。去年，有一两回，我瞅准可以跟他谈谈的机会（因为并不是永远有机会可以

---

① 本书第三部第七章第一节提到，阿尔卡季曾在韦尔西洛夫的书房里见过母亲年轻时在国外照的一幅照片。
② 楷体文字在原著中是法文，以下不再一一标注，其他语种另注。

跟他随便谈谈的），就把所有这些问题一股脑儿地提了出来，要他回答，我发现，尽管他经常出入社交界，善于应对，再说，这事又相隔二十年，他听后还是脸色大变。但是我非要他回答不可。记得有一次，他被我纠缠不过，只好不得已地以一种上流人士惯会摆出的那副厌恶神态（过去他曾不止一次地这样对待过我），奇奇怪怪、支支吾吾地说道：我母亲是个毫无防人之心的女人，对这样的女人，倒不是说你会爱上她——恰恰相反，根本不是的——可是却会突然不知为什么可怜她，因为她百依百顺吗？然而，究竟因为什么呢？——个中原因永远无人知道，但是你却会长久地可怜她；可怜来可怜去就依依不舍了……"总而言之，亲爱的，有时候你就会觉得难舍难分了。"这就是他对我说的话。如果真是这样，那我就不得不认为那时他根本就不是他当时自称的愚蠢的狗崽子。我要的正是这个。

不过，他当时还硬说，我母亲爱上他是因为"逆来顺受"：他居然想得出这是因为农奴制！他这是胡说，为了给自己脸上贴金违心地胡说，既违背了贵族的荣誉，也违背了贵族的身份。

当然，我说了一大堆，似乎是在夸我的母亲，可是我已经申明在先，我对她，对当时的她一无所知。况且，我知道得很清楚，她从小就生活在那些可怜的观念中，已经变得麻木不仁，后来又一辈子保持这观念不变，这种环境和这些观念的影响是不可逾越的。然而，不幸还是发生了。恰好，我想顺便纠正一下，我浮想联翩，却忘记了必须先从事实讲起，这事实就是：他们之间的猫腻，正是从那件不幸的事开始的。（我希望，我的读者还不至于装腔作势到这样的地步，居然会一下子听不明白我想要说什么）。总而言之，他俩之间的猫腻正是按地主家的常规开始的，尽管萨波日科娃小姐得以幸免。但是说到这里，我要替自己辩护几句，并且赶快声明，我说的事绝没有自相矛盾。因为，噢，主啊，当时像韦尔西洛夫这样的人，而且又是跟我母亲这样的女人，况且又在欲火中烧、欲罢不能的情况下，他俩又能说些什么呢？我曾经听到一些淫乱成性的男人说过，男人与女人苟合，最常见的情况是，开始一声不响地干那事，当然，这太骇人听闻了，也太恶心了。再说，韦尔西洛夫即使愿意，刚上手时也不可能同我母亲有别的做法。难道同她干那事的时候，能先给她讲解《波琳卡·萨克斯》吗？此外，他们俩也根本无心钻研俄罗斯文学，相反，用他自己的话说（他有一回说得忘情了），他俩常常躲躲闪闪地藏在犄角旮旯里，相约在楼梯上见面，如果有人走过，就红着脸像皮球似的急忙跳开，一个"暴君似的地主"，尽管拥有农奴主的一切权利，可是碰到一名地位最低下的擦洗地板的女奴，也会吓得发抖。即使用地主们惯常的方式入手，结果也是既像幽会又不像幽会，说到归齐，根本就不可能谈情说爱。甚至说不清到底是怎么回事。单就他们爱情的发展程度说，就是一个谜，因为像韦尔西洛夫这样的人的首要条件就是，一旦达到目的，就会立刻抛弃。然而，结果却不是这样。一个淫乱好色的"年轻的狗崽子"（他们全都淫乱好色，所有的人，无一例外——无论是进步分子还是顽固派），一旦同一个面容俊俏、作风轻浮的女仆偷情（我母亲并不轻浮）——不仅可能，甚至是不可避免的，尤其是考虑到这个独守空房的年轻人的浪漫处境和他无所用心、无所事事的现状。但是要不离不弃地爱上她一辈子——这就过分了。我不敢担保他一定爱她，但是他一辈子都把她带在身边却是事实。

　　我提出了许多问题，但是我要指出，有一个最最重要的问题我没敢直截了当地向我母亲提出，尽管去年我跟她很接近，关系也很亲密，况且，我是一个粗鲁而又忘恩负义的狗崽子，认为他们对不起我，因此对她毫不客气。这问题是这样的：当时她结婚已经半年，而且还受到婚姻合法性的所有观念压迫，就像一只无力的苍蝇一样被压在下面，而且她又非常尊敬她的丈夫马尔卡·伊万诺维奇，几乎把他奉若神明，她怎么会在区区两周之内就犯下这样的罪孽呢？要知道，我母亲并不是一个水性杨花的女人呀！相反，我现在要提前说清楚，简直难以想象她的灵魂有多纯洁，而且一辈子都这样。只有一个解释，她当时是在忘乎所以，情不自禁的状况下干这种事的，不是像现在律师们为自己的凶犯和窃贼辩护时硬要大家相信的那样[1]，而是因为她当时处在一种强烈的印象下，加上受害人相当忠厚老实，于是这种印象便在劫难逃地、悲剧性地控制了她。你又怎么知道呢，也许她爱他爱得要命……爱他的衣裳款式，爱他的巴黎发型，爱他的法国口音，正是法国口音，虽然她一句法国话也听不懂，还有他站在钢琴旁唱的那浪漫曲，她爱上他的还有某种她见所未见、闻所未闻的东西（他还长得很帅），这些全加到一起，她就爱上了他整个的人，连同那各种各样的款式和大大小小的浪漫曲，一直爱到精疲力竭。我听说，过去，在农奴制时代，那些身为家生子的女仆身上，而且还是最老实的女仆身上，这样的事还真的时有发生。这我明白，只有那种卑鄙无耻的人才仅仅用农奴制和"逆来顺受"云云来解释这一现象！因而，由此可见，这年轻人很可能在自己身上拥有那么多的最直接和最能迷惑人的力量，他居然能够把一个至今仍十分纯洁、主要是与自己判若两人的女人，完全从另一个世界和另一片天地中吸引过来，让她走向如此明显的毁灭？正是走向毁灭——我希望我母亲一辈子都明白；除非在她走向毁灭时根本就没有想到毁灭；但是，这些"毫无防人之心"的女人一向如此：明知前面是死路，还是不顾死活地往前闯。

他们造孽以后马上就后悔了。他曾巧妙地告诉我，他曾特意把马卡尔·伊万诺维奇叫到自己的书房，伏在他的肩膀上哀哀痛哭，而她——她那时处于昏迷状态，躺在自己那个下人住的斗室里……

---

[1] 作者曾不止一次地批评，俄国当时的法庭常对一些明显的罪犯作无罪判决。律师们关心的不是弄清事实，辨明真相，而是提高自己的律师声望，能使有罪被定为无罪。

六

关于这些问题和这种丑事的诸多细节,已经说够了。韦尔西洛夫从马卡尔·伊万诺夫手里把我母亲赎了出来,很快就离开了,自从那时起,正如我在上文中已经记叙的那样,就一直把她带在身边,几乎他到哪儿就把她带到哪儿,除非有时候出远门,一去经年,那时他大半把她留给姑姑塔季雅娜·帕夫洛芙娜·普鲁特科娃,托她照顾,每次遇到这样的情况,姑姑总会从什么地方突然冒出来。他俩先是住在莫斯科,后来又去过许多不同的乡村和城市,甚至到过国外,最后才定居彼得堡。凡此种种,以后再说,或许根本不值得一提。我想说的只有一点,在离开马卡尔·伊万诺维奇之后过了一年,我出世了,之后又过一年,我妹妹出世,随后,又过了约莫十年或者十一年——我弟弟,一个病孩子出生了,可是他没过几个月就死了。由于这孩子难产,我母亲的美貌也随之结束——起码,大家告诉我:她很快就变老了,变憔悴了。

但是,同马卡尔·伊万诺维奇的联系却始终不曾断过。韦尔西洛夫一家无论在哪儿,在某地一住经年还是搬来搬去,马卡尔·伊万诺维奇一定会把自己的情况告知"家里"。形成了某种奇怪的关系,在一定程度上是庄重的,近乎严肃的。在老爷们的生活中,这样的关系一定会掺进一些滑稽可笑的成分,这我知道;但是,这里却没有发现这类事。这种信件来往一年有两次,不多也不少,信的内容彼此十分相似。我见过这些信,信里很少谈及个人私事;相反,尽可能只是庄重地告知最一般的事和最一般的感受,如果这也可以称为感受的话:起先是告知自己的健康状况,然后是问候大家的健康,最后是祝愿,庄重的问候和祝福——就完了。正是在这种一般性的问候和无个性的叙述中，似乎才蕴含着在这一圈子里被认为最得体和最高尚的交往之道。"谨向我们可亲可敬的夫人索菲娅·安德烈耶芙娜致以最卑微的问候"……"谨向我们可爱的孩子们致以我们父辈永远的祝福"。又逐一写上孩子们的名字，添一个写一个，我的名字当然也忝列其中。在此我要指出，马卡尔·伊万诺维奇做得非常得体，他从来不把"最可尊敬的安德烈·彼得罗维奇大人"称作自己的"恩人"，虽然每封信中他都一如既往地向他致以最卑微的问候，恳请他惠予关照，并祈求上帝赐福于他本人。给马卡尔·伊万诺维奇的回信，每次都由我母亲很快回复，这些回信的格调也永远与前面说的一模一样。不用说，韦尔西洛夫没有参加他们的通信。这些信是马卡尔·伊万诺维奇从俄罗斯各地写来的，来自不同的城市和修道院，有时他在修道院一住就很久。他成了所谓的朝圣者。他从不索取什么，然而每两三年肯定会回来小住一阵，而且就直接住到我母亲那儿，我母亲一向有一套自己的房间，与韦尔西洛夫的住所分开。关于这点我以后当另做交代，但是这里我要指出的是，马卡尔·伊万诺维奇从来不随随便便地横躺在客厅的长沙发上，而是谦虚地住在一个用板壁隔开的地方。他来住的日子不长，五六天，最多一星期。

我忘了说，他十分喜爱和看重自己的姓氏"多尔戈鲁基"。不用说，这既可笑又愚蠢。最蠢的是，他之所以喜欢他的这一姓氏，正因为俄国有多尔戈鲁基公爵这一望族。真是个奇怪的观念，脚朝上，完全倒了个个儿！

如果我说过我们全家始终住在一起，不用说，应该把我除外。我仿佛被人遗弃了似的，差不多从出生时起就被寄养在别人家里。这倒并没什么特别的意图，而是不知道因为什么就这么发生了。生下我之后，我母亲还很年轻，很漂亮，因此他需要她，而一个爱哭爱闹的小孩，不用说，只会碍事，尤其是出门在外，在旅途中。这就是为什么我直到十九岁以前就几乎没见过我母亲，除了有两三次匆匆地见过一面以外。发生这种情况倒不是因为母亲对我没有感情，而是因为韦尔西洛夫对人的傲慢和蔑视。

七

现在撇开这一切，完全讲另一件事。

一个月以前，即9月19日以前的一个月，我住在莫斯科，决定要跟他们大家断绝关系，彻底投入自己的思想之中。我就是这样写下这话的："投入自己的思想之中"，因为这样说才足以表明我整个的主要思想——我活在这世上的目的。至于什么是"自己的思想"，关于这点，我要说的话太多了，以后再说。我在莫斯科居住多年，离群索居，充满幻想，我自己的思想还在我读中学六年级的时候就形成了，也许从那时起它一刻也没有离开过我，吞没了我的整个生活。在此以前，我也一直生活在幻想中，从童年时代起就一直生活在具有某种色彩的幻想的王国里；但是从这个主要的、在我心中吞没了一切的思想出现时起，我的种种幻想就凝聚在一起，一下子凝聚成形，具有了某种形式：愚蠢的幻想变成了聪明的、富有理性的幻想。在中学读书并没有妨碍我幻想，也没有妨碍我思想。我要补充一点的是，我在中学快毕业的最后一年考得并不好，可是我在七年级①以前一直名列前茅，而我之所以会出现这种情况，正是由于我的这一思想，也许我从中得出了错误的结论。因此，不是读中学妨碍了我思想，而是这思想妨碍了我读中学，也妨碍了我上大学。中学毕业后，我立刻打算不仅同所有的人彻底断绝关系，如果需要的话，甚至同全世界彻底决裂，尽管那时候我才将满二十岁。我写信给一个相关的人，并通过他告诉彼得堡，希望他们不要来打扰我，让我彻底安静，也不要再给

---

① 俄国古典中学是八年制。

我寄生活费了，如果可能的话，最好把我彻底忘了（就是说，自然，如果还有人多多少少记得我的话），最后，我还告诉他们，大学我是"无论如何"不想上了。我面临非此即彼的选择，非这样不可；或者上大学，继续深造，再推迟四年把"自己的思想"付诸实施。我毫不动摇地站在思想这一边，因为我就像二二得四一样坚信不疑。韦尔西洛夫，我的父亲，我这一生中统共才见过一次，而且就匆匆一见，当时我才十岁，在这匆匆一见中他使我十分吃惊。韦尔西洛夫亲笔给我写了封回信（其实我的信并不是写给他的），他让我去彼得堡，答应给我找一个在私人家里帮忙的差事。这个冷冰冰而又傲慢无礼的人居然来叫我，他对我的态度一直十分傲慢而又漫不经心，生下我后就把我撇在一边，交由别人抚养，他至今恐怕不仅根本不认识我，甚至对此也从无悔恨之意（谁知道呢，也许他对我这个人是否存在都模糊不清，因为后来我才弄清，我在莫斯科的生活费也不是他给的，而是另有其人），这个人居然叫我去，居然会忽然想起我，并且亲笔赐函，惠予答复——他这一叫，坦白说，迷惑了我，也决定了我的命运。顺便说说，说来也怪，我居然很高兴在这封短简（一页小型张的小小信纸）里他竟然只字不提我上大学的事，也不要求我改变决定，也不因为我不愿继续深造而责备我——总之，没说一句父母们通常会说的这类废话，不过，这也说明了他的坏，说明他对我毫不在乎。我打定主意去看他一趟，因为这丝毫也不妨碍我实现我的主要幻想。"且看他会怎么说，"我寻思，"不管怎么说，我同他联系不过是暂时的，也许只是十分短暂的一刹那。但是，只要我一发现，我迈出这一步，尽管是有条件的和小小的一步，终究会使我离开我的主要目标，那我就立刻跟他一刀两断，撇开一切，躲进自己的乌龟壳。"正是躲进乌龟壳！"就像乌龟躲进乌龟壳一样。"我很喜欢这个比喻。"我不会是独自一人，"我继续掂量，在莫斯科的这最后几天我一直像热锅上的蚂蚁似的东奔西跑，"现在我再也不会像过去那可怕的岁

第一部

月里那样独自一人了：跟我在一起的有我的思想，我永远不会背叛我的思想，即使那里的人我全喜欢，他们能给我幸福，我将同他们在一起，哪怕一住就是十年！——即使在这样的情况下，我也决不会背叛我的思想。"我要预先指出的是，正是这一感慨，正是我的计划和目的的这一双重性，还在莫斯科时就已形成，后来在彼得堡也没有一刻离开过我（因为我在彼得堡没有一天不想跟他们一刀两断，我把每一天的第二天都定为从此远走高飞的最后期限），我要说的是，这双重性似乎就是我在这一年中犯下许多不检点的过失的最主要原因之一：这一年中我做了许多卑鄙的、甚至下流的事，不用说，都是些混账事。

当然，忽然出现了一个我过去从不曾有过的父亲。这想法，无论在莫斯科收拾行装的时候，还是在上火车后的车厢里，都使我感到陶醉。多了一个父亲——这还没什么，再说，我也不喜欢温情脉脉，但是，这个人过去根本就不想搭理我，根本就不把我放在眼里，弃我如敝屣，虽然这些年来我一直如醉如痴地幻想着他（如果关于幻想也可以这么说的话）。我的每个幻想，打从我很小的时候起，都会归结到他身上：围绕着他翱翔，最后仍旧回到他身上。我不知道我是恨他还是爱他，但是他的身影仍旧充满我的未来，充满我对人生的一切打算——而这是自然而然发生的，伴随着我的成长。

影响我离开莫斯科的，还有一个重大情况，一个诱惑，就是说，在我离开莫斯科前三个月（可见，当时还根本不存在什么彼得堡的事），我就由于这一诱惑而心潮澎湃！吸引我到这个未知的海洋中去的，还因为我可能在其中直接成为甚至左右他人命运的主宰，而这又是一些怎样的人啊！但是我心中沸腾着的是宽宏大量而不是独断专行的感情——这点我要预先说明，以免从我的话中得出错误的结论。况且韦尔西洛夫也可能会想（如果承他不弃会想起我的话），这次来的不过是个少不更事的孩子，一个刚刚离开学校的中学生，一个半大不小的小青年，一看到这整个花花世界一定会目瞪口呆，大吃一惊。其实我也已经知道了他的全部底细，我手上已经掌握了一份极其重要的文件，如果当时我向他公开这一秘密，他宁可少活几年也想得到这一文件（我现在对此已确信无疑）。不过我要指出，我在让大家猜哑谜了。离开了事实是描写不了感情的。再说，关于这一切，到该写的时候，自会详详细细地写个够，我就是为此才拿起了笔。可这样写下去就像痴人说梦，云遮雾罩，不知所云。

八

最后，为了言归正传，彻底转到19日这个日子上来，我想暂时简短地说一说，即所谓一笔带过，我见到了他们所有的人，即韦尔西洛夫，母亲和妹妹（我还是生平第一次见到我妹妹），他们正处在艰难困苦之中，几乎一无所有。关于这点我在莫斯科的时候就已听说了，但是毕竟没有料到会出现像我看到的那样的情况。我从小时候起就习惯于想象这个人，"我这未来的父亲"几乎笼罩着某种光辉，处处都高人一头，我无法想象他是另一种样子。韦尔西洛夫从来不同我母亲住在同一套寓所里，而是给她另租房子单过；当然，他这样做是出于维护他们那种卑鄙已极的"体面"。但是，现在他们却住在一起，住在同一座木头厢房里，在一条胡同，在谢苗诺夫团①。他们所有的东西都当光了，因此我甚至瞒着韦尔西洛夫给了母亲我偷偷攒下的六十卢布私房钱。说这是私房钱，是因为每个月都给我五卢布零花钱，我省吃俭用地攒了两年，才攒到这六十卢布；这钱是从我确立我的"思想"的头一天开始攒起的，因此韦尔西洛夫不应该知道一个字。而我担心的正是这点。

这点帮助只是杯水车薪。母亲在工作，妹妹也常揽些针线活儿干；韦尔

---

① 旧时彼得堡的一个区，位于芳坦卡河、环形排水渠和奥布霍夫大街（现名莫斯科大街）之间，因沙皇御林军谢苗诺夫团曾驻扎于此而得名。

第一部

西洛夫则过着游手好闲的日子，任性，挑剔，仍旧保持着许多过去的相应奢靡的生活习惯。非常爱唠叨，尤其在吃饭的时候，他的许多作风还十分专横。但是母亲、妹妹、塔季雅娜·帕夫洛芙娜，以及已故的安德罗尼科夫（他是一名科长，兼管韦尔西洛夫的一应事务，大约三个月前刚去世）全家（人数众多，而且都是女人），都把他奉若神明。关于这点我简直无法想象。我要指出的是，九年前他还风流倜傥，没人比得上。我已经说过，他在我的幻想中一直笼罩着某种光辉，因此我无法想象，从那时以后总共才过了区区九年，他怎么会变得如此苍老和憔悴的呢；我顿感悲哀、可怜和羞愧。我对他的看法，是我来彼得堡后最初获得的十分沉重的印象之一。不过话又说回来，他还根本算不上是老头，他总共才四十五岁；再仔细往下打量，我发现，在他的一表人才中甚至有某种比残留在我回忆中的印痕更加令人吃惊的东西。少了点儿昔日的风采，少了点儿外表的神韵，甚至也少了点儿优雅的风度，但是生活却在这张脸上留下了某种较之过去更令人感到饶有兴味的痕迹。

然而，一贫如洗还只占他种种失意的十分之一或二十分之一，这点我实在太清楚了。除了一贫如洗外，还有某种严重得多的情况——且不说他还有望赢得一场遗产官司，这官司韦尔西洛夫与索科尔斯基公爵家打了一年，如果这场官司打赢了，韦尔西洛夫就可能在最近的将来得到一片领地，价值七万卢布，甚至更多。我已经说过，韦尔西洛夫一生已经挥霍掉了三份遗产，现在又有一份遗产在等着使他脱离困境！官司在近期即将由法院裁决。我就是为此而到彼得堡来的。没错，单凭有希望打赢这场官司，是没人会借给他钱的，他们只好暂时忍着。

但是韦尔西洛夫也不出去拜访任何人，虽然有时他整天出门在外。他被逐出社交界已经一年有余了。尽管我十分努力，尽管我在彼得堡已经住了整整一个月，我还是弄不清这事的要害。韦尔西洛夫到底有没有错——这对于我很重要，这也是我到彼得堡来的原因！大家都对他扭头不顾，不再理他，而且不再理睬他的还全是些有影响的显贵，过去他在整个一生中尤其善于跟这些人结交，就是因为在一年多以前风传他似乎在德国干过一件非常卑劣的丑事，最糟糕的还是在"上流社会"的目睹下，甚至还在众目睽睽之下挨了人家一记耳光，打他的人正是索科尔斯基公爵家族中的一员，而他居然没要求对方决斗。甚至他的孩子们（合法的，婚生的），一男一女，也对他扭头不顾，另外单过，不再理他。诚然，他的儿子与女儿通过法纳里奥托夫家和索科尔斯基公爵（过去是韦尔西洛夫的朋友），仍然出入于最上层的圈子。不过，在这整整一个月里，我仔细观察他，我看到，与其说社交界把这个傲慢无礼的人开除出了自己的圈子，倒不如说是他自己把社交界从他身边赶走了。——他的神态是那么孤芳自赏。他有没有这样做的权利——这也正是我感到不安的问题！我一定要在最短期限内弄清这一切，因为我来此的目的就是弄清这人的是非曲直。我到底有多大能量，我还一直瞒着他，但是我必须做的是：要么承认他，要么把他一脚踢开，弃之不顾。如果不得已而选择后者，我将会很难过，我将因此而感到很痛苦。我终将完全承认：这人对我很宝贵！

我暂时还跟他们住在同一个寓所里，该上班时上班，我好不容易才忍住了没有对他粗暴无礼。有时，我甚至觉得忍无可忍。我在那里住了一个月后，我与日俱增地确信，我无论如何也没法向他摊牌，让他向我彻底解释。这个孤芳自赏的人站在我面前简直像个谜，因而使我感到受了深深的侮辱。他对我的态度甚至很亲切，有时还开开玩笑，但是我宁可跟他吵架，也不愿看到这样的嬉皮笑脸。我与他的所有谈话总具有模棱两可、语意暧昧的性质，也就是说，他经常露出某种奇怪的嘲弄口吻。他从一开头对我从莫斯科来此，态度就不太严肃。我怎么也弄不明白他这样干所为何来。诚然，他达到了目的，他让我看不透他，但是我决不会低声下气到请求他严肃地对我。再说，

第一部

他还有某些令人惊诧和无法抵御的伎俩，让我不知道应该怎样对他才好。简言之，他对我的态度就像对待一个少不更事的少年一样。尽管我早知道会这样，但是我还是感到几乎无法忍受。因此，我自己也不再严肃地说话了，而是等着，我甚至几乎根本不开口。我在等一个人，只要这人一来彼得堡，就会真相大白，我就会知道一切，这是我最后的希望。不管咋说，我已经作好了彻底决裂的准备，已经采取了一切措施。我可怜我母亲，但是……"或者是他，或者是我"，这就是我想给她和我妹妹提出的建议。甚至日期我都确定好了，而现在我暂时还是去上班。

第 二 章

一

19日这一天，也是我在彼得堡某"私人"家帮忙以来该领头一个月头一笔薪俸的日子。关于这件差事，他们根本就没有征求过我的意见，似乎就在我来到这里的头一天，他们就直接把我送到那里去了。这样做很粗暴，我几乎要提出抗议。这工作就是在索科尔斯基老公爵家帮忙。但是那时立刻提出抗议——无异是与他们立刻决裂，虽说我根本不怕，但却有害于实现我的根本目的，因此我只好暂时默默地接受了这一差事，用沉默维护了我的尊严。下笔伊始我就该申明一下，这位富翁兼三品文官索科尔斯基与莫斯科索科尔斯基公爵家族（已连续好几代变成了微不足道的穷光蛋）毫无亲属关系，而韦尔西洛夫与之打官司的正是后者。他们只是姓氏相同。然而老公爵却对他们很感兴趣，尤其喜欢其中一位公爵，即这一家族的所谓族长——一位年轻军官。还在不多久以前，韦尔西洛夫对这位老人的一应事务还有过举足轻重的影响，曾是他的朋友，不过是奇怪的朋友，因此，正如我已经发现的那样，这位可怜的公爵非常怕他，不仅在我去他们家当差的时候，甚至在他们交好的时候，也一向如此。话又说回来，他们已经好久不见面了。韦尔西洛夫被人指责的那件不光彩的事正是与这位老公爵家有关，但是突然又冒出了一个塔季雅娜·帕夫洛芙娜，我就是由她推荐，到老人家身边去做事的，老人家希望有位"年轻人"到他的书房里帮他做些事。其实，这事无非是他非常想讨好韦尔西洛夫，也就是说，首先向他迈出第一步，而韦尔西洛夫也就顺水推舟地接受了。趁女

第一部

儿不在家的时候，老公爵做了这一安排。他女儿是位寡居的将军夫人，如果她在家，肯定不会让他迈出这一步。关于这事以后再说，但是，我要指出，他跟韦尔西洛夫的这种奇怪的关系使我感到惊诧，并使我对韦尔西洛夫有了好感。试想，如果一位受到侮辱的家庭的一家之长居然对韦尔西洛夫仍旧怀有敬意，那由此可见，外面散布的关于韦尔西洛夫的所谓卑劣行径的种种传闻很可能是荒谬的，或者至少应该是两说的。正是这一情况，多多少少促使我在走马上任时没有提出抗议：我在他们家上班，正是希望借此来核实这一切。

当我在彼得堡遇到塔季雅娜·帕夫洛芙娜时，她正在扮演一个奇怪的角色。我差点把她全忘了，因此，我怎么也没料到她居然能起这么大的作用。过去我住在莫斯科的时候，曾遇到过她三四次，天知道她从何而来，接受谁的委托，而且她每次来都是必须对我做出安排的时候——让我进图沙尔那所破寄宿学校，或者后来，过了两年半，又让我转学到古典中学，安排我住到那位难忘的尼古拉·谢苗诺维奇的寓所去。她来以后，就一整天不离我左右，检查我的内衣、被褥和外套，带我去铁匠桥和进城，给我采购各种必需品，总之，大大小小各种物品，直到我的小箱子和削笔刀；在做这一切的时候，她还低声叨咕个没完，数落我、骂我、呲儿我、考我，要我学习别的好孩子们的样，她还胡编乱造说这些孩子是她朋友家和亲戚家的，似乎他们都比我强，说真的，她甚至还拧我掐我，还货真价实地推我，甚至好几次把我弄得很疼。把我安排好、安置停当之后，她就消失得无影无踪，而且一去好几年。这次也一样，我一到这里来，她又立刻出现了，又来安排我的生活起居了。这是一个干瘦干瘦的小个子女人，有一个鹰钩鼻和一双像鹰一般锐利的眼睛。她像个女奴一样伺候韦尔西洛夫，对他崇拜得五体投地，就像崇拜罗马教皇一样崇拜他，但这崇拜是心悦诚服的崇拜。但是很快，我惊奇地发现，简直人人处处都尊敬她，主要是简直无人不认识她，无处不认识她。索科尔斯基老公爵对她非常敬重；他家里的人也一样；韦尔西洛夫那两个傲气的孩子也一样；法纳里奥托夫家的人也一样，——然而，与此同时，她却靠做针线活儿和洗涤某种花边艰难度日，她还常常向商店揽活干。我们俩刚说第一句话就吵开了，因为她一开口就想跟六年前一样，絮絮叨叨地埋怨我，数落我；从那时起我们就一直吵架，每天都吵；但是，这并不妨碍我们有时候也聊聊天，而且，我得承认，到一个月末了，我竟开始有点喜欢她了，我认为这是由于她那独立不羁的性格。话又说回来，关于这点我并没有告诉她。

我立刻明白，把我安插到这个病老头身边来帮忙，仅仅为了给他"逗乐"而已，所谓帮忙云云，也就是干这事。这自然使我感到屈辱，我差点没有立刻采取对抗措施，但是很快，这老怪物却对我产生了某种意料不到的影响，类似于某种怜悯感，因此第一个月行将结束时，我竟有点古怪地对他恋恋不舍了，至少我放弃了对他恶语顶撞的念头。话又说回来，其实，他当时还不到六十岁。这时出了一件大事。大约一年半以前，他忽然犯了一场病；当时他不知到什么地方去，半路上突然疯了，因而出了某种乱子，这事便在彼得堡传开了。在这种情况下，便立刻照例把他送到国外，但是，过了约莫五个月，他又突然回来了，已经完全康复，不过辞去了原来的职务。韦尔西洛夫严肃地（而且十分热烈地）要大家相信，他根本就没疯，充其量不过是某种神经性的发作罢了。韦尔西洛夫这种慷慨激昂的态度，我立刻就注意到了。然而我要指出的是，我自己也几乎完全同意他的看法。老人只是有时候显得有点过分浮躁，似乎与他的年龄不相称，据说他过去从来不曾这样。我又听说，过去他曾在某处当过什么顾问，有一回在交办给他的一件任务中还做得十分出色。我认识他已经整整一个月了，我怎么也看不出他有什么特别的才干足以胜任顾问一职。有人发现（虽然我没有发现），他在发病之后出现了一种特别想赶快续弦的倾向，而且在这一年半中他似乎曾经不止一次地动过这念头。关于这点上流社会的人似乎都知道，而且相关的人对此也很感兴趣。但是，这一企图并不符合公爵周围某些人的利益，因此老人便受到了各方面的监视。他家人口不多，他丧偶已经二十年，只有一个独生女儿，也就是现在每天都在等着从莫斯科来的那位寡居的将军夫人，她还很年轻，她那脾气，老人无疑很害怕。虽然他家人口不多，可是却有数不清的各种各样的远房亲戚，主要是他亡妻那方面的亲戚，而且都很穷，穷得差点没要饭；此外，他还有许多形形色色的干儿子和受过他恩惠的干女儿，他们也都等着从他的遗嘱里分得一杯羹，因此大家都帮着将军夫人监视这位老人。此外，他从年轻时候起就有一种怪癖（不过，我不知道这怪癖是否可笑）：专爱给穷姑娘们找婆家，然后备办嫁妆，把她们嫁出去。他帮穷姑娘们出嫁的事已经干了连续二十五年——这些姑娘既有他的远房亲戚，又有他妻子的姑表兄弟的什么继女或者教女，甚至还帮过他的看门人嫁过女儿。当她们还是小姑娘的时候，他就先把她们接到自己家里来，请了家庭女教师和法国女教师来教育她们，然后把她们送到最好的学校里去上学，最后又置办好嫁妆再把她们嫁出去。他身边的这些事总是层出不穷，接二连三。不用说，这些干女儿嫁出去以后，又生下一大堆女孩，这些生下来的女孩又个个争先恐后地来做他的干孙女，他必须到处去给人家行洗礼，每逢他过命名日的时候，大家又全都来给他祝寿，这一切都使他非常开心。

我到他那里帮忙后立刻发现，老人的脑海里有一个根深蒂固的痛苦想法（而这点是无论如何不会看不出来的），他似乎觉得上流社会的人开始有点异样地看待他，所有的人对他的态度开始与过去有点不一样了，似乎不再把他看成一个健康的人；甚至在社交界最开心的聚会时，这一想法也在他的脑海里盘旋不去。老人变得多疑起来，他开始察言观色，发觉所有人的目光都似乎有点异样。一想到人们依旧在怀疑他神经不正常，他就十分痛苦；甚至对我也常常以不信任的目光打量我。如果他认定有人在散布关于他的流言或者证实此言非虚，那这个似乎最无恶意的人就可能成为他永久的敌人。正是这一情况我要恳请诸位注意。现在我要补充一点的是，这从头一天起就决定了我决不能对他无礼和出言不逊；如果我偶尔有机会能够使他开心或者替他解闷儿的话，我甚至感到高兴；我不认为我这样说、这样做会对我的人格投下什么阴影。

他的大部分钱都放在外面，用于周转。已经是病后了，他参加了一家很大的股份公司，这家公司很可靠。虽然一应事务均由别人管理，他还是非常关心，经常出席股东大会，并当选为董事，参加董事会，发表长篇演说，提出反驳，吵吵嚷嚷，显然，他干得很开心，很痛快。他很喜欢发表演说：至少可以让别人看到他很有头脑，很有见解。一般说来，他非常喜欢哪怕在最不足为外人道的私生活中，在谈吐间插入几句意义特别深刻的内容或者特别风趣的话；这我太了解了。在他家楼下，设置了一个类似家庭账房的房间，由一名办事员处理各种事务，算账和记账，同时又兼作管家。这位办事员还在某公署当差，本来有他一个人就完全足够了，可是按照公爵本人的要求又增加了一个我，仿佛给这办事员帮忙似的；但是我又立刻被调到书房，因此，我常常无事做，我面前就连做做样子的公文和账簿都没有。

我现在写这些，是作为一个早就醒悟的人，而且在许多方面已近乎一个旁观者，但是我怎样来描写当时盘桓于我心头的忧伤呢（这忧伤至今历历在目），而主要是怎样来描写我当时的激动不安呢，这不安往往达到一种黯然神伤和头脑发热的状态，甚至常常使我彻夜难眠——这往往由于我心头烦躁，由于我自己给自己出了许多解不开的谜。

二

伸手要钱，甚至要薪水，如果你扪心自问，觉得自己根本不配得到这钱的话,那就是一件让人感到非常恶心的事。然而头天晚上母亲却悄悄地瞒着韦尔西洛夫("免得安德烈·彼得罗维奇①知道了不高兴"),跟妹妹低声商量,她想把神龛里的一帧圣像拿出去典当(不知道为什么她觉得这圣像特别宝贵)。我在这里工作,月薪五十卢布,但是我完全不知道这薪水该怎么领。让我到这里来的时候,什么也没跟我说。大约三天前,我在楼下碰到了那名办事员,我就向他询问:在这里该向谁领取薪水?他露出一副十分惊奇的样子,笑嘻嘻地看了看我(他不喜欢我):

"您还领薪水?"

我想,他在我的回答之后一定还会加上一句:

"凭什么,您哪?"

但是,他只干巴巴地回答了我一句"什么也不知道",接着就埋头于他那打了很多格子的账簿,把某些单据的账目填在账簿上。

但是,他不会不知道我还是做了点事情的。两周前,他交给我一份工作:让我誊写一份草稿,结果几乎等于重写,我足足伏案工作了整整四天。这是公爵准备递交给股东委员会的一大堆乱七八糟的"意见"。必须把这一切归纳起来,组织成文,然后按照某种文体,予以重写。后来,我同公爵坐在一起,讨论了一整天,商讨这文件,他跟我争论得很激烈,但最后却觉得很满意;不过我不知道他是否当真把这文件递了上去。我且不说还有两三封信,也是商务上的信件,也是应他之请由我捉刀代笔的。

讨薪水的事之所以使我感到恼火,还因为我已决意辞职不干了,我预感到,由于不可避免的情况,我将不得不离开这里。这天早晨我醒来,正在楼上我那小屋里穿衣服,我感到我的心跳起来,虽然我满不在乎,但是,在走

---

① 韦尔西洛夫的名字和父称。俄国人常用这样的称呼法表示尊敬。

进公爵家大门的时候，我又感到了那同样的激动不安。这天上午会有一个人，一个女人，到这里来，我一直指望她来后会帮我弄清使我感到痛苦的一切！这女人就是公爵的女儿，那位阿赫马科娃将军夫人，一位年轻的寡妇，关于她我已经在前面说过了，而且她与韦尔西洛夫誓不两立，有着刻骨的仇恨。我终于写出了这女人的名字！当然，我还从来没有见过这女人，同时我也想象不出我会怎样同她交谈，会不会同她交谈。但是我总觉得（或许有充足的理由），她来后，我心中围绕韦尔西洛夫周围的那片迷雾必将烟消云散。我没法始终保持平静：我心中十分懊丧，刚迈出第一步就那么胆怯，那么手足无措；我感到十分新奇，而主要是又十分厌恶——这就是当时横亘在我心头的三个感受。我清楚地记得那天的整个情景，至今历历在目！

关于女儿可能到来的消息，公爵还一无所知，他以为至少还要过一星期她才能从莫斯科回来。我在头天晚上就知道了这事，不过纯粹出于偶然，塔季雅娜·帕夫洛芙娜告诉我母亲时说漏了嘴，因为她收到了将军夫人的信，而我恰好在场。她俩虽然在悄悄说话，而且又是让人捉摸不透地绕着弯说话，但还是被我猜到了。自然，我并不是在偷听：我看到我母亲听见这女人要来的消息后忽然变得十分激动，因此，我简直没法不听。当时，韦尔西洛夫不在家。

我不想把这消息告诉他老人家，因为我不能不看到，在整个这段时期，他对她的到来感到很害怕。三天前，他甚至还说漏了嘴，虽然是怕兮兮和绕着弯说的，说他担心的是我，怕她来后将因我而找他的麻烦。不过，我要补充一点的是，在家庭关系上他始终还保持着自己的独立性和家长的地位，尤其在支配金钱方面。我起先认定，他是个胆小怕事的十足的娘儿们，但是后来我改变了看法，即使说他胆小怕事，说他是娘儿们也罢，他身上毕竟还保持着某种倔强，如果不是真正的刚强的话。常有这样一些时刻，看来，他的性格似乎是胆小怕事和万事忍让的，可是他发起倔来，简直拿他毫无办法。

第一部

关于这点后来韦尔西洛夫曾对我做过比较详细的说明。现在，我想好奇地提一提，我同公爵几乎从来没有谈到过将军夫人，就是说，我们似乎在逃避这一话题：尤其是我，而他本人则避免谈到韦尔西洛夫，我一下子就猜到，如果我向他提其中某个我非常感兴趣的微妙问题的话，他肯定不会回答。

如果有人想问，在这整整一个月里我跟他到底谈了些什么，我会回答，说实话，天南地北什么都谈，不过总是谈些怪人怪事。我很喜欢他跟我谈话时那种非常天真的样子。有时候我非常困惑地注视着这人，给自己提出一个问题："他哪能像过去似的经常出席各种会议呢？像他这样的人只能送到我们中学去，而且只能进四年级——他将成为一个非常可爱的同学。"他那张脸也不止一次地使我感到惊奇：表面看去一本正经，很严肃（而且几乎很潇洒）；一头浓密的灰白的鬈曲的头发，开朗的眼神；而且他整个人很清瘦，身材挺拔；但是他的脸却有一种令人不快、几乎有失体统的特点，它会忽然从异常严肃的表情转变成某种过分轻薄的神态，这也是初次看到他的人无论如何不会料到的。我曾经把我的这一看法同韦尔西洛夫谈过，他十分好奇地听了我的这番话，似乎没有料到我居然会有这样的看法，但是他却捎带地指出，公爵只是在病后，很可能也仅仅是在最近这段时间，才会出现这样的现象。

我们谈的主要是两个抽象话题——关于上帝及其存在，即上帝是否存在的问题，以及女人的问题。公爵是一个笃信上帝、十分敏感的人。他书房里挂着一个很大的神龛，点着长明灯。但是他却忽然异想天开——忽然怀疑起上帝的存在，说了一些令人吃惊的话，显然想让我回答。其实，一般说，我对这种想法一点不感兴趣，但是我们俩却谈兴很浓，往往推心置腹，无所不谈。一般说，所有这些谈话，即使到现在，回想起来都十分愉快。他最爱谈的还是女人，可是因为我不喜欢谈这类话题，没法做他的好的谈话对象，所以他有时甚至觉得颇为扫兴。那天上午我刚去，他就抓住我谈这个话题。我发现他情绪轻快，可昨天我离开他时他还是一副闷闷不乐的样子。但是我却必须在今天，在某些人到来之前，解决薪水问题。我估计今天我们俩一定会被人离间（难怪我的心在怦怦跳）——到时候恐怕就无心再谈钱不钱的问题了。但是，由于钱的问题始终谈不起来，我自然很生气，怪自己太笨。直到现在我还记得，他提了一个十分开心的问题，我感到很懊恼，因此我就十分热烈地一口气向他讲了我对女人的看法。结果他倒更来劲了，恨不得搂住我的脖子。

三

"……我不喜欢女人，因为她们粗俗，因为她们笨手笨脚，因为她们不能独立，因为她们穿的衣服不成体统！"我东一榔头西一棒槌地结束了我那长篇大论。

"亲爱的，你就饶了我吧！"他叫道，简直高兴极了，这就更使我的气不打一处来。

在小事情上我可以忍让，无所谓，但在大事情上我寸步不让。在小事情上，在上流社会的某些交际应酬中，人家可以对我为所欲为。因此我常常诅咒我身上的这一弱点。出于某种好心肠的臭脾气，有时候，只要上流社会随便哪个花花公子仅仅用他的彬彬有礼迷住了我，我就会对他唯命是从，或者卷进一场跟一个傻瓜的争论，而这是最不可饶恕的。这都是因为我缺乏自制力，因为我是在一个偏僻的小地方长大的。我离开时往往怒气冲冲、赌咒发誓地说，明天再不会出现这一套了，可是到了明天又是老样子。因此有时候人家往往把我当成一个十六岁的孩子。现在，我非但没有培养出自制力，反而宁可更深地封闭在我那角落里，虽说采取的是一种厌恶人类的极端形式："就算我笨手笨脚吧，但是——对不起，再见！"我说这话是严肃的,而且永不反悔。话又说回来,我写这些根本与公爵无关,甚至也与当时的谈话无关。

"我说这话根本不是为了让您开心,"我几乎冲他嚷嚷起来,"我不过是说说自己的看法。"

"但是说女人粗俗和穿戴不成体统,这话又从何说起呢?这倒新鲜。"

"粗俗就是粗俗。您不妨上剧院去,您不妨去散步,任何一个男人都知道靠右走,碰到一起,就各自让道,他往右,我也往右。可是女人,就是说太太小姐 —— 我说的是那些太太小姐 —— 却向您直冲过来,甚至根本不把您放在眼里,似乎您一定而且必须躲开,给她们让道。女人是弱者,我乐意为弱者让道,但是为什么这就成了权利,为什么这女人就那么自以为我必须这样做呢 —— 正是这点太气人!每次遇到这样的情形,我就十分厌恶。而遇到之后,有人大呼小叫地说,她们受到了蔑视,要求平等;这哪儿来什么平等,这是女人把我踩在脚下,或者塞我一嘴沙子!"

"沙子!"

"是的;因为她们的穿着伤风败俗,对此,只有伤风败俗的人才视而不见。法院审理有伤风化的案子时必须关起门来,为什么在大街上,在大庭广众之中,却允许这样呢?她们公然在自己身后塞个腰垫,以显示体态妖娆,是个大美人;简直明目张胆!要知道,我不会看不出来,连小伙子也看得出来,连小孩,刚上学的小孩,也看得出来:这简直下流。就让那些老色鬼去欣赏吧,就让他们垂涎欲滴地跟在她们屁股后面跑吧,但是我们还有纯洁的青年必须保护。凡此种种,我只能唾弃。她走在林荫道上,身后拖着一俄尺[①]半长的曳地长裙,扬起一片尘土,走在后面的人怎么办呢:要么跑步超过,要么就

[①] 1俄尺约等于0.71米。

躲到一边，要不然，她就会满鼻子满嘴地给您塞上五俄磅①重的尘土。再说，这是绸裙，她在石子路上拖着它，蹭来蹭去地走上三俄里，仅仅是出于时髦，而她丈夫在枢密院供职，年薪才五百卢布：这就是贪赃受贿的根源！因此我才呸呸连声地啐唾沫，大声地啐，还骂人。"

虽然我略带幽默地写下了这次谈话，而且这也符合我当时的特点，但是这些想法我至今保持不变。

"居然太平无事？"公爵好奇地问。

"我啐了口唾沫就走了。不用说，她还是感觉到了，可是却不动声色地大摇大摆地走着，头也不回。我认认真真地骂人只有一次，是跟两个女人，她们俩都拖着尾巴，走在林荫道上——不用说，不是用脏话骂的，只大声说，这尾巴真恶心。"

"你真这么说了？"

"当然。首先，她践踏社会公德，其次，她弄得尘土飞扬，而林荫道是为大家服务的：我可以走，第二个人可以走，第三个人，费奥多尔，伊万，谁都可以走。这话，我就这么说了。总之，假如从后面看，我不喜欢女人走路的姿态；这话我也说了，但用的是暗示。"

"我的朋友，要知道，你会惹麻烦的，她们会扭送你到治安法官那里去的。"

"她们什么也干不了。她们没有上告的理由：一个人在一旁走路，自言自语。任何人都有权对着空气说出自己的想法。我只是抽象地说，并没有对她们说。是她们自己缠住我不放，她们还骂人，骂得比我更不堪入耳：什么乳臭未干的混蛋呀，什么不该给他吃饭呀，什么虚无主义者呀，应该把我交给

---

① 1俄磅约等于409.5克。

警察呀，又说什么我缠住她们不放是因为她们势单力薄，是弱女子呀，如果她们身边有个男人，我一定会夹起尾巴，乖乖地溜走呀。我冷冷地向她们宣布，让她们不要再纠缠我，我要到对面去了。为了向她们证明我不怕她们的男人，准备接受她们的挑战，因此我决定跟在她们后面，离她们二十步，一直护送她们到家，然后站在门前等她们的男人出来。我说到做到，就这么做了。"

"真的？"

"当然，这很蠢，但是我头脑发热。她俩带着我走了三俄里多，大热天的，走到贵族女子中学，进了一座木头平房——我得承认，这房子非常好——打窗户望进去，可以看到里面有许多花，两只金丝雀，三只一般的小狗和几张镶在镜框里的版画。我在房前的街上站了约莫半小时。她俩偷偷地向外张望了两三次，后来就把窗帘全拉上了。最后，从篱笆门里走出来一位上了年纪的文官；看样子，刚才在睡觉，是被人特意叫醒的；倒不是穿着睡袍，而是穿得随随便便，一身家常打扮；他站在小门旁，倒背两手，开始打量我，我也打量他。后来他挪开了眼睛，再后来他又看了看我，突然向我露出微笑。我就扭过身子，走了。"

"我的朋友，这倒有点席勒的味道！我一直感到奇怪：你这人红光满面，脸上透着健康——竟对女人，可以说吧，感到这么恶心！像你这样的年龄，居然会对女人毫不动心！我亲爱的，我还只有十一岁的时候，家庭教师就批评我，一到夏园①就盯着女人的裸体像，看得入了迷。"

"您巴不得我去找一个本地的约瑟芬②鬼混，然后再回来向您汇报。完全用不着；我才十三岁的时候就亲眼看到过女人的裸体，全身赤裸；从那时起，我看见女人就恶心。"

---

① 夏园是彼得堡的一座花园，建于1704年，园中有很多大理石雕像。
② 拿破仑之妻的名字。此处喻为貌美而又水性杨花的女人。

第一部

"此话当真?但是,亲爱的孩子,漂亮而又娇艳的女人往往像苹果一样芬芳馥郁,怎么会感到恶心呢!"

"我还在从前的图沙尔寄宿学校读书时,还在上中学以前,有一个同学,叫兰伯特。他老打我,因为他比我大三岁还多,我只好老老实实地伺候他,给他脱靴子。有一回,他去行坚信礼①,修道院院长②里戈特地赶来,向他祝贺第一次领受圣餐,两人热泪盈眶地互相拥抱,搂住对方的脖子,里戈院长摆出各种姿态,把他紧紧地搂在自己胸前。我也哭了,而且十分羡慕。后来他父亲死了,他离开了学校,我有两年没看见他,可是两年后我却在大街上遇到了他。他说他会来找我的。当时我已经在上中学,住在尼古拉·谢苗诺维奇家。有天清早他来找我,拿出五百卢布给我看,要我跟他走。两年前,他虽然老打我,但总也离不开我,倒不仅仅是为了给他脱靴子,他心里有事都要告诉我。他说,他偷偷地配了把钥匙,这钱就是从他母亲的首饰盒里偷来的,因为这钱是他父亲的,依法应当完全属于他,她不敢不给,他又说,昨天,里戈院长来开导他——一进门,站在他身旁,就哭丧着脸,向老天爷举起双手,描写受到上帝惩罚时的恐怖,'可我却拔出刀子说,我宰了他'(他把'宰了他'说成'菜了他')。我们坐车去了铁匠桥。路上他对我说,他母亲同里戈院长有一腿,又说这是他亲眼所见,他才不在乎呢,他又说他们对领受圣餐所说的一切全是胡说八道。他还说了许多话,而我则越听越害怕。在铁匠桥,他买了一支双筒猎枪,一个狩猎袋,几发装好的子弹,一根驯马的鞭子,后来又买了一俄磅糖果。后来我们出城练习打枪,路上碰到一个提着鸟笼的小贩,兰伯特向他买了只金丝雀。在小树林里,他把金丝雀放了,因

---

① 指天主教接受青年男女加入教会的一种仪式。陀思妥耶夫斯基是东正教徒,对天主教有看法,他这样写本身就有贬义。
② 指天主教的修道院院长。

第一部

为这鸟在笼子里关过以后飞不远，他向它打了一枪，但没打中。这是他生平第一次开枪，而他早就想买支枪了，还在图沙尔那儿上学的时候我们就朝思暮想地想弄支枪。他像被烟呛着了似的上气不接下气。他的头发长得墨黑，他的脸色白净而又白里透红，就像戴着面具似的，鼻子长长的，像法国人那样微微隆起，牙齿雪白，眼珠则是黑的。他用线拴住金丝雀，绑在树枝上，然后举起双筒枪，对准了，距离仅一俄寸，连发两枪，打得这只金丝雀血肉横飞，到处飞散着羽毛。然后我们又回城，走进一家旅馆，要了一个房间，开始吃东西、喝香槟酒；这时来了一位女士……我记得我十分吃惊：她穿得那么华丽，穿着绿色的绸裙。这时我就看到了一切……也就是刚才我跟您说的那事……后来，我们又开始吃东西，他就开始逗她，骂她；她光着身子坐在那里，他把衣服抢走了，后来她就开始骂人，向他要衣服，她要穿上衣服，他就抡起鞭子，使足劲抽她那两只赤裸的肩膀。我站起来，揪住他的头发，十分灵巧地一下子就把他摔到地板上。他操起叉子，猛地一下戳进了我的大腿。这时，听到喊叫，人们跑来了，我溜之大吉。从那时起，我一想到裸体就感到恶心；说真的，那女人还是个大美女。"

随着我的娓娓道来，公爵的脸色也慢慢在变，由轻快渐渐变得十分忧伤。

"我可怜的孩子！我一直相信，你在小时候吃过很多苦，受过很多罪。"

"请放心。"

"但是你自己也对我说，你很孤单，虽说有个兰伯特；你对此是这么描写的：金丝雀呀，含泪趴在院长胸前的坚信礼呀，然后，过了这么一年，他又讲到他母亲和院长私通……噢，我亲爱的，这儿童问题在我们这个时代简直太可怕了：眼下，这些天真烂漫、长着金黄色鬈发的小脑袋，在童年之初，就在你面前飞来飞去，看着你，带着开朗的笑声，睁着明亮的眼睛，就像一群上帝派来的小天使，或者像一群美丽的小鸟；可是后来……可是后来却发生

了这样的事,倒不如他们压根儿没长大好!"

"公爵,您的心多软啊!倒像您自个儿有孩子似的。要知道,您没有孩子,也永远不会有。"

"恰好!"他的整个脸霎时变了,"恰好,有位叫亚历山德拉·彼得罗芙娜的——就在前天,嘿嘿!亚历山德拉·彼得罗芙娜·西尼茨卡娅——约莫三星期前,你大概在这里遇到过她——你想想,前天,她忽然对我说,因为我说了一句笑话,如果我现在结婚,我至少可以放心,我不会有孩子了——她却忽然对我说,甚至是恶狠狠地说:'相反,你肯定会有孩子,像您这样的人肯定会多子多孙,甚至从头一年起就会接二连三地生,您瞧着吧。'嘿嘿!而且所有的人不知为什么总以为我会忽然结婚;虽然说这话的人不怀好意,可是你得同意——这话很俏皮。"

"很俏皮，但也很气人。"

"好了，亲爱的孩子，哪儿来这么多气呀。我最看重别人的俏皮和风趣了，可是现在这股劲儿正在明显地消失，至于将来亚历山德拉·彼得罗芙娜会说什么——难道能把它当真吗？"

"什么，您说什么？"我抓住不放，"哪儿来这么多气……对，就是这么说的！不是任何人都值得把他的话当真——这是一个好极了的规则。我要的正是这一规则。我要把这记下来。公爵，您有时候真是妙语连珠。"

他顿时兴高采烈，容光焕发。

"是吗？亲爱的孩子，真正的妙人妙语正在消失，而且越往后越少。然而……我是知道女人的！请相信，任何女人的一生，不管她鼓吹什么，始终在寻求一个她能够对之顺从的人……可以说吧，这是一种顺从欲。请记住——无一例外。"

"完全正确，妙极了！"我十分赞赏地叫了起来。换了在别的时候，我们俩肯定会就这一话题高谈阔论，而且一谈就是整整一小时，但是这一回却忽然有件事猛地刺了我一下，使我的脸猛一下涨得通红。我不由得想到，我夸他妙语连珠，是否有在要钱之前竭力对他拍马逢迎之嫌呢，我当真开口向他要钱的时候他肯定会这么想。因此我不如干脆现在就把这事提出来。

"公爵，我恳请您现在就把这个月欠我的五十卢布给我。"我一口气说了出来，甚至怒气冲冲地近乎粗暴。

我记得（因为我记得这天上午的一切，直到最小的细节），就其现实真相来说，当时在我俩之间产生了一场最糟糕的状况。他先是没听懂我的意思，久久地看着我，不明白我说的到底是什么钱。自然，他想也没想到我还要领薪水，——再说，我凭什么拿钱？诚然，后来他一再要我相信他忘了，当他明白是这么回事之后，就立刻掏出五十卢布，但是手忙脚乱，甚至脸都红了。我看出原来是这么回事，就站起身来，坚决申明，这钱现在我不能拿，人家告诉我关于薪水的事，显然弄错了，或者为了骗我，让我不要拒绝这门差事，我又说，现在我十分清楚，我没有资格领薪水，因为我什么事情也没有做。公爵害怕了，开始一再说服我，我做了很多很多事，而且以后要我做的事还更多，又说五十卢布太少了，相反，他要给我加薪，因为他责无旁贷，这是他亲自同塔季雅娜·帕夫洛芙娜谈妥的价钱，但是他却"不可饶恕地全忘了"。我腾地一下涨红了脸，斩钉截铁地宣布，因为我讲了几件丑事，说我怎么尾随那两条尾巴一直走到贵族女子中学，为此而领薪水，我觉得下流，再说，我不是雇来给他寻开心的，而是来做事的，既然无事可做，那就应当从此结束，等等，等等。我简直无法想象，他听了我这些话以后竟会这么害怕。不用说，结果是我不再反对，他把五十卢布硬塞给了我；一想到我收下了钱，我至今都感到一阵阵脸红！世上常有这样的事，最后总是以卑鄙告终，而最糟糕的是，他当时竟能几乎千方百计地向我证明，我无可争议地应当拿到这笔钱，而我居然愚蠢到信以为真，而且不知怎么，不拿这笔钱是无论如何不行的。

"亲爱的，亲爱的孩子！"他叫起来，一边吻我和拥抱我（我得承认，鬼才知道因为什么我自己也差点哭出来，虽然我霎时就忍住了，甚至现在，在我写到这里的时候，我都感到脸红），"亲爱的朋友，你现在就像我的亲人；这一个月里你好像成了我的心头肉！在'社交界'就只有'社交'，此外就什么也没有了；卡捷琳娜·尼古拉耶芙娜（他的女儿）是个很出色的女人，而且

第一部

我为她而自豪，但是她常常，我的亲爱的，常常使我非常生气……嗯，而这些小女孩（她们都很迷人）和她们的母亲常来祝贺我的命名日——她们也就会送我一些她们自己绣的十字绣，却什么话也不会说。她们的十字绣，我已经攒到足够做六十个枕套了，总是绣些小狗呀，小鹿呀。我非常喜欢她们，但是我跟你却似乎同亲人一样——不是像儿子，而是像亲弟弟，我尤其喜欢你反驳我的时候；你有文学修养，你读过不少书，你善于欣赏……"

"我什么书也没有读过，而且毫无文学修养。我只是碰到什么读什么，而近两年我根本就没读过任何书，而且也不想读。"

"为什么不想读呢？"

"我另有目的。"

"亲爱的……如果一个人在临终前只能像我一样对自己说：我什么都知道，可是却不知道任何好东西，岂不遗憾。我根本不知道我为什么活在这世上！可是……我非常感谢你……我甚至想……"

他不知怎么忽然打住了，无精打采，陷入沉思。激动之余（而激动的状态，他是时刻都会发生的，天知道因为什么），在若干时间内，他通常就会似乎失去健全的理智，不能自持；然而，他很快就会恢复正常，因此这一切无伤大雅。我们坐了片刻。他那厚厚的下嘴唇完全耷拉了下来……使我最感惊奇的是，他忽然提到了自己的女儿，而且态度还十分坦率。当然，我认为这是他心绪不宁的缘故。

"亲爱的孩子，我以你相称，你不会生气，是不是？"他忽然冒出了这句话。

"一点儿也不生气。我得承认，起先，头两回，我有点不高兴，也想对您本人以你相称，但是我发现这样做很蠢，因为您对我称你并不是因为您想贬低我，是不是？"

他已经不在听我说话了,已经忘记了他自己提的问题。

"嗯,你父亲怎么样?"他忽然向我抬起他那沉思的目光。

我蓦地一惊。首先,他把韦尔西洛夫称作我的父亲,这是他过去从来不允许对我这样说的,其次,他向我谈起了韦尔西洛夫,这也是过去从来不曾有过的。

"没有钱,干坐着,闷闷不乐。"我简短地回答,但却十分好奇。

"是的,与钱有关。今天地方法院要开庭审理他们那桩官司,所以我在等谢廖查公爵,他一定会带点什么消息来的。他答应开庭后就直接来找我。他俩的命运都在此一举;这事关乎六万或八万卢布。当然,我一向希望安德烈·彼得罗维奇(即韦尔西洛夫)好,而且看来,这回他将胜诉,而公爵家将一无所获。法律嘛!"

"今天开庭?"我大惊失色地叫起来。

一想到韦尔西洛夫竟不屑把这事告诉我,这使我非常吃惊。"可见,他也没告诉母亲,或许,也没告诉任何人,"我立刻想到,"瞧他这德行!"

"难道索科尔斯基公爵在彼得堡吗?"另一个想法又忽然使我很吃惊。

"昨天就来了。直接从柏林来,特意赶在开庭之前。"

这消息对我也非常重要。"今天他也要到这里来,这个曾经给了他一记耳光的家伙!"

"那又怎么样呢,"公爵的脸色陡地大变,"他会一如既往地宣传上帝,而且,而且……说不定,又要去追女孩子,追那些涉世不深的女孩子? 嘿嘿!现在恐怕又要出现一个十分逗乐的故事了……嘿嘿!"

"谁会宣传上帝? 谁会追逐女孩子?"

"安德烈·彼得罗维奇呀! 你信吗,他当时就像一片树叶似的老黏着我们大伙儿:问我们每天吃什么和每天想什么——也就是说,差不多是这样。

他吓唬我们，帮我们清除杂念：'如果你笃信上帝，那你为什么不去当修士呢？'他差不多总是这样要求我们。这是什么想法！即使说得对，不也太严厉了吗？他尤其喜欢用最后审判①来吓唬我，在所有的人中，他尤其喜欢吓唬我。"

"我已经跟他在一起生活了一个月，这类事情我什么也没有发现呀。"我一面不耐烦地听他说话，一面回答。我感到十分懊恼，他的病还没好，嘟嘟囔囔，语无伦次。

"他这话只是现在不说罢了，但是，请相信，我说得没错。他是一个非常聪明的人，无可争议，也是一个很有学问的人，但是他的脑子正常吗？而这一切都是他在国外住了三年以后发生的。而且，我得承认，我感到很吃惊……他也使所有的人都感到很吃惊……亲爱的孩子，我热爱上帝……我信仰上帝，尽我所能地信仰，但是——当时我却大光其火，怒不可遏。就算我当时采取的方法有欠周全吧，那也是我在恼怒中故意为之的——再说，我提出反驳的理由是严肃的，而且从开天辟地起就是严肃的：'如果真有一个高级生物，'我对他说，'而且作为一个人的形态而存在，而不是以某种造物主无所不在的圣灵的形念，不是以液态而存在（因为这更难理解）——那他到底住哪儿呢？'我的朋友，无疑，这问得很愚蠢，但是，要知道，一切反驳都会归结到这个问题上来。居住地——这事很重要。他勃然大怒。后来他在国外就改信了天主教。"

"关于他的这一想法我也听说过。想必是胡扯。"

"我敢以一切神圣事物向你保证。你再仔细看看他……不过，你说他变了。可是那时候他却把我们大家折磨得够呛！你信吗，他那神气就像他是圣

---

① 基督教教义之一：所有人（活着的和死了的）最后都将受到上帝的审判。做好事的上天堂、享永福；做坏事的下地狱、受永罚。

徒似的，而且他死后定将出现圣尸①。他要我们把自己的所作所为向他报告，我敢向你发誓，真的！圣尸！又是一个想法！嗯，如果他是个修士或者隐修士，那还好说——而这里，这人却穿着燕尾服，还有其他等等……忽然，又来了个他的什么圣尸！一个上流社会的人居然有这么奇怪的愿望，老实说，还有这么奇怪的口味。我当时什么话也没说，当然，这一切都是神圣的东西，而且一切都可能发生……再说，这一切属于不可知的领域，但是对于一个上流社会的人，这甚至是有失体统的。如果这事发生在我身上，或者有人希望我这样做，我敢发誓，我肯定会拒绝。比如我吧，忽然，我今天还在俱乐部里吃饭，以后却忽然——显灵了！这岂非让人笑掉大牙！这一切我当时就对他说了……他曾经戴过脚镣②。"

我气得脸都红了。

"您亲眼见过脚镣？"

"我倒没亲见，但是……"

"我要向您郑重申明，这全是胡扯，卑鄙的阴谋，恶意的造谣，仇家的诽谤，也就是说，他，就有一个仇人，一个最主要的，最无人性的仇人，因为他只有一个仇人，这人就是令嫒！"

公爵也腾地脸红了。

"我亲爱的，我请你，并且坚决请你，从今往后，永远不要再把小女的名字同这件丑恶的事连在一起了。"

我微微欠起身子。他怒不可遏；他的下巴都在发抖。

"这件可恶的事！……我不相信这是真的，也永远不会相信，但是……

---

① 圣尸，即圣徒的干尸。
② 指当时俄国的苦行僧和疯修士（圣愚）自己给自己戴脚镣手铐。

人家对我说：请相信，请相信，我……"

这时忽然进来一个仆人通报有客来访；我只好又坐到我的椅子上。

四

进来了两位女士，两个姑娘，一位是公爵亡妻堂兄的继女，或者这一类的什么亲戚吧，又是他的养女，他已经拨出一部分钱做她的陪嫁，不过她自己也有钱（我先指出这点，以备后用）；第二位女士是安娜·安德烈耶芙娜·韦尔西洛娃，她是韦尔西洛夫的女儿，比我大三岁，她和她哥哥住在法纳里奥托娃家，在此以前我总共才见过她一次，在街上匆匆见过一面，我与她哥哥也曾匆匆见过一面，但已经是在莫斯科与他发生过冲突以后的事了（很可能，如果有篇幅，以后我会再次提到这次冲突的，因为，说实在的，这事不值得一提）。这位安娜·安德烈耶芙娜自小就受到公爵的特别宠爱（韦尔西洛夫同公爵认识已经是很早很早以前的事了）。我对刚才发生的事正感到十分困窘，因此她俩进屋的时候我都没有起立，公爵起身迎接了她俩；后来我想，再要起立就有点不好意思了，因此干脆坐着不动。主要是三分钟前公爵冲我大叫大嚷，我的思路都被他打乱了，很长时间我都不知道我是不是应该离开。但是，那位老人已经把一切全忘了，按照自己的老习惯，一见到姑娘就觉得开心，浑身来劲。他的容貌很快就变了，甚至有点神秘兮兮地向我眨了眨眼睛，在她俩进屋前，他匆匆地向我悄声道：

"你仔细瞧瞧这个奥林皮阿达，瞧仔细点儿，仔细点儿……以后我再告诉你……"

我相当仔细地看着她，但是我没有发现她有什么特别之处：一个姑娘，个子不怎么高，长得很丰满，脸蛋红润，异常娇艳。不过这脸很招人喜欢，属于实利主义者很喜欢的那种。也许，是善良的表现，但又别具风韵。她并不显得才智超群，但仅从最高意义上说，因为从她的眼神看得出来，她还是有点小聪明的。年龄不超过十九。总之，并没什么出众之处。在我们中学可能会把她称为绣花枕头。（我在这里所以这么详尽地描写她，唯一的目的是将来有用。）

话又说回来，我至今所描写的一切显然太详细了，没必要——这一切将留待将来，对将来有用。到适当的时候，一切自会互相呼应；我无法避而不谈；如果诸位觉得乏味，也可以跳过去不看。

韦尔西洛夫的女儿完全是另一种人。高高的个儿，甚至略显消瘦；椭圆形的、明显苍白的脸蛋，但是头发乌黑、浓密和蓬松；眼睛是深色的，大大的，目光深沉，鲜红的樱桃小口，娇艳欲滴。这是第一个走路姿态不使我感到恶心的女人；她身材苗条，略显消瘦。她的脸部表情不十分和善，但却十分端庄；二十二岁。差不多没一点儿外部轮廓长得与韦尔西洛夫相似，但是，说来也怪，她的神态却与他十分相像。我不知道她长得是否算漂亮；这要看各人的审美观而定。两人穿得都很朴素，因此不值得描写。我等着韦尔西洛娃一定会用某种目光或者姿态来欺负我，因此拭目以待；她哥哥曾在莫斯科，在我们生平第一次相遇时欺负过我。她不可能认识我的脸，但是她一定听说过我在公爵家帮忙。公爵打算做或者已经做过的一切，会立刻引起那一大帮亲属和"等候分得一杯羹"的人的兴趣，成为一件大事——何况他又突如其来地对我产生了偏爱。我心中十分清楚，公爵很关心安娜·安德烈耶芙娜的命运，正在为她物色乘龙快婿。但是要给韦尔西洛娃找到乘龙快婿，比给那些绣十字绣的姑娘找到婆家更难。

但是，出乎我的一切预料，韦尔西洛娃跟公爵握过手，同他稍事寒暄，说了几句冠冕堂皇的客套话以后，又异乎寻常，好奇地看了看我，当她看到我也在看她，便突然笑嘻嘻地向我点了点头。诚然，她刚进来，作为来客，总要向人点头致意，但是她的微笑却满怀好奇，显然是有备而来。因此，我记得，我当时有一种非同寻常的愉快感觉。

"这……这是我的一位可爱的年轻朋友阿尔卡季·安德烈耶维奇·多尔……"公爵发现她向我点了点头而我始终坐着，于是他含混不清地喃喃道——可是他又忽然卡住了：可能是因为他把我介绍给她（就是说，其实是把弟弟介绍给姐姐），感到不好意思。那个"绣花枕头"也向我点了点头；但是我却非常愚蠢地猛地火了，从座位上噌地跳了起来，涌出一股毫无意义的做作出来的傲气；都是自尊心作怪。

"请原谅，公爵，我不是阿尔卡季·安德烈耶维奇，而是阿尔卡季·马卡罗维奇①。"我粗暴地打断了他的话，完全忘记了我应当微微一鞠躬来回答女士们的问候。让鬼把这种十分失礼的举动抓了去吧！

"啊……对了！"公爵用手指敲了敲脑门，叫了起来。

"您过去在哪儿上学？""绣花枕头"径直走到我身边，我耳边响起了她那拉长了声音的愚蠢问题。

"在莫斯科，您哪，在中学。"

"啊！我听说了。怎么样，那儿教得好吗？"

"很好。"

我一直站着，说起话来活像士兵向长官报告似的。

这姑娘的问题，无疑，并不聪明，但是她却十分巧妙地借此掩饰了我愚蠢的举动，也减轻了公爵的困窘，公爵这时候正笑容可掬地倾听韦尔西洛娃在他耳旁说的快乐的悄悄话——显然，不是说我。但是有一个问题，为什么这个我素昧平生的姑娘，居然挺身而出帮我掩饰我那愚蠢的举动和其他等等

---

① 俄罗斯人的名字由三部分组成：名、父称和姓。第二部分是父称，即父名加上特殊的后缀。此处意为"少年"不承认自己是安德烈·韦尔西洛夫的儿子，而是家奴马卡尔·多尔戈鲁基的儿子，因此用"马卡罗维奇"这个父称。

呢？与此同时，又无法想象，她对我只是随便问问而已：倒像她也希望我多多地注意她似的。这一切都是我以后才想明白的，而且——没有想错。

"怎么，难道是今天？"公爵忽然叫道，一边从座位上跳起来。

"这么说，您不知道？"韦尔西洛娃诧异地问，"奥林皮阿达！公爵竟不知道卡捷琳娜·尼古拉耶芙娜今天要来。我们就是来找她的，我们还以为她乘早班车已经早到家了呢。刚才我们还在台阶旁碰过头：她一下车就直接过来了，让我们先来找您，她马上就来……瞧，她不是来了！"

侧门打开，于是——那个女人出现了。

根据挂在公爵书房里那帧惊人的肖像，我已经认识了她的脸；我用了这整整一个月时间研究过这帧肖像。她进屋后，我又在书房里待了约莫三分钟，我紧盯着她，一秒钟也没离开过她的脸。如果我没有见过这帧肖像，在这三分钟以后有人问我："她长得怎么样？"——我会什么也回答不出来，因为我心中的一切都被什么东西蒙上了，变得模糊不清。

在这三分钟里，我只记得有个的确非常漂亮的女人，公爵吻了她，用手给她画了十字，而她刚一进门就忽然很快地开始看我。我清楚地听到，公爵显然指了指我，喃喃地说了句什么，微微地发出某种笑声，似乎在说什么新秘书，又说了我的姓氏。她微微扬起脸，令人不舒服地看了看我，又十分放肆地微微一笑，以致我向前迈出一步，走到公爵面前，浑身发抖，喃喃说道，一句话也没有说全，似乎牙齿在作对儿厮打。

"从今以后，我……我现在有自己的事……我走了。"

于是我就转身走了出去。谁也没有对我说一句话，甚至公爵；大家都面面相觑。公爵后来告诉我，我当时的脸色非常苍白，他"简直害怕极了"。

然而，毫无必要！

第 三 章

一

的确毫无必要：胸怀大志者，这点小事何足挂齿；一种壮志凌云感使我心胸开朗，弥补了一切。我出去时处在某种兴高采烈之中。一走到外面，我就想放声歌唱，好像特意安排好了似的，那天上午天气好极了，太阳高照，人来人往，车水马龙，熙熙攘攘，喜气洋洋，人流如织。怎么，难道这女人没有侮辱我吗？我哪儿受过这种气呀，受到这种目光和这种放肆无礼的笑，而我居然没有立刻提出抗议？即使抗议极其愚蠢，也无关紧要。请注意，她来这儿的用意，就是为了尽快地侮辱我，虽然她从来没有见过我，因为在她看来我不过是"韦尔西洛夫派来卧底的密探"，而她无论在当时还是在很久以后都深信，韦尔西洛夫掌握着她的整个命运，只要他愿意，凭借一纸文书就有办法立刻毁掉她；起码她是这么怀疑的。这是一场殊死的决斗。可见——我并没有受到侮辱！侮辱是有，但是我并没有感到侮辱！哪儿能呢！我甚至感到高兴。我本来是来恨她的，可是在恨她之余，我甚至感到我开始爱她了。"我不知道，一只蜘蛛①会不会恨它看准了并且想要捕捉的那只苍蝇？一只可爱的小苍蝇！我觉得，猎物是可爱的。瞧，我就爱我的仇人，比如，我就非常喜欢她长得那么美。我就非常喜欢，夫人，您是那么高傲，那么美若天仙，如果您再温厚一点儿，恐怕就没有这么开心了。您唾弃我，我却兴

---

① 在陀思妥耶夫斯基笔下，蜘蛛象征淫欲，同时也象征人的灵魂的腐化、堕落与毁灭。《罪与罚》中的斯维德里盖洛夫在决定自杀前也谈到蜘蛛。

高采烈,即使您当真朝我脸上啐口唾沫,那,说真的,恐怕我也不会生气,因为您是我的猎物。我的,而不是他的。这个想法多么令人陶醉呀!不,隐蔽地意识到自己的强大,要比公然主宰一个人更开心,更叫人心花怒放。如果我是个亿万富翁,我情愿穿着一件十分破旧的衣服,让人家把我当作一个最微不足道的人,当作穷得差点要讨饭的人,把我推来搡去,蔑视我,说不定我倒会在其中找到一种乐趣:我只要意识到我家资巨万就够了。"

瞧,我就是这样来理解我当时的想法和快乐,以及许许多多我当时的所感所想的。我要补充的只有一点,在这里,在我方才写下的东西里不免有些浮躁:事实上,我要深沉一点儿,含蓄一点儿。也许,我现在说到我自己时,较之我的口头上和行动上也要含蓄一点儿。愿上帝保佑!

也许,我坐下来写这些东西做得很不好:我心里想的比我嘴里说的多得没法比。您的想法,哪怕是不好的想法,暂时还留在您脑子里——它总比较深沉,可是一说出来——就显得可笑和可耻了。韦尔西洛夫对我说过,与此完全相反的,只有那些言行十分恶劣的人。那些人只会扯谎,因此他们很容易;而我竭力想写出全部真实,这就非常难了!

二

在19日这天,我又迈出了一"步"。

自从我来彼得堡之后,我兜里有钱这是头一回,因为,我在上文中已经提到,我把我两年中积蓄起来的六十卢布全给了母亲。早在几天前我就拿定主意,领薪水那天我要做一个"试验",这是我早就梦想的。还在昨天,我就从报上剪下一封公函——"圣彼得堡调解会审法庭民事执行官"发布的一则公告,以及其他,等等,等等。公告宣称:"今年9月19日中午12时,在喀山区某地段某号楼,将拍卖莱布勒赫特夫人的一应动产",又说"查封物品、出售底价以及所拍卖的财产,均可在拍卖会当日前往观看",等等,等等。

这时一点钟刚过。我急忙迈动双腿循址赶去。我已经两年多不雇出租马车了——我曾经做过这样的保证(要不我也攒不到六十卢布)。我也从不去拍卖场,我还不敢走这一步;虽说我现在迈出的这一"步"仅仅是尝试性的,但是我决定,即使采取这一步,也必须在我中学毕业之后,必须在我与大家一刀两断、钻进我的乌龟壳、已经完全自由之后。诚然,我还远没有钻进"乌龟壳",远没有得到自由,但是要知道,我决定迈出这一步也仅是试验性的——我只是来看看,近乎来幻想一下,以后就不来了,也许很久都不来,直到正式开始的时候为止。对大家来说,这不过是一个小小的、愚蠢的拍卖会,而对于我——这是哥伦布借以发现美洲大陆的那艘海船的第一根原木。这就是我当时的感受。

到达目的地后,我走进公告中标明的那座大楼的院子深处,走进莱布勒赫特夫人的寓所。这寓所由一个门厅和四个不大也不高的房间组成。从门厅进去的第一个房间里,站着一大群人,将近三十人,其中半数是来买东西的,其他人,从他们的模样看,或者是来看热闹的,或者是收藏家,或者是莱布勒赫特派来监管现场的;其中也有垂涎金器的商人和犹太人,也有几个穿着"整洁"的人。甚至其中某些先生的相貌,至今犹镌刻在我的记忆里。右边的房间,门敞开着,在两扇门之间恰好能放进一张桌子,因此这房间进不去,里面放着查封和出售的物品。左边是另一个房间,房门虚掩着,不时有人推开一条门缝,看得出,有人从里面向外窥视——大概是莱布勒赫特夫人大家庭中的一员。自然,这时候,这位夫人感到很不好意思。在门中间的桌子后面,面对观众,在椅子上坐着一位法警先生,佩着袖章,在进行物品拍卖。我去的时候拍卖已进行了一半;我进去后就挤到那张桌子跟前。正在拍卖一对青铜烛台。我开始观看。

我一边看一边立刻开始盘算：在这里我能买什么呢？眼下，我拿这对青铜烛台又能做什么呢，我的目的能不能够达到，这事这样做对不对，我的盘算能不能够成功呢？我的盘算是不是幼稚呢？这一切，我想过来想过去，观望不前。我当时的感觉就像站在赌台前，正赶上您还没有出牌的那一刻，但是您来的目的是想赌一把："我想出牌就出牌，我想离开就离开——我说了算。"这时心还没有怦怦乱跳，但却似乎有点微微收紧，在发抖——一种不无愉快的感觉。但是一种犹疑不决的感觉却立刻开始压迫您的胸膛，您仿佛变得盲目起来，您伸手，您拿牌，但动作是无意识的，几乎是违心的，仿佛您的手由别人在掌控；您终于下定决心，您出牌了——这时候，感觉就完全不一样了，变得十分巨大，十分强烈。我现在写的不是拍卖会，我写的只是我自己：拍卖会上，除了我，又有谁的心会怦怦乱跳呢？

有人头脑发热，有人沉默不语，等待机会，有人买了又后悔了。有一位先生，因为没有听清，把一只白铜制的牛奶壶错当成了银的买了下来，本来只要两卢布，却花了五卢布，对这位先生我一点儿也不可怜；我甚至还感到很开心。法警不断地变换物品：在烛台之后出现了耳环，耳环之后出现了一只山羊皮的绣花枕头，之后又出现了一个首饰盒——大概是为了形式多样，或者考虑到买者的不同要求。我连十分钟都没熬住，就冒冒失失想去买枕头，后来又想去买首饰盒，但是每到关键时刻我就卡壳了：这些东西，我觉得根本买不起。最后，法警手里出现了一本纪念册。

"家庭纪念册，红色山羊皮精装，老物件，有水彩画与水墨画插页，装有象牙雕刻的封套，并有银质锁扣——底价两卢布！"

我向前走了一步：这东西看去很雅致，但在象牙雕刻上有个地方有一疵点。只有我一个人走上前去观看，大家都不作声：没有竞争者。我本来可以打开锁扣,把纪念册从封套里拿出来,再仔细看看,但是我没有使用我的这一权利,只是挥了一下发抖的手,寻思:"管他呢。"

"两卢布零五戈比。"我说,又感到我的牙齿在发抖,在打架。

东西归我了。我立刻掏出钱付了款,然后抓起纪念册,退了出来,退到房间的一角;在那里,我把它从封套里拿了出来,而且跟发热病似的,急匆匆地开始仔细观看:不算封套,这是一件世界上最蹩脚的东西——一本小小的纪念册,只有小型张的一页信纸那么大,薄薄的,边缘烫金,但是已经磨损,完完全全就像旧时贵族女子中学刚毕业的那些女孩子为自己购置的那种纪念册。水墨画和彩色画,画的都是些山上的教堂呀,爱神呀,天鹅戏水的池塘呀,等等;还有歪诗一首:

> 我启程前往遥远的旅途,
> 与莫斯科久久分离,
> 久久地告别亲爱的人,
> 坐上驿车驰往克里木。

(残留在我记忆里的就是这东西!)我认定这回我"栽了";如果有什么谁也不需要的东西的话,那就是它了。

"没什么,"我认定,"第一次出牌肯定会输;甚至是好兆头。"

我顿时变得十分开心。

"啊,我来晚了;归您了?您买下了?"一位身穿蓝大衣的先生的声音忽然在我耳旁响了起来,这人仪表堂堂,穿着讲究。他来晚了。

"我来晚了。啊,真遗憾!多少钱?"

"两卢布零五戈比。"

"啊，真遗憾！您能不能出让呢？"

"咱们出去说。"我向他悄声道，压住了心跳。

"给十卢布，我让给您。"我说，感到背上一阵发冷。

"十卢布！得了吧，您怎么啦！"

"随您便。"

他睁大了两眼望着我；我穿得很好，根本不像个犹太佬或二道贩子。

"哪儿能呢，要知道，这是一本很糟糕的旧纪念册呀，谁会要它？这封套其实也分文不值，要知道，您是卖不出去的，谁也不要，不是吗？"

"您就要了。"

"要知道，这是因为一种特殊情况，我昨天才知道：要知道，像我这样的人只有一个！您行行好！"

"我本来应当要二十五卢布的，但是毕竟有点冒险，怕您不肯出，为了十拿九稳，因此才只要十卢布，一口价，一戈比不让。"

我转身就走。

"您就拿四卢布吧，"我已经走到院子里了，他追上了我，"好吧，五卢布。"

我不作声，继续往前走。

"给，给您！"他拿出十卢布，我把纪念册递给了他。

"您得承认，这是不公平的！两卢布和十卢布——啊？"

"为什么不公平？这就是市场嘛！"

"这算什么市场？"（他生气了。）

"哪儿需要哪儿就有市场。如果您不要，连四十戈比也卖不出去。"

我虽然没有放声大笑，而且神态严肃，但心里在笑——我哈哈大笑，倒不是因为开心，我自己也不知道为什么笑得上气不接下气。

"我说，"我喃喃道，实在忍不住了，但是态度是友好的，我十分喜欢他，

第一部

"听我说：有位叫詹姆斯·罗斯柴尔德的人，已故，是巴黎人，他死后留下了十七亿法郎的遗产（他点了点头），所以能如此，因为他年轻时偶然获悉贝里公爵被害的事，仅仅比大家早几小时，于是他就把这消息立即通知了相关人员，仅仅因为这一手，转眼之间就发了大财，赚了几百万法郎[1]，——瞧，人家是咋干的！"

"那么说，您就是罗斯柴尔德啰？"他愤怒地向我嚷道，把我当成了傻瓜。

我快步走出了这座大楼。迈出了小小的一步——就赚了七卢布九十五戈比！我同意，这一步毫无意义，儿戏而已，但这一步毕竟符合我的想法，不可能不非常深刻地激励着我，使我心潮澎湃……然而，大可不必描写我的这些感受。一张十卢布的钞票揣在我的坎肩口袋里，我伸进两个手指摸了摸——我就这样把手插在口袋里一直向前走去。在街上走了约莫一百步，我把这张钞票掏出来看了看，真想亲亲它。在一座公寓的大门旁，忽然响起一辆轿式马车驶近的声音；看门人拉开了大门，从公寓里走出一位女士，准备上车。这位太太穿着华丽，既年轻又漂亮，十分阔气，穿着绸缎和天鹅绒，后面还拖着一条两俄尺长的尾巴。忽然，一只漂亮的小提包从她手里滑落下来，掉到地上；她已经上了马车；一名跟班急忙弯下腰准备把东西拾起来，可是我抢先一步，跑过去捡了起来，交给了那位太太，同时微微抬了抬礼帽（是顶高筒礼帽，作为一名年轻人，我穿得不坏）。那位太太拘谨地，但却带着十分可爱的微笑对我说："谢谢，先生[2]。"马车开始辚辚地滚动。我亲了亲那张十卢布的钞票。

---

[1] 詹姆斯·罗斯柴尔德（1792—1868），巴黎银行家，他创立了罗斯柴尔德银行世家，在拿破仑一世垮台后又达到事业的顶峰，垄断了波旁王朝的国债。贝里公爵是法王路易十四的次子，王位继承人，1820年2月13日在巴黎歌剧院大门口被一名马鞍匠卢韦尔刺伤，次日身亡。其实这件事对罗斯柴尔德并没有太大影响，使他发财的是他及时得知拿破仑一世兵败滑铁卢（1815）的事。

[2] 在原著中"先生"是用俄文拼写的法文。

三

这天，我还得去看一位我过去的中学同学叶菲姆·兹韦列夫，他中学没念完就转到彼得堡的一所高等专科学校上学了。他本人并不值得描写，说实在的，我跟他并无深交；但是我还是在彼得堡设法找到了他，因为我急于见到一位名叫克拉夫特的人，兹韦列夫能够（通过各种办法打听到，至于通过什么办法，那就不足为外人道了）一俟他从维尔诺①回来，立刻把他在彼得堡的住址告诉我。兹韦列夫估计，他不是今天就是明天肯定会回来，这是他前天告诉我的。必须走到彼得堡老城区②，但是我并不觉得累。

兹韦列夫（他也十九岁）暂时借住在他姑姑家，我是在他姑姑家的院子里碰到他的。他刚吃过午饭，正在院子里像大人似的踱方步。他立刻告诉我，克拉夫特昨天就回来了，仍下榻在他过去住的那套房间里，就在这里，在彼得堡老城区，他自己也希望能够尽快见到我，因为他也有件要事要立刻通知我。

"他又要到什么地方去了。"叶菲姆补充道。

因为在当前的情况下见到克拉夫特对于我非常重要，所以我请叶菲姆立刻带我到他住所去见他，原来，这住所就在附近，仅两步远，在某某胡同。但是兹韦列夫又说，一小时前已经遇见过他，他去找杰尔加乔夫了③。

"那咱们就到杰尔加乔夫家去，你怎么总推三阻四的，你害怕？"

的确，克拉夫特很可能在杰尔加乔夫家一坐就是半天，那我在哪儿等他

---

① 今立陶宛首都维尔纽斯。
② 彼得大帝兴建彼得堡城时，是以涅瓦河兔子岛的彼得保罗要塞为前沿和中心向北发展的。因此这里名为老城区。后来才将城区扩展到涅瓦河南岸。
③ 杰尔加乔夫的原型是激进的民粹派分子亚·瓦·多尔古申（1848—1885）。1874年因从事反沙皇活动被判十年苦役，1884年又延长刑期，改判十五年苦役，1885年瘐死狱中。

回来呢？我并不怕去杰尔加乔夫家，但是我不想去，尽管叶菲姆已经接二连三地拉我上那儿去。而且每次说到"害怕"时，总对我露出一副十分可恶的嘲笑神态。我要预先申明，这里根本不存在害怕不害怕的问题，即使我怕，那怕的也完全是另外的事。这一次我下定决心非去不可；这地方也不远，就在附近。途中，我问叶菲姆：他是否仍旧想流亡美国？①

"可能还要再等等。"他答道，微微一笑。

我不怎么喜欢他，甚至根本不喜欢他。他的头发很白，胖乎乎的脸也显得太白了，甚至白得有失体统，像娃娃脸，个子却长得甚至比我还高，可是他看去最多只有十七岁。跟他没什么好谈的。

"那里怎样？难道总有一群人？"我为了心中有底，问道。

"你怎么总是怕东怕西的？"他又笑起来。

"见你的鬼。"我火了。

"根本不是一群人。来的都是熟人，都是自己人，你放心。"

"是不是自己人关我屁事！难道我在那里是自己人吗？他们为什么就这么信得过我呢？"

"你是我带去的，这就够了。关于你，大家都听说过。克拉夫特也可以说说你的情况。"

"我说，瓦辛也上那儿去吗？"

"不知道。"

"如果他也在，咱们一进去，你就推我一把，告诉我哪位是瓦辛；一进去就告诉我，听见了吗？"

关于瓦辛的事，我已经听说过很多，早对他有兴趣了。

---

① 19世纪60—70年代的俄国青年中流行一种移民美国的倾向，旨在实行形形色色的乌托邦。

杰尔加乔夫住在一幢小厢房里，这厢房坐落在一名商人妻子的建有木屋的院子里，他租了整幢厢房。总共有三大间清洁的房间。四扇窗都垂下了窗帘。他是一名技师，在彼得堡工作；我偶尔耳闻，他在外省谋得了一个有利可图的私人差事，正准备前去履新。

我们刚走进一间极小的外屋，就听到屋里人声嘈杂；似乎正在热烈地争论，有人高呼："药物不能治疗者——铁治之，铁不能治疗者——火治之！"①

我的确有几分不安。当然，我还不习惯与人交往，无论任何人。虽然我在中学里与同学以你相称，但是跟任何人差不多都不是朋友，我给自己营造了一个角落，我就住在这角落里。但是，并不是这使我不安。作为万全之策，我向自己暗暗发誓，决不与任何人发生争论，只说最必需的话，从而使任何人都不能对我说三道四，下任何结论；主要是不争论。

这房间实在太小，屋里有六七个人，加上女士们，约莫有十个人。杰尔加乔夫二十五岁，他已成家。他妻子有个妹妹，此外，还有个女亲戚；她俩也住在杰尔加乔夫家。屋里的家具陈设还凑合，不过也足够了，甚至可以说，很干净。墙上挂着一幅石印的肖像，便宜货，在墙角则供奉着一帧圣像，没有金属衣饰②，但却点着神灯。杰尔加乔夫走到我跟前，握了握手，请我坐下。

"请坐，这里都是自己人。"

"劳驾。"立刻有一位面貌相当姣好、穿着十分朴素的少妇补充道，她向我微微点了点头，就立刻走了出去。这是他妻子，看样子她刚才似乎也参加了争论，而现在她出去给孩子喂奶。留在屋里的还有两位女士——一位个子很小，二十上下，穿着一件黑色的连衣裙，长相也不难看，而另一位，三十

---

① 在原著中是拉丁文。这是古希腊名医、医学创始人希波克拉底（公元前460—前370）的名言。曾被席勒用作他的名剧《强盗》的题词。这里的意思是号召人们行动起来，用暴力推翻沙皇政府的反动统治。

② 俄国古老的圣像上，除脸和手等外露部分外，都镶有金属衣饰，有的还镶有珠宝。

上下，相貌枯瘦，但目光锐利。她俩坐着，在很用心地听，但并不参加谈话。

至于男人，除了我、克拉夫特、瓦辛坐着外，其余的人都站着；我们一进去，叶菲姆就立刻向我指认了克拉夫特和瓦辛，因为连克拉夫特我也是生平第一次见到。我离座，走到他俩跟前，跟他们寒暄、问候。克拉夫特的脸，我永远也忘不了：倒不是说有什么特别的美，但却似乎有某种过于和善、过于彬彬有礼的气质，虽说整体上仍透露出一种自尊。他二十六岁，相当清瘦，个子中等偏上，浅色头发，脸型严肃，但很柔和；总之他整个人都透着一种文静。然而您如果问我——愿不愿意用我这张也许甚至很俗气的脸去换他那张我觉得很有吸引力的脸呢，我一定不肯。他脸上有一种我不愿在自己脸上看到的神态，有一种在精神上过于冷静的表情，有一种类似于某种隐秘的、自己都不甚了了的傲气。不过，话又说回来，我当时未必会这样一字不差地进行判断；我现在才觉得我当时是这么想的，也就是说，已经在出事之后。

"您来了，我很高兴，"克拉夫特说，"我有一封与您有关的信。咱们先在这里坐一会儿，然后再到我屋里去。"

杰尔加乔夫是个中等个儿，肩膀很宽，一头漆黑的头发，大胡子，目光中透露出机敏。浑身上下都透出一种含而不露的神态，和处处小心谨慎的样子；虽说他多半保持沉默，但显然在掌控着会场，左右着大家的谈话。瓦辛的相貌并没有使我特别惊奇，虽然我听说他非常聪明：一头浅黄色的头发，一双银灰色的大眼睛，面色十分开朗，但是，与此同时脸上又有某种过于强硬的神态，使人预感到与此人不易交往，但目光却绝顶聪明，比杰尔加乔夫更聪明、更深沉——比屋里所有人都聪明。话又说回来，或许，我现在把一切都夸大了。在其他人中，我只记得所有这些年轻人中的两个人：一位是皮肤黝黑的大高个儿，蓄着一部黑黑的络腮胡，说话很多，二十七八岁，是位什么老师，或者诸如此类的人物；另一位是一个与我年龄相仿的年轻小伙儿，穿着一件俄式的紧身外衣，脸上有褶子，沉默寡言，属于留神倾听的诸多人士之列，后来我才知道他出身农民。

"不，这事不应当这么提，"那位长着黑色大胡子的老师开口道，显然想恢复方才的争论，他说起话来比谁都热烈，"关于数学般准确的证明① 我无话可说，但是这个想法即使没有数学般准确的证明，我也准备深信不疑……"

"等等，季霍米罗夫，"杰尔加乔夫大声打断了他的话，"刚来的人听不明白。这要知道，"他忽然转过脸来向我一个人说道（我得承认，如果他有意考考我这个新手，或者促使我也参加发言，那他采取的这个办法还是很巧妙的；我立刻感觉到了这一点，并做好了准备），"这要知道，这位克拉夫特先生，我们大家对他已经相当熟悉了，他很有性格，观点也很有分量。他鉴于一个极其平常的事实得出了一个极不平常的结论，使所有的人都感到吃惊。他得出的结论是，俄罗斯民族是二等民族……"

"三等民族。"有人叫道。

"……二等民族，它命中注定只能给更为高贵的人种充当材料，在人类的前途中，它将没有自己的独立作用。有鉴于自己的这个也许很有道理的结论，克拉夫特先生得出另一个结论，即任何一个俄国人今后的任何活动，都必将灰心丧气，因这一想法而陷入瘫痪，可以说吧，所有的人都必将无所作为，而且……"

"对不起，杰尔加乔夫，这话不应当这么说，"季霍米罗夫又不耐烦地接口道（杰尔加乔夫立刻让他继续说下去），"鉴于克拉夫特已经进行了认真的研究，得出了一些以生理学为基础的有根有据的结论，也许，他足足花了两年时间来苦心孤诣地研究自己的这一想法（这个观点我可以十分心平气和地、

---

① 这是俄国人惯用的说法，即像二二得四一样准确无误。

先验①地接受），有鉴于此，即鉴于克拉夫特的忧患意识和认真态度，这事应当作为稀有现象来看待，由此引申出一个克拉夫特无法理解的问题，而这问题正是我们应当研究的，即我们应当研究的正是克拉夫特的不解之处，因为这是一种稀有现象。应当解决的是，这一稀有现象是否属于临床研究的个别病例，抑或具有在其他情况下也会正常地反复出现的属性；为了共同事业，这事应予关注。关于俄罗斯的说法，我准备相信克拉夫特的观点，我甚至要说，也许，我还感到很高兴；如果这个想法被大家所掌握，那它就会使大家

---

① 在原著中是拉丁文。

放开手脚去做，并使许多人摆脱所谓爱国主义的偏见……"

"我不是出于爱国主义。"克拉夫特说，仿佛使了老大劲儿。他似乎对所有这些辩论感到不快。

"是不是爱国主义，可以暂时撇开不谈。"瓦辛冒出了一句，此前他一直沉默不语。

"但是，请问，为什么克拉夫特的结论会削弱我们对全人类事业的追求呢？"那位老师叫道（只有他一个人在大声嚷嚷，其他人说话声音都很低），"就算俄罗斯被判定为二等国家，但是我们也可以不仅仅为俄罗斯工作呀。此外，既然克拉夫特已经不相信俄罗斯了，他怎么还能算是爱国者呢？"

"更何况他是一个德国人。"又听到了那个声音。

"我是俄国人。"克拉夫特说。

"这问题与事情并无直接关系。"杰尔加乔夫对刚才打断话的那人说道。

"抛弃你们的狭隘观点，"季霍米罗夫谁的话也不听，"如果说俄国只是供更加高贵的人种使用的材料，那它为什么就不能做这样的材料呢？这也是相当体面的角色嘛。由于任务扩大，为什么就不能安于这一想法呢？人类正处于自己复兴的前夜，而且这个复兴已经开始了。当前的任务只有瞎子才会否认。如果你们对俄罗斯已经丧失信心，那就撇开俄罗斯，为未来工作——为未来的尚不知晓的民族工作，但是这民族是由整个人类组成的，而不管他们属于哪一种族。本来，俄罗斯不论什么时候，迟早都会死去；所有的民族，即使是最有才华的民族，也不过生存一千五百年，最多两千年；两千年或者两百年：还不是都一样吗？充满活力的罗马人也没有活过一千五百年，就变成了材料。罗马人早就不存在了，但是他们留下了自己的思想，而这思想却融进了人类的命运，变成人类进一步发展的因素。怎么可以对一个人说他无事可做呢？我简直无法想象，有朝一日人们会无事可做。为人类服务是可以大有作为的，至于其他，你们就不用操心了。如果你们留心地环顾四周，要做的事是如此之多，只怕此生有限。"

"应当根据大自然的规律和真理的法则生活。"杰尔加乔娃夫人从房门里说道。房门虚掩着，可以看到，她站在里面，正微敞着胸脯抱着孩子喂奶，她在热心倾听。

克拉夫特在听大家说话，微露笑容，最后似乎带着某种痛苦的表情，十分真诚地开口说道：

"我不明白，既然您的心智完全臣服于某个占统治地位的思想，并且处在这一思想的影响下，您怎么还能全身心地向往处于这一思想之外的其他观念呢？"

"如果从逻辑上像数学般精确地向您证明，您的结论是错误的，您的整个思想也是错误的，而且您没有丝毫权利仅仅因为俄罗斯注定要成为二等国家而把自己排除在普遍的有益活动之外；如果向您指出，放弃您那狭隘的视野，您面前将会展开无限广阔的新天地，只要放弃狭隘的爱国主义观念……"

"唉！"克拉夫特轻轻挥了挥手，"我不是对您说过了吗，这与爱国主义无关。"

"这显然是误会，"瓦辛忽然插嘴道，"错误在于，克拉夫特得出的不仅是一个逻辑结论，而是，可以说吧，这个结论变成了一种感情。不是人的所有天性都一样；在许多人那里，逻辑结论有时会变成非常强烈的感情，这感情会攫住一个人的全身心，而且这种感情很难驱除或者改变。为了治愈这种人，在这种情况下就必须先改变感情本身，而要使这办法成为可能，无他，只有用另一种同样强烈的感情来代替它。这事往往很难，在许多情况下是不可能的。"

"错！"那个好争辩的人吼道，"逻辑结论本身就足以化解成见。理性的信念会产生同样的感情。思想由感情而生，它反过来又植根于人心，形成新的感情！"

"人是形形色色的：一种人很容易改变感情，另一种人就很难。"瓦辛答道，似乎不希望把争论继续下去。我很赞赏他的观点。

"正是这样，这事正如您所说！"我忽然对他说道，打破坚冰，忽然开口了，"正应当加入另一种感情来代替原来的感情。四年前，在莫斯科，有一位将军……要知道，诸位，我并不认识他。但是……也许，说实在的，他本身就不足以引起人们对他的尊敬……然而，事实本身也可能显得违反常理，但是……话又说回来，您知道吗，他死了一个孩子，就是说：实际是死了两个女孩，两个，一前一后，都死于猩红热……怎么办呢，他忽然变得伤心欲绝，一直很伤心，伤心得让人不忍卒睹——结果，大概过了半年，他也死了。他是因为伤心死的，这是事实！那么，当初，应当用什么办法才能使他复活呢？答案是：用同样强烈的感情！应当从坟墓里把那两个女孩给他挖出来，把她们还给他——这就完了，就是说，诸如此类吧。可是他死了。不过也可以向他提供一些绝妙的结论：人生苦短啦，所有的人都难免一死啦，也可以从统计日志上提供一组统计数字，有多少孩子死于猩红热啦……将军已经退役……"

我停了下来，气喘吁吁地仓皇四顾。

"这完全文不对题。"有人说。

"您所举的事实虽然与当前的情况并非同类，但毕竟有点相似，足以说明问题。"瓦辛对我说。

四

这里，我必须承认，为什么我十分赞赏瓦辛关于"思想—感情"所提出的论据，与此同时，我也必须承认我当时感到万分羞愧的一件事。是的，我曾经害怕到杰尔加乔夫家去，虽然我之怕去并不是由于叶菲姆揣测的那个原因。

我之所以怕去，是因为还在莫斯科的时候我就怕他们。我知道，他们（即他们或者与他们同类的那伙人——反正都一样）都是些雄辩家，或许会把"我的思想"打个粉碎。我坚信自己决不会向他们透露我的思想，决不会说出去；但是他们（即仍旧是他们或与他们同类的人）却可能主动对我说些什么话，从而使我对自己的思想感到绝望，甚至都不敢向他们提起它。在"我的思想"中还有一些我没有解决的问题，但是我并不愿意别人来帮助我解决，除非我自己来解决。近两年来，我甚至不敢看书，生怕碰到什么观点不利于我的"思想"，从而使我的思想发生动摇。可是忽然瓦辛一下子解决了我的为难之处，使我放了一百二十个心。说真的，我有什么可怕的呢，他们使用的那套不管什么雄辩术能奈我何？那里也许只有我一个人懂得，瓦辛谈到"思想—感情"的关系时究竟要说什么！仅仅驳倒某个绝妙的思想是不够的，必须用另一个同样绝妙的思想来代替它。要不然，我是无论如何不会舍弃我的感情的，我将在我心中驳倒他们对我的反驳，哪怕是强词夺理。不管他们究竟说什么，作为替代品，他们又能给我什么呢？因此，我完全可以变得更勇敢些，我必须更加英勇无畏。在赞赏瓦辛观点之余，我又感到羞愧，我感到自己还是个没出息的娃娃！

这时还出现了一件出乖露丑的事。倒不是我想卖弄聪明这种拙劣的感情，促使我在他们面前打破坚冰开口说话的，是一种"取悦于人"的愿望。这种取悦于人的愿望，想让大家承认我是个好孩子、拥抱我、亲我，或者诸如此类的事（总之，拙劣透顶），我认为，这是我身上所有可耻的感情中最卑劣的一种，我怀疑我身上的这一愿望由来已久，这也正是我多年来一直躲在角落里的原因，虽然我对此并不感到后悔。我知道，我应当在大家面前表现得孤僻一些。在这类出乖露丑之后，唯一使我感到安慰的是，不管怎样，这"思想"仍像过去一样深藏在我的内心，我还没有向他们泄露过这一秘密。有时，我会心惊胆战地想象，如果我向什么人坦陈了我的思想，那我就会突然变得一无所有，因而我就会变得同大家一样，而且，说不定我还会抛弃这个思想；因此我才珍藏着它，保护着它，唯恐唠唠叨叨地说漏了嘴。可现在，在杰尔加乔夫家，几乎从头一次交锋我就忍不住了：当然，我什么也没有泄露，但却不可饶恕地胡扯了一通，出了件丢人现眼的事。一想起来就让人恶心！不，我不应当跟他人接触，跟他人交往，即使现在我也这么想，我说这话将管用四十年。我的思想——需要角落。

五

瓦辛刚一夸我，我就迫不及待地想开口说话。

"我以为，任何人都有权根据自己的信念……拥有自己的感情……而且任何人都不能因此责备他。"我对瓦辛说。虽然我在滔滔不绝地说话，但是似乎说话的不是我，嘴里转动的也似乎不是我的舌头。

"是——吗？"曾经打断杰尔加乔夫、向克拉夫特嚷嚷说他是德国人的那个人立刻接过话茬，以讽刺的口吻拖长了声音说道。

我认为这人根本不值得一驳，便扭过头去向那位老师说道，仿佛方才向我嚷嚷的是他似的。

"我的信念是我无权对任何人妄下断语。"我哆嗦着说，已经知道这下栽了。

"干吗这么秘而不宣呢？"又响起了那个不值一驳的人的声音。

"任何人都可以有自己的思想。"我直视着那位老师的眼睛，那位老师却相反，默不作声，满脸堆笑地打量着我。

"那您呢？"那个不值得一驳的人又嚷嚷道。

"说来话长……就某种程度说，我的思想就是让我安静一会儿，别来打搅我。当我手里还有两卢布的时候，我就想独自安安静静地过日子，不依赖任何人（请少安毋躁，我知道有人要反驳我），也不做任何事——哪怕是为人类的伟大未来，即曾经有人邀请克拉夫特君为之服务的那个人类的伟大未来。个性自由，即我本人的自由，您哪，应当放在第一位，至于其他，我一概不管。"

错就错在我发火了。

"也就是说，您在宣扬吃饱了肚子的奶牛的安宁？"

"就算是吧。谁也不会受到奶牛的侮辱。我不欠任何人一文钱，我向社会、向国库交各种税，为的就是不被抢劫、不挨打、不被杀害，此外谁也无权向我要求任何东西。我本人说不定还有一些别的思想，我想为人类服务，也许，我做的事比所有的宣传家加在一起还多十倍；不过我希望，任何人也无权要求我、强迫我做到这点，就像要求和强迫克拉夫特先生那样；即使我连一根手指也不想动，那也完全是我的自由。至于因为爱人类而四处奔波，见人就搂着人家的脖子又亲又啃的，感动得热泪盈眶——这不过是一种时尚罢了。我干吗非爱身边的人不可呢，或者非爱您说的什么未来的人类不可呢，这未来的人类我永远也看不到，也不会知道我，而他们自己也将化为灰烬，无影无踪，既无任何痕迹，也无任何回忆（这里，时间将变得毫无意义），地球本身也将变成一块结冰的岩石，并且与许多数不清的同样结冰的岩石一起，在没有空气的太空中飞翔。也就是说，没有比这更没有意思的了，让人无法想象！这就是你们的学说！请问，既然一切转瞬即逝，我干吗非得做个高尚的人。"

"哎——呀！"那声音又叫道。

我扯断了一切绳索，神经质、恶狠狠地开了这一炮，把所有这一切都说了出来。我知道我正在跌进泥塘，但是我害怕别人反驳，慌不择言。我清楚地感觉到，我就像筛糠似的，一股脑儿倒下去，七颠八倒，语无伦次，跳过十个思想陆地讲到第十一个，但是我急于说服他们，把他们统统驳倒。这对我太重要了！我准备了三年！但是有意思的是，他们突然都闭上了嘴，默不作声，简直一言不发，大家只是竖起耳朵在听。我则继续对那位老师说道：

"正是这样，您哪。顺便说说，一个非常聪明的人曾经说过，没有任何事情比回答这样的问题更难的了：'干吗非得做个高尚的人不可呢？'要知道，世界上有三类小人：一类是天真的小人，也就是说，他们坚定地相信他们的卑劣乃是绝顶的高尚；另一类是真有羞耻之心的小人，也就是说，他们对自己的卑鄙无耻感到羞耻，但是又欲罢不能，非干到底不可；最后一类是地道的小人，纯粹的小人。请听我说，您哪：我有一名同学，叫兰伯特，他还只有十六岁的时候就曾经对我说过，假如他发了财，他最大的乐趣就是，当穷人家的孩子快饿死的时候，他却把面包和肉拿去喂狗；而当他们无物取暖的时候，他却可以买下整整一院子劈柴，把它们堆放在旷野上放把大火，一根劈柴棍也不送给穷人。这就是他的感情！请问，当这个纯粹的小人问我：'为什么他非得做个高尚的人不可？'我能回答他什么呢？尤其是现在，在我们这个时代，被你们弄得世风日下的时代。再没有比现在更坏的时代了——从来不曾有过。我们这个社会已经变得混沌一片，诸位，请看，你们否定上帝，否定做好事，那还有什么保守落后的、盲目的陈规陋习能驱使我按你们的方式做，而不按对我更有利的方式？你们会说：'合理地对待人类也对我有利。'可是，如果我认为所有这些合理的做法，所有这些兵营式的东西呀，法朗吉①呀，都不合理，那怎么办？既然我在这世上只能活一次，那所有这些劳什子以及什么未来长未来短的，关我屁事！请让我自己来弄清我的利益何在，这样岂不更好。再过一千年，你们说的这人类究竟会怎么样，这又关我什么事呢，如果按照你们那个准则，我既没有因此而得到爱，也没有因此而过上未来的生活，我做的种种好事也没有因此而得到承认的话？不，您哪，如果是这样的话，倒不如让我老实不客气

---

① 法朗吉是傅立叶空想社会主义者为未来社会设计的基层单位。法朗吉原是古希腊的一种方阵或兵营组织，大家都过着军事共产主义的生活。

第一部

地干脆为自己而活,到那时候哪怕大家都完蛋,也与我无关!"

"想得倒美!"

"不过。我随时准备跟大家一起完蛋。"

"那就更妙了!"(又是那个声音。)

其余的人都继续保持沉默,大家都看着我,打量着我,但是慢慢、慢慢地从屋子的各个角落都传来嘻嘻嘻的窃笑声,虽然声音还很低,但是大家都冲我的脸窃笑不已。只有瓦辛和克拉夫特没有嘻嘻地笑。那个蓄有黑胡子的人也在冷笑;此前他一直两眼盯着我,在听。

"诸位,"我全身都在发抖,"我决不会把我的想法告诉你们,相反,我倒想从你们的观点出发来请教你们,别以为我是从我的观点出发来问你们的,因为也许我比你们更爱人类,比你们加在一起更爱一千倍!请问——你们现在一定要回答我,你们必须回答我,因为你们在笑,我倒要请问,你们能用什么东西来吸引我,让我跟你们走呢?请问,你们能用什么东西来向我证明,你们那儿就肯定好呢?在你们兵营式的生活里,我个人提出的抗议,你们又会如何处置呢?诸位,我早就想同你们见面了!你们那儿将会有兵营式的生活,将会有公共宿舍,将会有最低水平的必需品,无神论,不要孩子的公妻制——这就是你们的结局,我统统知道,您哪。就是为了这个,就是为了这一切,就是为了那点平均利益的一小部分(也就是你们的合理制度保证我能得到的那一小部分),为了一块面包和一点儿温暖,你们却以此为代价剥夺我的全部个性!请问,您哪:如果在那里有人带走我的老婆,你们能让我心平气和,能让我不把我的敌人的脑袋砸个稀巴烂吗?你们会说,到时候我自己也就变聪明了;但是我老婆会对这样一个明智的丈夫(如果她还多少有些自尊的话)说什么呢?要知道,这是违背自然的;你们该懂得羞耻才是!"

"您是研究女性问题的专家吗?"响起了那个不值一驳的人的幸灾乐祸的

声音。

一时间我头脑发热,真想冲过去给这混蛋一顿老拳。这人个子不高,棕红色头发,脸上有几粒雀斑……不过,话又说回来,活见鬼,我描写他的外貌干吗呢!

"请放心,我还从来没有碰过女人。"我顶了他一句,头一回向他扭过了脸。

"宝贵的信息,不过鉴于有女士在场,措辞不妨文雅些!"

忽然,大家纷纷动弹起来,纷纷拿起礼帽,想走——当然,不是因为我,而是他们到了该走的时候了;但是对我的这种默然不语的态度使我感到压抑和无地自容。我也霍地起立。

"您一直看着我,请允许我请教阁下贵姓?"那位老师面带十分可憎的微

笑，忽然向我走过来。

"多尔戈鲁基。"

"多尔戈鲁基公爵？"

"不，姓多尔戈鲁基的一介草民，前农奴马卡尔之子，我的前主人韦尔西洛夫老爷的私生子。请放心，诸位，我这样说完全不是为了让你们立刻扑到我的脖子上来亲我吻我，也不是为了让我们像一群牛犊似的感动得哞哞叫！"

一下子爆发出了最不礼貌的哄堂大笑，因而使门背后的那小孩惊醒过来，开始啼哭。我气得发抖。他们纷纷与杰尔加乔夫握手告别，接着便走了出去，对我根本不予理睬。

"咱们走吧。"克拉夫特捅了捅我。

我走到杰尔加乔夫跟前，使劲握了握他的手，又使劲摇晃了几下。

"对不起，那个康德柳莫夫（棕红头发的那主儿）一直在惹您生气。"杰尔加乔夫对我说。

我跟着克拉夫特走了出去。我丝毫不觉得羞耻。

六

当然，现在的我与当时的我有着天壤之别。

我继续"丝毫不觉得羞耻"，我还在楼梯上就追上了瓦辛，他落在克拉夫特后头，仿佛他是个次要人物似的，接着便以一种十分自然的姿态，仿佛什么事情也没发生过，问道：

"您似乎认识家父，我是想说韦尔西洛夫？"

"说实在的，我同他并不熟悉，"瓦辛立刻回答道（一些彬彬有礼的人在跟方才那样出乖露丑的人说话时总会摆出一副做作出来的客套，可是他却丝毫没有这种气人的姿态），"但是，也多少认识一点儿，见过面，也听过他讲话。"

"既然听过他讲话，那自然就算认识喽，因为您就是您！您对他有什么看法？请原谅我冒昧询问，但是我需要知道您的意见。您对他有什么看法，正是您本人的意见，对我是必需的。"

"您对我的要求太高了。我觉得，此人能对自己提出很高的要求，或许也能做到，——但是他并不需要向任何人解释。"

"此话有理，此话十分有理，这是一个非常骄傲的人！但是，这是个清白的人吗？请问，您对他皈依天主教有何看法？不过，我忘了，也许，您不知道这事……"

如果我不是这么激动，不用说，我就不会对一个我从来没有说过话，只是听说过名字的人这么没来由地，像开机关枪似的，提出这么一连串问题了。我感到奇怪，瓦辛似乎并不介意我的疯狂！

"关于此事我也略有耳闻，但是我不知道这在多大程度上是可信的。"他依然平静地、从容不迫地回答。

"毫无可信之处！关于他的种种传说全不是真的！难道您以为他会信仰上帝吗？"

"正如您刚才所说，他是一个非常骄傲的人，而许多非常骄傲的人是喜欢信仰上帝的，尤其是那些有点恃才傲物的人。许多强者似乎都有一种自然的需要——找一个人或者找一样什么东西，然后对他或它顶礼膜拜。强者有时候会受不了自己的强大。"

"我说，这话可能非常正确！"我又叫起来，"不过我想弄明白……"

"这里的原因是清楚的：他们为了不崇拜世人，于是选择了上帝——不用说，连他们自己也不明白他们这是怎么搞的：崇拜上帝仿佛不那么辱没身份似的。他们当中常常会出现一些非常热烈地信奉上帝的人——说得更准确些，他们是一些热烈地希望信仰的人；但是他们却把愿望当成了真正的信仰。尤其在这样的人中，到头来常常会出现一些大失所望的人。关于韦尔西洛夫先生，我想，他身上有一些非常真诚的性格特点。总的说，他使我很感兴趣。"

"瓦辛！"我叫道，"您使我太高兴了。我倒不是惊叹您的智慧，我惊叹的是，您是一个如此纯洁、远比我高明的人，怎么能如此朴实、如此客气地跟我平起平坐地说话呢，就好像什么事情也没有发生过似的！"

瓦辛微微一笑。

"您对我过奖了，刚才发生的事仅仅是因为您太喜欢进行抽象的谈话了。您大概在此以前沉默的时间太久了吧。"

"我沉默了三年，我想一吐为快，也准备了三年……不用说，您不可能把我看作傻瓜，因为您自己非常聪明，虽说不可能比我的表现更愚蠢了，但是您却可能把我看作小人！"

"小人？"

"对，毫无疑问！请告诉我，当我说我是韦尔西洛夫的私生子……而且还夸耀我是家奴之子的时候，您没有私下里看不起我吗？"

"您太折磨您自己了。如果您觉得这样说不好，下次不这样说，不就得了；来日方长嘛，您还有五十年好活哩。"

"噢，我知道，在与别人相处时，我应当尽可能少说话。在所有的坏毛病中，最卑鄙无耻的毛病是挂在人家的脖子上无端邀宠；方才，我已对他们说过这话，而现在我又想挂到您脖子上了！要知道，二者有区别，是不是？如果您明白这区别，如果您能够明白，那我就赞美这一时刻！"

瓦辛又微笑了一下。

"如果您愿意，可以常来找我，"他说，"我现在有工作，很忙，但是您来，我会很高兴的。"

"我方才从您的相貌上看出来，您这人坚强有余，但不爱与人接触。"

"这很可能是对的。我认识令妹丽扎韦塔·马卡罗芙娜，去年，在卢加……克拉夫特停下来了，似乎在等您；他要拐弯了。"

我紧紧握了握瓦辛的手，追上了克拉夫特，我同瓦辛说话的时候他一直走在前头。我们俩默默地走到他的住处；我还不想，也不能同他说话。克拉夫特性格中一个最大的特点就是彬彬有礼。

第 四 章

一

克拉夫特过去曾在某处供职，与此同时，还帮已故的安德罗尼科夫办理过一些其他私人事务（为了从他那里得到报酬），后者常在本职工作以外兼做一些分外的事。对我来说重要的只有一点，由于克拉夫特和安德罗尼科夫特别接近，克拉夫特很可能知道许多让我特别感兴趣的事。但是我从玛丽娅·伊万诺芙娜口中得知（她是尼古拉·谢苗诺维奇的妻子，过去我上中学的时候曾在他家借住过多年，而她又是安德罗尼科夫的亲侄女和养女，自小受到他的宠爱），克拉夫特甚至"接受委托"要把一样东西交给我。我已经等了他整整一个月了。

他住在一个小套间里，有两间屋，完全独立，而目前，因为刚回来，连个仆人都没有。皮箱虽已打开，但东西还没收拾，全堆放在几把椅子上，长沙发前面有张桌子，桌上散乱地摆放着旅行包、旅行用的小匣、手枪，等等。克拉夫特进屋后，似乎心不在焉，若有所思，仿佛把我全忘了；他也许根本就没注意，一路上，我都没跟他说过话。他立刻开始寻找什么东西，但是他无意中瞥了一眼镜子，就停了下来，足足用了一分钟，注视着自己的脸。虽说我也注意到了这有点特别（后来，我非常清楚地想起了这一切），但是我心头烦闷，感到很尴尬。我无法集中思想。一时间我忽然想干脆走开，把所有的事就这么撂下，永远不管不顾。再说，说实在的，所有这些事又算得了什么呢？这岂不是自寻烦恼吗？我陷入灰心丧气之中，也许我是在白白地浪费精力，由于感情用事净干一些不足挂齿的小事，而我现在，任务当前，正需要全力以赴。然而,鉴于在杰尔加乔夫那儿发生的事,已经显而易见,我不克当此重任。

"克拉夫特,以后您还会去找他们吗?"我忽然问他。他慢慢地向我转过头来,仿佛没有听懂我究竟要说什么似的。我在椅子上坐了下来。

"请您原谅他们!"克拉夫特忽然说。

我当然觉得这似乎是嘲笑;但是我定神看了他一眼,看到他脸上有一种非常奇怪,甚至惊人的真诚,以至连我自己都觉得吃惊,他怎么会这么严肃地请求我"原谅"他们呢?他搬过一把椅子,坐在我身旁。

"我自己也知道,也许我不过是集所有自尊于一身的大杂烩,如此而已,"我开口道,"但是,我并不想请求大家原谅。"

"再说,也根本无须向任何人请求原谅。"他低声而又严肃地说。他的说话声一直很低,而且很慢。

"就让我觉得自己问心有愧吧……我喜欢问心有愧……克拉夫特,请您见谅,我在这儿胡说八道了。请问,难道您也在这小组里吗?我想问您的正是这事。"

"他们不比其他人笨,也不比其他人聪明,他们和大家一样,都是疯子。"

"难道大家都是疯子?"我不由得好奇地向他转过身来。

"现在比较优秀的人,都是疯子。只有恪守中庸之道的无能之辈才会花天酒地,寻欢作乐……不过,这一切都不值得一提。"

他一边说话,一边又似乎仰首望天,常常是刚开口就戛然而止。尤其使我吃惊的是在他声音中透露的某种忧伤。

"难道瓦辛也同他们沆瀣一气?瓦辛有智慧,瓦辛有道德观念啊!"我叫道。

"现在根本就没有什么道德观念。忽然就了无踪影,主要是还摆出一副架势，好像从来就不曾有过似的。"

"过去也不曾有过？"

"咱们最好别提这个了。"他带着一种明显的倦意说道。

我被他那种又忧伤又认真的态度打动了。我对自己的自私感到羞愧，开始说些附和他的话。

"当今这时代，"他沉默了约莫两分钟，又主动开口道，可是他的眼睛始终望着空中的某个地方，"当今这时代，是恪守中庸之道和无动于衷的时代，是一个追求无知、懒惰、不学无术，既干不了任何事，又想坐享其成的时代。谁也不肯动脑筋，很少有人会给自己挤出点思想。"

他又打断了自己的话，沉默少顷；我听着。

"如今，人们在大肆砍伐俄罗斯的森林，使土壤变得贫瘠，把沃土变成荒原，变成草地，供卡尔梅克人放牧。如果有人带着希望来植树——大家肯定会笑他：'难道你能活到它长大成林？'另一方面，希望未来会好起来的人，却在大谈一千年之后会出现什么情况。扣人心弦的思想完全不见了。大家都好像住在客栈里似的，准备明天就离开俄罗斯，弃之不顾，大家都在得过且过……"

"对不起，克拉夫特，您方才说'关心千年以后的事'。唔，您对俄国前途的绝望……难道不也同样是关心吗？"

"这……这是当前首当其冲的、最迫切的问题。"他怒气冲冲地说道，迅速从座位上站了起来。

"哎呀！我都忘了！"他忽然说，腔调完全变了，同时有点困惑地看着我，"我叫您来是有事的，可是……看在上帝分上，对不起。"

他忽然像做了个梦，从梦中醒来，几乎有点过意不去似的。他从放在桌上的一个公文包里拿出一封信，递给了我。

"这就是我要转交给您的东西。这是一份有一定重要性的文件。"他专心地、用一种非常干练的办事口吻开口道。

后来过了很长时间，每当我想起这件事，他的这种本领（而且对他来说是这样关键的时刻！）就使我感到吃惊，他居然能以这样真切的关心来对待别人的事，能如此镇定自若、有板有眼地讲述这事的来龙去脉。

"这就是那位斯托尔别耶夫写的信，正是由于他死后留下的遗嘱，才引发了韦尔西洛夫与索科尔斯基公爵家的这场官司。这场官司现在正由法院审理，而判决的结果肯定会对韦尔西洛夫有利，因为法律支持他。然而在这封两年前写的私人信件里，立遗嘱人却亲自讲述了他自己的真实意愿，或者说得更准确些，愿望。讲述的内容，与其说对韦尔西洛夫有利，不如说更有利于公爵家族。至少，索科尔斯基公爵对遗嘱提出异议时所依据的那几条理由，在这封信中都能找到有力的支持。虽然这份文件并无决定性的法律意义，但是韦尔西洛夫的对手肯定会出高价来得到它。承办韦尔西洛夫这场官司的阿列克谢·尼康诺罗维奇（安德罗尼科夫），一直把这封信保存在自己手里，直到临死前不久才把它交给了我，托我'保管'——也许因为他已预感到死期不远，才担心自己的文件。现在我并不想对阿列克谢·尼康诺罗维奇在这种情况下的意图妄下断语，但是我得承认，他死后我处在某种进退两难的困境，我拿这份文件怎么办呢？尤其因为法院对这场官司即将宣判。但是玛丽娅·伊万诺芙娜（阿列克谢·尼康诺罗维奇生前是非常信任她的）却使我摆脱了这一困境：三周前，她写信给我，态度很坚决，让我把这份文件无论如何要交给您，因为这样做大概（她的原话）符合安德罗尼科夫的意愿。那么，这就是那文件，我很高兴终于把它交给了您。"

"听我说，"我说道，被这突如其来的消息弄得不知所措，"现在我拿这封信怎么办呢？我该怎么做呢？"

"那就随您便了。"

"那不行,您自己也看得出来,我根本就做不了主!韦尔西洛夫眼巴巴地希望得到这笔遗产……要知道,没有这份资助他会完蛋的——现在却忽然出现了这样一份文件。"

"它仅仅出现在这里,在这房间里!"

"难道是这样?"我注意地看了看他。

"假如在这种情况下您自己都不知道该怎么办,那我又能给您出什么主意呢?"

"但是,我也不能把它交给索科尔斯基公爵呀;我会把韦尔西洛夫的希望全毁了的,此外,在他面前我就成了叛徒……另一方面,如果我把它交给韦尔西洛夫,我又会使无辜者陷入贫困,而且使韦尔西洛夫仍旧处在一种走投无路的绝境:要么放弃遗产,要么成为窃贼。"

"您也过分夸大了这事的意义。"

"请告诉我一点:这文件是否具有决定性的关键意义?"

"不,没有。我对于法律知之甚少。对方的律师,不用说,一定知道怎么来利用这文件,从中取得应有的利益。但是,阿列克谢·尼康诺罗维奇却很有把握地认为,即使把这封信呈交法庭,它也未必具有很大的法律意义,因此,韦尔西洛夫的官司仍旧能够打赢,毋宁说,这文件提出了一个所谓良心问题……"

"正是这点最重要,"我打断道,"正因为这点,韦尔西洛夫将处于一种走投无路的绝境。"

"他也可以把这文件毁掉呀,这样一来,他可以使自己避免任何危险。"

"您是否有什么特别的根据认为他会这么认为呢,克拉夫特?这就是我想知道的;也正因为这点我才来拜访足下!"

"我想,任何人换了是他,都会这么做的。"

"您也会这么做吗?"

"因为我没有接受遗产,所以我也不知道我会怎么做。"

"那好,"我说,把信塞进了口袋,"这事现在就算暂时了了。克拉夫特,请听我说,我敢向您保证,玛丽娅·伊万诺芙娜曾经向我透露过许多事,她告诉我,您,而且只有您一个人,可以把一年半以前发生在埃姆斯[①]的韦尔西洛夫同阿赫马科夫夫妇间的事告诉我。我一直在等您,就像等太阳会照亮一切似的在等您。您不知道我的处境,克拉夫特。我求您了,请您把全部真相告诉我。我正需要知道他是怎样的一个人,而现在 —— 现在比任何时候都需要知道这点!"

"我奇怪的是玛丽娅·伊万诺芙娜自己怎么没把所有的事全告诉您;她从已故的安德罗尼科夫那儿可能全都听说了,不用说,她听说了,而且知道得也许比我还多。"

"安德罗尼科夫自己也弄不清这事,玛丽娅·伊万诺芙娜就是这么告诉我的。似乎谁也搞不清这事的缘由。这事恐怕连魔鬼都会跑断腿的!可是我知道,您当时自己也在埃姆斯……"

"我全没有碰到,但是,只要是我知道的,行啊,我会很乐意地告诉您的,不过,我能满足您的要求吗?"

二

我就不逐字逐句地引述这段故事了,只简略地说说这事的要点。

一年半以前,韦尔西洛夫通过老公爵索科尔斯基的介绍,成了阿赫马科夫家的好友(当时,他们大家都在国外,在埃姆斯),他首先给阿赫马科夫本

[①] 埃姆斯是德国的一个疗养地。1874年,陀思妥耶夫斯基就是在这里开始写作《少年》的,1875年和1876年他又两次来这里治病和疗养。

第一部

人留下了强烈的印象。阿赫马科夫是位将军，人还不老，但是却在三年的夫妻生活中，因赌牌而输光了妻子卡捷琳娜·尼古拉耶芙娜的全部丰厚陪嫁，而且他由于生活不知节制，已经中过一次风。中风过后，他苏醒了过来，便去国外疗养，而他之所以住在埃姆斯，是为了他前妻所生的女儿。她是一位有病的姑娘，年方十七，患有肺病，据称，长得非常漂亮，同时也极好幻想。她没有陪嫁；大家把希望照例都寄托在老公爵身上。据说卡捷琳娜·尼古拉耶芙娜是个好心肠的后妈。但是这姑娘不知为什么却不离不弃地特别喜欢韦尔西洛夫。当时他正在宣传一种，用克拉夫特的话来说，"某种狂热的思想"，宣传某种新生活，处在某种"高度的宗教情绪"中（根据别人告诉我的安德罗尼科夫那奇怪的、也许不无嘲笑之意的说法）。但是，有意思的是，他很快就遭到大家的嫌弃。将军甚至有点怕他。克拉夫特完全不否认当时有一种说法，说韦尔西洛夫已经在那位有病的丈夫脑子里塞进了一个奇怪的想法，即卡捷琳娜·尼古拉耶芙娜暗恋上了小索科尔斯基公爵（他当时已经离开埃姆斯去了巴黎）。但他这话不是开门见山说的，而是，"按照他的老习惯"，用诽谤、归纳，以及各种弯弯绕的办法说的，正如克拉夫特所说，"对此，他是个中老手"。总的说，克拉夫特认为，而且愿意认为，他更像一个骗子和天生的阴谋家，而不是什么真正充满着某种崇高思想，或者有什么新奇想法的主儿。即使克拉夫特不告诉我，我也知道，韦尔西洛夫先是对卡捷琳娜·尼古拉耶芙娜有过非常大的影响，但是慢慢地又同她闹翻了，至于这场把戏到底是怎么回事，我从克拉夫特那里也打听不出来，但是他们俩在彼此交好之后又反目成仇却是大家都予以肯定的一种说法。接着又出现了一个奇怪的情况：卡捷琳娜·尼古拉耶芙娜的有病的继女显然爱上了韦尔西洛夫，或者发现他身上有什么惊人之处，或者被他的谈吐点燃了心中的火焰，或者还有许多莫名其妙的东西，但是众所周知的是，有一段时间韦尔西洛夫几乎与这姑娘天天在一起。结果有一天这姑娘突然向父亲宣布，她想嫁给韦尔西洛夫。至于这是否真的发生过，大家都这么肯定——克拉夫特这么说，安德罗尼科夫这么说，连玛丽娅·伊万诺芙娜也这么说，甚至有一天塔季雅娜·帕夫洛芙娜当着我的面说漏了嘴，也提到过此事。他们还肯定说，韦尔西洛夫本人非但愿意，甚至还坚决要求与这姑娘成亲，而且还说这是双方都乐意的事，一老一小，老夫少妻，虽然年龄不相称，但却两厢情愿。但是，她父亲却被这想法吓坏了。随着他越来越厌恶从前非常爱过的卡捷琳娜·尼古拉耶芙娜，他几乎崇拜起了自己的女儿，把她视若掌上明珠，尤其在他中风之后。但是出面最坚决反对这门婚事的却是卡捷琳娜·尼古拉耶芙娜本人。出现了许许多多秘密的、非常不愉快的家庭冲突、争吵、伤心难过，总之，出现了各种各样糟心的事。做父亲的看到陷入情网、被韦尔西洛夫弄得"神魂颠倒"（克拉夫特语）的女儿始终执迷不悟，终于开始让步了。可是卡捷琳娜·尼古拉耶芙娜却愤恨难消地继续表示反对。谁也弄不清是怎么回事的谜团就从这里开始。然而，因此也就出现了克拉夫特根据已知信息做的直接猜测，但这毕竟只是猜测而已。

　　韦尔西洛夫似乎已经用他那一套花言巧语，巧妙而又无可反驳地让那位年轻姑娘相信，卡捷琳娜·尼古拉耶芙娜不同意他们的婚事是因为她自己爱上了他，她早就醋劲大发地不断折磨他，盯他的梢，耍阴谋，暗中使坏，她向他求过爱，现在则因为他爱上了别的女人，恨不得放把火活活烧死他；总之，全是这一类猜测吧。最糟糕的是，他似乎已经把这一点向那位做父亲的，那位"不忠的妻子"的丈夫做过"暗示"，说什么小公爵不过是供她消遣的玩物罢了。不用说，家里闹翻了天，简直成了活地狱。另一种说法是，卡捷琳娜·尼古拉耶芙娜非常喜欢自己的继女，而现在她受人诽谤，没脸见继女，感到十分绝望，更不用说对有病的丈夫了。不过，与此同时还有另一种说法，令我伤心的是，克拉夫特完全信以为真，而我自己也居然信了（因为这一切我已经听说过）。有人断言（据说，这是安德罗尼科夫从卡捷琳娜·尼古拉耶芙娜那里听来的），事情恰好相反，还在从前，也就是说在小姑娘开始动情之前，韦尔西洛夫曾向卡捷琳娜·尼古拉耶芙娜求过爱，卡捷琳娜·尼古拉耶芙娜曾是他的朋友，甚至有一段时间热恋过他，但又经常信不过他，与他矛盾重重，这回对韦尔西洛夫的求爱报以无比的憎恨，还恶狠狠地嘲笑了他。在她丈夫很可能出现第二次中风的时候，他居然敢直截了当地求她做他的妻子，因此她就干脆让他滚蛋，把他从自己身边赶走了。因此，当韦尔西洛夫公然向卡捷琳娜·尼古拉耶芙娜的继女求婚，这就使她气不打一处来，恨得什么似的。这一切都是玛丽娅·伊万诺芙娜在莫斯科的时候告诉我的，她对这两种说法都信，既相信这一说法，也相信另一说法，或者二者加在一起，她都信：她很有把握地说，这一切很可能兼而有之，是一起发生的，就像双方都由爱生恨一样，双方在爱情中的自尊心都受到了伤害，等等，等等。这就像某种极微妙的、阴错阳差的风流韵事，是任何一个严肃的、思想健全的正人君子所不屑为之的，更何况其中还夹杂着许多卑鄙下流的事。玛丽娅·伊万诺芙娜的脑子里从小就塞满了各种风流韵事，没日没夜地净读这类小说，尽管她品行端正。结果在她脑海里就明显展示出了韦尔西洛夫的卑鄙无耻、谎话连篇和阴谋诡计，以及某种黑暗和丑恶的一面，更何况这事的结局的确很惨：可怜的、热情似火的姑娘服毒自杀了，据说，她吞服的是一种含磷的火柴；我至今仍不晓得最后这一传闻是否属实；至少是大家都竭力掩盖此事，大事化小，小事化了。这姑娘病倒只有两周，就死了。这样一来，火柴云云就只好存疑，但是克拉夫特却对此坚信不疑。接着这姑娘的父亲也很快死了，据说是因为伤心过度，悲痛引起了第二次中风，不过这至少也是三个月以后的事了。在这姑娘的葬礼以后，从巴黎回到埃姆斯的索科尔斯基小公爵，在花园里当众给了韦尔西洛夫一记耳光，但是韦尔西洛夫并没有要求决斗；相反，他第二天像没事人似的又出现在大家散步的场合。这时，大家都对他置之不理，扭头不顾，在彼得堡也一样。韦尔西洛夫虽然仍继续与某些人来往，但已经完全换了个圈子。他在上流社会的熟人都责备他，认为他罪不容赦，虽然很少有人知道个中的全部底细；他们知道的仅限于与那个年轻姑娘殉情而死以及韦尔西洛夫挨了一记耳光有关的事。有可能掌握全部情况的恐怕只有两三个人；而知道得最多的恐怕就只有已故的安德罗尼科夫了，因为他同阿赫马科夫夫妇有事务上的交往，尤其因为某件事与卡捷琳娜·尼古拉耶芙娜接触较多。但是他却保守着这全部秘密，甚至连自己的家人都不让知道，仅向克拉夫特和玛丽娅·伊万诺芙娜透露了某些内容，而这也是因为迫不得已。

"主要是现在有一份文件，"克拉夫特最后说，"这也是阿赫马科娃夫人非常害怕看到的。"

下面就是他有关这文件告诉我的情况。

当老公爵，也就是卡捷琳娜·尼古拉耶芙娜的父亲，在国外疗养即将病愈的时候，她一不小心，十分秘密地给安德罗尼科夫写了一封非常有损她名誉的信（卡捷琳娜·尼古拉耶芙娜十分信任他）。那时候，据说，在即将痊愈的公爵身上的确出现了某种爱乱花钱，几乎挥金如土的倾向：在国外，他开始买一些完全无用但十分昂贵的东西，名画呀，花瓶呀，等等；他甚至给当地的各种机构捐助天知道多大的巨款；背地里，还差点用重金向一位俄国上流社会挥金如土的阔佬买下一块业已破产而且讼事缠身的领地；最后他还似乎当真有续弦之念。卡捷琳娜·尼古拉耶芙娜在父亲患病期间一直守候在他身旁，正是鉴于上述情况，她给安德罗尼科夫写了一封信，因为他是她家的法律顾问，又是"老朋友"，向他咨询："根据法律，有没有可能宣布公爵处于家人的监护之中，或者宣布他是一个类似于无民事行为能力的人，如果可以的话，这事又应当怎样处置，才不会引起麻烦，既无人可以提出指责，又能在这种情况下顾全父亲的感情，等等，等等。"据说，安德罗尼科夫当时开导了她，劝她放弃了这个主意。到后来，公爵的病全好了，也就无须旧事重提。但是这封信却留在了安德罗尼科夫手中。现在他已风烛残年，来日无多，卡捷琳娜·尼古拉耶芙娜立刻想起了这封信：如果在死者的遗物中发现了这封信，而且落到了老公爵手里，他肯定会把她永远逐出家门，剥夺她的财产继承权，而且也不会在他生前给她一文钱。一想到亲生女儿居然不相信他具有正常的理性，甚至想宣布他是疯子——这个想法肯定会把这只羔羊变成一头野兽。而她守寡之后，拜那个好赌的丈夫所赐，她已经变得一无所有，只能指望父亲能够有所遗赠：她满心指望父亲能再给她一笔陪嫁，而且能同第一次陪嫁一样丰厚！

克拉夫特对这封信的下落知道得很少，但是他说，安德罗尼科夫"从不撕毁有用的文件"，除此以外，他这人非但足智多谋，而且还"很有良心"。（我当时甚至觉得奇怪，克拉夫特的观点竟非常有主见，可见他十分敬重安德罗尼科夫。）克拉夫特坚信，那份有损将军夫人名誉的文件，由于韦尔西洛夫同安德罗尼科夫的遗孀十分接近，似乎还是落到了韦尔西洛夫手里。大家都知道，安德罗尼科夫死后，她们就一定立刻把他留下来的所有文件都交给了韦尔西洛夫。他也知道，卡捷琳娜·尼古拉耶芙娜也晓得这封信在韦尔西洛夫手中，她想韦尔西洛夫一定会立刻带着这封信去见老公爵，而这正是她最担心的；她从国外回来后，就在彼得堡寻找这封信，曾经去过安德罗尼科夫家，现在还在继续寻找；因为她毕竟还留下一丝希望，也许这封信并不在韦尔西洛夫手中，最后，她又去了莫斯科，她去的唯一目的就是这事，她还央求玛丽娅·伊万诺芙娜从保存在她家的那些文件中再好好找找。关于玛丽娅·伊万诺芙娜这个人以及她跟已故的安德罗尼科夫的关系,她还是在前不久回到彼得堡以后才打听到的。

"您以为她在玛丽娅·伊万诺芙娜那儿没有找到吗?"我问道,我有自己的想法。

"如果玛丽娅·伊万诺芙娜甚至都没有对您说什么的话,可见,她也许什么都没有了。"

"那么说,您认为这文件在韦尔西洛夫手里?"

"很可能是这样。不过,我也不知道,一切都可能吧。"他带着明显的倦意说道。

我不再刨根问底地问他了,再说这又何苦呢?尽管这一切被搞得不成体统、乱七八糟,但是对于我,最主要的事情还是弄清楚了;我担心的一切都得到了证实。

"这一切就像一场梦和呓语。"我说,陷入深深的伤感,拿起了礼帽。

"这人对您很宝贵吗?"克拉夫特问,这一刻,我在他脸上看到明显的同情。

"我早就有这样的预感,"我说,"我从您这里是不可能完全打听清楚的。现在只有阿赫马科娃这一线希望了。只有寄希望于她了。也许我会去找她,也许不会。"

克拉夫特有点困惑地望了望我。

"再见,克拉夫特!既然人家不要您,何苦死乞白赖地去找他们呢?还不如一刀两断——对吗?"

"那以后到哪去呢?"他板着脸看着地面,问。

"回到自己的地方去,回到自己的地方去!与一切一刀两断,然后回到自己的地方去!"

"去美国？"

"去美国！回到自己的地方去，回到自己一个人的地方去！这就是'我的思想'，克拉夫特！"我兴高采烈地说。

他似乎好奇地望了望我。

"可您有这地方吗：'回到自己的地方去'？"

"有。再见，克拉夫特；谢谢您，多有打扰，对不起！要是我换了是您，脑子里是这样的俄罗斯，我会把所有的人都打发见鬼去：给我统统滚蛋，你们去搞阴谋吧，你们去狗咬狗吧——关我什么事！"

"再坐会儿吧。"他已经把我送到大门口了，又忽然说道。

我有点纳闷，回头又坐了下来。克拉夫特坐在我对面。我们相视而笑，这一切直到现在我都历历在目。我记得很清楚，我似乎对他感到很纳闷。

"克拉夫特，我很喜欢您的是，您是这么一个彬彬有礼的人。"我忽然说。

"是吗？"

"因为我难得彬彬有礼，虽然我想做到彬彬有礼……行啊，别人侮辱我，也许这更好，至少他们可以使我摆脱爱他们的不幸。"

"您最爱一天之中的哪一时光？"他问，显然他刚才没听我说话。

"哪一时光？不知道。我不喜欢日落。"

"是吗？"他怀着某种特别的好奇说道，但是又立刻陷入了沉思。

"您又要到什么地方去吗？"

"是的……要去。"

"很快？"

"很快。"

"难道到维尔诺去还要手枪？"我问，毫无半点影射之意，甚至连用意也没有！我不过是偶然看到手枪，随便问问，我只是因为找不到话题感到为难。

他回过头来，凝神看了看手枪。

"不，这没什么，因为习惯。"

"我要是有手枪，一定把它藏起来，锁上。要知道，真的，很有诱惑力！也许，我并不相信自杀这种流行病，但是，如果这玩意儿老在眼前杵着——真的，有时候就不免有一种诱惑力。"

"别说这个了。"他突然从椅子上站起来，说。

"我不是说我自己，"我也站起来，加了一句，"我决不会用它。哪怕给我三条命——也不够我活的。"

"您就多多地活吧。"[①] 他似乎突然冒出了这句话。

他心不在焉地微微一笑，接着便奇怪地径直向前屋走去，倒像他在领我出去似的，当然，他并没有发觉自己在做什么。

"祝您心想事成，克拉夫特。"我说，已经走到了楼梯上。

"这倒可能。"他坚定地回答。

"再见！"

"这也有可能。"

我记得他向我投来的最后一瞥。

三

总之，这就是许多年来我的心为之怦怦跳动的那个人！我希望从克拉夫特那儿听到什么呢，难道就这样一些新闻吗？

从克拉夫特那里出来，我简直饿坏了，夜幕已渐渐降临，可是我还没吃

[①] 源自陀思妥耶夫斯基的《西伯利亚笔记》，这是他服苦役时的采风录，记载他听到的各种警句、俚语、俗话以及其他民间的生动表述法。

午饭。于是我就在这里,在彼得堡老城区,在大马路,走进一家小饭馆,为的是花他二十戈比,最多二十五戈比——再多,我就无论如何不许自己乱花了。我给自己要了份菜汤,记得喝完菜汤后,我就望着窗外发呆;屋里有很多人,散发着一股烧煳了的油烟味、饭馆里的餐巾味。真恶心。我头顶上挂着一只鸟笼,里面养着一只不会唱歌的夜莺,在用嘴啄着笼底,一副郁郁寡欢、若有所思的模样。隔壁是一间台球房,十分吵闹,但是我却坐在那里冥思苦想,想得出了神。这时正赶上日落(我不喜欢日落——为什么克拉夫特感到奇怪呢?),日落使我产生了一种新的、预先没料到的、完全与此时此地不相容的感觉。我仿佛总是依稀见到我母亲那静静的目光,以及她亲切的眼神,已经整整一个月了,这眼神老是那么怯怯地注视着我。最近一段时间,我在家里的表现一直很粗暴,主要是对她;我的粗暴本来是冲韦尔西洛夫去的,但是我又不敢,按照我的卑鄙习惯,却拿她做了出气筒。我甚至把她都吓坏了:每逢安德烈·彼得罗维奇进屋,她就怕我出言不逊,冒犯了他……因此她总用一种恳求的目光注视着我。十分奇怪的是,现在,在饭馆里,我才头一次弄懂,为什么韦尔西洛夫对我称你,而她则对我称您。过去我也对这点感到奇怪,而且是朝对她不利的方面去想的;而这时我想得有点特别——净是一些奇怪的想法,纷至沓来,钻进我的脑海。我在原地不动,坐了很长时间,直到暮色四合。我也想到了妹妹……

这对于我是决定命运的时刻。无论如何必须当机立断!难道我就没法当机立断吗?既然他们自己都不想要我,那就一刀两断,这又有什么难的呢?母亲和妹妹呢?但是,我无论如何不会撇下她们不管——不管事情发生怎样的变化。

这话没错,自从这人在我幼年时出现在我生活里,也就是说,仅出现一刹那,他的出现就成了那命定的推动力,并由此产生了我的意识。如果当时

第一部

我没有遇见他——那我的头脑，我的思维方式，我的命运，说不定就会是另一种样子，尽管我的性格已由我的命运决定，这是我无论如何躲不开的。

但是，到头来，这人却只是我的一个幻想，从小产生的一个幻想而已。是我自己把他想象成这样的，而事实上他完全是另一种人，堕落至极，远远低于我的想象。我来找的是一个纯洁的人，而不是这种人。当我还小的时候，有一回我见到了他，就在那么一个短短的瞬间，我怎么会这么死心塌地地爱上他的呢？这个"死心塌地"必须消失。将来，如果篇幅允许，我会细细地给你们描写我们这头一回见面的情况；这是一个无聊至极的插曲，一点儿意思都没有。可是我却把它想成了一座巍峨的金字塔。我开始建造这座金字塔的时候，还小，还盖着儿童盖的毛毯，当快要入睡的时候，会哭和幻想——幻想些什么呢？——我也不知道。幻想我被人遗弃了？幻想人家折磨我？但是，折磨我的时间并不长，只有短短的两年，在图沙尔的寄宿学校。当时，他把我往那儿一塞就走了，而且一去不返。后来就没人来折磨我了，甚至相反，我自己却傲视一切，不把同学放在眼里。直到现在我也受不了那种自怨自艾的孤儿的处境！再没什么比扮演这样的角色更叫人恶心的了，什么孤儿呀，私生子呀，所有这些被抛弃的人，以及所有窝囊废，对这样的人我从来就没有恻隐之心，可是他们却忽然神气活现地站到公众面前，开始悲悲戚戚，用一副教训人的口吻号哭起来："你们看哪，人家是怎么对待我的呀！"我恨不得把这些孤儿狠狠地揍一顿。在这类丑恶的老一套人中间居然没有一个人懂得，如果他们闭上他们的鸟嘴，不哭不号，也不屈尊诉苦的话，他们反而会显得十倍地高尚。既然你屈尊这么做了，那你这个爱情之子①就活该。这就是我的想法！

但可笑的还不是我过去钻在"被窝里"的幻想，而是我为了他才到这里

---

① 指私生子。

来的，竟为了这个凭空想象出来的人，几乎忘记了自己的主要目的。我到这里来是为了帮他粉碎诽谤、打倒仇敌的。克拉夫特提到的那份文件，也就是这女人写给安德罗尼科夫的信，她很担心的那封信，那封可能毁了她的将来、可能使她陷入贫困、她以为在韦尔西洛夫手里的那封信——其实不在韦尔西洛夫手里，而是在我手里，缝在我一侧的口袋里！这是我亲手缝进去的，而且这世上还没一个人知道这事。那个"保管"着文件、富于幻想的玛丽娅·伊万诺芙娜认为有必要把这文件交给我，而不是交给任何其他人，那只是她的观点和她自己的意愿，我并无义务对此做出解释；也许将来有朝一日，说到话头上，我会告诉你们也说不定；但是，我无意中得到了这个武器，就身不由己地想到彼得堡来了。当然，我只打算私底下帮帮这个人，而不是敲锣打鼓、大吹大擂，我既不想得到他的夸奖，也不想得到他的拥抱。我永远，永远也不会给他面子指责他什么！再说，我爱上他，把他造成一个虚幻的理想，难道是他的错吗？再说，甚至可以说吧，我根本就不爱他！他那独特的智慧，他那令人好奇的性格，还有他那些私情和冒险，还有我母亲那么死心塌地地跟着他——这一切似乎都阻止不了我；我那由幻想而产生的偶像已经被粉碎，我也许不会再爱他了，这不就够了吗。总之，到底是什么阻止了我，我因何举棋不定？——这倒是个问题。结论仅仅是我太笨了，没人比我更笨的了。

但是，我要求别人诚实，自己也应当诚实才是：我必须承认，缝在我口袋里的那份文件，在我心中唤起的不仅是热切地想跑去帮助韦尔西洛夫的愿望。现在这对于我已经太清楚了，虽然当时我曾因这个想法而脸红。我仿佛看到我将面对面地碰到那个女人，那个上流社会的骄傲女人；她将会不把我放在眼里，将会嘲笑我，像嘲笑一只耗子一样，可是她甚至都没料到我会成为她命运的主宰。这个想法还在莫斯科的时候就使我陶醉，尤其是我到这里来时坐在火车上的时候；我在上面已经坦白承认了这一点。是的，我恨这个女人，但是因为她是我的猎物，我又喜欢她。这一切都是事实，这一切都是真的。但是这种想法实在太幼稚了，我没料到像我这样的人竟会这么幼稚。现在，我在描写我当时的感情，即当我在小饭馆里坐在夜莺底下，当我决定当天晚上非同他们一刀两断的时候，我脑子里想到的东西。当我想到不久前我遇到这女人的情景，我蓦地羞得满脸通红。这次见面太丢人了！给人留下的印象也是既丢人又愚蠢——而主要是，这最有力不过地证明我办事无能！当时我想，这足以证明我甚至抵挡不住最愚蠢的诱饵，可我刚才还振振有词地对克拉夫特说什么我有"自己的地方"、自己的事业，即使我有三条命，也不够我活的。我曾骄傲地说过这话。至于我丢开自己的思想，陷进韦尔西洛夫的隐私——这还情有可原。可是我却像只受惊的兔子一样东窜西跳，什么鸡毛蒜皮的事都插手，这当然只能说明我太蠢了。我究竟犯了哪门子傻，竟跑到杰尔加乔夫那儿，跳出去说了那一大堆蠢话呢？其实我早就知道，我什么事情也说不明白，说不周全，最好是保持沉默，一言不发。结果来了个什么瓦辛，出面开导我，说什么"我还有五十年好活，大可不必灰心丧气"。他的这番话说得很好，我同意，这也足见他那无可争辩的智慧；这番话还好在道理说得十分简单，而最简单的道理只有到最后，在历尽坎坷、碰过不少钉子以后才能懂得；可是我早在瓦辛之前就懂得了这一道理，还在三年多以前我就感悟到这一想法；甚至还不仅这样，其中也多多少少蕴含着"我的思想"。这就是我当时在那个小饭馆想到的。

当我因为走路和思前想后弄得很累，终于走到谢苗诺夫团的时候，已是傍晚七点多了，我心里很烦。天已经全黑了，天气也变了；气候干燥，但却刮起了讨厌的彼得堡式大风，让人感到刺痛而又尖利，直透我的脊梁，四周吹起一片沙尘。有多少阴沉着脸的普通老百姓，匆匆地下班和收工，回到自己的小屋！所有人的脸上都充满着焦虑，也许在这群人中根本就没有一个共同的、能够把所有人都联合在一起的思想！克拉夫特说得对：大家就像一盘散沙。我遇到一个小男孩，这么小，小得使人感到奇怪，这么晚了，他竟一个人出现在大街上；他似乎迷了路；一个女人站住了一会儿，听他说话，但是什么也没听懂，摊开了双手，又继续往前走去，把他一个人留在黑暗里。我走了过去，但是他却不知因为什么忽然对我感到害怕起来，一溜烟地跑了。快走到家门口时，我决定从此再也不去找瓦辛了。爬上楼梯后，我非常希望在家里只碰到我们家的人，不要碰到韦尔西洛夫，以便在他来以前能够抓紧时间同母亲和我可爱的妹妹说上几句知心话，已经整整一个月了，我几乎没有跟妹妹单独说过什么话。他果真不在家……

四

顺便说说，我在这部"记事"中把这个"新人物"（我指的是韦尔西洛夫）领进场的时候，想简短地说说他的履历，不过说不说它其实没有任何意义。我这样做是为了让读者看得更清楚些，也因为我无法预见在下一步的叙述中，我该把这份履历放哪儿。

他上过大学，但却进了近卫军，入了骑兵团。他娶了法纳里奥托娃之后就退役了。他先去了趟国外，回国后就住在莫斯科，过着上流社会纸醉金迷的生活。妻子死后，他就来到乡下；也就在这里他同我母亲发生了那事。后来，他又住在南方某地，住了很长时间。同欧洲交战[①]时，他又再度进部队服役，但是他并没有去克里米亚，始终没有打过仗。战争结束后，他就退役了，出了一趟国，甚至还带着我母亲，不过后来把她留在了柯尼斯堡[②]。可怜的母亲

---

① 指1853—1856年的克里米亚战争。俄国为一方，英国、法国、土耳其、萨丁王国为另一方。
② 波罗的海港口，现名加里宁格勒，是俄罗斯的一块飞地。当时为德国领土。

有时带着某种恐惧，摇着头讲到她当时在那里住了足足半年，孤苦伶仃，拖着一个小女儿，语言又不通，就像住在森林里似的，到后来甚至没了钱。直到那时候，塔季雅娜·帕夫洛芙娜才去接她，把她带了回来，带到下戈罗德省的某地。后来，韦尔西洛夫当上了首批调停官①，据说他十分尽职，但是很快又弃职不干，接着便在彼得堡承办起了各种私人的民事诉讼。安德罗尼科夫一向很器重他的才干，很看重他，只是说摸不透他的脾气。后来，韦尔西洛夫又辞去这一工作，再次出国，这一回去的时间就长了，一去好几年。接着便开始了同索科尔斯基老公爵特别亲近的交往。在所有这段时间里，他的经济状况急剧变化了两三次：一会儿一贫如洗，一会儿又突然发财，平步青云。

不过，现在既然我们的记事已经写到这一部分，那我也就决意来谈谈"我的思想"。自从这一想法萌生以来，我还是头一次描写它，将它诉诸文字。我之所以决意向读者公开，也是为了让下一步的叙述变得更清晰。如果不对促使我、推动我一步步走来的原因加以说明，那不仅读者，恐怕连我这个思想制定者本人，也难以说清我这样做的原因了。由于我的无能，这种"省略暗示法"②使我又落到我曾经加以嘲笑的文人们的所谓"文字优美"中去了。在我刚一踏进我的彼得堡故事（包括发生在其中的我的全部可耻的经历）的门槛时，我就认为先做这一番交代是完全必要的。倒不是追求"文字优美"诱使我含而不露，沉默至今，而是因为这事的实质，这事很难说清。甚至现在，当过去的一切都已经过去，我仍旧感到要说清这个"思想"无比困难。此外，无疑，我应该用它当时的形式来叙述它，也就是说，当时，它在我头脑里是怎么形成的、思考的，而不是现在，这就难上加难了。有些事几乎是说不清楚

---

① 指1861年俄国"农奴改革"后由自由主义贵族充任的调停官，旨在调解农民与地主在改革中的纠纷。

② 修辞学和逻辑学中的一种辞格或手段，一译"含蓄法"，指前文老提到"我的思想"而又不说明，令读者心痒难搔。

的。正是那些最简单、最清楚的思想——正是这些东西很难说清楚。如果哥伦布在发现美洲之前跟别人讲述他的想法,我敢肯定,那些人一定听不懂他要说什么,很长时间都听不懂,而且也不想听懂。我说这话根本不是想把自己比作哥伦布,如果有人硬要这么想,那这人就是可耻的,别无其他。

第 五 章

一

我的思想——就是成为罗斯柴尔德。我请读者少安毋躁，认真听我说下去。

我再说一遍：我的思想——就是成为罗斯柴尔德，要成为一个像罗斯柴尔德那样的富豪，不是一般的富豪，而是必须富得像罗斯柴尔德那样。为什么，干吗，我这样做到底有什么目的——这事留待以后再说。首先我只想证明，达到我的这一目标是十拿九稳的。

事情很简单，全部秘密就在于两句话：不屈不挠和锲而不舍。

"听说了，"有人会对我说，"并不新鲜。德国的任何一位父亲①都会给自己的孩子重复这句话，然而您那个罗斯柴尔德（我说的是已故的巴黎的詹姆斯·罗斯柴尔德），他总共只有一个人，而父亲何止千千万。"

我会这样回答："你们硬说你们听说了，然而你们什么也没听到。不错，有一点你们说得对：我是说过这事'很简单'，不过我忘了补充一点，这事也最难。所有的宗教和所有的道德规范都可以归结到一点：'众善奉行，诸恶莫作。'似乎没有比这更简单的了吧？好吧，您就随便做一件什么好事，不做一件您惯常做的坏事，您倒试试看——怎么样？傻了吧。"

这就是为什么您那些数不清的父亲，可以在数不清的世纪中不断重复那两个令人惊叹的、构成全部秘密的词，可是罗斯柴尔德只有一个。这就是说：

---

① 在原著中是德文。这里指一家之主，庸人。

是也，非也，似是而非，父亲们说来说去完全不是那意思。

关于不屈不挠和锲而不舍云云，无疑，他们曾经听说过，但是为了达到我的目的，需要的却不是父亲式的不屈不挠和父亲式的锲而不舍。

就凭他是个父亲（我不是单讲德国人），就凭他有家，他跟大家过着一样的生活，跟大家花费一样的开销，跟大家一样承担着应尽的义务——他就成不了罗斯柴尔德，只能成为一名恪守中庸之道的人。我太清楚了，也太明白了，一旦成了罗斯柴尔德，或者仅仅是想成为罗斯柴尔德，不过不是父亲式地成为，而是真正地成为——我就会脱离这社会，一下子游离于社会之外。

几年以前，我在报纸上看到过一则报道，说在伏尔加的一艘轮船上死了一名乞丐，他穿得破破烂烂，以乞讨为生，那里的人都知道他。他死后，人家却找到缝在他破衣服里的多达三千卢布的钞票。不久前，我又读到一则关于乞丐的新闻，他出身贵族，可是却在各种小饭馆里向人伸手要钱。他被抓起来了，在他身上找到了五千卢布。由此直接得出两个结论：第一——不屈不挠地攒钱，甚至一戈比一戈比地攒，最后会取得巨大成果（在这里，时间无足轻重）；第二——发财最简单的办法就是锲而不舍，这办法十拿九稳，肯定成功。

然而，也许还有相当多的人，既可敬又聪明还颇有自制力，但是这些人（不管他们如何挣扎）的手头既没有三千卢布，也没有五千卢布，尽管他们想拥有这笔钱。为什么会这样呢？答案很清楚：因为尽管他们十分希望，但他们当中没有一个人的希望达到这样的程度。比如说，如果他们想发财而又别无他法，那哪怕当乞丐也行啊；他们还没有不屈不挠到这样的程度，即使成了乞丐，刚拿到几戈比，也不肯乱花，给自己或者给自己的家人多买一块面包。然而用这样的办法攒钱，也就是说靠乞讨来攒钱，为了积聚出一大笔钱，就必须仅仅靠面包和盐来充饥，此外别无他法；至少我是这么理解的。大概，上面提到的那两名乞丐就是这么做的,也就是说,只吃面包,而且几乎就住在露天下。毫无疑问,他们并没有想成为罗斯柴尔德的打算:这些人不过是纯粹的阿巴贡或者泼留什金①,别无其他;但是,如果想自觉地发财,目标是成为罗斯柴尔德,那就必须采取完全不同的办法——那就必须有不亚于那两名乞丐的更强烈的意愿和意志力。父亲是不会有这样的意志力的。世界上的力量是多种多样的,尤其是意志力和意愿力。有的温度只能把水烧开,有的温度却能把铁烧红。

这就跟修道院的清贫生活一样,这就跟苦行僧的闭关修行一样。这里起作用的是感情,而不是思想。这是为什么?这又是干吗呢?身上揣着这么一大笔钱,却一辈子穿粗布衣、吃黑面包,这道德吗,这难道不是心理变态吗?这些问题留待以后再说,现在我们只谈有没有可能达到这一目标。

当我发明了"我的思想"(它已经处于赤热状态)之后,我就开始考验自己:我能不能过修道院般的清贫生活,遵从苦行僧的清规戒律?我带着这一目的,头一个月,整整一个月,我就只吃面包和水。每天只吃黑面包,而且分量不超过两俄磅半。为了做到这点,我必须欺骗聪明的尼古拉·谢苗诺维奇和希望我好的玛丽娅·伊万诺芙娜。我坚持让他们把我的饭菜送到我房里来吃,这使她很伤心,也使恪守礼节的尼古拉·谢苗诺维奇感到困惑。在那里我简直是暴殄天物:我把菜汤倒在窗外的荨麻丛里或者倒在别的什么地方,我把牛肉——或者扔到窗外喂狗,或者包在纸包里塞进口袋,然后再拿出去扔掉,以及其他等等。但是,因为佐餐的面包远远不足两俄磅,我只好自掏腰包,偷偷地再添购一些。这一个月我坚持下来了,也许,只引起肠胃的稍许不适;但是从第二个月开始,我在面包之外加了点儿菜汤,早上和晚上又

---

① 前者是莫里哀的剧本《悭吝人》中的主人公,后者是果戈理《死魂灵》中的人物。二者均为世界文学中出名的守财奴。

加了杯茶——不瞒你们说，我就这样过了一年，身体完全健康，身强力壮，而精神上则其乐融融，暗自窃喜。我不仅不可惜扔掉的食物，反而感到兴高采烈。一年结束之后，我坚信我能够经受住任何素食，于是我开始同他们一样进食，转而同他们一起吃饭。但是我不满足于这一试验，紧接着我又做了第二次试验：除了付给尼古拉·谢苗诺维奇的伙食费以外，还规定每月给我五卢布的零花钱中我只能花掉一半。这是一种很难的试验，但是两年多以后来彼得堡的时候，我兜里除了别的钱以外，已经有了七十卢布，这是完全靠这样的积蓄积攒起来的。这两次试验的成果对我来说是巨大的：我认定，我有把握，只要我想，只要我愿意，我就能达到自己的目的，再说一遍，"我的整个思想"就在于此；至于以后怎么做——小事一桩，不在话下。

二

咱们就来看看这"小事一桩"吧。

我已经描写了我的两次试验。大家知道，我在彼得堡又做了第三次试验——去了一趟拍卖场，锤声一响，我就赚到了七卢布九十五戈比。当然，这并不是真正的试验，不过是小试牛刀，逗个乐而已：我不过是想从未来偷得一分钟，试试看将来怎样处置和行动。总的说，真正付诸行动，还从一开始，还在莫斯科的时候，我就决意推迟，直到我完全得到自由为止；我太清楚了，我必须，譬如说，先念完中学（大家已经知道，上大学的事我已经牺牲了）。无可争议，我之来彼得堡心里是有气的：刚读完中学，第一次成为自由人，却忽然看到，韦尔西洛夫的事横插一杠子，势必会妨碍我，不让我干自己的事，而且不晓得会推迟到什么时候！但是，尽管我心中有气，我来的时候还是安之若素，根本不担心，最终，我将达到自己的目的。

诚然，我没有实践经验，但是我已经连续三年思前想后地考虑周全，是不可能有疑问的。我已经想象过上千次如何开始行动：我忽然从天而降似的出现在我们两个京城之一的彼得堡①（我选择了我们的两个京城作为开始，尤其是彼得堡，根据某种考虑，我更看中彼得堡）；总之，我仿佛从天而降，但我完全是个自由人，不依附于任何人，身强力壮，口袋里藏有一百卢布作为创业的流动资金。没有这一百卢布是没法创业的，因为，即使把握先机，小试牛刀，也将被推迟到很久以后。我身边除了有一百卢布，我已经说过，我还有英勇无畏、不屈不挠、锲而不舍、完全彻底的孤独和能够保守秘密。孤独——最重要：直到生命的最后一分钟我都非常不喜欢与人们有任何交往与联系，总的说，我开始实现"我的思想"时就决定，必须是一个人，这是必需条件②。我见到人就难受，就会心神不宁，而心神不宁就会有害于达到目的。总而言之，直到今天，我整个一生，我一直在幻想我应该怎么同人们交往——我想出来的办法总是很聪明；可是刚一接触实际——就会显得十分愚蠢。我愤怒而又真诚地承认，我一开口说话就会暴露自己心中的秘密，总是慌慌张张，因此我决定尽量减少与人们交往。这就赢得了独立自主、心态平和与目标明确。

尽管彼得堡的物价高得可怕，我还是横下一条心，不可更改地决定，我在饮食上的花销决不超过十五戈比，而且我知道我是说话算数的。关于吃的问题，我想了很久，而且想得很周全；我决定，比如说，有时候连续两天光吃面包和盐，这样做是为了到第三天把这两天积余下来的钱统统吃光；我觉得这样较之每天节衣缩食、只花十五戈比、一律吃素，更好，更有利于健康。接着，为了有个安身之地，我需要一个角落，一个名副其实的角落，只要夜

---

① 指当时的旧都莫斯科和新都圣彼得堡。
② 在原著中是拉丁文。

里能睡觉，或者遇到风雨大作的天气时能遮风避雨就成。我决定露宿街头，如果有必要，我也准备到专为无家可归的穷人开设的小客栈里过夜，那里除了供住宿外，还供应一块面包和一杯茶。噢，我太会藏钱了，我会把钱藏得好好的，决不让人家在我住的角落里或小客栈里把我的钱偷走，甚至都不让他们偷觑了去，我保证！"偷我的钱？我还担心自己偷人家的钱呢。"有一回，我在街上听到一个乐呵呵的无赖这样说。当然，我拿他来与自己比的仅仅是精明和诡计多端，我并不打算去偷去抢。此外，还在莫斯科的时候，也许还在实现"我的思想"的头一天，我就决定既不当一个收当放债的主儿，也不当一个放高利贷的人，干这行当有犹太佬和那些既没头脑也没性格的俄国人。收当放债和吃高利贷——这事太寻常了。

　　至于说穿，我决定置备两套衣服：一套日常穿着，一套像样一点儿。一旦置备妥当后，我就深信这两套衣服能穿很久。我花了两年半时间专门学习穿衣服的方法，甚至发现了一个秘密：要使衣服保持常新不旧，必须尽可能勤快地用刷子刷它，一天刷它五六次。我有十分把握，呢子衣服是不怕刷的，它只怕灰尘和脏物。如果用显微镜看，灰尘就像石头那样大，而刷子，不管它怎么硬，终究不过是毛或者与毛近似。我还同样学会了怎么穿靴子：其中的诀窍就在于，走路要小心，靴底要一下子全部着地，尽可能不踩歪或者少踩歪。两星期内就可以学会这么做，以后就习惯成自然，变成无意识了。用这个办法平均可以延长靴子三分之一的寿命。这是我花两年之久积累起来的经验。

　　接着就该付诸行动。

　　我去拍卖会是出于这样的考虑：我有一百卢布。彼得堡有那么多拍卖会、甩卖场，旧货市场里有那么多小商品和需要买东西的人，不可能花多少钱买进来的东西不加点价再卖出去。我花两卢布零五戈比买了一本纪念册，卖出去时却赚了七卢布九十五戈比。我捞到这么一大笔好处，而且没有担风险：我从买家的眼神里看得出来，他决不会掉头不顾，望而却步。不用说，我很清楚，这不过是碰到机会了；可是，要知道，我到处寻求的正是这样的机会，也正因为如此，我才决定住在通衢大街。就算这些机会很少，难得一遇吧；反正一样，我的一个主要准则是不冒任何风险，第二个准则是每天多少能赚一点儿，所赚的钱必须超过我为了维持生计不能不花的最低开销，必须做到日积月累，没一天中断。

有人会对我说：您这些都是幻想，您不知道市场的风险，您刚一迈步，就会有人骗您。但是我拥有顽强的意志和坚强的性格，而市场科学像其他科学一样也是科学，只要不屈不挠、用心钻研和精明干练，就能掌握。上中学时候，直到七年级我一直名列前茅，而我的数学尤好。怎么能对经验和市场科学迷信到这样的地步，竟至预言我必败无疑呢！只有那些从来没有在任何事情上做过任何试验，从来没有过任何真正的生活，饭来张口、衣来伸手，浑浑噩噩地混日子的主儿，才会说这样的话。"一个人碰了钉子，另一个人必定会碰钉子。"不，我就决不会碰钉子。我有坚强的性格，只要我细心钻研，任何事情都学得会。如果持之以恒，不屈不挠，自始至终保持敏锐的目光，不断地思前想后、考虑周全和精打细算，而且不断地苦干实干、四处奔走，最后竟还是获得不了必要的知识，弄不清怎样才能多挣这二十戈比——这样的事您能想象吗？主要的是，我决定永远不去追求最大的利润，而且永远心平气和。等到以后，我已经赚够了一两千卢布，我当然就会身不由己地不再当捐客，不再当街头倒卖的倒爷。当然，我对交易所、股票、银行业务等还知之甚少。但是，我也像知道自己的五个指头一样知道得一清二楚，到时候，所有这些交易所啦，银行业务啦，等等，我也会像任何其他人都做不到的那样熟悉和精通的，因为只要工作需要，实干巧干，这门学问就会显得十分简单。难道这需要很聪明才能学会吗？这有什么了不起呢，非得有所罗门① 那样的大智大慧不可吗！只要性格坚强，能力、技巧、知识就会不请自来。只要有这"愿望"，锲而不舍就成。

最要紧的是不要冒险，可是这点，只有性格刚强的人才能做到。还在不久以前，已经在我来了之后，在彼得堡，有一次认购铁路股票，那些认购股票的人都赚了很多钱。有一段时间，股票直线上升。可是，忽然有个没赶上认购或者贪心不足的人，看见我手里有股票，就建议我把股票让给他，外加多少多少利息。那有什么，我一定会立刻让给他。当然，有人会笑话我，说什么应该再等一等嘛，说不定可以卖到十倍的价钱。不错，您哪，但是我的赚头更可靠，因为钱已经揣在我兜里了，而您的赚头还在天上飞哩。有人会说，这样是发不了大财的；对不起，那您就错了，而且所有我们那帮人都错了，科科列夫、波利亚科夫、古博宁② 之流，全错了。要懂得一个常识：发财上的锲而不舍和不屈不挠，主要应该体现在攒钱上，这比牟取暴利，甚至比百倍的暴利更强！

法国大革命前不久，有个叫劳的人来到巴黎③。他搞了一个原则上可以说天才的计划（后来，该计划在付诸实行时，惨遭破灭）。整个巴黎都骚动起来；劳的股票被抢购一空，达到拥挤不堪的程度。钱从整个巴黎蜂拥而来，就像从麻袋里倒出来似的，倒进那座进行认购的大楼；但是，到后来，连这座大楼也挤不下了：人群挤到了街上——各种身份，各种地位、年龄不等的人；

---

① 所罗门，圣经人物，以色列王，大卫之子，以智慧超群、英明决断著称。
② 这些人都是当时的俄国富豪，资本家，出身俄国底层。
③ 约翰·劳（1671—1729），苏格兰银行家后裔，1697年因官司从英国逃往巴黎。1716年，经法国政府批准创办了一家银行，发行一种无担保的银行券。1720年，银行破产，他本人逃之夭夭。因为他的银行已转让给了国家，所以银行破产就成了国家破产，从而引起社会骚动。

资产者、贵族以及他们的子女，伯爵夫人、侯爵大人以及娼妓——所有的人都像被疯狗咬了似的，挤成一团，变成一群穷凶极恶、半疯半癫的人；官衔、门第之见和门楣之光，甚至连名誉和声望——一切都被踩进了污泥；他们为了能够弄到几张股票，他们（甚至女人）都不惜牺牲一切。认购最后甚至转移到街上，但是没地方可以填表。这时出现了一个罗锅，于是大家建议他暂时出借一下他的驼背当桌子用，让大家在上面认购股票。这罗锅同意了——大家可以设想一下为此出了多高的价钱！过了若干时候（很短），一切都破产了，一切都成了泡影，整个思想都飞了，见鬼去了，于是乎股票变得一文不值。谁赢了呢？只有那罗锅，正因为他拿的不是股票，而是现钱——金路易。瞧，您哪，我就是那罗锅！我有本事不吃饭，一戈比一戈比地攒钱，积少成多，攒到了七十二卢布；我有足够的毅力在大家热昏了头的时候保持克制，宁要十拿九稳的钱而不想赚大钱。我在小事上锱铢必较，但在大事上并不这样。在小事上我常常沉不住气，甚至在"我的思想"萌生之后，可是在大事上我始终四平八稳。在我上班前，母亲给我端咖啡来，有时候咖啡冷了，我就会发脾气，对她说粗话，然而同一个我可以整整一个月只吃面包和水。

总之，不发财，不学会怎么发财——这有悖常理。同样有悖常理的是，如果持之以恒、锲而不舍地攒钱，锲而不舍地仔细研究，锲而不舍地保持头脑冷静、自我克制、勤俭节约和有越来越增强的毅力，而又始终成不了百万富翁，我再说一遍，这也同样有悖常理。一个乞丐用什么来攒钱，岂不是用性格的狂热和不屈不挠的精神吗？难道我还不如一个乞丐？"到头来，即使我一无所有，即使我的算盘打错了，即使我垮了，完蛋了，我还是要一往无前。而我之所以一往无前，乃是因为我愿意。"这话，我在莫斯科就说过。

有人会对我说，这里没有任何"思想"，也毫无新奇之处。然而我还是要说，已经是最后一次说，这里有多得数不清的思想和多得数不清的新意。

第一部

噢，我早就有预感，这一切反对意见有多么陈腐，我自己在叙述"思想"时又会显得多么陈腐：我究竟说出了什么呢？百分之一都没有说出来；我感觉，我说得琐碎、粗俗和肤浅，甚至幼稚得不符合我的年龄。

三

剩下来就是回答"为了什么"和"因为什么"，以及"是否合乎道德"，等等，等等，这些问题是我曾允诺要回答的。

我难过，我会使读者立刻大失所望，我难过，但是又很开心。我要让大家都知道，在我的"思想"所要达到的目标中，没有一丁点儿"报复"心理，没有一丁点儿拜伦式的东西 —— 既没有诅咒，也没有弃儿的哭诉，也没有私生子的眼泪，什么也没有，什么也没有。总之，如果我的这部记事落到一位喜欢读浪漫小说的女士手中，她一定会垂头丧气的。我的"思想"的全部目的，就在于独来独往。

"但是要做到独来独往，也无须拼命地非当罗斯柴尔德不可呀。这跟罗斯柴尔德有什么关系呢？"

"大有关系，因为除了独来独往以外，我还需要有强大的实力。"

我要先交代几句：读者一看到我的自白竟这么坦率也许会吓一跳，会老实巴交地问自己：这个作家怎么就不脸红呢？我的回答是，我把我的所思所想写下来并不是为了出版；除非再过十年，当一切都已十分明确，一切都过去了，得到了证实，已经没什么可脸红的了，恐怕到那时我才会有读者。至于有时候我在这部记事里对读者说话，那不过是一种写作手法而已。我的读者 —— 不过是幻想的人物。

不，我那"思想"的萌生之源，并不是我在图沙尔中学备受揶揄的私生子身份，也不是我童年时代的忧愁岁月，也不是报复，也不是我的抗议权，一切都应归咎于我的性格。我想，我从十二岁起，也就是说，几乎从我刚刚明白事理的时候起，我就不喜欢与人交往。不光是不喜欢，而是不知怎么见了人就觉得讨厌。有时候，在我静夜独处的时候，我心里会感到十分忧伤，究竟因为什么，我也说不清，甚至对很亲近的人也没法说清，也就是说，能说但又不愿说，不知为什么总是欲说还休；我忧郁，不信任人，不愿与他人交往。此外，我身上还有一个特点，这我也早发现了，几乎从小就发现了，我总爱责怪别人，总爱数落别人的不是；紧跟着这种倾向，又常常会立刻出现一种新的想法，使我感到十分痛苦："该不是别人没错，是我自己错了吧？"我常常自责，不必要地自责！为了逃避解决这一类问题，自然，我就会寻求孤独，独来独往。再说，在与人们的接触中，不管我怎么努力，也找不到能使我对他们刮目相看的任何东西，我的所有同龄人，我的所有同学，所有的人，无一例外，思想上似乎都比我低级；我不记得有任何例外。

是的，我常常闷闷不乐，我总是关起门来，对人家不理不睬。我常常想离开人群。我也许能为别人做点好事，但是我又看不出一丁点儿我应为别人做好事的理由。人根本就不是那么好，根本就不值得对他们那么关心。为什么他们不主动地、坦率地先来接近我，为什么非要我主动送上门去，死乞白赖地先去接近他们呢？——这就是我常常问自己的问题。我是一个知恩图报的人，足以证明这点的是，我已经为此做了上百件傻事。我会立刻对坦率的人报以坦率，我会立刻爱他。我就是这么做的；可是他们大家却立刻耍我，嘲笑我，讳莫如深地躲开我。所有这些人中对我最能敞开心扉的还是那个小时候曾经狠狠打过我的兰伯特；——即使是他，也不过是个公开的卑鄙小人和强盗，而他之所以向我公开，无非是因为他傻。这就是我来彼得堡时的想法。

从杰尔加乔夫那里（天知道为什么鬼使神差地让我跑到他那儿去了）出来

第一部

以后，我主动走过去与瓦辛打招呼，而且由于一时兴奋和冲动，把他大大夸奖了一番。那又怎么样呢？当晚我就感觉到我喜欢他的程度已经一落千丈。为什么？正因为我夸奖了他，从而也就在他面前贬低了我自己。其实，似乎，恰好相反：一个为人正直和宽容大度的人，甚至不惜贬低自己以抬高他人，这样的人就人格而言，几乎是高于任何人的。那有什么——这我懂，不过我还是不大喜欢瓦辛，甚至很不喜欢，我故意举这个读者已经熟悉的人为例。甚至克拉夫特，我也是一想起他就酸溜溜的，感到不是滋味，就因为是他主动把我领进前室的，而且直到第二天，到克拉夫特的情况已经完全弄清楚了，根本没必要生气的时候，我心里还是不能释然。从读中学时的最低年级起，同学中只要有人超过我，无论是在功课上，在回答老师提问时的机灵上，还是在体力上，只要他们超过我，我就不理他们，不跟他们玩。倒不是因为我恨他们或是希望他们失败，我就是不爱理他们，因为我就是这性格。

是的，我毕生都渴望拥有强大的实力①，强大的实力和独来独往。甚至在我还小的时候，只要有人弄清楚我脑袋瓜里究竟在想什么，准会毫不客气地当面嘲笑我的时候，我就爱这样幻想。这就是我喜欢保守秘密的原因。是的，我在使劲幻想，以致我都没有工夫说话了，于是乎，有人便由此得出结论：我这人孤僻，而由于我这人常常心不在焉，于是又得出一个更可恶的结论，说我有病，可是我这白里透红的脸蛋却证明其反。

当我钻进被窝躺下睡觉的时候，我感到特别幸福，因为我已是孤身一人，处在最完全的孤独状态，周围既没人跑来跑去，也没发出一点儿声音，我可以浮想联翩，独自幻想，可以换一种样子，随便改造生活。最狂热的幻想一直伴随着我，直到我发现我那"思想"为止，这时所有的幻想便从愚蠢至极

---

① 原文为могущество，在不同的语境中，也可译为威力、势力、威权等。

一下子变成非常合理，从小说般的幻想形式变成合乎理性的现实形式。

一切都凝聚成一个目的。话又说回来，即使在过去，这些幻想也不见得就十分愚蠢，虽然它们多得不可胜数，多得成千上万。但是，我最喜欢的是……不过，这里就不一一列举了。

强大的实力！我坚信，如果许多人知道了，我这么一个"窝囊废"还想拥有强大的实力，一定会哑然失笑。但是，我会让人感到更惊奇的是：也许，从我刚开始幻想时起，也就是说，几乎从我很小的时候起，我就无法想象自己不是名列前茅，位居第一，而且在人生的各个阶段都如此。我还要补充一点，虽然你们会觉得奇怪，但是我承认，我这毛病也许至今未改。在此我要指出，我并不请求别人原谅。

这就是我的"思想"，这就是它的力量所在：钱——这乃是带领一个哪怕是最没出息的人出人头地的唯一途径。我也许并不是很没出息，但是，比如说，我照照镜子就会知道，我的外表对我很不利，因为我的脸太平常了。但是只要我像罗斯柴尔德那样有钱——谁会计较我的脸长得怎么样呢，只要我吹声口哨，还不是会有成千上万的女人千娇百媚地飞也似的向我跑来，投入我的怀抱？我甚至深信，到头来，连她们自己也会完全真诚地认为我是个美男子。我也许很聪明。但是，即使我聪明绝顶，社会上总还能找出一个比聪明绝顶还聪明的人——那我就完蛋了。然而，只要我成了罗斯柴尔德，难道这个比绝顶聪明还聪明的人对于我还会有什么意义吗？他在我身旁，人家甚至都不会让他开口！我也许能说会道，口若悬河，但是如果我身旁出现了塔列兰①和皮龙②——我就会黯然失色，可是我一旦成了罗斯柴尔德——哪儿还有皮龙，

---

① 塔列兰（1754—1838），法国外交家，能言善辩，擅长外交。
② 皮龙（1689—1773），法国诗人，写了许多诗歌、喜剧和喜歌剧，以语言犀利、善于调侃著称。

甚至，也许，哪儿还有塔列兰？金钱，当然是一种专横的实力，但与此同时也是一种高度的平等，而金钱的力量也正在于此。金钱能使不平等成为平等。这一切我还在莫斯科的时候就想明白了。

你们在这思想里看到的，当然只有厚颜无耻、暴力，以及渺小的人战胜富有才华的人。我同意，这想法太过分了（因此才甜蜜）。但是，就算，就算是这样吧：你们以为我希望拥有强大的实力就为了压迫人，报复人吗？问题也正在这里，那帮凡夫俗子肯定会这样做。此外，我还深信，那些成千上万高高在上的富有才华的人和聪明人，如果罗斯柴尔德的亿万财富落到了他们手上，他们一定会立刻忍不住像那些最庸俗的凡夫俗子一样，压迫起人来甚至登峰造极，无出其右。我的思想却不是这样。我不害怕金钱；它们压迫不了我，也无法迫使我去压迫别人。

我不需要金钱，或者说，我需要的不是金钱；甚至也不是强大的实力；我需要的仅仅是靠强大的实力才能得到、没有强大的实力就根本得不到的东西：这就是孤傲的、平静的力量意识！这就是自由的最完备的定义，全世界都为之绞尽脑汁的定义！自由！我终于写出了这两个伟大的字眼……是的，孤傲的力量意识——这意识既令人神往又无限美好。我有了力量，心中就平静了，尤皮特①手中掌握了雷电，怎样呢？他很平静；能常常听到他电闪雷鸣吗？只有傻瓜才会认为他在睡觉。如果你让一个什么文学家或者让一个农村的傻娘儿们坐到尤皮特的位置上——那还不成天地打雷，打个没完！

我想，只要我有了强大的实力，我就根本不再需要它；我敢说，我自己就会自动地退居末位。只要我是罗斯柴尔德，我就会披着一件旧大衣，打着一把小雨伞，四处闯荡。我在大街上被人推来推去，为了不被出租马车轧死，

---

① 罗马神话中的主神，即希腊神话中的宙斯。

第一部

我不得不在烂泥地里跳来跳去,这有何妨! 只要我意识到我自己是罗斯柴尔德,这时我心里甚至会很开心。我知道我可以吃到别人吃不到的山珍海味,我有世界上第一流的厨师,我知道这点就够了。我可以吃一块面包和一根火腿肠,由于我意识到这点,我也就饱了,甚至到现在我还这么想。

不是我死乞白赖地想当贵族,而是贵族死乞白赖地想巴结我,不是我追求女人,而是女人一窝蜂似的跑来,向我提供一个女人所能提供的一切。"庸俗的"女人跑来是为了要钱,而聪明的女人却是受到好奇心驱使,来看看我这个骄傲的、高深莫测的、对一切都无动于衷的怪物。我将对这两种人都很亲切,也许还会给她们钱,但是从她们那儿我什么也不要。好奇心会产生激情,也许我会燃起她们的激情也说不定。我可以向你们保证,她们走的时候什么也得不到,除非是一些礼品。我只会使她们加倍地好奇。

　　……我意识到这点,
　　心愿已足。①

奇怪的是,这幕小景(不过,这毫厘不爽),我还在十七岁的时候就心驰神往了。

我不想也不会去压迫任何人,折磨任何人;但是我知道,如果我想毁掉某个人,毁掉我的敌人,那谁也阻挡不了我,大家只会巴结我,帮我。好了,这也就够了。我也不会去报复任何人。我一直感到奇怪,詹姆斯·罗斯柴尔德怎么会同意当男爵的!② 这又干吗,为了什么呢? 他本来就高于世界上的所有人!"噢,当我们俩在驿站上等候换马的时候,就让那个蛮不讲理的将

---

① 引自普希金的悲剧《吝啬骑士》(1830)中男爵的独白。
② 詹姆斯·罗斯柴尔德与他的诸兄弟于1822年获男爵封号。

军欺压我好了；如果他知道我是谁，他肯定会亲自给我套马，跳起来扶我坐上我那不起眼的马车！还有人著文写过一篇报道，说有一位外国伯爵或者男爵，在一列到维也纳去的列车上给一位当地的银行家当众穿鞋。噢，就让，就让这个可怕的大美人（正是可怕的，就有这样的大美人），也就是那位神气活现、名甲一方的贵妇人的女儿，在轮船上或者别的什么地方与我相遇，她竟乜斜着眼，鼻子翘得老高，鄙夷不屑地表示惊讶，这么一个平平常常、其貌不扬的小人物，手里拿着书或者报纸，居然也敢坐进头等舱，坐在她身旁？可是当她一旦弄清——弄清我是谁，就会主动走过来，坐在我身旁，顺从地、胆怯地、和蔼可亲地迎候着我的目光，看见我微微一笑，她就会开心得什么似的……"我故意插进这些早年的场景，以便更加鲜活地表明我的思想；但是，这些场景很苍白，也许，毫无新奇之处。只有现实才能说明一切。

有人会说，这样生活太蠢了；干吗不弄座大公馆，干吗不敞开大门，广延宾客，干吗不呼风唤雨，干吗不娶妻生子呢？但是，这样一来，罗斯柴尔德又成什么了？他会成为跟大家一样的人。"思想"的所有动人之处必将消失，它的整个精神力量也将荡然无存。还在小时候，我就学会背诵普希金"吝啬骑士"的独白；就思想而言，普希金还没有写过任何高于这段独白的东西！直到现在我还坚持这些想法。

"但是您的理想也未免太等而下之了，"有人会鄙夷不屑地说，"就知道金钱和财富！如果能造福社会，普济众生，那就完全不同了！"

但是谁知道我会怎么使用我的财富呢？这些数以百万、千万、万万计的财富，从许许多多守财奴有害和肮脏的手里，源源不断地流向一个像我这样冷眼看世界的清醒而又坚强的苦行僧手里，请问，这又有什么不道德，又有什么等而下之的呢？总而言之，所有这些关于未来的梦想，所有这些猜测——所有这一切，现在还只是像小说一样是虚构的，我也许就不该把它写下来；还不如把它留在脑子里好。我也知道，这些话也许任何人都不会去读；即使有人读，那他也未必会相信，也许我也经受不住罗斯柴尔德亿万财富的诱惑呢？倒不是因为这些钱会把我压趴下，而完全指另一种意思，相反的意思。在我的幻想中，我已经不止一次地捕捉到未来这样的时刻，当我的意识已经得到太多的满足，可是我的威权尚嫌不足。那时候——倒不是因为无聊，也不是由于无目的的忧伤，而是由于我无止无休地想望得到更多——我把我的亿万财产都拿出来交给别人；就让全社会来分配我的全部财富吧，而我——我又要混迹于那帮小人物之中！也许，我甚至会变成那个死在轮船上的乞丐也说不定，我们的区别仅仅在于，在我的破衣服里找不到任何缝在里面的东西。我只留下一个意识，就是我手里曾经有过亿万财富，但是我把它扔了，扔在烂泥地了，这意识就像那只乌鸦一样，在我的荒漠里供给我吃食。① 甚至直到现在我也愿意这么想。是的，我的"思想"——这就是我在任何情况下都可以躲开一切人的堡垒，哪怕我成了那个死在轮船上的乞丐也罢。这就是我的史诗！要知道，我需要的就是我这整个走火入魔的意志——我之所以需要它，仅仅为了向我自己证明，我也能够随时放弃它。

　　毫无疑问，有人会反驳我说，这不过是诗一般的幻想罢了，如果我有数以百万计的财产，我是永远不会放弃它们的，而且我也不会变成那个萨拉托夫乞丐。也许，我不会放弃也说不定；我描绘的仅仅是我的思想的理想境界。不过，我还要十分严肃地补充一点：如果我积攒的钱财达到了罗斯柴尔德拥有的巨款，我倒真有可能到后来把它们统统捐献给社会（不过，在达到罗斯柴尔德拥有的巨款之前我很难做到这点）。而且我也不会只捐一半，因为那样一来我就俗不可耐了：我不过穷了一半，别无其他。要捐就非得全捐出去，

---

① 典出《旧约·列王记上》第十七章第四至六节：先知以利亚在极端干旱之年遵耶和华之命，独自住在约旦河东，以溪水为生，由乌鸦喂养，乌鸦早晚给他叼饼和肉来。

全部，直到最后一文钱，因为我一旦成了乞丐，就会摇身一变，变得加倍地富有，远远超过罗斯柴尔德！如果有人不懂得这道理，那不是我的错。为什么呢？我不说！

"这是苦行僧的做法，这是因为自己渺小无能，因而异想天开的幻想！"有人会说，"这是蠢材和平庸的胜利。"是的，我承认，这在一定程度上的确是蠢材和平庸的胜利，但是未必就是无能的胜利。我非常喜欢想象自己是个蠢材和庸人，站在世人面前含笑说：你们都是伽利略和哥白尼，查理大帝和拿破仑，你们都是普希金和莎士比亚，你们都是元帅和大内总管，而我呢——不过是个无能的蠢材和私生子，可是我还是比你们高，因为你们认命了，对此屈服了。我承认，我把这个幻想发展到了极致，甚至把教育本身也一笔勾销。我觉得，如果这人没有受过教育，甚至思想肮脏，那才更妙呢。这个已经过分夸大了的幻想当时甚至也影响到我在中学七年级的成绩，我中途辍学正是出于幻想：不受教育似乎倒会给理想平添几分光彩。现在我的这一信念已经变了，教育不会阻碍我的我行我素。

诸位，难道思想的独立性，哪怕就这么一小点儿独立性，对你们就那么难吗？拥有美的理想（哪怕，甚至是错误的理想）的人，有福了！但是我对自己的理想坚信不疑。只是我的叙述可能不那么好，不生动，太粗浅。再过十年，当然，我叙述得可能会好些。这东西且留着做个纪念吧。

四

我的"思想"写完了。如果写得平庸乏味和浅薄——那其错在我，而不是"思想"。我已经有言在先，最简单的思想最难理解。我现在还要补充一点：也最难叙述，更何况还要用原先的形式来描述这思想。思想还有个相反的规律：平庸的、仓促的思想——被理解得异乎寻常地快，而且还一定会被芸芸众生，一定会被整个市井街巷所理解；不仅如此，它还会被认为是最伟大、最富有天才的思想，但是——仅限于它出现的当日。便宜货——不结实。理解得快——恰好说明被理解的东西平庸。俾斯麦①的思想霎时间就成了天才的思想，而俾斯麦本人则成了天才；但是，正是这种快，这种迅速令人怀疑：我倒要看看这个俾斯麦，再过十年他那思想还剩下什么，那个首相大人本人，还能剩下什么。我加上这段毫不相干的题外话和与事情并无关系的插叙，当然不是为了做比较，而是为了留下做个纪念（也为了给过于粗浅的读者做点解释）。

现在我要讲两件趣事，以此来完全结束关于"思想"的记叙，也为了使这"思想"不至于干扰我们的记叙。

夏天，七月间，在我动身到彼得堡来的两个月前，那时我已经完全自由了，玛丽娅·伊万诺芙娜请我到三一镇②去了一趟，让我去找一位住在那里的老处女办一点儿事——这事太没意思了，所以不值得详加记叙。我当天就回来了，途中，在火车上，我看到一个其貌不扬的年轻人，穿得不坏，但龌里龌龊，脸上长有粉刺，脏兮兮而又晒得黑黑的，一头黑发。他的特点是，每到一个车站，无论大小，都要下去喝伏特加。快到终点时，他周围已经形成了一个快活的小圈子，然而这些人都是下三烂。有个商人，也稍许喝醉了点儿，他特别欣赏那年轻人的本领：不断喝酒，居然不醉。还有个年轻小伙子对他也很欣赏，这人的模样蠢极了，喋喋不休，唠叨个没完，穿得像个德国人，而且身上发出一股难闻的气味——后来我才知道，这人是名仆役；这

---

① 俾斯麦（1815—1898），德意志帝国首相兼外务大臣，他以统一德意志帝国为己任，有一句名言："解决当代的各种问题，不是靠言论，也不是靠多数票，而是靠铁和血。"因此俾斯麦被称为"铁血首相"。

② 三一镇在莫斯科郊区，那里有著名的谢尔盖圣三一大寺院，东正教全俄牧首也驻此。

第一部

人和那爱喝酒的年轻人甚至交上了朋友，每次火车停站，他都要向年轻人发出邀请："现在该下车喝酒啦。"——于是这两人就搂搂抱抱着下了车。那个爱喝酒的年轻人几乎根本不说一句话，可坐到他周围来起哄的人却越聚越多；他只听大家说话，自己则唾沫横飞、嘻嘻连声地不断傻笑，而且还时不时地，总是出人意料地发出类似于"啾——留——留！"的声音，这时他还非常夸张地用一只手指按住自己的鼻孔。正是这个动作，把商人、仆役和所有的人全都逗乐了，于是他们全都放肆地大声狂笑。真弄不明白有时人们狂笑不已究竟在笑什么。我也凑了过去——我不明白为什么我也似乎欢喜上了这个年轻人，也许是因为他竟敢彰明较著地破坏公认的必须恪守不误的礼节——总之，我没看出他是个傻瓜；非但如此，我还立刻跟他套起了近乎，对他以你相称，下车时我还从他那里得知，他在晚上八时许要到特维尔林荫道去。原来他过去还是个大学生。我也去了林荫道，于是他教会了我怎样恶作剧：我跟他俩一直在林荫道上走来走去，直到天色稍晚，只要看见走来一个大家闺秀，但是必须周围附近没有人，我们就立刻过去纠缠那女人。但是，我们并不跟她说一句话，而是一左一右地把她夹在中间，摆出一副从容不迫的样子，好像根本就没看见她这个人似的，开始你一言我一句地相互聊起天来，而且净说些不三不四的话。我们露骨地说些下流话，态度镇定自若，不慌不忙，就像应该这样做似的，我们在讲到各种卑鄙下流和下作的事情时，还津津有味地大谈各种细节和微妙之处，甚至连最肮脏的淫棍的最肮脏的想象也编造不出来（当然，所有这些知识，我早在上学，甚至还没上中学的时候就学会了，但只是一些话，而不是付诸行动）。那女人吓坏了，急急忙忙地赶紧逃走，可是我们也加快脚步——继续我们的谈话。那个受害人当然无计可施，又没法喊叫：没有目击证人，即使去告我们，也显得有点怪。我们就这样自得其乐地过了七八天；我真不明白我怎么会喜欢上做这种事的，其实也说不上喜欢，而是就这么做了。起先我感到很新奇，似乎超越了陈腐的陈规陋习；再说，我最讨厌女人。有一回，我曾经告诉那个过去的大学生，让－雅克·卢梭在他写的《忏悔录》里承认，说他已经是青年了，常常喜欢躲在角落里，偷偷地把身上通常遮盖的那部分暴露出来，而且保持这样子，等候走过去的女人。①这个大学生用自己的"啾——留——留"来回答我。我发现，他这人十分无知，他感兴趣的事非常少。他毫无半点我想在他身上找到的隐秘的思想。我想在他身上找到点与众不同的思想，可是找到的却只是令人压抑的单调乏味。我越来越不喜欢他了。最后，一切都结束得完全出乎意料。有一回，天已经完全黑了，我们盯上了一个迅速而又胆怯地走过林荫道的姑娘，很年轻，恐怕只有十六七岁或者还小，穿得很整洁、很朴素，也许她靠自己的劳动为生，正下班回家，回到自己的老母亲那儿，她母亲是个穷寡妇，拉扯着好几个孩子；不过，大可不必动什么恻隐之心。这女孩先是默默地听了一会儿，接着便急匆匆地向前走去，低着头，戴着面纱，怕得发抖，但是，她突然停了下来，掀开面纱，露出她那好看（就我记忆所及）但又瘦瘦的脸蛋，她两眼圆睁，闪闪发光地向我们喝道：

"啊，你们真下流！"

也许，她会立刻哭出来，可是却出现了另一种情景：她挥动她那瘦小的胳臂，啪的一声扇了那大学生一记响亮的耳光，她的动作那么灵巧，简直从来没有见过地灵巧。啪的一声，干净利落！他骂了一句，想扑过去，但是我拦住了他，那女孩趁机跑了。剩下我们俩，立刻吵了起来：我说出了这段时间以来我心里郁结的对他的全部不满；我对他说，他不过是个可怜的无能之辈，平凡的庸人，他身上从来没有一点儿思想，连思想的微小的影子也没有。

---

① 《忏悔录》第一部第三章。

第一部

他也把我臭骂了一顿……（有一回，我向他说过我是私生子。）接着，我们就连啐几口唾沫，互相分手了，从此我再也没有见过他。当天晚上我觉得很懊恼，第二天好了点儿，第三天就全忘了。也没什么，后来，虽然有时候我也会想起这个女孩，但也不过是偶然地，一闪而过而已。直到我到彼得堡以后，又过了大约两星期，我才猛然想起这幕情景——想起后，我忽然觉得羞愧难当，羞愧得我的眼泪都沿着腮帮子流了下来。我痛苦了整整一晚上，直到现在，还余痛未已。起先我简直弄不明白，当时我怎么会堕落得这么下流，这么无耻，主要是——居然会把这事给忘了，既不感到羞耻，也不感到悔恨。直到现在，我才弄清这到底是怎么回事：这错就在那"思想"。简言之，我直接得出的结论是，你头脑里一旦充斥了某种静止不动的、永远不变的强烈思想——你就好似从此脱离了这整个世界，进入了荒漠，这时不管发生什么，都犹如过眼云烟，无关紧要。甚至事后留下的印象也是不正确的。此外，主要是，你永远有了一个借口。在这段时间里，不管我怎么折磨我母亲，怎么可耻地冷落我妹妹，我总有借口："唉，我有'思想'，其他都是小事。"我仿佛总是这样对自己说。我自己受到了侮辱，感到了疼——我会以受辱之身离开，后来又忽然对自己说："唉，我虽然下流，但我毕竟有'思想'，而她们不知道这个。""思想"在耻辱和渺小中安慰我；我的所有卑劣似乎也可以躲到这"思想"之下；它，可以这么说吧，能在我面前淡化一切，使我感到轻松，也能在我面前掩盖一切，使我熟视无睹；但是对事物的这种不明不白，分不清是非曲直，当然有损于我的"思想"，且勿论其他。

现在谈另一件趣事。

去年4月1日是玛丽娅·伊万诺芙娜的命名日。晚上来了几位客人，很少几个人。突然，阿格拉费娜气喘吁吁地跑进来说，在厨房前的过道里有个被遗弃的婴儿在啼哭，她不知道该怎么办。这消息使所有的人都激动起来，大家都跑出去，看到一个树皮筐，树皮筐里有个出生才三周或者四周的哇哇啼哭的女婴。我抱起树皮筐，拿进了厨房，立刻发现有一张折叠的纸条："亲爱的恩人们，请你们大发慈悲，帮帮这个受过洗礼的女孩阿琳娜吧；我们和她将永远把我们的眼泪送到上帝的宝座前，为你们祈福，祝贺您的命名日；你们不认识的人。"这时，我非常尊敬的尼古拉·谢苗诺维奇却使我大失所望：竟一本正经地板起面孔，决定把这女婴送到育婴堂去。我闻言很难过。他们过得很俭朴，但是没有孩子，尼古拉·谢苗诺维奇却不以为苦，反以为乐。我小心翼翼地把阿琳诺奇卡①抱了出来，托住她的两只小肩膀，把她抱起来了点儿，树皮筐里发出一股刺鼻的酸味，这是婴儿长久不洗澡常常会发出的那股酸味。我跟尼古拉·谢苗诺维奇争论了几句后，突然向他宣布，这孩子我要了，我出钱，我来养。他不同意，甚至有点声色俱厉的样子，虽然他说话的声调很缓和，临了还开了句玩笑，但是他送育婴堂的主意并无丝毫改变。但是，后来还是照我的意思办了：同一个院子里，但是在另一间偏屋，住着一个很穷的木匠，已过中年，爱喝酒；但是他妻子还很不老，很健康，她刚死了一个吃奶的孩子，主要是她结婚八年未曾生育后生下的唯一的孩子，也是个女孩，而且很奇怪，很运气，她也叫阿琳诺奇卡。我说很运气，是因为当我们在厨房里争论的时候，这女人听见了，跑过来看个究竟，当她得知这女孩也叫阿琳诺奇卡的时候——大受感动。她的奶水还没有消失，于是她解开胸脯，给这孩子喂奶。我向她跪下，请求她把孩子抱回家去，我会按月给她钱的。她害怕她丈夫不答应，但还是抱回去过了一夜。第二天早上，她丈夫同意了，但每月要八卢布，我立刻把头一个月的钱预付给了他；他也就把这钱立刻喝光了。尼古拉·谢苗诺维奇虽然奇怪地微笑着，但还是同意替我

---

① 阿琳娜的昵称。

第一部

向木匠担保，每月八卢布的钱将由我如数付给，决不拖欠。为了使他放心，我本来想把我的六十卢布交给尼古拉·谢苗诺维奇保管，但是他不肯收；他知道我有钱，也就相信了我。他这么一客气，我们俩短暂的争吵也就变得没事了。玛丽娅·伊万诺芙娜一句话也没说，但是她奇怪我为什么要操这份闲心。我特别珍重他俩的礼貌待人，他俩决不容许自己有半点笑话我的意思，而且相反，他们开始以应有的十分严肃的态度来对待此事。我每天都跑去看达里娅·罗季沃诺芙娜，一天三次，过了一星期，我瞒着她丈夫又悄悄塞给她三卢布。我又另外花了三卢布，置备了一床小被子和一些尿布。但是，过了十天，里诺奇卡①突然病了。我立刻请来了医生，他开了一点儿什么药，于是我们折腾了一夜，用他那糟糕的药来折磨那小不点儿，而到第二天他宣布，为时已晚，而对我的请求（其实，更像是责怪），他大大落落地支吾搪塞道："我不是上帝。"小女孩的舌头、嘴唇和整个口腔都长满了白色的细小的斑疹，到傍晚时分，她就死了，睁着她那双黑黑的大眼睛，盯着我，好像她已经懂事了似的。我不明白，我怎么就没有想到给她，给这个死孩子拍一张照呢？唉，你们信不信，那天晚上我不仅哭了，而且简直是放声大哭，过去我是无论如何不会这样失态的，玛丽娅·伊万诺芙娜只好过来安慰我——无论是她，还是他，都没有一丝一毫的嘲笑之意。那木匠给她做了一具小棺材；玛丽娅·伊万诺芙娜则给这棺材做了一圈褶边，又放进了一只漂亮的小枕头，我买了些鲜花，撒在这孩子身上：就这样送走了我这株可怜的小草，你们信不信，对这株小草我至今都不能忘怀。然而，过不多久，这整个几乎是突然发生的事，却促使我进行了甚至深深的思考。当然，里诺奇卡并没有花费我很多钱——总括起来：买棺材，办丧葬，请医生，买鲜花，再加上给达

---

① 阿琳娜的又一昵称。

里娅·罗季沃诺芙娜的钱——总共才三十卢布。在我动身去彼得堡的时候，韦尔西洛夫给我寄来了四十卢布做盘缠，临行前我又卖掉了一些小东西，因此我把这钱也就给补上了，因而，我的整个"资本"仍旧原封未动。"但是，"我想，"如果将来我也这么东倒西歪，那是走不远的。"跟大学生的那事说明，"思想"可能会使人误入歧途，以至模糊是非，偏离当今的现实。而里诺奇卡的事则可能说明相反的情况，任何"思想"都不能把人（至少是我）引入歧途，使我不会忽然在某种令人压抑的事实面前停下来，而不把我为了"思想"用多年劳动积攒起来的钱一下子完全捐献出去。这两个结论都是对的。

第六章

一

我的希望未能完全实现——我碰到的不仅是她们俩：虽然韦尔西洛夫不在，但是塔季雅娜·帕夫洛芙娜却坐在母亲那里——她毕竟是外人。我那宽容的心态一下子去掉了一半。奇怪，在这类情况下我这人怎么会这么快地变化无常；一粒沙子或一根头发，就足以把我的好心情驱散，代之以坏心情。遗憾的是，留给我的坏印象并不会这么快就被驱散，虽然我这人并不记仇。我走进去时仿佛看到，母亲立刻中断了同塔季雅娜·帕夫洛芙娜正在热烈进行的谈话。妹妹下班回来，只比我早到了一分钟，她还没来得及从自己的小屋里走出来。

这套居所由三间屋组成。大家平常起坐的中间那屋，或者叫客厅，相当大，也还像样。其中毕竟有几张放了软垫的红色长沙发，不过已经磨损得很厉害（韦尔西洛夫不喜欢用沙发套），还有几块地毯、几张桌子和几张没用的茶几。其次是韦尔西洛夫的房间，在右边，又挤又窄，只有一扇窗户；其中放着一张很差劲的书桌，桌上堆放着几本不用的书和几封早已忘在脑后的文件，书桌前放着一把同样差劲的软椅，弹簧已断，尖角凸出，韦尔西洛夫经常被这尖角硌得叫疼、骂人。他就睡在这书房里，睡在这张软和的也已用得十分破旧的长沙发上；他恨透了自己的这书房，而且，似乎，他在里面什么事也不做，他宁可无所事事地坐在客厅里，一坐就是几小时。由客厅出去往左，也是同样的小房间，是母亲和妹妹睡觉的地方。通往客厅的是一条走廊，走廊的另一头是厨房，厨娘卢克丽娅就住在那里，她做饭的时候油烟熏天，弄得满屋都是烧煳了的油烟味。因为这厨房的油烟味，有时韦尔西洛夫会大声地诅咒自己的生活和命运，也仅仅在这点上我完全同情他的看法；我也恨透了这气味，虽然这气味并没有传到我屋里去：我住在屋顶下的一间明亮的阁楼上，要上去就得爬一段非常陡峭、吱嘎作响的小楼梯。我那里值得一提的东西是——一扇半圆形的窗户、非常低的天花板和一张漆布面的长沙发，一俟过夜，卢克丽娅就来给我铺上被褥，放上枕头，至于其他家具，只有两样——一张极普通的木板桌和一把满是破洞的藤椅。

话又说回来，我们家毕竟还保留着一些过去舒适生活的痕迹。比如，客厅里挂着一盏很不坏的瓷吊灯，墙上挂着一幅非常好的大型版画——德累斯顿圣母像①，在这对面，在另一面墙上，挂着一幅珍贵的大照片——佛罗伦萨大堂的铜铸大门②。这房间的犄角处，则挂着一个很大的神龛，里面供奉着几帧古老的祖传圣像，其中一帧（都是圣徒像）有一大袭镀金的银质衣饰，也就是母亲想拿出去抵押的那帧，而在另一帧上（圣母像上）则是一袭嵌有珍珠的天鹅绒衣饰。圣像前挂有每逢节日前夜都要点亮的长明灯。韦尔西洛夫对待圣像（就它们的意义而言）的态度显然十分淡漠，有时候因长明灯的光照在镀金衣饰上的反光，他会皱起眉头，显然在克制自己不要无端发作，仅止于微微抱怨这会损害视力，尽管如此，他并没有阻止母亲点长明灯。

我总是板着脸，默默地走进房间，眼睛望着屋角，有时候进门也不向大

---

① 即拉斐尔的"西斯廷圣母"。原作藏于德国德累斯顿美术馆。这是陀思妥耶夫斯基的最爱，在他彼得堡故居的书房里一直挂着这幅画的复制品，至今犹在。这幅画经常出现在他的作品中。
② 指佛罗伦萨圣马利亚大堂浸礼堂的铜门。据陀思妥耶夫斯基夫人回忆，陀思妥耶夫斯基很欣赏这大门，曾戏言，等发了财他要买一幅这大门的照片，最好与原门等大，拿回去挂在书房里。

第一部

家问好。我一向回来得比这回要早,她们就把饭菜端到楼上来给我吃。如今我进屋后突然说了声"您好,妈妈",这是我过去从来不曾有过的,虽然总觉得有点不好意思,这回我也未能强迫自己抬起头来看看她,而是走到房间的另一头,坐了下来。我感到很累,但是我并没有在意。

"你这愣小子还同从前一样,进门时没规没矩的。"塔季雅娜·帕夫洛芙娜埋怨我;过去她就爱对我骂骂咧咧,这已经成了我与她之间的常规。

"你好……"母亲回答,我向她问好,倒像使她不知所措似的。

"吃的早做好了,"她又加了一句,几乎有点难为情似的,"菜汤可能还没冷,肉饼我就叫卢克丽娅拿来……"她开始急急忙忙地站起来想到厨房去,也许这整整一个月我还是头一次忽地感到不好意思,因为我看到她那么急匆匆地站起来,伺候我,为我效劳,而在这以前我总是一再催促,让她快点儿。

"多谢,妈妈,我已经吃过了。如果不妨碍你们,我就在这里歇会儿。"

"啊……哪能呢……干吗呢,你尽管坐……"

"您放心,妈妈,我再不会顶撞安德烈·彼得罗维奇了。"我一下子打断了她的话。

"啊,主啊,他多么宽宏大量啊!"塔季雅娜·帕夫洛芙娜叫道,"亲爱的索尼娅[①]——难道你还继续对他称您吗?他是谁呀,你对他这么恭恭敬敬,你还是他亲妈呢!瞧,在他面前你整个人都忸怩不安起来,丢人哪!"

"如果您对我称你,妈妈,我自己也感到高兴。"

"啊呀……那好吧,就这样吧,"母亲急忙道,"我也不是一向这样,好吧,从现在起,我知道了。"

她整个脸都红了。有时她的脸简直十分动人……她的脸很忠厚,但完全

---

① 索菲娅的昵称。

不是那种傻里傻气的样子，脸有点苍白，没有血色。她的双颊很瘦削，甚至有点凹陷，脑门上已经开始积聚起几道很深的皱纹，但是眼睛两侧还没出现鱼尾纹，眼睛相当大，很开朗，永远闪烁着一种平静而又安详的光，而这光打从最初的第一天起就吸引着我，使我对她抱有好感。我也喜欢看到她脸上毫无悲伤和受到损害之态的表情，如果她不是经常担惊受怕的话，她脸上的表情甚至是很愉快的。其实，有时候这毫无必要，她大可不必怕兮兮地从座位上一跃而起，有时这完全是无事忙，或者惊惶地听别人说起新话题，直到她深信一切都平安无事，跟过去一样为止。一切都平安无事 —— 在她心里就意味着"一切都跟过去一样"。但愿一切都没变，但愿没出现任何新鲜事，甚至哪怕是好事！……可以想见，她小时候一定是受到了什么惊吓。除了她的眼睛外，我还喜欢她那椭圆形的瓜子脸，如果她的颧骨能稍许窄一点儿，那似乎，不仅在她年轻时候，甚至现在，她也可以称得上是漂亮的。现在她还没到三十九岁，但是她那深褐色的头发里已经明显地蹿出了些许银丝。

塔季雅娜·帕夫洛芙娜非常恼火地瞅了她一眼。

"对这么个小胖墩儿客气什么！在他面前还发抖！你太可笑了，索菲娅；你真让我看了生气，真是的！"

"啊呀，塔季雅娜·帕夫洛芙娜，您现在干吗对他这么凶呀！该不是您在开玩笑吧，也许，是这样，对吧？"母亲看见塔季雅娜·帕夫洛芙娜的脸上似乎露出了一丝笑容，又加了一句。对塔季雅娜·帕夫洛芙娜的骂人有时的确不能当真，可是她现在微微一笑（如果她真的笑了一下的话），当然，是冲我母亲笑的，因为她非常赞赏她的善良，而现在她无疑看到，因为我的孝顺，这时我母亲正感到十分幸福。

"偏偏在我进屋后说了句'您好，妈妈'的时候（这是我过去从来不曾有过的），塔季雅娜·帕夫洛芙娜，您就跳出来骂人，当然，对此我不会不有所感觉。"最后，我认为有必要回敬她一句。

"你们想想，"她立刻又火了，"他还认为这是什么了不起的功德呢？因为你一辈子就这么一次表现出了一点敬意，就该向你作揖下跪吗？这算什么礼貌！你进来时干吗瞅着房犄角？难道我不知道你经常冲她又吼又叫吗！你满可以向我也说声'你好'嘛，我还给你换过尿布哩，我是你的教母。"

不用说，我不屑回答。妹妹正好在这时候进来了，于是我赶快同她攀谈起来：

"丽莎①，我今天看见瓦辛了，他问你好。他认识你？"

"是的，在卢加，在去年。"她十分自然地回答道，坐在我身旁，亲切地看了看我。我觉得，我向她讲到瓦辛的时候，不知道为什么她腾地一下脸红了。妹妹长着一头金发，一头靓丽的金发，她的头发完全不像母亲，也不像父亲；可是眼睛，椭圆的脸形，却几乎跟母亲一模一样。鼻子笔直，不大，很端正；不过，还有一个特点——脸上有几粒细小的雀斑，这是母亲完全没有的。韦尔西洛夫般的相貌很少，除了纤细的腰身，并不矮小的身材，以及在举手投足步态上有一种说不出的美。同我则一点儿都不像；两两相对，正好相反。

"我认识他们两三个月了。"丽莎又加了一句。

"你说的他们指瓦辛吗，丽莎？应该说他，而不是他们②。对不起，妹妹，我纠正了你的错误，但是我觉得很难过，他们似乎完全忽视了对你的教育。"

"你当着母亲的面说这样的话，也太低劣了，"塔季雅娜·帕夫洛芙娜又火了，"你这是胡说，根本没有忽视。"

"我根本就没说到母亲的事，"我厉声插话道，"要知道，妈妈，我把丽莎

---

① 即丽扎韦塔。
② 俄俗：用复数第三人称指称单数第三人称，即用他们来指称他，是一种农村的老式说法，是下等人对上等人的尊称。所以下面才谈到丽莎的教育问题。

看成第二个您。在善良和性格上把她培养得这么美、这么好，想必您自己从前就是这样的，现在是这样，将来也永远是这样……我只是讲外表和风度，讲那些上流社会的蠢事，但是这又必不可少。我恼怒的只有一点，韦尔西洛夫听到你提到瓦辛时说他们，而不是说他，根本就不予纠正——他对我们是多么傲慢和满不在乎啊。正是这点使我的气不打一处来！"

"自己又粗又笨像头熊，居然还教别人风度。以后不许你，先生，再当着母亲的面说'韦尔西洛夫'长'韦尔西洛夫'短的，有我在场也不许——我受不了！"塔季雅娜·帕夫洛芙娜两眼圆睁地喝道。

"妈妈，我今天领到薪水了，五十卢布，您收下吧，劳驾，给！"

我走过去，把钱交给了她；她又立刻惊慌起来。

"啊呀，我不知道该不该拿！"她说，仿佛生怕碰到钱似的。

我不明白这是什么意思。

"对不起，妈妈，如果你们俩承认我是这家的一分子，是儿子和哥哥的话，那……"

"啊呀，我对不住你，阿尔卡季，我得向你承认，我很怕你，怕……"

她说这话时带着一种胆怯而又巴结的微笑，我又不明白了，于是打断了她的话：

"顺便说说，您知道吗？妈妈，今天法院已经判决了安德烈·彼得罗维奇和索科尔斯基家的那场官司。"

"啊，知道！"她叫起来，由于害怕，她举手当胸，合掌作恐惧状（她惯有的姿势）。

"今天？"塔季雅娜·帕夫洛芙娜整个身子猛地抖了一下，"这不可能呀，他会先告诉我们的呀。他告诉你了？"她转过身来问母亲。

"啊，没有，没说是今天，没说这事。我担心了整整一星期。哪怕输了也不要紧,我也会祈祷上苍,只要心里能放下这块石头,跟过去一样就行。"

"那么说,他也没告诉您,妈妈!"我叫道,"这人呀,真是的! 是对我们满不在乎和傲慢无礼的例证:我刚才怎么说来着?"

"怎么判决的,判决什么了? 谁告诉你的?"塔季雅娜·帕夫洛芙娜气势汹汹地问道,"快说呀!"

"这不是,他不是自己回来了! 他会告诉你们的也说不定。"我听见走廊里传来他的脚步声,说道,说罢便赶紧在丽莎身旁坐了下来。

"哥哥,看在上帝分上,别吓着妈妈了,对安德烈·彼得罗维奇要忍让些……"妹妹对我悄声道。

"行,行啊,我就是因为这事回来的。"我握了握她的手。

丽莎很不信任地望了望我,她说得也对。

二

他扬扬得意地走了进来,得意得甚至认为根本无须隐瞒自己的心情。一般说来,最近这段时间,他在我们面前基本上已经习惯于熟不拘礼地畅所欲言了,不仅暴露自己做的坏事,甚至也暴露人人都害怕的荒唐的事;而且他也完全意识到,我们将会了解一切,直到最后一个细节。最近一年来,按照塔季雅娜·帕夫洛芙娜的说法,他在衣着上变得不修边幅了,很邋遢:他一向衣冠楚楚,但穿的都是旧衣服,不够讲究。这是实话,他情愿两天换一次内衣,这使母亲很难过;她们认为这是一种牺牲,这在那些忠心耿耿的女人看来简直是一种壮举。他戴的礼帽一向都是那种黑色的宽边软礼帽;当他在门口脱礼帽的时候——他那十分浓密但又明显斑白的头发中,总会有一整绺头发在头上竖起来。我很爱看他脱帽时竖起的头发。

"你们好，大家全在座，连他也在？还在前屋我就听到了他的声音，似乎，在骂我吧？"

他心情愉快的特征之一就是开始挖苦我。自然，我没有回答。卢克丽娅走进来，捧着一大纸袋买来的东西，放桌上。

"胜利啦，塔季雅娜·帕夫洛芙娜；官司打赢啦，至于上诉，当然，公爵家是不敢的。这场官司我打赢啦！我立刻就找人借了一千卢布。索菲娅，放下手里的活，别费眼神啦。丽莎，刚下班？"

"是的，爸爸。"丽莎挂着亲切的笑容，回答道。她管他叫父亲；我是无论如何不肯屈从的。

"累了？"

"累了。"

"把活儿辞了，明天不干了，彻底辞了。"

"爸爸，我这样做不好。"

"请你……我非常不喜欢女人干活儿，塔季雅娜·帕夫洛芙娜。"

"怎么能不干活儿呢？居然让女人不干活儿！……"

"我知道，知道，这一切都很好，也很对，我预先表示同意；但是——我主要指手工活儿。您想想，这似乎是我童年时代一种病态的或者说是错误的印象。在我小时候五六岁时的模糊记忆里，我经常会想起（当然是厌恶地想起）——围着一张圆桌，一群聪明的女人，一本正经地板着脸，仿佛在选举教皇似的，剪刀呀、布料呀、纸样呀，以及时装图片呀，等等。大家在七嘴八舌地讨论和商量，一本正经地、慢条斯理地摇着头，又是量又是算的，准备裁剪。所有这些那么喜欢我的脸——突然变得高不可攀；我一淘气，就立刻过来把我领走。甚至我那可怜的保姆也会一边用手拉着我，一边对我的喊叫和撕扯不予理解，只是聚精会神地看着，听着仿佛天堂极乐鸟般的歌唱。正是这些聪明女人的严肃表情以及开始裁剪的神气活现的样子——不知道为什么，甚至直到现在，我一想起来就感到痛苦。塔季雅娜·帕夫洛芙娜，您非常爱裁剪！不管这多么符合贵族的气派，我还是更喜欢根本不干活儿的女人。我不是说你，索菲娅……哪能呢！女人即使不干活儿，也具有巨大的魅力。话又说回来，这你也是知道的，索尼娅。足下高见，阿尔卡季·马卡罗维奇，您大概不赞成吧？"

"不，没什么，"我回答，"'女人具有巨大的魅力'这话说得尤其好，我不懂您干吗要把这跟干活儿连在一起？至于没有钱不干活儿不行——您自己也知道。"

"但是现在够咱们花的了，"他转过头去对我妈妈说，她满脸喜形于色（当他转身同我说话时，她全身都打了个哆嗦），"至少开始的时候，不要让我看见你们在做手工活儿，为了我，我求你们了。阿尔卡季，你是当代青年，大概也有点社会主义思想吧；好，那你信不信，我的朋友，最喜欢游手好闲的人恰恰是出身于永远干活儿的劳动人民！"

"也许，最喜欢休息吧，而不是游手好闲。"

"不，正是游手好闲，完完全全什么事情也不干，这就是他们的理想！我认识一位永远的劳动者，虽说并非出身平民；他是一个思想相当发达的人，善于概括和总结。他整个一生，也许每一天，都在心驰神往地幻想什么时候能过上完全游手好闲的生活，可以说吧，他把理想发展到绝对——发展到无边无际的独立，发展到幻想的永远自由和无所事事的静观默想。就这样，一直到他积劳成疾，一病不起；病入膏肓，不治身亡，死在了医院。我有时候认真地想得出这样一个结论，关于劳动是享受，是那些无所事事的好心人杜撰出来的。这是上世纪末的一种'日内瓦思想'①。塔季雅娜·帕夫洛芙娜，前

---

① 指法国启蒙思想家让－雅克·卢梭（1712—1778）的社会政治观点和道德理想。因卢梭出生于日内瓦，故名。在陀思妥耶夫斯基看来，卢梭是民主主义和社会主义的先驱。

第一部

天我从报纸上剪下一则启事（他从坎肩口袋里掏出一张小纸条）。—— 这是数不清的'大学生'中的一个，他们懂古典语言①和数学，愿意外出授课、上阁楼或上任何地方。现在请听：'兹有女教师愿为各类学校（请听：各类）的报考者补习功课，并教算术。'② —— 就一行字，但这行字是经典的！为各类学校的报考者补习功课 —— 岂不是也包括算术课吗？不，她特别标明算术。这 —— 这已经是纯粹的饥饿，已经是需要的极限了。这里，正是这种退而求其次的说法令人感动：显然，她从来没想过要去当女教师，而且她也未必能教什么课。但是，要知道，她宁可跳河自杀，也要把最后一卢布送去报馆，拿去登报，说她愿为各类学校的报考者复习功课，此外，她还能教算术。在全世界任何地方。③"

"啊呀，安德烈·彼得罗维奇，帮帮她吧！她住哪里？"塔季雅娜·帕夫洛芙娜惊呼道。

"唉，这种人多了去了！"他把求职信塞进口袋，"这纸包里全是好吃的 —— 有你的，丽莎，也有您的，塔季雅娜·帕夫洛芙娜；索菲娅和我，我们不喜欢甜食。没准也有你的，年轻人。全是我亲自到叶利塞耶夫商店和巴雷商店④买的。正如卢克丽娅所说，我们已经'挨饿'挨得太久了（注意，我们还从来没有人挨过饿）。这里有葡萄、糖果、洋梨和草莓饼，我甚至还买了些上好的果子酒，还有松子儿。有意思的是，我从小到现在就爱吃坚果，塔季雅娜·帕夫洛芙娜，而且，您知道，应该是那些最普通的坚果。丽莎随我；她也跟松鼠一样爱嗑松子儿。塔季雅娜·帕夫洛芙娜，再没什么比这更美的了，有时候，在众多的童年回忆中，你会无意中想象自己在树林中，在灌木

---

① 指古希腊文和拉丁文。
② 这是模仿1874年9月30日第270期《呼声报》的一则求职广告。
③ 在原著中是意大利文。
④ 莫斯科和彼得堡的两家大食品店。

丛里，采摘坚果的那些瞬间，……应该几乎已是秋雨绵绵的日子了，但风和日丽，有时候空气是那么新鲜，你躲在草木丛生的地方，信步走进树林，散发出一股树叶的清香……我看到，在您的目光里似乎有某种表示同感的表情，阿尔卡季·马卡罗维奇？"

"我童年的头几年，也是在乡下度过的。"

"怎么，要知道，您好像是住在莫斯科的呀……如果我没记错的话。"

"您回国的时候，他当时住在莫斯科的安德罗尼科夫家；而在那以前，他住在您已故的姑姑瓦尔瓦拉·斯捷潘诺芙娜家，在乡下。"塔季雅娜·帕夫洛芙娜接口道。

"索菲娅，给你钱，你先收起来。有人答应过几天再借给我五千。"

"那么说，公爵家已毫无希望了？"塔季雅娜·帕夫洛芙娜问。

"毫无希望，塔季雅娜·帕夫洛芙娜。"

"我一向支持您，安德烈·彼得罗维奇，支持你们全家，我是你们的通家之好，但是，虽说公爵家对我是外人，可我还真可怜他们。您别生气，安德烈·彼得罗维奇。"

"我无意同他们瓜分，塔季雅娜·帕夫洛芙娜。"

"您当然知道我的想法，安德烈·彼得罗维奇，如果您一开始就建议同他们对半平分，他们也就不会打这官司了；现在，当然，说也晚了。不过，我也不敢妄加评论……我这样说，是因为死者在自己的遗嘱里恐怕不会把他们漏掉的。"

"如果他们会办事，知道该怎样写遗嘱的话，不仅不会漏掉他们，恐怕全留给他们也说不定，漏掉的恐怕只有我一个人。但是现在法律站在我一边——这就是结果。我不能，也不想分给他们，塔季雅娜·帕夫洛芙娜，事情就这么结束了。"

他说这话的口气甚至是恶狠狠的,这在从前很少见。塔季雅娜·帕夫洛芙娜闭上了嘴。母亲则有点伤感地垂下了眼睛:韦尔西洛夫知道,其实她是赞成塔季雅娜·帕夫洛芙娜的意见的。

"这是因为他忘不了他在埃姆斯挨的那记耳光!"我心中寻思。克拉夫特给我拿来的当时放在我口袋里的那份文件,如果落到了他手里,恐怕就要遭殃了。我突然感到这一切成了我的累赘,这想法再加上其他等等,当然,都对我起着刺激作用。

"阿尔卡季,我希望你能穿得好一些,我的朋友;你穿得不坏,但是,为今后着想,我可以给你介绍一位很好的法国裁缝,他的做工非常认真,而且很有审美力。"

"我请您以后不要再给我提这一类建议了。"我突然发作。

"这又怎么啦?"

"当然,我并不认为这低人一等,但是我们的看法也并不完全一致,而是相反,甚至意见分歧,因为最近,也就是说明天吧,我就要辞职不到公爵家去了,因为我看不出那里有任何事情需要我去做……"

"你去,陪他坐坐,这就是事!"

"这样想是低下的。"

"我不明白;不过话又说回来,如果你那么爱面子,你可以不拿他的钱呀,只管去就成了。你会使他非常难过的;他已经离不开你了,请相信……不过,随你便……"

他显然感到不高兴。

"您说别向他要钱,可是承蒙关照,我今天做了件等而下之的事:因为您没有事先交代,我今天向他索取了一个月的薪水。"

"既然你已经这么做了;不瞒你说,我还以为你不会向他要钱呢;不过,你们一个个现在也太精明了！现如今，已经没有年轻人了，塔季雅娜·帕夫洛芙娜。"

他愤愤不已；我也非常恼火。

"我本来想同您清算一下旧账……这是您逼我的——我现在都不知道该怎么办了。"

"正好，索菲①，你立刻把阿尔卡季的六十卢布还给他；我的朋友，这么匆匆地跟你结账，请勿见怪。我从你脸上看得出来，你脑子里正在筹划一件大事，你需要……流动资金……或者诸如此类的什么东西吧。"

"我不知道我脸上的表情怎样，但是我怎么也没料到妈妈会把这钱的事告诉您，尽管我一再请她别说。"我两眼冒火地看了看母亲，说不出我当时有多生气。

"阿尔卡沙②，亲爱的，请你原谅，看在上帝分上，我无论如何不能不告诉……"

"我的朋友，别责怪她向我公开了你的秘密，"他转过身来，对我说道，"再说，她完全是好意——无非是做母亲的想夸耀一下儿子的孝心。但是，请你相信，即使她不说，我也能猜到你是个资本家，手里有钱。你的全部秘密都在你那诚实的脸上写着。塔季雅娜·帕夫洛芙娜，我对您说过，他有'自己的思想'。"

"别拿我诚实的脸来说事，"我继续发作道，"我知道，您虽然在别的事情上鼠目寸光，可是却往往能看透一些事——我赞赏您的洞察力。不错，我是有'自己的思想'。您这么说当然纯属偶然，但是我并不怕承认：我的确有'思想'。我不怕，也不害臊。"

---

① 索菲娅的昵称。
② 阿尔卡季的昵称。

"主要是，无须害臊。"

"可是我永远不会向您公开。"

"也就是说，你不屑向我公开。那就不公开吧，我的朋友，你不说，我也知道你的思想到底是什么；无非是：'我要远走高飞，躲进荒漠……①'塔季雅娜·帕夫洛芙娜！我的想法是——他想……成为罗斯柴尔德，或者诸如此类的人吧，然后远走高飞，得道升天。不用说，他会慷慨大度地给你们（包括您）留下一大笔赡养费——至于我，恐怕就未必了——但是，不管怎么说，我们刚一看见他，他就不见了。他就像我们看到的一弯新月——刚一露面，就下山了。"

我心里怦地一跳。当然，这一切纯属偶然：虽然他提到了罗斯柴尔德，但他什么也不知道，他讲的也根本不是那么回事；但是他怎么能这么准确地看准我的心思呢：跟他们一刀两断，然后远走高飞？他已经预先猜到了一切，于是他就想先用他的玩世不恭来玷污事实的悲剧性。至于说他愤愤然，非常生气，那是毫无疑问的。

"妈妈！请原谅我刚才发火了，再说，即使你不说，也瞒不过安德烈·彼得罗维奇。"我开始佯笑，竭力想把一切暂时打乱，归之于玩笑。

"你能笑，我的亲爱的，那是最好不过的事了。简直难以想象，每个人用这办法赢得了多少好处，哪怕是表面上的。我说这话是非常严肃的。塔季雅娜·帕夫洛芙娜，他总是摆出一副样子，似乎他心里装着一件什么了不起的大事似的，由于这情况，连他自己都觉得不好意思起来。"

"我严肃地请求您放谦虚一点，安德烈·彼得罗维奇。"

"你说得对，我的朋友：但是必须一劳永逸地把话说透，免得以后又回过

---

① 当时一首流行歌曲开头的唱词。

头来旧话重提。你从莫斯科来看我们，就为了立刻大吵一场——这就是我们目前知道的你此来的目的。至于您这次来是为了用什么事情来使我们大吃一惊——关于这，我自然就不提了。接着，整整一个月，你在我们这儿住，而又对我们嗤之以鼻——然而，你显然是个聪明人，既然聪明，那就应该把这种对人嗤之以鼻的态度给那些由于自己无能没有别的办法可以报复他人的人去干。你总是藏着掖着，可是你那诚实的面孔和红红的脸蛋就足以证明，你完全可以坦坦荡荡地看着别人的眼睛。他有疑心病，塔季雅娜·帕夫洛芙娜；我不明白，为什么他们大家现在都犯起了疑心病呢？"

"如果你连我在哪儿长大的都不知道——您又怎么知道一个人为什么犯起了疑心病呢？"

"这就是谜底：你不高兴的是，因为我可能把你在哪里长大的事都给忘了！"

"根本不是，您就别把这种傻念头硬往我身上贴了。妈妈，安德烈·彼得罗维奇刚才夸我笑了：那咱们就笑吧——干吗这样干坐着！我给你们讲几件关于我的笑话，你们爱听吗？更何况安德烈·彼得罗维奇对我的坎坷经历还一无所知呢。"

我一提起来就有气。我知道我们再也不会像现在这样坐在一起了，一走出这家门，我就永远不会再回到这里来了——正因为如此，我才在离家出走的前夜再也忍受不下去。是他自己逼我，让我走到这结局的。

"这当然太好了，如果这的确很可笑的话，"他目光锐利地注视着我，说，"我的朋友，你在你长大的地方变得有些粗鲁了，不过，你仍旧很懂礼貌。他今天很可爱，塔季雅娜·帕夫洛芙娜，您做得很好，终于把这个纸包打开了。"

但是，塔季雅娜·帕夫洛芙娜皱着眉头，甚至都没有转过身去对他的话作出反应，而是继续拆纸包，并把里面好吃的东西——摆到递给她的盘子里。

母亲也完全莫名其妙地坐在那里，当然，她明白，也预感到，我们家可能要出事了。妹妹再一次捅了捅我的胳膊肘。

三

"我只是想讲给你们大家听听，"我以一种十分随便的姿态开口道，"讲讲一个父亲怎么第一次跟自己可爱的儿子见面的，这事正是发生在'他生长的地方'。"

"我的朋友，这……不会很枯燥吗？你知道：所有的体裁……①"

"别皱眉头，安德烈·彼得罗维奇，我完全不是您想的那样。我无非是想让大家笑笑罢了。"

"愿上帝能听见你说的话，我亲爱的。我知道你爱我们大家，而且……不想扰乱我们这个晚会。"他有点做作和漫不经心地嘟囔道。

"当然，您现在也从我的脸上看得出来我是爱你们的？"

"是的，从脸上也多少看得出来。"

"唔，我从塔季雅娜·帕夫洛芙娜的脸上早就看得出来她爱上我了。不要这样恶狠狠地望着我，塔季雅娜·帕夫洛芙娜，还是笑好！还是笑好！"

她突然向我转过头来，目光锐利地盯着我，看了大约半分钟。

"你要小心！"她举起一根手指威胁我，但神态十分严肃，根本不像冲我刚才说的愚蠢的玩笑而来，而是在另一件什么事情上警告我，"你是不是想开战啊？"

"安德烈·彼得罗维奇，难道您真不记得咱俩生平第一次见面的情形了吗？"

---

① 原话应是：所有的体裁都是好的，除了枯燥乏味的以外。源出法国作家伏尔泰（1694—1778）的喜剧《浪子》（1738）。这话是当时的名言。

第一部

"上帝做证,我忘了,我的朋友,我打心眼儿里觉得抱歉。我只记得这是很久以前的事了,发生在什么地方……"

"妈妈,您是不是记得,当时您住在乡下,住在我长大的地方,似乎,一直到我长到六七岁的时候,主要是您是否当真什么时候在乡下住过,或者我只是在梦中仿佛看到我在那里第一次见到您?我早就想问您有没有这事,可总是开不了口;现在恰好机会来了。"

"那还用说吗,阿尔卡什卡①,那还用说吗!是的,我在那里,在瓦尔瓦拉·斯捷潘诺芙娜家做过三次客;我第一次去时,你才满周岁,第二次去时 —— 你已经三岁多了,再后来 —— 你已经过六周岁了。"

"这就对了,我整整一个月一直想问您这件事。"

母亲由于回忆的波澜汹涌而来猛地涨红了脸,接着又动情地问我:

"阿尔卡什卡,难道那时候你就记住了我的样子吗?"

"我什么也不记得,也不知道,但是,您脸上的某种神态留在我心里,使我终生难忘,此外,还留下一个认知,您是我母亲。这整个农村,我现在仿佛在梦中见过似的,我甚至连我的保姆都忘了。这个瓦尔瓦拉·斯捷潘诺芙娜,我还有点记得她,也仅仅是因为她常闹牙疼,脸上总绑着纱布。我还记得屋旁有许多大树,好像是椴树,然后就是有时候强烈的阳光照进敞开的窗户、种满鲜花的花圃和林间小道,而妈妈,我清楚地记得的只是在那一瞬间的您,在那儿的教堂里有一回领圣餐的时候您把我举起来接受圣餐、吻圣杯的那一刹那;那时是夏天,有一只鸽子飞过穹顶,从一扇窗户飞到另一扇窗户……"

"主啊!当时就是这样的呀,"母亲举起手来一拍,"连那只鸽子我也记得很清楚。你在吻圣杯前猛地激灵了一下,叫道:'小鸽子,小鸽子!'"

---

① 阿尔卡季的昵称。

"您的脸，或者这脸的某种表情，就非常深刻地留在我的记忆里了，直到四五年以后，在莫斯科，我立刻就认出了您，虽然那时候谁也没有向我说起过您是我母亲。而当我第一次见到安德烈·彼得罗维奇之后，人家就把我从安德罗尼科夫家带出来了；我在他们家，直到那以前，一直平静而快乐地过了五年。他们家住的那套公房，直到每个细部，我都记得清清楚楚，我还记得所有那些太太和姑娘，她们现在大概都老了，还有她们全家人和安德罗尼科夫本人，他怎么把整包整包的食品，鸡呀，鱼呀，乳猪呀，等等，亲自从城里带回来，在饭桌旁，他总爱代替自以为了不起的太太给我们一份份地舀菜汤，而我们全桌人总爱就这事取笑他，他总是头一个先笑。在那里，小姐们教会了我说法语，但是我最爱的还是克雷洛夫寓言，他的许多寓言我都会背，而且每天都要直接跑到安德罗尼科夫的小书房里，不管他有空没空，都要朗诵一篇寓言给他听。就这样，就因为朗诵寓言，我认识了您，安德烈·彼得罗维奇……我看出来，您开始有点记起来了。"

"多少记起来了点儿，我亲爱的，正是那时候你给我讲了一则故事……好像是寓言，或者《聪明误》里的什么故事？你的记性真好，真了不起！"

"记性！那还用说！这件事我记住了一辈子。"

"好了，好了，我亲爱的，你甚至勾起了我一连串的回忆。"

他甚至笑了笑，母亲和妹妹也跟在他后面笑了起来。又恢复了相互间的信任，但是塔季雅娜·帕夫洛芙娜把一件件糖果、点心摆在桌上以后，在屋角里坐了下来，继续用不怀好意的目光注视着我。

"后来就发生了这样的事，"我继续道，"突然有一天上午，我童年时代的朋友塔季雅娜·帕夫洛芙娜来接我了（她总是在我的生命中突然出现，就像戏里似的），用马车把我带走，来到一个老爷家，走进一套豪华的房间。您那时下榻在法纳里奥托娃家，安德烈·彼得罗维奇，在她的一座空宅里（这宅

第一部

子是她从前向您买的,她当时在国外)。我一向穿的都是短外套;这时候突然让我穿上了一件漂亮的蓝色常礼服和上好的内衣。塔季雅娜·帕夫洛芙娜那天一整天都围着我转,给我买了许多东西,我一直在所有的空屋里走来走去,碰到镜子就对镜顾盼。就这样,到第二天上午十时许,我正在这套房间里溜达来溜达去,突然完全无意识地走进您的书房。其实,我在头天晚上就看见您了,那时我刚来,但只是匆匆一瞥,在楼梯上。您正下楼,准备坐上马车到什么地方去;您那时是独自一人来莫斯科的,在长时间地离开这里后,仅在此作短暂停留,因此到处都争相迎候,您几乎不在家住。您遇到我和塔季雅娜·帕夫洛芙娜之后,只是拖长声音说了一声'啊!'甚至都没停下脚步。"

"他带着一种特别的爱来描写。"韦尔西洛夫对塔季雅娜·帕夫洛芙娜说,她扭过身子没有回答。

"我像现在看见您那样看到那时的您,红光满面,英俊潇洒。在这九年中您惊人地变老了,变丑了,请原谅我的这种坦率,不过,您那时也已经三十七岁啦,但是我望着您甚至都望出了神:您那头发令人惊叹,几乎完全是黑的,而且黑得发亮,没有一丝白发;唇须和两侧的络腮胡就像首饰般经过精心加工过似的——除此,我实在没法表达;脸呈乳白色,而不是像现在这样显出病态的苍白,就像现在令媛安娜·安德烈耶芙娜现在那样(我有幸在不久前见到过她);炯炯有神的深色眼睛,雪白发亮的牙齿,特别是在您笑的时候。那天,我走进去后,您把我打量了一番,就大笑起来;当时我的识别能力还很差,但是看到您的笑容我还是蛮开心的。那天上午您穿着一件深蓝色的天鹅绒上衣,脖子上围着一条紫红色围巾,上好的衬衫上镶有一圈阿朗松的花边[1],您站在镜子前,手里拿着一个剧本,正在练习朗诵恰茨基[2]的

---

[1] 法国阿朗松城一家花边厂生产的花边。
[2] 格里鲍耶陀夫戏剧《聪明误》(一译《智慧的痛苦》)中的主人公。

最后的独白，尤其是最后一声呼喊：'给我备车，备车！'"

"啊，我的上帝，"韦尔西洛夫叫道，"还当真有这么回事！当时，因为日雷科病了，尽管我在莫斯科停留的时间不长，我还是答应在亚历山德拉·彼得罗芙娜·维托夫托娃家的家庭舞台上扮演恰茨基！"

"难道您忘了？"塔季雅娜·帕夫洛芙娜笑道。

"他提醒了我！我得承认，当时在莫斯科的那几天也许是我整个一生中最美好的时光！当时我们大家还那么年轻……那时大家都热切地期望……那时我在莫斯科出乎意料地遇见了那么多……但是，你接着说下去，我亲爱的：这回你做得很好，那么详细地让我回忆起了……"

"我站着，望着您，忽然喊道：'啊，多好呀，真正的恰茨基！'您突然向我转过身来，问道：'难道你已经知道恰茨基了？'——说罢，您就坐到沙发上，开始喝咖啡，心情好极了——我真想热烈地亲吻您。这时，我告诉您，安德罗尼科夫家的所有人都读过很多很多书，小姐们还会背诗，许多诗她们都会背，她们还经常你一句我一句地练《聪明误》里的几场戏的台词，上星期每天晚上大家还聚在一起朗诵《猎人笔记》，而我最喜欢克雷洛夫的寓言，还会背。您曾让我随便背一首寓言给您听，我给您背的是《一个待嫁的姑娘》：'一个待嫁的姑娘，想找个如意郎。'"

"没错，没错，现在我全记起来了，"韦尔西洛夫又叫起来，"但是，我的朋友，我也清晰地想起了你：你当时是那么可爱，甚至是那么活泼、机灵的一个小屁孩，我敢发誓，这九年中你也大不如前啦。"

这时所有的人，连塔季雅娜·帕夫洛芙娜在内，都笑了。很清楚，安德烈·彼得罗维奇在开玩笑，并且因为我呲了他一句说他变老了，他就用同样的调侃"报复"我。大家都十分开心；说得妙趣横生。

"我一边背，您一边笑，但是我还没背到一半，您就让我停下来，摇了一

第一部

下铃，吩咐进来的仆人有请塔季雅娜·帕夫洛芙娜，塔季雅娜·帕夫洛芙娜立刻笑容满面地跑了进来，笑得我差点都认不出她来了，虽然头天晚上我还见过她。当着塔季雅娜·帕夫洛芙娜的面，我又从头背诵《一个待嫁的姑娘》，而且一直背到完，背得好极了，连塔季雅娜·帕夫洛芙娜也微微一笑，而您，安德烈·彼得罗维奇，您甚至大声叫了声'好！'。您还热情地说，要是我能背《蜻蜓与蚂蚁》，那就不足为奇了，因为一个乖巧的孩子在我这年龄肯定能背得十分精彩，但是能背这首寓言：一个待嫁的姑娘，想找个如意郎，这并没有错呀……你们听他怎么背来着：'这并没有错呀！'总之，您十分欣赏。这时，您突然跟塔季雅娜·帕夫洛芙娜说起了法语，她立刻皱起眉头，开始反驳您，甚至发起火来；但是，因为安德烈·彼得罗维奇想要做什么，别人是没法违拗的，所以塔季雅娜·帕夫洛芙娜就急急忙忙地把我领到她自己的房间：在那里给我重新洗了脸，洗了手，换了内衣，抹了雪花膏，甚至还给我卷了头发。然后，傍晚，塔季雅娜·帕夫洛芙娜自己也打扮起来，打扮得相当华贵，打扮得出乎我的意料，接着，她就带我坐上马车出去了。我还是生平第一次去看戏，去看维托夫托娃家的业余演出；灯烛辉煌，一盏盏枝形吊灯，女士们，将军们，武官们，妙龄少女们，大幕，以及一排排椅子——我今生今世还从来没见过类似的排场。塔季雅娜·帕夫洛芙娜在后排占了个最不起眼的位置，坐了下来，并让我坐在她身旁。当然，那里也有些像我一样的孩子，但是我已经顾不上看别的东西了，我凝神屏息地等着看演出。等您出场的时候，安德烈·彼得罗维奇，我简直大喜若狂，喜极而泣——为什么，由于什么，我也弄不清。干吗要喜极而泣呢？——后来，在这九年中，每当我想起这事，我就觉得奇怪！我屏住呼吸，紧张地注视着剧情的发展；当然，其中我只看懂一点，她对他变了心，那些愚蠢的、抵不上他一根脚指头的人却在笑话他。当他在舞会上朗诵那段独白的时候，我明白他受到了伤害和侮辱,他在指责所有那些卑鄙小人,但是他怎样呢 —— 伟大,伟大!当然,在安德罗尼科夫家受的教育帮助我理解这部剧,但是 —— 还有您的演技,安德烈·彼得罗维奇!我是头一次看戏!在舞会快散场时恰茨基一声吆喝:'给我备车,备车!'(您吆喝得多好呀),我从座位上忽地站了起来,全场掌声雷动,我也跟大家一起热烈鼓掌,拼命叫'好'。我清楚地记得,就在这一瞬间,从我背后,'在腰的下部'①,像针扎似的,塔季雅娜·帕夫洛芙娜狠狠地拧了我一下,但是我毫不在乎!不用说,《聪明误》一演完,塔季雅娜·帕夫洛芙娜就立刻带我回家了:'你总不至于要留下来跳舞吧,就因为你,连我也不能留下。'您在马车上,一路嘟嘟囔囔地埋怨我,塔季雅娜·帕夫洛芙娜。一整夜我都在说胡话,而第二天上午十点,我已经站在您的书房门口了,但是书房门虚掩着:您屋里有人,您正在跟他们谈事;后来您又突然出去了一整天,一直到深夜才回来 —— 就这样,我都没能见到您!那时候,我到底想跟您说什么呢 —— 现在当然忘了,即便那时候,我也不知道到底想说什么,但是我却热切地希望能尽快见到您。而第二天一早,八点,您就出发到谢尔普霍夫去了:您当时刚卖掉您在图拉省的领地,以便清偿债务,但是您手头毕竟还保留着一大笔诱人的巨款,这就是您那时枉驾到莫斯科来的原因,而在这以前,因为怕人逼债,您是不会到那里去的;当时,在所有的债主中,就有这么一个叫谢尔普霍夫的混蛋,不同意用半数来清偿全部债务。塔季雅娜·帕夫洛芙娜甚至都不屑回答我的问题:'不关你的事,后天我就送你上寄宿学校去;准备一下,把自己的练习本拿好,把书整理好,同时要养成自己收拾衣箱的习惯,您总不能长成一个好吃懒做的人吧,先生。'还有这般那般的,在这三天里,塔季雅娜·帕夫洛芙娜,您就这么没完没了地数落

---

① 指屁股(上流社会的委婉说法)。

我。后来的结局是把我送进了寄宿学校,把一个爱上您而且天真烂漫的孩子送到了图沙尔的手里,安德烈·彼得罗维奇,就算是凑巧,咱俩稀里糊涂地遇上了,可是,您信不信,后来,已经过了半年,我还念念不忘地想从图沙尔那儿逃跑,逃出去找您!"

"你讲得很好,而且使我生动地想起了一切,"韦尔西洛夫一字一顿地说道,"但主要是,你的故事使我十分诧异,其中竟有这么多古怪的细节,比如说我欠了许多债。我们且不说这些细节已经有伤大雅,我不明白,这些细节你到底是怎么搜集到的?"

"细节?怎么搜集到的?我再说一遍,这整整九年,我只做了一件事,就是千方百计地搜集有关您的各种细节。"

"真是奇怪的供认和奇怪的消磨时间的方法!"

他转过身子,半躺在安乐椅上,甚至还稍微打了个哈欠,是不是存心,我不知道。

"怎么样,继续说下去?继续讲我怎么想从图沙尔那儿逃跑,去找您?"

"不许他讲,安德烈·彼得罗维奇,让他闭嘴,把他赶出去。"塔季雅娜·帕夫洛芙娜发作道。

"不行,塔季雅娜·帕夫洛芙娜,"韦尔西洛夫威严地回答道,"阿尔卡季显然有什么打算,因此必须让他把话说完。您就让他说吧!说出来了,也就卸下了包袱,对他来说,主要是要把肩上的这包袱给卸下来。开讲吧,我亲爱的,开始说你的新的经历,我只是说:新的经历;你不用担心,我知道它的结局。"

四

"我逃跑,也就是我想逃出去找您,这事很简单。塔季雅娜·帕夫洛芙娜,您记得不记得，我入学后过了约莫两星期，图沙尔给您写过一封信——不记得了？后来，这封信，玛丽娅·伊万诺芙娜给我看过，它也在已故的安德罗尼科夫的文件里。图沙尔忽然醒悟过来，他收的学费太少了，因此他在自己的信中向您'郑重'宣告，在他的学校里受教育的都是公爵和枢密官的子弟，因此他认为收留一个像我这样出身的人做学生，有失他的学校的身份，除非给他加钱。"

"我亲爱的，你本来可以……"

"噢，没什么，没什么，"我打断道，"我不过是稍许说两句关于图沙尔的事。塔季雅娜·帕夫洛芙娜，您答复他的时候已经过了两星期，您已经下乡，您是从乡下给他回信的，您坚决拒绝了。我记得，当他跑进我们教室时，满脸涨得通红。他是个十分矮小、长得十分结实的法国佬，四十五岁上下，的确出身巴黎，不用说，是出身鞋匠，但是很早以前他就来到莫斯科，正式担任法语教师，甚至还有文职官衔，为此他曾经感到非常骄傲——不过，这是一个非常不学无术的人。至于我们这些学生，在他那里，一共就六名；其中倒的确有一个学生是莫斯科某枢密官的什么外甥。我们全都住在他家，完全像是他的家庭成员，而且大半由他夫人来照管；他夫人是某个俄国官吏的女儿，是个惯会装腔作势的女人。在这两周内，我在同学们面前大大地摆阔了一番，自吹自擂地夸耀我有一件蓝色的常礼服，和我有一个好爸爸安德烈·彼得罗维奇，他们问我，为什么我姓多尔戈鲁基而不是姓韦尔西洛夫。——我一点儿都不感到尴尬，因为我自己也不知道为什么。"

"安德烈·彼得罗维奇！"塔季雅娜·帕夫洛芙娜几乎用威胁的声音叫了一声。相反，我母亲却目不转睛地注视着我，她显然希望我继续说下去。

"这个图沙尔……现在我还真的想起来了，这是一个十分矮小和手脚不肯停的主儿，"韦尔西洛夫懒洋洋地嘟囔道，"但当时却有人向我大力推荐

第一部

他……"

"这个图沙尔手里拿着信,走到我们坐的那张大橡木桌子跟前(当时我们六个人都坐在这桌旁背诵什么东西),紧紧地一把抓住我的肩膀,把我从椅子上拽了出来,又吩咐我拿起自己的练习本。'你的位置不在这里,在那里。'他向我指了指由前室往左的一间很小的屋子,那里只有一张普通桌子、一把藤椅和一张漆布面的长沙发——就像我现在住的楼上那间阁楼一样。我惊奇地搬了过去,心里很胆怯:还从来没人对我这么粗暴过。过了半小时,当图沙尔走出教室后,我又跑过去与同学们眉来眼去地耍笑;当然,他们在笑我,但是我没有察觉,还以为我们笑是因为我们开心。这时候,图沙尔猛地冲进来,一把揪住我的头发,就把我往外拽。'不许你跟贵族子弟坐一起,你出身卑贱,跟用人差不多!'接着他就非常疼地朝我那胖乎乎的、红红的脸蛋上打了记耳光。他顿时觉得这很解气,于是又打了第二下,第三下。我放声大哭,我感到十分惊奇。我用两手捂着脸,坐了整整一小时,哭呀,哭呀,哭个不停。我怎么也弄不明白究竟发生了什么事。我不明白,一个像图沙尔这样并不是坏人的人,一个甚至十分拥护俄国农民解放的外国人,竟会打一个像我这样的傻孩子。然而,我只是感到惊奇,而不是感到受了侮辱。当时我还不会感受侮辱。我觉得,我可能是做了什么坏事,淘气了,但是只要我改了,他们就会原谅我,于是我们大家又会忽然变得很开心,又可以到院子里去玩耍,又可以十分快乐地生活了。"

"我的朋友,要是我知道这事……"韦尔西洛夫拖长了声音说,脸上露出一丝疲乏的人的漫不经心的笑容,"不过,这个图沙尔也真混蛋!不过,我还是没有失去希望,希望你能设法振作起来,终于能原谅我们这一切,那咱们又可以和和美美地过日子了。"

他毫不含糊地打了个哈欠。

第一部

"我又没有责怪，根本没有呀，而且，请相信，我并不抱怨图沙尔！"我叫道，有点语无伦次，"再说，他打我也不过一两个月的时间。我记得我总想用什么办法去讨好他，跑过去吻他的手，一边吻一边哭。同学们都笑话我，看不起我，因为有时候图沙尔便开始趁机利用我做他的奴仆，让我在他穿衣的时候给他递衣服。这时，我的奴性就本能地对我起了作用：我拼命巴结他，一点儿也不感到屈辱，因为我还不懂什么叫屈辱，甚至直到现在，我还感到奇怪，当初我竟会笨到这样的地步，竟不懂得我和他们大家是不平等的。不错，同学们当时已经使我明白了许多道理，是个很好的教训。到后来，图沙尔已经不爱打我的耳光了，他更爱从背后用膝盖顶我的屁股，而过了半年，有时候甚至还对我很亲热；只是间或，每月一次，他肯定会揍我一顿，为了提醒我，别忘乎所以了。很快，他也让我和其他孩子坐一起了，也让我同他们一起玩了，但是，在这整整两年半中，图沙尔一次也没有忘记我们在社会地位上的差别，虽然不很经常，但还是常常使唤我替他做这做那，我想，他这样做正是为了提醒我别忘了我是谁。

"我逃跑，也就是说我想要逃跑，已经是在这两个月之后又过了五个月的时间。一般说，我这人一辈子都优柔寡断，拿不定主意。当我躺到床上，钻进被窝，我就开始想您，安德烈·彼得罗维奇，而且只想您一个人；我也莫名其妙这究竟是怎么搞的。我甚至做梦都梦见您。主要是我一直在热切地盼望，有一天，您会走进来，我扑到您身上，您就会把我带走，离开这鬼地方，把我带到您那儿，带进那间书房，于是我们又可以去看戏了，等等，等等。主要是我们再不分开了——这才是最主要的！可是第二天一早，睡醒过来，又忽然开始了同学们的嘲笑和蔑视；其中有个人甚至还干脆打我，硬逼我把靴子递给他，替他穿靴子；他用最难听的话骂我，尤其是竭力向我说明我出身低微，给所有的听众寻开心。后来，图沙尔这人终于出现了，我心里便油

第一部

然升起一种忍无可忍的感觉。我感到，这里的人是永远不会原谅我的——噢，我已经开始稍许懂得，他们不能原谅我的到底是什么，而我又究竟错在哪儿！于是我终于决定要逃跑。我朝思暮想地足足幻想了两个月，终于拿定了主意；那时是九月。我终于等到了这一天，同学们都回家过周末了，这时我就悄悄地、仔细地包了一个包袱，带上我最必需的东西；钱我有，两卢布。我想等到天黑：'那时候我就下楼，'我想，'先走出去，然后就远走高飞。'到哪儿去呢？我知道，安德罗尼科夫已经搬到彼得堡去了，于是我决定先去找到法纳里奥托娃住在阿尔巴特街的那座公寓；'夜里就随便找个地方过一宿或者坐一宿，到早晨，再在那栋公寓的院子里随便问个什么人现在安德烈·彼得罗维奇住哪儿，如果不在莫斯科，那在哪座城市或者哪个国家？没准，会告诉我的。我就去找他，然后就在另一个什么地方随便问个人，应当出哪个城门，如果必须到某某城市去，那我就先出城，然后再走呀走呀。我要一直走下去；要过夜，就随便找个什么地方，在灌木丛里过一夜，而吃，那我就只吃面包，两卢布的面包足够我吃很长时间了。'但是，星期六，怎么也跑不出去；不得不等到第二天，到星期天再说，好像故意安排好了似的，图沙尔和他老婆星期天到什么地方去了；全家就只剩下我同阿加菲娅两个人。我苦苦地等待天黑，我记得，我坐在我们那间客厅的窗前，看着满是木屋，尘土飞扬的街道，以及不多的几个行人。图沙尔住的地方很偏僻，从窗子里就看得见城门：该不是就是这城门吧？——我恍恍惚惚地想。太阳正在下山，红红的，天很冷，风很大，就像今天这样，刮起了沙尘暴。天终于全黑了，我站在圣像前，开始祈祷，不过要快，要快，我急忙付诸行动；拿起包袱，踮起脚尖，从我们吱嘎作响的楼梯上下来，心里直打鼓，可别让阿加菲娅在厨房里听见我的脚步声。房门用钩子钩上了，我开了门，突然——漆黑的夜黑乎乎地展现在我面前，像一大片无边无际、不可知的凶险，而风吹来，猛一下刮走了我的帽子。我已经走出了门;但是对面的人行道上有一个骂骂咧咧的行人走过,发出沙哑的、醉醺醺的吼叫;我站住了一会儿,看了看,又悄悄地回来,悄悄地上了楼,悄悄地脱了衣服,放下包袱,脸朝下趴在床上,既没有流泪,也没有思想,于是就从这一刻起,我开始懂得一个道理,安德烈·彼得罗维奇!也就是从这一刻起我认识到,我除了是个奴才以外,还是个懦夫,于是,也就从这一刻起开始了我真正的、正确的成长之路!"

"也就是从这一刻起,现在我算把你看透了,看得透透的!"塔季雅娜·帕夫洛芙娜猛地从座位上跳起来,她那么猝不及防地跳起来,我毫无准备,"你不但那时候是个奴才,现在也是个奴才,你有一颗奴才的心!安德烈·彼得罗维奇如果送你去当鞋匠,那又费他什么事?甚至是对你做了件大好事,让你学会一门手艺!谁会为了你向他提出更多的请求或者要求呢。你父亲马卡尔·伊万内奇不仅请求,几乎是要求,不要把你们,把他的孩子从下等人里提拔上来。不,你丝毫不珍惜他把你培养到能够上大学,而且通过他,你又得到了种种权利。① 你瞧,同学们逗了他……他就发誓要向整个人类报仇……你呀,真是个混球!"

我得承认,我对她的这一举动感到很吃惊。我站起来,一时间看着她都不知道说什么好了。

"要知道,的确,塔季雅娜·帕夫洛芙娜对我说了一些我过去闻所未闻的话,"我终于坚定地回过头去对韦尔西洛夫说,"的确,我是一个地地道道的奴才,我无论如何也不能仅仅满足于韦尔西洛夫没有把我送去当鞋匠;甚至这'种种权利'也没能打动我,我要的是整个韦尔西洛夫,我要的是父亲……这才是我要求的 —— 我怎么不是奴才呢?妈妈,您在我心头已经八年了,

---

① 中学毕业生才有资格上大学(其他学校的毕业生就没有这个权利)和上其他高等学校,并可优先担任国家公职,服务满一定期限后还可擢升为国家低级文官。

您当时独自一人到图沙尔中学来看我,当时我接受了您,但是现在没有时间谈这事了,塔季雅娜·帕夫洛芙娜不让我说下去。明天见,妈妈,也许我们还会再见面的。塔季雅娜·帕夫洛芙娜! 您倒说说,假如我绝不容许一个人的妻子还健在,却停妻另娶他人,难道我还是个十足的奴才吗? 要知道,安德烈·彼得罗维奇在埃姆斯就差点干出这种事来! 妈妈,如果您不想跟丈夫待在一起,因为这丈夫明天就会娶别人为妻,那您要记住,您还有个儿子,他已经承诺要永远做一个孝顺的儿子,您要记住,咱们可以一起离开,不过有个条件:'有他没有我,有我没有他。'您愿意吗? 我并不是要您立刻回答;因为我知道,对这样的问题是没法立刻回答的……"

但是我未能把话说完,首先因为我太激动了,心慌意乱。母亲的脸变得煞白,好像骤然失声:一句话也说不出来。塔季雅娜·帕夫洛芙娜提高了嗓门,说了一些什么话,说了很多,我甚至都听不清她到底说什么了,她用拳头捶了我两下,捶我的肩膀,我只记得,她大声嚷嚷,说我的话"是造谣,是以小人之心度君子之腹,是无中生有"。韦尔西洛夫一动不动地坐着,很严肃,毫无笑容。我拂袖而去,回到楼上。最后目送我走出房间的是妹妹责备的目光;她望着我的背影,严厉地摇着头。

第 七 章

一

　　我并不顾惜自己,把所有这些场景全描写出来,是想清楚地记起一切,恢复早先的印象。我上楼回到自己屋子后,完全不知道我应该引以为耻呢,还是应该像一个完成了自己天职的人一样感到非常得意。如果我稍许有点经验的话,就应该懂得,对这种事情稍有一点儿怀疑的话,就应该朝坏的方面想。但是我却被另一个情况弄糊涂了:我不明白我到底高兴什么,但是我却非常高兴,尽管我也感到怀疑,而且清楚地意识到我方才在楼下栽了。甚至塔季雅娜·帕夫洛芙娜方才那么恶狠狠地骂我 —— 我也只感到可笑和好玩,根本就没有触怒我。很可能,这一切是因为我终究扯断了锁链,头一次感到自己自由了。

　　我也感到我把自己的处境弄糟了:我现在应该怎样处置那封有关遗产的信呢,更是不知如何是好。现在人家肯定会认为我是想报复韦尔西洛夫。但是我还在楼下的时候就已决定,在所有这些唇枪舌剑的交锋中,把有关遗产的信的这件公案交由第三方来处理,交由瓦辛来裁决,如果交由瓦辛不成,那就另请高明,而且我已经知道该请什么人了。我暗自寻思,总有一天我会去找瓦辛一趟,不过也就去这一趟而已,然后 —— 然后我就销声匿迹,离开大家,长久不回来,一走就是好几个月,而对于瓦辛,我甚至想故意躲开他;只跟母亲和妹妹,也许间或见见面。这一切都乱糟糟的,我感到我做了什么,但是做得不怎么样,可是 —— 可是我很得意,再说一遍,我终究还是因为什么事而感到高兴。

第一部

我预感到明天还要走很多路,所以决定早点儿睡觉。除了租房子和搬家以外,我又做出了几样明天非完成不可的决定。但是,这天晚上却非出几件怪事不可,韦尔西洛夫的所作所为竟然使我大吃一惊,他从来就不曾到我这阁楼上来过,可是突然,我在自己屋里还没待满一小时,就听见了他上楼的脚步声;他喊我,让我给他照个亮,我拿起蜡烛,向他伸出了一只手,让他抓住,帮他上来。

"谢谢,朋友,这里我还一次都没来过,甚至租这房子的时候也没来过。我预感到这屋子不怎么样,但终究没想到是这样一个狗窝,"他站在我的阁楼中间,好奇地东张西望,"这是个棺材,十足的棺材!"

确实,跟在棺材里有点像,我甚至感到惊异,他竟一语道破了天机。这小屋又窄又长,墙角和屋顶的交会处甚至都没我的肩膀高,而屋顶的顶端我也能够用手碰到。韦尔西洛夫一进屋就无意识地弓起了后背,生怕自己的脑袋碰到天花板,然而他没有碰到,结果是他相当放心地在我的长沙发上坐了下来,沙发上已经铺好了我的被褥。至于我,我并没有坐下来,而是带着深深的惊讶看着他。

"母亲说,她不知道该不该拿你的钱,就是你方才交给她的每月的生活费。有鉴于这样一口棺材,不仅不应当拿你的钱,我们还应该贴补你一些才是!我从来没有到这里来过……我真无法想象这里还能住人。"

"我习惯了。可是,在楼下发生那一切之后,又看到你到我屋里来,这倒使我怎么也习惯不了。"

"噢,是的,你方才在楼下很粗暴,但是……我也另有自己的目的,过会儿我就向你说明,虽然,话又说回来,我此来并无任何不寻常之处,甚至方才在楼下发生的一切——也全在情理之中;但是请你向我解释一下,看在基督分上:也就是你在那里,在楼下说的那事,你还十分庄重地先让我们做好了思想准备才说的那事，这就是你打算公开或者宣布的一切吗？此外你就没什么别的话要说了？"

"全都说了。就是说，姑且假定，该说的都说了。"

"少了点儿吧，我的朋友；老实说，从你的开场白，从你先引我们发笑的情况看，总之，看到你心里有话要说——我期待你还有更多的话想一吐为快呢。"

"这对您不都一样吗？"

"说实话，我是出于一种分寸感：不值得这么大轰大嗡，失去分寸。整整一个月沉默不语，做着准备，可突然——居然无话可说！"

"我本来有许多话要说，但是我对说出来的这点东西感到害臊。不是所有的事都可以用言语表达出来的，有些事还是永远不说为好。我已经说得相当多了，可你就是不明白。"

"啊！你有时候也会感到痛苦，因为思想无法用言语表达！这是一种高尚的痛苦，我的朋友，只有少数优秀的人才可能有的痛苦，傻瓜总是很得意自己说过的话，而且总是说过了头；他们总喜欢满打满算地添油加醋。"

"比如，就像刚才我在楼下那样，我也说过了头：我要求得到'整个韦尔西洛夫'——这就言过其实了，我根本不需要韦尔西洛夫。"

"我的朋友，我看，你是想把在楼下输掉的东西找补回来。显然，你感到后悔了，因为后悔在我们这里就意味着立刻对某人进行反击，而且你不愿意再一次在我身上误打误撞。我来早了，你还没有冷静下来，再说，要你接受批评也难。但是，你坐吧，看在上帝分上，我来是有事情要告诉你。谢谢，这就对了。根据你刚才在楼下临走时对母亲说的话，很清楚，你认为我们无论如何还是分开，各奔东西的好。我来是想劝你能否做得尽可能地缓和些，不要闹出什么乱子来，免得使你母亲更伤心、更害怕。甚至，我能够主动上

第一部

来找你，已经使她十分兴奋了：她有点相信我们俩还是有可能言归于好的，一切又都会回到从前那样。我想，只要我们俩现在能在这里大笑这么两三次，说不定就会在她们那胆怯的心里唤起狂喜。就算这是两颗普通的心吧，但这是两颗爱心，真诚而又朴实的爱心，为什么不能在必要时给她们以些许爱抚呢？唔，这是第一。第二，为什么我们一定要在分手时心存报复、咬牙切齿、充满诅咒等等呢？毫无疑问，我们彼此卿卿我我、恩恩爱爱，那也毫无必要，但是毕竟可以，比如说，彼此尊重地分手，不是吗，啊？"

"这一切都是妄想！我答应，我走但不闹事——这就够了。您这样做是为母亲操劳吗？我倒觉得，您对母亲是否心安完全无所谓，您不过是随便说说罢了。"

"你不信？"

"您跟我说话，完全把我当小孩！"

"我的朋友，我愿意为此一千遍地请你原谅，也为你刚才数落我的一切，也为你童年时代的整个岁月，以及其他等等，但是，亲爱的孩子，这会有什么结果呢？你那么聪明，总不至于想让自己处于这种愚蠢的境地吧。且不说我直到现在都始终弄不懂，你对我的种种指责到底是什么性质：说真的，你到底责备我什么呢？是因为你生下来没有姓韦尔西洛夫吗？或者不是？啊！你在轻蔑地笑，你在摆手，那么说，不是？"

"请相信，不是的。请相信，我不认为姓韦尔西洛夫是什么荣耀。"

"先撇开荣耀不荣耀的不谈；再说，你的回答肯定是符合民主精神的；但是，即使是这样，那你又能责备我什么呢？"

"塔季雅娜·帕夫洛芙娜刚才说到我本该知道，可是在她说这话以前我却始终弄不懂的一个道理：这就是您没有把我送去当鞋匠，我本应对您千恩万谢才是。因为不明白这道理，所以我才忘恩负义，甚至直到现在，甚至你们对我一直开导，我仍旧不开窍。该不是您那高傲的血统在起作用吧，安德烈·彼得罗维奇？"

"可能不是。此外，你也应该同意，你在楼下所有那些乖张举动，本来应该冲着我来的，这也是你早有预谋要干的事，可是你却只折磨她一个人，使她十分痛苦。然而，似乎，你并没有资格对她说三道四。再说，她有什么地方对不住你呢？也请你顺便给我说说，我的朋友：你在上小学和上中学的时候曾到处散布，在你整个一生中，甚至碰到谁就跟谁说，就像我听到的那样，逢人便说你是私生子，这又到底是为什么呢？你这又有什么用意呢？我听说，你这样做时还特别得意。然而这全是胡说八道，全是卑鄙的诽谤：你是合法所生，你姓多尔戈鲁基，是马卡尔·伊万内奇·多尔戈鲁基的儿子，而他是个可敬而又出色的人，才智出众，为人也好。如果说你受到了高等教育，那倒的确应当感谢你过去的主人韦尔西洛夫，但是，这又能说明什么呢？主要是你宣布自己是私生子，这本身就已经是诽谤了，你还以此揭示了你母亲的隐私，出于某种虚假的骄傲，你竟把自己的母亲拽出来，任人笑骂，而这些人有多肮脏啊！我的朋友，这很不高尚，何况你母亲本人毫无过错：这是一个非常纯洁的人，如果说她为什么不姓韦尔西洛娃①，那唯一的原因是她在这以前已经嫁人了。"

"行了，我完全同意您的意见，而且也很相信您的聪明，因此我也满心希望您不要再教训我了，一说就没个完。您很爱分寸；其实一切都是有分寸的，甚至您突然爱上我母亲也应该有分寸。最好是这样：如果您决心上楼来找我，在我这里坐坐，坐一刻钟或者半小时（我始终不明白这是为什么，好吧，就算为了让母亲安心吧）——此外，尽管发生了刚才楼下发生的事，您还有那么好的兴致上楼来找我谈谈，那您不如和我谈谈我父亲——谈谈这位马卡尔·伊万诺夫，谈谈这位朝圣者。我正是想听听您对他的评价，我早就打算

---

① 俄俗：女人出嫁后须随夫姓。改姓韦尔西洛娃，意味着她嫁给韦尔西洛夫。

问您了。我们就要分手了，也许还是长久分手，因此我很想听听您是怎么回答这问题的：难道在这整整二十年中，你就没法影响一下我母亲的偏见，现在又加上我妹妹，您就不能用自己文明的影响多少消除一些她周围环境原始的蒙昧吗？噢，我不是说她的纯洁！她本来就在道德上永远高于您，无边无际地高于您，请恕我直言，但是……这只是一个无限高尚的死人。活着的只有一个韦尔西洛夫，而他周围其余的一切，跟他联系在一起的一切，全都在一个必需条件下勉强度日，以便有幸能够尽心竭力地供养他，用自己的血汗供养他。但是，要知道，她从前也曾经是活人，不是吗？要知道，您不是也曾经爱过她身上的某种东西吗？要知道，她从前也曾经是个女人呀！"

"我的朋友，如果你愿意听的话，她从来不是，"他回答我道，又立刻怪模怪样地摆出一副早先对我的神态，这神态我永远忘不了，它曾使我十分恼火：也就是说，表面上，他十分真诚和实在，可是再一看就发现，他身上的一切不过是一种深深的嘲笑，以致有时候我简直分不清他的表情，"从来不是！俄国女人从来不是女人。"

"波兰女人，法国女人，这才足以吸引文明的上流社会的俄国人，像韦尔西洛夫这样的俄国人，是吗？是吗？或意大利女人，热情的意大利女人，这才足以吸引文明的上流社会的俄国人，像韦尔西洛夫这样的俄国人，是吗？"

"唔，我能不能认为自己遇到了一位斯拉夫派①？"韦尔西洛夫笑道。

我逐字逐句地记得他当时说的话；他开始津津乐道，得意扬扬地说下去。我心中太明白了，他来找我根本不是为了聊天，也根本不是为了使母亲安心，肯定另有目的。

---

① 俄国当时的社会思潮中有两派：西方派和斯拉夫派。西方派认为一切都是西方好，俄国应向西方学习。斯拉夫派认为一切都是俄国好，无须向西方学习。

二

"我跟你母亲度过的这二十年,完全是在默默无语中度过的,"他开始了自己的闲聊(极其做作,极不自然),"我们之间发生的一切,都是在默默无语中发生的。我们之间二十年关系的主要性质,就是相对无言。我想,我们甚至都没有吵过一次架。诚然,我常常离开家,撇下她一个人,但结果总是我又回来了。我们总归会回来的,[①]这就是男人的一个最基本的特点;这是因为他们心胸豁达。如果婚姻之事全由女人来决定——那任何婚姻也保不住。柔顺、逆来顺受、低声下气,同时又坚定有力,有一种真正的力量——这就是你母亲的性格。请注意,她是我在世界上遇到的所有女人中最好的女人。至于说她身上有一种力量——我可以为此做证:我亲眼见到,这力量如何支撑着她。凡是涉及——我倒不是说信念,这里不可能有什么正确的信念——但是涉及她们认为是信念的东西,在她们看来,这也就是神圣的东西,她们就不惜去忍受苦难。唔,你自己也看得出:我像不像个折磨别人的人?因此,我认为万事还是以沉默为好,倒不仅仅是因为这样做比较容易。我承认,我对此至今不悔。这样一来,往宽里想,一切也就自然而然又合乎人性地解决了,因此我并不认为自己有什么了不起,完全不值得夸奖。我想顺便说说,附带地说说,不知为什么我总是怀疑她从来就不曾相信过我的人道精神,因此她总是战战兢兢;但是,尽管战战兢兢,她还是不肯向任何文明低头。他们是怎么做到这点的,我们总有点什么地方难于理解,总之,他们比我们行,他们能处理好自己的事情。他们能在对于他们最不自然的环境下生存下去,能在他们最不适应的环境下依然完全保留自己的本色。我们就做不到这点。"

---

① 暗示法国的一句成语:人总归会回归自己的初恋。

第一部

"他们指谁？我有点听不懂似的。"

"老百姓，我的朋友，我是说老百姓。他们无论在道德上还是在政治上，都证明了这种伟大的生命力和自己的这种历史适应性。但是，为了回到我们刚才说的话题上来，我还是以你母亲为例，她也并不是总是沉默，你母亲有时候也会说话，但是她说的话会让你看到，你说了半天简直在浪费时间，虽然在此之前你已经花了五年时间一直在循循善诱地引导她。再说，她的反对意见又非常出乎人们的意料。再次请你注意，我根本无意称她是傻瓜；相反，这是别具一格的聪明，甚至是绝顶聪明；然而，你也许并不相信她聪明……"

"为什么不相信？我只是不相信您是否当真相信她，而不是假装相信。"

"是吗？你认为我是这么一个假惺惺的变色龙吗？我的朋友，我让你太放肆了……把你给宠坏了……但是这回就这么算了。"

"如果可以的话，请您讲讲我父亲，讲讲他的真实情况。"

"关于马卡尔·伊万诺维奇？马卡尔·伊万诺维奇，正如你已经知道的那样，是个家奴，可以说，是个希望得到某种好名声的人……"

"我敢打赌，您此刻一定在嫉妒他什么！"

"相反，我的朋友，相反，如果你愿意，我倒很高兴能看到你处在这么一种令人费解的情绪中；我敢发誓，正是现在，我感到十分后悔，正是现在，就在此时此刻，我也许第一千次地对发生在二十年前的一切追悔莫及。况且，上帝做证，这一切都是在完全无意中发生的……而且后来，我又做到了力所能及的人道；至少，我认为，我当时还是做了一件符合人道的好事。噢，我们当时都渴望做好事，为崇高的目的和崇高的思想服务；大家都在谴责升官发财、我们世袭的权利、农村状况，甚至当铺[①]，至少，我们中的某些人是这

[①] 当铺出现在18世纪的俄国，由政府监管，旨在与私人高利贷斗争。但是当时俄国城乡却存在一种放债的钱庄，收取远远高出官方规定的巨额利息，成了剥削。

么想和这么做的……我敢向你发誓。像我们这样的人不多。我们非但说得好听，请你相信，甚至有时候我们也做得很漂亮。"

"就在您趴在人家肩膀上痛哭流涕的时候？"

"我的朋友，随便你怎么说，我都同意，顺便说说，关于肩膀云云，你还是听我说的呢，因此，此时此刻，你就用它来曲解我的诚实和我的信任；但是，你得同意，这肩膀云云，真的，并不像乍一看那么坏，尤其就当时而言；要知道，我们只是在当时才开始。我当然有点做作，可当时我还不知道我在做作。比如说，难道你在实际情况下就没有做作过吗？"

"我刚才在楼下有点动感情了，因此我上楼的时候想到，您可能认为我装腔作势，一想到这儿我就十分羞愧。这倒是实话，在有的情况下，虽然你的感情是真挚的，可是有时候也难免装假；至于方才在楼下，我敢发誓，全都很自然。"

"就是这话，有句话你说得十分地道：'虽然你的感情是诚挚的，但也免不了装假。'唔，我的情况也一样，我虽然在装假，但是我的痛哭却完全是真的。我无意争论，马卡尔·伊万诺维奇可能会把这个趴在肩膀上的事当作双倍的嘲笑，如果他的脑子更敏锐一点儿的话；但是他的诚实却在当时妨碍了他的洞察力。我只是不知道，他当时是否可怜我；只记得，我当时很希望他能够可怜我。"

"您知道吗，"我打断了他的话，"即使现在，在您说这话的时候，您心里也充满了嘲笑。总之，您在同我说话的所有时候，这整整一个月，您一直在嘲笑我。同我说话的时候；干吗要这样呢？"

"你以为是这样吗？"他温和地说，"你很多疑；话又说回来，即使我有嘲笑之意，那也不是笑你，起码不是笑你一个人，你放心。但是，我现在并没有笑，而当时——总之，我当时做了我所能做的一切，请相信，我并不是为自己打算。我们，也就是那些优秀的人与老百姓正好相反，当时从来不谋私利；正好相反，我们总是尽量糟蹋自己，因此我疑心，这就是我们当时认为的某种'最高利益'，不用说，这是最高意义上的利益。现在新一代的先进人物，比起我们来，要贪婪得多，简直没法比。当时，还在我造孽以前，我就非常坦率地向马卡尔·伊万诺维奇对一切做了解释。我现在同意，其中有很多东西是根本无须解释的，更何况是这么坦率：且不说出于人道考虑，这甚至还更礼貌些；就像你跳舞跳得兴起，想做个优美的舞步的时候，你倒试试看，你控制得了自己吗？也许，美与崇高①的要求就应该是这样的，这个问题我想了一辈子，至今都没法解决。不过，对于咱们这种肤浅的谈话来说，这题目就未免过于深奥了。但是，我敢向你发誓，我现在想起来，有时候也羞得宁可去死。我当时曾提议给他三千卢布，我记得他却始终沉默不语，只有我一个人在说话。你想想，我当时以为他怕我，就是说，怕我的农奴主特权，我记得我拼命鼓励他；我一再劝他不要有什么顾虑，有什么要求只管提出来，甚至有什么不满也尽管说。作为保证，我还向他许诺，如果他不接受我的条件，即三千卢布、自由证②（自然是给他和妻子的）和任意到任何地方去的旅行证（自然不包括他妻子）——那就请他直说，我会立刻给他自由证，把妻子还给他，还要奖赏他们俩，好像也用那三千卢布——那已不是他们离我而去，随便上哪儿了，而是我自己离开他们三年，到意大利去，独自一人。我的朋友，我是不会带萨波日科娃小姐到意大利去的，请相信。当时我还非常纯洁。那又怎么样呢？这个马卡尔很明白，我这人是说到做到的；但是他继续沉默不语，直到我已经第三次趴到他身上的时候，他才闪开身子，挥了挥

---

① "美与崇高"这一说法起源于康德和柏克，流行于18世纪末和19世纪20年代的浪漫主义美学理论。至19世纪下半叶，这说法已具有某种讽刺含义。

② 即当时俄国的农奴释放证。

手,走了出去,甚至还带着某种不礼貌的姿态,请你相信,他这态度甚至使我吃了一惊。当时,我匆匆照了照镜子,那副尊容我永远也忘不了。一般说,他们如果一句话不说——那最糟糕,而这是个阴阳怪气的人,老实说,当我把他叫到书房里来的时候,我不仅信不过他,甚至还非常怕他:在这类人中有这么一些人,而且非常多,他们可以说是行为不轨的化身,这种不轨比遭到殴打还可怕。就这样。①我这是冒了多大的风险,冒了多大的风险啊! 如果他大叫大闹起来,闹得全院子的人都听见了,那怎么办,如果这个小县里的乌利亚吼叫起来,那我这个小个子大卫②怎么办呢,那时候我又能做什么呢? 因此我才首先答应给他三千卢布,这是一种本能,但是我幸好弄错了:这个马卡尔·伊万诺维奇完全是另外一种人。"

"请问,您那时造孽了没有? 您刚才说,您叫这位丈夫去的时候是在造孽以前?"

"也就是说,要知道,就看你怎么看了……"

"那么说,造过孽了。您刚才说您错看了他,他完全是另一种人;是另一种什么人?"

"到底怎样,我至今也没弄清楚。反正是另一种,你知道吗,甚至非常正派。我之所以这样说,是因为到头来我三倍地有愧于他。第二天,他就同意去云游四方,一句话也没说,当然也没忘了我许给他的回报,一样也没忘。"

"他拿钱了?"

"那还用说。你知道吗,我的朋友,在这点上,他甚至使我大吃一惊。自然,我当时口袋里并没有三千卢布,但是我设法弄到了七百卢布,交给他作

---

① 在原著中是拉丁文。
② 典出《旧约·撒母耳记下》第十一章。大卫王见一妇人沐浴,容貌甚美。差人打听后,得知她是他手下的赫人乌利亚的妻子拔示巴,遂引诱了她,使她怀了孕。为了霸占拔示巴,大卫王又差人设计害死了乌利亚。

第一部

为首付，那又怎么样呢？余下的两千三百卢布，他要求我出一张借据，为了可靠起见，还写在某商人名下。后来，过了两年，他通过法院凭这张借据向我索要这笔钱，外加利息，因而又使我吃了一惊，此外，他还当真为修建上帝的神殿而到处化缘，从那时起，他云游四方已经二十年了。我不明白一个朝圣者干吗要这么多私房钱呢……钱乃世俗之物……当然，我当时给他钱是真心的，可以说吧，带着一种热情，但是后来，经过如许年之后，我也可能改主意了……我满以为他至少会体谅我，或者可以说，体谅我们吧，体谅我和她，起码再等等。然而，他甚至都等不及……"

（我在这里必须请大家注意：如果母亲比韦尔西洛夫先生活得长，要不是马卡尔·伊万诺维奇那三千卢布，那她到老年时就可能身无分文。如今这钱连本带利早已翻了一倍，去年，他立了遗嘱，把这钱，直到最后一个卢布，统统留给了她，甚至还在当时，他就预料到韦尔西洛夫的结局。）

"有一回，您告诉我，马卡尔·伊万诺维奇曾经到您这儿来小住过几次，而且每次都留宿在我妈的寓所里，不是吗？"

"是的，我的朋友，不瞒你说，起先，对这种登门拜访，我非常害怕。在整个这段时期内，长达二十年，他总共才来过六七次，头几回，如果我在家，就躲起来不见他。起先，我完全不明白这究竟是怎么回事，他到这里来干吗？但是后来，出于某种考虑，我觉得，他这样做，没有丝毫混账之处。后来，事出偶然，我不知怎么出于好奇，想出去看看他究竟在做什么，请你相信，我得到了一个非常独特的印象。这已经是他第三或第四次来访，也就是我出任调停官，不用说，正在竭尽全力研究俄罗斯的那年代。我从他那里听到了非常多的新东西。此外，我还在他身上见到了许多我怎么也没料到会遇到的品格：某种宽宏大量、性格平和，以及最令人惊奇的，几乎是欢欢喜喜的性格。对那事（你明白吗？）没有一丝一毫的暗示，而且他非常善于说话，说得非常好，也就是说，没有那种愚蠢的家奴们自以为深刻的见解，不瞒你说，尽管我这人很民主、很开明，还是受不了听起来别别扭扭的俄国土话，在我国的小说中和舞台上'真正的俄罗斯人'就常常说这种话。他也极少谈到宗教，如果不是我主动谈到宗教的话；如果你自己好奇地问他，他甚至还会十分生动地、别具一格地讲述修道院和修道院生活的故事。而主要是——他不管谈什么都恭恭敬敬，这种谦逊的恭敬是为达到高度平等所必需的恭敬。依我看，没有这种恭恭敬敬的态度也就不可能做到出类拔萃了。正是因为这样，因为没有丝毫的傲气，才能做到高度的品行端正，才能成为一个人，而这种人无论自己的境遇如何，也无论遭遇到怎样的命运，无疑，都能自尊自重。这种在自己的处境中独善其身、自尊自重的本领——在世界上是非常少见的，至少像无论何时何地都能保持一种真正的自尊一样罕见……这种情况，只要假以时日，你自己也会看到。但是，最使我吃惊的还是后来，正是后来，而不是最初（韦尔西洛夫补充道）——最使我吃惊的是这个马卡尔非常魁梧，真的，非常英武。不错，他老了，但是'他面孔黧黑，身材高大，腰杆挺直'，[①]既平常而又器宇不凡；我甚至对我那可怜的索菲娅也感到奇怪，当时她怎么会看上我的；当时他虽然已经五十岁了，但依旧像个棒小伙儿，而我与他相比不过是个心浮气躁的愣小子罢了。然而，我记得，在当时他已经过早地两鬓斑白，可见，他娶她时就已经头发苍白，两鬓如霜了……除非这一点发生了影响。"

这个韦尔西洛夫有一种上流社会的极其恶劣的习气：说了（因为不得不说）几件非常聪明、非常好的事情以后，又忽然故意说句什么蠢话来收场，就

---

① 引自涅克拉索夫的诗《弗拉斯》。马卡尔的性格与弗拉斯既相同又不相同：弗拉斯的性格十分复杂与矛盾——既反抗上帝、与上帝为敌，又追求苦难、净化灵魂，马卡尔的性格却十分平和、爽朗、温顺。

像对于马卡尔·伊万诺维奇头发斑白和这斑白对母亲影响的猜测，等等。他这样说是故意的，也可能，他自己都不知道他干吗要这样做，无非是极其混账的上流社会的习惯而已。听他说话——似乎说得很严肃、很认真，其实他心里却在撇嘴和暗自窃笑。

三

我不明白，为什么当时我会突然怒火中烧，气不打一处来。一般说，我十分不乐意回忆我在那个时刻所表现出来的某些出格的举动：我突然从椅子上站了起来。

"听我说，"我说道，"您说您来这里的目的，主要是让母亲以为我们已经和好了。为了让她这么认为，过去的这段时间，我看也就够了；您能不能让我一个人待一会儿呢？"

他的脸微微一红，从座位上站了起来。

"亲爱的，你对我也太不客气了。不过，那就再见吧：强扭的瓜不甜，亲近不可强求。我只想冒昧地再提一个问题：你当真想离开公爵吗？"

"可不是！我早知道您另有目的……"

"就是说，你怀疑我到这里来的目的是想劝你留在公爵那儿，谋取自己的私利。但是，我的朋友，你是否也以为，我之所以写信让你从莫斯科到这里来，也是为了谋取某种自己的私利呢？噢，你多么多疑啊！相反，我是希望你好，事事顺利。甚至，就说现在吧，当我的经济条件大大改善的时候，我也希望你有时候能允许我和你母亲帮帮你。"

"我不喜欢您，韦尔西洛夫。"

"甚至都叫我'韦尔西洛夫'了。恰好，我感到很遗憾，我未能把我的姓氏传给你，因为，说实在的，如果说我有什么罪过的话，我的全部罪过也仅仅在此，不是吗？但是，我总不能娶一个已经嫁了人的女人为妻吧，你说呢。"

"大概，这就是您想娶一个未嫁的女人为妻的缘故了。①"

微微的一丝痉挛掠过他的脸部。

"你这是说发生在埃姆斯的那事。听我说，阿尔卡季，你刚才在楼下就曾当着母亲的面用手指着我，放肆地责备我。要知道，正是在这件事上，你无的放矢，大大地错了。关于已故的莉季娅·阿赫马科娃的事，你根本一无所知。你也不知道你母亲本人在多大程度上参与了这事，是的，尽管那时候她并不跟我在一起，假如说我什么时候曾经见过一个善良的女人，那这女人就是你母亲。但是，够了；这一切暂时还是秘密，而你——你却不知道自己在说什么，而且人云亦云。"

"公爵正好今天对我说，您就爱羽毛未丰的黄花闺女。"

"这是公爵说的？"

"对，我说，您要不要我确切地告诉您，您现在来找我究竟是为了什么？这段时间，我一直坐在这里问自己，您这次来访秘密何在，现在我似乎终于猜到了。"

他已经要走出去了，但是中途停了下来，向我转过头，等候我要说什么。

"方才我不经意地说漏了嘴，说到图沙尔给塔季雅娜·帕夫洛芙娜的信，本来存放在安德罗尼科夫的文件夹里，可是他死后却落到了莫斯科玛丽娅·伊万诺芙娜手中。我发现，您听到这话后脸上忽然有什么地方抽搐了一下，直到现在，同样在脸上，您方才又有什么地方再一次抽搐的时候，我才领悟到：当时在楼下，您肯定在想，既然安德罗尼科夫的一封信落到了玛丽

---

① 指韦尔西洛夫拟娶卡捷琳娜·尼古拉耶芙娜的继女莉季娅为妻。

娅·伊万诺芙娜手中，那为什么另一封信不会落到她手里呢？安德罗尼科夫在死后是很可能留下一些非常重要的信件的啊？不是吗？"

"因此我来找你，就是想用话套你，促使你透露某些信息？"

"您自己知道。"

他的脸唰地变得十分苍白。

"这不是你自己猜出来的；这是受到一个女人的影响；所以在你的言语中——在你的粗鄙的猜想中，才蕴含着这么多仇恨！"

"一个女人的影响？我今天恰好见到了这个女人！您也许正是为了刺探她的消息，才想把我留在公爵身边吧？"

"我发现，您在自己的新路上准会大展宏图。这该不就是'你的思想'吧？接着干，好好地干，我的朋友，你在刺探别人的隐私方面具有无可置疑的才干。既然具有这样的天赋，那就该精益求精，发扬光大呀。"

他稍作停顿，喘了口气。

"要留神，韦尔西洛夫，不要使我成为您的敌人！"

"我的朋友，在这种情况下，谁也不会说出自己最后的想法，而是秘而不宣，珍藏于心。其次，给我照个亮吧，劳你驾了。你虽然是我的敌人，但总不至于希望我摔断自己的脖子吧。这就对了，我的朋友。你想想，"他边下楼边继续说，"要知道，这整整一个月，我一直把你看作一个好心肠的人。你是那么希望生活和渴望生活，似乎，即使给你三条命，你也嫌少：这都在你的脸上写着呢；嗯，而这样的人大部分都是好心肠。可是我却大错特错了！"

四

我简直无法形容，当我留下独自一人的时候，我心痛如绞，心中有多难受：就像从我身上活生生地割下一块肉似的！我干吗要这样大动肝火，干吗要这样呲儿他——这么恶狠狠地，存心跟他过不去呢——个中缘由我现在也说不清道不明，当然，当时也一样。他的脸变得多么苍白啊！也罢：这种苍白的面容，也许表现出了他最诚挚、最纯洁的感情，表现出了他最深刻的悲哀，而不是他内心的怨恨和委屈。我始终觉得他有时十分爱我，那为什么，为什么现在，更何况现在许许多多事情已经完全说清楚了的时候，我还不相信这一点呢？

我之所以突然发火，而且还当真把他赶了出去，也许，是因为我突然猜想，他来找我是希望了解玛丽娅·伊万诺芙娜手里是否还保存有安德罗尼科夫的信件，他必须寻找这些信件，而且正在寻找——这我知道。但是，又有谁知道，也许当时，正是在那一刻，我完全错了呢！谁知道，也许正是我的这一错误才导致他后来忽然灵机一动，想到玛丽娅·伊万诺芙娜，想到信可能在她手里呢？

最后，还有一件怪事：他又一字不差地重复了我的一个想法（关于三条命的想法），这话是我方才对克拉夫特说的，主要是这还是用我的原话。用词巧合，也可能是偶然的，但是话又说回来，他是怎么晓得我实实在在的天性的呢：多么敏锐的目光，猜得又多么准确啊！但是，他既然这么透彻地了解这一面，为什么却会全然不懂另一面呢？难道他不是在装腔作势，而是当真捉摸不透，我要的并不是韦尔西洛夫这一贵族身份，我不能原谅他的并不是我的出身，我终其一生需要的是韦尔西洛夫本人，是他的整个人，是父亲，而且这一思想已经融入了我的血液中？难道像他这样一个洞察幽微的人会这么迟钝和粗心吗？如果不是这样，那他干吗惹我发火，干吗要装腔作势呢？

第八章

一

第二天早上，我尽量起得早一些。通常，我们在八点左右起床，就是说我、母亲和妹妹；韦尔西洛夫总爱赖在床上，到九点半才起。每天八点半，母亲会准时给我端咖啡来。但是这一回，我没有等咖啡，就于八点整从家里溜了出去。还在昨天晚上，我就拟订了整个这一天的行动计划。尽管我满腔热情地决心立即实施这一计划，但是在这计划中我还是感到，在最重要的几点上有许许多多不够坚定、不够明确之处；也正因为这个，我几乎一整夜都似睡非睡，仿佛梦呓似的，乱梦颠倒，做了许多梦，几乎一次也没有好好睡着过。尽管如此，我起床时还是比任何时候都精神抖擞，头脑清醒。我特别不愿意碰到母亲。我见了她就不能不谈到昨天的那个话题，我怕我由此获得某个新的、意料不到的感受，会使我偏离我预定的目标。

早上很冷，到处都笼罩着潮湿的乳白色浓雾。不知道为什么，忙忙碌碌的彼得堡清晨尽管十分恶劣，但是我却始终喜欢它，除此以外，还有所有那些在为自己的事情奔波，只顾自己，不顾别人，而且总是愁容满面、若有所思的人，在这早上七八点钟的时候，却对我始终都具有某种特别的吸引力。我尤其喜欢一边匆匆赶路的时候，或者自己有什么事问人家，或者人家有什么事问我：问答总是简短明了、详尽无遗，常常是边走边说，并不停留，态度几乎总是友好的，这是一天中最愿意回答别人问题的时刻。彼得堡人，在中午时分或者傍晚时分，就逐渐变得不那么好说话了，稍有不如意处就开口骂人或者尽情嘲笑；可是在一天的清晨，还在上班以前，在最清醒和最严肃的时刻，情形就完全不同。我发现了这点。

我又向彼得堡老城区走去。因为在十一时许我一定要回到芳坦卡河旁的瓦辛家（十二点多半能碰到他在家），所以我才马不停蹄地急急忙忙赶路，尽管我饥肠辘辘，很想在什么地方喝杯咖啡。再说，我又非赶在叶菲姆·兹韦列夫在家的时候抓住他不可；我这已经是再一次找他了，说真的，我还差点迟到了；他刚喝完自己的咖啡，正准备出门。

"你一再来找我干吗呀？"他冲我说道，并没有从座位上站起来。

"我这就给你说明。"

任何地方的清晨，包括彼得堡在内，都对人的本性具有清醒作用。某种火一般热烈的夜间的幻想，往往随着晨曦初露和寒气逼人一起，完全烟消云散，而我经常每逢早晨就不由得想起自己的某些夜间的、刚刚消失的梦想，有时候还会不由得就感到歉疚和羞愧地想起自己的某些行动。但是，我还是想顺便指出，彼得堡的早晨，看上去似乎是地球上最乏味的早晨，但我却认为它是世界上最充满幻想的早晨。这是我个人的看法，或者，不如说，这是我个人的一点儿感受，我坚持这一看法。在这样的彼得堡早晨，发霉、潮湿、多雾的早晨，普希金笔下《黑桃皇后》中的格尔曼的奇异幻想一定会更加坚定（格尔曼是一个巨大的形象，是个非同寻常的、完全彼得堡的典型——彼得堡时期的典型！）[①]。在这一片浓雾中，我曾上百次地油然产生一种纠缠不清的奇思异想："怎么样，这迷雾一旦消散，升上天空，这整个发霉的、滑腻腻的城市会不会也跟它一起消失不见呢。会不会跟这迷雾一起烟消云散呢，就剩下那沼泽遍布的芬兰湾，而作为点缀，在这一片沼泽上，也许还会剩下那

[①] 格尔曼是普希金小说《黑桃皇后》中的主人公，与陀思妥耶夫斯基《少年》中的阿尔卡季·多尔戈鲁基一样，充满了发财的梦想。

第一部

跨在喷着热气奔驰而来的骏马上的青铜骑士①?"总之,我无法描述我当时的感受,因为这一切都是幻想,说到底,是一种幻景,因此全属想入非非;再说,过去和现在我经常向自己提出一个完全无意义的问题(过去如此,现在也一仍其旧):"你瞧这些人东奔西跑,忙忙碌碌,你又凭什么知道,也许这一切不过是某人做的一个梦呢,这里没有一个真正的、真实的人,这里也没有一个行为是真实发生过的。一旦这人突然醒来,在这人梦想中出现的这一切——一切就会突然消失。"我浮想联翩,似乎扯远了。

我要预先说明:在每个人的生命中总会有一些千奇百怪的打算和幻想,其荒诞程度足以使人一眼看去就正确无误地认定,这肯定是发疯。这天早上,我就是带着这样的幻想跑去找兹韦列夫的——我去找兹韦列夫,因为这回在彼得堡要办这件事,除了他我无人可找,要是可以挑选的话,那我可以向其求助的人中,叶菲姆应当排在最后一个。当我在他对面坐下以后,连我自己都觉得,我是一个梦呓和狂热的化身,而坐在我对面的却是一个中庸之道和平庸的化身。我有思想和真情实感,他只有务实的结论:事情却从来不是这么做的。简言之,我向他简单明了地说明,由于此事非同寻常、事关名誉,我想派一个决斗证人去知会对方,可是在彼得堡,除了他,我一个人都不认识;而他是我的老同学,因此,他甚至都没有权利拒绝我的请求,我希望与之决斗的人是近卫军中尉索科尔斯基公爵,原因是一年多以前他在埃姆斯给了我父亲韦尔西洛夫一记耳光。在此我要指出,叶菲姆对我的所有家庭情况,我与韦尔西洛夫的关系,都知道得十分详细,连我自己所了解的韦尔西洛夫的经历他也几乎全知道;我在不同时期曾经陆陆续续地告诉过他,不用说,除了某些秘密之外。他坐在那里,照老习惯,无精打采地听着,就像一只关

---

① 指耸立在彼得堡涅瓦河畔的彼得大帝铜像。

在笼子里的麻雀,默不作声,一本正经,脸有点浮肿,披着一头蓬乱的白发。他嘴边一直挂着一丝僵硬的嘲弄的微笑。这微笑更加令人讨厌,因为它完全不是故意的,而是情不自禁的;看得出来,他自以为是,而且在这一刻他还当真以为他无论在聪明才智还是在性格方面,都远远在我之上,比我高明得多。我还怀疑,他瞧不起我还因为昨天在杰尔加乔夫家的那一幕;这也在情理之中:叶菲姆是庸人,叶菲姆是市井匹夫,而这样的人崇拜的永远只有成功。

"韦尔西洛夫不知道这事吗?"他问。

"当然不知道。"

"那你有什么资格干预他的事呢? 这是第一。第二,你想以此说明什么呢?"

我知道他会反对,因此我立刻向他解释,这事根本不像他认为的那样愚蠢。首先,可以向那个无赖公爵证明,在我们这一阶层中还有人懂得什么是名誉;其次,可以使韦尔西洛夫感到羞耻,汲取教训;第三,也是最主要的,即使韦尔西洛夫做得对,根据自己的某种信念不要求公爵接受决斗,而决定忍受一记耳光之辱,那,至少,也可以让他看到,还有一个人能够强烈地感到他所受的侮辱,并且感同身受,准备为了他的利益,甚至以自己的性命与他人相搏……尽管这人即将与他永远分手,各奔东西……

"等等,你别嚷嚷,姑姑不喜欢。请问,韦尔西洛夫不就是同这个索科尔斯基公爵因遗产纠纷在打官司吗? 既然这样,这倒是一桩打赢官司的全新的、别出心裁的做法 —— 在决斗中把对手打死。"

我向他直截了当地说明,他简直蠢透了,是个无赖,如果他那嘲弄的笑容越来越扩大,越来越厉害的话,这只能证明他的自以为是和俗不可耐,他根本想不到,我一开始就不曾有过这对打官司是否有利的想法,只有他那奇思怪想的脑袋才会产生这样的念头。接着我又对他说,官司已经打赢了,何况这官司不是同索科尔斯基公爵一个人打的，而是同索科尔斯基公爵家族打的，因此，如果只打死一个公爵，那还有其他人在，但是，毫无疑问，向他提出决斗必须推迟到上诉期限之后（虽然公爵及其家族并不准备提出上诉），这样做的唯一目的只是为了礼貌。必须等到过了这期限才能提出决斗；而我现在来找他，并非马上要举行决斗，因为我必须事先得到保证，因为没有决斗证人，而我又谁也不认识，如果叶菲姆一旦拒绝，那赶在这时间以前我还来得及再找。我说，我来找他就是为了这一点。

"嗯，你来说一声就好啦，何必白白地跑上十俄里地呢。"

他站起来，拿起了礼帽。

"那，你肯去吗？"

"不，我不去，那还用说。"

"为什么？"

"因为单凭这一点我就不能去，我如果同意那时候我一定去，那在上诉的整个这段时间里你还不每天都往我这儿跑。最主要的是，这一切都是胡闹，就这么回事。我何必为了你这点屁事而断送自己的前程呢？万一公爵突然问我：'谁派您来的？'——'多尔戈鲁基。'——'韦尔西洛夫跟多尔戈鲁基有什么关系？'难道我还要把你的家谱一五一十都告诉他不成？他非哈哈大笑不可！"

"那你就给他一嘴巴！"

"好啦，这全是无稽之谈。"

"你害怕了？你这么一个大高个儿，你在学校里不是力气最大吗？"

"我是害怕，当然害怕。再说，公爵也不会同意决斗，只有身份相同的人才会决斗。"

"就教养来说，我也算个绅士了，我有资格，我同他平起平坐，相反，他才不够资格呢。"

"不，你还小。"

"我怎么小啦？"

"小就是小；咱俩都还小，他是大人。"

"你真蠢！依法，一年前我都可以结婚了。"

"那就结你的婚去吧，然而，你毕竟还嫩嫩：你还在长个子！"

我当然明白，他这是想嘲笑我，拿我打哈哈，毫无疑问，这整个愚蠢的插曲我本来是可以不讲的，甚至，让它湮没无闻更好。虽然这事会产生相当严重的后果，但是就其琐碎和不值一提来说，这毕竟令人厌恶。

但是，为了更厉害地惩罚我自己，我决定把这事完完全全摊开来，要说就说到底。我看到叶菲姆要拿我打哈哈，就恶狠狠地伸出右手，或者不如说，右手握拳，狠狠地捶了一下他的肩膀。于是他就一把抓住我的双肩，把我的脸转过去，用力一推，使我脸朝下，搞了个嘴啃泥——他用事实来向我证明，在我们学校他的确是最孔武有力的。

二

读者当然会认为我从叶菲姆家出来后心情一定坏极了，此言差矣。我非常明白，这不过是一件中学生间的玩笑打闹而已，而事情的严肃性依旧存在，丝毫未变。我开怀痛饮，喝足了咖啡，已经是在瓦西里岛①上了，我故意没去位于彼得堡老城区的那家我昨天去过的小饭馆；这家小饭馆以及里面的夜莺现在对于我变得加倍的可恨。这也是一个奇怪的特点：我能够像恨一些人

---

① 瓦西里岛是彼得堡涅瓦河口的一个最大岛屿，是彼得堡城区的一个主要部分。

第一部

那样地恨某些地方与物品。然而在彼得堡，我也有一些幸福的乐土，就是说，在彼得堡有这样一些地方，由于某种原因我曾经在那里感到过十分幸福，十分快乐——因而我很珍惜这些地方，而且故意尽可能长时间不到那些地方去，以便以后一旦我形单影只、完全孤独、十分不幸的时候，就能够到那里去一掬伤心之泪，伤感与怀旧。在喝咖啡的时候，我对叶菲姆及其正确想法做了完全公正的评论。是的，他这人比我实际，但未必比我现实。那种鼠目寸光、仅限于自己鼻子尖的现实主义，其实比最疯狂的幻想更危险，因为它是盲目的。① 但是，在还叶菲姆以公道的同时（这时候，他大概在想，我正走在街上骂他呢），我仍旧坚持自己的信念，丝毫没有退让，正如我至今都不肯退让一样。我见过很多这样的人，刚给人泼了一桶冷水，立刻就退避三舍，放弃自己的所作所为，甚至放弃了自己的思想，而且还开始嘲笑总共一小时前他们认为是神圣的东西。噢，他们这样做是多么地轻而易举啊！即使就事情的本质而论，叶菲姆比我正确，而我是天底下最笨的人，只会装腔作势，自以为高明，但是，毕竟就事情的最根本而言，我还是正确的，在某些方面我还是对的，主要是他们始终都不明白这道理。

我几乎在十二点整才赶到谢苗诺夫桥旁芳坦卡河畔的瓦辛家②，可是我没有碰到他，他不在家。他上班的地点在瓦西里岛，回家的时间是有严格规定的，几乎总是在十一时许。此外，因为又恰逢什么节日，因此我想我肯定能遇到他，但是没有碰到他，所以我就打算等他回来，尽管这还是我头一回到他家登门拜访。

我是这么想的：关于遗产的那封信，这事是一个良心问题，而我之所以

---

① 这也反映了陀思妥耶夫斯基的一种文学理论观。这一想法，陀氏曾在给迈科夫和斯特拉霍夫的信中不止一次地表述过。他指出有些生活现象是看得见的，但是它们的本质却是隐蔽的，而真正的艺术家应当研究的正是这种本质，而一般人却以为这一切不过是幻想。
② 谢苗诺夫桥横跨芳坦卡河，属豌豆街。瓦辛居住的那个区建有许多大型公寓，分租给穷人居住。

选中瓦辛当仲裁,是想以此来表明我对他的深深敬意,当然,这肯定会使他感到高兴。当然,我也确实因为这封信而思虑重重,确实深信必须由第三者来裁决。但是我怀疑,没有任何外来的帮助我也能够摆脱困境。主要是我自己也知道这点;具体地说:就是把这封信亲手交给韦尔西洛夫,那时候他想怎么办,就让他怎么办好了:这就是解决办法。在这类事情上,把自己置于最高仲裁者和决定者的地位,甚至是完全不对的。把这封信亲手交给他,而且不置一词,因而把自己排除在外,这样我就使自己的地位高踞于韦尔西洛夫之上,从而占得上风,因为这事多少与我有关,我如果放弃我将因遗产而可能得到的所有好处(我作为韦尔西洛夫之子,在这笔钱中当然总应该有什么归我所有,即使不是现在,那也是将来),那我就将永远保留最高的道德观来看待韦尔西洛夫未来的行为。再说,谁也不能指责我,说我毁了公爵一家,因为区区一份文件并没有决定性的法律意义。我坐在空无一人的瓦辛的房间里,对这一切已经好好想过了,也已经完全弄清楚了,甚至我还突然想到,我之来找瓦辛是渴望他给我出个主意,教我怎么办——其实,目的只有一个,就是让他从这件事中看到我这人是多么高尚、多么无私,可见,我是想报复他,借此洗刷我昨天在他面前表现出的屈辱。

意识到这一切之后,我感到十分懊恼;然而我并没有走开,而是留了下来,虽然我心里明白,我的懊恼,每过五分钟只会更糟糕。

首先,我开始非常不喜欢瓦辛这个房间。"让我看看你的房间,我就知道你是怎样一个人。"——不错,可以这样说。瓦辛住在一间带家具的房间里,是从二房东手里转租来的,这些二房东显然很穷,以此为生。除了瓦辛以外,还有别的房客。我很熟悉这些窄小的、稍微摆了几样家具的房间,房间虽小,却妄图具有舒适的外观;这里肯定有一张从旧货市场上买来的放有软垫的长沙发,一动就有散架的危险,还必定有一个洗手盆,一张用屏风隔开的铁床。

第 一 部

瓦辛显然是个十分可靠的好房客；每个女房东常常都有这么一个最好的房客，为此，他常常受到特别的优待：他屋里常常经过精心的打扫和收拾，长沙发上方挂着一幅石印画，桌子下面还铺着一方破旧的小地毯。有些人就喜欢这种带有霉味的整洁，主要是喜欢女房东的尊敬和巴结——这种人本身就很可疑。我深信，这个好房客的封号一定使瓦辛感到很得意。我也不知道为什么，这两张堆满书籍的桌子的样子，渐渐地使我感到很恼火。书籍、文件、墨水瓶——一切都摆得整整齐齐，但这种整齐却令人十分厌恶，这种整齐的理想符合德国女房东及其女佣的世界观。书相当多，不是报章杂志，而是真正的书——他显然在读这些书，大概还坐下来读，或者还带着一种十分严肃和俨乎其然的样子，动手写作。我不知道为什么，但是我更喜欢书籍杂乱无章，随便乱放，至少无须把读书和写作看得神乎其神，弄得煞有介事的样子。大概，这个瓦辛对待来访者一定十分有礼，大概他的每一个动作都在向来访者说："我可以陪你坐上个把小时，等你走后我再做我的事。"大概，跟他也可以进行十分有兴趣的谈话，听到一些新鲜事，但是——"咱们俩现在可以谈谈了，我的话可能使你觉得很感兴趣，可是等你一走，我要做的就是最有兴趣的事。"……尽管如此，我还是不走，而是坐着等他回来。我根本无须向他请教什么，对此我已确信无疑。

我已经坐等他一个多小时了，我坐在窗户旁的一把藤椅上（放在窗户旁的藤椅共有两把）。使我恼火的还有一件事，时间白白地浪费了，可是在傍晚前我还必须去找房子。由于无聊，我本来想拿一本书看看，但是想拿又没拿：一想到我居然想给自己寻找消遣，就更感到恶心。异常的寂静持续了一个多小时，忽然，在门后的一个很近的地方，也就是在沙发挡着的那扇门后面，我开始不由得渐渐地听清楚了声音越来越大的私语声。有两个声音在说话，显然是女人的声音，这是听得清的，但是却完全没法听清她们究竟在说什么；由于无聊，不知怎么我开始了侧耳倾听。很清楚，她们在十分激动地、热烈地谈论着什么，并不是在谈裁剪衣服之类的事，而是在商量什么事，或者在争论，一个声音在说服对方，在恳求，另一个声音不肯听从，在反对。想必是另外的什么房客。我很快就听腻烦了，耳朵也听习惯了，因此，我似乎在继续听，其实是在无意识地似听非听，有时候还完全忘了我在听。突然发生了一件异乎寻常的事，似乎有某个人两脚着地，从椅子上跳了下来，或者忽然从座位上跳了起来，开始跺脚。接着便发出一声呻吟，忽然又发出了一声喊叫，甚至不是喊叫，而是尖叫，像野兽一样怒号，已经不在乎别人会不会听见了。我向门口扑去，拉开了门，与我一下子同时打开的还有走廊尽头的另一扇门，后来我才知道，这是女房东家的门，门后有两只好奇的脑袋伸出来，向外张望。然而喊叫声又立刻停止了，这时，紧挨着我的房门的另一扇门，两个女邻居家的房门，又忽然打开了，我觉得似乎是一个年轻的女人猛地冲了出来，跑下了楼梯，另一个女人，上了点儿岁数的女人，本来想拦住她，不让她走，可是没拉得住，只好望着她的背影，发出一声哀叹：

"奥莉娅，奥莉娅，你去哪儿呀？唉！"

她看清我们两家拉开房门后，就迅速拉上自家的房门，只留下一条小缝，并从里面倾听着楼梯上有何动静，直到跑下楼去的奥莉娅的脚步声完全听不见为止。我又回到我的窗户旁。一切又归岑寂。这事很无聊，也许还很可笑，于是我也就不再去想它了。

大约过了一刻钟，在走廊里，在紧挨瓦辛家的门口，响起了一个男人随便而又响亮的说话声。有人抓住了门把手，稍许推开了点儿门，让我恰好可以看清走廊里站着一个高个子男人，显然，他也看见了我，甚至已经把我仔细打量过，但是还没有走进房间来，而是手握门把手，隔着整条走廊在继续同女房东交谈。女房东则尖着嗓子，发出快乐的笑声，跟他你一言我一语地对答着，从她说话的声音听得出来，这位来访者她早就认识，而且受到她的尊敬和重视，他既是一位有身份的客人，又是一位快活的先生。这位快活的先生大声嚷嚷，妙语连珠，其实说来说去也只是说，瓦辛不在家，他不管怎么着总也碰不着他，这是他命该如此，他这一回又只能同上一回一样，少安毋躁，等他回来啦，等等。总之，这一切，在女房东听来，毫无疑问，是妙语之最，风趣的顶峰。最后，这位客人终于猛地推开门，走了进来，使房门敞开着。

这是一位衣着考究的先生，他的穿着显然出自上好的裁缝之手，正如俗话所说，有一副"老爷的派头"，然而他身上最少的恰好是这种老爷的气派，尽管他非常想有，可是想有而不可得。他倒不是行为放肆，而是有点天生的厚颜无耻，不管怎么说，这总比对着镜子练就的厚颜无耻终究还让人好受些。他的头发是深褐色的，略显灰白，黑眉毛，大胡子，大眼睛，这些非但没有衬托出他的个性，反而赋予他以某种与他人相似的共性。这样的人总是嬉皮笑脸，说说笑笑，但是不知为什么，您跟他在一起总也快活不起来。他可以从嬉皮笑脸很快地转为一本正经，从一本正经很快地转为浮躁轻薄或者挤眉弄眼，但是这一切转变总有点东一榔头西一棒槌似的，似乎毫无缘由……话又说回来，也大可不必提前来描写这主儿。对这位先生，我后来了解得更多，更清楚了，因此，比起他刚推门进屋时，现在我不由得认为此人我已经比较熟悉了。不过，即使现在，我也很难说出什么准确和明确的东西来，因为这种人的主要特点就是变化无常、难以捉摸、说不清道不明。

还没等他坐下来，我就突然依稀想到，这人大概是瓦辛的继父，某位姓斯捷别尔科夫的先生，对这位先生我虽然有所耳闻，但也不过是只言片语而已，没有听准，也说不出我究竟听见了什么；我只记得反正不是什么好话。我只知道，瓦辛在他的管束下一直过着孤儿般的生活，但是早就已经摆脱了

他的影响，他俩无论目标还是利益都不相同，现在他俩在所有方面已经完全分开了。我还记得，这个斯捷别尔科夫似乎略有资产，甚至是个什么投机商，喜欢东蹿西跳；总之，我原可以对他的底细知道得更多些，但是我忘了。他用目光打量了我一下，然而并没有向我鞠躬问好，他把自己的高筒礼帽放到沙发前的桌子上，威严地把桌子踢开了一些，但是并没有坐下，而是伸开手脚直接躺到沙发上，而这张沙发我都不敢坐，因为一坐下去它就会发出嘎吱嘎吱的声响。他垂下两条腿，把他那双漆皮靴的右脚尖高高翘起，开始摆弄着欣赏。当然，他立刻向我转过头来，又用他那大而稍许有点呆滞的眼睛打量了我一番。

"又没有碰到他！"他向我微微点了点头。

我没有吱声。

"这人没准谱！对事情有自己的看法。从老城区来吗？"

"就是说，您是从老城区来的？"我反问。

"不，我这是在问您。"

"我……我是从老城区来，不过您是怎么知道的？"

"我怎么知道的？ 嗨。"他眨了眨眼，使了个眼色，但是不肯惠予解释。

"就是说，我并不住在老城区，但是，我刚去过那里，是从那里到这里来的。"

他继续默默地微笑着，似乎此笑别具深意，但是，我非常不喜欢这笑容。这样的挤眉弄眼显得很蠢。

"去过杰尔加乔夫先生那儿啦？"他终于说道。

"什么叫去过杰尔加乔夫那儿啦？"我瞪大了眼。

他以一种得胜的姿态望着我。

"我又不认识他。"

"嗨。"

"随您便。"我回答。他使我越来越觉得讨厌了。

"嗨，不错，您哪。不，您哪，劳驾；您在这一家铺子里买东西，在旁边另一家铺子里另一位顾客在买另一样东西，您想他买的是什么东西呢？ 是钱，您哪，是向一个名之曰高利贷者买的，您哪……因为钱也是东西，高利贷者也是商人……您在听我说话吗？"

"大概在听吧。"

"又有第三名顾客从一旁走过，他指着一家铺子说：'这家可靠。'他又指着另一家铺子说：'这家不可靠。'对这名顾客我又能说什么，做出什么结论来呢？"

"我怎么知道。"

"不，您哪，请听我说。我是举个例；人活着，应以好人为榜样。我走在涅瓦大街上，发现在对面大街上，在人行道上，走着一位先生，我想弄清这位先生的性格。我们从不同的方向直到紧邻拐向海洋街的转角处，也就是开着一家英国商店的那个拐角，我们又看到了第三个行人，他刚被马踩死。现在请注意：又走过去了第四位先生，他想弄清我们所有三个人的性格，包括那名被马踩死的先生在内，就办事能力和可靠程度而言……我们彼此有何不同……您在注意听吗？"

"对不起，听得很费劲。"

"好，您哪；我早料到会这样。我再换个题目。我在德国的一处矿泉疗养地，我曾经不止一次到过那儿，至于究竟是什么地方——那就无所谓了。我常在温泉边散步，看到了一些英国人。您也知道，要跟一个英国人相识是很难的；但是过了两个月，疗养期结束，我们却一起去了山区，结成一伙，手持尖头拐杖，去爬山，至于爬什么山，这也无关紧要。在拐弯的地方，也就是在歇脚处，在修道士们酿造沙尔特廖斯酒的地方——请注意这点——我遇到了一名本地人，他正独自站着，不声不响地看我们。我想判断一下他的家底是否殷实：您以为如何，我能不能请教一下那群同行的英国人呢？而我之所以要请教他们，唯一的原因就是我在矿泉疗养地没能找到同他们攀谈的机会。"

"我哪知道。对不起，我很难跟上您的思路。"

"很难吗？"

"对，您让我越听越累。"

"嗨，"他又眨了眨眼，打了个手势，大概是想表示某种他感到非常得意和得胜的意思；接着他又非常神气、非常平静地从兜里掏出一份显然是刚刚买来的报纸，打开后便开始阅读最后一版，看来他已不想再来打扰我，能够让我安静地待一会儿了。大概有五分钟，他根本就没有抬头看我。

"布列斯特—格拉耶沃铁路的股票居然没有大跌，啊？要知道，它一直看涨，现在还在涨！我知道有许多只股票一眨眼就大跌特跌了。"

他满心得意地看了看我。

"我暂时对交易所的事还不大懂。"我回答。

"您持否定态度？"

"对什么？"

"对金钱呀，您哪。"

"我并不否定金钱，但是……但是，我觉得，首先应当是思想，然后才是金钱。"

"就是说，劳驾，您哪……有这么个人，可以说吧，自己有一笔资本……"

"必须首先有崇高的思想，然后才是金钱，光有钱而没有崇高的思想，社会肯定会完蛋。"

我也不知道我干吗激动。他有点莫名其妙地看了看我，仿佛给弄糊涂了，可是忽然他的整个脸又绽放出非常愉快而又非常狡黠的笑容。

"韦尔西洛夫呢，啊？他宰了人家一刀，宰了一刀！昨天宣判了，啊？"

我忽然发现，而且出乎意料地发现，他已经早知道我是什么人了，或许他还知道许许多多事。我只是不明白我的脸干吗突然红了一下，而且非常愚蠢地目不转睛地盯着他。他分明很得意，他快活地望着我，仿佛十分狡猾地抓住了我的把柄，揭穿了我的底细似的。

"不，您哪，"他扬起两道眉毛，"关于韦尔西洛夫先生的事，您该问我才是呀！至于是否可靠，我刚才跟您说什么来着？一年半以前，因为这个孩子的事，他本来可以把这件好事办得十分圆满的——是啊，您哪，可是他却栽了个大跟头，可不是吗，您哪。"

"因为什么孩子？"

"因为那个吃奶的孩子呀，您哪，他现在还把孩子养在外头，不过，即使这样，他也不会得到任何结果的……因为……"

"哪儿来的吃奶的孩子？这是怎么回事？"

"当然是他的孩子啦，他亲生的，您哪，跟莉季娅·阿赫马科娃小姐生的……'美丽的姑娘与我相爱……'① 吞了含磷的火柴——啊？"

"您胡说什么，真是瞎掰！他从来不曾跟阿赫马科娃小姐有过孩子！"

"哇！再说，我当时在哪儿？我可是个大夫、产科医生呀，鄙姓斯捷别尔科夫，您没听说过吗？不错，当时我已经好久都不行医了，但是在临床实践方面出个主意、会个诊还是可以的。"

"您是产科医生……是您给阿赫马科娃小姐接生的？"

"不，您哪，我从来就没有给阿赫马科娃小姐接过生。那里，在城郊，有位大夫，名叫格兰茨，他拉家带口，负担很重，他每次给人看病，人家只付给他半个塔勒②，他们那儿给医生的报酬就是这样，再说，那里谁都不认识他，因此，他就代替我去出诊了……我之所以介绍他去，就是为了保守秘密，无人知晓。您在注意听吗？而我只是在一旁会个诊，出个主意，因为韦尔西洛夫，也就是安德烈·彼得罗维奇，私底下曾就这个极其秘密的问题向我咨询过。但是安德烈·彼得罗维奇想一箭双雕。"

我非常吃惊地听着。

"民间，或者不如说老百姓，有句俗话说得好：'想要一箭双雕，结果一个也射不着。'我就是这么说的：例外不断重复，就成了惯例。想要一箭双雕，翻译成俄语，就是想一举两得，他想逮住的是另一位太太——结果是鸡飞蛋打，落了个一场空。到手的东西，就应该牢牢抓住嘛。本该当机立断的事，他却优柔寡断。韦尔西洛夫——要知道，他是个'娘儿们的先知'，您哪——

---

① 引自普希金的诗《黑披肩》(1820)。

② 德国旧币。

第一部

这是那个小索科尔斯基公爵当时当着我的面给他起的一个雅号。不,您还是来找我的好!如果您想多了解一些韦尔西洛夫的情况,那您不妨来找我呀。"

我惊讶得张大了嘴,他显然对我的这种表现很欣赏。关于有一个婴儿的事,我至今一无所知,我从来就不曾听说过。就在这一刻,女邻居家的房门突然"砰"的一声响了一下,有个人急促地走进她们的房间。

"韦尔西洛夫住在谢苗诺夫团,莫扎伊街十七号的利特维诺娃公寓,我亲自去住址问讯处问过了!"一个怒气冲冲的女人的声音,大声嚷嚷道;每句话我们都听得很清楚。斯捷别尔科夫扬起眉毛,举起一根手指,在头上晃动。

"我们在这里说起他,他就在那里出现了……这就是不断重现的例外!刚说到绳子……①"

他纵身一跃,在沙发上迅速坐了起来,贴近那扇被沙发挡着的房门,开始侧耳倾听。

我也感到非常吃惊。我想,这声喊叫大概是那位十分激动地跑出来的年轻女人发出的。但是这跟韦尔西洛夫又有什么关系呢?突然,又发出了方才那声尖叫,这是一种发狂般的尖叫,这是一个人因怒不可遏而发出的尖叫,一定是人家不肯给她什么,或者是人家不让她干什么。跟方才发出的尖叫声不同的仅仅是,喊叫声和尖叫声持续的时间更长了。可以听到彼此的撕扯声,像连珠炮似的急促地说什么话:"我不要,我不要,还给他,马上还给他!"——或者还有这一类的什么话——我记不全了。紧接着,又跟方才一样,又有什么人急匆匆地冲到门口,拉开房门。住在隔壁的两个女人都冲到了走廊上,其中一个,像方才一样,显然在使劲拦住另一个女人。听得津津有味的斯捷别尔科夫,早就从沙发上跳起来,一个箭步冲到房门口,又立

---

① 这是法国谚语的一种典型说法。例如:"刚说到狼,就看到狼尾巴。""刚说到太阳,就见到阳光。"

刻毫无顾忌地冲出去,冲到走廊上,冲到那两个女邻居跟前。不用说,我也跑到了门口。但是他出现在走廊,就像泼了一桶冷水似的:隔壁那两个女人迅速躲了进去,而且乒乒乓乓地随手带上了门。斯捷别尔科夫本来想跟在她俩后面一个箭步也蹿进去,但是他欲行又止,举起一根手指,面带微笑,在思索;这一回,我在他的笑容中看到了某种非常恶劣、非常阴险和非常不祥的东西。他看见女房东站在自己的房门口,就踏着碎步,急促地、蹑手蹑脚地,穿过走廊,向她跟前跑去,跟她窃窃私语了大约两分钟,当然,得到了应有的情报,之后,他就神气活现、步履坚定地回到房间。他从桌上拿起了自己的高筒礼帽,匆匆照了照镜子,把头发捋了捋,弄松了些,接着就带着一副颇为自信的尊严感,甚至都没有望我一眼,迈开双腿,去找那两位女邻居了。他把耳朵贴近房门,先侧耳倾听了片刻,得意扬扬地越过走廊,向女房东挤眉弄眼地使了个眼色,女房东则举起一根手指吓唬他,摇了摇头,似乎在说:"噢,淘气包,淘气包!"最后,他终于态度坚决但又十分有礼貌地,甚至礼貌到似乎有些点头哈腰地,屈起手指关节,敲了敲女邻居家的门。可以听到里面有声音问道:

"谁呀?"

"我有一件十分要紧的事,能让我进去吗?"斯捷别尔科夫大声而又威严地说道。

里面迟疑了一下,但还是把门开了,先是打开一点儿,仅有四分之一;斯捷别尔科夫紧紧地抓住门锁的把手,坚决不让她们把门再关上。彼此开始交谈,斯捷别尔科夫先是粗门大嗓地开口说话,总想挤进门去;我不记得他究竟说了些什么,但是他提到了韦尔西洛夫,说他有话要说,有事奉告,他可以把一切都说清楚——"不,您哪,你们可以问我呀","不,您哪,你们可以找我呀"——诸如此类。很快她们就让他进了门。我又回到沙发旁,开始偷听，但是整个说些什么我听不清，只听见他们常常提到韦尔西洛夫的名字。根据说话的声音，我听得出来，斯捷别尔科夫已经主宰了谈话，说起话来已经不是曲意奉承了，而是威严地、懒洋洋地，就像方才对我那样："你们在注意听吗？""现在请注意。"等等，等等。然而，跟女人说话，他想必还是异乎寻常地客气。已经有两次传来他放声的哈哈大笑，大概笑得很不是地方，因为就在他说话的同时，有时还传来那两个女人的声音，把他的声音压倒，而且根本没有表现出快活，主要是那个年轻女人的声音，也就是方才发出尖叫的那个女人，她说了很多话，说得既快又神经质，显然在揭露什么和抱怨什么，想找人评评理、说句公道话。但是斯捷别尔科夫也不示弱，声音越提越高，发出的哈哈大笑声也越来越频繁；这些人对别人的话是根本听不进去的。我很快就从沙发上爬下来，因为我觉得偷听别人说话是可耻的，于是我又挪到自己的老地方，靠近窗口，坐到藤椅上。我相信，瓦辛也肯定认为这位先生一无是处，但是，如果我也发表同样的意见，那他一定会立刻严肃而又自尊地站出来替他说话，而且还会像教训人一样指出，这是一个"讲究实际的人，属于现今那种精明能干的人之列，对这种人是不能用我们一般的和抽象的观点来评论的"，然而我记得，就在这一刻，我不知怎么整个人在精神上被打垮了，我的心在跳，我无疑在等待着什么，料定会出事。过了大约十分钟，突然，在一串哈哈大笑声的正中间，仿佛有人就像方才那样从椅子上跳了下来，接着就传来了那两个女人的喊叫声，听得出来，斯捷别尔科夫也跳起来，正在开口说什么，但已经换了腔调，似乎在替自己辩护，似乎在恳求听他把话说完……但是人家不听，不让他把话说完；传来愤怒的喊叫："滚！您是坏蛋，您不要脸！"总之，很清楚，他被人家推了出来。我拉开房门的时候，恰好赶上他从女邻居家跳出来，跳到走廊上的那一刻，似乎，他简直就是被她们用手推出来似的。他一看见我，就指着我突然喊叫起来：

"你们瞧,这就是韦尔西洛夫的儿子! 如果你们不相信我,那这就是他的儿子,他的亲生儿子! 劳驾,请看呀!"他威严地抓住我的一只手。

"这就是他的儿子,他的亲生儿子!"他把我拉到那两个女人面前,也没做任何补充说明。

那个年轻女人站在走廊里,那个上了点儿年纪的离她一步远,站在她身后,站在房门口。我只记得这位可怜的姑娘长得不难看,二十上下,但是人瘦瘦的,似乎有病,略显棕红的头发,脸长得有点像我妹妹;这一特点闪过我的脑海,并且留在了我的记忆里;不过丽莎从来不会,当然,永远也不可能像这位站在我面前的姑娘那样怒气冲冲、气得发狂:她的嘴唇发白,浅灰色

的眼睛冒着光,气得浑身发抖。我还记得,当时我自己也陷入一种非常愚蠢、十分尴尬的境地,由于这无赖的青睐,我都不知道说什么好了。

"儿子又怎么啦!既然他跟您在一起,可见他也是坏蛋。既然您是韦尔西洛夫的儿子,"她突然转身对我说道,"那就请您替我转告令尊,他是个坏蛋,他是个不要脸的坏人,我不要他的钱……给,给,给,请您立刻把这钱交还他!"

她从口袋里迅速掏出几张钞票,但是那位上了年纪的太太(后来我才知道,这是她母亲)却一把抓住了她的手。

"奥莉娅,要知道,也许,这不是真的,也许,这位先生并不是他的儿子呢!"

奥莉娅迅速看了看她,想了想,又轻蔑地看了看我,扭头回到了房间,但是在砰的一声带上门之前,她站在门口,再一次怒不可遏地向斯捷别尔科夫叫道:

"滚!"

她甚至冲他跺了跺脚。接着,门便砰的一声关上了,而且还别上了锁。斯捷别尔科夫还依旧抓着我的肩膀,举起一根手指,咧开嘴,露出一副长长的、凝神思索的笑容,并用一种疑问的目光紧盯着我。

"我认为,您对我的所作所为是可笑的,不成体统的。"我愤怒地喃喃道。

虽然他目不转睛地盯着我,却对我的话充耳不闻。

"这倒需要研——究——研究!"他沉思地说。

"但是,话又说回来,您怎么敢把我拽出来出这个洋相?这是什么人?这女人是干什么的?您抓住我的肩膀,带我过去——这是怎么回事?"

"哎呀,见鬼!这是一个失去贞操的女人……'一个经常重复的例外'——您在注意听吗?"

他指指戳戳地,手指差点戳到了我的胸。

"唉,见鬼!"我推开了他的手指。

但是他忽然,完全出乎意料地低声笑了起来,不出声地笑,长久地笑,快乐地笑。他终于戴上了自己的礼帽,带着迅速变换的,但已是阴沉的面孔,皱起眉头,说道:

"必须教会女房东给她们来这么一手……必须把她们赶出公寓——就这样,而且要尽快,要不然的话,她们在这里……得,您瞧着吧!记住我的话,您会看见的!唉,见鬼!"他突然又变得欢天喜地起来,"您不是要等格里沙①

---

① 瓦辛的昵称。

回来吗？"

"不，不等了。"我坚决回答道。

"唔，随您便……"

此后，他再没有作声，便转过身子，走了出去，动身下楼去了，甚至都没有正眼瞧一下女房东，而女房东显然一直在等着他的解释和消息。我也拿起了礼帽，并请女房东转告，就说我多尔戈鲁基来过了，说罢便跑下了楼梯。

三

我白白浪费了时间。出门后，我就立刻开始寻找出租屋，但是我心不在焉，在街上来来去去地溜达了好几小时，虽说也曾进去看过五六处二房东愿意转租的房屋，但是我相信，我一定视而不见地错过了二十来处。更使我懊恼的是我根本就没有想到租个房子就那么难。到处都是像瓦辛住的那样的屋子，甚至还糟得多，可是租金却很高，就是说，根本不符合我的打算。我直截了当地说，我只要有个身体能够转动的栖身之所就行了，于是，人家就鄙夷不屑地让我明白，既然这样，那去"贫民窟"好啦。此外，到处都是许多古里古怪的房客，单看他们的外表，就没法跟他们做邻居；甚至让我倒贴他们几个钱，只要不同他们住在一起就成。一些不穿上装的先生，只穿背心，胡子拉碴，随随便便，而又十分好奇。在一间很小的屋里，坐着十来个人，打牌，喝啤酒，而房东居然就让我住在他们旁边。在另外一些地方，房东向我问这问那，我也就有一搭没一搭地胡乱回答，以致他们都诧异地看着我。在另一套住宅里，我甚至同他们吵了起来。然而，何必描写这些琐琐碎碎、不值得一提的小事呢；我只想说，我累坏了，找到一家小饭馆吃了点东西，这时天已经几乎全黑了。我终于拿定主意，干脆回去，独自一人，去找韦尔西洛夫，把那封有关遗产的信立刻交给他（不做任何解释），然后从楼上拿起自己的东西，放进箱子和包袱，立刻搬出去，哪怕先找一家旅馆过了这夜再说呢。在奥布霍夫大街尽头，在凯旋门旁，我知道有几家大车店，只要花三十戈比，就可以在里面找个单间；我决定豁出去了，就住一夜，反正决不在韦尔西洛夫那里过夜。就这样，我已经走过纺织学院，不知道为什么，我忽然灵机一动，想顺便去看看塔季雅娜·帕夫洛芙娜，她就住那儿，在纺织学院对面。说实在的，我去看她的借口，仍旧只是那封有关遗产的信，但是，我想去看她的不可遏制的冲动，当然另有原因，不过，到底是什么原因呢，直到现在我自己也说不清：这时我脑子里有些乱七八糟的想法，什么"吃奶的孩子"呀，"变成惯例的例外"呀，等等。我到底想找个人说说话呢，还是想炫耀一番呢，还是想打一架，甚至大哭一场呢？——我也不知道，只是爬上了楼，去找塔季雅娜·帕夫洛芙娜。迄今为止，我只是从莫斯科初到这里的时候去看过她一次，是受母亲的托付去的，我记得：走进去，办完事情后，待了一分钟就走了，甚至都没有稍坐片刻，她也没有请我坐。

我拉了门铃，厨娘立刻给我开了门，默默地把我让进了房间。正是为了让大家明白对后来的一切发生如此重大影响的这件疯狂的事是怎么发生的，我必须把所有这些详情细节如实地描写一番。首先谈厨娘。这是一个凶巴巴的、翘鼻子的芬兰女佣，似乎恨透了她的女主人塔季雅娜·帕夫洛芙娜，可是女主人却相反，出于某种癖好，偏偏离不开她，就像一些老处女偏偏离不开她那湿鼻子的老哈巴狗或者老爱睡觉的猫咪一样。那个芬兰女佣要么发脾气、说粗话，要么就大吵一场，几个星期不说话，以此来惩罚太太。想必是我正好赶上这么个一言不发的日子，因为她甚至对我的问题："太太在家吗？"（我清楚地记得，我曾向她问过这问题）——她都不予回答，而是默默地走

第一部

进自己的厨房。见状，我自然坚信不疑：太太在家，于是我就走进屋子，因为没一个人，我就开始等候，满以为塔季雅娜·帕夫洛芙娜就会从卧室里走出来；要不然的话，厨娘干吗让我进去呢？我没有坐下，等了两三分钟；天已经开始几乎黑下来了，塔季雅娜·帕夫洛芙娜的昏暗的房间，由于触目皆是到处挂着的印花布，显得更加阴森森的。我想先说两句，交代一下这个可憎的小屋的状况，以便让读者明了事情发生的地点。塔季雅娜·帕夫洛芙娜生性顽固，就爱发号施令，再加旧日地主的癖好，她是住不惯由二房东那儿转租来的带家具的房间的，因此才租下这套恶劣的似乎像住房的住房，就为了能够独门独户，自由自在，不受他人干扰。这两个房间简直就像两只金丝雀鸟笼，一个紧贴着另一个，一个比一个小，在三层楼上，窗户面向院子，您一走进她的住房，就像立刻走进一条狭小的过道，宽度只有一俄尺半，左面是上面提到的那两只金丝雀鸟笼，而沿着过道一直往前走，它的深处就是进入那间不大点儿的厨房的入口。一个人在十二小时内所必需的一个半立方俄丈[①]空气，在这些房间恐怕还是有的，但未必会更多。房间低得很不像样，但最蠢的是，窗户、房门和家具——一切，一切都挂上或铺上了印花布，一种上好的法国印花布，还镶上一种锯齿形的花边；这房间却因此而显得更昏暗了，简直就像旅行马车里一样黑咕隆咚。在我等候主人出来的那间小屋里，总算还能转开身，虽然里面塞满了家具，顺便说说，这些家具倒很不坏：有各种各样的小茶几，镶嵌精致，还有青铜装饰，还有几只箱子和一张雅致，甚至豪华的梳妆台。在我等她出来的下一个小房间，即卧室，挂着一层帷幔，严严实实地把它和这房间隔开了，后来我才知道，这房间就够放下一张床。这一切细节都是必需的，否则您就看不懂我做的那件蠢事。

[①] 1俄丈约等于2.13米。

第一部

就这样，我等着，而且毫不怀疑她一会儿就会出来，这时却突然响起了门铃声。我听见厨娘迈着不慌不忙的步子，走过那条窄小的过道，接着就默默地跟方才让我进来时一样，让来者进了屋。这是两位女士，两人说话的声音都很大，当我从谈话声辨别出，一个是塔季雅娜·帕夫洛芙娜，而另一个正是我最没想到现在会碰到的那个女人，而且还是在这样的状况下——对此，我是多么吃惊啊！我不可能弄错：我昨天就听见过这个响亮、清脆、银铃般的声音，诚然只有三分钟，但它却留在了我的心里。是的，这就是"昨天那个女人"。我怎么办呢？我根本不是向读者提出这个问题，我不过在想象当时那一刻的情景，甚至直到现在，我也解释不清这事是怎么发生的，我竟突然冲过帷幔，躲进了塔季雅娜·帕夫洛芙娜的卧室。简而言之，我躲了起来，我刚跑出去，她俩就走了进来。为什么我不向她们迎上去，而要躲起来呢——我也不知道；一切都出于无心，完全是无意识的。

我冲进卧室后，碰到了床，我立刻发现从卧室到厨房有一扇门，那就是说，还有出路，可以摆脱这种尴尬的局面，可以逃之夭夭，但是——噢，可怕！——门锁上了，而钥匙孔里又没有钥匙。我无奈，只能跌坐在床上；我清楚地意识到，这样一来，现在，我就非得偷听她们的谈话不可了，而从她们一开口，刚开始说话，我就听出来了，这是她俩一次秘密而又微妙的交谈。噢，当然，一个诚实而又高尚的人，即便是现在，也应当站起来，走出去，大声说："我在这里，请等一等！"而且，尽管我的处境很荒谬，也应当从她们身边走出去，但是我没有站起来，也没有走出去；我不敢，我非常卑劣地胆怯了。

"我亲爱的，卡捷琳娜·尼古拉耶芙娜，您使我深深地感到难过，"塔季雅娜·帕夫洛芙娜央告道，"您尽管放心，这甚至不符合您的性格。哪里有您，哪里就有快乐，可是忽然现在……我想，您总还信得过我吧：要知道，我对您一向多么忠心耿耿呀。我对安德烈·彼得罗维奇是永远忠心耿耿的，这点我并不隐瞒，但是我对您的忠心，绝不亚于对安德烈·彼得罗维奇的忠心……那，就请您相信我，我可以用我的人格担保，他手里绝没有这份凭据，也许，根本就没有任何人有这份凭据，再说，他也不会耍这样的花招，您连怀疑他都是罪过。这种敌对，是你们俩自己臆造出来的……"

"凭据是有的，而他什么事都做得出来。就拿昨天说吧，我一进门，首先碰见的——就是这个小奸细，是他硬给安插在公爵身边的。"

"唉，这个小奸细。首先，他根本不是奸细，因为这是我硬要他到公爵身边去的，要不然的话，他在莫斯科非发疯或者非饿死不可——那儿大家都这么说他；主要是，这个粗鲁的孩子，甚至根本就是个傻瓜，他哪做得了奸细呀？"

"是的，一个小傻瓜，不过这并不妨碍他成为坏蛋。要不是我昨天正好心烦，我非笑死不可：他脸上一阵发白，跑过来，两脚唰的一声并拢，行了个礼，说起了法国话。可是在莫斯科，玛丽娅·伊万诺芙娜硬要我相信他是个天才。至于说那封倒霉的信，的确完好地存在着，并且放在某处，放在一个十分危险的地方——这主要是我从这个玛丽娅·伊万诺芙娜的脸上看出来的。"

"我的大美人呀！您不是自己告诉我，她手里什么也没有吗！"

"问题就在于有；她无非在撒谎，我要告诉您，她多会装假呀！到莫斯科去以前，我还存着一线希望，以为没有留下任何文件，可是，现在，现在……"

"啊，亲爱的，恰好相反，人家都说她是个善良的、懂道理的女人，她那位已故的叔叔，在他所有的侄女中，最器重她了。不错，我并不十分了解她，但是，您一定能笼络住她的，我的大美人！您一定能够轻而易举地战胜她，把她俘虏过来。我是个老婆子了——连我都爱上了您……唔，笼络住她对您又算得了什么呢！"

第一部

"我曾经笼络过她，塔季雅娜·帕夫洛芙娜，我曾经试过，甚至哄得她满心欢喜，可是这女人太狡猾了……不，这是一个人的整个性格，与众不同的、莫斯科的性格……您想想，她竟建议我去找这里的一个名叫克拉夫特的人，他曾经当过安德罗尼科夫的助手，也许他知道点什么也说不定。关于这个克拉夫特，我倒有点印象，甚至还模模糊糊地记得他；但是她一提到这个克拉夫特，我就立刻认定，她不是简简单单地一无所知，而是在撒谎，其实她什么都知道。"

"那她又为什么，为什么呢？要知道，兴许，能从他那里打听出什么来也说不定！这个德国佬克拉夫特不爱多嘴，我记得，他还是个十分诚实的人——真的，可以问问他嘛！不过，好像，现在他不在彼得堡……"

"噢，昨天他就回来了，我刚才还去过他那儿……我这么心慌意乱、手脚发抖地来找您，正是想请您，我的天使塔季雅娜·帕夫洛芙娜，因为您认识所有的人，能否请您查阅一下他的文件，因为他身后肯定会留下一些文件的，那现在这些文件又会落到谁手里呢？兴许它们又会落到某个危险的人手里呢？我急煎煎地跑来就是为了向您求教，求您出个主意。"

"您这是说他的什么文件呀？"塔季雅娜·帕夫洛芙娜听不懂，"您不是说您刚去过克拉夫特那里吗？"

"去过，去过，刚才去过，但是他开枪自杀了！还在昨天晚上。"

我从床上腾地跳了起来。她们管我叫奸细和白痴的时候，我还可以坐得住，但是她们越说下去，我就越觉得不能露面了。这简直无法想象！我心里决定，干脆不声不响地坐下去，直到塔季雅娜·帕夫洛芙娜把客人送走为止（如果我有幸，她本人没有因为什么事过早地走进卧室的话），而以后，等阿赫马科娃一走，哪怕那时候我跟塔季雅娜·帕夫洛芙娜再打上一架呢！……但是现在，我忽然听到克拉夫特自杀的事，我再也坐不住了，就从床上腾地

第一部

跳了起来，仿佛全身抽筋似的。我什么也没有想，既没有考虑，也没有想想会出什么事，我一步跨出去，掀起了门帘，出现在她俩面前。房间里还有足够的亮光可以看清我那苍白的、发抖的脸⋯⋯她们俩发出一声尖叫。怎么能不叫呢？

"克拉夫特？"我喃喃地问阿赫马科娃，"开枪自杀了？昨天？在太阳下山的时候？"

"你刚才在哪儿？你从哪儿出来的？"塔季雅娜·帕夫洛芙娜发出一声尖叫，硬是抓住我的一只肩膀不放，"你在做奸细？你在偷听？"

"我刚才怎么跟您说来着？"卡捷琳娜·尼古拉耶芙娜向她指着我，从沙发上站起来说道。

我再也按捺不住自己了。

"瞎掰，胡扯！"我狂怒地打断她的话，"您刚才管我叫奸细，噢，上帝！别说当奸细，就是挨着像您这样的人活在这世上，都不值得！舍己为人的人可以用自杀结束自己的生命，克拉夫特开枪自杀了——为了思想，为了赫卡柏⋯⋯①但是，您又有什么资格知道赫卡柏的痛苦呢！⋯⋯而这里——就只能活在你们的阴谋诡计中，在你们的谎言、骗局、陷阱左右苟且偷生⋯⋯够了！"

---

① 赫卡柏是希腊神话中特洛伊王普利阿摩斯的妻子。莎士比亚的《哈姆雷特》中伶人朗诵了赫卡柏在丈夫死后的独白：

　　由于它的影响，他的脸色苍白，
　　两眼含泪，声音发抖，呜咽凄凉，
　　脸上流露出恐怖与绝望，
　　他的整个神态都服从于思想，
　　而且一切都不为了什么！为了赫卡柏！
　　他跟赫卡柏有什么相干，赫卡柏对他又有什么用，
　　他干吗要为她流泪悒惶？

第一部

"给他个嘴巴！给他个嘴巴！"塔季雅娜·帕夫洛芙娜叫道，可是卡捷琳娜·尼古拉耶芙娜尽管两眼目不转睛地盯着我（我清楚地记得这一切），却站在原地，一动不动，因此塔季雅娜·帕夫洛芙娜再过一会儿，很可能就会自己动手来执行她的提议，因此我不由得举起手来保护自己的脸；正是因为这一动作，她起了疑心，以为我要挥手打她。

"好啊，你打呀，打呀！由此证明，你是个天生的孬种！你比女人有力气，还客气什么呀！"

"别诽谤啦，够啦！"我叫道，"我是从来不打女人的！您不知羞耻，塔季雅娜·帕夫洛芙娜，您一向看不起我。噢，同下人打交道用不着尊重他们！您在笑，卡捷琳娜·尼古拉耶芙娜，大概您在笑我的模样吧；是的，上帝没给我一份就是您那些副官似的好模样。但是我并没有感到自己不如你们，而是相反，我觉得我比你们强，比你们高尚……唔，不管怎么说吧，反正一样，我就是没有错！我到这里来是无心的，塔季雅娜·帕夫洛芙娜；错的都是您那芬兰女佣，或者，不如说，都是您宠坏了她：为什么她不回答我的问题，而把我直接领到这里呢？而其次，您也会同意，从一个女人卧室里冲出来，我觉得太丢人现眼了，因此，我才情愿默默地承受您的信口雌黄，也不愿露面……您又笑了，卡捷琳娜·尼古拉耶芙娜？"

"滚开，滚开，滚！"塔季雅娜·帕夫洛芙娜叫道，几乎在推我出去，"您别把他的胡说八道当真，卡捷琳娜·尼古拉耶芙娜，我告诉您，那边就说他是个疯子！"

"说我是疯子？那边？这话是谁说的，打哪儿传来的？随便他们说好了，够了。卡捷琳娜·尼古拉耶芙娜！我敢向您发誓，用一切神圣的事物发誓，这次谈话以及我所听到的一切，将绝对保密……我听到了你们的秘密，我又有什么错呢？再说，我明天就将结束我和令尊的工作，因此，有关您在到处寻找的文件，您尽管放心！"

"什么？……您说什么文件？"卡捷琳娜·尼古拉耶芙娜慌乱地说，甚至慌乱得脸都发白了，或者，也许我觉得是这样。我明白，我说得太多了。

我急匆匆地走了出去，她俩默默地目送着我，她俩的目光流露出非常惊愕的表情。一句话，我给她们出了个哑谜……

第 九 章

一

我急匆匆地赶回家去——说来也怪——我竟十分得意。当然，是不能这样同女人说话的，而且还是同这样一些女人——说得更正确些，是同这样的一个女人，因为我并不把塔季雅娜·帕夫洛芙娜算作女人。也许，无论如何不能当面对这一类女人说："我瞧不起你们这一套阴谋诡计。"但是我就这么说了，而且觉得很得意。且不说别的，我至少深信，我用这种腔调洗刷了我当时处境中的一切可笑之处。但是我没工夫，顾不到多想：我满脑子都是克拉夫特。倒不是说他使我十分悲伤，但是我毕竟受到了极大的震动；甚至，每当遇到别人出现不幸，比如摔断腿呀，丧失名誉呀，失去心爱的人呀，等等，人们都会出现的幸灾乐祸感都消失得无影无踪了，在我心中，让位于另一种非常纯正的感情，也就是悲伤、惋惜，因失去克拉夫特而感到惋惜，我不知道这是不是惋惜，但起码这是一种非常强烈和善良的感情。这点我也感到很得意。奇怪的是，正当整个人被某个巨大的消息所震撼，偏偏有许多不相干的思想会闪过脑海，这个惊人的消息似乎理应压倒其他感情，驱散一切不相干的思想，尤其是琐屑的思想；可是，恰好相反，这些琐琐碎碎的想法却偏偏钻了进来。我还记得，我整个人渐渐被一种相当强烈的神经性震颤所控制，一直继续了好几分钟，甚至，直到我回了家，向韦尔西洛夫摊牌的时候，也一直如此。

这次摊牌是在一种奇怪的、异乎寻常的情况下紧接着发生的。我已经提到，我们住在院子里一个单独的厢房里；这套公寓被标明为十三号。我还没走进大门，就听到有个女人的声音在大声地问一个人，很不耐烦，而且很愤怒："十三号房间在哪儿？"问这话的是一位女士，就在大门附近，她推开一家杂货铺的门；但是里面似乎什么话也没回答她，或者，甚至还轰她走，于是她从台阶上走下来，十分激动和恼火。

"这里的看门人在哪儿？"她跺了一下脚，叫道。我早就听出了这声音。

"我正要去十三号房间，"我走到她跟前，"您找谁？"

"我找看门人已经找了足足一小时，见人就问，有楼梯就上。"

"这屋在院子里。您不认识我了？"

但是，她已经认出了我。

"您来找韦尔西洛夫；您有事找他，我也一样，"我继续道，"我是来找他说永别的。咱们过去。"

"您是他儿子？"

"这不重要。不过，就算是他儿子吧，虽然我姓多尔戈鲁基，我是他的私生子。这位先生有数不清的私生子。当良心和荣誉提出要求，连亲生儿子也会离家出走，与他断绝关系的。这话还在圣经上就说了。再说，他还得到一份遗产，我可不想分他的遗产，我要用自己的双手去劳动，去奋斗。当有此需要的时候，舍己为人的人甚至不惜牺牲自己的生命；克拉夫特开枪自杀了，克拉夫特是为了思想，您想想，一个年轻人，前程远大……走这里，这里！我们住在一栋单独的厢房里。这还在圣经上就说了，孩子们必须离开父母，去建自己的窝……① 假如思想在吸引……假如有思想！思想是主要的，思想中有一切……"

我们登上台阶到我们家以前，我一直跟她唠唠叨叨地说个没完。读者大

---

① 参见《旧约·创世记》第二章第二十四节："因此，人要离开父母与妻子连合，二人成为一体。"

概已经发现，我并不顾惜自己的脸面，在需要的时候我会很好地给自己脸上贴金；我想学会说真话。韦尔西洛夫在家。我不脱大衣就走了进去，她也一样。她穿得非常单薄：在深色的连衣裙上挂着一块什么破布头，大概想代替斗篷或者披肩；头上戴着一顶破旧的水手帽，使她的样子变得十分难看。当我们走进客厅，母亲正坐在她常坐的位置上在做针线活儿，而妹妹则从自己的房间里跑出来看了看，停在了房门口。韦尔西洛夫则照例什么事也不做，站起来迎接我们；他用严厉的、疑问的目光盯着我。

"我同这事毫无关系，"我急忙为自己撇清关系，站到一边，"我在大门口才遇见这女人；她正找您，可是没一个人说得清。我来是因为我有事，我乐于等她说完了再说……"

韦尔西洛夫依旧好奇地打量着我。

"劳驾。"那姑娘不耐烦地开口道；韦尔西洛夫向她转过了脸，"我想了很久，您怎么会想到昨天留下些钱，放在我那儿……我……总之……这就是您的钱！"她像不久前那样几乎尖叫起来，掏出一沓钞票，摔在桌上，"我要到住址查询处去查找您的住处，要不早送来了。听着，您！"她猛地向母亲转过身，母亲满脸煞白，"我不想侮辱您，您有一副忠厚老实的模样，也许，这甚至是怜爱。我不知道您是不是他的妻子，但是，要知道，这位先生经常剪下一些家庭女教师和普通女教师用最后一点儿钱刊登在报纸上的求职启事，然后去走访这些不幸的人，不仁不义地想占她们的小便宜，用金钱把她们拉下水，使她们掉进火坑而不能自拔。我不明白，昨天我怎么会收下他这些钱的！他看上去像个正人君子！……滚远点儿，一句话我也不听！您是个坏蛋，仁慈的先生！即使您抱着高尚的意图，我也不要您的施舍。我不要听，我不要听！噢，现在能够当着您的这些女人的面揭露您，我是多么高兴啊！您就该受到人们的诅咒！"

第一部

她急速地跑了出去，但是跑到门口又回过头来，停了片刻，只为了喝问：
"听说，您得了一份遗产！"

接着她就像影子似的消失了。我要再次提醒诸位，这是一个气疯了的女人。韦尔西洛夫十分震惊，他站在那里，若有所思，似乎在思考什么，最后，他突然向我转过身来：

"你根本不认识她？"

"方才偶然看到她在瓦辛家的走廊里大吵大闹，又是尖叫，又是诅咒您；但是我没有同她说过话，我什么也不知道，而现在我是在大门口碰到她的。大概这就是昨天那位女教师，'能教算术的'女教师吧？"

"就是她。我一辈子才做了这么一件好事，可是……不过，你有什么事？"

"给您这封信，"我回答，"我认为无须解释：它来自克拉夫特，而克拉夫特则来自已故的安德罗尼科夫。您看内容就知道了。我要补充的是，除了我以外，现在全世界没一个人知道这封信，因为克拉夫特昨天把这封信交给我以后，我刚离开他，他就开枪自杀了……"

当我气喘吁吁、急急忙忙地说这话的时候，他两手接过这封信，用右手拿着，伸直了，注视着我。当我宣布克拉夫特已经自杀的时候，我特别注意地看了看他的脸，想看看产生了什么效果。结果呢？——这消息没有产生一丝影响：他甚至连眉毛都没抬一下！相反，他看见我停下来不说话了，就掏出自己的单目眼镜（这眼镜从不离开他，一直用一根黑带子挂在脖子上），把信凑近蜡烛，看了一眼署名，然后就开始用心地研究信的内容。我无法表达，当我看到他那种高傲的无动于衷后有多么生气。他应当跟克拉夫特很熟；再说，这又是这么一个非同寻常的消息！最后，自然，我是希望看到这封信能够产生效果的。我等了大约半分钟，知道信很长，于是我就转过身走了出去。

我的皮箱早就收拾好了,剩下的就只是把几样东西包进包袱。我想到了母亲,我居然没有走过去同她打声招呼。十分钟后,我已经完全收拾好了,正想出去雇马车,这时妹妹走进我的卧室。

"这是妈妈叫我给你的你那六十卢布,还请你原谅她把有关这钱的事告诉了安德烈·彼得罗维奇,还有这二十卢布。你昨天给了五十卢布做你的生活费;妈妈说,收你的钱决不能超过三十,因为五十卢布没有花完,所以再找你二十卢布。"

"如果她说的是实话,那就谢谢了。再见,妹妹,我走了!"

"你上哪儿现在?"

"先找个客栈,只要不在这家里过夜就行。告诉妈妈:我爱她。"

"这她知道。她知道你也很爱安德烈·彼得罗维奇。你居然把这个不幸的女人领来,你怎么不害臊!"

"我向你发誓,不是我:我是在大门口遇到她的。"

"不,是你领来的。"

"请相信……"

"你想想,你扪心自问,你就会看到,你也是肇事的一个原因。"

"我只是很高兴让韦尔西洛夫丢人现眼罢了。你想想,他居然跟莉季娅·阿赫马科娃还有个吃奶的孩子……话又说回来,我跟你说这干吗……"

"他的?吃奶的孩子?但是,这不是他的孩子!这样的不实之词你是从哪儿听来的?"

"哼,你怎么知道。"

"我怎么不知道?我还在卢加带过这孩子呢。听我说,哥哥:我早就发现你根本不了解情况,你冤枉了安德烈·彼得罗维奇,也冤枉了妈。"

"他要是没错,那就是我错,那不就结了,我照样很爱你们。你干吗涨红了脸呢，妹妹？瞧，红得更厉害了！唔，好吧，反正我要找这小公爵决斗，因为他在埃姆斯打过韦尔西洛夫一记耳光。如果韦尔西洛夫在跟阿赫马科娃的关系上没错，那我就更要找他决斗了。"

"哥哥，你醒醒，你怎么啦！"

"好在这官司在法院已经审结了……瞧，现在你的脸又发白了。"

"再说公爵也不会跟你去决斗。"丽莎在惊恐中露出一丝惨白的微笑。

"那我就要当众羞辱他。你怎么啦，丽莎？"

她的脸色苍白得都站不住脚了，她跌坐在沙发上。

"丽莎！"楼下传来母亲的呼叫。

她恢复了常态，站了起来，对我亲切地微笑着。

"哥哥，别去做这些无聊的事了，要不再等一等，到时候你会知道许多事情的：你知道的事实在太少了。"

"我将会记得，丽莎，当你听到我要去决斗的时候，你的脸唰的一下白了！"

"好，好，也请你记住这个！"她在临别时又微微一笑，接着便下了楼。

我叫来了一辆马车，在马车夫的帮助下，把房间里我的东西都搬了出去。家人中谁也没有阻拦我，也没人不让我走。为了不碰到韦尔西洛夫，我没有去向妈妈告别。当我已经坐

上马车之后，我忽然闪过一个念头。

"去芳坦卡，谢苗诺夫桥。"我突然指挥道，又驱车向瓦辛家走去。

二

我忽然想到，瓦辛已经知道了关于克拉夫特的事，也许他知道的东西比我还多一百倍；事情还果真如此。瓦辛立刻把所有的细节一五一十全告诉了我，不过语气并不特别热烈；我认定，他累了，而且还果真如此。今天早晨，他亲自去了一趟克拉夫特家。克拉夫特是昨天用手枪（就是那支手枪）开枪自杀的，当时天已经完全黑了，这从他的日记里看得出来。他在日记里的最后记载是在他临开枪前写的，他在其中说，他几乎是在黑暗中写这些话的，只能勉强分辨出字母；他不想点蜡烛，怕在他身后引起火灾。"我又不愿意先点上蜡烛，再在开枪前熄灭，就像熄灭我的生命一样。"——他在几乎是最后一行又奇怪地补充道。这个临死前的日记，他还在前天，刚到彼得堡，还在拜访杰尔加乔夫之前，就准备写了。我离开他后，他就每过四小时记一次；最后的三四次记载则每过五分钟记一次。我大声地表示惊奇，瓦辛眼前就摆着这本日记，而且摆了这么长时间（是人家让他看的），他居然没有抄下来，留个副本，何况这总共也不过一页纸，而且每段记述又很短——，"哪怕就把最后一小页抄下来呢！"瓦辛含笑对我说，他不抄也记得，再说他的记载没有任何系统，东一句西一句，想到什么说什么。我本想说服他，正因为这样它才珍贵，但是我又放弃了这念头，而是一再纠缠他，看他还能想起什么，他想起了几行字，大概在开枪前一小时，他说，"他感到有点冷"，说他"想喝杯酒暖暖身子，但继而又想，喝酒也许会使血流得更厉害，所以就放弃了这念头"。"几乎都是这一类吧。"瓦辛最后说。

"您把这都称为小事！"我叫道。

"我何尝这么说了？我只是没有抄下来留个副本罢了。但是，尽管这不是小事，但这日记还真的相当平常，或者，说得确切些，相当自然，也就是说，正是在这种情况下应当有的那样……"

"但是，要知道，这是他最后一些想法，最后一些想法呀！"

"最后的想法，有时候往往非常微不足道。有这么一个自杀者，也在这样一个自己的日记中抱怨，在这样一个重要时刻，哪怕有一个'崇高的思想'光临他的脑海呢，可是恰好相反，净是些非常琐碎、非常空洞的想法。"

"说他感到冷，也是空洞的想法？"

"就是说，您问来问去到底问他感到冷还是问流血呀？然而有一个事实是众所周知的，那些还能思考自己即将面临死亡的人（不管是不是自杀），许多人经常关心的是他们留下来的尸体是否难看。正是在这个意义上，克拉夫特才担心流血过多。"

"我不知道这一事实是否众所周知……是不是这样，"我喃喃道，"但是我觉得奇怪，您居然认为这一切非常自然，然而，不多久以前克拉夫特还在我们之间坐着，在说话，在激动，不是吗？难道您对他就不感到惋惜？"

"噢，当然惋惜，但这完全是另一回事。但是，不管怎么说吧，克拉夫特自己是这样来描述自己的死的，认为他的死是逻辑的必然结果。原来，昨天在杰尔加乔夫家提到他时所说的一切都是有道理的：他身后留下了这么一个笔记本，里面全是些科学结论，说什么根据颅相学和颅骨学，甚至数学，俄国人是二等人，因此，作为俄国人就根本不值得活下去。如果您不反对的话，这里最具特色的一点是，一个人可以作出任何逻辑结论，但是由于这一结论就冷不防地开枪自杀——这种事当然并不常有。"

"至少应当向这种个性致敬。"

"恐怕还不止个性。"瓦辛委婉地说。很清楚，他还暗指愚蠢或者缺乏理性。这一切都使我感到恼火。

"昨天，您自己也说到过感情的问题，瓦辛。"

"现在我也不否认；但是根据业已发生的事实可以看出，他在某些方面是大错特错了，因此，如果严肃地来看这问题，就不由得会使人甚至把怜悯心也都挤出去了。"

"我说，方才根据您的眼神我就看得出来，您将会非难克拉夫特，为了不听到您的非难，我没有征求您的意见；但是您却把它自己说了出来，因此我无可奈何地只好同意您的看法；不过我对您不满意！我可怜克拉夫特。"

"要知道，我们扯得太远了……"

"是的，是的，"我打断道，"但是，至少，令人感到安慰的是，在这种情况下，还健在的人常常可以对死者品头论足，可以在心里说：'虽然这人开枪自杀了，尽管让人感到十分惋惜和体谅，但毕竟我们还活着，因此也就不必太悲伤了'。"

"是的，这是不消说的，如果从这个观点……啊，您似乎在开玩笑！而且说得非常聪明。我一向在这时候喝茶，我立刻让他们拿茶来，您大概会陪我喝会儿茶吧。"

他说罢就出去了，打量了一下我的皮箱和包袱。

我还真想说几句刻薄话，替克拉夫特申冤；我还真说了，还说得很成功，但是有意思的是，我说："我们这些人还活着呢。"起先，他竟把我的这一想法当成了认真的想法。但是，是不是这样呢，反正他在所有方面都比我正确，甚至在感情上也如此。承认这点，我并没有什么不高兴，但是我又坚定无疑地感到，我不喜欢他。

当端上茶来以后，我向他说明，我想请他略尽地主之谊，容我在他这里就

第一部

住一夜，如果不行，也请直说，我可以去住客栈。接着我就向他简短地叙述了我来此借宿的缘由，说得很坦率，也很简单，我说我跟韦尔西洛夫彻底吵翻了，但是我没有细讲事情的经过。瓦辛注意地听了，但是他毫不激动，基本上我问什么他就回答什么，虽然回答得很亲切，也很周全。关于信的事我只字未提，虽然不久前我还拿着信去找过他，想听听他的意见；我把不久前的那次来访说成不过是一次普通的拜访而已。我向韦尔西洛夫做过保证，除了我谁也不会知道有这么一封信，因此我认为我没有权利向任何人公布有关这封信的事。我不知道为什么特别不乐意把有些事告诉瓦辛。我说的是有些事，而不是说别的事，我讲了不久前发生在走廊里和女邻居家的事，最后这个女邻居又出现在韦尔西洛夫的寓所，我讲的这事引起了瓦辛的极大兴趣。他听得非常用心，尤其是关于斯捷别尔科夫的情况。关于斯捷别尔科夫一再问我有关杰尔加乔夫的事，他又让我重复了两遍，甚至陷入了沉思；话又说回来，最终他毕竟还是付诸一笑。这一刻我忽然觉得，任何事情在任何时候都难不倒瓦辛；我记得，我关于这事的最初看法，在我当时看来乃是对瓦辛的极大赞誉。

"总之，我从斯捷别尔科夫的谈话中还是听不出太多的东西，"我最后对斯捷别尔科夫下结论道，"他说话有点颠三倒四……他身上似乎有某种浮躁的东西……"

瓦辛立刻板起面孔，作严肃状。

"他的确没有口才，不过，只是乍一看罢了，他的有些见解还是非常中肯的；总之——这是务实的人，投机取巧的人，而不是长于综合思考的人；对这种人应当从这个观点去看……"

正如我刚才猜到的一模一样。

"不过他在您的女邻居家也闹得太不像话了，天知道会闹出什么结果。"

关于女邻居，瓦辛说，她们住在这里才约莫三星期，是从外省的什么地方来的。她们住的那间屋非常小,从各方面看她们一定很穷。但是她们却住在那儿,似乎在企盼什么。他并不知道那个年轻姑娘曾在报上登过求职启事,想当女教师,但是他曾经听说韦尔西洛夫去看过她们,这事发生在他不在家的时候,是女房东告诉他的。女邻居对所有人都回避,甚至对女房东也一样。最近这几天,他也看出她们的确有什么不顺心的事,但是像今天这样的大吵大闹还没有发生过。我之所以想起我们对两个女邻居的所有这些看法,乃是因为后来出了事;当时女邻居家关上了门,里面笼罩着死一般的寂静。瓦辛特别感兴趣地听到,斯捷别尔科夫认为他必须跟女房东谈谈关于这两个女邻居的事,而且反复说了两次:"你们会瞧见,你们会瞧见的!"

"您就等着瞧吧,"瓦辛补充道,"他不是无缘无故地想到这点的,他在这方面目光十分锐利。"

"怎么,依您看,应该劝女房东把她们赶走?"

"不,我不是说要把她们赶走,而是希望不要闹出什么事来——话又说回来,不管出什么事,横竖总会收场的……咱们先不谈这事。"

关于韦尔西洛夫曾来拜访过这两位女邻居的事,他坚决拒绝下结论。

"一切都可能发生;这人感到自己兜里有两个钱——然而,也可能是他不过做了一次施舍;这符合他的习惯,也许,也符合他的爱好。"

我又告诉他,斯捷别尔科夫今天还扯到什么"吃奶的孩子"。

"在这个问题上,斯捷别尔科夫可就完全弄错了。"瓦辛特别严肃、特别郑重地说道(这我记得太清楚了)。

"斯捷别尔科夫,"他继续道,"有时候太相信自己的实际判断力了,因此就根据自己的逻辑急忙作出结论,虽然这种逻辑往往能洞察一切;然而所发生的事,如果注意到当事人的话,实际上,往往具有更多的幻想和出乎意料的色彩,现在这件事也一样:他只知道部分情况就遽下结论,认为这孩子属于韦尔西洛夫,可实际上这孩子并不是韦尔西洛夫的。"

我一再问他,竟使我大吃一惊,我终于得知:这孩子竟是谢尔盖·索科尔斯基公爵的。莉季娅·阿赫马科娃不知因为有病呢,还是因为性情古怪,有时候做起事来就像个疯子似的。在看上韦尔西洛夫之前她就看上了公爵,而公爵,正如瓦辛所说,"竟对她的投怀送抱毫不为难地接受了"。他俩的关系只持续了很短一段时间;正如大家所知道的那样,他俩吵架了,于是莉季娅就从自己的身边赶走了公爵,"他似乎正求之不得呢"。

"这是一个很古怪的姑娘,"瓦辛补充道,"甚至很可能,她并非总是理智清醒。但是,公爵在去巴黎时,还根本不知道他把他的受害者处于何种状况①,直到最后,直到他回国了,他对此都不知情。韦尔西洛夫跟这个年轻女人交上朋友后,鉴于这状况已逐渐暴露,便提议与她结婚(看这状况,她父母几乎直到最后都似乎没起疑心)。坠入情网的这姑娘闻言大喜,对韦尔西洛夫的求婚,'看到的仅是他的自我牺牲'。然而她也很看重这点。然而,当然,他也精于此道,"瓦辛补充道,"孩子(女孩)早产了一个月或者六星期,放在德国的某个地方,但是后来韦尔西洛夫又把她抱了回来,现在寄养在俄国的什么地方,也许就在彼得堡。"

"那含磷的火柴呢?"

"这事我什么也不知道,"瓦辛最后说,"莉季娅·阿赫马科娃产后过了大约两星期就死了;这时到底发生了什么——我不知道。公爵刚从巴黎回来就知道了有个小孩,起初他似乎还不相信这孩子是他的……总之,这事各方面都秘而不宣,甚至直到今天。"

"但是,这公爵也太混蛋了!"我愤怒地叫起来,"竟这么对待一个有病的姑娘!"

---

① 指根本不知道她已经怀孕。

"她当时病得还不这么厉害……况且是她自己把人家赶走的……当然,他也趁机利用了她的退路,不过,也许,也太急了点儿。"

"您还为这样的混账东西辩护?"

"不,我只是不把他叫作混账东西而已。这里除了直接的混账以外,还有许多别的原因。总之,这事相当平常。"

"请问,瓦辛,您对他很了解吗?我非常想听听您的意见,因为有一个与我大有关系的情况。"

但是,这里瓦辛回答得吞吞吐吐,非常克制,公爵他是认识的,但在怎样的情况下认识——他显然在故意回避。接着他又说,根据公爵的性格,他还是应当得到某种谅解。"他这人充满高尚的志向,也很敏感,但是既缺乏理智,也缺少意志力来好好控制自己的愿望。"这是一个缺少教养的人;许多思想和现象他都掌握不了,然而他又趋之若鹜。比如,他会喋喋不休地一再跟您说这样一类话:"我是公爵,出身留里克王族[1],但是,如果我为了养家糊口,而其他事又做不了,我为什么就不能去做一名鞋匠呢?招牌上赫然写着'鞋匠某某某公爵'——甚至也很神气嘛。""他还说到做到——这才是最主要的,"瓦辛补充道,"然而,与此同时,这完全不是信念的力量,而仅仅是兴之所至的最冒失的决定。不过后来他一定会后悔的,那时候他就会随时做出完全相反的极端;这就是全部生活。在我们这时代,有许多人就这样陷入了绝境,"瓦辛结束道,"就因为出生在我们这一时代。"

我不由得沉思起来。

"他曾经被部队开除,是真的吗?"我问。

"我不知道他是不是被开除的,但是他离开部队倒的确是由于几件麻烦

---

[1] 即俄罗斯留里克王朝的王族(9—16世纪),1598年,因留里克王朝绝嗣,留里克王朝遂告结束。1613年,罗曼诺夫继位,遂开始了罗曼诺夫王朝(1613—1917)。

第一部

事。去年秋天，他已经退伍了，曾经在卢加待了两三个月，您知道吗？"

"我……我知道当时您也住在卢加。"

"是的，我在那里也曾经住过一段时间。公爵也认识丽扎韦塔·马卡罗芙娜。"

"是吗？我倒不知道。不瞒您说，我很少同妹妹交谈……但是，难道我母亲在家里接待过他？"我叫了起来。

"噢，不；他跟您家虽然认识，但很疏远，是通过第三方认识的。"

"哦，想起来了，怪不得妹妹向我说到这孩子什么的呢，难不成这小孩也在卢加？"

"待过一段时间。"

"那现在他在哪儿？"

"肯定在彼得堡。"

"我这辈子都不会相信，"我十分激动地叫道，"我母亲会或多或少地掺和到跟这个莉季娅有关的事情里去！"

"在这件事情上，除了我不想弄清楚的所有这些阴谋诡计外，韦尔西洛夫本人扮演的这一角色，倒没有任何可以受到特别指责的地方。"瓦辛宽容地笑着说。他跟我说话似乎感到很难受，只是没有表现出来罢了。

"我永远，永远不会相信，一个女人，"我又叫起来，"会把自己的丈夫拱手让给别的女人，这我没法相信！……我起誓，我母亲绝没有参与其事！"

"不过，似乎，她也没有反对呀？"

"我换了是她，哪怕仅仅出于骄傲，也不会反对！"

"就我来说，我完全拒绝评论这件事。"瓦辛最后说。

确实，瓦辛尽管很聪明，可是对于女人恐怕还一窍不通，所以她们的一整套想法和做法，他都不了解个中奥妙。我也闭口不谈。瓦辛临时在一家股份公司里工作，所以我知道，他有些事是拿回家做的。在我一再追问下，他承认，他现在就有工作要做——要算账，因此我热烈地请求他对我不必客气。这似乎使他很高兴；他在坐下来处理公文之前，先动手替我在长沙发上铺了床褥子。他先是要把自己的床让给我，但是我不肯，这似乎也使他很满意。从女房东那里借来了枕头和被子。瓦辛对我非常有礼貌，也非常热情，但是我望着他，看见他为了我的事忙前忙后，觉得很过意不去。我倒是更喜欢有一回，大约三星期前，我偶然在彼得堡老城区叶菲姆家过夜时的那情景，当时，他为我胡乱地铺了张床，也是在长沙发上，而且悄悄地瞒着姑姑，因为不知为什么他怕姑姑知道有同学来他家过夜会生气。我们大笑不止，没有床单就铺件衬衫，没有枕头就把大衣叠起来垫上。我记得，兹韦列夫干完活，爱惜地用手指弹了一下长沙发，对我说：

"您会睡得像个小国王一样。"

他那傻乎乎的快乐样子和他那句法国话（那句法国话配上他就像马鞍配奶牛似的），使我当时非常快活，在这个小丑那儿美美地睡了一觉。至于瓦辛，当我看到他终于坐下来，背对着我开始工作了，我也感到非常高兴。我伸直两腿躺在沙发上，望着他的背影，想了很久，也想了很多。

三

可想的东西很多。我心里很乱，没有一个完整的思想；有些感受却突出得十分明显，但是由于思绪万千，没有一个能吸引我。一切都好像一闪而过，既没有联系，也没有次序，而我自己呢，我记得，我也根本无意停留在某个思想上，或者想理出个什么头绪来。甚至克拉夫特也不知不觉地退到了次要地位。最使我激动的是我目前的处境，瞧，我已经同他们"一刀两断"了，我的皮箱带出来了，我也离开了家，开始了全新的一切。似乎迄今为止我的全

第一部

部打算和准备都不过是开玩笑，只有"现在才突然，主要是出乎意料地，一切才真正开始了"。这个想法鼓舞了我，尽管我因为许多事心里很乱，这想法还是让我很开心。但是……还有一些别的感触；其中有一个感触特别想从其他感触中脱颖而出，抓住我的心，奇怪的是，这感触也鼓舞着我，似乎在唤醒我去面对一件非常快活的事。可是，这感触却从恐惧开始：我担心，已经是很久以前了，还在刚开始不久之后，我是否在头脑一时发热和仓促中，对阿赫马科娃说了太多关于文件的事，说漏了嘴。"是的，我说得太多了，"我想，"没准，她俩会猜到什么的……那就糟了！不用说，她俩会让我不得安宁，如果她俩开始疑心的话……不过，且由他去！没准，她俩找不到我——我会躲起来！如果她俩当真到处追我，咋办……"于是我开始回想刚才发生的事，直到每一个细节，而且越想越开心，我回想，我不久前站在卡捷琳娜·尼古拉耶芙娜面前，她那双放肆而又十分吃惊的眼睛怎样紧紧地盯住我不放。我想到，我出门后她仍处在这样的惊诧状态中，我回想起，"她的眼睛也不是全黑的……只是睫毛很黑，因此，眼睛才显得黑黑的……"

我记得，我突然感到这样回想太让人恶心了……让我既懊恼又恶心，既对她俩，也对我自己。我责备自己胡思乱想，竭力不去想它，想点别的。"在韦尔西洛夫与女邻居的事情上，我为什么对他没半点愤恨呢？"我蓦地想起这事。从我这方面看，我坚信，他肯定扮演了寻花问柳的角色，他到这里来是寻开心的，但是这事本身并没有使我感到愤怒。我甚至认为，他也不可能做别的事，虽然他在这里丢人现眼，我还当真很开心，但是我并没有归罪于他。我感到要紧的并不是这个，我感到要紧的是，当我和那个女邻居进屋的时候，他那么恶狠狠地看了我一眼，他这样看我还从来不曾有过。"他终于认真地看待我了！"我强按着心跳想道。噢，如果我不爱他，也就不会对他恨我这么高兴了！

我终于瞌睡上来，后来就完全睡着了。我只是在睡梦中依稀见到，瓦辛干完活，整齐地收拾好了，走过来仔细地看了看我睡觉的沙发，接着便脱去衣服，吹灭蜡烛。这时是午夜十二时许。

四

几乎过了整整两小时，我突然像个疯子似的从睡梦中跳起来，坐在我那长沙发上。从通往女邻居家房门的背后，传来了可怕的哭喊声和号叫声。我们那扇门已经完全敞开，走廊里已被照得通明，人们在呼喊和奔跑。我本来想叫瓦辛，但是我立刻猜到他已经不在床上了。我不知道哪儿能找到火柴，只好伸手摸到我的衣服，开始在黑暗中急急忙忙穿衣服。显然，女房东，还有其他房客，已经都跑进了女邻居家。然而，有个声音在号叫，听得出来，这是那个上了年纪的女邻居的声音，而昨天那个年轻的声音，这声音我记得十分清楚——却悄无声息；我记得，这是我首先想到并在当时进入我脑海的第一个念头。我还没来得及穿好衣服，瓦辛就急急忙忙地走了进来；刹那间，用熟悉的手摸到了火柴，照亮了屋子。他只穿着一件内衣和睡袍，趿拉着鞋，他立刻动手穿好衣服。

"出什么事了？"我向他喊了一声。

"出了件非常不愉快、非常麻烦的事！"他几乎恶狠狠地回答道，"那个年轻的女邻居，也就是您讲到的那个女邻居，在她自己屋里上吊自杀了。"

我惊叫起来。我无法用言语表达我当时的心有多痛苦！我们跑到走廊。不瞒你们说，我当时都不敢走进女邻居家，直到已经把她解了下来我才看到那个不幸的女人，不错，就在这时，隔开一段距离，我才看到她被盖上了床单，从床单下伸出她那两只窄小的鞋底。不知道为什么我始终不敢看她的脸。

第一部

她母亲处在可怕的状态中；我们那位女房东陪着她，女房东的样子好像不十分害怕似的。这套住宅里的所有房客都集中到这里。他们人数不多：一名上了年纪的水手，平常总爱唠唠叨叨和吹毛求疵，可现在却一声不吭，还有两位是从特维尔省来的老头和老太太，是一对老夫妻，两个相当有身份的文职人员。我就不来描写这整个夜晚余下的情况了，先是忙碌张罗，后来则是官府来人；直到天亮，说真的，我一直都在瑟瑟发抖，我认为，我理应不睡觉，在一旁陪着，虽然，说真的，我什么事情也没做。再说，所有的人都似乎精神抖擞，甚至较之平时还特别精神似的。瓦辛甚至还坐车到什么地方去了一趟。女房东是个相当可敬可佩的人，比我原来设想的要好得多。我劝她（我认为自己做得对），不能让母亲一个人就这么同女儿的遗体待在一起，应该把她领到自己的房间去，哪怕就待到明天呢。她立刻同意了，不管母亲怎么挣扎、怎么哭泣，不肯同女儿的遗体分开，最后还是去了女房东家，女房东则立即吩咐生茶炊。此后，房客们就各自回到自己屋子，关上了门，但是我却无论如何不肯回去睡觉，在女房东家坐了很久，因为多了我这个人陪她，女房东甚至感到很高兴，何况我这个人还可以陪她们聊聊天，说说话，谈谈自己的感受。茶炊帮了大忙，一般说来，在所有的灾祸和不幸中，尤其是在那些可怕的、突如其来的、离奇古怪的灾祸与不幸中，茶炊是最最必需的俄罗斯物件；甚至那个做母亲的也喝了两杯茶，当然是在一再请求下，几乎是强迫之下她才喝的。说真心话，我看着这个不幸的女人，在此以前，我还从来没有看到过比这更残酷、更直接的痛苦。在号啕大哭和歇斯底里最初几次发作之后，她甚至很乐意说话，于是我就贪婪地听了她的叙述。有这么一些不幸的人，尤其是女人，在这样的情况下，甚至必须让她们尽可能地多说话，把心里的话都说出来。此外，还有些人，可以说吧，备受痛苦摧残的人，一辈子承受苦难的人，她们承受的苦难太多太多了，有大难，也有经常的、零打碎敲的小难，因此任何突如其来的灾难都不足以使她们感到惊奇，主要是，这些人甚至面对最心爱的人的棺材，都忘不了任何一条她们花了高昂代价学得的巴结逢迎的处世经验。我并非责备她们，这里并不是庸俗的利己主义，也不是粗俗的教育；在这些人心里，比起那些看上去十分高贵的女人来，也许还能找到更多闪光的金子，但是，长期低三下四养成的习惯，自我保护的本能，长期担惊受怕和长期受到压抑，最后总会起作用。这个可怜的自杀者在这方面不像她母亲。不过她俩的脸倒似乎长得很像，虽然死者肯定长得不难看。她母亲也不是一个很老的女人，总共不到五十岁，跟她女儿一样长着淡黄色的头发，两眼和两腮都已塌陷，牙齿也已发黄，又大又不整齐。再说，她身上的一切都姜黄姜黄的：脸上和手上的皮肤跟羊皮纸一样；她的深色衣服由于年代久远也完全发黄了，右手食指上的指甲，不知为什么，仔细而又规整地涂上了黄蜡。

这个可怜女人的叙述在有些地方说得颠三倒四。我将根据我所听懂和记得的内容叙述如下。

五

她俩从莫斯科来。她早已守寡，"但毕竟是个七品文官夫人"，她丈夫当过官，但什么东西也没留下，"除了两百卢布抚恤金以外，但是两百卢布又能干什么呢？"但是她还是把奥莉娅给拉扯大了，并且让她上了中学……"要知道，她学得多好呀，学得多好呀，毕业时还得了枚银质奖章……"（说到这里，自然又哭了很长时间。）她那已故的丈夫曾经有一笔资本，约有四千之数，被这里的一名彼得堡商人搞没了。可突然这名商人又发了财。"我有他出的笔据，我找人商量过，有人说：去找他，肯定能全部要回来……""于是

第一部

我就开始找他，商人先是答应还我；有人对我说，你去亲自跑一趟吧。于是我就和奥莉娅收拾行装到这里来了，这已经是约莫一个月前的事了。我们手头没有多少钱；于是我们就租了这间小屋，因为这是所有房间里最小的屋子，再说，我们自己也看到，这是租住在一个正经人家，这也是我们最看重的：我们是两个没有经验的女人，谁都可以来欺负我们。唔，我们给您付了一个月房租，东花一点儿西花一点儿，彼得堡的东西实在买不起，我们那个商人竟完全拉下脸来，翻脸不认账。'我根本不认识你们，你们的事我不晓得'，我手里的字据不完备，这我心里明白。于是就有人给我们出主意：您去找个著名的律师吧；他是教授，不是普通律师，他是法律专家，他肯定会告诉您应该怎么办的。于是我就拿剩下的最后十五卢布送给了他；律师走了出来，我的话他没有听满三分钟，就说：'我明白了，我知道了，'他说，'商人愿意还您，就会还您，不愿意还您，就不会还您，如果要打官司——您自己可能要倒贴也说不定，最好还是和解吧。'他还引用福音书里的话开玩笑道：'和解吧，趁您还在路上，直到您还清最后一文钱。'① 他笑着把我送出了门。我的十五卢布就这么花没了。我回来找奥莉娅，我们俩面对面地坐着，我哭了。奥莉娅不哭，她坐着，很骄傲，很生气。她一直都这样，一辈子，甚至小时候，从不唉声叹气，也从来不哭，现在她坐着，目光威严地看着，甚至看着她我都心惊胆战。您信不信：我怕她，怕极了，早就怕她了；有时候我真想念念苦经，但是在她面前我不敢。有一回，我最后一次去找那商人，在他那儿大哭了一场，他说：'好嘛。'他甚至都不听我说话。然而，我必须向你们承认，因为我们没打算在这里长住，所以早就身无分文了。于是我开始点点滴滴地拿

---

① 这段话源出《新约·马太福音》第五章第二十五至二十六节，但作了改动，原话是："你同你的对头还在路上，赶紧与他和解，恐怕他把你送给审判官，审判官交付衙役，你就下在监里了。我实在告诉你，若有一文钱没有还清，你断不能从那里出来。"

衣服去当:就靠典当为生。我们把身上的东西都当没了;她甚至把自己的最后一件内衣都交给了我,见状,我落下了伤心的眼泪。她气得一跺脚,跳起来,自己跑去找那商人去了。这商人的老婆死了,尚未续弦,他跟她谈了一会儿,说:'您后天五点钟来吧,说不定我有话要对您说。'她回来了,很开心:'他说,他也许有话要对我说。'唔,我当然很高兴,可是我心里却猛地打了个激灵,我想:该不会闹出什么事情来吧,但是我又不敢问。到了后天,她从商人那儿回来,满脸煞白,浑身发抖,扑倒在床上——我一切都明白了,可是我不敢问。你们猜怎么着:这强盗拿出了十五卢布,递给她,说什么如果'我发现您真是个黄花闺女,还可以再添四十卢布'。就这么恬不知耻地当面对她说这话。她对我说,她立即向他冲了过去,要跟他拼命,可是他却把她一手推开,跑进了另一个房间,甚至锁上了门,把她关在门外。然而,不瞒你们二位,说句真心话,我们几乎已经揭不开锅了。我们把一件皮袄,是兔皮的,拿出去卖了,然后她就到报馆登了一则求职启事,声称她能教所有的课,并能教算术:'哪怕每堂课只给三十戈比也成。'我瞧着她那模样,她婶儿,直到临出事前我心里都觉得害怕;她什么话也不跟我说,一连好几小时坐在窗前,望着对面房子的屋顶,突然叫道:'哪怕给人洗衣服,哪怕给人种地,哪怕给人挖土!'——她一跺脚,说来说去都是这么一句话。我们在这里一个人也不认识,几乎根本没人可以求告。我想:'我们怎么办呢?'可是我始终怕跟她说话。有一回,她大白天的躺在床上,醒了,睁开了眼,望着我;我坐在木箱上,也望着她,后来,她默默地站起身来,走到我跟前,紧紧地、紧紧地拥抱我,这时我们俩都忍不住哭起来,我们坐着,哭个不停,互相拥抱着不撒手。在她的整个一生中,我还是头一回跟她这样。我们俩就这么坐着,直到您家的娜斯塔西娅走了进来,说:'有一位太太来找你们,打听你们俩。'总共才四天前的事。太太进来了:我们一看,她穿得很讲究,她虽然讲的是

第一部

俄语，可是似乎带着德国腔。她说：'你们在报上登了则启事，说可以补课？'当时，我们见到她都高兴坏了，请她坐下慢慢说，她也笑嘻嘻的，很和蔼。她说：'不是上我家，而是我侄女家有几个小孩；如果你们方便的话，请上我们家去，那时候我们再商量。'她给了地址，就挨着耶稣升天桥，几号楼，几号房间。说完就走了。奥列奇卡[①]立刻去了，当天就跑去了，怎么样呢——过了两小时回来了，发作了歇斯底里，浑身发抖。后来她告诉我：'我问看门的：几号房间在哪儿？'看门的看了看我：'您找那房间的人想干吗？'这话说得那么怪，本该一听就明白的。可是她说一不二惯了，又没有耐心，她受不了这样的刨根问底和放肆无礼。看门的说：'您爱去就去吧。'说时伸出一个手指，指了指楼梯，说完就转身回到自己的小木屋去了。你们猜怎么着？她走进去，刚一打听，就立刻从四面八方跑来了一群女人：'请进，请进！'——所有的女人都嘻嘻笑着，跑了过来，搽粉点胭脂的，恶心极了，弹着钢琴，把她硬往里拽，说：'我本来想甩开她们逃走，可是她们硬不让我走。'这时她害怕了，两腿发软，可她们硬不让她走，她们好言好语地说话，好言好语地相劝，还开了瓶黑啤酒，递给她，请她喝。她跳起来，大声叫骂，浑身哆嗦：'让我走，让我走！'她冲到房门口，可是有人把着门，她就大叫；这时冲过来一个女的，也就是不久前来过我们家的那女的，打了我的奥莉娅两记耳光，把她推出了门：'你不配，贱货，你不配住这样的好房子！'另一个女的还冲着楼梯对她嚷嚷：'是你自己找上门来求我们的，因为没吃的了，瞧着你这副嘴脸我们都觉得恶心！'这天一整夜她都在忽冷忽热地发烧、说胡话，第二天早上她两眼通红地下了地，走来走去。她说：'上法院告她，告她！'我没言语；我想，上法院又能拿什么告她呢，我们又有什么证据呢？她绞着手走

[①] 奥尔加的昵称。奥莉娅、奥列奇卡都是奥尔加的小名或昵称。

第一部

来走去，泪如雨下，嘴唇紧闭，一动不动。她的整个脸从这一刻起直到最后，都变黑了。到第三天，她的症状好了些，不说话，心情好像平静了下来。就在这工夫，在下午四点钟，韦尔西洛夫先生枉驾来我们家找我们。

"实话实说，我至今都弄不懂，奥莉娅是不轻易相信人的，她到底是怎么啦，几乎韦尔西洛夫先生一开口，怎么她就开始听他的了？当时最吸引我们俩的是他那一本正经的样子，甚至很严肃，说话的声音很低，很周到，一切都那么彬彬有礼——非但彬彬有礼，甚至毕恭毕敬——同时在他身上却没有巴结逢迎的样子，一眼就能看出来，这人前来完全是出于一片好心。他说：'我在报上看到您登的启事了，您写得不对，小姐，您这样写甚至可能对自己有害。'接着他就开始说明怎么个不对法，不瞒你们说，我都没听懂，好像说到什么算术来着，奥莉娅，只是我看见，涨红了脸，整个人都似乎活跃了起来，静静地听，还很乐意交谈（想必这是个聪明人！）我听见，她甚至对他表示感谢。他问了她许多问题，既详尽又周到，看得出来，他久住莫斯科，连一个中学女校长他都认识，而且私交甚笃。他说：'我一定可以给您找到个补习功课的事，因为我在这里认识许多人，我甚至可以替您去拜托某些有影响的人，因此，即使您想找个固定的工作，也是可以的……'他又说，'不过，我想请您原谅，我想问您一个直截了当的问题：眼下我能为您做些什么呢？如果您能允许我为您效劳的话（效什么劳都可以），那不是我给您带来了快乐，而是相反，是您给我带来了快乐。这些钱算是我借给您的，等您找到工作后，您可以在最短时期内还给我，这样咱就两清了。至于我，请相信我的人格，假如我以后一旦也陷入这样的贫穷，而您则相反，丰衣足食，各方面都有保障，那我也会直接来找您，求您帮我这点小忙的，我会派我的妻子和我的女儿来找您。'……就是说，我也记不全他说的所有的话了，没法统统告诉你们，那时我感动得泪水涟涟，因为我看见奥莉娅也感激得嘴唇都发抖了。'即使我

第一部

收下了,'她回答他,'那也是因为我信任一个正大光明而又人道的人,这个甚至可以当我父亲的人。'……这时候,她对他说的话说得是那么好,简短而又高尚,说他是一个'人道的人'。他立刻站起来说:'我一定,一定给您找个教书的工作,给您谋个差事;从今天起我就去办这件事,因为您对此有完全够格的文凭和足够的资格。'……我还忘了说,他从一开始,刚一进门,就查看了她从中学得到的所有证书,是她拿给他看的,而且他还亲自测试了她的功课……'要知道,妈妈,'后来奥莉娅告诉我说,'他还考了我几门功课,他真是个聪明人,哪辈子能跟这样有修养、有学问的人说话啊。'……她整个人都欢欢喜喜,笑逐颜开。桌上放着那六十卢布。她说:'您先收起来吧,妈,等咱们一找到工作,头一件事就是尽快把这钱还给他,我们要向他证明,我们是讲诚信的人,至于我们是有礼貌的人,他已经看见了。'后来,她沉默少顷,我看到她呼吸沉重。'您知道吗,妈,'她突然对我说,'如果我们粗鲁无礼,由于自尊心也许我们就不会收下他这笔钱了,我们现在收下了,正是以此向他证明,我们是懂礼貌的,我们在各方面都信得过他,把他看作一位可敬的白发老人,不是吗?'我先是不太明白她说这话是什么意思,于是我说:'奥莉娅,为什么不能接受一个高尚的有钱人的恩赐呢,况且他又是个心地善良的人?'她向我皱起了眉毛,说:'不,妈,不是那么回事,我们需要的不是恩赐,我们看重的是他的"人道精神"。这钱我们其实还是根本不拿的好,妈,既然他答应给咱们找工作,那这也就够了……尽管我们穷。'我说:'好吧,奥莉娅,我们已经穷得无论如何不能不拿这钱了。'说完,我甚至苦笑了一下。唔,我心里还暗自庆幸,可是过了一小时,她又对我说:'妈,这钱您等会儿再花。'她说话的口气很坚决。我说:'怎么啦?''没什么。'她粗暴地打断了我的话,说完就闭上了嘴。她整个晚上都不言不语;直到一点多,我醒过来,听到奥莉娅在床上翻来覆去:'您没睡着,妈?''没,'我说,'睡不

第一部

着。'她说：'您知道吗，他是想侮辱我？''你说什么呀，你说什么呀。'我说。她说：'肯定是这样：这是个卑鄙小人，他的钱，您不许用他一戈比。'我本来想开口对她说话，甚至在床上都呜咽了两声，可她扭转身子，面对墙壁，说：'别哭了，让我睡会儿觉行不行！'第二天早上，我望着她，她走来走去，都不像她自己了，于是，你们信不信，我敢面对法庭说：她当时的神经不正常！自从那一回，她在那幢下作的公寓里受到侮辱以后，她的心……和理智都变糊涂了。那天早上我看着她就对她起了疑心；我心里害怕；我想，无论她说什么，我决不顶嘴。她说：'妈，他连自己的住址都没留下。'我说：'你说这话罪过呀，奥莉娅，昨天他说的话你都听见了，后来你又自己夸他，自己都感动得差点要哭了。'我刚说完这话——她就尖叫起来，跺了一下脚。她说：'您是个犯贱的女人，您受的是农奴制的教育！'……这时候，她什么话没有说，抓起帽子就跑了出去，我冲她的背影喊，我想，她怎么啦，她跑哪儿去呀？原来，她跑到居民住址查询处去了，打听到了韦尔西洛夫先生住哪儿，她回来后说：'我今天就去，马上就去，把钱还给他，甩在他脸上；他是想侮辱我，就跟萨夫罗诺夫一样（就是我们那商人）；不过萨夫罗诺夫侮辱我时像个粗鲁的无赖，而这人则像个狡猾的伪君子。'就在这时候，偏巧，昨天那位先生突然跑来敲门：'我听见了，你们在讲韦尔西洛夫，我可以略告一二。'她一听到有人说韦尔西洛夫，就向他冲了过去，整个人像疯了一样，说呀说呀，我望着她，心里纳闷：她一向沉默寡言，从来没有跟任何人这么说过话呀，这会儿还是跟一个根本不认识的人。她的脸颊涨得通红，两眼闪着光……而他偏来火上浇油：'您说得对极了，小姐。韦尔西洛夫就跟报纸上描写的本地的将军们一样；一个将军，衣冠楚楚，佩戴上所有的勋章，专找那些在报上登载求职启事的家庭女教师，走东家串西家，寻找他想寻找的东西；如果找不到他要的东西，他就坐一会儿，聊一聊，空口许愿，说得天花乱坠，然后一

第一部

走了之 —— 终究给自己解了个闷，找了个乐子。'奥莉娅听后甚至哈哈大笑，不过是冷笑，恶狠狠地笑，而这位先生，我看见，他抓住她的手，把她的手拉过去贴近他的心，说什么：'小姐，我自己手里有一大笔资金，随时准备为漂亮的小姐效劳，不过最好，让我先亲亲她那可爱的小手……'他说罢，我看见，他就拉着她的手想亲。她猛地跳起来，不过这时候我已经是跟她一起，我们俩一起把他给赶出去了。这天，傍晚前，奥莉娅从我手里拿走了那钱，跑了出去，回来后，她对我说：'妈，我报复了那混蛋！'我说：'啊呀，奥莉娅，奥莉娅，也许，我们错过了自己的幸福，你把一位高尚而又行善的人给得罪了！'我嗔怪她，再也受不了啦，我哭了。她便冲我嚷嚷：'我不要，'她叫道，'我不要！即使他是一个最正派的正人君子，我也不要他的布施！即使有人可怜我，我也不要他的可怜！'之后，我躺下睡觉了，脑子里一片空白。你们这里的墙上有颗钉子，我留意过好几次，这是你们这里挂镜子时留下的 —— 我没料到，根本就没料到，昨天没料到，过去也没料到，我没想到这个，也根本没有料到会出这样的事，更是万万没有料到奥莉娅会这样。我像通常一样睡得很死，还打呼噜，这是血涌上了我的脑袋，有时候涌进心脏，我会在睡梦中惊叫起来，因而奥莉娅常常半夜里叫醒我：'您怎么啦，妈，您睡得那么死，需要的时候叫都叫不醒。'我说：'奥莉娅，我睡得可死啦，可死啦。'很可能，夜里，我又打起了呼噜，于是她等到这个机会后，便放心大胆地上了吊。那皮带原是皮箱上的，很长，一直杵在那儿，很显眼，已经整整一个月了，昨天早上我还想：'该把它收起来了，免得到处乱放。'至于那把椅子，想必用脚把它蹬开了，为了免得椅子倒地发出声响，她还用自己的裙子在旁边垫了垫。想必是过了很长很长时间，过了整整一小时或者更多时间，我才醒过来：'奥莉娅！'我叫她，'奥莉娅！'我立刻想到可别出什么事，我喊她。或者是因为我没听到她在床上的呼吸声，或者是因为在黑暗中我似乎看到床上是空的——我猛地坐起身，用手一摸：床上没人，枕头也是冷的。我的心一下子沉了下去，变得冰冷，我站在原地，似乎失去了知觉，脑子里一片模糊。我想：'她出去了。'我迈前一步，站在床边，东张西望，犄角旮旯里，房门旁，好像她的人影就站在那儿。我站着，一言不发地望着她，而她从黑暗里似乎也在望着我，可是却一动不动……我想，'这是干吗呢，她干吗站到椅子上去呢？''奥莉娅，'我悄声道，自己都害怕了，'奥莉娅，你听见了吗？'可是突然间，我心里似乎豁然开朗，我跨前一步，向前伸出两手，直接向她扑去，抱住了她，而她却在我手里摇晃，我抓住她，她却摇来晃去，我明白了一切，但又不想明白……我想喊，可是喊不出声来……啊呀，我想！我砰的一声跌倒在地，这时我才喊出声来……"

"瓦辛，"第二天清早五点多，我对瓦辛说，"要不是您那斯捷别尔科夫，也许就不会出这事了。"

"谁知道，这事肯定要发生也说不定。这事不能这么看，本来就万事齐备……不错，这个斯捷别尔科夫有时候……"

他没把话说完，不愉快地皱了皱眉头。六时许，他又离开了，他一直在奔忙。又剩下我孤零零的独自一人。天已大亮。我感到有点头晕。我眼前依稀看到韦尔西洛夫的身影：这位女士的叙述，把他推到前面，使我对他完全有了另外的看法。为了更便于思考，我躺到瓦辛的床上，跟原来一样，穿着衣服和鞋子，本来只想躺一会儿而已，完全无意睡觉——可是却突然睡着了，甚至不记得是怎么睡着的。我睡了几乎四小时，没人来叫醒我。

第 十 章

一

我醒来时已是十点半左右,我很久都不相信我的眼睛:在我昨天曾一度睡着的长沙发上坐着我母亲,坐在她身旁的是那个不幸的女邻居,自杀者的母亲。她们俩互相抓住对方的手,在悄声交谈,大概怕吵醒我,而且两人都在哭。我从床上一骨碌爬了起来,扑过去亲吻妈妈。她高兴得满脸放光,吻了吻我,又用右手给我画了三次十字。我们还没来得及说话,房门就被推开了,进来了韦尔西洛夫和瓦辛。妈妈立刻站起来,带走了女邻居。瓦辛向我伸出了手,韦尔西洛夫一句话也没跟我说,就跌坐在圈椅上。他和妈妈看来在这里已经待了一段时间了。他皱着眉,一副心事重重的样子。

"我最后悔的是①,"他对瓦辛一字一顿地开口道,显然在继续已经开始的谈话,"昨天当晚,我没来得及把这一切都安排妥当,如果办成了 —— 大概就不会出现这样可怕的事了! 再说,还有时间啊:不到八点。她昨天离开我们家,一跑出去,我就立刻在心里决定跟着她到这里来,说服她,劝她改变看法,这件没有预见到的、不容耽搁的事我完全可以拖到今天再办嘛……甚至延迟一星期也行 —— 这件令人遗憾的事妨碍了一切,也搞坏了一切。要知道,事情就这么凑巧!"

"也许,您也说服不了她;这事即使没有您插上这一脚,也似乎已经到了该吹灯拔蜡的时候了。"瓦辛顺口说。

"不,说服得了,我肯定能说服她。要知道,我本来脑子里是想让索菲

---

① 原文意为"我最大的心愿是……",疑为陀思妥耶夫斯基笔误。

娅·安德烈耶芙娜代替我到这里来的。这个想法一闪而过，不过只是一闪而过而已。索菲娅·安德烈耶芙娜一个人就能说服她，那这不幸的姑娘就会依旧活着。不，以后我再也不会多管闲事了……再也不会去多做什么'好事'了……我一辈子就这么一次多管了点儿闲事！我还自以为没有落伍于时代，还能理解当代青年。是的，我们这代老年人几乎还没成熟就已经老了。顺便说说，要知道，有非常多的当代人，他们按照老习惯还自以为是年轻一代，因为昨天他们还是年轻一代，然而他们都没有发现他们已经落伍了。"

"这里有个误会，而且这误会太明显了，"瓦辛明智地指出，"她母亲说，自从在妓院受到那次残酷的侮辱以后，她似乎就失去了理智。再加上当时的具体情况，先是受到那商人的侮辱……这一切也完全可能同样发生在过去，按照拙见，这丝毫也不能说明当代青年的特点。"

"当代青年有点浮躁，不用说，还缺少对现实最起码的理解，虽然所有时代的所有青年都有这样的特点，但当代青年似乎尤甚……请问，在这件事上斯捷别尔科夫先生到底干了什么坏事呢？"

"斯捷别尔科夫先生，"我突然插嘴道，"是罪魁祸首。没有他，什么事情也不会发生。他往火上加了油。"

韦尔西洛夫听完了我的话，但是没有抬头看我。瓦辛皱起了眉头。

"还有一件荒唐和可笑的事，我要责备自己，"韦尔西洛夫继续道，不慌不忙，还跟从前一样，拉长了声音，"似乎，根据我那可恶的习惯，当时我有点放肆，跟她有点嬉皮笑脸，有这么点轻浮的微笑——总之，不够生硬、枯燥和阴阳怪气，这三个品质，也正是当前青年一代所特别看重的……总之，我使她有理由把我看成一个爱到处游荡的塞拉东[①]。"

[①] 塞拉东是法国作家奥诺莱·杜尔菲（1568—1625）的田园小说《阿丝特莱》（1610—1619）中的主人公，以善于向女人献殷勤、追逐女人著称。

第一部

"完全相反,"我又生硬地插嘴道,"她妈特别肯定地说,您给她们留下了极好的印象,凭的就是严肃,甚至严厉,还有真诚——这是她的原话。您一走,死者就这么夸您来着。"

"是——是吗?"韦尔西洛夫含混不清地喃喃道,终于匆匆地瞥了我一眼,"您把这张纸条拿去,要知道,它对结案是必不可少的,"他把一张很小的纸片递给瓦辛。瓦辛接了过去,他看到我好奇地望着这张纸,就把它递给我,让我自己看。这是一张字条,两行歪歪斜斜的字,大概是用铅笔在黑暗中写的:

妈,亲爱的,请原谅我中止了我在人生道路上的初次亮相!

使您伤心的奥莉娅

"这是今天早上才找到的。"瓦辛解释说。

"这条子写得多怪!"我惊叫道。

"哪儿怪?"瓦辛问。

"难道在那样的时刻能写这样幽默的话吗?"

瓦辛疑惑地望着。

"这幽默还很怪,"我继续道,"这是中学同学的行话……谁能在这样的时刻,在这样的便条上,给不幸的母亲——而且要知道,她还很爱自己的母亲——写这样的话:'中止了我在人生道路上的初次亮相'呢!"

"为什么不能写?"

"这里没有任何幽默,"韦尔西洛夫终于指出,"这话当然写得不妥,语气完全不对,这可能产生于中学或者其他同学间的什么行话,正如你刚才所说,或者引自什么小品文。但是死者在这张可怕的字条上使用这样的语言,还是十分质朴和严肃的。"

"这不可能,她中学毕业,还得过银质奖章。"

"银质奖章说明不了任何问题。现如今,许多人毕业时都得过银质奖章。"

"又攻击年轻人了。"瓦辛微微一笑。

"毫无此意,"韦尔西洛夫回答道,从座位上站起来,拿起了礼帽,"即使今天的年轻一代在文学上还缺乏修养,但是,毫无疑问,他们还是具有……其他优点的,"他又非常严肃地补充道,"再说,'许多人'—— 并不是'所有的人',比如说您,我就没有责怪您文学功底差,您不也是年轻人吗。"

"再说瓦辛也没有认为'初次亮相'有什么不好呀!"我忍不住不能不说道。

韦尔西洛夫向瓦辛默默地伸出了手,瓦辛也拿起帽子,想跟他一起出去,并对我大声说了句"再见"。韦尔西洛夫出去了,根本没把我放在眼里。我也觉得不能浪费时间了:无论如何我得跑出去租房子了 —— 现在比任何时候都需要! 妈妈已经不在女房东的屋子里了,她走了,也带走了瓦辛的女邻居。我走到街上,似乎特别精神抖擞……我心中油然产生了一种新的、巨大的感觉。再说,好像存心作成我似的,一切都很顺当:我很快就碰到了机会,找好了一间十分合适的房子;关于房子的事以后再说,现在先把主要的事说完。

当我又回到瓦辛家拿我的皮箱,恰好碰上他在家,那时才一点刚过。他看到我后,神态很快活、很真诚地向我叫道:

"我真高兴您能够碰上我,我刚要出去。我可以告诉您一件您一定很感兴趣的事。"

"我相信我一定很感兴趣。"我嚷道。

"啊! 您这样多精神呀。请问,您是不是知道有一封信? 这信一直保存在克拉夫特手里,昨天被韦尔西洛夫得到了,这封信里谈的正好是有关他刚赢得的那笔遗产的事。在这封信中,立遗嘱人阐明了自己的意愿,意思正好与昨天的法院判决相反。这封信是很早以前写的。总之，我不知道它准确的具体内容，但是，您是不是知道点什么呢？"

"怎么不知道。前天，克拉夫特叫我到他家去就是为了这事……为了避开那些先生，把这信交给我，我昨天又把这信交给了韦尔西洛夫。"

"是吗？我也是这样认为的。您想，刚才韦尔西洛夫在这里提到的那事，也就是妨碍他昨天晚上到这里来说服这位姑娘的那事——正是这封信引起的。就在昨天晚上，韦尔西洛夫直接跑去找了索科尔斯基公爵的律师，把这封信交给了他，并拒绝了他打官司赢得的全部遗产。眼下，他的拒绝已具有了法律形式，韦尔西洛夫不是拱手相让，而是在这一文书中承认公爵家族有完全的继承权。"

我都听呆了，但是我很高兴。说实在的，我本来已经确信韦尔西洛夫肯定会把这封信毁掉，此外，虽然我也曾对克拉夫特说这样做是不高尚的，虽然我在小饭馆里也曾私下里一再对自己说"我是来找一个纯粹的人，而不是来找这个人"，但是我心中想的还要更深一层，也就是说，我在心灵的最深处也认为，除了把这文据一笔勾销以外，别无他法。也就是说，我认为这样做是最平常不过的事。如果说我以后会责备韦尔西洛夫，那也只是故意为之，做做样子而已，就是说，为了保持我凌驾于他之上的崇高地位。但是，现在，听到韦尔西洛夫所做的无私行为后，我真诚地感到满心赞赏，既后悔又羞愧地谴责自己恬不知耻和自己对于美德的冷漠，于是我刹那间把韦尔西洛夫无限拔高，远远地高过自己，我差点拥抱瓦辛。

"多了不起的人！这人多了不起！谁能做到这点？"我狂喜地欢呼。

"我同意您的看法，很多人不会这样做……同时，无可争议，这一行为十分无私……"

"'但是'？……把话说完呀，瓦辛，您不是还有个'但是'吗？"

"是的,当然,还有个'但是'。韦尔西洛夫的行为,我看有点太仓促,有点不那么襟怀坦白。"瓦辛微微一笑。

"不够襟怀坦白?"

"是的。这里好像有某种'沽名钓誉'的味道。因为,无论如何,他既可以做同样的事,又可以不让自己吃亏。即使用最审慎的观点来看问题,那即使不是一半遗产,无疑,毕竟还应有一部分遗产现在可以归韦尔西洛夫所有,更何况这文据并没有决定性的意义,而且这官司他也已经打赢了。对方的律师也持有这样的观点,我刚才还问过他这事。这样的举动仍不失为高尚的行为,仅仅因为爱面子才采取另外的做法。主要是因为韦尔西洛夫先生头脑发热,性子太急;要知道,他自己刚才还说,本来可以推迟整整一星期的……"

"您知道吗,瓦辛? 我不能不同意您的看法……但是我更喜欢这样,我觉得这样更好!"

"人各有志,是您自己让我说的,要不我就不说了。"

"即使这里有'沽名钓誉'的味道,那也好呀,"我继续道,"他要沽名钓誉就让他沽名钓誉吧,但是就这事本身而言,他这样做还是宝贵的。要知道,这种'沽名钓誉'毕竟是一种'理想',总比现在有些人心里根本没理想要好;即使有点小小的甚至反常,那总还是有理想! 您大概自己也是这么想的,瓦辛,好瓦辛,亲爱的瓦辛! 总之,当然,我信口开河了,但是,您明白我的意思。您可是瓦辛啊;不管怎么说,我要拥抱您、亲吻您,瓦辛!"

"因为高兴?"

"因为太高兴了! 因为这个人'死而复活,失而复得'①,瓦辛,我是个坏

---

① 见《新约·路加福音》第十五章二十四节。原是讲"浪子回头",这里讲韦尔西洛夫。

孩子，我配不上您。我承认这点，是因为有时候我完全不是这样，要站得高一些，也看得深一些。就因为我前天当面夸奖了您（我夸奖您仅仅因为人家贬低我、挤对我），所以我恨您恨了整整两天！我发誓，我当天夜里就发誓我永远不去看您，昨天清早我去看您是心怀怨恨的，您懂吗：心怀怨恨。我一个人坐在这里的椅子上，批评您的屋子，批评您，批评您的每一本书，还有您的女房东，我极力贬低您、嘲笑您……"

"这话不应当说出来嘛……"

"昨天晚上，我根据您的一句话作出结论，您不懂女人，我能在这方面逮住您的短处，我心里很高兴。方才，我又在'初次亮相'上逮住了您，我心里别提多高兴了，这一切都因为我当时亲自夸奖了您……"

"那还用说！"瓦辛终于叫起来（他一直在微笑，对我的话丝毫也不感到新奇），"要知道，这一向是这样，几乎人人如此，甚至起初都如此；不过谁也不肯承认这点，再说也根本无须承认，因为，不管怎么说，这都会过去，决不会出什么乱子的。"

"难道所有的人都这样吗？所有的人都这样？您说这话居然心安理得？要知道，抱有这种想法的人是没法活的！"

"那么，照您看来：'使我们变得高尚的谎话，比无数卑劣的真理让我更珍贵？'①"

"但是，要知道，这是对的，"我叫道，"在这两行诗里有着神圣的最起码的公理！"

"我不知道。我无意来裁定这两行诗是否正确。想必，像常有的情形那样，真理不在这里，也不在那里，而是介乎二者之间，也就是说，在一种情

---

① 普希金的抒情诗《英雄》（1830）。引文略有改动。

况下是神圣的真理,在另一种情况下却是谎言。我能肯定的只有一点:这个想法作为最主要和最有争议的问题还将长久存在于人们中间。不管怎么说吧,我发现您现在很想手舞足蹈一番。好吧,那您就跳吧:活动活动身体有好处,可是今天上午我却有许多事情要办,压得我喘不过气来……再说,我同您又耽搁了一会儿!"

"我走,我走,我这就走,马上滚蛋!不过还有一句话,"我叫道,已经拿起了皮箱,"如果说我现在又'扑过来搂住了您的脖子',那唯一的原因是我进门时您带着那么真诚的喜悦告诉了我这件事,而且那么'高兴地'看到,我恰好碰到您在家,而且这是在不久前的'初次亮相'之后;您这真诚的喜悦一下子就赢得了我这颗'年轻的心',把它又拉回到您身边。好了,再见,再见,我将努力尽可能久地不来打扰您,我知道,这样做您会感到非常高兴的,甚至根据您的眼睛我也看得出来,而且这对我们俩都有利……"

我就这么唠唠叨叨地说个没完,由于我那快乐的唠叨,我都高兴得喘不过气来了,我把皮箱拖出来,提着皮箱到我的新居去。主要是,我感到非常高兴的是,韦尔西洛夫无疑在生我的气,他都不愿跟我说话,不愿看我。把我的皮箱搬过去以后,我就立刻飞也似的跑去找我那老公爵。不瞒您说,这两天因为没看到老公爵,我心里甚至感到有点难过。再说,关于韦尔西洛夫的情况,他肯定已经听说了。

二

果然不出我之所料,他看见我后高兴极了,而且我敢发誓,即使没有韦尔西洛夫那事,今天我也会去看他的。我昨天和不久前之所以怕去看他,是因为我想到我可能会碰到卡捷琳娜·尼古拉耶芙娜,可现在我已经什么也不怕了。

他高兴得连连拥抱我。

"韦尔西洛夫的事！听说了吗？"我开门见山地从最主要的事情谈起。

"亲爱的孩子，我亲爱的朋友，这有多高尚，这有多光明磊落啊——总之，甚至对基尔扬（住在楼下的那名文官）也产生了令他震撼的影响！就他那方面说，这不是明智之举，但这是一件增光添彩的事，这是一种无私的行为！必须珍视这种理想！"

"可不是吗？可不是吗？在这方面您和我永远所见略同。"

"亲爱的，咱俩永远能说到一块儿。你上哪儿了？我一直想亲自去找你，可是不知道哪儿能找到你……我总不能去找韦尔西洛夫吧……哪怕现在，在发生了这一切之后……你知道吗，我的朋友：我觉得，他之所以能征服女人，靠的就是这个，靠的就是这么一些特点，这是无可置疑的……"

"顺便提一下，免得以后忘了，我是特意为您记住这句话的，昨天有个极其卑劣的小丑，当着我的面咒骂韦尔西洛夫，说他是个'娘儿们的先知'；这是什么话，这么说像话吗？我是特意为您记住这说法的……"

"'娘儿们的先知'！但是……这话真是妙不可言！哈哈！但是这话对他太合适了，也就是说，对他根本不合适——呸！但是，这话真是一针见血……就是说，根本不是一针见血，不过……"

"没关系，没关系，别不好意思，就把这当俏皮话听好了！"

"这俏皮话实在妙不可言，你知道吗，这话有着极深刻的含义……这话真是一针见血！就是说，你信吗……总之，我要告诉你一件小小的秘密。当时你注意到那个奥林皮阿达没有？你信不信，她对安德烈·彼得罗维奇有点害相思病了，而且，到了这样的地步，她甚至于，似乎，有点那意思了……"

"有意思！给，她要不要看这个？"我叫道，愤怒地做了个嘲弄和轻蔑的手势。①

"我亲爱的，别嚷嚷，全是这样的，从你的观点看，你说得也对。顺便问一句，我的朋友，上一回，当着卡捷琳娜·尼古拉耶芙娜的面，你倒是怎么啦？你摇摇晃晃……我还以为你要摔倒啦，真想冲过去扶住你。"

"这事现在先不谈。唔，总之，我不过是不好意思罢了，有个原因……"

"你现在提到这事都脸红了。"

"好了，您现在又要马上过甚其词地大肆渲染了。您知道吗，她跟韦尔西洛夫有仇……一切才由此而起，因此我感到不安：唉，先不谈了，以后再谈吧！"

"先不谈，先不谈，我也乐意先不谈这一切……总之，我非常对不起她，甚至，你记得吗，我当着你的面还抱怨过……把这忘了吧，我的朋友；她也会改变对你的看法的，对这点我已经早有预感……瞧，谢廖查公爵来了！"

进来了一位年轻英俊的军官。我贪婪地看了看他，因为我还从来没有见过他。也就是说，我说他英俊帅气，因为大家都这么说，但是在这张年轻帅气的脸上却有什么不太招人喜欢的地方。我正是注意到了这点，这是我最初一刹那的印象，是我对他的第一眼印象，而且这一印象从此一直保留在我的心中。他身体瘦削，身材优美，长着深褐色的头发，面色清秀，但略显微黄，目光坚定。他那美丽的深色眼睛看起人来略带严峻，甚至在他完全心平气和的时候也这样。他那坚定的目光惹人反感，乃是因为不知为什么总好像令人感到，这种坚定的神态，他不费什么力气，来得太容易了。不过，我也说不好……当然，他的脸色会突然变化，由严峻突然变成出奇地和蔼可亲、温存而又体贴的表情，而且，主要是，这变化出自一种无疑的淳朴。正是这种淳

---

① 原文是 кукиш。这动作为西方人所特有，不登大雅之堂，甚至有点下作。

朴能够吸引人。我还要指出他的一个特点：尽管他有时和蔼可亲和气质淳朴，可是他的脸从来就不曾变得快活过；甚至当我们这位公爵打心眼儿里哈哈大笑的时候，您终究还是觉得，那种真正的、灿烂的、轻松的欢乐似乎从来就不曾在他心头出现过……不过，要这样来描写一张脸是非常困难的。我根本不善于做这事。老公爵按照自己的愚蠢习惯，急忙跑过来介绍我们俩认识。

"这是我的年轻朋友阿尔卡季·安德烈耶维奇（又是安德烈耶维奇！①）·多尔戈鲁基。"

小公爵的脸上带着加倍客气的表情，立即向我转过脸来；但是看得出来，他对我的名字一无所知。

"他是……安德烈·彼得罗维奇的亲戚。"我那位令人气恼的老公爵嘟囔道。（有时候这些老人，连同他们的老习惯，是多么令人气恼啊！）小公爵立即明白了。

"啊！我早就听说了……"他急忙说道，"去年在卢加，我就非常高兴地结识了您妹妹丽扎韦塔·马卡罗芙娜……她也向我说起过您……"

我甚至感到奇怪：他脸上焕发出一种绝对真诚的快乐。

"对不起，公爵，"我喃喃道，缩回了我的两只手，"我要真心实意地告诉您。——而且我很高兴能当着我们亲爱的老公爵的面说这句话——我甚至希望能够遇见您，还在不久前，还在昨天晚上，我就这么希望过，但是，我完全另有目的。不管您怎么感到诧异，我还是要直截了当地告诉您。简言之，我想同您决斗，因为一年半以前，在埃姆斯，您曾经侮辱过韦尔西洛夫。虽然您，当然，您可能不接受我的挑战，因为我充其量不过是个中学生，是个还没成年的少年，但是我还是要提出挑战，不管您对此有何看法，也不管您

---

① 见第47页注①。

做什么……不瞒您说,甚至直到现在,我的目的依旧不变。"

老公爵后来告诉我,我说这话的时候说得非常大义凛然。

小公爵的脸上表现出了真诚的悲哀。

"不过您没有让我把话说完,"他令人印象深刻地回答道,"如果说我刚才对您说的话是出于一片真心的话,那正是因为我现在对于安德烈·彼得罗维奇的真正感情。我感到遗憾的是我没法立刻告诉您所有的情况;但是我敢用我的人格保证,我早就对我在埃姆斯的不幸行为感到深深的懊悔。在动身来彼得堡的时候,我就下定决心要满足安德烈·彼得罗维奇提出的任何要求,也就是说,我要按照他指定的方式直接地、一丝不苟地请求他原谅。我之所以改变自己的观点,是因为我受到一种高尚的、强有力的影响。我们在打官司这件事,也丝毫影响不了我的这一决定。他昨天对我的做法,可以说,震撼了我的灵魂,甚至此时此刻,您信不信,我似乎都没有平静下来。现在我必须通知您——我到这里来找老公爵,正是想告知他一个非同寻常的情况:三小时前,也就是他和律师正在拟定这份拒绝遗产的笔据的时候,安德烈·彼得罗维奇的全权代表就前来找我,转告了他对我的挑战……因埃姆斯事件的正式挑战……"

"他向您挑战了?"我叫道,同时我感到我的眼睛闪出了光,血涌上了我的脸。

"是的,挑战了;我也立刻接受了挑战,但是我决定,在我们见面之前要给他写封信,在信中,我要告诉他我对我的行为的看法,以及我对这个可怕的错误的全部悔恨之意……因为这只能是一个错误——一个不幸的、要命的错误!我要告诉您,我在团里的处境迫使我做出这样的冒险:因为在见面之前发出这样的信,我将使自己受到社会舆论的谴责……您明白我的意思吗?但是,尽管如此,我还是下定决心,只不过我没有来得及把信发出去罢了,因为接到挑战后过了一小时，我又收到他的一封短信，他在信中请求我原谅他，说他打扰了我，请我忘了关于要求决斗的事，并补充道，他对这种'因意志薄弱和只顾自己的一时冲动'（这是他的原话）感到后悔。这样一来，他就让我现在完全没必要写信给他。我还没有把信发出，我此来是因为关于此事我还有话要对老公爵说……请您相信，我受到了我的良心的谴责，我所受的痛苦也许比任何人都更甚，要多得多……对于这个解释您觉得够吗，阿尔卡季·马卡罗维奇，起码现在，眼下？您能不能赏脸完全相信我的真诚呢？"

我完全被征服了；我看到了我始料所不及的、无疑的、高尚的襟怀坦白。再说，这大大出乎我的意料。我嘟囔了一句什么作为回答，我向他直直地伸出了我的手；他高兴地握住我的手，使劲摇了摇。接着他把老公爵拉出去，在他的卧室里跟他谈了大约五分钟。

"如果您想给我一个特别的快乐，"他从老公爵卧室里出来后，大声而又公开地对我说道，"那就劳您驾陪我走一趟，我要给您看看我马上要发出的给安德烈·彼得罗维奇的信，与此同时，也给您看看他写给我的信。"

我非常乐意地同意了。我那位老公爵在送我出去的时候，又忙着张罗起来，他也请我到他卧室里去一趟，他有话要对我说。

"我的朋友，我多么高兴，多么高兴啊……关于这一切，咱们以后再谈。顺便提一下，在我的皮包里有两封信：一封必须坐车送去，并亲自说明，另一封交由银行保管——在那里也一样……"

这时，他委派我去做两件似乎刻不容缓的要事，似乎要费很大力气、倍加小心才能办好。必须亲自去跑一趟，当面呈交，签字，等等。

"啊呀，您呀，真狡猾！"我接信的时候叫道，"我敢发誓，要知道，这一切——全是胡扯，其实什么事也没有，这两件事全是您故意想出来的，目的就是让我相信我在做事，没有白拿钱！"

"我的孩子,我敢向你发誓,这你弄错了:这是两件最最刻不容缓的事……亲爱的孩子!"他突然异常感动地叫道,"我亲爱的小伙子!(他伸出两只手,按在我的脑袋上。)祝福你和你的好运……但愿我们永远心地纯洁,永远像今天这样……善良而又美好,但愿我们尽可能多地……热爱一切美好的事物……不管它怎样多变,用什么形式表现出来……好了,而现在……现在让我们来赞美……我祝福你!"

他没有把话说完,就俯身在我头上啜泣起来。不瞒诸位,我也差点哭出来;至少我真诚而又快乐地拥抱了我的这位怪老头。我们热烈地亲吻。

三

谢廖查公爵(即谢尔盖·彼得罗维奇公爵,以后我就这么称呼他了)让我坐上了一辆非常讲究的敞篷轻便马车,把我带到他的府邸。我首先赞叹了他府邸的豪华。就是说,倒不是赞叹它的豪华,这座府邸同最"体面的人"拥有的府邸一样:房间高大敞亮,美轮美奂(我只看到了两间,其余的门都虚掩着),家具——虽然不是天知道的什么凡尔赛或者文艺复兴①,但是柔软、舒适、丰富、多彩,极其阔绰;地毯、雕花的木器和一座座小雕像。然而大家还说他家穷,说简直一无所有。我略有耳闻,这位公爵到处自吹自擂,爱摆阔,只要能摆阔的地方(在这里,在过去那个团,以及在巴黎),他就摆阔——说他其实是个赌徒,欠了不少债。我身上穿着皱巴巴的常礼服,而且还沾着绒毛,因为我睡觉时没脱衣服,身上的衬衣已经穿到第四天了。我的常礼服还不算太蹩脚,但是到公爵家以后我才想起韦尔西洛夫的建议,他劝我该做

---

① 指古典高雅的法国式或意大利式家具。

身新衣服了。

"您想想，因为有个女人自杀，我一整夜都没脱衣服。"我心不在焉地说，因为他立刻表现出他在注意听，我只好简短地叙述了事情的经过。但是，显然，他最关心的还是他那封信。主要是我感到奇怪，当我方才直截了当地向他宣布要同他决斗时，他不仅不笑，甚至都没露出一丝一毫想笑的意思。虽然也可能是我那样迫使他笑不出来，但是按照像他这类人的做派，毕竟还是奇怪的。我们俩面对面地坐在房间中央一张他的大写字台旁，他给我看了他那封已经写好并誊清的给韦尔西洛夫的信。这封信的内容与他不久前在我的那位老公爵家对我所说的一切都十分相似；甚至这信还写得很热烈。对他那种明显的坦诚和准备做一切好事的愿望，诚然，我还不知道到底应该怎么看，但是我已经开始认输了，因为，说实在的，我有什么理由不相信他呢？不管他是怎样一个人，也不管人家说他什么，但他毕竟具有一种好的倾向。我也看了韦尔西洛夫最近写给他的那封短信，共七行——放弃决斗。虽然他在信中确实写到他自己的"意志薄弱"，写到他自己的"自私"，但是，整个说来，这封短信流露出某种傲慢……或者，不如说，在他的整个行为中流露出某种轻蔑。然而这话我没有说出口。

"但是，您怎么看他放弃决斗这件事呢？"我问道，"您不认为他是怕死吗？"

"当然不，"公爵微微一笑，他的笑似乎很严肃，但总的说来，他似乎变得越来越心事重重了，"我太清楚了，他这人英勇无畏。当然，对这事有不同的看法……有他自己的思想境界……"

"毫无疑问，"我热烈地打断他的话，"有位叫瓦辛的人说，在他处理这封信的态度和拒绝遗产的做法上似乎有'沽名钓誉'之嫌……我认为，这种事绝不是做给人看的，而是符合他的某种基本的内在诉求。"

"我跟瓦辛先生很熟。"公爵说。

"啊，对了，您可能在卢加见过他。"

我们突然对视了一下，而且我现在想起，我当时脸上似乎微微一红。至少，他打断了谈话，我倒很想畅谈一下。一想起我昨天曾见到某个人，我就不由得想给他提一些问题，只是我不知道怎么开口。反正我觉得心里不自在。使我感到诧异的还有他那令人惊叹的文雅风度、彬彬有礼和举止的从容不迫——总之，他那几乎是从孩提时代就已养成的他们那种人的落落大方和翩翩风度，把我镇住了。在他的信里，我读到了两个最起码的语法错误。总之，在这种场合我从来不肯低头认输，而是变得桀骜不驯，有时候，也许，还表现得很差劲。但是，在当前的情况下，我一想到我身上还沾着绒毛，我的气就不打一处来，因此我甚至有些失于检点，变得太随便了……我悄悄发现，有时公爵在十分专注地打量我。

"请问，公爵，"我突然冒冒失失地提了个问题，"您心里是否以为，我这么一个'乳臭未干的臭小子'居然想找您决斗，而且是为了别人受到的侮辱——未免太可笑了？"

"为了父亲受到的侮辱是很可能愤愤不平的。不，我不认为这可笑。"

"可是我却觉得这事非常可笑……在别人看来……也就是说，自然，不是在我自己看来。更何况我姓多尔戈鲁基，而不是姓韦尔西洛夫。如果您对我说的不是实话，或者是您出于上流社会的礼貌想故意把这淡化，那么，由此可见，您在其他所有方面也都在欺骗我？"

"不，我不认为可笑，"他非常严肃地又重复了一遍，"您不可能不在自己身上感到您流着令尊的血脉，不是吗？……不错，您还年轻，因为……我不知道……似乎，尚未成年的人是不能决斗的，因此，照规矩……也不能接受未成年人提出的挑战……但是，如果您愿意的话，这里只有一个可能是

第一部

有分量的反对理由：如果您在您为之提出挑战的人不知情的情况下提出挑战，那就表现出了您自己对他的某种不敬，不是吗？"

我们的谈话突然被一个仆人打断了，他进来有事禀报。公爵似乎正在等他，一看到仆人进来他就站起身来，没有把话说完就快步向仆人走去，因而仆人向公爵禀报的时候就只能放低声音，我当然没听到他们在说什么。

"请您原谅，"公爵对我说，"我出去一会儿。"

他说罢就出去了。我留下来，独自一人；我在屋里走来走去，在想心事。奇怪，我既喜欢他，又非常不喜欢他。有一种无可名状的东西，我自己都说不清是什么东西，但却是某种令我反感的东西。"如果他没有一丝一毫取笑我的意思，那，无疑，这人非常直爽；但是，如果他在取笑我，那……也许，我觉得这人更聪明……"我有点奇怪地寻思。我走到桌旁，把他给韦尔西洛夫的信又读了一遍。我想得出神，竟忘了时间，当我清醒过来后，我突然发现公爵说的一会儿无疑已经过去了整整一刻钟。这使我感到有点不安；我再一次忽前忽后走了个来回，最后拿起了礼帽，我记得，我决定先出去一下，如果碰到什么人，我就派他去找公爵，等公爵回来后我再直接向他告辞，告诉他我有事，不能再等了。我觉得这样做最合适，因为我心里感到有点不舒服，觉得他撇下我出去了那么长时间，对我的态度也太随便了。

通过这个房间的两扇关着的门，处在同一面墙的两头。我忘了我们是从哪扇门进来的，再加上心不在焉，我随便推开了其中的一扇，突然，在一个又长又窄的房间里，我看见了坐在长沙发上的我的妹妹丽莎。除她以外，屋里没有任何人，她似乎在等什么人。我还没有来得及惊讶，突然听到公爵的说话声，他正在跟一个人大声说话，正在回书房。我迅速带上门，从另一扇门进来的公爵什么也没有察觉。我记得，他先是表示抱歉，接着又说到有关某个安娜·费奥多罗芙娜的什么事……我感到十分尴尬和惊异，因此几乎什么也没有听清，只是含混不清地说我必须回家了，接着我就坚决而迅速地走了出去。温文尔雅的公爵，当然想必对我的举动感到十分好奇。他把我一直送到前厅，嘴里不停地说着话，而我既没有回答他，也没有看他。

四

走到外面后，我向左转，信马由缰地随便走去。我在脑子里东想西想，茫无头绪。我走得很慢，似乎走了很多路，大约五六百步，忽然我感到有人轻轻地拍了拍我的肩膀。我回头一看，看见了丽莎：她追上我后，用阳伞轻轻地打了我一下。在她闪亮的目光中，似有某种非常快乐的，又有稍许狡黠的表情。

"我真高兴你朝这面走，要不然，我今天就碰不上你了！"她因为走得快有点气喘吁吁。

"瞧你都喘不过气了。"

"我拼命跑，使劲追你。"

"丽莎，要知道，我刚才是不是见到过你了？"

"在哪儿？"

"公爵家……索科尔斯基公爵家……"

"不，你见到的不是我，不，你见到的不是我……"

我默然以对。我们又走了十来步，丽莎发疯似的哈哈大笑起来：

"是我，是我，当然是我！听我说呀，你都亲眼看见我了，要知道，你瞧着我的眼睛，我也瞧着你的眼睛，那你怎么还问我，你见到的是不是我呢？你呀，真怪！你知道吗，你瞧着我的眼睛的时候，我真想放声大笑，你瞧我的那样真太可笑了。"

她哈哈大笑，笑得前仰后合。我感到一片愁云立刻离开了我的心。

"那你说，你是怎么到那儿去的？"

"看安娜·费奥多罗芙娜呀。"

"哪个安娜·费奥多罗芙娜？"

"斯托尔别耶娃呀。我们住在卢加的时候，我整天整天地都坐在她家；她还在她家接待过妈妈，甚至还到咱们家来过。她在那里几乎从来不去拜访任何人。她是安德烈·彼得罗维奇的一门远亲，也是索科尔斯基公爵家族的一门亲戚：她是公爵的什么姨婆。"

"那么说，她住在公爵家？"

"不，公爵住在她家。"

"那，这是谁的公馆？"

"她的公馆呀，整座公馆都是她的，已经整整一年了。公爵一来就住在她家。再说，她自己到彼得堡也才四天。"

"好了……听我说，丽莎，咱们先别去管她和她的公馆了，先别管她……"

"不，她这人非常好……"

"就让她好去吧，她是这方面的行家。我们自己就很好嘛！瞧，天气多好，瞧，多么赏心悦目！你今天多美呀，丽莎。不过就是太孩子气了。"

"阿尔卡季，你说说那姑娘，昨天那姑娘。"

"唉，多可惜，丽莎，唉，多可惜呀！"

"唉，多可惜！命真苦！你知道吗，咱俩这么快快活活，高高兴兴的，甚至都觉得罪过，而她的灵魂却在黑暗中，在某种无边的黑暗中飞翔，作了孽，含冤而死……阿尔卡季，她的罪孽应当怪谁呢？啊，这有多罪过呀！你有没有在什么时候想过这种黑暗？啊，我多怕死啊，这有多罪过啊！我不喜欢黑暗，这样的阳光明媚，那就不同啦！妈妈说，害怕是罪过的……阿尔卡季，你清楚地了解妈妈吗？"

"还不够了解，丽莎，了解得不够。"

"啊，她是一位了不起的人；你应当，应当去了解她！她需要特别的理解……"

"要知道，我过去连你也不了解，要知道，我现在才了解你整个人。一分钟之内就了解了你整个人。丽莎，你虽然怕死，但想必你也很高傲，很勇敢，英勇无畏。你比我好，比我好得多！我非常爱你，丽莎。啊，丽莎呀！死亡该来的时候，就让它来吧，而现在我们要活，好好儿活着！我们一方面要可怜那个不幸的姑娘；另一方面我们又必须祝福人生，是不是这样？是不是这样呢？我有'思想'，丽莎，丽莎，你一定知道韦尔西洛夫拒绝遗产的事了吧？"

"怎么会不知道呢！我已经跟妈妈互相亲吻，祝贺过了。"

"你不了解我的心，丽莎，你不知道这个人对我意味着什么……"

"怎么不知道，全知道！"

"全知道？哦，是的，当然知道！你很聪明，你比瓦辛聪明。你和妈妈——你们俩的眼睛能洞察一切，而且很人道。我是说目光，而不是说眼睛，我胡说一气了……我在许多方面很坏，丽莎。"

"你应当有人管束，这就齐了！"

"那你就来管束我吧，丽莎。今天我能够看着你，多好呀。你不知道吗，你长得非常美？我从来没有注意过你的眼睛……直到现在我才头一次见到……今天你这眼睛怎么这么漂亮呢，丽莎？哪儿买的？花了多少钱？丽莎，过去我没朋友，再说，我把交朋友看作胡闹；但是跟你就不是胡闹了……你愿意我们成为朋友吗？你明白我要说的意思吗？……"

"非常明白。"

第一部

"你知道吗，没有协定，没有契约 —— 简简单单地成为朋友！"

"对，简简单单，简简单单，不过应当有个协定：如果有朝一日我们互相责怪，如果我们在什么事情上感到不满，如果我们自己变恶了、变坏了，如果我们甚至忘记了这一切 —— 那我们也永远不能忘记这一天和现在这一刻！让我们向自己做出这样的保证，让我们保证要永远记得这一天，我们俩就是这样手拉手地走着，这么笑着，我们心里是这么快乐呀……对吗？对不对呀？"

"对，丽莎，对，我发誓；但是，丽莎，我好像头一次听你说话似的……丽莎，你读过很多书吗？"

"至今你还没问过我这话呢！直到昨天我才头一次，我说话时失言了，您才惠予关注，仁慈的先生，智勇双全的先生。"

"既然我是这么一个大傻瓜，你干吗不先跟我说话呢？"

"我一直在等着你什么时候能变得聪明起来。一开头我就把您整个人看透了，阿尔卡季·马卡罗维奇，我看透您以后就开始想：'要知道，他自己会来的，结果肯定是他自己先跑来找我。' —— 于是我就决定把这荣耀交给您，让您先迈出第一步。我想：'不，现在让你来找我吧！'"

"啊呀，你真坏！好了，丽莎，你要坦白承认，这一个月你是不是一直在笑话我呢？"

"噢，你很可笑，你太可笑了，阿尔卡季！你知道吗，也许，在这一个月里，正因为这一点，正因为你这人是这么怪，我才特别喜欢你，你在许多方面是个很怪的怪人 —— 说这话是免得你骄傲。还有，你知道吗还有谁在笑话你呢？妈妈在笑话你，妈妈跟我一起，我们悄悄说：'这么一个怪人，瞧，多怪呀！'而这时候你还坐在那里寻思，以为我们坐在那里被你吓得发抖呢。"

"丽莎，你对韦尔西洛夫怎么看？"

"关于他我想了很多；但是，咱们现在不谈他。今天先不谈他；好吗？"

"太好了！不，你太聪明了，丽莎！你肯定比我聪明。你等着，丽莎，等我把这一切了结之后，也许，我有话要告诉你……"

"你干吗皱眉头呀？"

"不，我没皱眉头，丽莎，我只是随便……要知道，丽莎，不如实话实说：我有这么个特点，我不喜欢用手指去触动心里的某些微妙的感情……或者，不如说，如果常常把心里的某些感情释放出来，让大家欣赏，要知道，这是可羞的，不对吗？因此我有时候更爱皱眉头和保持沉默；你很聪明，你应当能懂。"

"不仅如此，我自己也是这样；我懂得你的一切。你知道吗，妈妈也这样。"

"啊，丽莎！要是能在这世界上活得更久些，那多好呀！啊？你说什么？"

"不，我什么也没说。"

"你在看？"

"你不也在看吗。我看着你，我爱着你。"

我几乎一直把她送到家门口，又把我的住址给了她。临别时，我生平头一次吻了吻她……

五

这一切本来很好，只有一点儿不好：我有一个沉重的想法，从半夜起一直在我心里翻腾，不肯离开我脑海。这就是昨天晚上在我们家大门口遇到那个不幸姑娘时对她说过的话，我说我要自动离开这个家，离开这个窝，说什么人们总是离开坏人，外出成家立业的，又说韦尔西洛夫有许多私生子。

这样的话，而且是儿子说父亲的坏话，当然在她心中坚定了她对韦尔西洛夫的所有怀疑，认为他侮辱了她。我曾经归咎于斯捷别尔科夫，要知道，也许是我火上加油，这才是主要的。这个想法是可怕的，现在都觉得可怕……但当时，那天早上，我虽然已经感到痛苦，但是我终究还是觉得这是胡扯。"唉，这事即使没有我也已经积怨甚深，酝酿成熟。"我不时重复着这一想法，"唉，没什么，会过去的！我可以改过嘛！我可以做点儿什么事情来弥补嘛……做点什么善事……我前面还有五十年悠悠岁月呢！"

这想法仍旧在我心里翻腾不已。

少　年

ПОДРОСТОК

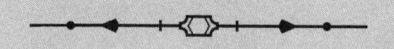

第
二
部

ЧАСТЬ ВТОРАЯ

第二部

第 一 章

一

现在，我要飞越几乎长达两个月的时间跨度。读者不用担心，在进一步的叙述中一切都将见分晓。我要特别提出11月15日这一天——有许多原因，这天对于我太有纪念意义了。首先，两个月前见过我的任何人，现在都认不出我来了，至少从外表，也就是说，即使认出是我，也莫名其妙。我穿得像个花花公子，过去韦尔西洛夫想要推荐给我的那个"做工认真，且有审美力的法国裁缝"，不仅给我做了全套西服，而且那套已经被我淘汰：现在给我做衣服的已经是另外一些裁缝，更高级，而且是第一流的，甚至在他们那里我还可以赊账。我还常常在一家著名的餐馆赊账，但我还是有所顾忌，因此一有钱我就立刻还清，虽然我知道这样做有失体面，会有损我的名誉。涅瓦大街上有名法国理发师，同我关系不错，我在他那里理发时，他常常给我讲一些趣闻逸事。不瞒诸位说，借此我也可以跟他练习练习法语。虽然我懂法语，甚至很不错，但是在上流社会我还总有点胆怯，怕开口；再说我那口音恐怕还远远不是巴黎口音。我还认识一名叫马特维的马车夫，他有一匹枣红色的种马（我不喜欢灰色的），一叫就到。然而，我也有些不如意的事：已经是11月15日了，入冬已经三天了，可是我身上那件皮大衣还是旧的，浣熊皮的，韦尔西洛夫穿旧了的：卖出去——大约值二十五卢布。必须做一件新的，可是囊中羞涩，此外，还得准备些钱，以备今天晚上的不时之需，这是无论如何必不可少的——否则我就要"倒大霉和毁了"；这是我自己当时的座右铭。噢，低级！否则这几千卢布，这宝马香车，这博雷尔餐馆又是从哪儿冒出来的呢？我怎么会忽然把这一切忘个精光,变成这样子了呢?可耻啊!读者诸君,我现在就来讲讲我的耻辱史和屈辱史,我毕生还没有任何事比这些回忆更让我感到可耻的了!

那我就像个法官似的开讲啦,因为我知道我有罪。在那阵旋风里,在当时我在里面旋转的那阵旋风里,我虽然孤身一人,既无人指导,也无人指点,但是我敢发誓,当时我已经意识到我在堕落,因此是不可饶恕的。然而,在这整整两个月里我几乎是幸福的——为什么说"几乎"呢?我太幸福了!甚至幸福得连那种经常(太经常了)在我脑海里闪现的,我的心为之战栗的羞耻意识——正是这意识(惠予不信?)更加使我陶醉:"那又怎么样,堕落就堕落;只要摔不死,我就会爬上来!我福星高照!"我走在一座用劈柴棍铺成的窄窄的小桥上,没有栏杆,下临深渊,但是我走在上面感到很快活;甚至还不时地张望深渊。既冒险,又快乐。可是"思想"呢?"思想"以后再说,思想可以等待;过去发生过的一切,不过是"走歪了路":"为什么不及时行乐呢?""我的思想"糟就糟在,我再说一遍,它绝对允许走所有的邪路;要不是这"思想"这么坚定和极端的话,那也许我就会害怕走这条歪门邪道了。

现在我还继续租用着我那间小屋,租用,但是并不住在里面;我的皮箱、提包和其他东西都放在那里;我下榻的主要会馆是在谢尔盖·索科尔斯基公爵处。我在他那儿闲坐,在他那儿睡觉,有时候一住就是好几星期……至于怎么会这样,我立刻来交代,不过现在我要讲讲我那间小屋的情况。我已经对它感到很亲切:韦尔西洛夫曾亲自到这里来看过我,亲自前来,而且是当时吵过架后头一回来,后来又来过许多回。我再说一遍,这段时间是我的可怕耻辱,也是我的巨大幸福……再说,当时这一切都是那么顺当,那么充满微笑。"过去所有那些愁眉苦脸,又干吗呢",我在某些自我陶醉的时刻常常这样想:"那些老的伤门、老的痛楚,我那孤寂的、忧郁的童年,我那钻在被窝里的愚蠢的幻想、誓言、打算,甚至'思想'——这一切又所为何来呢?

这一切不过是我想象出来和虚构出来的，原来世界上的事完全不是这样；看，我现在就非常快乐和轻松：我有父亲——韦尔西洛夫，我有朋友——谢廖查公爵，我还有……"但是还有什么呢——先不去说它。唉，做这一切都是为了爱、包容和名誉，后来却成了丑恶、厚颜无耻和奇耻大辱。够了。

二

他头一次来看我，是在我们决裂之后的第三天。我不在家，他就留下来等我。虽然这三天我一直在等他，但是当我走进我那个不大点儿的小屋，看到他的时候，仍旧感到两眼模糊，心怦地跳了一下，我甚至停在门口怔住了。幸好他跟我的房东坐在一起，房东担心客人等候会感到无聊，因此他认为有必要先立刻自我介绍一番，然后随便找个话题，跟客人热烈地东拉西扯起来。房东曾做过九品文官，年约四十，满脸麻子，很穷，拉家带口，有一个身患痨病的妻子和一个有病的孩子；他生性极爱东拉西扯地同人家套近乎，脾气温和，相当客气。我很高兴有他在场，甚至可以说他救了我，要不我能跟韦尔西洛夫说什么呢？我知道，在这整整三天中，我确实知道，韦尔西洛夫一定会亲自登门，就像我希望的那样，头一个登门，因为我是无论如何不会头一个去看他的，倒不是因为固执，而是出于对他的爱，出于某种由爱而生的嫉妒——个中奥妙，我说不好。再说，一般说来，读者也看不出我有什么口才。但是，尽管这整整三天我一直在等他，几乎在不断地想象他会怎样走进来，尽管如此，我还是想象不出（虽然我在使劲想象），在发生这一切之后我们竟会忽然开口说话，可我们又能够说什么呢？

"啊，你回来了，"他没有从座位上站起来，向我友好地伸出了手，"坐下，挨着我们俩；彼得·伊波利托维奇在讲有关一块大石头的非常有趣的故事，靠近帕夫洛夫团①……或者就临近那一带……"

"是的,我知道这块大石头。"我急忙回答,挨着他们,在一把椅子上坐了下来。他俩坐在桌旁。整个房间才有两平方俄丈。我重重地喘了口气。

一粒快乐的火星在韦尔西洛夫的眼睛里闪了一下:他似乎在怀疑,以为我要装腔作势。这时,他放心了。

"您就从头讲起吧,彼得·伊波利托维奇。"他俩已经用名字和父称②来彼此尊称了。

"就是说,这还是先皇在位的时候发生的,您哪,"彼得·伊波利托维奇对我说道,神经质而又有点痛苦地,仿佛还没讲就已经开始担心这故事能产生什么效果似的,"您不是知道这块大石头吗——当街有一块蠢笨的大石头,怎么来的,有什么用,干吗,只会挡路,不是吗,您哪?皇上来来去去地走过许多回,每回都遇到这石头。最后,皇上开始龙颜不悦,也的确应当龙颜不悦:一座山,当街立着一座山,阻碍交通:'让这块石头滚蛋!'唔,皇上开了金口,让它滚蛋——您明白'滚蛋'是什么意思吗?您还记得先帝③吗?拿这块石头怎么办呢?大家都没了主意;这事应由杜马④负责,这事,我不记得究竟是谁了,主要交由当时最大的一位大臣负责。这位大臣听人说:要花一万五千卢布,不能少,而且要花银币,您哪(因为纸币只有在先帝在位时才能兑换银币⑤)。'怎么要花一万五呢,真是胡说八道!'先是英国人想铺上铁轨,把它放在铁轨上,再用蒸汽机把它拉走;但是,要知道,这要花

---

① 指沙皇御林军帕夫洛夫团驻地,当时为彼得堡的一个地区名。
② 这是俄国人在称谓语中表示尊称的一种方式。
③ 指沙皇尼古拉一世,1855年晏驾。
④ 指城市管理机构,在未实行1870年城市条例之前,由市杜马负责市政建设。
⑤ 俄国于1839—1843年实行币制改革,停止使用纸币。

多少钱哪？当时还没铁路，只开通了一条皇村铁路①……"

"那有什么，可以把它凿开呀。"我开始皱眉头。面对韦尔西洛夫，我觉得十分恼火和不好意思；可是他却听得津津有味。我明白，他也很高兴有房东在场，因为他跟我在一起也感到不好意思，我看出了这点；我记得，他这样甚至让我觉得感动。

"正是把它凿开，您哪，正是想到了这个主意，想到这个主意的正是蒙费朗②；要知道，他当时正在建造以撒大教堂。他说，先凿开，再运走。可不嘛，您哪，可是这要花多少钱哪？"

"不费吹灰之力；凿开，运走，不就得了。"

"不，对不起，要知道，这先得安装机器，蒸汽机，您哪，往哪儿运呢？而且运这么一座山？据说，至少得花一万，一万或者一万二。"

"听我说，彼得·伊波利托维奇，要知道，这是无稽之谈。不是这样的……"但是这时候，韦尔西洛夫不被人察觉地向我递了个眼色，而在这眼色中我看到了他对房东的微妙同情，甚至为他感到痛苦，看到这个我开心极了，哈哈大笑。

"啊，对，对，"房东十分高兴，居然什么也没有察觉，而是非常担心，就像讲故事的人一向担心的那样，生怕别人用问题打断他的讲述，"这时刚好有个小市民走上前来，还很年轻，唔，您知道吗，是俄罗斯人，留着山羊胡子，穿着长襟外衣，看样子略有醉意……不过，不，他并没喝醉，您哪。这小市民只是站在一旁，听他们怎么商量，也就是一些英国人和蒙费朗，而那主儿，也就是委办此事的那主儿，这时正好坐马车前来，听着听着就生气了：

---

① 指俄国第一条铁路，由彼得堡开往市郊皇村（现名普希金城），开通于1838年。
② 奥古斯都－里卡尔·德·蒙费朗（1786—1858），建筑师，法裔，从1816年起在俄国供职。从1818年起领导建设彼得堡的标志性建筑以撒大堂。彼得堡冬宫广场亚历山大圆柱也由他设计建造。

怎么商量来商量去还商量不出一个结果来呢；他忽然发现，在远处站着一个小市民，在假笑，就是说，不是假笑，我不是这意思，应当怎么说来着……"

"嘲笑。"韦尔西洛夫小心地随声附和。

"是嘲笑，您哪，就是说略微有点嘲笑，就是这样一种善良的俄罗斯式微笑，您知道吗；唔，那主儿，当然很恼火，您知道吗，他说：'大胡子，你在这儿等啥？你是干什么的？'他说：'瞧，我在看这块小石头呢，王爷。'看样子，还正是位王爷；差点就是苏沃洛夫公爵，威震意大利的苏沃洛夫公爵，一位统帅的后裔①……然而，不，不是苏沃洛夫，真遗憾，忘了究竟是谁了，不过您知道吗，尽管是王爷，却是一个纯粹的俄罗斯人，典型的俄罗斯人，爱国者，而且有一颗发达的俄罗斯心；好了，他看出来了，便问：'怎么样啊，你能搬走这块大石头吗；干吗冷笑？''我多半在笑那帮英国人，王爷，他们要价也太没边了嘛，因为俄国人的钱袋太鼓了，而他们在家又没吃的。您只要小小不言地拿出一百卢布，王爷，明天傍晚前准给您把这块石头搬走。'唔，你们可以想象一下，听了这大话后大家的表情。英国人，不用说，真想一口气吃了他；蒙费朗在笑；只有那位有一颗俄罗斯的心的王爷说：'就给他一百卢布！难道你真能搬走？''明天傍晚前保您满意，王爷。''那你准备怎么办呢？''如果王爷您不见怪的话，这是我们的秘密，您哪。'你们知道吗，他说的是地地道道的俄国话。王爷一听就喜欢上了：'哎，他要什么就给他什么嘛！'说完大家就走了；你们猜，他究竟干什么了？"

房东停顿片刻，开始用不胜感动的目光扫视了我们一眼。

"不知道。"韦尔西洛夫微笑着，我皱紧了眉头。

---

① 可能指俄国著名军事统帅亚·瓦·苏沃洛夫大元帅（1730—1800）之孙亚·阿·苏沃洛夫（1804—1882），他从1862年起担任彼得堡总督。但似乎又不像。因为书中说这事发生在尼古拉一世在位时，而且是在1851年建造尼古拉铁路之前。

第二部

"他是这么干的，您哪，"房东得意扬扬地说道，仿佛是他亲自这么干似的，"他雇了几名普普通通的俄国人，在那块大石头旁开挖，也就是在紧边上挖了个坑；他们挖了一夜，挖了一个很大的坑，与那块大石头等高，只多挖深了一俄寸①，挖成之后，他才吩咐其他人一点点地，小心翼翼地，挖那大石头底下的土。唔，很自然，在下面挖好后，大石头就无处立足，平衡发生了动摇；等平衡一动摇，他们就从另一边用双手使劲一推，就这么喊一声'乌拉'，按照俄国人的喊法，大石头便砰的一声掉进了坑里！立刻又用铁锹埋上了，用夯夯实了，用小石块铺平了——平平整整，那块石头不见了！"

"您想想！"韦尔西洛夫说。

"就是说，这时候，人们便乌泱乌泱地跑了过来，多得数也数不清；那帮英国人早就明白了是怎么回事，立刻恨得牙痒痒的。蒙费朗坐马车来了，他说，这是庄稼汉的办法，他说，太简单了。但是，事情本来就很简单嘛，可是你们却想不出来，你们这帮傻瓜呀！我还要告诉你们，那位长官，那位国家大员，见状啊呀了一声，就跑过去拥抱他，亲吻他，说：'你这人是打哪儿来的？''我从雅罗斯拉夫尔省来的，大人，说实在的，按我们的手艺来说，我们是裁缝，到夏天就到京城来买卖水果，您哪。'唔，事情传到了上司那儿，上司命令给他挂上了枚奖章；于是他就脖子上挂着奖章，招摇过市，据说，后来喝酒喝坏了身子；你们知道，俄国人就是熬不住！因此直到现在咱还在受外国人的欺侮，是的，您哪，就这么回事，您哪！"②

"是的。当然，俄国人的智慧……"韦尔西洛夫刚要开口说话。

幸亏在这时候有病的房东太太一声吆喝，把讲故事的人叫走了。他跑了

---

① 1俄寸约等于4.45厘米。
② 这则故事源出俄国辞书编纂家达里的《农民读物·往事八十则》。后来，列夫·托尔斯泰把它收进他编的《识字课本》第二册，题目叫《农夫怎样搬走了石头》。

出去，要不我可真受不了。韦尔西洛夫笑道：

"亲爱的，在你到来之前，他整整一小时都在给我逗乐。这块大石头……算是同类故事中最具爱国精神，也最不像样的代表。但是怎么好打断他的话头呢？你不是也看见了，他自鸣得意得都乐开了花。再说，此外，这块大石头似乎现在还杵在那儿，如果我没有弄错的话，它根本就没有被埋进坑里……"

"啊，我的上帝！"我惊呼道，"还当真是这样。他怎么敢！……"

"你怎么啦？你好像很恼怒似的，得啦。这事他真的搞混了。我还在小时候就听到过这一类关于搬石头的故事，不过，当然不是这样的，也不是讲的这块石头。哪能呢：'传到了上司那儿。'这时候，当他的事'传到了上司那儿'的时候，他整个人都在唱歌。在这种可怜的人群中，不能没有这一类趣闻逸事。这类故事在他们那儿可多啦，主要是他们不能自我克制。他们什么也没有学会，什么也没有真正弄懂，唔，除了谈赌牌和谈升官以外，他们也想谈谈有关全人类的事，富有诗意的事……他是干什么的，他是何许人，这个彼得·伊波利托维奇？"

"一个很穷的人，甚至是个不幸的人。"

"你瞧见了吧，甚至于，他不赌牌也说不定！再说一遍，他讲这个乱七八糟的故事，是为了满足他对他人的爱：要知道，他也想使我们开心。爱国心也得到了满足；比如，他们还有个故事，说英国人给了扎维亚洛夫一百万，只求他别在自己产品上打上商标。①"

"啊，我的上帝，这故事我也听说过。"

"谁没有听说过这故事呢，他说这故事的时候甚至很清楚，你肯定已经听过这事了，可是他还是要说，故意假装以为你没听说过。瑞典国王遇见幽灵

---

① 扎维亚洛夫在19世纪中叶以生产刀具闻名。这个故事的来源不详。

的故事①——这在他们那里似乎已经老掉牙了;可是在我年轻的时候,这故事却被人津津有味地讲了又讲,还神秘地窃窃私语,就像过去讲到本世纪初某某人似乎跪在枢密院,跪在枢密官面前一样。②关于城防司令巴舒茨基也有许多故事,比如说铜像被人偷走的事。③他们非常喜欢听宫廷里的趣闻;比如,关于前朝某大臣切尔内绍夫④,说他已经是七十岁的老头了,还怎样乔装打扮,修饰自己的外貌,变得像三十岁似的,以至先皇上朝时见状都吃了一惊。"

"这我也听说了。"

"谁没有听说过呢? 这一类趣闻都极不像话;但是,要知道,这一类不像话的传说却比我们想象的流传得更深、更广。甚至在我们最正派的上流社会,你都可以遇到那些不惜胡编乱造以取悦他人的人,我们大家都患有这种情不自禁的毛病。不过我们讲的是另一类故事;我们专讲美国,这样讲的人多极了,连国家要员也津津乐道! 不瞒你说,我自己也属于这类不像话的人,一辈子受害匪浅……"

"关于切尔内绍夫的故事,我自己就说过好几次。"

"你自己也说过?"

"就是说,除我以外,这里还有个房客,是个小官吏,也是麻子,已经是

---

① 这则传说源出梅里美的小说。传说瑞典国王查理十一世(1655—1697)曾见到一个幽灵,幽灵向他预言未来的国王古斯塔夫三世(1746—1792)将死于谋反者之手。
② 这是一个口头传说。人们讹传,沙皇尼古拉一世被谋反的十二月党人传唤至枢密院,被逼写退位诏。
③ 巴舒茨基(1771—1836)在亚历山大一世与尼古拉一世在位时曾任彼得堡城防司令,关于他的不学无术和愚蠢曾有过许多传说。比如,有一天他去觐见沙皇,有一名大臣同他开玩笑,说涅瓦河畔的彼得大帝铜像被瑞典奸细偷走了,已装船运走。巴舒茨基闻言大惊失色,向沙皇跪下请罪,说他没有把铜像看好。
④ 切尔内绍夫(1785—1857),曾参加过抗击拿破仑的战争。在尼古拉一世统治时期曾历任要职:从1848年起任内阁总理,1832—1852年任军事大臣。据说他是陀思妥耶夫斯基小说《舅舅的梦》中舅舅的原型。

老头了，但这人俗不可耐，只要彼得·伊波利托维奇一开口，他就立刻打断他，跟他作对。弄到后来，彼得·伊波利托维奇只好像个奴才似的伺候他，讨好他，只要他能够听他说话就成。"

"这已经是另一类不像话的人了，甚至可能比第一类人更令人厌恶。第一类人——只要听他讲，他就会欢天喜地！'你就让我吹吹牛嘛——你瞧吧，结果准妙不可言。'第二类人既扫兴又俗不可耐：'我就不让你吹牛，发生于何时何地，哪一年？'一句话，这人没心肝。我的朋友，你就让人家吹吹牛嘛——这没害处。甚至不妨让他大吹特吹。首先，这会显示你彬彬有礼，其次，作为交换，人家也会让你胡扯一气的——一举两得，何乐而不为。去他的！应当爱他人嘛。但是，我该走了。你安顿得很好。"他从椅子上站起来时又加了一句："我会告诉索菲娅·安德烈耶芙娜和你妹妹的，说我来看过你了，看到你身体很好。再见了，我亲爱的。"

怎么，难道这样就完了？我需要的根本不是这个嘛；我企盼的是另一种东西，主要的东西，虽然我心里明白，只能这样，非这样不可。我拿起蜡烛，开始送他下楼；房东急忙跑过来，但是我不让韦尔西洛夫看见，使劲拽住他的一只手，猛地把他推开。他诧异地望了望我，但刹那间便溜了。

"这些楼梯呀……"韦尔西洛夫拉长着声音，含混不清地说道，他显然想说什么，显然又怕我说出什么来，"这些楼梯呀，我已经不习惯了，而你又住在三层，不过，现在我能看清路了……你放心，我亲爱的，别感冒了。"

但是我并没有走开。我们已经在下二楼的楼梯了。

"这三天我一直在等您。"我忽然冒出了这句话，好像自动冒出来似的；我气喘吁吁。

"谢谢，我亲爱的。"

"我知道您肯定会来。"

"我也知道你知道我肯定会来,谢谢你,我亲爱的。"

他沉默少顷。我们已经走到出口处的大门了,可我还是一直跟在他后面。他推开门,一阵风猛地吹来,吹灭了我的蜡烛。这时我忽然抓住他的一只手,一片漆黑。他打了个哆嗦,但是没说话。我趴到他的一只手上,忽然开始贪婪地亲吻,亲了好几次,许多次。

"我亲爱的孩子,怎么你这么爱我呢?"他说,但是声音已经完全变了。他的声音发抖,他的声音中响起了某种完全新的音符,就像不是他在说话似的。

我本想回答什么,但是说不出来。我跑上了楼,他一直站在原地等候,直到我跑到房间跟前,我才听到楼下通外边的门被打开,后来又砰的一声关上了。我走过房东身边(他不知道干吗又出现了),猛地钻进我的房间,插上门,也不点蜡,就面向枕头扑到床上,接着就哭呀,哭呀。从离开图沙尔以来,我还是头一回哭! 止不住地号啕大哭,我太幸福了……但是,又何必描写这事呢!

现在我把这事记下来,并不觉得羞赧,因为,尽管这一切很荒唐,也许,说不定也很好。

三

但是因为这事他也吃足了我的苦头! 我变成了可怕的暴君。不言而喻,关于这出戏,我们俩连提都没有提。相反,到第三天,我们俩见面的时候,却同根本没有发生过任何事情似的——岂止这样:在这第二天晚上,我还几乎很粗暴,他也似乎冷冰冰的。这次见面又发生在我屋里,不知为什么我仍旧不肯亲自去找他,尽管我很想见到母亲。

在这整段时间内,也就是在这整个两个月的时间内,我们谈的都是一些最抽象的话题。正是这点我感到奇怪:我们说来说去净说些抽象的话题——

当然，全人类的问题也是十分必要的问题，但是丝毫也未触及当前的迫切问题。然而，在当前的迫切问题中有许多，有许许多多必须明确和澄清的问题，甚至亟待解决，然而，关于这点我们却避而不谈。我甚至绝口不提母亲和丽莎，而且……说到底，也不谈我自己和我的整个经历。这一切是因为不好意思呢，还是因为某种年轻人的傻气呢——我不知道。我认为，因为冒傻气，因为，不好意思终究还是可以跳过去的。而我甚至对他还十分霸道，甚至不止一次地对他大发脾气，肆无忌惮，甚至还违心地这样做：做这一切似乎是自然而然而又不可克制的，我自己也无法克制自己。他的态度则同过去一样，带着些许嘲笑，虽然，不管怎样，他还是往往表现得异常亲切。使我惊奇的还有，他更喜欢亲自上我这里来，因此到最后我就难得去看妈妈了，充其量一星期一次，尤其在最近，在我完全晕头转向之后。他总是晚上来，坐在我屋里，聊聊天；他也很喜欢同房东聊天；这后一种情况使我很恼火，像他这样的人居然喜欢同房东这种人聊天。我也曾寻思，难道除了我这儿他已经无处可去了？但是我确切地知道他有许多熟人。最近以来，他还在上流社会的交际圈里恢复了在最近一年他主动放弃的过去的许多老关系；但是，看来他并不特别热衷于这样的关系，有许多关系他只是表面上恢复而已，他更喜欢来看我。有时候使我十分感动的是，他每逢晚上来，几乎每次进门时都似乎怯生生的，一开始总是带着奇怪的不安神情先看着我的眼睛，似乎在说："我不会妨碍你吧？你只要说一声——我就走。"他有时甚至还这样说了。比如，有一回，也就是最近，他走进来，我正好完全穿戴好了刚从裁缝那里拿来的新西服，想去看"谢廖查公爵"，然后同他一起到某个该去的地方去（去哪儿——以后再说）。他呢，走进来后，便坐了下来，大概没发现我正准备出去；一时间他出现了异常奇怪的心不在焉。偏巧他又说到了房东，我当时火冒三丈：

"哎，让他，让这房东见鬼去吧！"

"啊，亲爱的，"他忽然从座位上站起来，"你大概要出门吧，我妨碍你了……请原谅。"

于是他老老实实地急忙走了出去。这样的一个人，这样的一个上流人士和有个性的独立人士，居然对我这么卑微，这样的态度一下子就在我心中复活了我对他的万般柔情以及我对他的全部信心。但是，既然他这样爱我，那为什么当我可耻地堕落的时候，他不阻止我呢？当时，只要他说一句话——我也许就会洁身自好。然而，也许不行。但是他明明看到我这种喜欢讲究穿戴、喜欢吹牛，他也明明看到了这个马特维（有一回我甚至想用我包租的那辆雪橇把他送回去，但是他不肯上车，要知道，这事甚至发生了好几次，他都不肯上车），他明明看见我挥金如土，竟不说一句话，不说一句话，甚至都没有深究一下！我至今都感到奇怪，甚至现在都感到奇怪。而我，不用说，当时在他面前也毫不客气，想到什么说什么，当然，我也一言不发，没做任何解释。他不问，我也不说。

然而也有两三次，我们谈到了切身有关的问题。有一回，还在开头的时候，也就在他放弃遗产之后不久，有一回我曾经问过他：现在他将靠什么生活？

"凑合着过吧，我的朋友。"他非常平心静气地说。

现在我知道，甚至塔季雅娜·帕夫洛芙娜那点小小的资产，约有五千之数，在最近两年内也已经有一半花在韦尔西洛夫身上了。

另一回，我们不知怎么谈起了妈妈。

"我的朋友，"他忽然伤感地说道，"在我俩结合之初，不仅在开头，在中间，以至在最近，我常常对索菲娅·安德烈耶芙娜说：'亲爱的，我让你受苦了，现在让你受苦，将来也会让你受苦，现在你在我面前，我不懂得珍惜；要是你死了，我知道，我非狠狠地惩罚自己，要自己的命不可。'"

我记得，那天晚上他特别坦诚。

"倘若我是个性格软弱的渺小的人,并因意识到这点而痛苦,那也就算了!然而偏不是,我知道我非常坚强,你知道我靠的是什么吗?靠的就是这种随遇而安的自发力量,我们这一代所有聪明的俄国人都有这样的特点。什么也压不垮我,什么也毁不了我,什么也惊不倒我。我就像一只看家狗一样,有很强的生命力。我能同时非常轻易地感受到两种截然相反的感情——当然,并不是我愿意这样。然而我也知道这不光彩,主要是因为这太明智了。我已年近半百,可是我至今不知道,我活了这么一大把年纪是好事还是坏事。当然,我爱生命,这是人的本能;但是像我这样的人爱生命,就卑劣了。最近以来出现了某种新潮流,于是,像克拉夫特这样的人就适应不了,于是他们就会开枪自杀。但是,很清楚,克拉夫特们是愚蠢的,而我们是聪明的——因此,这无论如何不能做对比,于是这问题仍旧悬而未决。难道地球的存在仅仅为了像我们这样的人吗?很可能,这是对的;但是,这想法也太悲惨了。然而……然而,这问题仍旧悬而未决。"

他说这话时很伤感,不过我还是弄不清这是不是他的真心话。他身上总有一种他无论如何不肯放弃的气质。

四

当时,我向他提了一连串问题,我就像饿汉扑食一样扑向他。他总是很乐意和很直爽地回答我提的问题,但是,到头来又总是归结为几句最普通的老生常谈,因此,说实在的,我仍一无所获。然而,所有这些问题却使我寝食难安,苦恼了我一辈子,我要坦白地承认,我还在莫斯科的时候就把这些问题的解决留待我们在彼得堡见面时再说。我甚至直截了当地告诉了他这一情况,他并没有笑话我——相反,我记得,他还握了握我的手。在总的政治问题以及诸多社会问题上,我几乎从他那儿什么也没问出来,由于我的"思想"而产生的这些问题,也使我感到十分困扰。关于像杰尔加乔夫这类人,有一回,我总算逼他说出了一个看法:"这类人不值得任何批评",但与此同时,他又奇怪地加了一句,他"有权不赋予自己的意见以任何意义"。至于现代各国以及整个世界将如何结局,社会安宁将怎样重新恢复,他长久地,非常久地避而不答,但是我却死乞白赖地缠住他,最后,总算有一回,我逼他说出了几句话:

"我认为,将来产生的这一切,不管怎样,都十分平常,"有一回他说,"无非是:所有的国家,尽管预算平衡,'没有赤字',总有一天会彻底乱了套;所有的国家,无一例外,都不想偿还债务,以便大家在普遍的破产中获得新生。但是全世界所有的保守派都将抵制这样做,因为他们既是股东又是债权人,他们不允许破产。那时候,不用说,也就开始了所谓普遍的变质;将会有大批犹太人前来,开始建立犹太王国;紧接着,所有那些过去从来不曾有过股票,甚至一无所有的人,也就是所有的穷光蛋,自然,他们不愿意参加这个变质过程……开始了争斗,于是在经过七十七次失败以后,穷光蛋们消灭了股东,把他们的股票抢了过来,坐上了他们坐的交椅,不用说,他们也成了股东。也许,他们会颁布一些新法令,也许不会。更确切地说,他们也会破产。之后,我的朋友,至于将改变这个世界面貌的前途怎样,我就一无所知,无法预测了,你不妨看一下《启示录》……"

"难道这一切都离不开'物质'二字;难道如今这世界的结局,仅仅因金融而起吗?"

"噢,自然,我仅仅截取这画面的一角,但是,要知道,这一角却与全局相关,可以说,牵一发而动全身。"

"那怎么办呢?"

"啊,我的上帝,你别心急嘛:这一切还不会很快到来。一般说,最好是什么也不做；起码，因为你没有参与任何事情而感到心安理得。"

"哎，得了，说正经的。我想知道的是：我该做什么和怎么活下去？"

"你该做什么，亲爱的？要诚实，永远不要说谎，不可贪恋邻人的房屋，总之，你可以读读十诫①：这一切那里都写得明明白白，应永记不忘。"

"得了，得了，这一切都是老生常谈，而且都是空话，我需要的是实实在在的指点。"

"唔，如果你实在闲得无聊，也不妨去爱上一个什么人，或者爱上一件什么东西，或者甚至简简单单地迷上一件什么事。"

"您就会取笑！而且，我一个人，能按照您的十诫做什么呢？"

"你就照此办理，尽管你有种种问题和疑惑，你会成为一个伟人。"

"但无人知晓。"

"掩藏的事没有不显出来的。②"

"您简直在取笑。"

"唔，既然你这么关心此事，那你最好赶快搞一门专业，从事建筑或者做律师，到那时候，因为你有真正的、严肃的事情要做，也就心安了，也就忘记了这些琐事。"

我默然不语；从这些话里我又能得到什么呢？每次在这样的谈话后，我只是变得比过去更激动。此外，我又清楚地看到，他心中似乎总保留着某种秘密；正是这一点吸引我，使我越来越离不开他。

"您听我说，"有一回我打断了他的话，"我总怀疑，您说的这一切并不是随随便便说的，您是因为恨和痛苦，其实您私底下，心里面，却狂热地信奉

---

① 指基督教的摩西十诫。见《旧约·出埃及记》第二十章第一至十七节,《新约·马太福音》第五章第二十一至四十三节。
② 见《新约·马可福音》第四章第二十二节。

某种高尚的思想，不过您瞒着我不说或者羞于承认罢了。"

"谢谢你，我亲爱的。"

"听我说，没有任何事情比做一个有用的人更高尚的了。请告诉我，在当前这一时刻，我究竟应该做什么才能使自己最为有用呢？我知道您解决不了这问题；但是我只想听听您的意见：您说，只要您说出来，我就照办，我向您发誓！请告诉我，伟大的思想到底是什么？"

"唔，把石头变成食物①——这就是伟大的思想。"

"这是最伟大的思想吗？不，说真格的，您指出了一条康庄大道，但是，请告诉我：这是最伟大的思想吗？"

"很伟大，我的朋友，很伟大，但不是最伟大。伟大，但是居其次，只是在当前这一刻伟大：人吃饱了饭就不记得了，相反，又会立刻问：'现在我吃饱了，现在该做什么呢？'这问题将永生永世悬而未决。"

"您有一次提到'日内瓦思想'；我不明白什么叫'日内瓦思想'？"

"日内瓦思想——就是主张不要基督的美德②，我的朋友，这是一种现代思想，或者不如说，是整个现代文明的思想。总之，这事说来话长，说起来会很无聊，如果我们说点别的，会好得多，如果也不谈别的，那就更好。"

"您最好什么也不谈！"

"我的朋友，记住，沉默是好的，既安全，又洒脱。"

"洒脱？"

---

① 见《新约·马太福音》第四章第三至四节。耶稣被圣灵引到旷野，接受魔鬼的试探。魔鬼说："你若是神的儿子，可以吩咐这些石头变成食物。"耶稣回答："经上记着说：'人活着，不是单靠食物，乃是靠神口里所出的一切话。'"

② 据陀思妥耶夫斯基在小说的准备材料中说，"日内瓦思想"就是"现在的法国思想"，也就是将卢梭的学说与他的追随者（社会主义者和巴黎公社的活动家们）的思想结合在一起。日内瓦思想的核心，按照作家的诠释，就是求得社会经济平等，否定宗教和基督教伦理，追求普遍的保障和富足。

"当然。沉默永远是洒脱的,沉默寡言的人永远比爱说话的人洒脱。"

"像我们这样说话,当然,与沉默也差不多了。让这种洒脱见鬼去吧,最好,让这种明哲保身见鬼去吧!"

"亲爱的,"他忽然对我说道,腔调有点变化,甚至颇为动情,带有某种特别坚决的神态,"亲爱的,我根本无意引诱你用资产阶级的美德代替你的理想,也不想喋喋不休地对你重复说'幸福胜于壮士气概'①;相反,壮士气概高于任何幸福,有能力表现出这种壮士气概也已经是幸福了。由此可见,咱俩之间的这一问题已经解决。我尊重你的正是,在我们这个陈腐的时代,你能够在自己心中建立起某种'自己的思想'(你放心,我牢记在心)。但是终究不能不想到应保持分寸,因为你现在正是希望能过一种轰轰烈烈的生活,去点燃什么,去粉碎什么,想凌驾于整个俄罗斯之上,惊天动地,叱咤风云,让所有的人都战战兢兢和欢呼雀跃,而你则销声匿迹,退隐到北美合众国。②要知道,大概在你心中就是这么想的,因此我认为有必要提醒你要防备这种种过激行为,因为我真心地爱你,我亲爱的。"

从这些话中我又能得到什么呢?这只能表现出他对我的担忧,对我将来实际遭遇的担忧;表现出一个父亲流露出来的讲求实际而又善良的感悟;但是我为了思想需要的是这个吗,为了思想,每个正直的父亲都应当让自己的儿子去慷慨赴死,就像古代的贺拉斯,为了罗马的思想,让自己的儿子们去决一死战一样。③

我常常缠着他,问他关于宗教的问题,但仍是一片迷茫。我问他,在这

---

① 俄罗斯谚语。
② 指在国内进行革命宣传,发动革命,然后到美国去进行空想社会主义试验,成立公社、法伦斯泰尔等,以实现自己的理想。
③ 据古罗马传说:罗马与阿尔巴两国就谁是老大,谁是群雄之首,争执不下,遂决定由贺拉斯家族的三兄弟出战对方的代表——居里亚斯三兄弟。结果贺拉斯家族中两兄弟在单打独斗中战死,第三人凯旋。法国作家高乃依创作的悲剧《贺拉斯》,即以此传说为本。

方面我应当做什么？可是他却像对待小孩似的非常愚蠢地回答我："应当信仰上帝，亲爱的。"

"唔，如果我对这一切都不信呢？"有一回我十分恼怒地叫起来。

"那也很好嘛，亲爱的。"

"怎么很好？"

"这是一种最好的迹象，我的朋友；甚至这也是一种最可靠的迹象，因为我们俄国人是无神论者，如果他当真是个无神论者，并且稍微有点头脑——那他就是天底下最好的人了，他总是喜欢亲近上帝。因为他肯定心地善良，而他之所以善良，是因为十分满意他是个无神论者。我国的无神论者都是些可敬而又十分可靠的人，可以说，是祖国的依靠……"

这当然，总算说了点什么，但我要的并不是这个；只有一次他把要说的话都说了出来，但是说得又那么奇怪，使我很吃了一惊，尤其是涉及我过去听说过的关于他改信天主教和戴上镣铐闭关修行的事。

"亲爱的，"有一回，他对我说，不是在家里，而是有一回在大街上，在一次长谈之后我送他回去，"我的朋友，按照人的本来面目去爱人是不可能的。但是又必须去爱。因此，你在对他们行善的时候，必须违背自己的感情，捂住鼻子，闭上眼（后者是必须的）。他们对你作恶，你要忍耐，尽量不要生他们的气，'要记住，你也是人。'如果你天赋稍高，比普通人稍许聪明点儿，不用说，你跟他们在一起就应当严厉些。人就自己的天性而言是卑劣的，他们喜欢因恐惧而产生的爱；你不要被这种爱所愚弄，要继续鄙视他们。在《古兰经》的某处，真主吩咐先知要把'顽固不化的人'看作耗子，向他们行善，然后扬长而去——这样做有点高傲，但却非常正确。①甚至在他们好的时候，

---

① 《古兰经》中并无此类经文，可能源自普希金的《仿古兰经》（1824）："先知啊，赐你天书的抄本，/不是为了顽固不化的人们；请安下心来传播古兰经，/对不信道的人也不强求。"

也要善于蔑视他们,因为最常见的情况是他们在这时也十分卑劣。噢,我亲爱的,我是按自己的情况来说这番话的! 一个人只要不太笨,他就不能活着而不蔑视他自己,至于这人是否正直 —— 这无关紧要。我看呀,一个人生下来就在生理上不可能爱自己的邻人①。这句话从一开头就存在某种错误,'爱人类'只能这样来理解,即爱你自己在自己心中创造的那个人类(换言之,即你创造的你自身,以及对你自身的爱),因此实际上永远也不可能有你说的那样的人类。"

"永远也不可能有?"

"我的朋友,我同意这样说有点混账,但错不在我;因为上帝在创造世界的时候并没有同我商量过,所以我也就保留我就此发表自己意见的权利。"

"您这么说之后怎么还能把您叫作基督徒,"我叫道,"戴着镣铐修行的苦修士和布道者呢? 我真不明白!"

"谁这么叫我了?"

我告诉了他;他非常注意地听了,但交谈也就中断了。

我怎么也记不起来,我们这次使我终生难忘的谈话是因什么而起的;他甚至大怒,这是他几乎从来没有发生过的。他说得很热烈,并无嘲笑之意,仿佛他不是对我说话似的。但是我还是信不过他:他不可能同我这样的人严肃地谈论这样的事!

---

① 圣经上的"邻人"二字,指除自己以外的他人。

第二章

一

这天上午，11月15日，我正是在"谢廖查公爵"处碰到了他。是我拉他同公爵坐到一起的，但是，即使没有我，他们也有足够多的结交理由（我是指那些过去在国外发生的事，以及其他等等）。此外，公爵还答应分给他一部分遗产，至少三分之一，而这三分之一肯定有大约两万之数。记得，我当时觉得非常奇怪，他总共只分给他三分之一，而不是整整一半；但是我没言语。分给他一部分遗产的这一许诺，是公爵当时主动提出来的；韦尔西洛夫没有说过半个字来干预此事，也没有提到过此事，是公爵自己跳出来说的，韦尔西洛夫只是默默地接受而已，而事后也没有一次再提过此事，甚至也没有表露过他多少还记得有这样的许诺。我要顺便指出，起初，公爵简直被他迷上了，尤其折服于他的言谈，甚至还大喜过望，对我说过好几次。他有时跟我单独在一起时惊呼，并且几乎绝望地谈到他自己，说他"这么没有教养，走上了这条歪门邪道！……"噢，那时候我们俩还很要好！……那时，我还一个劲地对韦尔西洛夫说公爵好，替他的缺点辩护，尽管我自己也看到了这些缺点，但是韦尔西洛夫却避而不答，或者只是微笑。

"他身上固然有缺点，但是他身上至少有多少缺点也就有多少优点！"有一次，我与韦尔西洛夫单独在一起时向他嚷道。

"上帝呀，你多么会奉承他啊。"他笑了起来。

"我怎么奉承他了？"我不明白。

第二部

"也就有多少优点！如果他当真有多少缺点也就有多少优点的话，那他的圣尸就要显灵了。①"

当然，这算不上是意见。一般说，他当时对于公爵的事有点避而不谈，就像他一般不谈所有的切身问题一样；但是关于公爵尤甚。我当时就已经疑心，没有我陪同，他也常常去看公爵，他们之间似有某种特别的交往，但是我随他们去。他同公爵说话好像比同我说话严肃，可以说，更正式，而较少嘲弄——对此我也并不嫉妒；我当时是这么快活，因此，他们这样，我甚至很喜欢。公爵这人似乎有点迟钝，因此爱在谈话时直来直去，而有些俏皮话他甚至根本听不懂——对此我也不予计较。可是最近以来他开始变得有点放肆了。他对韦尔西洛夫的态度也似乎开始有点变了。敏感的韦尔西洛夫也发现了这点。我还要预先说明一点，与此同时公爵对我的态度也变了，甚至还表现得十分明显；只留下我们最初那种几乎热烈的友谊某些僵死的形式而已。尽管这样，我还是照样经常去看他；既然我已经陷进了这一切，又怎能不去呢。噢，我那时也太迟钝了，难道只有心灵的愚蠢才会把人弄得这么呆板和低三下四吗？我常常向他拿钱，以为这没有什么，就应当如此。实际上，这是不应该的；我当时就知道这样做不应该，但是——我却很少去想它。我去看他并不是因为钱，虽然我非常需要钱。我知道，我不是因为钱才去看他，但是我也明白，我每次去就是为了借钱。但是我处在旋风中，除了这一切，当时在我心中还有完全另外的打算——它在我心里歌唱！

当我进去时，大概是上午十一点，恰好遇到韦尔西洛夫正在结束他的什么长篇大论；公爵在一旁听着，在屋里踱来踱去，韦尔西洛夫则坐着。公爵似乎有点激动。韦尔西洛夫几乎永远都能够使他激动起来。公爵是一个非常

---

① 圣尸，即圣徒的干尸。此处意为成圣徒了。

容易受外界影响的人，甚至达到了幼稚的程度，这促使我在许多情况下都看不起他。但是，我要再重复一遍，在最近这段日子里，他身上出现了某种张牙舞爪的凶狠。他看见我后停下了脚步，他脸上似有什么东西抽搐了一下。我心里明白这天上午他脸上出现的这种不悦的阴影究竟因为什么，但是我仍旧没有料到他的脸部竟会这么厉害地抽搐。我晓得，他心中郁结了种种不安，但糟糕的是我只知道其中的十分之一——当时其余的对于我来说还严格保密。而这事之所以糟糕和愚蠢，还因为我常常硬要去安慰他，给他出主意，甚至还倨傲地讥笑他的弱点，一点儿沉不住气，"为了这样的小事"就大动肝火。他避而不答，但是，那时候，他不可能不恨死了我：我做得也太离谱，甚至都没料到这点。噢，上帝可以给我做证，最主要的事我还没有料到！

然而，他客客气气地向我伸出了手，韦尔西洛夫则向我点了点头，但没有中断自己的演说。我横躺在沙发上。当时我这是什么态度，什么作风啊！我甚至表现得十分矫情，把他的朋友当作自己的朋友一样不放在眼里……噢，如果现在这一切都能重新来过，我一定会改弦更张，换一种做法的！

再说两句话，以免忘了：公爵还住在原来的公馆里，但是几乎把它全占了；女房东斯托尔别耶娃只来住了一个月，就又到什么地方去了。

二

他们俩在谈论贵族。我要指出，尽管公爵表面似乎很进步，但是一提到贵族，有时候就使他十分激动，我甚至怀疑，他生活中的坏作风均来自和源于这一观念：他很看重自己的公爵头衔，但又一贫如洗，因此他毕生都在摆空架子、挥金如土和债台高筑。韦尔西洛夫有好几次暗示他，公爵这个身份并不是这样的，想给他心里灌输一些更高尚的思想；但是末了，公爵却似乎生气了，以为人家在教训他。看得出来，这天上午也出现了某种类似的情况，但是我没赶上开头。韦尔西洛夫的话，起初我觉得有点保守，但是后来他纠正了。

"'荣誉'这词意味着责任，"他说（我只是凭记忆转述他说的大意），"当一个国家被占首要地位的阶层统治的时候，那它的江山就是巩固的。占首要地位的阶层永远有自己的荣誉观和自己的荣誉信仰，这种信仰也可能不对，但它几乎永远是一种纽带，能使我国长治久安；在精神上有益，在政治上更有益。但是奴隶们，也就是所有不属于这一阶层的人，却在受苦。为了不使他们受苦——就必须实行权利平等。在我国，就是这么做的，这很好。但是根据所有的试验，各国（也就是在欧洲）至今，由于实行权利平等，也就降低了荣誉感，因而也就出现了责任感的降低。自私自利代替了原先团结一致的观念，于是一切都分崩离析，成了个人的自由。被解放的人一旦没有了团结一致的观念，到头来也就失去了任何崇高的纽带，甚至连自己已经取得的自由也不再去捍卫。但是俄国类型的贵族素来不像欧洲类型的。我国的贵族即使失去了权利，现在也能继续成为最高的阶层，成为荣誉、光明、科学和崇高思想的捍卫者，主要是他们不会自我封闭，变成一个单独的种姓，如果是这样的话，那贵族这个观念也就死了。相反，进入这一阶层的大门，在我国，还在很久以前就已敞开；现在已经到了彻底敞开的时候了。但愿在荣誉、科学和英勇地舍己为人上建立的任何功勋，都能给予我们任何人以跻身于上等人的权利。这样一来，这一阶层自然而然地变成仅仅是优秀人物的俱乐部，这是指货真价实的、真正意义上的优秀人物，而不是指过去意义上那种享有特权的种姓。正是在这个新的，或者毋宁说是在这个革故鼎新的形态中，这一阶层才能站稳脚跟。"

公爵龇牙咧嘴地答道：

"那还叫什么贵族？您设计的是共济会①的某个分会，而不是贵族。"

我再说一遍。公爵非常不学无术。我虽然并不完全同意韦尔西洛夫的观点，也被他气得在沙发上翻了个身。韦尔西洛夫十分清楚公爵又在龇牙咧嘴了：

"我不知道您说的共济会到底是什么意思，"他回答，"然而，如果甚至俄国的公爵都不接受这样的观点的话，那不用说，实行这一思想的时代还没有到来。荣誉和启蒙的观点，在召唤着每个想加入这个不封闭的、不断革新的阶层的人——但是要普遍实行这一思想，当然是乌托邦，但是为什么就不能实现呢？即使这一思想仅仅存在于不多几个人的脑海中，那也说明它没有死，而是在发光，就像沉沉黑夜中的一粒星星之火。"

"您喜欢使用这样的说法：'崇高的思想''伟大的思想''团结一致的思想'等等，我倒想知道，您说'伟大的思想'时到底是什么意思？"

"我真不知道该怎么来回答您的这一问题，我亲爱的公爵，"韦尔西洛夫微妙地微微一笑，"如果我向您承认我也回答不出来，倒更确切些。伟大的思想，多半是一种感情，非常多的时候，它长久地处在一种没有定义的状态。我只知道，它往往是活的生活的源泉，也就是说，这生活不是理性的，不是杜撰出来的，而是相反，不是无聊的，而是快乐的；因此，由此而产生的崇高思想，也是绝对必需的，不用说，这也使大家感到很遗憾。"

"为什么遗憾呢？"

"因为有思想的人活着很无聊，而没有思想的人却永远很快活。"

公爵只好咽下这颗苦药丸。

"照您看来，这活的生活又指什么呢？"（他显然冒火了。）

"我也不知道，公爵；我只知道，这想必是某种非常简单的、最普通不过

---

① 一种秘密宗教团体，企图把全人类都联合在一种宗教兄弟同盟之中。

的、一眨眼就能看到的，天天看到、时时看到，简单到我们怎么也没法相信它居然是这么简单的东西，因此我们好几千年来匆匆走过，既没有发现它，也没有认出它。"

"我只想说，您关于贵族的看法，同时也是对贵族的否定。"公爵说。

"唔，如果您非常想听的话，那我国的贵族也许从来就没有存在过。"

"这一切都模糊不清。如果想说，我看，就应当说透……"

公爵皱起眉头，匆匆瞥了一眼墙上的挂钟。韦尔西洛夫站了起来，拿起自己的礼帽。

"说透？"他说，"不，我看还是不说透为好，再说，我的一大爱好就是——要说话，但不说透。真的，就这样。不过还有一件怪事：每当我想把话说透的时候，本来我对自己想说的话是坚定不疑的，可说到后来，几乎总是我也不相信我自己所说的话了；我怕我现在也会遭此下场。再见，亲爱的公爵：在您这儿，我总是不可饶恕地胡说一气。"

他走了出去；公爵客客气气地把他送走了，可是我却感到很气人。

"您干吗无精打采的？"他忽然冒出了这句话，也不瞧我，就从我身边走了过去，走向写字台。

"我无精打采，"我声音发颤地开口道，"是因为我发现，您对我，甚至对韦尔西洛夫的态度，都奇怪地变了，我……当然，韦尔西洛夫也许开始的时候有点保守，可是后来就改正了……他话里也许包含着深刻的道理，但是您简直不明白，而且……"

"我就是不愿意有人跳出来教训我，把我当孩子！"他几乎愤怒地打断了我的话。

"公爵，这样的话……"

"劳驾，您就别装腔作势，别演戏了——劳您大驾。我知道我做的事——

很卑鄙,我是个浪荡子、赌棍,也许还是个贼,因为我输掉的是全家的钱,但是,我根本不需要别人来审判我。我不要,也不允许。我自己审判自己。干吗来那一套模棱两可的话呢? 如果他有什么话要对我说,就干脆直说,而不要冒充什么预言家,说些什么模糊不清的胡言乱语。要对我说这话,那就得有说这话的权利,自己应当清白……"

"首先,我没碰到开头,也不知道开头你们说什么;其次,我倒要请问,韦尔西洛夫怎么不清白了?"

"够了,劳您大驾,够了。您昨天向我借的三百卢布,给您……"他把钱放在我前面的桌子上,自己则坐到圈椅上,神经质地靠在椅背上,跷起了二郎腿。我尴尬地愣在那儿。

"我不知道……"我喃喃道,"虽然我向您借过钱……现在我也的确很需要钱,但是鉴于您这种态度……"

"先别提态度不态度。如果我说了什么刺耳的话,那就请您原谅。老实说,我现在顾不上这个。请听我说正经的:我收到了莫斯科的来信;我弟弟萨沙,还是个孩子,您知道吗,四天前死了。我父亲,这您也是知道的,已经瘫痪了两年,她们写信来说,他现在的病情恶化了,已经不能说话,也不认识人了。而那边还在为遗产的事高兴,想把他送到国外去治疗;可是大夫写信告诉我,他未必能活过两星期。这样一来,就只剩下妈妈、妹妹和我了,由此可见,现在几乎就我一个人了……唔,总之,我 —— 一个人……这遗产 —— 噢,也许,它还是压根儿没有好!但是,有件事我要告诉您:我答应从这份遗产中分给安德烈·彼得罗维奇至少①两万卢布……然而,您想,这手续暂时还办不下来。我甚至……就是说我们……就是说家父甚至还没有正式拥有这

---

① 在原著中是拉丁文。

份财产。然而最近这三星期我却输掉了这么多钱,这混账东西斯捷别尔科夫却要这么高的利息①……我现在几乎把剩下的钱全给您了……"

"噢,公爵,假如这样的话……"

"我不是这意思,不是这个意思。斯捷别尔科夫今天肯定会再拿一笔钱来,足够应付的了,但是鬼知道这个斯捷别尔科夫是怎么回事!我曾经求他先弄一万卢布来,好让我先给安德烈·彼得罗维奇哪怕就一万呢。我答应分给他三分之一,这许诺一直在折磨我,使我痛苦。我既然答应了,就应该照办。我敢向您起誓,我在努力从这义务中解脱出来,哪怕就这方面的义务呢。这义务使我感到沉重,沉重,我感到受不了!这种关系笼罩着我……我没脸见安德烈·彼得罗维奇,因为我不敢正眼看他的眼睛……他干吗要滥用这权利呢?"

"他滥用什么了,公爵?"我惊讶地站在他面前,"难道他什么时候向您暗示过?"

"噢,那倒没有。因此我很敬佩他,但是,我自己却在经常提醒自己。我终于越陷越深……这个斯捷别尔科夫……"

"听我说,公爵,请您放心;我看到您越来越激动了,然而,这一切也许不过是幻觉罢了。噢,连我自己也陷进去了,不可饶恕,而且十分卑劣,但是我知道,这是暂时的……只要我赢回一定数目,到时候您告诉我,包括这三百卢布,我一共欠您一千五,对吗?"

"我似乎没有要您还呀。"公爵忽然又龇牙咧嘴起来。

"您说:要给韦尔西洛夫一万卢布。如果我现在向您借钱,那当然,这钱应当算在韦尔西洛夫的那两万卢布上,否则我不答应。但是……但是,这钱

---

① 指公爵遗产还没到手先向别人借高利贷。

我肯定自己还……难道您认为韦尔西洛夫前来找您,是为了向您要钱吗?"

"如果他来找我要钱,我倒好受些。"公爵谜一样地说道。

"您刚才说什么'笼罩在您身上的关系'……如果您这是指韦尔西洛夫和我,那倒真有点气人。最后,您还说:既然他爱教训人应当成为怎样怎样的,那他为什么不是这样呢——这就是您的逻辑!首先,这不是逻辑问题,请允许我直言相告,因为,即使他自己不是这样的,那他也可以宣传真理嘛……最后,'宣传'这词是什么意思?您说他是先知。请问,不是您在德国时管他叫'娘儿们的先知'吗?"

"不,不是我。"

"斯捷别尔科夫告诉我,是您。"

"他胡说。我不是一个给人起诨名的行家。但是,如果有人宣传清白,那他自己就应当是清白的——这就是我的逻辑,如果这逻辑不对,那也无所谓。我希望是这样,也一定会这样。谁也休想,谁也休想到我家来教训我,把我看成是三岁孩子!够了!"他叫道,向我挥了一下手,让我别说了,"啊,终于来了!"

门开了,斯捷别尔科夫走了进来。

三

他还是老样子,照样穿得很讲究,照样挺着胸脯,照样愚蠢地偷看别人的眼睛,照样自以为很聪明,而且扬扬得意。但是,这一回,他进来时,却有点异样地东张西望;他的目光似有某种特别的、窥探一切的神态,仿佛他想从我们的表情中猜透某种东西出来似的。然而,刹那间,他心安了,他嘴上闪出了一丝自信的微笑,亦即那种"无耻的、有所求于人的"微笑,这微笑使我有一种说不出的厌恶。

我早就知道，他使公爵很苦恼。他曾当着我的面来过一回或者两回。我……我也在最近一个月内同他打过一次交道，但是这一回，由于某种情况，我对他的来访感到有点惊奇。

"马上给您。"公爵对他说，没有跟他打招呼，而是背着他，从写字台的抽屉里拿出几份必需的单据和账单。至于我，我正在因公爵说的最后那句话心里很不高兴；暗示韦尔西洛夫不清白，意思十分明显（也使人十分吃惊），我非让他把这话彻底说清楚不可。但是，当着斯捷别尔科夫的面又做不到。我又横躺在沙发上，打开了一本放在我面前的书。

"别林斯基，第二卷！这倒新鲜，想附庸风雅？"我向公爵叫道，显得十分做作。

"我请您了，请您别动这本书。"他厉声说道。

这态度就有点过分了，主要是还当着斯捷别尔科夫的面！好像存心气我似的，斯捷别尔科夫狡狯而又令人恶心地咧开嘴微微一笑，向我偷偷地歪了歪头，指了指公爵。我扭过脸去不理这蠢货。

"别发火，公爵；我这就把您让给最主要的人，我暂时隐退……"

我决心装作满不在乎的样子。

"主要的人——这是说我？"斯捷别尔科夫接口道，还用手指快乐地指了指自己。

"是的，就是您；您就是最主要的人，您不是自己也知道吗？"

"不，您哪，哪能呢。世界上到处都有次要人物。我是次要人物。有首要人物，也有次要人物。首要人物成事，次要人物得利。这就是说，次要人物成了主要人物，首要人物却成了次要人物。是不是这理儿呢？"

"也许是这理儿吧，不过，我还是听不懂您要说什么。"

第二部

"哪能呢。法国发生了革命。把所有人都处死了。来了个拿破仑,把什么都拿了去。革命是首要人物,而拿破仑是次要人物。而结果呢,拿破仑成了首要人物,而革命却成了次要人物。是不是这理儿呢?"

我要顺便指出,他同我谈到法国革命的时候,我看到他过去的某种使我十分逗乐的伎俩:他依旧把我看作某种革命者,而且他每次遇到我时都这样,认为应该谈一谈这类话题。

"跟我来。"公爵说。于是他们俩走出去,进了另一个房间。只剩下我一个人的时候,我彻底下定决心,等斯捷别尔科夫一走,就把他的三百卢布还给他。虽然我急需这笔钱用,但是我拿定了主意。

他们出去了差不多有十分钟,根本听不到他们的说话声,后来,他们忽然大声说起话来。两人同时说话,公爵又突然叫起来,仿佛十分恼怒,以致达到了疯狂的程度。他有时候非常容易发火,因而连我也只好原谅他。但是就在这工夫,一名仆人走进来禀报;我向他指了指他们的房间,于是那里刹那间鸦雀无声,公爵迅速走了出来,一脸心事重重的样子,但是面带微笑;仆人跑了出去,半分钟后进来了一位客人,要见公爵。

这是一位贵客,身穿军服,肩上佩有穗带和花字①,这位先生年近三十,外表威严,仪表堂堂,一看便知是上流人物。我要向读者预先交代一下,谢尔盖·彼得罗维奇公爵尽管十分热切地希望(他的这一向往,我知道),但是他还没有真正属于彼得堡的上流社会,因此,他想必非常看重这样的拜访。据我所知,公爵花了很大力气才结识了这位朋友;现在是客人来回拜,但是,很不幸,给主人来了个措手不及。我看见公爵痛苦而又目光十分失落地向斯捷别尔科夫转过身去,向他匆匆瞥了一眼;可是斯捷别尔科夫却像没事人似

---

① 穗带是帝俄时代装饰在军服肩上的绦带,说明这人是副官或是总参谋部的军官。花字则由该人的姓名与数字组成,由沙皇钦赐,表明与宫廷和皇上十分接近。

的经住了这一瞥,而且丝毫没有回避的意思,他十分随便地坐到沙发上,伸出一只手来挠自己的头发,大概是表示我行我素,不把别人放在眼里。他甚至摆出一副俨乎其然的样子,总之,简直叫人受不了。至于我,不用说,我那时候已经能够使自己的举止礼貌得体,当然决不会使任何人感到难堪,但是当我在自己身上也捕捉到公爵那同样像丢了魂似的、既可怜又恶狠狠的目光时,我是多么惊异啊:可见,他对我们俩感到羞耻,他把我和斯捷别尔科夫等量齐观了。这个想法把我气疯了;我更加肆无忌惮地横躺在沙发上,开始翻书,那模样,仿佛什么事都跟我无关似的。与我相反,斯捷别尔科夫却瞪大了两眼,探身向前,开始倾听他俩的谈话,大概他认为这样做既有礼貌又和蔼可亲。客人有一两次瞥了斯捷别尔科夫一眼,对我也一样。

他们谈起了家庭新闻,这位先生从前认识出身名门的公爵的母亲。根据我的看法,这位客人尽管和蔼可亲,为人似乎也很直爽,可是却很古板,自视甚高,可能认为他的造访不管对什么人都是给了很大面子。如果只有公爵一人,也就是说,如果没有我们俩,我相信他的表现会自然些、灵活些;可是现在,他的微笑却具有一种特别的味道,也许他的笑容显得过分客气了,加上某种奇怪的心不在焉,这就暴露了他的真面目。

他们还没坐满五分钟,突然又有仆人来禀报有客来访,好像存心似的,这也是个有损主人名誉的主儿。这人虽然根本不认识我,我却非常熟悉他,也听说过他的许多事。这还是个很年轻的人,不过也已经二十二三岁了,穿得非常讲究,体面人家出身,而且长得很帅气,但是——无疑,交了一些狐朋狗友。去年,他还在某个著名的骑兵近卫团里服役,但是后来却不得不主动申请退役,大家都知道因为什么。关于他,他的亲人甚至登报申明,他欠的债,他们一概不负责任,可是他直到现在仍旧花天酒地,不惜以月息一分的高利贷向别人借钱,在种种赌场里可怕地豪赌,为一个著名的法国女人乱花钱。事情在于,大约一星期前,他竟在一晚上赢了一万两千卢布,于是他兴高采烈。他跟公爵的交情甚好:他们常常在一起联手赌博;但是这次公爵见了他,甚至打了个哆嗦,这情景我都看在眼里了。这男孩上哪儿都跟在自己家里一样,大声而又兴高采烈地说话,毫不拘束,脑子里想到什么就说什么,不用说,这一回他连想也没想到,我们的主人竟在自己的贵宾面前为自己的交友不慎而全身觳觫。

他一进来,就打断了他们的交谈,立刻讲到昨晚的赌场,甚至还没来得及坐下。

"您似乎也在那儿吧。"他从第三句话起就转身对那位贵宾说道,误把他当成自己那伙人中的什么人了,但是又立刻看清楚了,叫道:

"啊,对不起。我也把您当成昨天的赌友了!"

"这位是阿列克谢·弗拉基米罗维奇·达尔赞,这位是伊波利特·亚历山大罗维奇·纳晓金。"公爵急忙把他们介绍给大家。这小伙子倒还可以介绍一下:出身望族与名门,但是方才并没有介绍我们俩,所以我俩只好继续坐在自己的旮旯里。我根本不愿意向他们扭过头去;但是斯捷别尔科夫一看见那年轻人就开心地咧嘴大笑,显然想巴结地说点什么。这一切在我看来甚至太逗乐了。

"去年,我就常常在韦里金娜伯爵夫人家遇见您。"达尔赞说。

"我记得您,但是那时候您好像穿的军服。"纳晓金亲切地回答道。

"是的,是军服,但是多亏了……啊,斯捷别尔科夫。他也在这儿?他怎么会在这儿呢?正是亏了这些大人先生我才没有穿军服。"他直接指了指斯捷别尔科夫,哈哈大笑起来。斯捷别尔科夫也快乐地笑了,大概把这话当成了恭维。公爵的脸红了一下,急忙转过身去向纳晓金问了个什么问题,而达尔赞则走到斯捷别尔科夫跟前,跟他热烈地谈起了什么事,但是已经压低了声音。

"您在国外好像跟卡捷琳娜·尼古拉耶芙娜·阿赫马科娃很熟吧？"客人问公爵。

"噢，对，我认识她……"

"好像，这里很快会出现一桩新闻。据说，她要嫁给比奥林格男爵了。"

"这话没错！"达尔赞叫道。

"您……能肯定吗？"公爵问纳晓金，明显很激动，对自己的问题还特别加重了语气。

"我也是听说的；关于这事似乎已经谈开了；不过，我也不敢肯定。"

"噢，我有把握！"达尔赞走到他身边，"是昨天杜巴索夫跟我说的，这类新闻他总是头一个知道。这事，恐怕公爵也应该知道吧……"

纳晓金等达尔赞说完，又转过头去对公爵说：

"她已经很少出现在社交场合了。"

"最近一个月来，她父亲病了。"公爵冷冷地指出。

"这位太太似乎颇有些风流韵事！"达尔赞忽然冒出了这句话。

我抬起头，挺直了身子。

"我有幸认识卡捷琳娜·尼古拉耶芙娜本人，我认为我责无旁贷地应予澄清，所有这些乱七八糟的谣传——无非是些造谣和诽谤……而造谣的人……无非是癞蛤蟆想吃天鹅肉。"

我非常愚蠢地打断了他的话后就闭上了嘴，仍旧满脸通红地望着大家，挺直了身子。大家都向我转过了头，但是忽然斯捷别尔科夫嘻嘻地笑了起来；连扫兴的达尔赞也咧开了嘴。

"这位是阿尔卡季·马卡罗维奇·多尔戈鲁基。"公爵向达尔赞指了指我。

"啊，请您相信，公爵，"达尔赞开朗而又和蔼地对我说道，"这话不是我说的，如果说这是流言，那也不是我散布的。"

"噢，我不是说您！"我迅速回答，但是斯捷别尔科夫却不可饶恕地大笑起来，后来才弄清他之所以哈哈大笑，正是因为达尔赞管我叫公爵。我这姓真糟糕，这一回又出了我的洋相。直到现在我想起来都脸红，当然是由于羞愧，当时我竟不敢接过这句蠢话，公开宣布我就是个普通人多尔戈鲁基。这还是我生平头一次出现这样的情况。达尔赞莫名其妙地望着我和大笑不止的斯捷别尔科夫。

"啊，对了！刚才我在楼梯上遇到一位非常漂亮的小姐，很性感，很靓丽，她是谁呀？"他突然问公爵。

"我还真不知道她是谁。"他的脸色红了红，很快回答。

"那谁知道呢？"达尔赞笑起来。

"不过，这……这可能是……"公爵有点忸怩地说道。

"这……这正是他的妹妹丽扎韦塔·马卡罗芙娜！"斯捷别尔科夫忽地指了指我，"因为我方才也碰见了她……"

"啊，可不是嘛！"公爵接口道。但是这回他脸上挂着异常庄重和严肃的表情，"这想必是丽扎韦塔·马卡罗芙娜，她跟我现在借住的安娜·费奥多罗芙娜·斯托尔别耶娃家很熟，她今天大概是来看望达丽娅·奥尼西莫芙娜的，她也跟安娜·费奥多罗芙娜很熟，安娜·费奥多罗芙娜临走时把这家交给她照应了……"

这一切都说得千真万确。这位达丽娅·奥尼西莫芙娜就是可怜的奥莉娅的母亲，关于奥莉娅自杀的事我已经说过了，后来塔季雅娜·帕夫洛芙娜就让她住到斯托尔别耶娃家。我非常清楚，丽莎常常到斯托尔别耶娃这里来，后来也间或来看看可怜的达丽娅·奥尼西莫芙娜，当时我们全家都喜欢上了她；但是那时候，在公爵振振有词地宣布我的尊姓大名之后，尤其是在斯捷别尔科夫混账的多嘴多舌之后,也可能是因为刚才有人管我叫公爵,我忽然因为这一切而变得满脸通红。幸亏这时候纳晓金站了起来,他要走;他向达尔赞伸出了一只手。就在只剩下我和斯捷别尔科夫两人的那工夫,斯捷别尔科夫忽然向我摆了一下头,指着达尔赞,达尔赞正站在门口,背对着我们;我向斯捷别尔科夫挥了挥拳头。

过了不多一会儿,达尔赞也走了,跟公爵约定明天一定在早已约定的某个地点见面,这地点当然是指赌场。他出门时向斯捷别尔科夫嚷嚷了一句什么,又向我微微一鞠躬。他刚一出去,斯捷别尔科夫就从座位上跳将起来,站到房间中央,朝上举起一个手指。

"这位少爷上星期干了一件荒唐事:出了张期票,而期票的背书却签了个阿韦里扬诺夫的假姓名。于是这张期票就以这样的形式周转出去了,不过这是不许可的!触犯刑律。而且多达八千。"

"大概这张期票就在您手里吧?"我恶狠狠地向他瞪了一眼。

"我开了家钱庄,您哪,开了一家抵押贷款的钱庄,我不收期票。听说过巴黎的抵押贷款的钱庄是什么吗?那是向穷人布施面包和行善的机构;我开的就是这样的一家抵押贷款的钱庄……"

公爵粗暴而又恶狠狠地阻止他,不让他说下去:

"您怎么还在这里?您干吗坐着不走呢?"

"啊!"斯捷别尔科夫迅速地用眼睛向他示意,"那么,那件事呢?难道不行吗?"

"对对对,不行,"公爵叫道,跺了一下脚,"我说过!"

"好吧,如果是这样……那就这样吧。不过,这不对……"

他猛地转过身子,低了一下头,弓了一下背,忽地走了出去。公爵向他的背影吼道(已经是在房门口了):

"要知道，先生，我一点儿也不怕您！"

他很生气，想坐下来，但是瞅了我一眼，没坐。他那目光似乎也在对我说："你干吗也杵这儿？"

"我，公爵。"我刚要开口……

"我真没工夫，阿尔卡季·马卡罗维奇，我马上要出去。"

"就一会儿，公爵，我有非常要紧的事；首先，请把您的三百卢布拿回去。"

"这又是唱的哪一出呀？"

他走来走去，但是又停下了片刻。

"是这么回事，在发生了所有这一切之后……以及您关于韦尔西洛夫所说的话，说他不清不白，等等，最后，还有您在所有其他时间的态度……总之，我无论如何不能拿。"

"话又说回来，您不是整整一个月都拿了吗？"

他突然坐到椅子上。我站在桌旁，一只手翻着别林斯基的书，另一只手则拿着礼帽。

"感觉不一样，公爵……最后，我永远也赢不到一定的数目……这赌博……总之，我不能拿！"

"您只是因为没能标新立异，所以您才光火；我想请您别动那本书好不好。"

"什么叫'未能标新立异'？最后还有一点，您当着您的客人的面把我跟斯捷别尔科夫看成一样的货色。"

"啊，这才是谜底！"他挖苦地咧开了嘴，"再说，达尔赞管您叫公爵，您不好意思了。"

他恶狠狠地笑了起来。我一下子火了：

"我甚至不明白……您那公爵的头衔白给我也不要……"

"我知道您的脾气。您大叫大嚷地替阿赫马科娃辩护，多可笑啊……别动书！"

"这是什么意思？"我也叫起来。

"别——动书！"他突然吼道，一副凶相，在沙发上挺直了身子，好像准备向我扑过来似的。

"这就太过分了。"我说，说罢就匆匆走出了屋子。但是我还没走到客厅尽头，他就从书房门口向我喊道：

"安德烈①·马卡罗维奇，您回来，您——回——来！马上回——来！"

我不听，只管向前走去。他快步追上我，抓住我的一只手，把我拖进了书房。我没有反抗！

"您收下！"他说，激动得脸色发白，一面把我扔下的那三百卢布递给我，"您一定要收下……否则我们……您非收下不可！"

"公爵，我怎么能收呢？"

"好了，我请求您原谅还不行吗？好了，饶恕我！……"

"公爵，我一向很爱您，如果您也一样……"

"我——也一样，请您收下吧……"

我收下了。他的嘴唇在发抖。

"我明白，公爵，您是被这混账东西气昏了……但是，公爵，除非咱俩像过去怄气时那样互相亲吻，我决不收下……"

我说这话时也在发抖。

"真是千般温柔，万般恩爱。"公爵喃喃道，不好意思地微笑着。他弯下腰来，吻了吻我。我哆嗦了一下：在他吻我的那一刹那，我在他脸上分明看到了厌恶。

---

① 应为"阿尔卡季"，可能是陀思妥耶夫斯基笔误，也可能是他故意为之。

"他至少把钱给您拿来了吧？"

"唉，无所谓。"

"我是为您……"

"拿来了，拿来了。"

"公爵，我们曾经是朋友……再加上，韦尔西洛夫……"

"唔，是的，是的，好！"

"最后，说真的，我根本不知道，这三百卢布……"

我把钱拿在手里。

"收下吧，收——下——吧！"他又微笑了一下，但是在他的微笑中有某种不怀好意的神态。

我收下了。

第 三 章

一

我收下是因为我爱他。如果谁不相信,我可以回答他,在这一刻,至少在我收下他这些钱的时候,我坚信,如果我愿意的话,我可以从其他来源轻而易举地弄到钱,太容易了。因此,由此可见,我拿这钱不是因为走投无路,而是出于礼貌,仅仅为了不让他不高兴。唉,我当时就是这么想的!但是我从他那里出来时仍旧感到很不舒服:我看到他这天上午对我的态度非同寻常地变了;这样的态度是从来不曾有过的;而对韦尔西洛夫,他简直是恩将仇报。当然,方才斯捷别尔科夫有什么事使他很恼火,但是在斯捷别尔科夫之前他就开始了。我再说一遍:在最近这段日子里,可以看出,他一反常态,大大地变了,但还没有这样,还没有达到这种程度——这才是最主要的。

关于侍从武官比奥林格男爵的那则混账消息,也可能发生了影响……我也在激动中走了出来,但是……问题在于我当时心里闪耀着一种完全不同的希望,于是我糊里糊涂地视而不见,放过了许多事,急着放过去,驱散一切阴暗的东西,面向希望之光……

还不到下午一点。我从公爵处出来,坐上马特维的马拉雪橇直奔——你们能相信我去找谁吗?——去找斯捷别尔科夫!问题就在这里,方才他使我感到奇怪的倒不是他来看公爵(因为他本来就答应要来),而是他虽然根据他那愚蠢的习惯已经向我使了好几个眼色,但根本没提到我满心想要听到的那个话题。昨天晚上我收到了一封他从市邮局寄来的短信,可是这短信却像谜一样使我百思不得其解，他在信中请我务必于今天中午一时许到他那里去一趟，"他可能会告诉我一些出乎我意料的事"。可是有关这信的事，刚才在公爵那儿他却不动声色，一点儿口风也不露。斯捷别尔科夫与我之间能有什么不可告人的秘密呢？这想法甚至有点荒唐；但是因为发生的这一切，我现在还是准备到他那里去一趟，但是心中不免有些小小的不安。大约两星期前，我曾经向他借过一回钱，他也答应了，但是不知为什么我们当时又不欢而散，是我主动不向他借的：他当时按照自己的老习惯不清不楚地嘟囔了一句什么，我觉得他想提出什么要求，提出什么特别的条件；可是，因为我每次在公爵那儿遇见他，我一向都看不起他，不把他放在眼里，因此我高傲地回绝了他有关特别条件的任何想法，我走了出去，尽管他拼命追我，一直追到房门口；那天我在公爵处借到了钱。

斯捷别尔科夫过着完全独门独户的生活，而且过得很富足：他的住处由四间很漂亮的屋子组成，家具很好，有男女用人，甚至还有一名女管家，不过已经很上了点儿年纪。我怒气冲冲地走了进去。

"我说，老伙计，"我还在房门口就开口说道，"首先，这封短信究竟是什么意思？我不愿您我之间有任何通信关系。您有话说，为什么方才不在公爵那里直截了当地说呢，我会洗耳恭听的。"

"那您方才为什么不言语，不问呢？"他咧开嘴，做扬扬自得的微笑状。

"因为我对您一无所求，而您却有事求我。"我叫道，突然激动起来。

"既然这样，那您干吗到舍下来呢？"他得意得差点在原地跳起来。我倏地转过身子，想要走出去，可是他一把抓住我的肩膀。

"不不，我开玩笑。事情很重要，您会亲自看到的。"

我坐了下来。不瞒你们说，我很好奇。我们在一张很大的写字台的两端坐了下来，面对面。他狡黠地微微一笑，想要举起一根手指。

"劳驾,请您不要耍滑头,也不要指手画脚,最要紧的是别打什么哑谜,有话就直说,要不然我拔脚就走!"我又怒气冲冲地叫道。

"您……很傲气!"他用一种混账的责备口吻说道。他坐在圈椅上,向我弯过腰来,抬起脑门,脑门上满是褶子。

"对您就应当这样。"

"您……您今天向公爵借了一笔钱,三百卢布。我有钱。借我的钱更好。"

"您打哪儿知道我借他的钱了?"我十分诧异,"难道是他亲口告诉您的?"

"他告诉我了;您放心,他随便一说,顺口带出来的,说到话头上顺口带出来的,不是故意的。他告诉我了。本来可以不向他借嘛。是不是这个理儿?"

"但是我听说,您要的利息高得让人受不了。"

"我开的是抵押贷款的钱庄,并不宰人。我开它是为了方便朋友,对其他人我不借。对于其他人是抵押贷款的钱庄……"

这种抵押贷款的钱庄,就是最常见的抵押贷款,用别人的名义,在另一套房间里,生意很兴隆。

"对朋友,我可以大笔贷款。"

"这么说,难道公爵就是您这样的朋友?"

"朋——友;但是……他净说废话。而他是不应当说废话的。"

"怎么啦,他全捏在您手心里,欠了您很多债?"

"他……欠了很多。"

"他会还给您的;他有遗产……"

"这——不是他的遗产;他欠了债,还欠了别的。这点遗产不够。我可以借给您钱,不要利息。"

"也是作为'朋友'? 我哪来这么大面子?"我笑了。

"您行。"他又全身向我趴过来,又想举起一根手指。

第二部

"斯捷别尔科夫！别指手画脚的，要不我走了。"

"听我说……他可能要娶安娜·安德烈耶芙娜！"他说罢，使劲眯上自己的左眼。

"听我说，斯捷别尔科夫，话说到这份上就太不像话了……您怎么敢提到安娜·安德烈耶芙娜的名字？"

"您别生气嘛。"

"我只是在违心地听您说话，因为我清楚地看到这里在玩什么猫腻，我想弄明白……但是我也可能听不下去，斯捷别尔科夫！"

"您别生气，也别傲气嘛。请少安毋躁，且听在下慢慢道来，然后您再傲气不迟。关于安娜·安德烈耶芙娜的情况，您想必知道吧？至于公爵可能娶她……您想必也知道吧？"

"关于这一想法我当然听说过，而且也知道有关的一切，但是我从来没有跟公爵谈过这个。我只知道，这想法先是在索科尔斯基老公爵的脑子里产生的，老公爵至今还病着；但是我从来没有说过此事，也没有参与过此事。我向您宣布这一情况，唯一的原因是为了向您表白，我倒要请问，首先，您为什么要跟我说这事？其次，难道公爵跟您说到过这事了？"

"不是他跟我说；他不愿意跟我说，而是我跟他说，他不愿听。方才他还嚷嚷来着。"

"还用说嘛！我赞同他的态度。"

"索科尔斯基老公爵会给安娜·安德烈耶芙娜一大笔遗产的；她讨得了他的欢心。那作为新郎的索科尔斯基公爵就会把钱全部还我。至于非金钱的债务，他也会还的。肯定会还！可现在他无力偿还。"

"那么您找我，找我干吗呢？"

"为了一个重要问题：你们认识；您到处都很熟。您可以打听到一切。"

"啊，见鬼……打听什么？"

"公爵愿意不愿意，安娜·安德烈耶芙娜愿意不愿意，老公爵愿意不愿意，一定要打听清楚。"

"您居然敢让我做您的密探，而且这——用金钱收买！"我愤怒地跳起来。

"您先别傲气，先别傲气嘛。请稍许忍耐一下，先别傲气，总共约莫五分钟。"他又请我坐下。他显然并不怕我的装腔作势和大呼小叫；但是我决心听下去，听到底。

"我必须很快打听清楚，很快打听清楚，因为……因为，也许，很快就晚了。您不是看见那位军官方才谈到男爵同阿赫马科娃关系的时候，他就同吃了颗苦药丸似的吗？"

我决定听下去，简直太低俗了，但是我的好奇心却不可遏制地吸引住我。

"我说，您……您是个混账东西！"我坚定地说，"如果说我现在坐着听您说话，并且允许您对这样的人说三道四……甚至还回答您提出的问题，那也根本不是因为我允许您有这样做的权利。我不过是看到某种卑鄙的阴谋……首先，公爵对卡捷琳娜·尼古拉耶芙娜究竟存有什么希望？"

"什么希望也没有，但是他很恼火。"

"这不是真的！"

"他很恼火。可见，现在阿赫马科娃不跟他玩了。他输掉了双倍的赌注。现在他只有安娜·安德烈耶芙娜这一张牌了。我可以借给您两千卢布……不要利息，也不立借据。"

他说完这话，就断然决然而又神气活现地往椅背上一靠，向我瞪大了两眼。我也瞪大了眼睛望着他。

"您身上这套衣服是在百万大街定做的吧；需要钱，需要钱；我的钱比他的钱好借。我可以借更多，超过两千……"

"凭什么？凭什么呢，这不是见鬼吗？"

我跺了下脚。他向我弯下腰来，表情生动地说道：

"凭的就是您不从中作梗。"

"我本来就与这事无关。"我叫道。

"我知道您会保持沉默的，这很好嘛。"

"我不需要您的肯定。就我这方面说，我还巴不得这样呢，但是我认为这事与我无关，我甚至觉得这不体面。"

"您瞧，您瞧，不体面！"他举起一个手指。

"您瞧什么？"

"不体面……嘿！"他突然笑了，"我明白，我明白，您觉得不体面，但是……您不会从中作梗吧？"他向我使了个眼色，但是在这眼色中却有某种非常无耻，甚至嘲笑、下作的神态！他正是希望我这样卑鄙下流，并指望着这种卑鄙下流……这事一清二楚，但是我怎么也弄不懂这到底是怎么回事。

"安娜·安德烈耶芙娜——是您姐呀，您哪。"他俨乎其然地说。

"关于这事，不许您多嘴。总之，不许您提到安娜·安德烈耶芙娜。"

"不要傲气，只要一小会儿！我说，只要他一拿到钱，所有的人就都得到了保证，"斯捷别尔科夫颇有分量地说道，"所有的人，所有的人，您在注意听吗？"

"那您以为我会拿他的钱吗？"

"您现在不就在拿吗？"

"我拿的是自己的钱！"

"什么自己的钱？"

"这是韦尔西洛夫的钱：他欠韦尔西洛夫两万卢布。"

"那是韦尔西洛夫的，不是您的。"

"韦尔西洛夫是我父亲。"

"不,您姓多尔戈鲁基,而不是姓韦尔西洛夫。"

"这反正一样。"

确实,我当时可以这样争辩!我也知道这不是反正一样,我还没有蠢到这般地步,但是我出于"面子",当时偏要这么说。

"够了!"我叫道,"我真弄不明白,您怎么敢为了这点小事叫我过来?"

"难道您当真不明白?您——是不是存心?"斯捷别尔科夫慢吞吞地说道。他目光锐利地,脸上挂着不信任的微笑,瞅着我。

"我敢对天发誓,我真不明白。"

"我刚才说:他可能使所有的人都得到保证,所有的人,只要您不从中作梗,也不劝阻的话……"

"您大概疯了吧!您怎么老拿这个'所有的人'来说事呢?难道韦尔西洛夫也要他保证?"

"不光是您,也不光是韦尔西洛夫……这里还有其他人。而安娜·安德烈耶芙娜同样是您姊妹,就像丽扎韦塔·马卡罗芙娜一样!"

我瞪大了两眼看着他。忽然在他那令人恶心的目光中闪过一丝甚至可怜我的表情。

"您不明白,那就更好!您不明白,那就好,好得很嘛。这应予表扬……如果您真的只是不明白的话。"

我大怒:

"您就跟您那些鸡零狗碎的事给我滚——远——点吧,您真是个疯子!"我叫道,抓起了礼帽。

"这不是鸡零狗碎的事!那,就这样了?要知道,您会再来的。"

"不。"我在门槛处断然道。

"您会来的，到时候……到时候再另说吧。那将是一次十分要紧的谈话。两千卢布哪，记住了！"

二

他给了我一种十分肮脏和模糊的印象，因此我出门后甚至尽量不去想，只是啐了口唾沫，不予理睬。一想到公爵可能跟他谈起过我和这些钱的事，我就像挨了针扎似的。"赢到钱，今天就还他。"我斩钉截铁地想。

不管斯捷别尔科夫怎么笨，怎么吞吞吐吐，我一眼就看出他是个卑鄙小人，一个十足而又地道的小人，主要是这里不可能没有阴谋。不过当时我没工夫来探明任何诡计和阴谋，这也是我鼠目寸光的主要原因！我不安地看了看表，还不到两点，这就是说，还可以再作一次拜访，要不在三点前我非急死不可。我去看了安娜·安德烈耶芙娜·韦尔西洛娃，我的姐姐。老公爵生病的时候，我早已经在那儿跟她接近了。一想到我已经有三四天不去看公爵了，我的良心很不安。正好安娜·安德烈耶芙娜帮了我的忙：公爵非常喜欢她，已经离不开她，甚至当着我的面称她是自己的保护天使。顺便说说，让她嫁给谢尔盖·彼得罗维奇这个主意，最早的确是在我那位老公爵的头脑里产生的，他甚至不止一次地向我表露过他的这一想法，当然是作为秘密悄悄地告诉我的。我把公爵的这一想法告诉了韦尔西洛夫。我过去就发现，韦尔西洛夫对所有与他切身有关的事，都十分冷漠，可是，当我告诉他我与安娜·安德烈耶芙娜见面时的某些情况时，他却好像总是特别感兴趣。当时，韦尔西洛夫曾对我喃喃地说，安娜·安德烈耶芙娜很聪明，在这么微妙的问题上，即使没有旁人给她指点，她也能行。当然，斯捷别尔科夫说得对，老爷子肯定会给她一笔陪嫁，但是他怎么敢在这件事上指望捞到什么好处呢？不久前，公爵在斯捷别尔科夫身后嚷嚷根本不怕他，莫非斯捷别尔科夫还当真在书房里跟他谈到安娜·安德烈耶芙娜了；我想，我要是处在他的地位，非大怒不可。

在最近这段时间里，我甚至经常去看望安娜·安德烈耶芙娜。但是这时候总会出现一种奇怪的状况：常常是她自己定的日子让我去看她，而且她肯定在等我，可是，我刚一进门，她肯定会做出一种样子，似乎我去看她出乎她的意料，是她始料未及的；我虽然在她身上发现了这一特点，但是我还是对她恋恋不舍。她住在她的外婆法纳里奥托娃家，当然是作为由她抚养的孩子（韦尔西洛夫完全不负担她们的生活费用）——但远不是人们通常描写的贵妇人家收养的女孩子那种角色，比如像普希金在《黑桃皇后》中描写的那个老伯爵夫人的养女一样。安娜·安德烈耶芙娜自己倒好像是位伯爵夫人似的。她完全单独地住在这座公寓里，也就是说，虽然跟法纳里奥托娃家住在同一层楼、同一套住房，但却住在两个单独的房间里，因此，比如说，我出入她家，就从来不曾遇到过法纳里奥托娃家的任何人。她有权接待她愿意接待的任何人，她可以支配她自己的所有时间。不错，她已经快满二十三岁了。最近一年，她几乎已经不再出入社交界，虽然法纳里奥托娃对自己外孙女的一应花销并不吝啬，我听说，她还很喜欢她。相反，我喜欢安娜·安德烈耶芙娜的地方，正在于我每次遇到她，总是看到她穿得很朴素，总是看到她在忙活什么，看书或者做针线活儿。她那样子似有某种类似修道院女子学堂的女生，几乎是修女的神态，这也是我所喜欢的。她不爱多说话，但说起话来总是很有分量，而且非常善于听别人说话，而我却从来学不会。我曾经对她说，虽然她与韦尔西洛夫的长相没有任何共同点，可是我却总觉得她非常像韦尔西洛夫，每当我这么说的时候，她总是微微有点脸红。她常常脸红，但是来得快也去得快，而且总是淡淡地、微微地一红，我非常喜欢她脸上的这一特点。我在她那儿说到韦尔西洛夫时从来不直呼其姓，而是必定尊称他安德烈·彼得罗维奇，

第二部

而且不知怎么，这是自然而然形成的一种习惯。我甚至十分清楚地发现，一般说，在法纳里奥托娃家，大概，大家有点羞于提到韦尔西洛夫；话又说回来，我是从安娜·安德烈耶芙娜一个人身上发现这点的，虽然我也不知道这里可不可以使用"羞于"一词；然而，确实有这么点味道。我也同她谈到过谢尔盖·彼得罗维奇公爵的情况，她很注意地听了，我觉得她对这些情况很感兴趣；但是不知怎么总是我主动把这些情况告诉她，而她从来不问。关于他俩有没有可能喜结良缘，我从来不敢向她提起，虽然我常常想跟她谈谈，因为我自己多多少少也很喜欢这主意。但是在她屋里，不知怎么，许多事我都不敢说，可是另一方面，我在她屋里又觉得非常舒坦。我也很喜欢她受过很好的教育，读过许多书，甚至还是一些很有应用价值的书；比我读过的多多了。

我头一回上她屋里去，是她主动叫我去的。我当时就明白，她有时指望从我这里探听点什么消息也说不定。噢，当时有许多人想从我这里探听消息，探听许许多多事！"但是，这有什么要紧呢，"我想，"要知道，她叫我到她屋里去，并不就为了这么一点儿事呀。"总之，我甚至很高兴能做点于她有利的事……每当我跟她坐在一起，我心里总暗自寻思，她是我姐姐，她坐在我身旁，虽然，关于我俩的血统关系我一次也没有同她说过，既没说过一句话，甚至也没做过任何暗示，仿佛这种关系根本就不存在似的。坐在她屋里，不知怎么，我总觉得，跟她谈这种事，根本不可思议，说真的，看着她，有时候会有一种十分荒唐的想法钻进我的脑海：也许她根本不知道这种血统关系也说不定——她对我的态度居然使我产生了这样的想法。

三

我进门后，突然碰见丽莎也在她屋里。这几乎吓了我一跳。我非常清楚地知道她俩过去见过面；这就发生在寄养"婴儿"的那户人家。关于高傲而又腼腆的安娜·安德烈耶芙娜居然会忽发奇想，想去看看这小孩，以及在那里同丽莎见面的事，如果将来篇幅允许，也许我会讲也说不定；我怎么也没料到，安娜·安德烈耶芙娜会有朝一日主动邀请丽莎到她自己家里来。这使我又惊又喜。不用说，我先是不动声色，向安娜·安德烈耶芙娜问了好，又跟丽莎热烈地握了握手，然后在她身旁坐了下来。两人都在干活儿：桌上和她俩的膝盖上铺着安娜·安德烈耶芙娜的一件贵重的、出门才穿的连衣裙，但是已经旧了，也就是说穿过两三次了，她想设法改一下。丽莎在这方面是个"行家"，有审美力，于是就隆重召开了这个"聪明女子"的会议。我想起韦尔西洛夫，笑了起来；再说，我今天也的确很开心，心情很好。

"您今天很开心，这太好了。"安娜·安德烈耶芙娜说，吐字很庄重，很清晰。她的声音是一种沉稳而又亮丽的女低音，但是她发音吐字总是那么人定气闲，总是微微低垂着自己的长长的睫毛，在她那苍白的脸上不时微微地闪过一丝笑容。

"丽莎知道我不开心的时候有多讨厌。"我快活地回答道。

"说不定安娜·安德烈耶芙娜也知道这个。"爱淘气的丽莎顶撞了我一下。亲爱的！如果我知道当时她心里在想什么就好啦！

"现在，您在做什么呢？"安娜·安德烈耶芙娜问我。（我要指出，正是她请我今天务必要到她这里来一趟的。）

"现在我在这里坐着，并且问自己：为什么我总是更高兴看见您在看书，而不是在做针线活儿呢？不，真的，不知为什么做针线活儿与您不适合。在这点上，我有点像安德烈·彼得罗维奇。"

"您还没决定考大学吗？"

"我十分感谢您还没忘了咱俩的谈话：这说明您有时还想着我；但是……

关于上大学的事，我还没想过，再说，我另有自己的奋斗目标。"

"就是说，他另有自己的秘密。"丽莎指出。

"不要开玩笑，丽莎。有一个聪明人在不多几天前说过，近二十年来，在我国这整个进步运动中，我们首先证明了我们的愚昧无知。这话当然也适用于我国那些读过大学的人。"

"唔，不错，爸爸说过这话；你总是常常重复他的想法。"丽莎指出。

"丽莎，你好像以为我没有自己的头脑似的。"

"在我们这时代多听听聪明人的话，并且牢牢记住，是有益的。"安娜·安德烈耶芙娜微微地替我帮腔。

"就是就是，安娜·安德烈耶芙娜。"我热烈地接茬道，"谁不思考当代的俄罗斯，谁就不是一个合格的公民！我也许是从一个奇怪的角度来看俄罗斯的：我们经历了鞑靼人的入侵，然后又经历了两个世纪的农奴制，这当然是因为这二者都合乎我们的口味。现在给了我们自由①，就必须经受得住这自由：我们经受得了吗？这自由合乎我们的口味吗？——这才是问题所在。"

丽莎迅速瞥了一眼安娜·安德烈耶芙娜，于是安娜·安德烈耶芙娜立刻低下了眼睛，并开始在自己身旁寻找什么东西；我看到丽莎在拼命忍住，但是，忽然，在无意中我们俩的目光相遇了，于是她扑哧一声笑了出来；我腾地一下火了：

"丽莎，你简直不可思议！"

"请你原谅！"她忽然说道，已不再笑，几乎带着一丝伤感，"天知道我脑子里在想什么……"

她的声音里忽然似有眼泪在颤动。我觉得惭愧极了：我拿起她的一只手，紧紧地亲吻了一下。

---

① 指俄国1861年实行农奴改革后，还农奴以自由。

"您的心肠真好。"安娜·安德烈耶芙娜看见我亲吻丽莎的手，温存地对我说道。

"我最高兴的是，丽莎，这一回我看见你是笑嘻嘻的。"我说，"您信不信，安娜·安德烈耶芙娜，最近这些日子，她每次遇见我，总是用一种异样的目光看我，而在这目光中似乎又含有一个问题：'怎么，没打听到什么吗？是不是一切顺利？'真的，她总是这副腔调。"

安娜·安德烈耶芙娜目光缓慢而又锐利地看了看她，丽莎低下了眼睛。不过，我还是非常清楚地看到，她俩的关系比我方才进门时所能设想的要亲密得多；这想法使我很高兴。

"刚才您说我心肠好；您肯定不会相信，我在您这里整个人都在变好，我真高兴能到您这里来，安娜·安德烈耶芙娜。"我动情地说。

"我很高兴您现在能这样说。"她别有深意地回答我。我必须预先交代一下，她从来没跟我说过我那杂乱无章的生活，也没跟我说过我沉溺于其中的旋涡，虽然我知道，她对所有这一切不仅知道，甚至还从侧面向别人打听过。因此她现在这话也好像在第一次暗示我，于是——我的心也就更加向着她了。

"我们那位病人怎么样啦？"我问。

"噢，他好多了：他已经能下床走动了，昨天和今天还坐车出去兜风呢。难道说您直到今天也没有去看他吗？他正盼望您去哩。"

"我很抱歉，对不起他，不过现在有您能常常去看望他，不就完全代替我了吗；他大大地变了心，把我换成了您。"

她摆出一副一本正经的面孔，很可能，我这玩笑开得太庸俗了。

"方才我去过谢尔盖·彼得罗维奇那儿，"我嘟囔道，"我……顺便问问，丽莎，你方才不是去看过达丽娅·奥尼西莫芙娜吗？"

"是的，去过。"不知怎么，她简短地回答道，头也不抬，"你不是好像每天都去看望生病的老公爵吗？"她有点突如其来地问道，兴许为了没话找话。

"是的，我是想去看他，但是没有看成。"我淡淡地一笑，"我进屋时向左拐了。"

"连老公爵也看出来了，您去找卡捷琳娜·尼古拉耶芙娜去得也太勤啦。昨天他就说到过这事，而且笑了。"安娜·安德烈耶芙娜说。

"他笑什么，笑什么呢？"

"他开玩笑，您是知道的。他说，相反，年轻美貌的女人总是对像您这样年龄的年轻男子产生一种令人又恼又恨的印象……"安娜·安德烈耶芙娜忽然笑了起来。

"听我说……您知道，他这话说得非常中肯，"我叫了起来，"大概，这话不是他说的，而是您对他说的，是不是？"

"为什么呢？不，是他说的。"

"唔，如果这个大美人忽然对他垂青，那会怎样呢？尽管他微不足道，站在角落里生闷气，因为他'小'，可是她却忽然对他青眼有加，超出了围绕在她周围的一大群崇拜者，那又会怎样呢？"我忽然以一种非常勇敢的挑战姿态问道。我的心在怦怦跳。

"那你在她面前就会干脆毁了。"丽莎大笑。

"毁了？"我叫道，"不，我毁不了。似乎，毁不了。如果一个女人挡我的道，她就必须跟我走。我将一往无前，谁挡我的道，谁就不能不受到惩罚……"

有一回，丽莎曾对我说，是捎带说的，已经是在很久以后了，她说，我说这句话时神态非常奇怪，很严肃，仿佛突然陷入了沉思；但是，与此同时，又"十分可笑，让人忍俊不禁"；果然，安娜·安德烈耶芙娜又大笑起来。

"你们笑吧，你们笑我吧！"我兴高采烈地叫道。因为这整个谈话和谈话的取向我非常喜欢,"你们越笑,我越高兴。我喜欢您笑,安娜·安德烈耶芙娜! 您有个特点:您先是沉默,后来会忽然笑起来,在刹那间,而在这一瞬间之前根据您的脸色都看不出来。在莫斯科,我认识一位女士,可望而不可即,我躲在一个角落里看她:她几乎跟您一样长得很美,但是她不会像您这样笑,她的脸也跟您一样很迷人——可是她一笑就失去了迷人的魅力;而您却非常迷人……正因为您有这种本领……这话我早就对您说了。"

当我说到有一位女士,"她长得跟您一样非常美丽"时,我要了个滑头:我装作这话是我无意中脱口而出的,似乎我自己也没有发觉;我心里很清楚,这样"脱口而出"的赞美,女人特别重视,远胜于任何经过刻意打磨的恭维。尽管安娜·安德烈耶芙娜的脸上红了一下,但是我知道她心里很高兴。其实这女士也是我编出来的:在莫斯科,任何女士我也不认识;我只是想赞美一下安娜·安德烈耶芙娜,让她心里高兴。

"的确可以认为,"她十分动人地微微一笑,"最近这些日子,您曾受到某个非常美丽的女人的影响。"

我飘飘然,仿佛要飞起来似的……我甚至想对她们吐露点什么……但是我忍住了。

"顺便说说,不久前您谈到卡捷琳娜·尼古拉耶芙娜的时候还充满敌意。"

"如果我说过她什么坏话的话,"我两眼开始发光,"那罪魁祸首也是对她的那些荒诞无稽的诽谤,说她是安德烈·彼得罗维奇的仇敌;还诽谤他,说他似乎爱过她,向她求过婚,以及诸如此类的荒唐事。这想法也太离谱了,就像对她的另一类诽谤一样,说她似乎在丈夫在世的时候就曾向谢尔盖·彼得罗维奇许诺过,一旦她守寡就嫁给他,但后来又食言了。但是我,从第一手材料得知,这一切并不是这样的,这不过是一句玩笑而已。这,我是从第一手材料知道的。有一回在那儿,在国外,在一次开玩笑的时候,她的确对公爵说过'也许吧',在将来;但是这又能说明什么呢? 不过是逗乐罢了。我太了解公爵了,就他那方面说,他不可能赋予这样的许诺以任何价值,而且他也丝毫没有这样的打算。"我忽然警觉地补充了一句,"他似乎另有其他想法,"我又狡猾地加了一句,"方才纳晓金还在他那儿说,似乎卡捷琳娜·尼古拉耶芙娜要嫁给比奥林格男爵了:请相信,他听到这消息后,气定神闲,处之泰然,你们放心。"

"纳晓金去过他那儿?"忽然,安娜·安德烈耶芙娜很有分量,又似乎不胜诧异地问道。

"噢,是的;似乎,这是个规规矩矩的人……"

"纳晓金也跟他说到她跟比奥林格的这件婚事了?"安娜·安德烈耶芙娜顿时大感兴趣。

"不是婚事,而是这婚事的可能性,作为一种谣传;他说,在社交界似乎有这样的谣传;至于我,我认为全是无稽之谈。"

安娜·安德烈耶芙娜想了想,又低下头,做起了自己的针线活儿。

"我很喜欢谢尔盖·彼得罗维奇公爵,"我忽然热烈地加了一句,"他有自己的缺点,这无可争议,我已经跟您说过了,具体说,也就是思想的某种偏执……但是连他的缺点也证明他的心灵高尚,不是吗? 比如说,我们俩今天就差点为一个观点争论起来:他认为,如果谈到高尚,那自己就应当高尚,否则,你所说的话就都是谎言。唔,这符合逻辑吗? 然而这恰好证明他心中对自己提出了对于荣誉、天职、正义等很高的要求,不是吗? ……啊,我的上帝,现在几点啦?"我无意中瞥了一眼壁炉上的座钟,忽然叫道。

"差十分三点。"她瞥了一眼钟,平静地说道。当我谈到公爵的时候,她一直低着头听我说,脸上挂着某种狡猾而又可爱的笑容:她知道我为什么这么夸他。丽莎听着,一直在低头干活儿,已经很久都不参与谈话了。

我猛地跳起来，好像浑身着了火似的。

"您大概要到什么地方去，迟到了吧？"

"对……不……不过，是迟到了，但是，我马上就走。只有一句话，安娜·安德烈耶芙娜，"我开始激动地说，"今天，我不能不告诉您！我要向您承认，我已经好几次感谢过您的善良，以及您邀请我常到您这儿来做客的那份情意。跟您相识曾对我发生过极其强烈的影响。在您的房间里，好像我的灵魂得到了净化，离开您时我似乎变好了，比原来要好。这是实话。当我坐在您身旁的时候，我不仅不会说不好的话，甚至都不敢有不好的想法；这些不好的念头一见到您就会不翼而飞，在您身旁，即使捎带地想到什么不好的事，我也会立刻对这不好的事感到羞愧，在心里感到胆怯和脸红。您知道，今天能在您这里碰到我妹妹，我心里特别高兴……这证明您十分高尚……证明您对她十分亲热……总之，您表现出了某种手足之情，如果您允许我打破这坚冰的话，那我……"

当我说这些话的时候，她从座位上站了起来，脸越来越红；她忽然好像害怕什么似的，害怕某个不该逾越的界限，急忙打断了我的话：

"请相信我，我会全心全意地珍惜您对我的感情的……即使您不说我也明白……而且早就明白了……"

她尴尬地住了口，握着我的手。突然，丽莎悄悄地拉了一下我的袖子。我告辞后，走了出去；但是在另一个房间里丽莎追上了我。

四

"丽莎，你干吗拉我袖子？"我问。

"她坏，她狡猾，她不配……她抓住你不放，就是为了从你嘴里打探什么消息。"她快速地、恶狠狠地低声说道。我还从来没见过她脸上这样的表情。

"丽莎，哪能呢，她是那么好的一个姑娘！"

"那么说，是我——坏喽。"

"你怎么啦？"

"我很坏。她也许是最好的姑娘，而我是坏女人。够了，别说了。你听着：妈妈要我向你说一句'她自己不敢说的话'，她就是这么说的。亲爱的阿尔卡季！别赌了，亲爱的，求你了……妈妈也……"

"丽莎，我自己也知道，但是……我也知道，这是可悲的意志薄弱，但是……这不过是小节，小节而已！瞧，我像个傻瓜似的欠了一屁股债，我想赢回来，就为了还债。要赢是办得到的，因为，我以前赌钱不动脑子，像个傻瓜似的全碰运气，而现在每下一卢布赌注，我都要深思熟虑……我要是赢不回来，就不是人！我没有瘾；这不是主要的，请相信我，这不过是偶一为之，转瞬即逝！我足够坚强，想停手就能停住。把钱还清了，到时候你们也不用分开住了，你告诉妈妈，我绝不离开你们……"

"这三百卢布，你方才花了多大力气呀！"

"你怎么知道的？"我打了个哆嗦。

"方才达丽娅·奥尼西莫芙娜什么都听见了……"

这时丽莎忽然把我一推，把我推到门帘后面，于是我们俩就被帷幔挡住了，出现在一个所谓"小阳台"上，也就是出现在一个全是窗户的圆形的小房间里。我还没来得及弄清楚是怎么回事，就听到一个熟悉的说话声和马刺的响声，听出了一个很熟悉的脚步声。

"谢廖查公爵。"我悄声道。

"是他。"她低语。

"你干吗这么害怕呢？"

"没什么，我很不愿意让他碰见我……"

"原来是这样，他该不是在追求你吧？"我笑道，"那我就要给他点厉害瞧瞧了。你去哪儿？"

"咱们走，我跟你一起。"

"难道你跟里边的人道过别了？"

"道过别了，我的皮大衣留前厅了……"

我们走了出去，在楼梯上我突然出现一个想法，使我很吃惊：

"你知道吗，丽莎，他也许是来向她求婚的！"

"不，不会……他不会来求婚……"她用低低的声音坚定而又缓慢地说。

"你不知道，丽莎，我虽然方才跟他吵了一架——说不定已经有人告诉过你了——但是，说真的，我真心实意地喜欢他，并祝愿他在这方面取得成功。我们方才又和好了。当我们幸福的时候，我们是善良的……你瞧，他心里有许多美好的意向……也有人道精神……起码有这方面的萌芽……在像韦尔西洛娃这样一个坚强而又聪明的姑娘手里，他肯定会完全变好的，而且肯定会幸福。可惜我没有时间了……要不咱俩同行，坐车一块儿先走一会儿，我也可以告诉你一些事……"

"不，你坐车先走吧，咱俩不同路。你来吃饭吗？"

"来，我答应过一定来。听我说，丽莎：有一个下作坯——总之，有一个混账东西，唔，如果你认识这人的话，就是斯捷别尔科夫，他对他的事情有着可怕的影响……通过借据……唔，总之，把他捏在手心，而且把他逼得走投无路，而他也低三下四到这样的程度，除了向安娜·安德烈耶芙娜求婚以外，两人都似乎看不到其他出路。应当正儿八经地给她提个醒；不过，这也是废话，以后她自己会把所有的事情办理妥当的。怎么样，你认为她会拒绝他吗？"

"再见了，我没空。"丽莎打断了我的话，我在她的匆匆一瞥中忽然看到她充满了恨意，以致我害怕得都叫了起来：

"丽莎，亲爱的，你这是干吗呀？"

"我不是冲你，只要你不去赌就成……"

"啊，你是说赌钱，我不赌了。"

"你刚才说：'当我们幸福的时候'，那你很幸福吗？"

"幸福极了，丽莎，幸福极了！我的上帝，都三点了，三点都过了！……再见，丽佐克，丽佐奇卡①，亲爱的，你说：难道能让一个女人久等吗？这样可以吗？"

"这是去约会，是吗？"丽莎微微一笑，这是一种灰暗的、战栗的笑。

"伸出你的手，祝福我。"

"祝福你？我的手？决不！"

她说罢便迅速离去。主要是她的叫声竟那么严肃。我向我坐的雪橇奔了过去。

是的，是的，这"幸福"才是当时的罪魁祸首，而我就像瞎了眼的鼹鼠，除了自己以外，竟什么也不明白，什么也看不见！

---

① 丽佐克，丽佐奇卡，均为丽莎的昵称。

第 四 章

一

现在我都怕讲这件事。这一切都是很久以前的事了；但是这一切现在对于我就像个幻影似的。这么一个女人怎么可能同当时像我这样一个可憎可厌的浑小子约会呢？——乍一看，不就是这回事吗！当我离开丽莎之后，我便风驰电掣般向前飞奔，当我的心开始怦怦跳的时候，我就直截了当地认为自己疯了：我忽然觉得约会什么的太荒唐，荒唐得也太明显了，简直无法相信。然而我却毫不怀疑，这又是怎么回事呢，甚至是这荒唐越明显，我越信以为真。

已经敲过三点了，这使我很不安，"既然给我定了约会，我怎么可以迟到呢。"我想。我脑海里还闪过一些愚蠢的问题，诸如："现在，我怎么是好呢：勇敢地一往无前，还是胆怯地临阵脱逃呢？"但是这一切只是一闪念而已，因为我心中还有一个主要问题。我拿不准这到底是怎么回事。头天是这么说的："我明天三点在塔季雅娜·帕夫洛芙娜家。"——就这么一句话。但是，首先，我在她那里，在她的房间里，从来就是被单独接见的，她爱讲什么就讲什么，用不着再另外找个地方，到塔季雅娜·帕夫洛芙娜家去呢；干吗要另外约个地方，到塔季雅娜·帕夫洛芙娜家去呢？还有个问题：塔季雅娜·帕夫洛芙娜会不会在家里呢？如果这是约会，那这么说，塔季雅娜·帕夫洛芙娜就不会在家。如果事先不跟塔季雅娜·帕夫洛芙娜说好，又怎么能做到这点呢？这么说，连塔季雅娜·帕夫洛芙娜也参与了这秘密？我觉得这想法显得既离奇又有点男盗女娼，几乎很粗俗。

第二部

最后，她不过是简简单单地想去看看塔季雅娜·帕夫洛芙娜，她昨天告诉我这话并没有任何用意，是我自己在想入非非。而且这话说得那么随便，那么漫不经心，那么平静，而且，这是在极其无聊的聚会以后说的，因为我昨天在她那里的所有时间里，我不知为什么就像丢了魂似的：我坐着，磨磨叽叽，也不知道自己在说什么，我在生闷气，心里又非常胆怯，而她正准备到什么地方去，后来才弄清楚，她听见我要走，还特别高兴。所有这些想法，当时都在我的脑海里翻腾。我终于决定，我一进去后就拉铃，厨娘出来开门后我就问她："塔季雅娜·帕夫洛芙娜在家吗？"如果不在家，那就是"约会"。但是我并没有怀疑，并没有怀疑这不是约会！

我跑上了楼梯——在楼梯上，在房门口，我的整个恐惧不翼而飞，"豁出去了，"我想，"不过要快！"厨娘开了门，用她那可憎的冷漠带着鼻音说，塔季雅娜·帕夫洛芙娜不在家。"就没有别人啦，没人在等塔季雅娜·帕夫洛芙娜回来吗？"我想这么问，但是没问出口，我想"还是自己看的好"，于是我向厨娘嘟囔说，我可以稍等，说罢就脱去大衣，推开了门……

卡捷琳娜·尼古拉耶芙娜坐在窗户旁，"在等塔季雅娜·帕夫洛芙娜回来"。

"她不在家？"她忽然似乎既关切又懊恼地问我，似乎因为只看到我而感到懊恼似的。她的声音和脸色都与我的期望大相径庭，因而我在门口木然地站住了。

"谁不在家？"我嘟囔道。

"塔季雅娜·帕夫洛芙娜呀！昨天我不是请您转告她，我三点来看她吗？"

"我……我根本就没看见她呀。"

"您忘了？"

我大失所望地坐了下来。原来是这么回事！主要是一切都像二二得四一样一清二楚，可是我——我却异想天开。

"我都不记得您请我转告她了。再说，您也没有请我，您只是说您三点到这里来。"我不耐烦地打断了她的话。我没有抬头看她。

"啊！"她忽然叫起来，"既然您忘了告诉她，可是您自己却记得我三点要到这里来，那您到这里来干吗？"

我抬起了头：她脸上既没有嘲笑也没有愤怒，有的则是她那灿烂的、愉快的微笑，以及在她面部表情中某种刻意表现出来的调皮——这是她一贯的表情，然而——这调皮劲儿几乎天真得跟孩子一样。"瞧，我把您整个人都逮住了；嗯，现在你还有什么好说的呢？"她的整个脸似乎都在这么说。

我不想回答，又低下了头。沉默持续了约莫半分钟。

"您现在从我爸那里来？"她忽然问。

"我现在从安娜·安德烈耶芙娜那儿来，我根本就没去看尼古拉·伊万诺维奇公爵……这您是知道的。"我突然加了一句。

"您在安娜·安德烈耶芙娜那儿没发生什么事吗？"

"您是说我现在这副疯疯癫癫的样子？没有，我在看望安娜·安德烈耶芙娜之前就是这副疯疯癫癫的样儿。"

"您在她那儿也没变聪明点儿？"

"没有，没有变聪明点儿。此外，我在那里还听说您要嫁给比奥林格男爵了。"

"这话是她告诉您的？"她突然感兴趣起来。

"不，这是我告诉她的，而我是听纳晓金方才在谢尔盖·彼得罗维奇公爵家做客时告诉他的。"

我一直没有抬头看她：抬头看她，那就意味着我整个人都被光明、快乐、幸福所照亮，而我偏不愿意成为幸福的人。愤怒的毒刺扎进了我的心，一刹那间，我做出一个巨大的决定。接着就忽然开始滔滔不绝地说话，都差点不记得我说什么了。我说得上气不接下气，仿佛嘟嘟囔囔，但是我已经很勇敢地看着她。我的心在怦怦跳。我先是从一件无关紧要的事情讲起，不过，也许，说得头头是道。她先是带着那种从来没有离开过她面部的淡淡的、耐心的笑容听我讲，但是慢慢、慢慢地，惊奇，接着甚至是恐惧，倏忽闪过她那专注的目光。那笑容虽然始终没有离开过她的脸，但是这笑容有时却似乎在发抖。

"您怎么啦？"我问道，忽然发现她全身战栗了一下。

"我怕您。"她几乎惊慌不安地回答道。

"为什么您不走开呢？瞧，现在既然塔季雅娜·帕夫洛芙娜不在家，而且您也知道她不会回来，那，由此可见，您就应该站起身来，走开呀，不是吗？"

"我想等她回来，但是现在 …… 倒也真该 ……"

她微微站起身来。

"不，不，您坐下，"我按住她，"瞧，您又发抖了，但是您即使害怕也常常是笑嘻嘻的 …… 您脸上永远挂着笑容。瞧，您现在还真的开心地笑了 ……"

"您不是在说胡话吧？"

"是说胡话。"

"我怕 ……"她又悄声道。

"怕什么？"

"我怕您会拆掉我们之间的那堵墙 ……"她又微微一笑，但是这回已是当真害怕了。

"我受不了您那笑容！……"

我又开始滔滔不绝地讲起来。我整个人仿佛在飞。仿佛有什么东西在推我前进。我还从来没有，从来没有这么跟她说过话，总是怕兮兮的。就是现在，我也非常害怕，但是仍旧滔滔不绝地说个没完。我记得，我说到了她的脸。

"我再受不了您那笑容啦！"我忽然叫起来，"还在莫斯科的时候，我怎么会把您想象成一个可怕而又高不可攀的，一个满嘴都是上流社会刻薄话的女人呢？是的，在莫斯科的时候；我和玛丽娅·伊万诺芙娜还在那里谈论过您，想象过您该是什么样……您记得玛丽娅·伊万诺芙娜吗？您去过她家。当我们到这里来的时候，我在火车上整夜都梦见您。我在这里，一直等您来到彼得堡之前，我在令尊的书房里一直望着您那幅画像，望了整整一个月，还是什么也没猜出来。您的面部表情，是一种天真的顽皮和无限的忠厚朴实——对，就这样！我每次到您这儿来，总是十分惊异于您的这一表情。噢，您也善于高傲地看人，用目光把人看扁：我还记得，当您从莫斯科回来后，当时，在令尊那儿您是怎么看我的……当时，我看见您了，然而，我出来后，如果当时有人问我：您长得怎么样？——我肯定说不出来。甚至您的高傲我都说不出来。我一看到您就目眩神迷，眼睛同瞎了一样。您的画像同您一点儿也不像：您的眼睛不是深色，而是浅色的，只是因为长长的睫毛才显得深色。您长得很丰满，中等个儿，但是您是那种结实的丰满，是一种健康的乡间少妇型的丰满。而且您的脸也是完全村姑型的，乡下美女的脸型——请别见怪，要知道，这很好，这更美——一张圆圆的、红艳艳的、靓丽的、勇敢的、笑吟吟的……以及一副娇羞万状的脸！真是娇羞万状。卡捷琳娜·尼古拉耶芙娜·阿赫马科娃的脸真是娇羞万状！娇羞万状而又纯洁天真，我敢起誓！犹胜于纯洁天真——是孩子般的！——这就是您的脸！我一直感到惊奇，我一直在问自己：这女人就是她吗？我现在知道您很聪明，可是起先我却认为您是傻乎乎的。您内心快活，但是没有丝毫夸张……我还喜欢您总是春风含笑；这是我的天堂！我还喜欢您的安详，您的文静，还有您那谈吐的从容不迫、不慌不忙，几乎是懒洋洋的——我正是喜欢这种懒洋洋的神态。

似乎，即使您脚下的桥塌了，您还会照样从容不迫地娓娓而谈……我曾把您想象成骄傲与可怕之最，但是这两个月来您同我说话却像大学生同大学生说话一样……我从来没有想象过您的前额会是这样的：就像雕像上一样略微偏低，但是在蓬松的头发下却像大理石一样白皙而又柔和。您的胸部高高的，步态轻盈，您有着非凡的美，却毫无骄矜之态。要知道，我直到现在才相信这点，过去一直不信！"

她睁开两只大大的眼睛，一直在听我说这一大篇奇谈怪论；她看见我自己也在发抖。她有好几次动作优美而又小心翼翼地略微举起她那只戴着手套的小手，想阻止我说下去，但每次都困惑而又害怕地把手缩了回去。有时甚至整个人都猛地向后退缩。有两三次她脸上又绽开了笑容；有一段时间，她满脸通红，娇羞万状，但是到后来她越听越害怕，脸也开始发白。一直到我略作停顿，她才向我伸出手来，用一种哀求般的，但依然十分平和的声音对我说道：

"不能这么说……不要这么说……"

接着她忽然从座位上站起来，不慌不忙地抓起自己的围脖和貂皮手笼。

"您要走？"我叫起来。

"我太怕您了……您滥用……"她似乎不无遗憾和责备地拉长了声音。

"听我说，上帝做证，我决不会拆掉我们之间的那堵墙。"

"可您已经开始拆了，"她忍不住又微笑了一下，"我甚至不知道您肯不肯放我走？"看样子，她还当真担心我会不放她走。

"我会亲自给您拉开门的，您走吧，但是要知道：我已经做出了一个重大决定；如果您愿意给我的心以一丝光亮的话，那就请回来，请您坐下，听我再说两句话。但是，如果您不愿意，那就请走吧，我会亲自给您拉开门的！"

她看了看我，在椅子上坐了下来。

"换了别的女人,一定会怒气冲冲地走出去,可是您却坐了下来!"我兴高采烈地叫道。

"您以前是从来不会这么放肆地说话的。"

"我过去总是害怕。就是现在,我进来后都不知道该说什么了。您以为我现在不害怕吗? 我害怕。但是我忽然做出一个重大决定,我觉得,我一定会说到做到。可是一旦我做出这一决定,我就会立刻跟疯了似的,把这一切全说出来 …… 请听,这就是我要说的两句话:我是不是您的密探? 请回答我 —— 这就是我要问的问题!"

一阵红晕顿时布满她的脸。

"可以暂时不回答,卡捷琳娜·尼古拉耶芙娜,您可以先把话听完,然后再告诉我您的全部真心话。"

我一下子拆掉了全部樊篱,飞上了广阔的空间。

二

"两个月以前,我站在这里的门帘后面 …… 这您是知道的 …… 而您和塔季雅娜·帕夫洛芙娜正在讲到一封信。我跳了出来,忘乎所以,说漏了嘴。您立刻明白了,我一定知道点什么 …… 您不可能不明白 …… 您在寻找一份重要文件,并在为它而担心 …… 且慢,卡捷琳娜·尼古拉耶芙娜,您先忍住不要说话。我要向您宣布您的怀疑是有道理的:这份文件的确存在 …… 就是说,的确有过 …… 这文件就是您写给安德罗尼科夫的信,是不是这样?"

"您看见过这封信?"她不安而又激动地迅速问道,"您在哪儿看见的?"

"我看见了 …… 我是在克拉夫特那儿看见的 …… 也就是在那个开枪自杀的人那儿 ……"

第二部

"真的？您亲眼看见了？信又怎样了呢？"

"克拉夫特把它撕了。"

"当着您的面，您看见了？"

"当着我的面。他想必是在临死前撕的……要知道，我当时并不知道他会开枪自杀……"

"那么说，信销毁了，谢谢上帝！"她慢吞吞地说，叹了口气，画了个十字。

我没有对她说谎。也就是说，我说谎了，因为这文件在我手里，从来没有在克拉夫特那儿，但是这仅仅是细节，而在最主要的一点上我并没有说谎，因为在我说谎的那一刻我就已经向自己保证，当天晚上就把这封信烧了。我敢发誓，如果这一刻这封信就在我身边的口袋里，我一定会把它拿出来，还给她；但是它不在我身边，在我房间里。不过，也许，我不会还给她，因为我当时十分羞愧，我羞于向她承认这封信在我这儿，而且我把它留在自己身边那么久，在等候时机，而没有还给她。反正一样：回家后我会烧掉它的，不管怎样，我没说谎就是了！在这一刻，我的心地是纯正的，我敢发誓。

"既然这样，"我几乎情不自禁地继续道，"那就请您告诉我：您笼络我、亲近我、接待我，是不是因为您怀疑我知道这份文件的事？且慢，卡捷琳娜·尼古拉耶芙娜，请稍候片刻，您先别说话，让我把话先说完。我一直，自从我来看您起，我一直都在怀疑，您仅仅为了这事才来亲近我，就为了从我这里探听出关于这封信的下落，让我自己说出来……等等，再等一会儿：我怀疑，但是我很痛苦。您表里不一对于我是难以忍受的，因为……因为我发现您是一个非常高尚的人！我坦白说，我坦白说：我曾经是您的敌人，但是我又发现您是一个非常高尚的人！一下子，一切就被征服了。但是表里不一，也就是我怀疑您表里不一，使我很痛苦……现在应该是解决一切、弄清一切的时候了，这样的时刻到了；但是请您再等片刻，先别说话，先听我说，我自己是怎么看这一切的，正是现在，正是在此时此刻；我要坦白地说：如果这是过去的事，过去就是这样的，那我决不会生气……也就是我想说——我决不会见怪，因为这十分自然，要知道，我能够理解。这又有什么不自然、不好的呢？您在为这文件而感到苦恼，你在怀疑一定有什么人知道这一切；怎么样呢，您一定很希望这人能自己说出来……这并没有什么不好，根本没有什么不好。我要说句真心话，但是您现在还是应当给我个说法……坦白承认（我用了这词，请恕不恭）。我需要您说真话。不知为什么必须这样！为此，请告诉我：您对我的百般亲近，是不是为了从我这里打探出这份文件来……卡捷琳娜·尼古拉耶芙娜？"

我说这话时好像要倒下去似的，我的前额在发烧。她听我说话时已经不再惊慌，相反，颇为动容；但是她看我的样子颇为腼腆，仿佛有点害羞似的。

"是为了这个，"她缓慢地低声说道，"请您原谅，我错了。"她忽然加了一句，向我微微地伸出两手。我怎么也没料到她会说这话。我什么都料到了，就是没料到她会说这两句话，而且是从我早就了解的她的嘴里说出来的。

"您居然对我说'我错了'！这么直截了当说'我错了'？"我叫起来。

"噢，我早就感觉到我错了，对不起您……现在我甚至感到高兴，终于把这话说出了口……"

"早就感觉到了？那您为什么过去不说呢？"

"我不知道这话该怎么说，"她微微一笑，"就是原本知道，"她又笑了笑，"但是总觉得有点不好意思……因为，起初我的确是为了这一目的在'笼络'您，正如您说的那样，可是后来我很快就厌恶了……我讨厌透了所有这一套弄虚作假，请您相信！"她带着一种苦涩的感情又加了一句，"还有所有这些烦心事也一样！"

第二部

"那您那时候为什么，为什么不直截了当地问我呢？您就该这样问我：'你明明知道这信的事，干吗还要装假呢？'那我就会把一切立刻全部告诉您，立刻供认不讳！"

"但是我……有点怕您。不瞒您说，我也有点不信任您。这倒不假，如果说我耍了花招，您不也一样吗。"她又加了一句，苦笑道。

"对，对，我不配！"我被她震慑住了，叫了起来，"噢，您还不知道我极端堕落到什么地步呢！"

"什么极端不极端的！我知道您的说话方式，"她又嫣然一笑，"这封信，"她伤心地又加了一句，"是我毕生所做的一件最伤心，也最轻率的事，一想到这事，我总是不断自责。在当时种种情况的影响下，又因为担心，我竟怀疑起了我那亲爱的、宽宏大量的父亲的精神状态。我知道这封信可能落到……一些坏人手里……我有这样想的充分理由（她说这话时十分激动），我担心它会被坏人利用，会拿去给爸爸看……而这会对他产生非同寻常的影响……在他的身体状况下……影响到他的健康……他就会不爱我……是的，"她又加了一句，直视着我的眼睛，大概她在我的目光里匆匆捕捉到了什么东西，"是的，我也担心我的命运：我担心他……在自己疾病的影响下……会取消对我的恩赐……这种感情也掺和了进来，但是，我在这点上恐怕也对不起他：他是那么善良和宽宏大量，当然，他会原谅我的。这就是发生过的一切。至于我这么对待您，那，这是不应该的。"她结束了自己的话，又忽然变得羞赧起来，"您使我羞愧无地。"

"不，您完全不用感到羞愧！"我叫起来。

"我的确曾经指望过……您会一时感情冲动……我承认。"她低下了头，说道。

"卡捷琳娜·尼古拉耶芙娜！谁，谁，请您告诉我，谁逼迫您向我公开地这样承认？"我如痴如醉地叫起来，"您完全可以站起来，用最精心挑选的措辞，用最巧妙的方式，就像二二得四一样证明，虽然这事曾经是这样，但毕竟不完全是这样——您明白吗，通常在你们上流社会里是很善于这样来对付事实真相的——这对您不费吹灰之力，这又算得了什么呢？要知道，我愚蠢而又粗俗，我会立刻对您的话信以为真的，不管您说什么，我都会深信不疑！要知道，您这样做根本就不费吹灰之力呀？难道您还当真怕我不成？您在一个愣头青面前，在一个可怜的少年面前，怎么能这样心甘情愿地低三下四呢？"

"至少在这点上我并没有对您低三下四。"她带着非凡的自尊说道，她显然没有听懂我的感慨。

"噢，相反，相反！我欢呼的正是这点！……"

"啊，就我而言，这事做得太差劲，也太轻率了！"她叫道，向她的脸部微微举起一只手，似乎要用手捂住自己的脸似的，"我昨天就感到很羞愧，因此，当您坐在我那里时，我心中很不自在……问题的关键在于，"她又加了一句，"现在我的种种情况忽然都凑到了一块儿，我必须彻底弄清这封倒霉的信的全部真相，要不，我都差点把这封信的事给忘了……因此我完全不是仅仅因为这事才在自己房间里接待您的。"她又突然加了一句。

我的心开始发抖。

"当然不是，"她又嫣然一笑，"当然不是！我……您方才说得很有见地，阿尔卡季·马卡罗维奇，过去我们常常像大学生跟大学生似的彼此交谈。请您相信，有时候在社交界我常常觉得很无聊；尤其是当我从国外回来以及家门不幸发生了这种种事情之后……我现在甚至都很少到什么地方去了，倒并不是因为一个'懒'字。我常常想到乡下去。想在那里把我所有心仪的书再读一遍，这些书我早就撇到了一边，而且总好像坐不下来，没工夫读它们似的。

这事我以前跟您说过。您记得吗,您还总是笑我,笑我读俄国报纸,一天看两份?"

"我没笑您……"

"当然,因为您也同样感到激动,而我早就向您坦承:我是俄国人,我爱俄国。您记得吗,咱俩总在一起读'真人真事',正如您所说的那样(她嫣然一笑)。您虽然常常表现得有点……怪,但是您有时候是那么活跃,总爱说一些很精辟的话,而且您感兴趣的问题,也正是我感兴趣的问题。当您像个'大学生'的时候,您总是那么可爱而又富有新意。至于别的角色,似乎就跟您不太适合了。"她又以一种娇美而又狡猾的微笑加了一句,"您记得吗,咱俩有时候接连好几个小时净谈一些数字,又是计算,又是对比,关心我国有多少学校,教育向何处发展。咱俩还计算发生了多少次凶杀案和刑事案,又把它们与好消息相比较……我们想弄清这一切向何处去,以及发展到最后我们自己又会成为怎样的人。我发现您这人很真诚。在社交界,人们是从来不会这样跟我们,跟女人,这样说话的。上星期我跟某公爵谈起了俾斯麦①,因为我对他很感兴趣,而我自己又拿不准,于是,您便在一旁坐下来,开始给我讲解,甚至说得很仔细,但总是带着一种嘲弄的口吻,以及那种使我受不了的宽容态度。每当女人爱多管闲事,过问一些自己'不该过问的事',那些'大丈夫'总爱用这样的态度来跟我们,跟女人们说话……您记得吗,咱俩谈到俾斯麦时差点没有吵起来? 您旁征博引地对我说,您有自己的思想,比俾斯麦思想'高明得多'。"她忽然笑了,"我生平只遇到过两个人能同我严肃地谈话:一个是我去世的丈夫,他是一个非常,非常聪明而又……高——尚的人,"她动情地说道,"还有一个——您自己知道他是谁……"

---

① 俾斯麦(1815—1898),普鲁士王国首相和德意志帝国首相,前后在位约三十年。主张强权统治,在普鲁士领导下通过王朝战争统一德国。有"铁血首相"之称。

"韦尔西洛夫！"我叫道。她说的每句话都差点让我窒息。

"是的。我很爱听他说话,到后来,我开始跟他完全……也许太……太开诚布公了,但是那时候他根本就不相信我!"

"不相信您?"

"是的,要知道,从来就没一个人相信过我。"

"但是韦尔西洛夫,韦尔西洛夫!"

"他不但不相信我,"她说,低下了眼睛,有点异样地微笑了一下,"他认为我'浑身都是毛病'。"

"您没一点儿毛病呀!"

"不,我也是有些毛病的。"

"韦尔西洛夫不喜欢您,所以他也不理解您。"我叫道,两眼闪着光。

她脸上有什么东西抽搐了一下。

"请您别提这人了,以后再也不要跟我提起……这个人……"她热烈和十分坚决地加了一句,"够了,该走了。"(她站起身来,准备要走)。"怎么样,您能不能原谅我呢?"她说,坦然地望着我。

"我……原谅……您!听我说,卡捷琳娜·尼古拉耶芙娜,请您不要生气!您当真要嫁人了吗?"

"这事还根本没定呢。"她说,仿佛害怕什么似的,又好像不好意思。

"他这人好吗?对不起,我问这样的问题,对不起!"

"是的,很好……"

"不用再回答了,您不用回答我的问题。我知道,由我来问这样的问题是不应该的!我只是想知道他配不配,关于他的为人,我自己会弄清楚的。"

"啊呀,您听我说嘛!"她恐惧地说道。

"好吧,我不说了。我会从一旁匆匆走过……不过我要说一点:愿上帝

第二部

赐予您任何幸福,您要什么样的幸福就赐给您什么样的幸福……再说,在这一小时中,您自己也给了我这么多幸福!您现在已经永远铭刻在我心上了。我已经获得了一座宝库:明白了您的完美。我曾经怀疑过您的狡诈,您的粗鄙的卖弄风情。因此我很不幸……因为我没法把这想法与您联系在一起……最近这几天我日夜思忖,忽然一切都明如白昼!到这里来的时候,我曾经想,我在这里看到的将会是伪善、奸诈和一条刺探别人隐情的毒蛇,可是我却在这里发现了坦露心迹、光明正大和大学生!……您在笑?笑吧,笑吧!要知道,您——是圣徒,您不可能嘲笑神圣的东西……"

"噢,我笑的只是您用词这么可怕……比如,什么叫'一条刺探别人隐情的毒蛇'?"她笑了起来。

"您今天脱口而出,说了一句十分宝贵的话。"我兴高采烈地继续道,"您怎么能在我面前说出这样的话呢,说什么'您曾经指望过我会一时感情冲动'。虽说您是圣徒,您可以甚至坦承这一点,因为您想象自己身上犯有某种罪行,所以想惩罚自己……虽说,其实您什么罪行也没有,即使有什么的话,您所做的一切也是神圣的!但是您毕竟可以不说呀,何必说这种话,何必用这样的说法呢!……您这样异乎寻常的甚至是肺腑之言,只是表明您心灵高尚,心地纯洁,尊重我,相信我。"我语无伦次地一再欢呼,"噢,您不必脸红,不必脸红!……谁,谁能诽谤您,说您——是水性杨花的女人呢?噢,请您原谅:我看到您脸上痛苦的表情,请原谅一个发狂的少年所说的这些愚笨的话!再说,现在的问题并不在于说了什么话和使用了什么说法!任何言辞都不足以形容您的高尚!……有一回韦尔西洛夫说,奥赛罗杀死黛丝特蒙娜,然后自杀,并不是因为嫉妒,而是因为人们剥夺了他的理想!……这道理我懂,因为我的理想也是在今天才返回到我自身!"

"您对我过奖了,我配不上您这么夸奖。"她动情地说,"您记得我曾经对您说过关于您眼睛的事吗？"她玩笑地加了一句。

"您说我长的不是眼睛，而是两个显微镜，说我把每只苍蝇都夸大成了骆驼！不，这不是骆驼！……怎么，您要走？"

她站在房间中央，手里拿着手笼和围巾。

"不，我要等您先出去，然后再走。我还要给塔季雅娜·帕夫洛芙娜写两句话呢。"

"我马上就走，马上，但是我要再一次祝您幸福，无论是单独一人或者是同您所选中的人一起，愿上帝保佑您！而我——我只需要理想！"

"可爱而又好心肠的阿尔卡季·马卡罗维奇，请您相信，我对您……我父亲每次讲到您总是说：'可爱的、好心肠的孩子！'请相信，我会永远记得您对我讲的那个可怜孩子的故事，他被抛弃在陌生人中间，以及他那些孤独的幻想……我太清楚了，您那颗心是怎么形成的……现在虽说咱俩相处得跟大学生一样，"她带着恳求和羞涩的微笑加了一句，握了握我的手，"但是咱俩不可能再像过去那样见面了，而且，而且……您想必明白这话是什么意思？"

"不能？"

"不能，很长时间都不能……这都怪我……我看出，现在这是完全不可能的……不过有时候咱俩可以在我爸那儿见面……"

"您怕我会一时感情'冲动'？您不相信我？"我本想这么叫起来；但是她忽然在我面前变得十分害羞，以致我想说的话到了嘴边又咽了回去。

"请告诉我，"我已经完全走到房门口了，她忽然叫住了我，"您亲眼看见……那封信……被撕了吗？这您记得很清楚？您当时怎么知道这就是那封写给安德罗尼科夫的信呢？"

"克拉夫特给我说了这信的内容，甚至把它拿给我看了……再见！每当我在您书房里的时候，只要您在，我就胆怯，可是当您一走，我就恨不得扑过去亲吻您的脚刚才站过的地方……"我忽然不由自主地说道,自己也不知道是怎么回事和为了什么,接着,也不望她一眼,便迅速走了出去。

我起身回家,我心里感到兴高采烈。一切像旋风一样在我脑海里闪过,心里则感到很充实。在快到妈妈家门口的时候,我忽然想起了丽莎对安娜·安德烈耶芙娜的忘恩负义,想到她方才说的那句残忍的古怪的话,我的心突然为他们大家痛苦起来!"他们这些人的心多狠呀!还有丽莎,她到底怎么啦?"我想,接着便登上了台阶。

我打发马特维先走了,同时吩咐他在九点钟到我住的那座公寓来接我。

第五章

一

吃饭时我去晚了，但是他们还没有入座，在等我。也许是因为我很少在他们那儿吃饭，所以甚至还另外加了点儿菜：作为冷盘，出现了沙丁鱼，等等。但是令我感到诧异的是我看见他们一个个好像有什么心事似的，皱紧了眉头：丽莎看见我后只勉强笑了笑，妈妈则明显地感到不安；韦尔西洛夫虽然笑嘻嘻的，但这笑却像挤出来似的。"该不会是吵架了吧？"我不由得想道。然而，起初一切都进行得很好：韦尔西洛夫只是对疙瘩汤稍许皱了皱眉头，把米馅肉饼端上来的时候，狠狠地做了个鬼脸。

"只要我提醒过什么食品我的胃受不了，第二天它准会出现。"他恼怒地脱口说道。

"安德烈·彼得罗维奇，又能想出什么花样来呢？新花样的食品，怎么也想不出来呀。"妈妈胆怯地回答道。

"你这个母亲呀，跟我们的某些报纸恰好相反，它们是什么新奇就干什么。"韦尔西洛夫想说句俏皮话，说得风趣些和友好些，可是不知怎么没有说成，于是他更加吓坏了妈妈，她当然什么也没听懂，怎么会把她同报纸相比呢，于是她只好困惑地环顾四周。这时候，塔季雅娜·帕夫洛芙娜走了进来，先申明她吃过饭了，接着便在妈妈身旁的长沙发上坐了下来。

我还始终没能博得这位要人的好感，甚至，恰好相反，她动不动就没碴找碴地对我肆意攻击。最近以来，她对我的不满变本加厉：她对我这身十分讲究的衣服看都不要看，丽莎还告诉我，当她听说我包了车，差点没气得晕过去。最后我只好尽可能地避免同她见面。两个月以前，在退还遗产以后，我本想跑去找她聊聊韦尔西洛夫的所作所为，但是却没得到她的半点同情，相反，她气得要命：很不乐意他居然让出了全部，而不是一半；而对于我，当时她严厉地指出：

"我敢打赌，你坚信，他又把钱还给人家，又向人家提出决斗，唯一的目的就是要改变阿尔卡季·马卡罗维奇对他的看法。"

要知道，这几乎给她猜了个正着，其实，我当时还真有这样的感觉，还当真感觉到了点儿什么。

她一进来我就明白了，她肯定会找我的碴儿；我甚至还有几分把握，她这次来就是为了向我兴师问罪的，因此我就忽然变得随随便便，异常放肆起来；这对我也不费吹灰之力，因为我从不久前起还处在一种快快乐乐、欢天喜地的状态。我要一劳永逸地指出，随便、放肆在生活中从来就与我不适合，也就是说，我不应该放肆，相反，我一放肆就会出丑。我现在的情况也这样：不多一会儿我就说漏了嘴；我倒没有什么不好的感情，纯粹是出于轻率；我发现丽莎一副闷闷不乐的样子，就冒冒失失地说了句话，甚至都没想过我在说什么：

"天荒地老！我难得回来吃一次饭，可是你丽莎，却好像故意给我脸色看似的，这么闷闷不乐！"

"我头疼。"丽莎回答。

"啊，我的上帝，"塔季雅娜·帕夫洛芙娜抓住了这句话，"你该不是病了吧？阿尔卡季·马卡罗维奇好不容易才赏脸回来吃一次饭，你应当手舞足蹈地表示欢迎呀。"

"您简直是我命中的灾星，塔季雅娜·帕夫洛芙娜；以后只要您在，我就永远不回来！"我还当真愤愤然拍了一下桌子；妈妈吓了一跳，而韦尔西洛夫看了看我。我忽然大笑起来，请求他们原谅。

"塔季雅娜·帕夫洛芙娜，我把灾星一词收回。"我对她说，继续十分放肆。

"不，不，"她断然道，"能做你的灾星，而不是相反，我感到三生有幸，您放心。"

"亲爱的，应当学会忍受生活中小小的不幸，"韦尔西洛夫微笑着喃喃道，"没有不幸，活着就没意思了。"

"知道吗，有时候您是个极端的顽固派。"我神经质地笑着，叫道。

"我的朋友，我不在乎。"

"不，不要不在乎！您干吗不对一头蠢驴直言不讳地说：它是头蠢驴呢？"

"你该不是说你自己吧？首先，我不想，而且也不能评论任何人。"

"为什么您不想，为什么您不能呢？"

"因为我懒，也因为厌恶。有一回，有个聪明的女人对我说，我没有资格评判他人，因为'我还没有尝过痛苦的滋味'，而要成为一个评判他人的人，必须先自己饱受苦难，才有资格评判他人。这话听起来似乎有点花哨，但是应用到我身上，也许还是合适的，因此我甚至心甘情愿地乐意听从这样的评论。"

"难道这话是塔季雅娜·帕夫洛芙娜对您说的？"我叫道。

"你是怎么知道的？"韦尔西洛夫略显诧异地看了我一眼。

"根据塔季雅娜·帕夫洛芙娜的脸色一眼就看得出来：她突然使劲抽动了一下。"

我是偶然猜着的。后来才弄清楚，这话的确是塔季雅娜·帕夫洛芙娜在昨天的热烈交谈中对韦尔西洛夫说的。再说，一般说来，我再重复一遍，我那么开心、那么冒失地攻击他们大家，实在不是时候：他们每个人都有自己的心事，而且心事很重。

"我一点儿也听不懂，因为这一切说得太抽象了；这也是您的一大特点：您非常喜欢发表抽象的看法，安德烈·彼得罗维奇；这是利己主义者的一大特点：只有利己主义者才喜欢发表抽象的观点。"

"这话说得不笨，但是你不要再纠缠了。"

"不，哪能呢，"我冒冒失失地硬是纠缠不休，"只有饱受苦难的人，才有资格评判他人——这话是什么意思呢？谁正大光明，谁才能当法官——这就是我的看法。"

"在这种情况下，能给你当法官的人就不多了。"

"但是我知道有一个人。"

"谁？"

"他现在正坐着，跟我说话。"

韦尔西洛夫奇怪地笑了笑，然后弯下腰来，凑近我的耳朵，抓住我的一只肩膀，对我悄声道："他对你说的都是谎话。"

我至今不明白当时他脑子里在转什么念头，但是看得出来，他当时正处在某种异常的惊惶不安中（后来我才想明白，是因为一个消息）。但是，"他对你说的都是谎话"这话，说得那么出人意料，那么严肃，而且还带着一种十分古怪的、完全像在开玩笑的表情，以致我整个人都有点神经质地战栗了一下，几乎被吓坏了，并有点异样地看了看他；但是韦尔西洛夫急忙大笑起来。

"好了，谢谢上帝！"妈妈说，她方才看见韦尔西洛夫跟我耳语，都吓坏了，"我还以为……阿尔卡沙，你别生我们的气：即使没有我们，也会有聪明人跟你在一起的，如果我们彼此不互相照应，又有谁会来爱你呢？"

"所以，亲属之间的爱是没有道德基础的，妈妈，它是不请自来的，自然而然发生的。爱应当是做了什么得到回报，争取得来的。"

"你就先慢慢争取吧，在这里大家爱你是不需要理由的。"

大家都忽地大笑起来。

"嗯，妈妈，您也许并没有想开枪，可是鸟却被您打下来了！"我也大笑地叫起来。

"你还当真以为有值得爱你的理由吗，"塔季雅娜·帕夫洛芙娜又气势汹汹地攻击我，"他们不仅白爱你了，还通过憎恶在爱你！"

"不见得吧！"我快乐地叫起来，"您知道吗，也许今天还真有人说过他爱我呢？"

"人家是取笑你才说这话的！"塔季雅娜·帕夫洛芙娜有点不自然地、恶狠狠地接口道，好像就等着我说这句话似的，"一个温文尔雅的人，尤其是女人，单凭你那肮脏的灵魂，就会感到恶心。你留着小分头，穿着精致的内衣，衣服是在法国裁缝那儿定做的，要知道，这一切都腌臜透了！谁给你穿，谁给你吃，谁给你钱花，让你去玩轮盘赌？你想想，你不知羞耻地向谁拿的钱？"

妈妈腾一下满脸涨得通红，我还从来没见过她脸上出现这样的羞耻。我整个人感到一阵抽搐。

"如果说我乱花钱，那花的也是我自己的钱，我无须向任何人汇报。"我满脸通红，断然答道。

"你自己的钱是谁的钱？你自己的钱是什么钱？"

"不是我的，那就是安德烈·彼得罗维奇的。他不会拒绝我的……我向公爵拿的是他欠安德烈·彼得罗维奇的债……"

"我的朋友，"韦尔西洛夫忽然坚定地说，"他那儿，我没有一分钱。"

这话可非同小可。我愣在原地，哑口无言。噢，不用说，考虑到我当时那种满不在乎的反常心态,当然我可以用某种"极其高尚"的冲动,或者漂亮的言辞,或者什么别的方法来摆脱困境,但是我在丽莎双眉深锁的脸上忽然发现一种恶狠狠的、责难的表情,一种对我不公平的表情,几乎像嘲笑,于是我立刻像被鬼迷了心窍似的说道:

"小姐,"我突然对她说道,"您好像常常到公爵府上去拜访达丽娅·奥尼西莫芙娜吧? 那您能不能把这三百卢布亲自交给他呢,为了这点钱您今天已经狠狠地数落我半天了!"

我掏出钱,交给了她。但是谁能相信呢,我说这些下流话时没有任何目的,就是说,我没有暗示任何事,影射任何事。再说,我也不可能有这样的暗示,因为当时我还一无所知。也许,我只是想挖苦她一下,说一些比较无伤大雅的话,比如说,小姐,不要多管别人的闲事,如果您硬要多管闲事的话,那能不能请您亲自去会会这位公爵,会会这个年轻人,会会这个彼得堡军官,把这交给他呢,"如果您硬要干涉年轻男人的事的话"。但是,当时我有多吃惊啊:妈妈蓦地站起来,在我面前举起一个手指,威胁我,喝道:

"不许你胡说! 不许!"

我从来没有想到她会有这样的表现,我也从座位上跳起来,倒不是因为害怕,而是感到某种痛苦,感到心上某种痛苦的创伤,我突然明白过来,一定出了什么大事。但是妈妈没过多长时间就经受不住:她用两手捂住脸,迅速跑出了房间。丽莎甚至没有朝我这边看一眼,就紧跟着她跑出去了。塔季雅娜·帕夫洛芙娜大约有半分钟默默地望着我。

"难道你当真话中有话,想说什么吗?"她令人不解地喝问道,带着深深的诧异看着我,但是她没有等到我的回答,也跑出去追她们了。韦尔西洛夫带着不悦的、甚至恶狠狠的表情,从桌旁站了起来,在墙角拿起了自己的礼帽。

第二部

"我认为你一点儿也不笨，不过太天真了。"他嘲弄地向我喃喃道，"如果她们回来了，你告诉她们，不用等我吃甜点了：我出去稍许走走。"

剩下了我一个人，起先我觉得很奇怪，然后感到很委屈，然后我才清楚地看到我错了。但是，我不知道我到底错在哪儿，而只是感觉到了什么。我坐在窗口，等着。等了大约十分钟，我也拿起了礼帽，上了楼，到我从前住的那阁楼去。我知道她们肯定在那儿，也就是说妈妈和丽莎，至于塔季雅娜·帕夫洛芙娜，她已经走了，我就这么找到了她们俩，坐在我那长沙发上，在悄悄地说什么。她俩一看见我就立刻停止了窃窃私语。我感到惊奇的是，她俩并没有生我的气；至少妈妈还微笑了一下。

"妈妈，我错了……"我开口道。

"得了，得了，没什么，"妈妈打断了我的话，"不过你们要彼此相爱，永远不要吵架，上帝会赐给你们幸福的。"

"妈妈，他永远不会欺负我，我向您保证！"丽莎肯定而且动情地说。

"要不是这个塔季雅娜·帕夫洛芙娜，就什么事也不会发生了，"我叫道，"她太坏了！"

"您瞧见啦，妈妈？ 您听见啦？"丽莎指着我对她说。

"我有句话要告诉你们俩，"我庄重地宣布，"如果这世界叫人恶心，那叫人恶心的只是我，而其他的——都十分美好！"

"阿尔卡沙，你别生气，亲爱的，要是你当真不再……"

"不再赌博？ 不再赌钱？ 不了，妈妈；今天是最后一次，尤其在安德烈·彼得罗维奇亲自公开地宣布他在那里没一分钱之后。你们俩不会相信，当时我多么羞愧啊……但是，我必须跟他开诚布公地谈一谈……妈妈，亲爱的，上一回我在这里说……真不好意思……好妈妈，我胡说了：我愿意真诚地信仰上帝，我只是信口开河，我很爱基督……"

我们俩上一回的确做过这一类谈话，妈妈很伤心，也很担心。现在她听完我的话后，就像对小孩似的冲我微微一笑：

"阿尔卡沙，基督会饶恕一切的。你说的坏话，他会饶恕，比你的话更坏的话，他也会饶恕。基督就是父，基督不求回报，甚至在最深沉的黑暗里都会发光……"

我同她俩告别后就走了出来，想着今天能不能找个机会同韦尔西洛夫再见上一面呢；我很想同他谈谈，而刚才没法谈。我疑心，他肯定在我那房间里等我。我徒步回去；从温暖的地方刚出来，开始感到略有寒意，走走路还是挺愉快的。

二

我住在耶稣升天桥附近的一家很大的公寓里，从院子里上楼。我快走进大门的时候，碰到正从那里出来的韦尔西洛夫。

"按照我的习惯，出来散散步，走到了你的住所，甚至还在彼得·伊波利托维奇那儿等了你片刻，但是又觉得无聊。他们在你那儿总是吵吵闹闹，今天他老婆都给气病了，躺在那里哭。我看了看就出来了。"

不知为什么我感到很懊恼。

"您大概只有我一个人可以来往吧，除了我和彼得·伊波利托维奇以外，您在整个彼得堡就没人可以来往了吗？"

"我的朋友……要知道，这都无所谓。"

"您现在准备上哪儿？"

"不，我不想回你那儿去。如果你愿意——咱们就走走，多美的夜晚呀。"

"如果您不是对我净发表一些抽象的议论，而是跟我说些人话，比如说，哪怕只是暗示一下这可恶的赌博的事，那我也就不至于像个傻瓜似的陷进去，拔不出来了。"我突然说道。

"你后悔了？这很好嘛，"他慢腾腾地回答道，"我从来就怀疑，赌博对你并不是主要的事，不过是暂——时——误入歧途……你说得对，我的朋友，赌博——是一种恶习，此外，还可能输钱。"

"而且输的还是别人的钱。"

"你还输掉了别人的钱？"

"我输掉的是您的钱。我在公爵那儿借钱，是记在您账上的。当然，就我这方面来说，这既荒唐透顶又愚蠢至极……居然把您的钱当成了自己的，但是我一直想赢回来。"

"我要再一次提醒你，那里没有我的钱。我知道这个年轻人自己也很拮据，尽管他一再许诺，但是我在他身上并没有任何打算。"

"这么说，我的情况就更不妙了……我处在一种可笑的境地！既然这样，他凭什么借给我钱，我又凭什么拿他的钱呢？"

"这就是你的事了……而说真格的，你向他借钱就没有一丝一毫的理由吗，啊？"

"除非凭交情……"

"不，除了凭交情以外？有没有你认为可以向他借钱的理由呢，啊？唔，比如说，凭借某种无论怎样的考虑？"

"凭借什么考虑呢？我不明白。"

"不明白，那就更好，不瞒你说，我的朋友，我就相信你不懂。咱们先不谈这个，亲爱的，你先想个办法，努把力，不要再赌了。"

"如果您早对我说不就成了！就是现在，您说话也是吞吞吐吐的。"

"如果我早说了，咱俩就可能大吵起来，你也就不会心甘情愿地让我每天晚上到你这儿来看你了。要知道，亲爱的，所有这些未雨绸缪、治病救人的忠告——这一切不过是干涉别人的事和别人的信仰。我冒冒失失地干涉别人信仰的事已经够多的了，到头来收获的却只是碰钉子和遭奚落。当然，碰钉子和遭奚落，你都可以不在乎，但是最主要的是你这一套做法将一无所获：不管你怎么干涉，人家都不会听你的……结果是大家都不喜欢你。"

"我很高兴，您开始不同我谈抽象的话题了。不过我还是有个问题想问您，早就想问了，但是过去好像有点没法跟您说似的。好在咱们现在在街上。您记得在您那儿的那个晚上吗，也就是两个月以前那个最后的晚上，咱们俩坐在我那口'棺材'里，我询问过您关于妈妈和马卡尔·伊万诺维奇的事——您记得吗，当时我对您是多么'放肆'啊？怎么能允许一个乳臭未干的黄口小儿用这样的字眼来谈论自己的母亲呢？怎么样？可是您却不动声色，不置一词，相反，您自己还向我'敞开心扉'，这就使我更加肆无忌惮了。"

"我的朋友，我太高兴了，居然能听到你有……这样的感受……是的，我记得很清楚，当时我的确在等你脸红，如果说我在给你火上加油，也许我正是想使你发展到极端……"

"可您当时只是欺骗了我，更加搅浑了我心中的那股清泉！是的，我还是一个少不更事的少年，自己也往往不知道什么是恶，什么是善。如果您那时能给我稍微点拨一下，我也许就会明白过来，立刻走上正道。但是您当时只是使我更加恼火。"

"亲爱的孩子，我一向都有这样的预感，咱们俩，不管怎样，都会走到一块儿的；你脸上的这'脸红'，现在是自然而然出现的，并不需要我的指点，我敢起誓，这对于你更好……我亲爱的，我要指出，最近以来，你学到了许多东西……难道是因为受了这小公爵的影响吗？"

"您别夸我了，我不喜欢这样。请不要在我心中留下令人烦恼的猜疑，疑心您夸我是出于伪善，真碍于实事求是，目的是博得我的好感。可是最近……您知道吗，我常常去看望一些女人。我受到很好的接待，比如说，在安娜·安德烈耶芙娜那儿，您知道吗？"

"这我知道，是她亲口告诉我的，我的朋友。是的，她是一个非常可爱、非常聪明的姑娘。咱们先不谈这个，亲爱的。今天我心里烦得出奇——是不是害了抑郁症呢？我把这归咎于痔疮。家里怎么样？没事儿吧？不用说，你在那儿又言归于好，又互相拥抱了？这是不消说的。有时候回到她们身边，总觉得心里有点烦，即使在最恶劣的天气下散步之后，也是这样。说真的，有时宁可在雨里再绕个圈，只要能在外面多待些时间就好，别回到这窝里来……心里闷啊，闷极了，噢，上帝！"

"妈妈……"

"你母亲是个十分完美、十分可爱的人，但是……总之，我大概配不上她们。顺便说说，她们今天到底怎么了？最近几天以来，所有的人，无一例外，都似乎有点异样……你知道吗，我总装作视而不见，但是，今天她们肯定出了什么事……你什么也没有发觉吗？"

"我一无所知，甚至完全没有察觉有什么异样，要不是那个可恶的塔季雅娜·帕夫洛芙娜跑来捣乱的话，她总是不能不跳出来咬人。您说得对：她们肯定有什么事。不久前，我在安娜·安德烈耶芙娜那儿碰到了丽莎；她在那儿也有点异样……甚至使我很吃惊。她常常到安娜·安德烈耶芙娜那儿去，您总知道吧？"

"知道，我的朋友。而你……你不久前是什么时候在安娜·安德烈耶芙娜那儿的，也就是说具体在几点钟？我需要知道这点，为了确定一个事实。"

"两点到三点。您想，我出来时正好碰上公爵……"

这时，我就把我的整个拜访十分详尽地告诉了他。他默默地听我说完了；

关于公爵可能向安娜·安德烈耶芙娜求婚的事，我未置一词；对于我兴高采烈地夸奖安娜·安德烈耶芙娜，他只支支吾吾地说了句"她很可爱"。

"今天我在众人之前使她吃了一惊，我告诉了她一件新出炉的社交界新闻，说卡捷琳娜·尼古拉耶芙娜就要嫁给比奥林格男爵了。"我忽然说，好像我心中忽然有什么东西失去了控制似的。

"是吗？你不妨想想，她前不久，还在中午以前，也就是说，在你使她大吃一惊之前很久，她就把这条特大'新闻'告诉了我。"

"您说什么？"我站在原地愣住了，"她怎么可能知道呢？不过话又说回来，我又怎么啦？她当然可以比我早知道嘛，但是您倒想想：她听我告诉她的时候，竟像听一个全新的新闻似的！不过……不过话又说回来，我又怎么啦？包容万岁！应当包容各种性格的人，不是吗？比如说，我会忍不住立刻说出去，而她则守口如瓶……由她去，且由她去，尽管如此，她还是个非常可爱的人，一个性格极好的人！"

"噢，毫无疑问，每个人都有自己的特点！然而最新奇的是这些性格极好的人有时却会以非常独特的方式令人不知所措；你想，安娜·安德烈耶芙娜今天冷不防向我提了个问题，把我都问蒙了，她问我是不是爱卡捷琳娜·尼古拉耶芙娜·阿赫马科娃？"

"多么古怪而又荒唐的问题啊！"我叫起来，又被惊呆了。我甚至感到眼前一阵发黑。我还从来不曾同他谈起过这个问题，可是——他却主动……

"这问题她是怎么提出来的？"

"就这样，我的朋友，直截了当；说完又立刻闭上了嘴，一言不发，主要是，你要注意，我从来不允许别人跟我进行这样的谈话，甚至不允许有进行这类谈话的可能，更不消说是她了……然而，你自己说你了解她，因此你可以想象一下，这问题她怎么问得出口……你该不是已经知道点什么了吧？"

第二部

"我也像您一样被弄得莫名其妙。可能是出于某种好奇,也许是开玩笑?"

"噢,相反,她是非常严肃地问的,不是一般地问,几乎是,可以说吧,质问,显然是事出有因,而且是出于一种非常紧急、非常要紧的原因。你会不会再去看她呢? 你能不能打听出什么来呢? 我甚至想请求你,你知道吗……"

"但是这怎么可能呢,主要是她怎么可能设想您会爱卡捷琳娜·尼古拉耶芙娜呢? 对不起,我至今还惊魂未定。我是从来,从来不允许自己跟您谈这个或这一类的任何话题的……"

"你这样做很聪明,亲爱的。"

"你们俩过去的私情以及你们俩之间的猫腻 —— 当然不是咱俩应该谈论的话题,我如果这样做甚至是愚蠢的;但是我正是在最近,在最近这几天,不止一次地在心里感叹:如果您从前曾经爱过这女人,哪怕就爱过一分钟,那会怎样呢? —— 噢,那您在对她的看法上就永远不会犯那么可怕的错误了,就像后来出现的那种错误一样! 后来出现的情况 —— 我还是知道的:你们俩互相敌对,你们俩,可以说吧,彼此厌恶,我都知道,我都听说过,听说得太多了,还在莫斯科的时候就听说了;但是,正是在这里首次跃入眼帘,暴露无遗的是这样的事实:你们彼此极端厌恶、极端敌对,也就是彼此不爱,可是安娜·安德烈耶芙娜却忽然问您:'是不是爱?'难道她的消息就这么闭塞吗? 真是奇怪! 她在取笑您,我敢说,她在取笑您!"

"但是我要指出,亲爱的,"突然在他的声音里听到某种神经质的、出自肺腑和感人至深的音符,过去他极少有这种情况,"我要指出,你自己谈到这事的时候似乎也过于热情,热情得过了头。你刚才说,你常常去看望一些女人…… 我当然,正如你所说,也想就这一话题…… 多多少少地问问你……'这女人'是否也列入你不久前交往的朋友之列呢?"

"这女人……"我的声音突然哆嗦了一下,"我说,安德烈·彼得罗维奇,您听我说,这女人也就是您不久前在公爵那儿所说的'鲜活的生命'——您记得吗?您曾说,这'鲜活的生命'就是某种那么直率、那么纯正、那么率真地望着您的生命,而且正是由于这种率真和开朗,使您无法相信这就是您如此艰难地寻找了一辈子的人……就这样,您抱着这样的观点遇到了一个理想的女人,在这个尽善尽美和理想的女人身上您又看到了她'浑身毛病'!还真有您的!"

读者可以想见,我当时是多么愤懑。

"'浑身毛病'!噢!这句话我知道!"韦尔西洛夫叫道,"既然事情已经发展到了这地步,连这句话都告诉了你,那我是不是应该祝贺你点什么呢?这说明你们已经亲密无间,也许,甚至还应当夸你几句,因为你为人稳重,因为你能保密,现在的年轻人恐怕很少能做到这点吧……"

他的声音里闪耀着亲切、友好和使人感到亲热的笑意……在他的言谈中,在他欢畅的笑脸上,就我夜间所能看到的,自有一种挑战而又亲切的表情。他异常兴奋。我不由得喜气洋洋,容光焕发。

"稳重,保密!噢,不不不!"我红着脸叫道,同时又握着他的一只手,我也不知道是怎样把他抓住的,甚至都没察觉我抓住他的手不放。"不,不敢当!……总之,我无喜可贺,在这件事上我永远,永远不会做出什么事来的,"我气喘吁吁,飘飘欲仙,我多么想飞啊,我心里是那么欢畅,"您知道吗……哪怕就发生这么一次呢,渺小的一次!要知道,亲爱的,好爸爸,请您允许我叫您一声爸爸——不仅父亲和儿子,而且任何人都不能同第三者谈论他同某个女人的关系的,甚至最纯洁的关系!甚至愈纯洁,愈应该禁止!这恶心,这粗俗,一句话——最信得过的人也不行!但是,要知道,如果什么关系也没有,完全没有任何关系,那总可以谈谈吧,可以吗?"

"应该听从心的吩咐。"

"我冒昧请问,我有一个十分冒昧的问题:要知道,您一生中认识过许多女人,您跟她们发生过关系吗?……我只是泛泛而论,泛泛而论,并不是特指某一个人!"我红着脸,兴奋得上气不接下气。

"就假定作过这孽吧。"

"有这么一回事,您作为一个较有经验的人,请给我解释一下这到底是怎么回事:一个女人跟您告别的时候忽然说,仿佛无意似的,眼睛望着一边:'明天三点我要到某某地方去'……唔,就假定到塔季雅娜·帕夫洛芙娜家去吧。"我脱口而出,彻底飘飘然了。我的心猛地一跳便停止了跳动;我甚至一时语塞,都说不出话来了。他竖起耳朵,在听。

"就这样,我在第二天的三点来到塔季雅娜·帕夫洛芙娜家,进门时,我是这么想的:'如果厨娘来开门,您知道她家的厨娘吧? 我头一句话就问她,塔季雅娜·帕夫洛芙娜在家吗? 如果厨娘说,塔季雅娜·帕夫洛芙娜不在家,只有某一位女客在那儿坐等。'那时候,我又该得出什么结论呢,请问,假如您…… 总之,假如您……"

"很简单,这就是约会,约你来相会。但是,这么说,这事已经发生过了? 而且就在今天? 对吗?"

"噢,不,不,不,绝无此事!绝无此事! 这事是有的,但并非此事;见面是有的,但并非为了那事,这是我首先要申明的,否则我就是个卑鄙小人了,有过,但是……"

"我的朋友,这一切开始变得越来越有意思了,因此我提议……"

"过去,有人向我讨钱,我常常给他们十个或者二十五个戈比。买一小杯酒喝!只求赏给我几个戈比,就要几个,是一个中尉在求你们,乞讨的是一个过去的中尉!"突然有一个高个子的乞讨者拦住了我们的去路,也许他还真是位退伍的中尉。最有意思的是，就他所从事的职业而言，他甚至穿得非常讲究，可是他却伸手向人乞讨。

三

关于这个卑微的中尉的这一微不足道的插曲，我故意不想漏过，因为现在我回忆的是韦尔西洛夫的整个形象，这就必须包括当时环境中的所有详情细节，而当时对于他来说是一个要命的时刻。生死攸关，而我却浑然不觉！

"先生，如果您再纠缠不休，那我就要立刻叫警察了。"韦尔西洛夫在那名中尉面前站住，突然有点不自然地提高了嗓门，叫道。

我从来无法想象，一个思想超脱的哲人因为这么一件微不足道的小事会发这么大的脾气。请注意，我们中断了谈话，当时我们正谈到他最感兴趣的地方，而且这话还是他自己提起的。

"难道您连十五戈比钢镚都没有？"那中尉挥了一下手，粗鲁地叫道，"再说现在哪个骗子会有十五戈比钢镚呢！这些坏蛋！混账东西！自个儿穿着海狸皮大衣，却把十五戈比钢镚当成国家大事！"

"警察！"韦尔西洛夫喊了一声。

根本不用喊：巡警恰好就站在街角，他也听到那中尉在骂人。

"他骂人，我请您做见证，我请您去一趟派出所。"韦尔西洛夫说。

"喔——唔，没什么大不了，您什么也证明不了！主要是您证明不了您有头脑！"

"您别放过他，警察，请您领我们去。"韦尔西洛夫坚决要求。

"难道咱们也去派出所？见他的鬼吧！"我向他小声道。

"非去不可，亲爱的。在我们大街上竟这么放肆无礼，太不像话了，讨厌透了,如果人人履行自己的职责,对人人都有好处。这很可笑,但是我们必须这样做。"

走了百步左右,一路上那中尉十分激动,精神抖擞,而且一副雄赳赳气昂昂的样子;他一再说"不能这样",不就为了"五戈比的事"吗,等等,等等。但到后来他终于跟那巡警说起了悄悄话。那巡警是位明白事理的人,显然反对在街上小题大做,似乎也站在他一边,不过也仅仅在一定的意义上。巡警嘟嘟囔囔地回答着中尉的问题,对他小声说着什么,诸如:"现在不行了","已经立案了","假如您向这位先生道个歉,而这位先生又同意接受您的道歉的话,倒还好说……"

"好了,请——听——我说,仁慈的先生,好了,咱们上哪儿? 我问您呢,咱们急急忙忙地上哪儿去? 这有意思吗?"那中尉大声叫道,"如果一个不幸的人,在自己穷途末路时同意向您道歉…… 如果,说到底,您需要他低三下四…… 见鬼,再说,咱也不是在客厅里,而是在大街上! 大街上的事,道个歉也就够了……"

韦尔西洛夫停了下来,蓦地哈哈大笑;我甚至以为他制造这整个事端是为了逗乐,但事实并非如此。

"我可以完全原谅您,军官先生,我敢断言您很有能耐。以后您在客厅里也可以这么干嘛——很快,这在客厅里也会蔚然成风,骂了人,道个歉,也就够了,至于现在,先给您两个二十戈比的钢镚,喝点酒,叫个菜;警察,对不起,打扰了,您出了力,我本来要对您表示感谢的,可你们现在是如此廉洁奉公…… 我亲爱的,"他又回过头来对我说,"这里有个小饭馆,实际上是个藏污纳垢之地,但是那里可以喝茶,我想请你…… 就在这儿,说话就到,咱们走吧。"

我再重复一遍,我还从来没有见过他这么兴奋;虽然他的脸显得很开心,而且容光焕发,可是我发现,他从小钱包里掏那两枚二十戈比准备给那军官时,却两手发抖,手指根本不听使唤,最后只好请我帮忙,帮他掏了出来递给那中尉;这事我忘不了。

他把我领到运河旁①,在下面的一家小饭馆里,顾客很少。有一架跑了调的、声音沙哑的管风琴在演奏,屋里发出一股油腻腻的餐巾味儿:我们在一处墙角坐了下来。

"你也许不知道吧? 有时候,我由于无聊……由于心里实在闷得慌……喜欢到各种各样的藏污纳垢之地来消遣。这个环境,这个变了调的《露契娅》②的咏叹调,这些穿着不像样子的俄国服装的跑堂,这种强烈的烟草味,台球屋里传出来的这些嘈杂的叫嚷声——这一切是如此庸俗,如此乏味,庶几乎,近似幻境。唔,那又怎么样呢,我亲爱的? 这个战神之子③,在咱们谈得最有意思的地方把咱们的话打断了……瞧,茶来了;我喜欢这里的茶……你想,彼得·伊波利托维奇现在忽然想让另一个麻脸住户相信,上世纪在英国议会里特意设置了一个法律专家委员会,以便研究基督在祭司长和彼拉多前受审的全过程④,唯一的目的就是弄清现在按照我们的法律这应该怎么办,他说,一切都进行得十分隆重,有律师,有检察官,还有其他人……直到最后,陪审员不得不作出有罪判决……这人也真稀奇! 那个傻瓜房客开始争辩,他大怒,吵翻了天,并且宣告他明天就搬走……女房东大哭,因为她减少了收入……但是先不谈这个。在这些小饭馆里,有时候养着夜莺。你知道彼得·伊波利托维奇式的古老的莫斯科笑话吗? 在莫斯科的一家小饭馆里,有

---

① 指彼得堡的叶卡捷琳娜运河,1923 年后更名为格里鲍耶陀夫运河。
② 《露契娅》是意大利作曲家多尼采蒂(1797—1848)的歌剧。
③ 指那个当街要钱的退伍中尉。
④ 耶稣基督在祭司长和巡抚彼拉多前受审的全过程,可参看《新约·马可福音》第十五章第一至十五节。

一只夜莺在歌唱,走进来一个'我就是这脾气,别添乱'①的商人,他问:'夜莺咋卖?''一百卢布。''烤了,端上来!'烤熟了,端上来了。'切十戈比的。'有一回,我把这故事讲给彼得·伊波利托维奇听,他不信,甚至还大怒……"

他还说了许多。我零零碎碎地讲这些,只是为了举例说明,他不停地打断我的话,只要我一开口想讲自己的故事,他就开始讲一些完全不相干、完全不搭界的废话;他讲得是既兴奋又快乐;还笑,但是天知道他笑什么,甚至还嘻嘻地笑,我还从来没见过他这模样。他一口气喝完了一杯茶,又重新斟上一杯。现在我明白了:他当时的情形就像一个人刚收到一封盼望已久的既珍贵而又令他十分好奇的信,他把这信放在自己面前,故意不把它拆开,相反,长久地拿在手里把玩。仔仔细细地看着这信封和封印,又跑到另一间屋里去忙活什么事,故意拖延,总之,故意拖延令人心驰神往那一刻的到来,因为他知道那一刻是跑不掉的,是不会离他而去的,这一切都是为了得到更充分的享受。

不用说,我把一切都告诉了他,原原本本,从头到尾都说了,也许,差不多说了一小时。再说,也不可能不这样;方才我就渴望能说个痛快。我从我们第一次见面开始说起,那时候,在老公爵那儿,在她刚从莫斯科回来之后;然后我就说到这一切是怎么逐渐发生的。我什么事也没有漏掉,也不可能漏掉:他自己也在不停地启发我,他在猜度事情的发展,他在不停地提示。某些瞬间,我甚至觉得,似乎发生了某种奇怪的状况,似乎他就坐在或站在那里门背后的什么地方,在这整整两个月里都这样:他预先就知道我的每一个姿势、我的每一种感受。在他的这种坦露心迹中,我感到无边的享受,因为我在他身上看到了那种发自肺腑的柔情,那种深沉而又细腻的心理,那种仅凭只言片语就能猜到别人心思的惊人的本领。他像女人那样温柔地听着。主要是他善于做到让我

---

① 这是旧时俄国商人中的一句流行语,以示商人的无知和恣意妄为。这句话还出现在《被侮辱与被损害的人》第二部第七章。

毫不害羞，有时候，讲到某个细节的时候，他会突然叫我停住；他常常叫我停住；并且神经质地一再叮嘱："别忘了细节，主要是别忘了细节，越细，有时候越重要。"就这样，他打断了我好几次。噢，不用说，我一开始很傲慢，对她很傲慢，但很快就表露了真情。我真诚地告诉，我恨不得扑过去亲吻她的脚站过的地方。最妙，也最令人开心的是，他非常懂得，一个人"可以为那份文件而痛苦，为那份文件而提心吊胆"，与此同时又能继续保持自己是个纯洁无瑕的人，就像今天她在我面前表露的那样。他也非常理解"大学生"一词。快要讲完时，我发现，透过他那和善的笑容，在他目光里还不时闪过某种极其焦躁的表情，某种似乎心不在焉而又急躁的神态。当我讲到那"文件"的时候，我心里在想："要不要告诉他事实真相呢？"——尽管我当时十分兴奋，我还是没说。这点，我要在这里记下来，留作终身的纪念。我对他就像对她一样做了这样的解释，就是这文件被克拉夫特销毁了。他的眼睛亮了起来。他的前额掠过一道奇怪的皱纹，一道阴暗的皱纹。

"我亲爱的，关于那封信你记得很清楚吗，克拉夫特的确用蜡烛把它给烧了？你不会弄错？"

"不会弄错。"我肯定地说。

"问题是这封信对她太重要了，假如今天它在你手里，你今天兴许就能够……"但是"能够"什么呢，他没说，"怎么，它现在不在你手里吗？"

我整个人猛地一震，然而是在内心里，而不是在外表上。外表上我丝毫不动声色，眼睛也没眨一下；但是我还是不愿相信他竟会问我这样的问题。

"怎么在我手里？现在在我手里？我不是说过，当时克拉夫特把它烧了吗？"

"是吗？"他用他那火一般的、凝视不动的目光注视着我，这目光我永远忘不了。话又说回来，他仍旧微笑着，但是他的整个善意，他至今表露出来的整个女性的温柔,却忽然不见了。出现了某种捉摸不定的、心灰意冷的神态;他变得越来越心不在焉了。如果当时他能更好地掌控自己,就像在此以前他一直掌控得很好那样,他就不会向我提出有关文件下落这个问题了,既然他提了,那肯定因为他自己也处在一种狂乱状态。不过,现在我才这么说;可在当时,我却没有这么快地领会到他发生的这一变化:我仍旧继续感到飘飘然,心里仍继续充斥着欢愉的乐曲。我的故事说完了,我望着他。

"怪事,"当我把一切都原原本本,丝毫不落地说出来以后,他忽然说道,"太奇怪了,我的朋友:你方才说,你三点到四点在那儿,而且塔季雅娜·帕夫洛芙娜也一直不在家?"

"从三点到四点半,分毫不差。"

"唔,你不妨想象一下,我是三点半整去看望塔季雅娜·帕夫洛芙娜的,一分不差,而她是在厨房里遇见我的:要知道,我几乎从来都是从后门进去找她的。"

"怎么,她遇见您是在厨房里?"我诧异得后退了一步,叫道。

"是的,她还向我说她有事,没法接待我,我在她那里只待了一两分钟,我只是去叫她回家吃饭。"

"也可能是她刚从什么地方回来也说不定?"

"不知道,不过 —— 当然不是。她穿着她那件对襟短上衣。这时正好是三点半。"

"但是……塔季雅娜·帕夫洛芙娜没告诉您我在那里吗?"

"没有,她没有告诉我你在那里……要不然我就知道了,也就不会再问你这问题了。"

"听我说,这事很重要……"

"是的……这就要看从什么观点来看这问题了;你连脸都发白了,我亲爱的；话又说回来，这又有什么要紧呢？"

"她们把我当孩子一样耍了！"

"不过是'怕你一时感情冲动'而已，正如她亲口对你说的那样，好了，现在她又有塔季雅娜·帕夫洛芙娜做保证了。"

"但是，上帝啊，这花招也耍得太那个了嘛！您听我说，她居然让我把这一切当着第三者的面，当着塔季雅娜·帕夫洛芙娜的面说出来；由此可见，我方才说的话她全听见了！这……这让人想起来都可怕！"

"这要看你怎么看了，亲爱的。再说，你自己不是方才也说对女人的看法要'包容'吗，你还欢呼'包容万岁！'。"

"倘若我是奥赛罗，您是伊阿古，那您也不可能高抬贵手①……不过，我只能付诸一笑！不可能有任何奥赛罗，因为根本就没有这一类关系。怎么能不哈哈大笑呢！就算她是这样吧！我还是相信她无比高尚，比我高尚得多，我并没有失去自己的理想！……如果她这是开玩笑，我可以原谅她。跟一个少不更事的少年开个玩笑——由它去！再说，我也没有任何伪装，至于大学生——这种关系毕竟产生过，而且保存了下来，不管怎么说吧，曾经存在于她的心坎上，存在于她的心灵里，现在存在，将来还将继续存在！够了！您听我说，您认为应该怎样：我现在就去找她以便了解全部真相呢，还是不必？"

我嘴上说"付诸一笑"，其实我的眼里噙满了眼泪。

"那有什么？如果你愿意，那你就去吧，我的朋友。"

"我把这一切都告诉了您，似乎玷污了自己的灵魂。别生气，亲爱的，但

---

① 伊阿古是莎士比亚悲剧《奥赛罗》中的人物，阴谋家。伊阿古粉碎了奥赛罗的理想，使奥赛罗怀疑妻子黛丝特蒙娜不忠。韦尔西洛夫也粉碎了阿尔卡季的理想，对卡捷琳娜·尼古拉耶芙娜起了疑心。

是关于女人，我再重复一遍——关于女人的事是不应该告诉第三者的；即使是信得过的人，他也不会懂得。哪怕他是天使，也不会懂得。假如你尊重女人——就别告诉你的知心人，假如你尊重自己——也别告诉你的知心人！我现在是不尊重我自己。再见，我不能原谅我自己……"

"得了，我亲爱的，你过甚其词了。你自己不是也说：'什么事也没发生'吗？"

我们走上来，走到运河的堤岸上，开始告别。

"难道你就永远不能真心实意地亲吻我一次吗，像孩子似的，像儿子亲吻父亲似的？"他声音发颤地对我说。我热烈地亲吻了他。[1]

"亲爱的……但愿你永远像现在这样心地纯洁。"

我一生中还从来没有亲吻过他，也从来不曾想到他会自己提出这个要求。

---

[1] 两人结拜为兄弟或两个情敌互相拥抱、亲吻，正是在两人中的一个，妒火中烧，难以克制的时候。此类情节，可参看《白痴》中的罗戈任和梅什金公爵，《永远的丈夫》中的特鲁索茨基和韦利恰尼诺夫的互相拥抱、亲吻，甚至交换十字架。

第 六 章

一

"自然要去!"我在急急忙忙回家的路上决定,"现在就去。很可能我碰到她一个人在家,一个人或者还有什么人——反正一样:可以叫她出来。她会见我的;她感到诧异,但是会见我的。如果她不肯见我,我就硬要她见我,我会打发人进去说,有要事求见。她肯定会以为这事与文件有关,她就肯定会见我。于是我就可以问出塔季雅娜·帕夫洛芙娜的全部情况。到那时候……到那时候又怎么啦? 如果我不对,那我就用行动报答她,如果是我对,她不对,那时候就一切作罢! 无论如何——对一切做个了断! 我会输掉什么呢? 什么也不会。去! 去!"

对,我永远也忘不了,并且我将自豪地回想过去,幸亏我没去! 这事将不会有任何人知道,让它从此烂在我肚子里,这事我知道就行了,我能在这样的时刻当机立断,做出极其高尚的决定,这就够了! "这是一种诱惑,但是我能掉头不顾,扬长而去,"我终于拿定了主意,改变了想法,"有人想用事实来吓唬我,可是我不信,我偏偏没有丧失对她的信心,偏偏相信她的纯洁! 我去干吗? 我要打听什么? 为什么她就一定要像我相信她那样相信我呢,相信我的'纯洁',硬是不怕有人会'一时感情冲动',她硬是不要塔季雅娜在一旁做保证呢? 我在她的心目中还没有赢得这种坦诚。即使她不知道,即使她不知道也无所谓,因为她还不知道我是可以信任的,我并没有受到别人的'诱惑',我并不相信别人对她的恶意诽谤也无所谓：但是我自己知道，我将为此而自尊自重。我要尊重自己的感情。噢，是的，她竟让我当着塔季雅娜的面吐露真情，她竟让塔季雅娜在一旁待着，因为她知道塔季雅娜就坐在一旁，在偷听（因为那女人不可能不偷听），她还知道那女人正在笑话我——这太可怕，眼下，太可怕了！但是……但是，要知道——如果这是迫不得已呢？她在当时的情况下又能怎么做呢？又怎能为此而谴责她呢？要知道，当时我自己在谈到克拉夫特的时候不是也向她撒了个弥天大谎吗，我不是也欺骗了她吗，我也是迫不得已，因此我才不由自主地、并无恶意地撒了个谎。我的上帝！"我突然叫道，痛苦地涨红了脸，"而我自己，我自己刚才又做了什么呢？难道我不是也把她暴露在塔季雅娜面前了吗？难道刚才我不是把一切都告诉了韦尔西洛夫吗？然而，我又怎么啦？这里有区别。这里谈的只是那份文件；其实，我告诉韦尔西洛夫的仅仅是有关那份文件的事，因为除此以外再没什么可谈的了，也不可能谈什么。我不是头一个就预先告诉他，并且嚷嚷说'不可能'吗？他是一个明白人。唔……但是话又说回来，直到现在，他心里对这个女人有多么恨啊！想必当时在他俩之间曾发生过一幕令人痛心的悲剧，可是因为什么呢？当然，是因为自尊心！<u>韦尔西洛夫除了极其强烈的自尊心以外，不可能有任何其他感情</u>！"

是的，最后这个想法当时在我脑海里腾地冒了出来，我甚至都没有发现。这类想法当时在我脑海里接二连三地掠过，当时我对自己是心地坦荡的：我没有耍滑头，也没有自己欺骗自己；如果说我当时有什么事没弄明白，那也仅仅是因为我的脑子不够用，而不是因为我伪善和自欺欺人。

我回到家后心情异常亢奋，我也不知道为什么心头非常快乐，情绪很乱。但是我害怕分析这是因为什么，因此我才竭力使自己分心。我立刻去看房东太太：果然，她和丈夫正在闹别扭，而且闹得很凶。她是一位肺病很重的文

第二部

官太太，也许心肠还很好，可是她却像所有的肺痨病患者一样，非常任性，爱发脾气。我立刻劝他们言归于好，又去找那个房客，找那个粗俗的麻脸傻瓜，那个在银行工作的自尊心很强的小官吏——契尔维亚科夫，我虽然很不喜欢他，却与他和睦相处，因而也常常低三下四地同他一起与彼得·伊波利托维奇开几句玩笑。我立刻劝他，让他不要搬走，再说他自己也没有下定决心非搬走不可。到后来我非但彻底让房东太太安静了下来，还乘机整理了一下她头下的枕头。"彼得·伊波利托维奇就从来不会这样。"最后，她挖苦地说。接着我又在厨房里忙活了一阵，亲手给她做了两张好极了的芥末膏①。可怜的彼得·伊波利托维奇只会看着我，羡慕不已，但是我却不让他插手，最后我得到了回报，赢得了她不少感激的眼泪。就这样，我记得，我突然对这一切感到厌烦，我忽然明白过来，我根本不是因为好心才去伺候病人，而是出于某种原因，某种完全别的原因。

我急躁地在等候马特维：我决定当天晚上去最后一次碰碰运气，而且……而且，除了碰运气以外，我还感到一种要去赌一把的强烈要求，否则我受不了。假如我哪儿也不去，说不定我就会忍不住去找她。马特维应该很快来的，可是门却忽然开了，进来了一个不速之客，达丽娅·奥尼西莫芙娜。我皱了皱眉头，颇为惊奇。她知道我的地址是因为从前有一回，她曾受妈妈之托来看过我。我请她坐下后就疑惑地望着她。她什么话也没说，只是直勾勾地望着我的眼睛，谦恭地微笑着。

"您该不是从丽莎那里来吧？"我忽地想起来问她。

"不是，我来随便看看，您哪。"

我告诉她我马上要出去；她又回答道"她来随便看看"，马上就走。不知

---

① 用芥末等制成的药膏，有消炎、镇痛作用。

道为什么我忽然可怜起她来了。我要指出的是，她从我们大家，从妈妈，特别是从塔季雅娜·帕夫洛芙娜那儿，得到过许多同情，但是自从把她安顿在斯托尔别耶娃家之后，我们家的人似乎都把她给忘了，除了丽莎还常常去看看她以外。而所以如此，看来还是因为她自己，因为她有一种对人总是敬而远之、退避三舍的毛病，尽管她总是畏畏缩缩，低三下四，总是挂着某种巴结的笑容。我个人很不喜欢她这种笑容，她的脸总好像做作出来似的，有一回我甚至这样想，她对自己的奥莉娅不会难过太久。可是这一回不知为什么我却可怜起她来了。

突然，她一言不发地弯下腰来，低垂下眼睛，把两手伸到前面，搂住了我的腰，又将脸贴到我的膝盖上。她抓住我的一只手，我以为她要吻它，可是她却把我的手贴到眼睛上，泪如雨下，一串热泪滴到了我手上。她哭得浑身发抖，但是哭的声音却很轻。我心里感到一阵难过，尽管我心里也仿佛有些懊恼。但是她十分信任地拥抱着我，丝毫不担心我会生气。尽管在此以前，刚才，她还怕兮兮地、卑躬屈膝地向我微笑着。我开始请她安静下来，不要激动。

"少爷，亲爱的，我都不知道自己该怎么办了。一到黄昏，我就受不了；一到黄昏，我就无法忍受，总有一股什么力量吸引我上街，钻进黑暗。主要是有一种幻想在吸引我。我脑子里产生了这样一种幻想——我只要一出去，就会在街上忽然遇到她。我走着走着，仿佛看见了她。就是说，这是别人在走路，而我就故意跟在她后面，心想：瞧，该不是她吧，我想，这不就是我的奥莉娅吗？我想呀想呀，到后来，都想傻了，净撞到人家身上，真讨厌。我就像个醉鬼似的跌跌撞撞，有人就骂我。我只好躲着不见人，哪儿也不去。再说，就是到什么地方去了——心里反而更难受。刚才，我走过您这儿，我想：'让我进去看看他吧；他的心肠比谁都好，而且当时他也在。'少爷，请您饶恕我这个没用的女人；我这就走，到……"

她忽然站了起来，急急忙忙地想到什么地方去。恰好这时候马特维来了；我扶她上了雪橇，把她顺路送回了家，送到了斯托尔别耶娃的寓所。

二

最近一段时间，我开始常常到泽尔希科夫轮盘赌场去。在此以前，我曾去过两三家赌场，都是跟公爵一起，是他"带"我到那些地方去的。其中一家赌场，主要是坐庄玩纸牌，输赢很大。但是我不喜欢去那里：我看到，在那里，必须有大笔的钱才玩得痛快，此外，到那里去的多半是些上流社会的恶少和"赫赫有名"的公子哥儿。这正是公爵喜欢的；他不但爱赌，而且爱跟那些爱寻衅闹事的恶少结交。我发现，在这些赌场上，他虽然有时候同我一道走进去，但是整个晚上他却好像有意回避我似的，而且他也不把我介绍给他的"自己人"中的任何人认识。我那模样完全像个野人，甚至有时候还招得大家都对我侧目而视。在赌桌旁有时候我也不免与人交谈。但是，有一回，在第二天，同样，在这里的房间，我试着向一位公子哥儿点头问好，我昨晚不但同他说过话，还同他坐在一起畅快地笑过，甚至我还帮他猜中了两张牌，可是，你猜怎么着——他竟装作完全不认识我的样子。也就是说，更糟糕：他摆出一副做作出来的莫名其妙的样子，看了看我，微微一笑就走了过去。就这样，我很快就离开了这地方，爱上了一个藏污纳垢之地——非这样称呼无以名状。这是一家轮盘赌场，相当差劲，规模很小，开设这家赌场的老板是一名被人包养的二奶，她自己从不在大厅里露面。那里大门洞开，来者不拒，虽然也常有军官和富商前来，但是秽行不断，一切都离不开一个"脏"字，然而，因此，却也吸引了许多人。此外，在那里，我的赌运很好，有一回大家赌兴正浓的时候，发生了一件令人极为反感的丑事，结果是两个赌徒大打出手，于是我愤而离去，从此以后我就开始到泽尔希科夫赌场去了，而领我去的又是我那位公爵。泽尔希科夫是一名退伍的骑兵上尉，在他开设的这家晚间赌场上，风气还挺不错，有点军人味道，极重规矩，要求光明正大，不许违反，赌得干脆利落，实事求是。比如说，调皮捣蛋的人和爱酗酒闹事的人，那里是没有的。此外，庄家的赌本很大，甚至非同小可。那里既坐庄玩纸牌，也玩轮盘赌。直到11月15日那天晚上之前，我一共才到那里去过两次，泽尔希科夫似乎已经同我面熟了；但是我还没有一个熟人。偏巧那天晚上公爵与达尔赞又去了那家我不再去的赌场，跟上流社会那些恶少玩纸牌，回来时已近半夜：因此，这天晚上，我就成了陌生人中的陌生人。

如果我有读者，并且他读过我写的我的一切经历，那毫无疑问，对他就不用再做解释了：我这人生来就不是一个能跟任何人打交道的料。主要是我与别人在一起常常手足无措，不知如何是好。当我走进什么地方，那里已经有许多人，我总不由得感到，所有的目光都像触电似的注视着我。我简直恶心透了，一种生理上的恶心，甚至像在戏园这样的场合，更不用说在私人家里了。在所有这些轮盘赌场和大家聚赌的地方，我简直没一点儿气派：我坐在那里，不断自责，责备自己太温文尔雅和彬彬有礼了，有时候我又会蓦地站起来，做出某种粗鲁的、出格的事。而与此同时，有这么一些混蛋，与我相比，却表现得气宇不凡，风度翩翩——正是这点使我感到最恼火了，因此我心情烦躁，越来越不冷静。老实说，不仅是现在，就是在那时候，我对所有这帮家伙，如果说到底，甚至连赢钱本身，我都感到厌恶和痛苦。简直——痛苦极了。当然，我也感到非常快乐，但是这快乐是经由痛苦产生的；这一切，就是说这些人，这赌博，主要是我自己同他们在一起，我觉得肮脏极了。"只要赢到钱，我就唾弃这一切！"——每逢一夜豪

第二部

赌之后，回到家，天刚拂晓，我蒙眬欲睡的时候就会这样告诫自己。又是这赢钱什么的，其实，我根本就不爱钱。就是说，我不来重复这卑鄙的老一套的话了，就像这样解释时通常都会说的那样，说什么我是为赌钱而赌钱，是为了找感觉，是为了享受冒险、刺激、狂热等等，根本不是为了赢钱。我非常需要钱，虽然这并不是我要走的路，并不是我的思想，但是不管怎样，我还是决定试一试，作为一种试验，这条路也不妨一试嘛。这里有一个强烈的想法，一直使我偏离正道："既然你认定，只要有相应的坚强性格，你就一定能成为百万富翁；你已经对你的性格做了测试，那你在这里也不妨一显身手嘛：难道玩轮盘赌，比之实现你的思想需要更坚强的性格吗？"——这就是我对自己一再重复的话。因为我至今仍坚信不疑，在狂热的赌博中，只要做到心绪十分冷静，就能始终保持头脑清醒、计算正确，这样，就一定能克服盲目碰运气和任意胡来，就一定能赢，所以，当我看到我每时每刻都冷静不下来，完全像个孩子似的感情冲动，自然，当时我便越来越生气。"我可以忍饥挨饿，可是在这样的蠢事中却管不住自己！"——这使我十分恼火。此外，我认为，不管我这人看来有多么可笑、多么被人瞧不起，但是我身上有一种力量，有一种取之不尽的力量，它有一天终将迫使他们大家都对我刮目相看，这种想法，几乎从我被人瞧不起的童年时代起就已经有了——当时它就成了我生命的唯一源泉，我的光明和我的自尊，我的武器和我的安慰，要不的话，说不定，我还是孩子的时候就自杀了。因此，当我看到我在赌桌旁居然变成了一个可怜的小人，我能不对自己大动肝火吗？因此我决不能洗手不干，放弃赌博：现在我已经洞若观火，清楚地看到了这一切。此外，除了这个最主要的原因，我那琐屑的自尊心也受到了伤害：输钱，使我在公爵面前，在韦尔西洛夫面前（虽然他一句话也没说），在所有人面前，甚至在塔季雅娜面前，感到受了屈辱——我就是这么认为，这么感觉的。最后，我还必须承认：当时我已经奢侈成性，挥霍惯了；我已经习惯于上饭馆，很难不再享用七道菜的饭食，很难不要马特维，很难不去英国商店，很难拒绝我的化妆品商人的意见，凡此种种，我已很难拒绝。当时我就意识到了这点，但是我只是挥挥手，置之不理；而现在，当我写到这些的时候，我脸红了。

三

我独自一人到了那儿，跻身于一群陌生人之中，起先我在赌桌的一角占了个座位，开始下的赌注很小，就这么一动不动地枯坐了大约两小时。在这两小时中过得很乏味——不痛不痒。我错过了许多令人叫绝的机会，竭力不发火，而是以冷静和自信取胜。玩到最后，在这两小时中，我没输，也没赢：三百卢布中只输了十至十五卢布。这个微不足道的输赢，使我的气不打一处来，再说又发生了一件极不愉快的让人恶心的事。我知道，在这些轮盘赌的赌场上，有时会出现贼，倒不是说从外面进来的贼，而是指直接来自某些赌棍中的贼。比如，我坚信，某个著名的赌棍阿菲尔多夫就是贼。即便现在，他也在招摇过市：还在不久前，我就在大街上遇见过他，坐着一辆套着英国矮种马的双套车，但是他是贼，偷过我的钱。关于此事的经过，以后再说。那天晚上只是个前奏：那天晚上我在这整整两小时中一直坐在赌桌的一个犄角，而在我身旁，一直坐在我左边的是一个身体孱弱的花花公子，我猜他是个犹太佬；不过，他参加了一个什么组织，甚至还写过一些东西，在报刊上发表过。在最后一刻，我忽然赢了二十卢布。两张红票子[①]放到了我面前，

[①] 指旧俄十卢布一张的红票子。

可是忽然，我看见，那个小犹太佬伸出一只手，十分镇定地抭走了我的一张票子。我本来想阻止他，但是，他却十分无耻，连声音也丝毫没有提高：忽然向我宣称，这是他赢的钱，这是他自己刚下的注，说罢便拿走了。他甚至都不愿意再继续这样的谈话，扭过了头。偏巧，这一刻，我脑子犯浑，想出了个好主意，所以，啐了口唾沫，迅速站起来，走开了，甚至都不愿同他争论，送给了他一张红票子。再说，也很难与这种厚颜无耻的小偷理论，因为已经错过了时机；赌博已经在进行下一轮了。正是这点使我酿成了大错，并反映到它所造成的后果上：我们身旁有三四名赌徒瞅见了我们的争论，又看到我那么随随便便地就放弃了，因而，很可能，也把我本人当成了同他一类的人。这时正好十二点整；我走进隔壁屋子，我考虑和想好了一个新计划，回来后就在庄家那儿把我的钞票都换成了五卢布的金币。这样我就有了四十余枚金币。我把它们分成十份，决定连续十次下注，都押在零上，每次四金币，接二连三。"赢了——是我的运气，输了——更好，我从此永不再赌。"我要指出，在这两小时中，一次也没有转到过零，所以到后来已经无人在零上下注了。

我站着下注，一言不发，皱紧双眉，咬紧牙关，在第三次下注时，泽尔希科夫大声宣布赢家是零，它一整天都在轮空啊。数给了我一百四十枚五卢布金币，我还可以下七次注，于是我开始继续下注，与此同时我周围的一切都开始转动起来，开始跳舞。

"过这边来！"我隔着整张桌子向一个赌徒叫道，方才他就坐我身旁，是个头发斑白的蓄着小胡子的人，红脸膛，穿着燕尾服，他已经接连好几小时带着说不出的耐心下着一个个小注，可是却一注接一注地连着输，"过这边来呀！这边运气好！"

"您这是说我？"小胡子从赌桌的尽头，带着某种诧异和似乎威胁地回答道。

"对，说您呢！那边非输光不可！"

"您管得着吗，别捣乱！"

但是我已经熬不住了。在我对面，隔着桌子，坐着一位上了年纪的军官。他看着我下的注，对身旁的人嘟囔道：

"怪事，零。不，我还是拿不定主意押零。"

"要当机立断，上校！"我叫道，又下了新的赌注。

"请让我安静一下，您哪，不用您出主意，"他厉声回答我，"您在这儿太嚷嚷了。"

"我这是对您好言相劝；得，愿意打赌吗？马上又将停在零上：十枚金币，瞧，我下注啦，干不干？"

于是我拿出十枚五卢布的金币。

"十枚金币，打赌？这，我干，"他板着脸，厉声说，"我打赌，与您相反，不会出现零。"

"十枚金路易，上校。"

"什么十枚金路易？"

"十枚五卢布金币，上校，高雅的说法——就是金路易。"

"那就这么说定了，是十枚五卢布金币，您决不能跟我开玩笑。"

自然，我并没指望这次打赌能赢：零不出现的机会是三十六比一；但是我还是提出打赌，首先因为要摆阔，其次因为我想做点什么来引起大家对我的注意。我十分清楚地看到，不知为什么在这里大家都不喜欢我，而且大家还很乐意让我知道这点。轮盘转了起来——当又出现零时，大家那个惊奇呀就不用说了！甚至响起了一片欢呼。这时赢钱这个彩头把我弄得完全晕晕乎乎的了。又数给了我一百四十枚五卢布金币。泽尔希科夫问我是否愿意收取一部分钞票，但是我闷声闷气地向他嘟囔了一句什么，因为我简直已经不能平静地、头头是道地说明什么问题了，我的头在打转，两腿在发软。我忽然感到，我恨不得立刻再去冒一次险，跟人赌一把；此外，我还想再采取点儿什么行动，再跟人打个什么赌，再数出几千卢布，跟谁都行。我机械地用手掌把我那一大堆钞票和金币搂到身边，思想根本就集中不起来，没法点清到底赢了多少。就在这工夫，我忽然发现公爵和达尔赞就站在我身后；他们刚赌完纸牌回来，后来我才知道，他们在那里输了个精光。

"啊，达尔赞，"我向他叫道，"这儿运气好！押零！"

"输光了，没钱。"他干巴巴地回答，公爵则好像根本没有看见我，也不认识我似的。

"这不是钱！"我叫道，指着我面前的一大堆金币，"要多少？"

"他妈的！"达尔赞满脸通红地叫道，"我好像没向您借钱呀。"

"有人叫您。"泽尔希科夫拉了拉我的袖子。

上校已经骂骂咧咧地叫了我几次，他打赌输给了我十个五卢布金币。

"请收下！"他叫道，气得满脸变成了紫酱色，"我没必要老站在您身旁，要不以后您会说您没收着。您数数。"

"我相信，我相信，上校，不数我也相信；不过请您别冲我嚷嚷，也别发火。"于是我伸出一只手把他的那堆金币搂到自己身边。

"仁慈的先生，我请您连同您那副高兴劲儿，跟谁去套近乎都可以，可是别跟我，"上校厉声道，"我可没跟您一道放过猪！"

"怪，怎么让这样的人都进来了。""他是干什么的？""一个小年轻。"传过来几声感叹和窃窃私语。

但是我不予理睬，我随便下了个注，但已经不是押在零上。我把一大沓花票子①押在头一个"十八"上。

---

① 指帝俄时的一百卢布钞票。

"走，达尔赞。"我身后传来公爵的声音。

"回家吗？"我向他们转过身子，"等等我，咱们一块儿走，我——收摊了。"

我这注又赢了，这次赢到的钱数目很大。

"不玩了！"我叫道，伸出两只发抖的手，开始搂钱，把金币塞进一只只口袋，既不数也不点，还有点荒唐地用手指压紧一沓沓钞票，我想一股脑儿把所有的钱都塞进我一侧的西装口袋。突然，阿菲尔多夫（他现在就坐在我右边，刚才也下过几笔大注）戴着戒指的胖乎乎的手伸了过来，放在我的三张花票子上，用手掌捂住。

"对不起，您哪，这不是您的。"他严厉而又一字一顿地说，不过声音还相当温和。

这就是我刚才说的前奏，后来，过了几天后，它注定会产生这样的后果。现在，我敢用人格担保，这三张一百卢布的大钞是我的，但是也合该我倒霉，当时我虽然坚信这几张钞票是我的，但是我终究还留有十分之一的怀疑，对一个诚实的人来说这就齐了；而我是一个诚实的人。主要是我当时还没有把握认定阿菲尔多夫是个贼，当时我连他姓什么都不知道，因此在那一刻我还当真可能认为我弄错了，那三张一百卢布的钞票也许根本就不在刚才人家数给我的那沓钱之中。我一直都没有数过我那一大堆钱，而只是用手扒拉过来，而在阿菲尔多夫面前也一直放着一大摞钱，恰好，现在就放在我的钱旁边，可是却码放整齐，而且都清点过了，最后，这里的人都把阿菲尔多夫当作富豪，而且都很尊敬他：所有这些对我都发生了影响，于是这一次我又不曾提出抗议。真是大错特错！最糟糕的是我当时高兴得过了头。

"非常抱歉，我记不清了；但是我满心认为这是我的钱。"我说，气得嘴唇发抖。这些话立刻招来一片非议。

"说这种话，就该记清楚了再说，可您自己刚才还说，您记不清了。"阿菲尔多夫傲慢而又不耐烦地说道。

"这小子是干什么的？""真是岂有此理！"传来了几声感叹。

"他们干这种事不是头一遭了；不久前，跟雷贝格为了十卢布的事，也发生过一次争执。"我身旁又传来不知是谁的岂有此理的声音。

"好了，够了，够了！"我叫道，"我不跟您争，拿去吧！公爵……公爵和达尔赞呢？走了？诸位，你们没看见公爵和达尔赞上哪儿啦？"说罢，我终于抓起我所有的钱，还有一些五卢布的金币，但是我横塞竖塞也没有塞进口袋，只好一把抓在手里，拔脚去追公爵和达尔赞。读者大概已经看到，我并不顾惜自己的脸面，而是秉笔直书我当时的整个狼狈相，纤细毕露，以便大家明白以后可能发生什么事。

公爵和达尔赞已经下楼了，根本不理会我的呼唤和一再喊叫。我已经追上了他们，但是我在看门人面前停留了一小会儿，给他手上塞了三枚五卢布金币，鬼知道为什么；他莫名其妙地瞅了瞅我，甚至都没说声谢谢。但是我完全无所谓，如果我这时碰到马特维，我会慷慨地给他一大把金币也说不定，而且，似乎，我的确想这么做，可是跑到台阶上我忽然想起，我方才已经打发他回家了。这时给公爵赶来了他的大走马，他坐上了雪橇。

"我跟您一块儿，公爵，也到府上去！"我叫道，抓起车毯，掀开了一点儿，想爬上他的雪橇；但是忽然，达尔赞冲过我身边，跳上了雪橇，车夫也一把夺过我的车毯，盖上了两位老爷的腿。

"他妈的！"我怒不可遏地叫道。结果是我像个仆人似的替达尔赞掀开了车毯。

"回家！"公爵喝道。

"慢！"我吼道，抓住了雪橇，但是马使劲一拽，我一骨碌滚进了雪堆。

我甚至觉得他俩笑了起来,我纵身爬起来,顷刻间就抓住辆驶近的出租马车,飞也似的向公爵追去,不停地驱赶着我那辆驽马加破车。

四

偏巧,我那匹驽马跑得异乎寻常地慢,虽然我答应车夫给他整整一卢布。车夫只是有气无力地鞭打着马,当然,这也全看在那一卢布分上。我的心都抽紧了;于是我就开始跟车夫有一搭没一搭地聊起天来,但是我实在没话可说,只是嘟嘟囔囔地说了些废话。瞧,我就是在这样的情况下跑进去见公爵的。他刚回来;他送走了达尔赞,现在独自一人。他面容苍白,脾气很大,在书房里走来走去,踱着方步。我再说一遍,他输得很惨。他心不在焉而又莫名其妙地看了看我。

"您又来了!"他皱着眉头说。

"我是来跟您一刀两断的,先生!"我气喘吁吁地说,"您怎么敢这么对待我?"

他疑惑地望着我。

"您要跟达尔赞走,您尽可以说您要跟达尔赞走嘛,可是您一拽马,于是我……"

"啊,对了,您好像跌进了雪堆。"他瞧着我的眼睛笑了。

"对此的回答应当是决斗,现在咱俩先把账清了……"于是我用发抖的手开始把我的钱掏出来,把它们放在长沙发上,放在大理石小桌上,甚至放到一本打开的书上,一堆堆,一把把,一沓沓;有几枚金币还滚到了地毯上。

"啊,对了,您好像赢了钱?……本来嘛,从您说话的腔调就听得出来。"

他从来没有这么不客气地跟我说过话。我气得脸色发白。

第二部

"这里……我不知道有多少……应当数一数。我欠您接近三千了吧……或者是多少呢？……多了还是少了？"

"我好像没逼您还债呀。"

"没有，您哪，这是我自愿还给您的，您应当知道是什么缘故。我知道，这一沓花票子是一千卢布，给！"我开始用发抖的手数数，但是数了一半又撂下了，"无所谓，我知道，这是一千。嗯，这样吧，这一千卢布我自己拿着，所有其余的，这几堆金币归您，您拿着，算还债，算是还清一部分债：我想，这里，将近两千了吧，或者……也许，多了！"

"可是您终究还是给自己留下了一千？"公爵龇牙咧嘴地说。

"您想要？既然这样……我本来想……我本来以为您不会要的……但是，既然您想要——那给您……"

"不，我不要。"他鄙视地对我别转了脸，又开始在屋里踱起了方步。

"鬼才知道您怎么想到要还钱？"他忽然又向我转过身来，脸上挂着可怕的挑衅神态。

"我还钱，是要您给我个说法！"我也吼道。

"您给我滚蛋，别嘀嘀咕咕，装腔作势地没个完！"他忽然向我跺起了脚，仿佛怒不可遏似的，"我早就想把你们俩轰出去了，您和您那个韦尔西洛夫。"

"您疯啦！"我喝道。他那样还真像是疯了。

"你们俩夸夸其谈，一个劲地夸夸其谈，夸夸其谈，夸夸其谈，把我折磨得够了！比如说，荣誉呀什么的！我早就想一刀两断……这时刻到了，我求之不得。我认为自己被你们捆住了手脚，一想到我被迫接待你们……俩，就脸红！现在我不认为自己被捆住了手脚，任何东西，任何东西也捆不住我，您必须明白这点！您那个韦尔西洛夫怂恿我去攻击阿赫马科娃，让她丢人现眼……从此以后，不许你们在我这里谈论什么荣誉长荣誉短的。因为你们俩都是不诚实的人……你们俩,你们俩;您在我这里拿我的钱,难道您不害臊吗?"

我的两眼一阵发黑。

"我是作为朋友拿您的钱的,"我声音非常低地开口道,"是您自己提出来的,于是我就相信了您的好意……"

"我——不是您的朋友!我给您钱不是因为那个,因为什么,您自己知道。"

"我拿钱是记在韦尔西洛夫账上的;当然,这很蠢,但是我……"

"您不能不得到韦尔西洛夫的许可就拿他账上的钱,我也不能不得到他的许可就给您钱……我给您的是自己的钱;这您也知道;您自己知道,还拿;而我在自己家里居然容忍了这种可憎可恨的滑稽剧!"

"我知道什么?什么滑稽剧?您因为什么给我钱?"

"因为您那漂亮的眼睛,我的大舅子!"他直视着我的眼睛,哈哈大笑。

"见你的鬼!"我吼道,"全拿去,这一千也给您!现在——咱两清了,明天……"

我把这沓本来想留给自己作本钱的花票子向他身上扔去。这沓票子一直摔到他的背心上,啪嗒一声落在地板上。他迅速地,大踏步地,迈出三步,紧紧地逼近我跟前。

"您敢说,"他凶猛而又一字一顿地说道,"您拿了我整整一个月的钱,居然不知道我让您妹妹怀了孕吗?"

"什么?怎么回事!"我叫道,两腿突然发软,我无力地瘫坐在沙发上。后来他亲口告诉我,当时我满脸煞白,脸白得简直跟手帕一样。我神志错乱了。我记得,我们始终一言不发地看着对方的脸。他脸上仿佛掠过一阵惊恐;突然他弯下腰,抓住我的肩膀,扶着我。他那凝然不动的微笑,我记得太清楚了；在这笑容里，既有不信任，又有惊奇。是的，他怎么也没料到，他的几句话竟会产生这么强烈的效果，因为他坚信我是明知故问，以此要挟，索取钱财的。

后来我晕了过去，但只有短短的一分钟；我醒来后，站了起来，望着他，我在思考——我的脑子一直在沉睡，现在才豁然开朗，看清了全部真相！如果人家早告诉我，并且问我："当时我会拿他怎么办？"我一定会回答，我会将他碎尸万段。但是结果却完全不同，完全不是根据我的意愿：我忽然伸出两手，捂住脸，痛苦地号啕大哭。这事就这么发生了！一个年轻人忽然变成了一个小孩。这说明，当时在我心里还有整整一半是孩子。我趴在沙发上，抽抽搭搭地哭个不停。"丽莎！丽莎呀！可怜的、不幸的人呀！"公爵忽然之间完全相信了。

"上帝啊，我真对不住您！"他十分伤心地叫起来，"噢，我把您想得太卑鄙了，我的疑心病太重……请原谅我，阿尔卡季·马卡罗维奇！"

我突然跳起来，想对他说什么，我站在他面前，但是一句话也没说就跑出了房间，跑出了公寓。我勉强记得回家的路，跟跟跄跄地走回了家。我扑倒在我的床上，面向枕头，在黑暗中，想呀想呀。在这样的时刻是绝对不可能想得有条有理和前后衔接的。我的脑子和想象力就像断了线的风筝似的，我记得，我甚至开始幻想起来，居然会想一些完全不相干的事，甚至天知道我在想什么。但是，伤心和不幸又会突然痛苦而又令人心碎地陡然生起，我又绞着双手不停地哀叹："丽莎，丽莎呀！"——说罢又哭。我不记得我是怎么睡着的，但睡得很香，很甜。

第七章

一

我在早上八点左右醒了，陡地锁上了门，坐在窗口，开始想自己的心事。就这么一直坐到十点。女佣来敲过两次门，我都把她赶走了。最后，已经十点多了，又有人来敲门。我本来又想叫起来，但这次是丽莎。同她一起进来的还有那个女佣，她给我端来了咖啡，并张罗生炉子。再要赶走她已经不可能了，当费奥克拉给炉子添劈柴、吹旺火的时候，我一直在我的小房间里大踏步地走来走去，既不开口说话，甚至还竭力不看丽莎。那女佣的动作慢得没法形容，好像故意似的，因为所有的女佣在这样的情况下，当她们发现她们妨碍主人说话的时候，都会这样。丽莎坐到窗前的一把椅子上，注视着我。

"你的咖啡要凉了。"她忽然说。

我望了望她：她一点儿不尴尬，十分平静，嘴角上甚至还挂着微笑。

"这就是女人！"我忍不住耸了耸肩。女佣终于生好了炉子，开始收拾屋子，但是我火冒三丈地赶走了她，终于锁上了门。

"请问，您干吗又锁上门？"丽莎问。

我站到她面前：

"丽莎，我能这么想吗，您竟会这么欺骗我！"我突然叫起来，甚至根本就没想到我会这么开始说话，这一回不是泪如雨下，而几乎是一种恶狠狠的感情猛地刺痛了我的心，因此我甚至都没料到自己会这样。丽莎的脸红了一下，但是她没有回答我的话，只是继续直视着我的眼睛。

第二部

"慢！丽莎，且慢，噢，我多笨啊！但是我真笨吗？所有的蛛丝马迹直到昨天才凑到一块儿，在此以前我又打哪儿能够知道呢？就根据你常常去看斯托尔别耶娃，还有那个达丽娅·奥尼西莫芙娜吗？但是我却把你当成了太阳，丽莎，我脑海里怎么会想到其他乱七八糟的事呢？记得吗，那时候，两个月前，在他的寓所，我遇见你时的情景，那时候咱们俩走在阳光下有多快活啊……难道那时候就有那事了？就有了？"

她用表示肯定的点头回答了我的问话。

"那么说，你在那时候就已经在骗我了！这不是因为我笨，丽莎，这毋宁说是我自私，原因不是我笨，而是我心中的自私，还有——还有，可能是我坚信你的圣洁。噢，我一向深信，你们大家与我相比，无比地高尚，可是——结果呢！最后，终于在昨天，在一天之间，我还没来得及想清楚，尽管有许多蛛丝马迹……再说，我昨天忙活的也根本不是这事呀！"

这时我忽然想起了卡捷琳娜·尼古拉耶芙娜，又有什么东西像针扎似的刺痛了我的心，我满脸涨得通红。此刻，我自然不可能和颜悦色。

"你到底在辩解什么呢？阿尔卡季，你好像急急忙忙地要辩解什么似的，你到底要辩解什么呢？"丽莎文静温柔地问道，但声音很果断很坚决。

"辩解什么？问题是我现在应该怎么办？——哪怕就解决这个问题呢！你还说：'辩解什么？'我不知道应该怎么办！我不知道在这种情况下当哥哥的应当怎么办……我只知道他们会举起手枪强迫他结婚……我将像一个正人君子应该做的那样去行动！可是我又不知道一个正人君子在这种情况下应该怎么做！……为什么？因为我们不是贵族，而他是公爵，仕途得意，前程似锦；我们即便是正人君子，他也不会理我们。咱俩甚至都不是兄妹关系，而是两个私生子，没有姓，是家奴的孩子；公爵难道能娶家奴为妻吗？真恶心！更有甚者，现在你倒坐在那里，瞧着我，觉得奇怪。"

"我相信你很痛苦，"丽莎的脸又涨红了，"但是你也太性急了，自己折磨自己。"

"性急？照你看来，难道我迟到今天才发现，还嫌不够吗！丽莎，你应该，你应该这样跟我说话吗？"我终于愤怒得忘乎所以起来，"我遭到多大的耻辱啊，这个公爵又怎能不对我报以轻蔑呢！噢，我现在一切都明白了，这整个画面就展现在我面前：他完全可以认为，我早就猜到了他和你的关系，但是我却一声不吭，或者甚至我还翘起鼻子，趾高气扬地吹嘘什么'荣誉'——这就是他当时可能对我的想法！于是我就用妹妹，用妹妹的耻辱，去拿人家的钱！因此他才看到我就恶心，我认为他做得完全对：每天都要看到和接待一个卑鄙小人，因为他是她哥哥，他还会侈谈什么'荣誉'等等……这颗心肯定会苦恼不堪，居然这是他的心！可是你对这一切都听之任之，你没有提醒我，他是这么蔑视我，甚至他还把我的情况告诉了斯捷别尔科夫，昨天他还亲口对我说，他恨不得将我和韦尔西洛夫赶出去。可人家斯捷别尔科夫却成了他的座上客！要知道，'安娜·安德烈耶芙娜同丽扎韦塔·马卡罗芙娜一样，也同样是您的姐妹呀。'他还在我背后喊：'用我的钱更好。'而我，我竟恬不知耻、大模大样地躺在他家的沙发上，以平等人自居，凑过去，跟他的朋友们套近乎，让鬼把他们全抓了去！你却对这一切听之任之！说不定，现在连达尔赞也知道了，至少，根据他昨晚那副神气来判断……所有人，所有人都知道了，除了我！"

"谁也不知道，什么也不知道，他没有跟任何熟人讲过，也不能讲，"丽莎打断了我的话，"至于这个斯捷别尔科夫，我只知道斯捷别尔科夫在拼命折磨他，这个斯捷别尔科夫，除非他猜着了。而关于你，我曾经对他说过几次，他也完全相信我，你对此一无所知，不过我不知道昨天你们俩为什么会发生那事，又是怎么发生的。"

第二部

"噢，至少我昨天还清了欠他的债，多少了了一件心事！丽莎，妈妈知道吗？怎么会不知道呢：昨天，昨天，她还对我大生其气呢！……哎呀，丽莎呀！难道你真认为你做得都对吗，你竟没有一点一滴可以责备自己的地方吗？我不知道，如今这世道是怎么看这问题的，你自己又是什么想法，就是说关于我、妈妈、哥哥、父亲……韦尔西洛夫知道吗？"

"妈妈什么也没告诉他，他也没问，大概也不想问。"

"知道，但是不想知道，这——很可能，像他的作风！当我这个做哥哥的讲到要拔出手枪逼他结婚时，你尽可以讥笑我这个做哥哥的，讥笑我笨，但是母亲，母亲呢？难道你就不曾想过，丽莎，这是对妈妈的谴责吗？我整夜都在痛苦地想这问题；现在妈妈的头一个想法肯定是：'这是因为我也有错，有其母必有其女嘛！'"

"噢，你说得多么凶狠又多么残酷啊！"丽莎叫道，眼泪夺眶而出。她站起来，迅速向门口走去。

"站住，站住！"我一把抱住她，硬按她又坐了下来，我也在她身旁坐下，没有松手。

"我到这里来的时候，早料到肯定会这样，你肯定会要我亲自认错。好吧，我错了。我只是因为骄傲才沉默不语，才不说话，其实，我比可怜我自己更可怜你和妈妈，要可怜得多……"她没把话说完，突然热泪盈眶地哭了起来。

"得了，丽莎，不要这样，什么也不要。我无权审判你。丽莎，妈妈怎么样？你说，她早知道了吗？"

"我想，她早知道了，但是，不久前，出了这事以后，我又亲口对她说了。"她垂下眼睛，低声道。

"她怎么说呢？"

"她说：'怀着吧！'"丽莎说，声音更低了。

"啊，丽莎，对，'怀着吧'！不要对自己做任何事，愿上帝保佑你！"

"决不做。"她坚定地回答，又抬起眼睛看着我。

"你放心，"她又加了一句，"这根本不是那么回事。"

"丽莎，亲爱的，我只知道我对这事什么也不懂，但是，我现在知道得更清楚了，我有多么爱你。不过有一点我莫名其妙：你又爱上他什么呢？你怎么会爱上这么一个人呢？这倒是个问题！"

"大概，夜里，你对这事也百思不得其解吧？"丽莎低声地微微一笑。

"别忙，丽莎，这问题很愚蠢，而你在笑；笑吧，但是，要知道，叫人不能不觉得奇怪：你和他——你们是两个绝对不同的人！他——我把他研究透了——他这人抑郁、多疑，也许很善良，那就让他善良去吧，但是这人却高度倾向于在所有事情上首先看到恶（不过这一点他完全像我！），他非常尊重高尚——就算是这样吧，这我看到了，不过，似乎仅仅在理想中。噢，他很爱后悔，他一辈子都不停地在诅咒自己和后悔，但是又从来不肯改错，话又说回来，这点可能也像我。他脑子里有许许多多偏见和不切实际的想法——其实没有任何思想！他总想建立丰功伟绩，可是却净做些害人的鸡毛蒜皮的小事。对不起，丽莎，不过，我是个混账东西：我说这话是对你不尊重，我知道这个；这我明白……"

"这幅画像倒很真实，"丽莎微微一笑，"但是，你因为我太恨他了，所以也就不真实了。他一开始就对你不信任，因此你也就不可能看到他的全部，可是他同我却从卢加起就认识了……从卢加起，他就只看到我一个人。是的，他多疑而且病态，没有我他就会发疯；要是他离开我，非发疯或者开枪自杀不可；好像，他是明白这点的，也知道。"丽莎又加了一句，似乎在自言自语，又似乎在沉思，"是的，他一向软弱，但是这种软弱的人，却往往会做出惊天动地的大事……你刚才提到要用手枪逼他结婚的事，说得多奇怪呀，阿尔卡季，根

第二部

本不需要多此一举,我自己知道将来会怎样。不是我跟着他走,而是他跟着我走,妈妈哭着说:'倘若你嫁给他,你会不幸的,他会不再爱你。'我不相信这话;我也许会不幸,可是他不会不爱我。我之所以不同意跟他结婚,那是因为别的原因。已经有两个月了,我始终不答应,但是今天我对他说:行,我嫁给你。阿尔卡沙,你知道吗,他昨天(她两眼闪出了光,她忽然伸出两手搂住我的脖子)去找安娜·安德烈耶芙娜了,他直截了当,而且十分坦率地告诉她,他不能爱她……是的,他十分坦诚地表露了心迹,因此这个想法现在没有了! 他从来没有动过这念头,这一切都是尼古拉·伊万诺维奇公爵在瞎想,再说,这也是那些害人精,斯捷别尔科夫和另外一个人……硬要他这么做的缘故。为此,我今天才对他说:行。亲爱的阿尔卡季,他很想叫你去,你千万不要因为昨天的事生他的气,他今天身体不太好,因此整天都在家。他真的不舒服,阿尔卡季,别认为这是借口。他特意让我来,叫我转告你,他'需要'你,他有许多话要对你说,可是在你这里,在这个房间里,有点不方便。好了,再见!哎呀,阿尔卡季,不过有句话我不好意思对你说,我到这里来的时候,非常害怕你不爱我了,一路上我一直在画十字,可是你却这么善良,这么可爱!你这么对我,我永远不会忘记的!我到妈妈那儿去。而你多多少少爱他一点儿,好吗?"

我热烈地拥抱她,对她说:

"丽莎,我想,你是个性格坚强的人。是的,我相信,不是你跟着他走,而是他跟着你走,不过,毕竟……"

"不过,毕竟,'你到底爱他什么呢——这终究是个问题!'。"丽莎接口道,突然像过去一样顽皮地微微一笑,而且在说'这终究是个问题!'时,那腔调非常像我。并且说这话时,跟我说这话时的样子完全一样,举起食指,在眼前晃了晃。我们俩热烈地亲吻,但是当她走出去以后,我的心又开始难过起来。

二

我在这里记下的内容仅仅是对我自己做个交代。比如说,有一些瞬间,在丽莎走了以后,当一些最意想不到的想法纷至沓来地闯进我脑海的时候,我甚至对此十分心安理得。"哎呀,我忙活什么呢?"我想,"关我什么事?人人如此或者都差不多。丽莎发生的事,又算得了什么呢?难道必须由我来挽救'家庭的名誉'吗?"我之所以把这些卑鄙无耻的事写下来,仅仅为了说明，我当时对善恶的理解上还如此不坚定。挽救我的仅仅是一种感情：我知道，丽莎很不幸，妈妈很不幸，当我想起她们的时候，我是从感情出发知道这点的，因此我感觉到，发生的这一切想必不是好事。

现在我要预先说明的是，从这天起，直到我大病一场为止，接二连三发生的种种事件出现得异常迅速，以致我现在想起来都觉得奇怪，这些事，我怎么能挺过来的，命运怎么没把我压倒。它们使我的理智，甚至感情，都变得十分脆弱，如果到后来我终于坚持不住，因而犯罪的话（离犯罪就差一点儿了），那陪审员也很可能宣判我无罪。但是我还是尽力井然有序地来描写，虽然我想预先说明当时在我脑海里乱糟糟的，很少头绪。事件就像狂风一样铺天盖地地袭来，我的种种想法也像秋天干枯的树叶一样在我的脑海里飞旋。因为我整个人都是由别人的思想拼凑而成的，现在，当需要由自己的思想独立做出决定时，我又到哪里去寻找自己的思想呢？而且，根本就无人指导。

我决定晚上再去看公爵，以便彼此无拘无束地好好谈谈相关的一切，晚上以前我就留在家里，但在黄昏时分我又收到了一封经市邮局寄来的斯捷别尔科夫的短信，一共三行字，他在其中坚决而又"极其恳切"地请我于明天上午十一时左右去找他，他"有非常重要的事相告，到时候您自己就会看到这事的内幕"。我想了想，决定到时候看情况再说，因为离明天还早着呢。

已经八点了；我本来早该走了，但是我一直在等韦尔西洛夫：我有许多话要跟他说，而且我的心在燃烧。但是韦尔西洛夫始终没有来。再说去看妈妈和丽莎，我暂时也不宜露面，我感到韦尔西洛夫肯定整天都不会在那儿。我信步走去，已经在半道上了，才想到不妨到昨天那家运河边上的小饭馆去看看。恰好，韦尔西洛夫就坐在他昨天坐的那座位上。

"我早料到你肯定会到这里来的。"他说，奇怪地微微一笑，又异样地看了看我。他的笑容似乎不怀好意，我已经好久没看到他脸上这模样了。

我在小桌旁坐了下来，起初我只是讲了些事实：关于公爵，关于丽莎，以及昨天在轮盘赌之后发生在公爵家的争吵；我也没有忘了轮盘赌赢钱的事。他非常注意地听我说完了，又再问了一遍公爵决定娶丽莎的事。

"可怜的孩子，说不定，她嫁给他什么好处也得不到。不过，这事成不了也说不定……虽然他能够……"

"请把我作为您的朋友告诉我：这事您早知道了，早有预感？"

"我的朋友，对这事我又能做什么呢？这一切都是感情问题和另一个人的良心问题，哪怕从这个可怜的丫头这方面说也是如此。我对你再重复一遍：从前，我太爱干涉别人的良心了——这是一种极其不好的作风！别人遭遇不幸，我决不会拒绝帮助，我会尽我力之所能去帮助他，假如我自己也弄清楚了的话。而你，我亲爱的，你一直没有产生过任何怀疑吗？"

"但是，您怎么能，"我叫起来，满脸绯红，"您怎么能（哪怕对我只有一丝一毫的怀疑）认为我知道丽莎跟公爵的关系，又看到我向公爵借钱——您居然还能同我说话，同我坐在一起，还向我伸出手来——而且是向我这样的一个人，您应当认为我是个卑鄙小人才是，因为，我敢打赌，您肯定怀疑我已经知道了一切，明明知道，却靠着妹妹的关系向公爵借钱！"

"这又是个良心问题了。"他冷笑道，"你怎么知道，"他用某种令人捉摸不透的感情又清楚地加了一句，"你怎么知道我就不担心，正如你昨天在另一场合所说的那样，你会丧失自己的'理想'，本来是个热情奔放的、诚实的孩子，却变成了个混蛋呢？我因为担心，所以才一再拖延这一时刻的到来。为什么就不能设想，我身上除了懒和狡猾以外，就不能有什么更为纯正，唔，哪怕愚蠢，但却也是更为高尚的品质呢？见鬼！太平常了，我常常是既愚蠢又不高尚。如果你养成了这种习气，你身上的东西对我又有何益呢？在这种情况下劝你改邪归正是低俗的；即便你改邪归正了，你在我心目中也丧失了任何价值……"

第二部

"您可怜丽莎吗，可怜吗？"

"我很可怜她，我亲爱的。你凭什么认为我就这么无情呢？相反，我会竭尽全力……好了，你怎么样，你的事怎么样？"

"先别管我的事；现在我没有我的事。我说，您为什么怀疑他未必会娶丽莎呢？他昨天去了安娜·安德烈耶芙娜那儿，断然拒绝了……唔，就是说，断然拒绝了那个混账想法……这是尼古拉·伊万诺维奇公爵想出来的馊主意——替他们俩撮合。他断然拒绝了。"

"是吗？这是什么时候的事？你是从谁那儿听说的？"他好奇地询问。我把我所知道的全都告诉了他。

"唔……"他沉吟道，似乎在暗自盘算什么，"那么说，这事发生在……另一个求爱之前……整整一小时。唔……那，当然，他们之间很可能会出现这一类求爱……不过，据我所知，无论这一方还是那一方都没有说，也没有做任何事……不过，当然，要说明问题，三言两语也就够了。但是，是这么回事，"他忽然奇怪地冷笑了一下，"如果我现在告诉你一件重大新闻，你当然会很感兴趣：如果说你那位公爵昨天也向安娜·安德烈耶芙娜求婚了（我要是早怀疑到丽莎就会竭力阻止的，这话仅在咱们俩之间说说），那安娜·安德烈耶芙娜无论如何肯定会立刻拒绝他的。你大概很爱安娜·安德烈耶芙娜，尊敬她和看重她吧？你能这样，这非常好，因此，你肯定会替她高兴：她，我亲爱的，她就要嫁人了，就她的性格而言，似乎，她肯定会嫁，而我——唔，我当然会祝福她。"

"她要嫁人？嫁给谁呀？"我大吃一惊地叫起来。

"你猜。我就不让你苦苦思索啦：嫁给尼古拉·伊万诺维奇公爵，嫁给你那位可爱的小老头。"

我瞪着两眼，大惊失色。

"想必她早有这想法了，当然，还从各方面对这想法作了艺术上的加工。"他懒洋洋而又一字一顿地说道，"我想，这发生在'谢廖查公爵'拜访之后过了整整一小时（要知道，他来得真不凑巧！），于是她大大方方地走到尼古拉·伊万诺维奇面前，向他求了婚。"

"怎么'向他求了婚'？应该是他向她求婚吧？"

"他哪会想到这点呀！是她，是她主动。正是这样，他兴高采烈。听说，他现在一直坐在那里，诧异不止，他怎么会没有想到这个主意呢，他甚至还

微感不适 …… 想必也是因为开心。"

"听我说,您说这话面带嘲笑 …… 我几乎没法相信。她怎么会向他求婚呢? 她是怎么说的呢?"

"请你相信,我的朋友,我是打心眼儿里高兴,"他回答道,突然摆出一副惊人的严肃腔调,"当然,他老了,但结婚还是可以的,完全合法,也完全符合习俗,而她 —— 这又是一个别人的良心问题,这话我已经对你说过多次了,我的朋友。话又说回来,她完全有资格拥有自己的观点,做出自己的决定。至于具体细节以及她当时到底是怎么说的,我就没法向你传达了,我的朋友。但是,当然喽,她知道应该怎么做,而且她的做法也许是你我想不出来的。最值得称道的是,这件事从头到尾没有出现任何乱子,而且在上流社会看来,一切都很得体。当然,非常清楚,她想在上流社会站稳脚跟,但是,要知道,她也配得到这样的地位。我的朋友,这一切 —— 在上流社会是司空见惯的。至于她提出求婚,想必做得既十分出色,又做得十分优雅。她这人循规蹈矩,我的朋友,正如你有一回形容她的那样,是个修女型的姑娘;我也早把她称为'娴静的女人'。要知道,她几乎就是他的养女,你知道,她已经不止一次地看到他对她的好意。她早就对我一再声称,她'十分尊敬他,十分重视,十分可怜他,也十分同情他',诸如此类,等等,因此我多多少少已经有了心理准备。关于这一切,都是今天上午,由我的儿子,她的哥哥安德烈·安德烈耶维奇(你似乎跟他还不认识,我也只是跟他分毫不差地半年才见一次面)出面,代表她,并且应她之请告诉我的。他尊重有加地赞同她的这一做法。"

"那么,这已经公开了? 上帝,我多么惊奇啊!"

"不,还没有完全公开,到某一时间为止 …… 我并不知道那儿的情况,一般说,我还完全是个旁观者。但是这一切都是真的。"

第二部

"但是现在卡捷琳娜·尼古拉耶芙娜……您以为怎样,这道小菜不会不合比奥林格的胃口吧?"

"这我就不知道了……说实在的,这有什么不合他的胃口的;但是,请相信,安娜·安德烈耶芙娜,即便在这层意义上,也是一个极其正派的人。然而,安娜·安德烈耶芙娜又怎么样!昨天上午,而且就在这事以前,她还特意问我:'爱不爱现在寡居的阿赫马科娃太太?'你记得吗,我昨天就曾惊奇地告诉过你:要是我娶了女儿,她就不能嫁给父亲了?现在你明白了吗?"

"啊,可不是吗!"我叫起来,"但是,难道安娜·安德烈耶芙娜会当真认为您……可能希望跟卡捷琳娜·尼古拉耶芙娜结婚吗?"

"看来,是这样的,我的朋友,不过,你好像该走了,到你想去的那个地方去吧。你知道吧,我总是头疼。我想让他们弹一曲《露契娅》。我喜欢在烦闷中寻找欢乐,我已经跟你说过这话了……重复是不可饶恕的……不过,我还是离开这里的好。我爱你,亲爱的,但是再见;每当我头疼或者牙疼的时候,我就渴望孤独。"

他脸上出现了一道痛苦的皱纹;我现在相信,他当时是真的头疼,尤其是头……

"明天见。"我说。

"什么叫明天见?明天会有什么事?"他苦笑道。

"我来看您,或者您来看我。"

"不,我不去看你,而你会跑来看我的……"

他脸上出现了一种令人非常不快的神色,但是我已经顾不上他了:这事非同小可!

三

公爵的确身体不好，因此一个人坐在家里，头上包着湿毛巾。他在十分焦急地等候我；他不只是头疼，毋宁说，他整个人都感到精神不佳。我又要交代一下：最近这段日子以来，一直到发生那场惨祸，我不知怎么总是遇到一些特别爱激动的人，他们所有的人几乎都像疯子，以致连我也身不由己地仿佛受到了感染似的。我得承认，我来这里的时候心情很坏，再说我感到很羞耻，昨天我居然在他面前号啕大哭，而且他们俩（他和丽莎）又这么骗我，把我骗得好苦啊，以致我不得不认为我是个大笨蛋。总之，当我进去看他时，心里觉得很不自然。但是这一切做作和不自然很快就不翼而飞了。我得替他说句公道话：他的疑心病一旦很快消失和被粉碎之后，他就彻底变软了，他身上出现了一种近乎孩子般的特点，对你充满了亲热、信任和爱。他眼泪汪汪地亲吻了我，亲罢又立刻开始谈正事……是的，他的确很需要我：在他的言谈和思路中有许多混乱不堪的地方。

他十分坚定地向我宣称，他非娶丽莎不可，而且越快越好。"至于她不是贵族，请相信，这一分钟也没使我感到过为难，"他对我说，"我祖父娶的就是一位家奴出身的姑娘，她是邻村某地主私人农奴剧团里的一名歌剧演员。当然，我的家族对于我抱有另一种希望，但是现在他们不得不让步，决不会有任何争执了。我想同现在的一切决裂，彻底决裂！至于其他，一切都按新法办！我不明白您妹妹究竟爱上了我什么，但是，不用说，如果没有她，我现在也许就不会活在这世上了。我敢从心灵深处向您发誓，现在我把我与她在卢加的相遇看作天意。我想，她看上我是因为我'太堕落，太没出息'了……不过，您能听懂这话的意思吗，阿尔卡季·马卡罗维奇？"

"我完全懂！"我语气十分坚定地说。我坐在书桌旁的一把圈椅里，他则在屋里走来走去。

"我应该把我们相遇的整个事实毫不隐瞒地告诉您。开始于我的一个内心秘密，但是只有她一人知道这秘密，因为我当时信得过的也只有她一个人。而且迄今为止不曾有任何人知道。我当时是满怀绝望地到卢加去的，住在斯托尔别耶娃家，我也不知道为什么，也许是为了寻找彻底的孤独吧。当时，我刚刚辞去我在某团的职务。我参加这个团，是在从国外回来之后，也就是在国外与安德烈·彼得罗维奇那次相遇之后。那时我有钱，我在团里大肆挥霍，过着无拘无束的生活；但是同我一起共事的军官们都不喜欢我，尽管我竭力不去得罪他们。不瞒您说，从来就没有任何人喜欢过我。那里有个骑兵少尉，好像姓斯捷潘诺夫，不瞒您说，这是个异常浅薄和渺小的人，甚至好像还很窝囊，总之，没一点儿出息。不过，无可争论，他的为人却很诚实。他常来看我，我也对他十分随便，他常常一连好几天一声不响地坐在我屋子的角落里，但是神态庄重，不过对我也毫无妨碍。有一回，我给他讲了一个时下流行的趣闻，其中，我添油加醋地加了许多无稽之谈，说什么上校的女儿对我并非无意，上校也属意我，因此，当然，他一定会如我所愿地做到一切……总之，我且撇开细节不说，但是，后来这一切却演变成了一则极其复杂和极其下流的造谣。这造谣并非出自斯捷潘诺夫之口，而是由我的勤务兵传出去的，这勤务兵偷听到了一切，并且记住了，无非因为这是一则败坏年轻姑娘名声的可笑故事。谣言传开之后，这勤务兵在军官们审问他的时候，供出了斯捷潘诺夫，也就是说，这故事是由我讲给这个斯捷潘诺夫听的。斯捷潘诺夫被置于这样的进退两难中，怎么也无法否认他曾经听说过，因为这是个诚信问题。又因为这故事中有三分之二是我任意编造的，因此军官们都义愤填膺，于是团长就把我们集合到他的办公室，不得不要求我们做出说明。也就是在这时候，向斯捷潘诺夫提了个问题：他有没有听说过？于是他就供出了全部真相。怎么办呢，您哪，我当时做了些什么啊，我这么一个传承千年世袭的公爵？我矢口否认，并且当着斯捷潘诺夫的面说他撒谎，不过我的说法很委婉，就是说，似乎他'听错了'，等等，我又不得不略去一些细节，我的地位使我有利的一面是斯捷潘诺夫常到我这里来，因此我可以把这问题说成这样，似乎他出于某种利害考虑有可能与我的勤务兵暗中勾结——这说法也不是没有某些道理的。斯捷潘诺夫只是一言不发地看了看我，耸了耸肩膀。我记得他的这一目光，永远忘不了。紧接着他就打了退伍报告，但是，您猜怎么着，发生了什么情况？军官们，无一例外，都去拜访他，劝他不要打这报告。过了两周，我离开了团队：谁也没有赶我走，谁也没有请我离开，我以家庭做借口，提出退伍。事情就这么了结了，起先我完全无所谓，甚至还在生他们的气，我住在卢加，认识了丽扎韦塔·马卡罗芙娜，但是后来，又过了一个月，我已经有了自杀的念头，想到了死。我对每件事的看法都很阴暗，阿尔卡季·马卡罗维奇。我准备了一封信，是写给团队的长官和战友们的，我完全承认我撒了谎，要求恢复斯捷潘诺夫的名誉。信写好后，我给自己出了个难题：'寄出去后活下去，还是寄出去后死？'我很可能解决不了这问题。一个瞎碰瞎撞的机会，我同丽扎韦塔·马卡罗芙娜进行了一次迅速而又奇怪的谈话之后，我突然跟她亲近起来。在此以前她常常去看望斯托尔别耶娃；我们常常遇见，彼此点个头，问个好，甚至都很少说话。我突然向她公开了一切。就在那时候，她向我伸出了援助之手。"

"那她是怎么解决这问题的呢？"

"我没有把信寄出去。她决定不寄。她的理由是：如果我把信寄出去了，固然做了件光明磊落的事，足以洗清我的全部污垢，甚至还远远超过这些，但是我这样做自己受得了吗？她的意见是谁也受不了，因为那时候这个人的前程就会完蛋，也不可能获得什么新生。再说，斯捷潘诺夫受了点伤害也没什么；要知道，即便没有人出面替他洗刷，他也被军官们群体宣告无罪了。总之——似是而非，但是她劝阻了我，我也完全听从了她。"

"她的决定是狡猾的，但却充满了女人味！"我叫起来，"她在那时候就已经爱您了！"

"正是这点使我获得了新生。我向自己保证一定要改过自新，一定要改变生活，一定要对得起自己，也一定要对得起她，可是——我们俩却弄成了这样！结果是我们俩在这里天天跑赌场，玩轮盘赌，玩纸牌；在遗产面前，我也太得意忘形了，满以为前程似锦，喜欢同所有这些人为伍，喜欢宝马香车……我害苦了丽莎——可耻啊！"

他伸手擦了擦脑门，在屋里走了个圈。

"俄国人的命运是一把双刃剑，我们俩都遭到了俄国命运的袭击，阿尔卡季·马卡罗维奇：您不知道怎么办，我也不知道怎么办。一个俄国人只要稍稍一跳出由习俗给他规定的、公众认可的轨道，他就立刻不知道该怎么办了。在常轨范围内，一切都清楚：收入、官衔、在上流社会的地位、马车、拜客、职务、妻子——可是稍一出圈——我就不知道我是谁了？一片被风吹来吹去的落叶。我不知道我该怎么办。这两个月来，我一直竭力使自己遵守常规，爱常规，挤进常规。您还不知道我在这里堕落得有多深，多么没出息：我爱丽莎，真心爱她，可同时我又在打阿赫马科娃的主意！"

"是吗？"我痛苦地叫起来，"顺便问问，公爵，您昨天跟我说到韦尔西洛夫的时候不是说，他曾经怂恿您去做一件不利于卡捷琳娜·尼古拉耶芙娜的卑鄙勾当吗？"

"我也许夸大了，我太多疑了，因此我对不起他，就像我对不起您一样。先不说这事了。怎么，难道您以为，在所有这段时间里，也许从卢加起，我就不曾有过人生的崇高理想吗？我可以向您发誓，这理想从来没有离开过我，经常出现在我面前，而且在我心中丝毫没有失去它的美。我记得我对丽扎韦塔·马卡罗芙娜发的誓，我一定要获得新生。安德烈·彼得罗维奇昨天在我这里讲到贵族的时候，请相信，他对我没有说出任何新意。我的理想很坚定：几十俄亩土地（只有几十俄亩了，因为我从遗产中剩下的，已经几乎什么也没有了）；然后是与上流社会、与升官发财彻底决裂，彻彻底底地决裂；在乡下有座房子，有个家，而我则亲自种地，或者类似这样吧。噢，在我们这个家族——这已经不是新闻了：我伯父曾亲自耕种，我祖父也一样。我们虽说是一支传承千年的世袭公爵，与罗昂家族①一样高贵，但是我们很穷。正是这一点我要教给我的子女们'要一辈子永远牢记你是个贵族，在你的血管里流淌着俄国公爵的神圣血脉，但是你不要耻于承认你父亲曾亲自种过地：他是以公爵的铮铮铁骨做的'。除了这一小块土地以外，我不会留给他们任何财产，但是我让他们受高等教育，这是我应尽的义务。噢，这方面丽莎将会帮助我。丽莎、孩子们、工作，噢，我们俩对这一切都充满了幻想，在这里幻想，就在这里，在这些屋子里，可是怎么样呢？我与此同时却在打阿赫马科娃的主意，虽然我根本不爱这女人，在幻想这个上流社会富贵婚姻的可能性！直到昨天听到纳晓金带来的关于那个比奥林格的消息之后，我才决定去找安娜·安德烈耶芙娜。"

"但是，要知道，您是去拒绝这桩婚姻的呀，不是吗？要知道，我想，这已经是高尚行为了，不是吗？"

"您这么认为吗？"他在我面前停住了脚步，"不，您还不知道我这人的天性！或者……或者我自己也不知道为什么，因为，这事想必并不能仅仅归结为天性。我是真心爱您，阿尔卡季·马卡罗维奇，此外，在这两个月中，我又实在对不住您，因此，我希望你作为丽莎的哥哥能知道这一切：我去找

---

① 欧洲大贵族世家，历史悠久，可上溯至国王与布列塔尼公爵。

安娜·安德烈耶芙娜的目的是向她求婚，而不是去拒绝。"

"这可能吗？但是丽莎说……"

"我骗了丽莎。"

"对不起。您正式提出了求婚，可是安娜·安德烈耶芙娜却拒绝了您？是吗？是这样吗？细节对于我非常重要，公爵。"

"不，我根本就没提出求婚，但仅仅是因为我还没有来得及提；她自己比我抢先了一步——当然，不是直言相告，但是，话又说回来，话说得太清楚、太明白了，她'委婉地'让我懂得，这想法以后也行不通。"

"这么说，反正您没有向她提出求婚，而且您的自尊心也没有受到伤害！"

"难道您能这么看问题！那自己的良心审判呢？那被我欺骗，而且……可见，我曾想抛弃的丽莎呢？我对自己，对我整个家族的列祖列宗许下的誓言呢？我可是发誓要重新做人，将功折罪，赎还我过去做的种种卑鄙的事的呀！我求您了，求您千万别把这事告诉她。也许，只有这事她不能原谅我！我从昨天起就病了。而主要是，好像现在已经一切都完了，索科尔斯基公爵家族中的最后一位公爵肯定要去服苦役了。可怜的丽莎呀！我一直在等您，一整天都在等您，阿尔卡季·马卡罗维奇，因为您是丽莎的哥哥，我要向您公开她还不知道的事。我是一名刑事犯，我参与了伪造某铁路股票的事。"

"这又是怎么回事！怎么要去服苦役？"我跳起来，恐怖地看着他。他脸上表现出了深深的、阴暗的、极度的忧伤。

"您坐，"他说，自己先在对面的圈椅里坐了下来，"首先，您应当先知道一个事实：一年多以前，在埃姆斯的那个夏天，有丽季娅[①]，有卡捷琳娜·尼古拉耶芙娜，后来是巴黎，正是在那时候，我到巴黎去了两个月，我在巴黎，

[①] 即丽莎。

不用说，正缺钱花。这时候碰巧出现了斯捷别尔科夫，这人我以前就认识。他借给了我一笔钱，还答应再给，不过他也请我帮他一个忙，他需要一名能工巧匠，能画画，能雕版，能石印，等等，还应该同时是一名化学家和技师——他有用，有一定目的。至于是什么目的，他甚至头一回就说得相当露骨。究竟是什么呢？他摸透了我的性格——这一切我听了就想笑。问题在于我还从小学时代起就认识一个人，现在他是俄国侨民，不过并非俄罗斯血统，正住在汉堡的某个地方。在俄国，他已经有一回被卷进了一件伪造证券案。斯捷别尔科夫属意的正是这个人，但是要找他必须有人介绍，于是他就来找我。我给他写了两行字，写过也就立刻把这事给忘了。后来他又几次三番地遇见我，当时我从他那里拿了总计约三千卢布。关于整个这件事我真的全忘了。我在这里借他的钱一直都是出借据和有抵押品的，而他则一直在我面前像个奴才似的曲意奉承，可是蓦地，在昨天，我从他那里第一次得知——我是一名刑事犯。"

"什么时候，昨天？"

"就是昨天，咱俩上午，在纳晓金到来之前，在书房里跟他嚷嚷的时候。他头一次，而且已经是一清二楚地、斗胆地向我提到了安娜·安德烈耶芙娜。我举起手来，本来想打他，可是他却忽然站起来，向我宣布，说我跟他是一伙的，他让我记住——我是他的同伙，我同他一样是个骗子——总之，这虽然不是他的原话，但却是这个意思。"

"简直胡说八道，这不是凭空捏造吗？"

"不，这不是凭空捏造。今天他到我这里来了，向我做了详细的说明。这些股票早就在流通，而且还在继续发行，但是，似乎不知哪里出了纰漏。当然，我是局外人，但是，'要知道，您那时候不是惠予协助，帮忙写了一封信吗，您哪！'——这就是斯捷别尔科夫对我说的话。"

"但是，您并不知道这要干什么呀，或者您知道？"

"知道，"公爵低声回答，低下了眼睛，"就是说，您要晓得，既知道也不知道。我感到好笑，我感到开心。当时，我什么也没有想，更何况我根本不需要什么假股票，也不是我要做这些假股票的。但是，话又说回来，当时给我的这三千卢布，后来他甚至都没把它算在我欠他的账上，而我也就由他去了。话又说回来，您怎么会知道呢，也许我就是个假币制造者呢？我不可能不知道，我不是小孩；我知道，但是我觉得很开心，于是就帮了一把那些卑鄙的苦役犯的忙……而且这忙也不是白帮的，拿了人家的钱！可见，我就是一名假币制造者！"

"噢，您就别夸大啦；您有错，但是您夸大其词了！"

"这里，主要是有一个名叫日别尔斯基的人，还是个年轻人，在司法部门工作，是一个类似帮办这样的角色。在这场股票案中——他也是参与者，后来他从那位在汉堡的先生那儿来找我，不用说，都是些不值得一提的小事，连我自己都不知道他来找我是为了什么，压根儿就没提到股票的事……但是，话又说回来，他手里保存着两份我亲笔写的凭证，都是两行字的短信，当然，这也就足以证明了；这是我今天才完全弄明白的。斯捷别尔科夫说，这个日别尔斯基惹了大麻烦：他在那里偷了什么东西，偷了谁的钱，好像是盗用公款什么的，但是他还打算再偷一些，然后携款潜逃，移居国外；因此他还需要八千卢布，不能小于此数，作为资助他移居国外的费用。我从遗产里继承的那部分可以满足斯捷别尔科夫的要求，可是斯捷别尔科夫说，还必须满足日别尔斯基的要求……总之，除了放弃我在遗产中得到的那部分以外，还差一万卢布——这是他们撂下的最后的话，到那时候，他们就会把我的那两封短信还给我。他们俩沆瀣一气，这是明明白白的。"

"明显的无稽之谈！要知道，他们倘若告发您，也就出卖了他们自己！"

他们决不会去告发的。"

"这我明白。他们根本就没有威胁要告发我呀，他们只是说，'我们当然不会去告发，但是一旦事情败露，那……'这是他们说的原话，就这些。但是我想，这也够了！问题不在于将来会惹出什么灾祸，哪怕这两封信现在就揣在我兜里，但是我却跟这些骗子手沆瀣一气，我是他们的同伙，永远，永远！骗了俄国，骗了孩子们，骗了丽莎，骗了自己的良心！……"

"丽莎知道吗？"

"不，她全不知道。在她目前的情况下，她会受不了的。我现在穿着我们团的军服，在遇到我们团的每一个士兵时，我每秒钟都在自己心里意识到，我不配穿这身军衣。"

"听我说，"我忽然叫道，"这没什么可谈的；您要获救只有一条路：快去找尼古拉·伊万诺维奇公爵，向他借一万卢布，您求他，但是不要说任何内情，然后把这两个骗子叫来，把所欠的钱做一个彻底了断，把您的那两封信收回来……事情就结了！整个事情就都结了，然后您再种地去！丢掉幻想，相信现实！"

"这事我想过，"他坚定地说，"我一整天都拿不定主意，最后才下定决心。我只在等您，然后我再去。您知道吗，我这辈子从来没有向尼古拉·伊万诺维奇公爵借过一文钱。他对我们家族一直很好，甚至……还很关切，但是我本人，我自己从来没有向他借过钱。但是现在我已经下定决心……请您注意，我们索科尔斯基家族比起尼古拉·伊万诺维奇公爵那一族来更古老。他们属于较年轻的一支，甚至属于旁系，几乎是有争议的……我们的祖先曾经互相敌对。在彼得改革初期，我的曾曾祖父，也叫彼得，曾经并且始终是一名分裂派教徒，一直在科斯特罗马森林里流浪。这位彼得公爵在续弦时娶的也是一位非贵族……也就是那时候，这另一支索科尔斯基家族才蹿了上来，但是我……我这是在说什么呀？"

他显得很疲惫，几乎像信口开河。

"您先平静下来，"我拿起礼帽，站了起来，"先躺下睡觉，这是第一。尼古拉·伊万诺维奇是决不会回绝您的，尤其是现在正在办喜事的时候。您知道那里发生了什么吗？难道您不知道？我听到了一件怪事，说他要结婚了；这是秘密，不过，自然，不是对您。"

我把一切都告诉了他，不过已经是站着，而且手拿礼帽。他什么也不知道。他迅速追问我与此有关的种种细节，主要是时间、地点和可信度。我当然并不瞒他，说这事，据人家说，就紧接着发生在他昨天拜访安娜·安德烈耶芙娜之后。我无法形容这一消息对他产生了何等痛苦的印象；他的脸扭曲了，仿佛都变歪了，一缕苦笑痉挛地掠过他的嘴角；到最后，他满脸变得煞白，低下了眼睛，陷入了深深的沉思。我忽然异常清晰地看到，他的自尊心被安娜·安德烈耶芙娜昨天的拒绝可怕地、深深地伤害了。也许，在痛苦的心情下，他在这一刻十分鲜明地想象到，他昨天在这位姑娘面前扮演了一个多么可笑和低下的角色呀，现在看来，本来他对她一定会欣然同意，一直很有把握，很有信心。最后，也许，他还会想到，他对丽莎做了这么一件卑鄙的事，结果却枉费心机，一场空！有意思的是，这些上流社会的花花公子彼此之间都把对方看成什么人了，他们又凭什么能够互相尊重呢；要知道，这位公爵是能够想到，安娜·安德烈耶芙娜已经知道了他和丽莎的关系，而丽莎实际上是她的妹妹，即便她现在不知道，将来她总有一天也会知道的；可是他竟"毫不怀疑她会欣然允诺"！

"难道您能设想，"他突然骄傲而又自负地抬起眼睛看了我一眼，"在听到这个消息之后，我还能去找尼古拉·伊万诺维奇公爵，并且向他借钱吗！他已经成了刚才拒绝我的那个姑娘的未婚夫，我去向他借钱会有多么穷酸相，多么奴才相啊！不，现在一切都完了，如果说这老头的帮助是我最后的希望的话，那就让这希望破灭吧！"

我私下里，在心中，是同意他的观点的；但是对现实的看法毕竟应当放宽些：这个小老头公爵，难道能算是正常的人、正常的未婚夫吗？我脑海里像开锅似的冒出了几个想法。不过，即便没有发生上面说的那事，方才我也决定，明天一定要去拜访一下我那老头。现在我竭力先冲淡一下小公爵的感受，让这位可怜的公爵先去睡觉："睡足了觉，思想就会开朗些，您自己会看到的！"他热烈地握了握我的手，但是他没有跟我吻别。我向他保证，明天晚上我一定来看他，"咱们再谈谈，再谈谈：咱们要谈的东西实在太多了"。对我的这些话，他有点听天由命地凄然一笑。

第八章

一

那天,我一整夜都梦见轮盘、赌博、金币和挖空心思的算计。我一直在盘算着什么,就像置身于赌桌旁,在估算下什么注,看准了有什么机会,这一切就像噩梦一样折腾了我一夜。说句老实话,尽管前一天我遇到了许多事,感触良深,但我还是无时无刻不在回想在泽尔希科夫赌场赢钱的事。我想驱除这一想法,可是印象深刻,驱除不掉,每一想起就浑身哆嗦。这次赢钱啮咬着我的心。难道我生来就是个赌棍吗?至少,有一点是肯定的,我具有赌棍的气质。甚至现在,当我在写这一切的时候,我还时不时地爱想关于赌博的事!有时候,我还会一连几小时地坐在那里沉思默想,在脑海里盘算赌钱的事,幻想这一切是怎么进行的,我怎么下注,怎么赢钱。是的,我身上有许多不同的"气质",我的心并不平静。

我打算十点钟去看望斯捷别尔科夫,而且是步行去。所以,马特维一来,我就打发他回去了。我在喝咖啡的时候好好想了想。不知道为什么我感到很得意;顷刻间,我审视了一下我的内心,顿时明白了,我得意主要因为我"今天要到尼古拉·伊万诺维奇公爵家去"。但是,这一天在我一生中是最要命和最出乎意料的一天,恰好,这一天又从一件意料不到的事开始。

十点整,我的房门猛地被人推开,塔季雅娜·帕夫洛芙娜闯了进来。我什么都能料到,就是没料到她会来访,因此我惊恐地在她面前跳了起来。她一脸杀气,动作粗野,如果问她,恐怕她自己也回答不出她跑来找我干什么。

我要预先说明的一点是,她刚听到一个非同小可的、把她压得喘不过气来的消息,她惊魂未定,深受震动。而这消息也牵涉到我。不过,她在我这里只待了半分钟,唔,就算整整一分钟吧,但也决不会更多。她进来后一把揪住了我。

"你干的好事!"她站在我面前,全身前倾,"啊,你这狗崽子!你惹了多大的祸?难道你还不知道?还在喝咖啡!啊,你这个大嘴巴,啊,你这个碎嘴子,啊,你这个纸糊的情人……这样的人得用鞭子抽,用鞭子,用鞭子!"

"塔季雅娜·帕夫洛芙娜,出什么事了?发生什么事了?妈妈?……"

"你会知道的!"她可怕地吼道,跳出了房间——说话就不见了。我本来应该去追她的,但是,我忽然产生了一个想法,阻止了我,其实,也不能算想法,而是一种模模糊糊的不安:我预感到,在她的大呼小叫中,"纸糊的情人"这句话是关键。当然,我自己什么也猜不出来,但是我急急忙忙地跑了出去,以便尽快把同斯捷别尔科夫的事了结了,然后到尼古拉·伊万诺维奇公爵那儿去。"那里——才是打开一切的钥匙!"我下意识地想。

令人吃惊的是,也不知道斯捷别尔科夫怎么搞的,安娜·安德烈耶芙娜的事,他已经全知道了,甚至连细节也一清二楚;我就不来描写他的说话和姿势了,他兴高采烈,由于"艺术加工的成功"而大喜若狂。

"瞧,这才是个人物呢,您哪!不,这才是个了不起的大人物!"他惊叹道,"不,您哪,这可跟我们的做法不一样;我们只会无所作为地干坐着,可她却会找到真正的泉眼,喝泉眼里的水——而且还喝着了。这……这是一尊古代的雕像!这是一尊古代的弥涅尔瓦①女神像,您哪,不过她在地上行走,穿着现代人的服装!"

我请他转谈正事;整个事,就像我早就完全猜到的那样,仅仅在于引导和劝说小公爵去向尼古拉·伊万诺维奇公爵请求一笔彻底的资助。"要不然的话,要知道,他会很……很糟糕也说不定,因为这不是我能决定的;您说是这个理儿不?"

他抬头望着我的眼睛,但是,似乎他并没有料到,我比昨天还知道更多的东西。再说他也无从知道:这是不消说得的,我一点儿口风,一点儿蛛丝马迹也没露——似乎我知道"关于股票"的事。我们说了不多一会儿,他就立刻向我表示他可以借我一笔钱,"而且不是小数,您哪,不是小数,不过希望您促使公爵去跑一趟。事情紧急,非常紧急,最要紧的就是事情太紧急了!"

我不想同昨天那样跟他争论和争吵,于是我站起来就往外走,为了以防万一,我撂给了他一句话,说我"将尽力而为"。但是忽然他使我大吃一惊:我已经向门口走去,他竟冷不防地、亲热地用一只手搂住了我的腰,开始给我说了一件……令我完全莫名其妙的事。

为了不使读者看了厌倦,我先略去细节不谈,也不引述谈话的全部来龙去脉。他的意思是,给我提了个建议,"把他介绍给杰尔加乔夫先生认识认识,因为我常常到他那儿去"!

我顿时不再作声,竭力不动声色和不露形迹,以免暴露自己,然而我却立刻回答,我同那里的人根本不认识,就算去过,那也纯属偶然,总共才去

---

① 古罗马神话中的智慧女神。

过一次。

"既然让您参加过一次，那就可以再去第二次嘛，是不是这个理儿呢？"

我直截了当，但是也很冷淡地问他，他这样做究竟是要干什么？直到现在我都弄不明白，有的人看上去并不笨，正如瓦辛所形容的那样，还很"能干"，怎么会如此天真，天真到如此地步？他十分坦率地对我解释道，他怀疑杰尔加乔夫"肯定有什么违禁的，被严厉禁止的事，因此，我想通过实地调查后，我就可以以此给自己捞到点什么好处"。他说罢便满脸堆笑地向我挤了一下左眼。

我没有给予他任何肯定的回答，但却装作好好想想，并答应他想想再说，紧接着我就赶快离开了他。事情复杂化了：我飞也似的跑去找瓦辛。恰好碰到他在家。

"啊，您也——您也来了！"他一见我就莫名其妙地说。

我没有接他的话茬，就直接说明来意，把一切都告诉了他。他明显地吃了一惊，虽然丝毫没有失去冷静。他把一切又详详细细地问了一遍。

"很可能您听歪了吧，没听懂他的话？"

"不，我听得很清楚，意思明白极了。"

"不管怎么说，我非常感谢您。"他又真诚地加了一句，"可不是吗，说真的，如果的确是这样的话，他肯定认为，您抵挡不住一定数目金钱的诱惑。"

"更何况他清楚我目前的处境：我总去赌博，表现恶劣，瓦辛。"

"这我听说了。"

"我最弄不懂的是，他居然知道您的情况，说您也常去那儿。"我冒了一下险，问道。

"他知道得很清楚，"瓦辛十分自然地回答道，"他知道我与那里无关。何况这一帮年轻人只会清谈，别无其他；不过那里的情况您应当记得比谁都清楚呀。"

我似乎觉得，他好像有点不信任我似的。

"不管怎么说，我还是非常感谢您。"

"我听说，斯捷别尔科夫先生的事有点麻烦，"我又尝试着问道，"至少，我听说了一件关于股票的事……"

"您听到了什么股票的事？"

我故意提了一下"股票"，但是，不用说，我并不是要向他透露公爵昨天的秘密。我只是想做一点儿暗示，然后根据他的脸色和眼神看看他关于股票是否知道点什么？我达到了目的：根据他难以捉摸的、瞬息即逝的面部表情，我看出，也许他对这事也知道点什么。我没有回答他是"什么股票"的问题，而是避而不答；有意思的是他居然没再问这个问题。

"丽扎韦塔·马卡罗芙娜的身体好吗？"他关切地问。

"她身体很好。我妹妹一向很尊敬您……"

他的眼神闪出了快乐的光，我早就看出他对丽莎不是无意的。

"前几天，谢尔盖·彼得罗维奇公爵到我这儿来过。"他忽然告诉我。

"什么时候？"我叫道。

"整整四天前。"

"不会是昨天吧？"

"不，不是昨天。"他疑惑地望了望我。

"关于我们这次见面，也许以后我会详详细细地告诉您的，不过现在我认为必须提醒您一句，"瓦辛像打哑谜似的说道，"我觉得他当时的情绪似乎有点不正常……脑子也似乎不太正常。不过，话又说回来，还有一个人来看过我，"他忽然微微一笑，"就在您到来之前不久，我也不得不认为此人的情绪不完全正常。"

第二部

"刚才公爵来过？"

"不，不是公爵，我现在说的不是公爵。刚才到我这儿来的是安德烈·彼得罗维奇·韦尔西洛夫，难道……您什么也不知道吗？他没出什么事？"

"也许出了点儿事，不过他在您这儿到底发生什么事了？"我着急地询问。

"当然，我本来应当对这事保密的……咱俩今天说话好像有点怪，太神秘兮兮了。"他又微微一笑，"不过，安德烈·彼得罗维奇并没有叫我保密。您是他儿子，也由于我知道您对他的感情，如果这一回我预先提醒您，似乎倒是做了件好事。您想想，他来找我，竟向我提出一个问题：'如果万一，在最近，很快，他需要与人决斗，那我是否同意做他的助手？'不用说，我一口回绝了他。"

我大吃一惊，这条新闻使我十分不安：一定出了什么事，一定发生了什么事，一定出了一件我还不知道的事！我忽然依稀记得韦尔西洛夫昨天对我说过的话："不是我去看你，而是你肯定会跑来找我。"我飞也似的跑去找尼古拉·伊万诺维奇公爵，更加预感到谜底就在他那儿。告别时，瓦辛又一次向我表示了感谢。

二

老公爵两腿裹着毯子，正坐在壁炉前。他甚至用一种疑问的目光抬头迎接我，他看见我来了似乎很惊讶，其实他自己几乎每天都打发人来叫我去。他亲切地同我打过招呼之后，对我的几句问话却回答得有些厌恶，而且非常心不在焉。他时不时似乎在思考着什么，接着便目光定定地注视着我，似乎忘记了什么，正在挖空心思地回想肯定与我有关的某件事，我直截了当地告诉他，一切我都听说了，我为他感到高兴。他嘴上立刻出现了亲切而又和善的笑容,于是他活跃了起来;他那种小心提防和不信任,一下子一扫而空,似乎他把它们早就忘了似的。何况他还当真忘了。

"我亲爱的朋友,我早料到你会头一个来看我的,你知道吗,我昨天还寻思:'谁会高兴呢? 他肯定会高兴。'唔,此外就不会有人了;不过这不要紧。人们都是些爱搬弄是非的碎嘴子,但是,这都微不足道 …… 亲爱的孩子,这一切是那么崇高,那么美好 …… 但是,要知道,你自己就对她十分了解。而关于你,安娜·安德烈耶芙娜甚至评价很高。这,这是一张端正而又非常美丽的脸,一张英国画册上的脸。这是一张美极了的英国版画,绝无仅有 …… 已经第三年了,我一直在收藏这套版画 …… 我一直,一直都有这打算,一直;我只是觉得奇怪,我怎么会从来没有想到这点的呢。"

"据我所知,您一直很喜欢,很欣赏安娜·安德烈耶芙娜。"

"我的朋友,我们并不想损害任何人。同朋友们生活在一起,同亲人,同自己心爱的人生活在一起 —— 这是天堂。大家 —— 都成了诗人 …… 总之,打从史前时代起,大家就都知道这点。你知道吗,我们夏天先是在索登,然后又到巴得加施泰因① 去。话又说回来,我的朋友,你怎么很久都不来呢;你到底怎么啦? 我一直在盼你来。打那时候起,已经过去了多少,多少时光啊,不是吗。只是很遗憾,我总是心神不定;只要剩下我一个人,我就心神不定。因此,我这个人决不能一个人待着,不是吗? 这就像二二得四一样一清二楚。因此她一开口,我就完全明白了这道理。噢,我的朋友,她一共才说了两句话,但是这 …… 这就好像一首绝妙好诗。不过,话又说回来,要知道,你是她弟弟,几乎是弟弟,不是吗? 我亲爱的,难怪我这么喜欢你! 我敢发誓,这一切我都预感到了。我亲吻了一下她的手,就哭了。"

---

① 索登与巴得加施泰因分别为德国和奥地利的疗养胜地。

第二部

他掏出手帕，好像又准备哭似的。他受到强烈的震动，仿佛正处在我们认识以来我所能记得的最坏的"状态"中。平常，甚至几乎一向如此，他总是容光焕发，精神百倍。

"我愿意宽恕所有的人，我的朋友，"他又接着喃喃道，"我想宽恕所有的人，我早就不会生任何人的气了。艺术，生活中的诗篇，救济不幸的人，还有她，圣经中描写的美人。一个多么迷人的美女啊，是不是？所罗门之歌①……不，这不是所罗门之歌，这是大卫的故事，大卫让一个年幼的美女躺在自己的床上，为的是温暖自己的老年之躯。然而，大卫，所罗门，这一切都在我脑子里打转——像一团乱麻。亲爱的孩子，任何事既可以很庄严，同时也可以很可笑。年迈大卫的这个年幼的美女——这简直是一部长诗②，可是换了在保尔·德·科克③笔下，就会出现某种色情场面了，我们大家就会大笑。保尔·德·科克既没有分寸感，也没有审美力，虽然他很有才华……卡捷琳娜·尼古拉耶芙娜微笑不语……我说，我们不会妨碍你们的。我们既然开始了我们的罗曼史，那就让我们做到底吧。即便这是幻想，那也请大家不要剥夺我们的这一幻想。"

"怎么能说是幻想呢，公爵？"

"幻想？怎么是幻想呢？唔，就算是幻想吧，不过也请大家让我们带着这幻想死去。"

"噢，公爵，干吗说死呢？活着，现在只说活着。"

---

① 所罗门之歌指《旧约·雅歌》，其中包含许多古代的爱情诗。
② 此处指《旧约·列王记上》中对大卫王的传说："大卫王年纪老迈，虽用被遮盖，仍不觉得暖。所以臣仆对他说：'不如为我主我王寻找一个处女，使她伺候王，奉养王，睡在王的怀中，好叫我主我王得暖。'于是在以色列全境寻找美貌的童女，寻得书念的一个童女亚比煞，就带到王那里。这童女极其美貌，她奉养王，伺候王，王却没有与她亲近。"（第一章第一至四节）。
③ 保尔·德·科克（1794—1871），法国畅销书作家，以描写中产阶级的生活和习俗著称。

"我倒是说什么来着？我要反复强调的只有这个。我简直弄不懂，为什么生命如此短暂。当然，怕有人活腻了，因为生命也是造物主亲手创造的一件艺术品，它具有普希金诗歌般完美无缺的形式。简短是艺术性的首要条件。但是，如果谁还没有活腻，那就让他活得更长久些吧。"

"请问，公爵，这事已经公开了吗？"

"没有！亲爱的，绝对没有；我们大家只是这么谈妥了。这是我们的家务事，家务事，家务事。暂时我还只是向卡捷琳娜·尼古拉耶芙娜公开了，因为我认为我对不起她。噢，卡捷琳娜·尼古拉耶芙娜 —— 是天使，她是天使！"

"是的，是的！"

"是的？你也说'是的'？我还以为你是她的敌人呢。啊呀，对了，恰好，她曾请求我以后不要再同你来往了。你倒想想，你进来的时候，我偏偏突然又忘了。"

"您说什么呀？"我叫道，"凭什么？她什么时候说的？"

（我的预感没有欺骗我；是的，从刚才塔季雅娜说的那些没头没脑的话开始，我就有了这类预感！）

"昨天，我的亲爱的，昨天，我甚至不明白你是怎么进来的，因为已经采取了措施。你是怎么进来的？"

"我大大方方地进来的呀。"

"很可能是这样。如果你贼头鬼脑地走进来，他们准会逮住你，因为你是大大方方进来的，所以他们才放你进来了。大大方方，我亲爱的，其实这倒是个高招。"

"我什么也不明白，那么说，您也决定不同我来往了？"

"不，我的朋友，我已经说过，我不管你们的事……就是说，我完全同意，你放心好了，我亲爱的孩子，我太爱你了。但是，卡捷琳娜·尼古拉耶芙娜十分，十分坚决地要求我这样……啊，您瞧！"

这时候，门口突然出现了卡捷琳娜·尼古拉耶芙娜的身影。她穿着出门的衣服，她像往常一样先来看看父亲，并与他吻别。她一看见我，便停住了脚步，很尴尬，迅速转过身走了出去。

"糟了！"公爵叫道，他大吃一惊，非常激动。

"这是误会！"我叫起来，"这，这只要一分钟……我……我立刻回来，公爵！"

我紧随卡捷琳娜·尼古拉耶芙娜之后跑了出去。

紧接着，随后出现的一切，发生得那么快，以至于我不仅无法思考，甚至对于我应当怎么办也无法稍做准备。如果我能够准备一下，当然，我的表现也就不会这样了！但是我却像个孩子似的手足无措。我本来想冲进她的房间，可是半道上用人告诉我，卡捷琳娜·尼古拉耶芙娜已经出去了，正准备上车。于是我拼命跑向正门的楼梯。卡捷琳娜·尼古拉耶芙娜正下楼，穿着皮大衣，她身旁走着一位，或者不如说，挽着她的是一位身材挺拔的高个子军官，穿着军服，没穿军大衣，挎着军刀；军大衣由一名跟在他后面的仆役拿着。这位就是男爵，上校军衔，三十五岁左右，是一种英气勃勃的军官典型，身材略瘦，脸型椭圆，似乎长得略微长了点儿，胡须，甚至睫毛，都是浅棕色。他的脸虽然根本谈不上漂亮，但是却带着一副粗野和挑衅的神态。我这描写只是我此时此刻的匆匆一瞥。在此以前，我从来没有见过他。我也紧跟着他们跑步下楼，没戴礼帽，也没穿大衣。卡捷琳娜·尼古拉耶芙娜头一个发现了我，她迅速而又小声地对他说了句什么。他本来想转过头来，可是又立刻向仆人和看门人点了点头。那仆人在紧靠大门的地方，向我迈前了一步，但是我用手推开了他，在他们之后跳上了台阶。比奥林格正在扶卡捷琳娜·尼古拉耶芙娜上车。

"卡捷琳娜·尼古拉耶芙娜！卡捷琳娜·尼古拉耶芙娜！"我毫无意义地呼喊道。（像个傻子！像个傻子似的！我什么都记得，我没有戴礼帽！）

比奥林格凶相毕露地又向仆人转过了头，厉声地向他吆喝了一句什么，一句或者两句，我没听清楚。我感到有人抓住了我的胳膊肘。就在这时候马车启动了；我又大叫一声，想冲过去追马车。我看到，卡捷琳娜·尼古拉耶芙娜（我看到这个了）从马车的车窗里向外看了看，似乎很不安。但是我在

冲过去的快速动作中，突然用力地推了一下比奥林格，我根本就没有想到要这样，并且似乎很疼地踩了一下他的脚。他咬紧牙关，轻轻叫了一声，接着便用他那有力的手抓住我的肩膀，恶狠狠地推了一下，我因而被甩出去了两三步。就在这一刻，有人把他的大衣递给了他，他披上了，坐上了雪橇，并从雪橇里向仆人和看门人指着我，再一次厉声吆喝了一句什么。这时他们便立刻上来抓住我，不让我动：一名仆人给我披上了皮大衣，另一名递上了礼帽——我已经不记得他们这时候说什么了，他们在说着什么，我站在那里听他们说话，一句也听不懂。但是我忽然撇下他们，拔脚飞奔。

三

我慌不择路、跌跌撞撞地终于跑到了塔季雅娜·帕夫洛芙娜的寓所,甚至路上都没想到要雇辆马车。比奥林格当着她的面推了我一下!当然,我踩了他的脚,因此他下意识地把我推开,就像一个人被人踩疼了自己的痛处似的。(也许,我还真踩到了他的痛处!)但是她看见了,看见了我被仆人们抓住,这一切都当着她的面!当我跑到塔季雅娜·帕夫洛芙娜家,起初我一句话也说不出来,我的下巴颏像打摆子似的瑟瑟发抖。我也的确在打摆子,此外,我还在哭……噢,我竟受到这样的侮辱。

"啊!什么?给轰出来了?活该,活该!"塔季雅娜·帕夫洛芙娜说道。我默默地跌坐在沙发上,望着她。

"他倒是怎么啦?"她仔细地打量着我,"给,喝一杯,喝杯水吧,喝呀!说,你在那儿又胡闹了不是?"

我喃喃道,我被人家撵出来了,而比奥林格还当街推了我一下。

"现在你能不能看出点什么苗头来呢?喏,你看吧,欣赏一下。"说罢,她就从桌上拿起一封短信,递给我,而自己则站在我面前等着。我立刻认出这是韦尔西洛夫的笔迹,才几行字:这是写给卡捷琳娜·尼古拉耶芙娜的一封短信。我打了个哆嗦,于是理解力顿时回到了我身上,一清二楚。以下就是这封可怕的、不成体统的、荒唐而又蛮横的信的内容,一字不差:

仁慈的夫人,卡捷琳娜·尼古拉耶芙娜:

不管您怎样水性杨花,因为您天性如此,又精于此道,但是我还是希望您能克制一下自己的情欲,至少不要加害于孩子们。但是您竟不知羞耻

第二部

地连这事也做出来了。我可以告诉您，您所知道的那封信函，肯定没在蜡烛上烧掉，也从来不曾在克拉夫特手中，您什么好处也捞不着。因此请您不要平白无故地毒害一个青年，诲淫诲盗。您饶了他吧，他还没有成年，几乎是孩子，无论智力上和生理上都还没有成熟，您在他身上能找到什么好处呢？我对他很关切，因此冒险一试，给您写封信，虽然并不指望能够成功。我有幸预先告诉您，此件的抄件我已同时寄送比奥林格男爵。

安·韦尔西洛夫

我读这封信的时候，脸色苍白，但是后来忽然大怒，我的嘴唇气得发抖。

"他这是说我！这是说我前天向他公开的那事！"我狂怒地叫道。

"就因为你向他公开了！"塔季雅娜·帕夫洛芙娜从我手中夺过了那封信。

"但是……我说的不是这个，根本就不是这事！噢，上帝，现在她会怎样看我呢！但是，要知道，这简直是疯子？要知道，他是疯子……我昨天看见他了。这封信是什么时候寄的？"

"昨天白天寄的，晚上到的，今天她亲自交给了我。"

"但是，我昨天亲眼看见他了，他是个疯子！韦尔西洛夫不可能这么写，这是疯子写的！谁能够这样给一个女人写信呢？"

"这样的疯子在狂怒下就会这么写。这时，他们由于嫉妒，由于怨恨，就会变聋、变瞎，血就会变成毒药，变成砒霜……你还不知道他是怎样一个人呢！而现在为了这事，他们非把他弄死不可，弄得鲜血淋漓。自己往斧钺底下钻。既然他嫌这脑袋沉，还不如半夜里跑到尼古拉铁路，把脑袋放到铁轨上，把它轧掉算啦！什么鬼迷了你的心窍，让你告诉他的！什么鬼迷了你的心窍，让你刺激他的？想吹牛？"

"多深的仇恨呀！多深的仇恨呀！"我伸手拍了拍自己的脑门，"这又是为什么，为什么呢？对一个女人？她到底做了什么对不起他的事了呢？他俩从前到底是什么关系，居然会写这样的信呢？"

"仇——恨！"塔季雅娜·帕夫洛芙娜带着一种狂怒的讥讽，模仿我说话的腔调。

血又腾一下涌上了我的脸，我仿佛忽然弄明白了什么全新的事情似的，我睁大了两眼，疑惑地望着她。

"你给我滚！"她发出一声尖叫，迅速转过身子，对我挥了一下手，"我被你们大家折腾够了！现在够了！哪怕你们全都下地狱！……只有你母亲一人我还有点舍不得……"

不用说，我急忙跑去找韦尔西洛夫了。但是这么阴险！这么阴险！

四

韦尔西洛夫不是一个人。我先说明一下：自从昨天他给卡捷琳娜·尼古拉耶芙娜寄出了那样一封信，而且还果真（只有上帝知道为什么）把这封信的抄件寄给了比奥林格之后，他自然应该在今天一整天的时间内，在家里坐等自己行为产生的某种"后果"，并且采取某种措施。从早晨起，他就让妈妈和丽莎（我后来才知道，她直到早晨才回来，而且病了，躺在床上）挪到楼上的"棺材"里去，而其他房间，尤其是我们的"客厅"，他让人好好地收拾和打扫了一下。果然，到下午两点，有一位P男爵前来拜访他。这男爵是位上校军官，是一位四十岁左右的先生，德裔[①]，高大，瘦削，但看上去是一位体力十分强壮的人，也是浅棕色的头发和胡须，跟比奥林格一样，只是稍微有点谢

[①] 当年在俄国军队里有许多德国或德裔军官。

顶。这是在俄国军队里服役的许多这类Р男爵之一,这些人全都具有一种非常强烈的男爵的傲慢作风,但是毫无资产,全靠薪俸为生,都是些久经沙场的老兵。他们开头是怎么说话的,我没有碰到;但是两人都十分激动,又怎能不激动呢。韦尔西洛夫坐在长沙发上,面对桌子,男爵则坐在一旁的圈椅里。韦尔西洛夫面色苍白,但说话很克制,慢条斯理,那位男爵则提高了嗓门,明显地习惯于做一些激烈的动作,但是在勉强克制着,他那神态很严厉,很高傲,甚至很轻蔑,虽然也不无某种惊奇之色。他看到我后皱起眉头,但是韦尔西洛夫却对我的到来几乎很高兴。

"你好,我亲爱的。男爵,这就是我在信中提到的那个年轻人,请相信,他不会妨碍我们的,甚至也许还会对我们有用。(男爵轻蔑地打量了我一下。)我亲爱的,"韦尔西洛夫又对我补充道,"你来了,我甚至很高兴,因此请你先在一边坐一会儿,等我跟男爵把话讲完了。您放心,男爵,他不过是在一边先坐一会儿。"

我反正无所谓,因为我已拿定主意,此外,这一切也使我感到很吃惊;我找了个犄角,默默地坐了下来,尽可能离他们远些,眼睛一眨不眨,身子也一动不动,一直坐到谈话结束……

"我要再一次向您重申,男爵,"韦尔西洛夫吐字清晰地、坚定地说道,"我虽然给卡捷琳娜·尼古拉耶芙娜·阿赫马科娃写了这封有失体统的、病态的信,但我不仅认为她是一个非常高尚的人,还认为她是尽善尽美的顶峰!"

"我已经向您指出,您推翻了您自己所说的话,这样的推翻无异于再次肯定。"男爵瓮声瓮气地说,"您的话简直是大不敬。"

"话又说回来,如果您能正确地理解我的意思,那就对了。要知道,我常常犯病和……有各种各样的痼疾,甚至现在还在治病,因此在这类时间的某一时刻,就发生了这样的事……"

"这些解释是无论如何不能采信的。我要一而再,再而三地告诉您,您在顽固地继续错下去,也许,您想明知故犯吧。我从一开始就提醒过您,有关这位女士的整个问题,即关于您写给阿赫马科娃将军夫人本人那封信的问题,应该在我们现在的谈话中彻底撇开不谈,但是您却一再往回扯。比奥林格男爵请我并委托我要弄清楚的一点是,其实仅仅是与他一个人有关的事,即您放肆地把这份'抄件'寄给他,然后是您那附言,说'您准备对此负全责,至于负什么责以及怎样负责,悉听尊便',这究竟是什么意思呢?"

"但是,好像,最后一点已经不言自明,无需说明的了。"

"我明白了,也听见了。您甚至不肯道歉,而是继续坚持您所说的'准备对此负全责,至于负什么责以及怎样负责,悉听尊便'。这也太便宜您了。因此现在我认为自己有权,为了给您个说法,您不是坚持要给您个说法吗,毫不客气地把我方的意见告诉您,即我得出结论,比奥林格男爵是无论如何不会……平等地同您打交道。"

"这样的决定,当然,对于令友比奥林格男爵来说,是最有利的一个决定,不瞒您说,您丝毫也没有使我感到惊奇:我早料到了。"

我要附带说明的一点是,从他一开始说话,从第一眼起,我就十分清楚地看到,韦尔西洛夫甚至在刻意谈崩,他在挑动并且刺激这位容易动怒的男爵,说不定,还在想方设法测试他的耐心。这使男爵感到厌恶。

"我听说,您很会说俏皮话,但是说俏皮话并不等于聪明。"

"这话非常深刻,上校。"

"我不是来寻求您的夸奖的,"男爵叫道,"我不是来同您闲扯的!请您好好听着,比奥林格男爵接到您的信后很怀疑。因为它证明只有疯人院的人才会这样做。当然,可以立刻找到办法来使您……变得老实点儿。但是,对于您,根据某种特别的考虑,采取了宽容态度,并对您进行了调查:经查明,您

第二部

虽然曾经属于上流社会，而且过去曾在近卫军服役，但是后来您被开除出了上流社会，因此您的名声十分可疑。然而，尽管如此，我还是到这里来，以便亲自核实一下。可您呢，非但不知收敛，还放肆地玩弄文字游戏，自己证明自己经常犯病。够了！比奥林格男爵的地位以及他的声誉，不允许他在这件事情上降尊纡贵……总而言之，仁慈的先生，我被授予全权向您声明，如果您在这之后屡犯不改，或者哪怕是又做出某种与过去的所作所为相似的举动，那就会立即找到办法来使您放老实点儿，我可以告诉您，这些办法极其迅速，而且屡试不爽。我们不是住在森林里，而是住在一个法制健全的国家！"

"您对此这么有把握，我的好男爵P？"

"让鬼把您抓了去，"男爵突然起立，"您太放肆了，您是想考验我，让我立刻向您证明我并不是一个很好说话的人，并不是'我的好男爵P'。"

"啊，我要再一次提醒您，"韦尔西洛夫也站起来，"我的妻子和女儿就在这儿不远的地方……因此我请您说话不要这么大声，因为您的叫嚷会传到她们耳朵里去的。"

"您妻子……见鬼……现在我坐在这里，同您说话，唯一的目的就是弄清这件卑鄙的事。"男爵又同方才一样怒气冲冲地，一点儿也没有压低声音地继续说下去。"够了！"他狂怒地叫道，"您不仅被开除出了正派人的圈子，您还是个躁狂症患者，一个真正的发了疯的躁狂症患者，大家就是这么评论您的！您不配得到宽容，因此我要向您宣布，今天就会对您采取措施，您将会被叫到一个地方去，那里会让您恢复理智的……他们会把您送到城外去的！①"

他快步并且大踏步地走出了房间。韦尔西洛夫没有送他出门。他站着，心不在焉地望着我，好像我不存在似的；他突然微微一笑，甩了一下头发，

---

① 城外设有彼得堡疯人院。

然后拿起礼帽,也向门口走去。我抓住他的一只手。

"啊,对了,你也在这儿? 你……听见了?"他在我面前站住。

"您怎么能做这样的事呢? 您怎么能这样歪曲,这样让我丢人现眼呢! ……而且还这么阴险!"

他注视着我,但是他的笑容却越来越扩大,成了大笑。

"您这不是让我丢人现眼吗……当着她的面! 当着她的面! 您在她面前嘲笑了我,而他……竟推了我!"我忘乎所以地叫道。

"是吗? 啊,可怜的孩子,我多么可怜你啊……那里居然敢——嘲笑你!"

"您在笑,您在笑话我! 您觉得可笑!"

他迅速从我手里抽出了手,戴上礼帽,并且笑着(已经是在真正地笑了),走出了房间。我还有必要去追他吗,有必要吗? 我明白了一切,我在一分钟内失去了一切! 我忽然看见了妈妈;她从楼上下来,胆怯地打量着四周。

"他走了?"

我默默地拥抱了她,她也紧紧地,紧紧地拥抱了我,偎依在我怀里。

"妈妈,亲爱的,难道您还能留下来吗? 咱们立刻就走,我保护您,我会像苦役犯一样为您干活儿,为了您,也为了丽莎……抛开他们所有的人,所有的人,然后远走高飞。咱们单过。妈妈,您记得吗,您曾经到图沙尔中学看过我,我还不想认您哩?"

"记得,亲爱的,我一辈子都觉得对不起你;我生了你,但是却不了解你。"

"这都是他的错,妈妈,这全是他的错,他从来就不曾爱过您。"

"不,爱过。"

"咱们走吧,妈妈。"

"离开他,我能上哪儿呢,他怎样,幸福吗?"

"丽莎呢?"

"躺着,她来了——就病倒了,我真担心。他们怎么样,那里很生他的气吗? 现在,他们会怎么对付他呢? 他去哪儿了? 这个军官那么凶巴巴的,他要干什么呢?"

"他不会有事的,妈妈,他从来就不会有事,他从来不会出事,也不可能出事。他就是这么个人。瞧,塔季雅娜·帕夫洛芙娜来了,您不信问她,瞧,她来了。(塔季雅娜·帕夫洛芙娜突然走进了房间。)再见,妈妈。我马上回来,我回来后再征求您的意见……"

我跑了出去;我不能看到任何人,不仅是这个塔季雅娜·帕夫洛芙娜,看到妈妈也会使我难受。我想一个人待着,一个人。

五

但是我还没走过一条街,就感到我不能这么走来走去,毫无意义地碰到这些陌生而又冷漠的人;但是又能上哪儿呢? 谁需要我,而且——现在我又需要什么呢? 我压根儿没想到谢尔盖·彼得罗维奇公爵,可是却下意识地、慢慢地走到了他那里。他不在家。我对彼得(他的仆人)说,我在书房里等他(有许多次我也是这么做的)。他的书房很大,是一个很高大的房间,堆满了家具。我钻进一个最幽暗的角落,坐在长沙发上,把两只胳膊肘支在沙发桌上,用手托住了头。是的,这倒是个问题:"我现在需要什么呢?"即便我当时能够把这问题提出来,我也肯定回答不了。

我思绪纷乱,既理不出个头绪,也没法问人。我已经在上面说过,到这些日子的最后几天,我简直"被种种变故压垮了";我现在坐着,一切好像一片混乱在我脑子里旋转。"是的,我一直在观察他,可是什么也没有看懂,"我间或恍恍惚惚地想道,"刚才他直视着我的眼睛,笑了出来:他并不是笑我，而是那个比奥林格，不是我。前天吃饭的时候，他已经全知道了，所以他阴阳怪气的。他抓住我在小饭馆里所做的愚蠢的自白，歪曲了一切，完全不顾事实真相，不过他要真相又有什么用呢？他给她写的信，他自己连半个字也不相信。他需要的只是侮辱她，毫无意义地侮辱她，甚至都不知道他抓住这借口究竟要干什么，而这借口却是我给他的……他这举动简直像疯狗！想杀死，难道他现在想杀死比奥林格吗？为了什么呢？只有他的心知道为了什么！他心里想什么，我什么也不知道……不，不，直到现在我也不知道。难道爱她竟会爱得如此强烈吗？或者说，竟会恨她恨得如此强烈？我不知道，但是他自己知道吗？我对妈妈说的是什么话，说他'不可能出什么事'；我想用这话说明什么呢？我是不是已经失去他了呢？"

"……她是看到我被人推下去的……她是不是也在笑话我呢？换了我，就会笑！他们打的是一个密探，密探！……"

"这是什么意思（我脑海倏然一闪），他在这封可恶的信里添加了这样的内容，说那封信函根本就不曾烧掉，而是还存在着——这又是什么意思呢？"

"他不会杀死比奥林格的，现在他肯定坐在小饭馆里听《露契娅》！也许，在听完《露契娅》后，他会去杀死比奥林格也说不定。比奥林格推了我一把，几乎揍了我，揍了吗？比奥林格甚至都不屑与韦尔西洛夫决斗，难道他肯同我决斗吗？也许，明天我应当在外面等他，然后拔出手枪，一枪打死他……"这想法完全是无意识地在我脑子里闪过，根本就没有停下来仔细想。

有时候，我会不时地出现一种幻想，似乎就现在，房门忽地打开，进来了卡捷琳娜·尼古拉耶芙娜，把手递给我，于是我们俩便大笑不止……噢，真是我可爱的大学生！这是我恍恍惚惚的幻想，也就是说我希望这样。这时，房间里面已经黑下来了。"这事发生在很久以前吗：我站在她面前，同她告别，她把手递给我，在笑？这么短的时间，居然出现了这么可怕的距离，怎么可能呢！干脆直接去找她，立刻说清楚，就在这会儿，直接，干脆！主啊，怎么会忽然之间出现一个完全变了样的世界呢！是的，变了样的世界，完全，完全变了样……而丽莎，而公爵，还是老样子……再说我在这里，现在住在公爵家。还有妈妈——既然这样，她还怎么能跟他过下去呢？我倒能够，我什么都行，但是她呢？现在将会怎样呢？"就这样，像刮旋风似的，丽莎、安娜·安德烈耶芙娜、斯捷别尔科夫、公爵、阿菲尔多夫，以及所有这些人的身影，在我有病的脑子里了无踪迹地飞掠而过。我的思绪乱糟糟的，始终无法定型，越来越难以捉摸。我求之不得的是，如果我能正儿八经地弄清些什么，并能抓住这些东西的话，那就好了。

"我有'思想'！"我忽然想道，"真是这样吗？我对它不是已经倒背如流了吗？我的思想——这就是黑暗和孤独，难道现在还能爬回去，回到过去的黑暗中去吗？啊呀，我的上帝，要知道，我还没有把'文件'烧掉呢！前天我就想烧掉它，可是给忘了。我这就回去，在蜡烛上烧掉，正是在蜡烛上；只是不知道我现在还是不是这样想……"

天早已断黑，彼得拿来了蜡烛。他站在我身旁，问我吃过饭没有。我只挥了挥手。过了一小时，他给我端来了茶，我一口气喝了一大杯。后来我问：现在几点了？已经八点半了，我甚至都没感到奇怪，我坐在这里已经五小时了。

"我已进来看过您三次了，"彼得说，"您好像睡着了。"

我倒不记得他曾经进来过。不知道为什么，但是我听到我"睡着"了，忽然非常害怕起来，于是我就站起来，开始在屋里走来走去，生怕又"睡着"了。最后，我的头剧烈地疼痛起来。十点整，公爵走了进来，我感到很奇怪，我竟是在等他；其实，我已经把他完全忘了，忘得一干二净。

"您在这里，可是我却去找您，去接您。"他对我说。他的脸阴沉而严肃，脸上没一丝笑容。眼神说明他已打定了主意。

"我忙活了一整天，用尽了一切办法，"他神情专注地继续道，"一切都落空了，将来会十分可怕……（注意：他竟没去找尼古拉·伊万诺维奇公爵。）我看见了日别尔斯基，这人真叫人受不了。要知道，必须先有钱，然后才知道怎么办。如果钱的问题不解决，那……但是，我今天已下定决心不去想这事了。只要今天我们能够弄到钱，明天就好办了。您前天赢到的那笔钱还分文未动。那里只差三卢布就是三千。除了您所欠的，还应当找还您三百四十卢布。您先把这钱拿去，再加七百，就满一千了，我再拿上其余的两千。然后我们就到泽尔希科夫赌场去，坐在赌桌两头，试试能不能赢它一万回来——也许我们能干出点什么名堂来也说不定，如果赢不到——到时候再说……不过，也就剩下这条路了。"

他听天由命地望了望我。

"对，对！"我好像又活过来似的叫道，"走！我一直在等您，您来了就好……"

必须指出，在这几小时中，我一刻也没有想到过轮盘赌的事。

"这样做卑鄙吗？下流吗？"公爵突然问。

"我们这是去玩轮盘赌呀！这不就齐了！"我叫道，"金钱就是一切。只有咱们俩才是圣徒，而比奥林格却出卖了自己。安娜·安德烈耶芙娜也出卖了自己，而韦尔西洛夫——您听说韦尔西洛夫得了躁狂症吗？一个躁狂症患者！躁狂症患者！"

"您没病吧，阿尔卡季·马卡罗维奇？您的眼神好像有点怪。"

"您这是想不带我独自前去吗？我现在决不离开您。难怪我整夜都梦见赌场。走，走呀！"我叫了起来，好像忽然找到了一切的谜底似的。

"好吧，咱们走，虽然您在发高烧，而那里……"

他没把话说完。他的脸阴沉而又可怕。我们已经快要走出大门了。

"您知道吗,"他忽然说,在门口停了下来,"除了赌博以外,还有一条摆脱困境的出路?"

"什么出路?"

"一个公爵该走的路!"

"到底是什么? 到底是什么呢?"

"以后您就会知道是什么了。您只要知道,我已经不配走这条路了,因为要走也晚了。走吧,您可要记住我的话。咱们先试试走奴才的路……难道我不知道,我是自觉地,完全自愿地,像个奴才似的,走这条路和付诸行动的!"

六

我飞也似的奔向轮盘赌场,仿佛那里集中了我的整个解救之道,我的整个出路似的,然而我已经说过,在公爵到来之前,我压根儿就不曾想过轮盘赌的事。再说去赌博也不是为了我自己,而是拿公爵的钱为了公爵而去赌博;我也不懂究竟是什么吸引了我,但是这吸引却是不可遏制的。噢,这些人,这些脸,这些坐庄收钱付钱的人,这些赌徒的喊叫,这整个泽尔希科夫赌博大厅,这一切从来,从来没有像这回那样,令我感到如此厌恶,如此压抑,如此粗俗和忧伤! 我记得很清楚,在赌桌旁的这几个小时,悲哀和忧伤时不时地攫住我的心。但是我为什么不离开呢? 为什么我要一忍再忍呢,倒像我肩负着什么使命、牺牲、硬要舍己为人似的? 我要说的只有一点:我未必能说当时我自己是理智健全的。事实上我从来没有像那天晚上一样玩得那么理智。我一声不吭,全神贯注,十分仔细,细心盘算;我很有耐心,不轻易出手,然而在关键时刻又十分果断。我又坐在老位置上,靠近零,就是说,我又坐在泽尔希科夫与阿菲尔多夫之间,而阿菲尔多夫总是坐在泽尔希科夫的右首;

我讨厌这个位置,但是我又非押零不可,而零旁的所有其他位置又被人占了。我们已经玩了一个多小时;最后我从自己的位置上看到,公爵突然站了起来,脸色苍白,向我们这边走过来,隔着桌子站在我对面:他输了个精光,只能默默地看着我赌,然而,很可能,他什么也不曾看懂,甚至都已经不再想赌钱的事了。而在这工夫我才刚开始赢钱,泽尔希科夫把钱数给我。忽然,阿菲尔多夫不声不响地,在我的眼皮底下,用最无耻的手段,把我的一张一百卢布钞票拿了过去,搁进他面前他自己那堆钞票里。我一声断喝,抓住了他的一只手。这时发生了一件我未曾料到的事:我好像突然挣脱了锁链;仿佛在这一瞬间,我这天所受的所有的不快和委屈都集中到这张失去的一百卢布上了。仿佛蓄积和压抑在我心头的一切,就等着在这一刻爆发出来似的。

"他是贼;他刚才偷了我一张一百卢布钞票!"我环顾四周,怒不可遏地叫道。

我就不来描写掀起的那一片骚乱了,这样的事在这里还完全是新闻。在泽尔希科夫赌场,大家还是一直规规矩矩、十分得体的,他这里的赌局也以此而闻名。但是我已经失去了自制。在一片喧闹和大呼小叫中,忽然传出了泽尔希科夫的声音:

"哎呀,钱没了,刚才还在这儿放着!四百卢布!"

一下子就闹出了另一件事:庄家的钱不见了,就在泽尔希科夫的鼻子底下,一沓总数四百卢布的钞票。泽尔希科夫指着放钞票的地方,"刚才还在这里搁着",而这地方就在我身旁,紧挨着我,与我的地方连在一起,也就是说,离我要比离阿菲尔多夫近得多。

"贼就在这儿!他又偷了,搜他!"我指着阿菲尔多夫叫道。

"这都是因为,"在一片大呼小叫中,响起一个人雷鸣般的、威严的声音,"一些没来历的人进来了。把一些没人介绍的人放了进来!谁带他进来的?

第二部

他是干什么的？"

"一个叫多尔戈鲁基的人。"

"多尔戈鲁基公爵吗？"

"他是索科尔斯基公爵带进来的。"有人叫道。

"您听，公爵，"我隔着桌子向他怒吼，"他们把我当成了贼，偏偏我刚才在这里也被人偷了！您告诉他们，我是谁！"

这时候发生了这一整天发生的事情中……甚至是我毕生中一件最可怕的事：公爵居然拒绝为我做证。我看见他耸了耸肩膀，对人们雪片般飞来的问题，他的回答干脆而又清楚：

"我对别人概不负责。请你们让我安静点儿。"

阿菲尔多夫站在人群中，大声要求大家搜他的身。他把自己的口袋全翻了出来。可是大家对他的要求却一迭连声地喊道："不，不，谁是贼，已经清楚了！"叫来了两名仆人，从后面一把抓住了我的胳膊。

"我不许你们搜我的身，不许！"我挣扎着，叫道。

但是有人硬把我拽到了隔壁房间，而且就在那里，在大庭广众之中，搜遍了我的全身，直到最后一个皱襞。我喊叫，我挣扎。

"想必，他扔了，应当在地上找。"有人认定。

"现在在地上上哪儿找去呀！"

"他想必设法扔到桌子底下去了！"

"当然，全无踪影，不翼而飞了……"

我被带了出来，但是我却不知怎的站在门口，硬是不走，我带着一股无名火向整个大厅嚷嚷：

"轮盘赌已被警察查禁。今天我就去告发你们所有的人！"

我被带到楼下，穿好了衣服……在我面前，推开了通向外面的门。

第 九 章

一

白天以灾难结束，但是还有黑夜，下面就是我记得的这天夜里的情景。

我想，当我出现在街上的时候，大概十二点刚过。夜色明亮，寂静而又寒气逼人。我几乎在奔跑，急急忙忙地跑呀，跑呀，但是——根本不是回家。"干吗回家？难道现在还可能有家吗？家是住人的，我第二天醒过来是为了继续活下去——现在难道我还能继续活下去吗？生命已经结束，现在再活下去是完全不可能的了。"我于是跌跌撞撞地在街上跑来跑去，根本弄不清我现在要上哪儿，再说我也不知道我是否要跑到什么地方去。我感到很热，于是我不时敞开我那件沉重的浣熊皮大衣。在那一刻，我觉得，"现在采取任何行动都毫无目的，都无济于事"。说来也怪：我始终觉得，周围的一切，甚至我呼吸的空气，都好像是从另一个星球上吹来似的，仿佛我忽然出现在月球上。这一切——城市、行人、我奔跑的人行道——这一切都忽然变得与我无关了。"瞧，这是宫廷广场[①]，瞧，这是以撒大堂[②]"，我依稀看到这两个地方，"但现在我与它们毫无关系"；一切都似乎疏远了，这一切都似乎疏远了，这一切都忽然变得与我无关了。"我有妈妈和丽莎——那又怎么样，现在丽莎和母亲与我又有什么关系呢？一切都完了，所有的东西一下子都完了，除了一点——我永远是贼。"

[①] 即冬宫前有亚历山大圆柱的广场。
[②] 以撒大堂，在涅瓦河畔，离冬宫不远，是圣彼得堡的标志性建筑。

第二部

"用什么来证明我不是贼呢？难道现在这可能吗？到美国去？唔，这又能证明什么呢？韦尔西洛夫会头一个相信是我偷的！'思想'？什么'思想'？现在'思想'又怎么啦？即便再过五十年，再过一百年，我走在路上，也会永远有人指着我的脊梁说：'瞧，这是贼。'他是从轮盘赌上偷钱开始实现'自己的思想'的……"

我心中有怨恨吗？不知道，有也说不定。奇怪的是，我一向就有这样的特点，也许从小就有：如果有人对我使坏，而且坏事做绝，侮辱我到无以复加的地步，那我就会永远产生一种强烈的愿望：消极地听任他人侮辱，甚至跑在他前头，迎合欺负我的人的愿望："来呀，您侮辱了我，那我就更加低三下四地自轻自贱，来，您瞧吧，您欣赏吧！"图沙尔曾经打过我，想以此表明我是奴才，而不是枢密官的儿子，于是我就立刻自觉自愿地扮演起了奴才的角色。我不仅伺候他穿衣，还自动拿起刷子，替他刷衣服，直到把最后一点儿灰尘都刷去为止，根本无需他请求我或者吩咐我，有时我还满怀奴才般的巴结和热情，拿着刷子在后面追他，为的就是从他的燕尾服上刷去最后一点儿灰尘。因此，有时候，他倒不好意思起来，几次阻止我："够了，够了，阿尔卡季，够了。"常常，他来了后，就脱去外衣——于是我立刻把它刷干净，小心叠好，还盖上一块方格丝巾。我知道同学们都在因此而嘲笑我，看不起我，我知道得太清楚了，但是我却偏爱这股劲儿："既然要我做奴才，那我就是个奴才，既然要我做贱人，那我就是个贱人。"这种消极的仇恨和这种秘密的怨愤，我可以持续好几年。那又怎么样？我在泽尔希科夫赌场曾经狂怒地向全大厅嚷嚷："我要去告发你们大家，轮盘赌是被警察查禁的！"我敢发誓，这也有某种类似之处：既然你们侮辱我，搜我的身，宣布我是贼，置我于死地——"那，你们听着，你们猜对了，我不仅是贼，我还是个告密者！"现在，我回想起以上种种才会做出这样的结论和解释；而当时我根本就顾不上分析，

第二部

我当时大声嚷嚷并无企图,甚至在一秒钟前我都不知道我会这样嚷嚷:是身不由己地叫出来的——我心中就有这样的特点。

我在奔跑的时候,无疑已开始了某种谵妄状态,但是我记得很清楚,我是有意识这样做的。不过我可以肯定,想出一整套的思想和结论当时对于我是不可能的;我甚至在那一刻心里就感觉到,"我可以想清一些事,但是怎么也想不清其他事"。同理,我当时的某些决定,虽然我当时的神志很清楚,但当时却不可能有一丝一毫的逻辑。此外,我还记得很清楚,在某些时刻,我可以完全意识到我的某个决定十分荒唐,同时我又充分地意识到我会立刻把它付诸行动。是的,那天夜里我犯罪的欲望已油然而生 [1],只因为偶然才没有发生。

当时,我心里忽然闪过塔季雅娜·帕夫洛芙娜当时说韦尔西洛夫的一句话:"他可以到尼古拉铁路 [2] 去呀,他可以把脑袋放到铁轨上:让火车把他的脑袋轧扁呀。"这想法曾在刹那间控制住了我的全部情感,但是顷刻间我又痛苦地把它赶跑了:"把脑袋放到铁轨上,一死了之,可是明天就会有人说:他这样做是因为偷了钱,是因为没脸见人——不,无论如何不行!"我记得,就在这一刹那,我忽地感觉到涌上心头的一阵可怕的愤怒。"怎么办?"我脑海里倏忽一闪,"要洗刷罪名是绝对办不到的,开始新生活也不可能了,因此——只能听天由命,做个奴才,做条狗,做个小爬虫,做个告密者,真正的告密者,而自己则悄悄地准备好,有朝一日——忽然把一切都炸个人仰马翻,把所有的东西,所有的人,有罪的和无罪的,全都消灭干净,这时候大家才会忽然晓得,这都是那个被称为贼的人干的……那时候再自杀。"

---

[1] 指自杀。按基督教教义,自杀是犯罪。
[2] 指彼得堡——莫斯科铁路,当时以沙皇尼古拉的名字命名。

第二部

　　我不记得我怎么跑进了一条胡同，离近卫骑兵林荫道不远处的一个地方，这条胡同两边，几乎有上百步，是两排石砌的高墙——两家后院的围墙。我在右边那堵墙后面，看见一大堆劈柴，长长的一溜，高出墙头一俄丈许，倒像个柴火院。我忽然停下脚步，开始思量。我口袋里有一个小小的银制火柴盒，里面装着几根涂蜡的火柴。我再说一遍，我当时十分清楚地意识到我在想什么、我想要做什么，甚至现在我还记得清清楚楚，但是我为什么要这样做呢——我不知道，完全不知道。我只记得，我忽然很想这样做。"爬上这围墙太容易了。"我思忖着；恰好在这里两步远的地方，墙上开了个大门，想必紧锁着，一连好几个月都无人出入。"只要从下面踏上那斜坎，"我继续思考，"就可以抓住门的上端，爬上这堵高墙——而且谁也不会发觉，没一个人，一片寂静！那时候，我就可以骑在墙上，轻而易举地把劈柴点着，甚至可以不必下来，因为那些劈柴几乎就紧贴着墙。因为寒冷，火只会烧得更旺，只消举手之劳就可以够到一块桦木劈柴……甚至根本不需要把整块劈柴拿过来：可以坐在墙头，用手从桦木劈柴上直接撕下一块桦树皮，把它在火柴上点着了，点着后再往劈柴里一捅——就会烈焰腾空。而我就可以跳下来，从容离开；甚至连逃跑也不需要，因为很长时间都不会被人发现……"我就这样思索着这一切——我忽然完全拿定了主意。我感到一阵非凡的得意和快感，开始爬墙。我特别擅长爬高：还在中学的时候，体操就是我的一个强项，但是我穿着套鞋，事情就比较难办了。然而我还是用一只手抓住墙上的一个隐隐约约略微凸出的部分，身子微微抬高了些，本来想挥动另一只手，抓住围墙的顶端，但这时忽然一失手，从上面摔了下来，仰面朝天。我觉得，我的后脑勺碰了下地面，想必有一两分钟我躺在地上，失去了知觉。我醒来后，无意识地裹紧了皮大衣，突然感到寒冷砭骨，我还不能清楚地意识到我在做什么，就往前爬，爬到大门的一个犄角，蜷曲着身子，缩成一团，在大门与围墙凸出部之间的一个凹陷处，蹲了下来。我的思想乱成一团，大概，我很快就打起了盹。我现在仿佛做梦似的回想起了往事，我耳朵里忽然响起浑厚而又沉郁的钟声，我怀着极大的快感开始谛听这一天外之音。

二

钟声沉稳而又清晰，每过两秒，甚至三秒，敲打一次，但这不是警钟，而是某种悠扬悦耳的钟声，我突然分辨出，这岂不是图沙尔中学对面那红色的尼哥拉教堂发出的熟悉的钟声吗？这是莫斯科的一座古老的教堂，我记得这教堂还是在阿列克谢·米哈伊洛维奇①在位时建造的，有很多花格窗，有许多圆顶，"圆柱环绕"——现在是复活周②刚过，在图沙尔中学的房前小花园里，在瘦小的小白桦树上，已经微微颤动着刚抽出的碧绿的嫩叶。明亮的夕阳正把自己的斜照③投进我们的教室，而在我那儿，在左边我那小房间里（早在一年前，图沙尔曾把我和"伯爵和枢密官的子弟"隔开，硬要我坐到这间小屋里去），坐着一位女客。是的，我这么个没有亲人的人忽然之间，居然也有客人来看我了——自从我到图沙尔这里来上学以后，这还是头一回。她一进来，我就立刻认出了这位客人：这是妈妈，虽然自从她在乡村教堂为我行过圣餐礼，一只小鸽子飞过拱顶——自从那时以来，我还一次都没见过她。

---

① 阿列克谢·米哈伊洛维奇（1629—1676），俄国沙皇，1645—1676年在位。
② 复活节是基督教的重要节日，以纪念耶稣基督死而复活，时在每年春分月圆后的第一个星期日。此前一周为复活周。
③ 在陀思妥耶夫斯基的作品中，碧绿的嫩叶和夕阳斜照具有重要的象征意义，象征着生命、大自然与世界的和谐。这里预示着母亲的出场，以此给母亲这一形象戴上明亮的、使人们和解和心境平和的光环。

我们俩坐着，我奇怪地打量着她。后来，已经在许多年以后了，我才知道，她当时被独自留下，没有了韦尔西洛夫，韦尔西洛夫忽然出国了。于是她自作主张地用自己那少得可怜的一点儿钱来到莫斯科，几乎是偷偷瞒着当时接受委托照顾她的那些人，而她到莫斯科来，就为了能够来看看我。奇怪的是，她进来与图沙尔讲了几句话以后，竟只字不提她是我母亲。她坐在我身旁，记得，我甚至觉得奇怪，她说话那么少。她带来了一个包袱，于是她打开包袱：包袱里有六个橙子、几块蜜饼和两块普普通通的法国面包。我一见到法国面包，心里就不高兴，我带着一种被刺痛的神态回答说，我们这儿的"伙食"很好，每天吃茶的时候都给我们每人一大个法国白面包。

"没关系，亲爱的，我因为头脑简单就自以为：'也许他们那儿，在学校，吃得不好。'别见怪，亲爱的。"

"安东尼娜·瓦西里耶芙娜（图沙尔的老婆）会不高兴的，您哪。同学们也会笑话我的……"

"你不要吗，也许，还是吃了吧？"

"行，就留下吧，您哪……"

对这些小礼物我连碰都没有碰；橙子和蜜饼放在我前面的小桌上，而我则低垂着眼睛坐着，摆出一副更加自尊的样子。谁知道，也许我也很想不再瞒她；她的来访甚至使我在同学们面前觉得丢人；哪怕向她表露一丁点儿也好，让她明白，"瞧，你太使我丢人了，这甚至你自己都不明白"。噢，当时我已经在拿着刷子追图沙尔，给他刷灰尘了！我还想象，她一走，我会遭到同学们多大的嘲笑啊，甚至图沙尔本人也会嘲笑我——当时我心中对她没一点儿好感。我乜斜着眼，打量着她那件黑不溜秋的旧衣裳，相当粗糙的、几乎是做工的手，一双十分鄙陋的鞋和一张枯瘦不堪的脸；她脑门上已经刻下了许多皱纹，虽然安东尼娜·瓦西里耶芙娜后来，在晚上，在她走后，曾对我说：

"想必,从前,您的妈妈长得很不难看。"

我们就这么干坐着,突然阿加菲娅端来了一只托盘,托盘上放着一杯咖啡。时当午后,图沙尔夫妇通常在这时候是要在自家的客厅里喝咖啡的。但是妈妈说了声谢谢,并没拿起杯子:后来我才知道,她当时根本就不喝咖啡,因为咖啡会使她加速心跳。问题在于,图沙尔夫妇心中认为,她的来访以及允许她见我,这是他们对她的非凡体恤,至于给妈妈送来的这杯咖啡,已经是他们体现人道主义精神的非凡之举了,相对而言,又给他们的文明感情和欧洲观念平添了一分光彩。可是妈妈却不识趣地谢绝了。

图沙尔把我叫到他那里,他吩咐我把我所有的作业本和书本都拿出来给妈妈看:"让她看看,您在我这所学校学到了什么。"这时安东尼娜·瓦西里耶芙娜噘起嘴唇,用一种不高兴的、嘲弄的腔调,慢条斯理地对我说:

"看来,您的妈妈不喜欢我们的咖啡。"

我抱着一大摞作业本,走过聚集在教室里偷看我和妈妈的那些"伯爵和枢密官子弟"面前,拿去给等候在那里的妈妈看。瞧,我甚至很喜欢不折不扣地执行图沙尔的指令:"这是法语语法作业,这是听写练习,这是助动词'有'和'是'的变位法,这是地理作业,描述欧洲和世界各地主要城市的概况"等等,等等。我规规矩矩地低下了眼睛,用平稳而又细小的声音,花了半小时或许更多一些时间,向妈妈做了解释。我知道妈妈对于学业一窍不通,也许,连写字都不会,但是我就喜欢我扮演的这个角色。但是我没法让她感到累——她始终非常注意地听我说话,也不打断我,甚至抱着一种仰慕之情,到最后反倒使我讲烦了。我停了下来,她的目光很忧郁,脸上也有一种楚楚可怜的样子。

她终于站起身来要走了;这时图沙尔忽然走进来,他以一种自鸣得意的傻样问她:对自己儿子的成绩是否满意? 妈妈开始语无伦次地嘟嘟囔囔地说话，并连声称谢；这时安东尼娜·瓦西里耶芙娜也走过来。妈妈开始请求他们俩"不要见弃，照顾这孤儿，因为他现在跟一个孤儿也没什么两样，请多多关照……"——接着她便两眼含泪，向他们俩鞠了一躬，又分别向每个人鞠了一躬，对每个人都深深一鞠躬，就像"普通老百姓"有什么事向大人先生们求告时那样连连鞠躬。图沙尔夫妇甚至都没料到她会这样，而安东尼娜·瓦西里耶芙娜显然心软了，自然也就立刻改变了她对那杯咖啡所下的结论。图沙尔则神气活现而又极富人情味地回答说，他"对孩子们都一视同仁，这里所有的孩子都是他的孩子，而他则是他们的父亲，我在他这儿几乎就跟枢密官和伯爵的孩子们一样平起平坐，能够做到这样是难能可贵的"，等等，等等。妈妈只是连连鞠躬，不过，好像很不好意思似的，她终于向我转过身来，眼里闪着泪花，说道："再见，宝贝儿！"

她吻了吻我，就是说我允许她吻了吻我。她显然还想再次，再次地吻我，拥抱我，紧紧地搂着我，但是，因为当着别人的面觉得不好意思呢，还是因为别的什么，她觉得痛苦，要不就是因为她猜对了，我因她而感到羞耻，但是她只是匆匆地，再一次向图沙尔夫妇鞠了一躬，走了出去。我站着，木然不动。

"送送您母亲呀，"安东尼娜·瓦西里耶芙娜说，"真是个没心肝的孩子！"

图沙尔耸了耸肩膀算是回答，当然，他的意思是："难怪我只能把他当奴才。"

我顺从地跟着妈妈下了楼；我们走出去，上了台阶。我知道，现在他们肯定在窗户里看着我们。妈妈转身面对教堂，向它深深地画了三次十字，她的嘴唇在发抖，浑厚的钟声嘹亮而又均匀地从钟楼上响起。她向我转过身来——再也忍不住了，她把两只手放在我头上，俯身在我头上哭了起来。

"妈妈，得啦，您哪……多难为情呀……要知道，他们现在正在窗户里看着咱俩呢，您哪……"

她抬起头来，神色匆忙：

"唉，主啊……啊，主保佑你……啊，愿天使们，愿至圣的圣母和主的侍者尼哥拉守护着你……主啊，主啊！"她像开连珠炮似的重复道，一个劲地给我画十字，而且画得越来越快，越来越大，"我的宝贝儿，我亲爱的！不过，且慢，宝贝儿……"

她急匆匆地把手伸进口袋，掏出一块手绢，蓝色的方格手绢，一头紧紧地打了个结，她想把结打开……但是这结却打不开……

"好吧，打不开也不要紧，你就连手帕一起拿走吧，手帕是干净的，也许会有用，里面有四枚二十戈比银币，也许用得着，对不起，宝贝儿，再多我自己也没有……对不起，宝贝儿。"

我收下了手绢，本来想说"图沙尔先生和安东尼娜·瓦西里耶芙娜对我们的生活安排得很好，我们什么也不缺"，但是我忍住了没说，收下了手帕。

她再一次画了个十字，再一次低声念了一段什么祷告词，之后，她突然——突然向我鞠了一躬，就像刚才在楼上向图沙尔夫妇鞠躬一样——向我深深地、慢慢地、长长地鞠了个躬——这事我终生难忘！这使我猛地战栗了一下，我自己也不知道为什么。她这个鞠躬想说明什么呢？是不是像很久以后，有一次我以为的那样，想要表明："她承认自己有错，对不起我"呢——我不知道。但是我当时立刻感到我羞得无地自容，因为"他们在上面看着我，而兰伯特说不定还会揍我呢"。

她终于走了。那几个橙子和蜜饼还在我回来以前就被枢密官和伯爵的孩子们吃了，而那四枚二十戈比银币则立刻被兰伯特从我手里抢了去；他们用这些钱在食品店里买了许多点心和巧克力，甚至都没分给我吃。

过了整整半年，到来的已经是凄风苦雨的十月。妈妈的事我已经全忘了。

噢，当时仇恨，对一切深深的仇恨，已经悄然潜入我的心灵，使它浸透了恨；我虽然还像从前那样替图沙尔刷衣服，但是我已经恨透了他，而且这恨在与日俱增。就在那时候，有一回，在一个暮色四合的凄凉的傍晚，有一次我不知为什么开始收拾我的抽屉，突然，在一个角落，看到了她那块蓝色的麻纱手帕。自从我把它塞进去以后，它就一直躺在那儿。我把它拿了出来，甚至带着几分好奇打量着它；手帕的顶端还完全保留着过去曾经打过结的折痕，甚至还清楚地留有银币圆圆的印痕。我还是把这块手帕放回了原处，推上了抽屉。这天正是节日前夜，钟声嗡嗡地响起来，在召唤人们去做彻夜祈祷。学生们已经在午饭后各自回家了，但是，这一回，兰伯特却留了下来过星期天，我不知道为什么没人来接他。当时他虽然跟过去一样仍继续打我，但是他也告诉了我许多事，他需要我，那天我们谈了一晚上列帕热夫手枪，虽然我们俩谁也没见过这手枪，我们还谈到契尔克斯人的马刀，谈到他们如何砍杀，谈到要是能落草为寇、啸聚山林，打家劫舍就好了，最后，兰伯特又转到他的话题，谈那些人所共知的下流事，虽然我私下里感到很惊奇，但还是非常爱听。但是，这一回，我却忽然觉得受不了了，我向他推说我头疼。十点钟，我们就上床睡觉；我蒙上头，钻进被窝，并从枕头下拽出那块蓝手帕：一小时前，我不知为什么又拉开抽屉，把它拿了出来，我们的床刚铺好，我就把它塞到枕头下面。我立刻把它贴到脸上，忽然开始吻它。"妈妈，妈妈。"我边回想往事，边低声呼唤，我的整个胸口，好像被钳子夹住似的，感到一阵阵发紧。我慢慢地闭上眼睛，看到她的脸和她那发抖的嘴唇，这时她正向教堂画十字，后来又给我画十字，可是我却对她说："别丢人了，人家瞧着呢。""妈妈，好妈妈，我有生以来，你就来看过我一次……好妈妈，我的远方的来客，你现在在哪儿呢？你现在还记得你曾经来看望过的你那可怜的孩子吗？……现在你哪怕再向我露一次面呢，让我哪怕在梦中再见你一次，只为了我能够告诉你，我多么爱你，我只想能够再拥抱你一次，亲吻你那蓝蓝的眼睛，并对你说，我现在已经完全不以你为耻了，其实我当时就很爱你，当时我的心就感到酸酸的，当时我就像个奴才似的坐在一旁。妈妈，你永远不会知道，其实，我当时就很爱你！好妈妈，你现在在哪儿，你听见我说话了吗？妈妈，妈妈，你还记得乡村教堂里的那只小鸽子吗？……"

"啊，见鬼……他在干吗呢！"兰伯特在自己床上嘀咕，"慢，看我不揍你！不让人睡觉……"他终于从床上跳起来，跑到我跟前，开始扯我身上的被子，但是我紧紧地、紧紧地裹住我连头都钻在里面的被子。

"你哭，你抽抽搭搭地哭什么，傻瓜，蠢货！看我不揍你！"于是他便开始揍我，用拳头狠狠地揍我的后背，揍我的腰，越揍越疼，于是……我忽然睁开了眼睛……

天已经大亮，刺骨的寒冷，在雪地上，在墙头上闪闪发光……我蜷缩着身子坐着，奄奄一息，我穿着皮大衣，身子都冻僵了，有个人站在我身旁，在叫醒我，大声地骂骂咧咧，用右脚的脚尖踢得我的腰很疼。我欠起身子，一看：一个人，穿着贵重的熊皮大衣，戴着貂皮帽，乌黑的眼睛，蓄着一部漆黑的络腮胡，鹰钩鼻，向我龇着一口雪白的牙齿，白白的脸蛋，红扑扑的，脸就像一副面具……他向我很低地弯下了身子，随着他的每一次呼吸，从他嘴里喷出一口口冰冷的寒气。

"快冻死啦，你这醉鬼，你这混球！你会像狗一样冻死的，起来！起来！"

"兰伯特！"我叫道。

"你是谁？"

"多尔戈鲁基！"

"什么鬼东西多尔戈鲁基？"

"就姓多尔戈鲁基嘛！……图沙尔……就是你在小饭馆用叉子扎他腰的那主儿……"

"啊——啊——啊！"他叫道，脸上露出一副长长的、如梦初醒般的微笑（他还当真把我给忘了！），"啊！那么说，是你，你！"

他把我扶了起来，让我站好；我勉强站住，勉强能动，他用一只手扶住我，搀着我走。他注视着我的眼睛，仿佛在想，在回忆，在用心地听我说话，而我也含混不清地使劲说，不断地说，说个没完没了，我因为能说话，是那么高兴，那么高兴，我高兴的是这是兰伯特。不知为什么我觉得他是我的"救星"，或者是因为这时候我把他当成了完全是从另一个世界来的人了，因而大喜过望地扑向他，到底怎样——我也不知道——我当时已经不会想了——但是我却不假思索地扑向他。当时我说了些什么，根本不记得了，同时，我也不见得能说出多少有点连贯的话来，甚至说话我也未必能说清楚；但是他却很用心地听着。他抓住第一辆碰到的出租马车，于是，几分钟后我已经坐在一片温暖中，坐在他的房间里。

三

任何人，不管他是谁，大概总会保留某种关于他发生过的事情的回忆，他认为或者倾向于认为这事十分离奇、非同寻常、超出常规，几乎是奇迹，无论它是什么——一个梦、一次邂逅、一次占卜、一种预感，或者诸如此类的什么。我至今仍倾向于认为，我与兰伯特的这次邂逅，甚至是某种带有预言性的事……至少从邂逅时的种种情况以及产生的种种后果来看，理应如此。不过话又说回来，这一切，一方面发生得至少极其自然：他不过是做完自己夜间该做的事情回家（做什么事——以后不言自明），半醉半醒，在胡同里，在一扇大门旁站了一会儿①，就看见了我。他到彼得堡来总共才几天。

我出现在其中的这个房间并不大，是彼得堡普通中等公寓里的一间极普通的带家具的房间。不过兰伯特本人却穿得十分讲究和阔气。地板上乱七八糟地放着两只皮箱，只收拾了一半。房间的一角用屏风隔断，遮蔽着床。

"阿尔丰西娜！"兰伯特叫道。

"这儿呢！"屏风后面有个颤悠悠的女人的声音，带着巴黎口音，回答道，不出两分钟就从里面跳出了一位阿尔丰西娜小姐，她刚下床，匆匆穿了件衣服，披着一件对开衫 —— 这人长得很怪气，高个儿，很瘦，瘦得像根劈柴棍，是个姑娘，黑发，腰很长，脸也很长，眼珠会滴溜溜地转，两腮塌陷 —— 一副未老先衰的样子！

"快！（这是我翻译的，他对她说的是法语），他们那边大概生茶炊了；快拿开水、酒和砂糖来，先端一杯到这里，他冻坏了，他是我的朋友 …… 在雪地里睡了一夜。"

"不幸的人！"她像演戏似的两手一拍，叫道。

"唉 —— 唉！"兰伯特向她叫了一声，就像呵斥小狗似的，并举起一根手指威吓她；她立刻不再做作，跑去执行命令。

他对我的身体做了检查，东摸摸西摸摸；还试了试我的脉搏，摸了摸我的脑门和太阳穴。"怪事，"他嘟囔道，"你怎么没冻坏 …… 不过也难怪，你全身裹着皮大衣，头也钻了进去，就像钻进铺了兽皮的洞穴似的 ……"

端来了一杯热茶，我一口气把它喝完了，它使我立刻精神倍增；我又开始絮絮叨叨地说个没完；我半躺在长沙发的一角，一个劲地说呀说呀，说得上气不接下气，但是到底说什么和怎么说的，我几乎完全不记得了；有些瞬间，

---

① 指解手。

第二部

甚至整段整段时间,我是怎么过的,我也全忘了。我再说一遍:我当时说的话,他听懂了没有——我不知道;但是有一点,我后来清楚地猜到了,他听懂了我说的话,而且足以断定,他决不能小觑他同我的这次邂逅……他这时究竟有什么打算,以后,在适当的地方我会说明的。

我不仅精神倍增,而且有时候好像还很快活。我记得当有人拉开窗帘,阳光便忽然照亮了房间,我还记得噼啪作响的火炉——有人生起了火炉——谁生的和怎么生的——我不记得了。我记得的还有一只黑色的小哈巴狗,由阿尔丰西娜小姐抱在手里,嗲兮兮地贴在心口。那只小哈巴狗不知怎么很讨我喜欢,我甚至停止了讲话,有两三次向它伸出手去逗它,但是兰伯特挥了挥手,于是阿尔丰西娜和她的哈巴狗眨眼间就跑到屏风后面,不见了。

他自己则一言不发,坐在我对面,向我低低地弯下了身子,一字不落地听我说话;有时还发出长长的、长久的微笑,龇着牙,眯着眼睛,似乎在竭力思索,想弄清什么。只有一点,我保持了清晰的记忆,即我讲到"文件"时的情景,我怎么也说不清楚,怎么也说不明白这事的前因后果,我从他的面部表情清楚地看出,他怎么也听不懂我要说的意思,但是他又很想弄懂这到底是怎么回事,因此他甚至不惜冒险打断我,向我提了个问题,而这是危险的,因为只要稍许打断了我一些,我就会自己跑题,自己都忘了我在说什么。我们究竟坐了多久和这样说话究竟说了多长时间——我也不知道,甚至也想不明白。他忽然站起来,叫来了阿尔丰西娜:

"他需要安静;也许应当请个医生来。他要什么——统统照办,就是说……您明白吗,我亲爱的?您有钱吗,没有?给!"——于是他掏出一张十卢布钞票。他开始与她窃窃私语:"您明白吗!您明白吗!"他向她重复了两次,举起一根手指威吓她,又严厉地皱紧了眉头。我看见,她在他面前可怕地发抖。

"我一会儿就回来,你最好睡一觉。"他向我微微一笑,拿起了礼帽。

"但是你还根本没睡觉呢,莫里斯!"阿尔丰西娜热情奔放地叫道。

"给我闭嘴,以后再睡。"他说完就出去了。

"我得救了!"她用一只手向我指着他的背影,充满激情地说。"先生,先生!"她在房间中央摆好姿势,立刻朗诵道,"还从来没有一个男人像这个人这样残忍,这样像俾斯麦,这种人把女人看成是某种毫无用处的脏东西。在我们这时代,女人又算得了什么?'杀死她!'这就是法兰西学院的最新见解!……"

我瞪大了两眼看着她;我眼睛里出现了重影,我仿佛看到了两个阿尔丰西娜……我忽然发现她在哭,我哆嗦了一下,终于明白,她对我说话已经说了很久了,由此可见,在这段时间里,我睡着了或者不省人事。

"唉,我本可以发现的,"她感叹道,"可这一发现又能给我带来什么好处呢?早发现就好了,还不如一辈子把我的耻辱隐瞒起来好!也许,一个姑娘这么坦率地跟一个男人说话有点下作,但是,不瞒您说,如果我也可以有某种愿望的话,那我只想做到一点:用刀子捅进他的心脏,不过我会扭过脸去,害怕看到他那可憎的目光,而手发抖会失去我的勇气。他杀死了那个俄国牧师,先生,把他的红胡子揪了下来,卖给了铁匠桥的理发师,那里就紧挨着安德里厄先生的店——您当然知道:专卖巴黎的新产品和时尚用品,内衣呀,衬衫呀……噢,先生,当情意把夫妻、孩子、姊妹、朋友聚在桌旁,当真正的欢乐点燃我的心,先生,告诉我:有大于众人同乐的幸福吗?他在嘲笑,这个讨厌的先生,这个不可理喻的怪物,在嘲笑,如果不是安德里厄先生经手这一切,我就不……怎么了,先生,您怎么了,先生?"

她急忙向我奔来:我似乎浑身发冷,也许出现了晕厥。我说不清这个疯疯癫癫的女人在我身上产生了多么沉重、多么痛苦的印象。也许,她还以为她在奉命替我解闷儿：至少她片刻也不离开我。也许，她从前曾经登过台，演过戏；她说得像朗诵台词一样可怕，把身子转来转去，一刻不停地说呀说呀，而我早已经一声不吭了。她说来说去的那个故事，我只听懂了一点，她跟某个"安德里厄先生的商店——最新的产品，巴黎货，等等"似乎曾经关系密切，甚至说不定还是从安德里厄先生的商店① 出来的，但是她不知怎么被这个可怕的、不可思议的怪物从安德里厄先生的商店那里永远夺走了过去，因而发生了悲剧……她痛哭流涕，但是我觉得这不过是作秀，其实根本不是真哭；有时候我似乎觉得，她整个人忽然像具骷髅似的即将散架；她吐字的声音就像某种被挤压的颤音；比如她把更好说成"更可取"，而把"a"这个音节说得像羊叫似的。有一回我清醒过来，看见她在房间中央做单脚点地的旋转动作，但是她并不在跳舞，这个旋转动作似乎也跟她讲的事情有关，她不过是在扮演角色而已。忽然，她又跑过去，打开那架原先就放在这屋里的又小又旧，音调又不准的钢琴，叮叮咚咚地弹了几下，便唱起来……似乎，有十分钟或者十几分钟，我完全昏迷了过去，睡着了，但是小哈巴狗一声尖叫，我又醒了过来：刹那间，我又忽然完全恢复了知觉，心里豁然开朗；我害怕地一跃而起。

"兰伯特，我在兰伯特家！"我想抓起皮帽，向我的皮大衣奔去。

"啊呀，您上哪儿，先生？"目光尖锐的阿尔丰西娜叫道。

"我想走，我想出去！放我走，别拦住我……"

"噢，先生！"阿尔丰西娜竭力赞同道，并主动跑过去给我打开通往楼道的门，"是的，先生！但是这不远，先生，这根本不远，不必穿皮大衣，根本就紧挨着嘛！"

---

① 陀思妥耶夫斯基常以安德里厄先生或者安德里厄太太之名暗指妓院老板或老板娘。

她向着整个楼道嚷嚷道。我跑出了房间,向右拐。

"走这里,先生,往这边走!"她又使劲喊道,用她那又长又瘦的手指抓住我的皮大衣,另一只手则向我指着楼道左边的某个地方,但是我根本就不想到那里去。我从她手里挣脱出来,向通往楼梯的那扇出口的门跑去。

"他跑了,他跑了!"阿尔丰西娜一面用她那破锣嗓子大叫,一面追我,"但是他会打死我的,先生,他会打死我的!"但是我已经一个箭步,蹿到楼梯上,尽管她也跟着我跑下楼,在追我,但是我已经先她一步打开了出口的门,蹿到了街上,并且快步跳上我遇到的第一辆出租马车。我告诉了妈妈的地址……

四

但是,我的意识才点亮了一会儿,又很快熄灭了。我还十分勉强地记得,马车怎么把我拉到了目的地,并且有人把我带进去见到了妈妈,但是在那里我又几乎立刻陷入完全的昏迷中。据她们后来告诉我(其实,我自己也记起来了),第二天,我的神志又清醒了一会儿。我记得自己在韦尔西洛夫的房间里,躺在他那张长沙发上;我记得我周围有一张张脸:韦尔西洛夫的、妈妈的和丽莎的,我记得很清楚韦尔西洛夫跟我讲到泽尔希科夫,讲到公爵,还给我看了一封信,让我放心。他们后来告诉我,我满怀恐惧地老提到一个叫兰伯特的人,还总听到一只哈巴狗在汪汪叫,但是意识的这点微弱的光很快就熄灭了:到第二天傍晚,我发起了高烧。但是我想先说说后来发生的几件事,先做个交代。

当我在那天晚上跑出泽尔希科夫赌场,那里的一切稍许平静下来之后,泽尔希科夫又重新开赌,稍后,他忽然声音洪亮地宣布,发生了一件不幸的

第二部

错误：丢掉的钱，即四百卢布，在另一摞钱里找到了，庄家的钱数准确无误。于是留在赌场大厅里尚未走开的公爵，便走到泽尔希科夫跟前，坚决要求他公开宣布我是无辜的，此外，还应以书信的方式向我致歉。泽尔希科夫本人也认为这一要求应予尊重，并当众答应明天就发出一封解释和道歉的信。公爵告诉了他韦尔西洛夫的地址，果然，第二天，韦尔西洛夫就收到了泽尔希科夫的信，信是写给我的，并附有属于我但被我遗忘在赌桌上的一千三百多卢布。这样一来，发生在泽尔希科夫赌场的事就算了结了；在我从昏迷状态清醒过来之后，这个快乐的消息极大地促进了我的康复。

公爵从赌场回来后，当天就写了两封信——一封给我，另一封给他过去所在的团，即他跟骑兵少尉斯捷潘诺夫发生过不快的那个团。两封信他都于第二天上午发出了。接着他又给上司写了一份报告，并手持这份报告亲自求见他所在团的团长，声称他是一个"刑事犯，曾参与伪造某某股票案，现向法院自首，请予法办"。就在此时，他递交了那份以书面形式陈述全部案情的报告。他被捕了。

以下就是他在那天夜里写给我的信，逐字逐句，分毫不差：

最最亲爱的阿尔卡季·马卡罗维奇：

我曾经试过奴才的"出路"，因此我也就失去了从思想上多少安慰我的心灵的权利，须知，我本来是能够痛下决心，最终投身于正义的伟业的。我对祖国有罪，对我的家族有罪，为此，作为这家族中的最后一员，我要自己惩罚自己。我不明白我怎会抓住这种卑鄙的念头不放的，只想保全自己，在某一时期还妄想用金钱来把那两个人打发走？然而面对自己的良心，我始终是个罪人。这两个人即便把有损于我的名声的那两封短信还给我，他们也将一辈子无论如何都不会放过我！剩下来还有什么办法呢：只能跟他们在一起，跟他们一辈子同流合污——这就是等候着我的命运！我无法接受这一命运，终于在自己身上找到了足够的毅然决然的勇气，也许找到的只是绝望也说不定，我只能像我现在所做的那样去做。

我给我过去所在团的老战友写了封信，证明斯捷潘诺夫是无辜的。在这行动中没有，也不可能有任何赎罪的舍己为人的想法。这一切不过是一个明天就要去死的人的临终遗言。对于这事就应当这么看。

请原谅我，因为在赌场里我曾经拒绝为您做证，这是因为当时我不相信您。现在，我已经是死人了，我可以……在阴曹地府对您作甚至这样的坦白。

可怜的丽莎！对于我的这一决定，她什么也不知道；但愿她不要诅咒我，而是自己来谴责我。我无法为自己辩护，甚至也找不到言辞来向她做任何解释。有件事您也应该知道，阿尔卡季·马卡罗维奇，昨天清晨，她最后一次来看我，我向她公开了我对她的欺骗，我承认我曾经拜访过安娜·安德烈耶芙娜，企图向她求婚。我看到丽莎是那么爱我，在我准备实施我最后的已经深思熟虑的决定之前，我不能把这件事留在我的良心上，于是我向她坦白了。她原谅了我，一切都原谅了，但是我不相信她会原谅我；这不是原谅，换了是她，我就不会原谅。

请记住我。

您的不幸的最后一个索科尔斯基公爵
· · · · · ·

我不省人事地躺了整整九天。

少 年

ПОДРОСТОК

第三部

ЧАСТЬ ТРЕТЬЯ

第一章

一

现在——完全谈另一个人。

我总是宣称"谈另一个人，谈另一个人"，可是我说来说去总在说自己一个人。然而我已经上千次地宣称，我根本就不想描写我自己；而且下笔伊始我就坚决不愿意这么干：我太明白了，读者对我毫无兴趣。我描写来描写去，其实我想描写的是别人，而不是我自己，如果说总是出现我自己的话，那这不过是可悲的错误，因为，不管我多么希望不要这样，然而总也避免不了。主要是，我感到懊恼的是，我如此热情地描写我自己的亲身经历，会授人以柄，认为我现在还和当年一样。不过读者应该记得，我已经不止一次地感叹过："如果能够改变过去，完全重新做人就好啦！"如果我现在不是彻底地变了，变成了完全另一个人的话，我也决不会发出这样的感叹。这太显而易见了；但愿有人能想象一下，我是多么讨厌所有这些抱歉呀，开场白呀，甚至在我的回忆录已经写到整整一半的时候，我还是不得不时时刻刻插进这些抱歉的话和开场白！

言归正传。

经过九天的昏迷之后，我终于清醒了过来，但只是死而复生，而不是改邪归正；然而我的复活是愚蠢的，不用说，如果就这个词的广义而言，如果这事发生在现在，说不定就不会这样了。我的想法，即我的感情，还只是集中在一点（我过去已经说过一千遍），完全离开他们，而且一定要离开，而不是像过去那样，我一千次地向自己提出这个问题，然而总是半途而废。我并不想对任何人施行报复，而且我还对此做出过保证——虽说我备受大家欺侮。我打算既不带着厌恶，也不带着诅咒地离开他们，但是我想拥有自己的实力，已经是真正的实力，不依赖于他们中的任何人和独立于全世界的实力；而我差点就与世界上的一切言归于好！我把我当时的这一梦幻写下来，不是作为一种思想，而是作为我当时的一种强烈的感受。当我还卧病在床的时候，我还不想把它具体表述出来。我大病未愈，无力地躺在他们给我腾出来的韦尔西洛夫的房间，我痛苦地意识到，我当时处在一种多么低下，多么无力的境地啊：我躺在病床上，像根稻草，而不像个人，而且这不仅因为有病——这对我又多么气人啊！于是从我这人的心灵深处猛地升腾起一种抗争，我被某种无边膨胀的高傲和挑战激动得都喘不过气来了。我甚至不记得我一生中还有什么时候，比我身体正在康复的头几天，即我像根稻草般横陈病榻的时候，更充满高傲的感觉。

但是我暂时还默不作声，甚至下定决心什么也不想。我总是窥探着他们的脸色，竭力根据他们的脸色来揣测我当时需要知道的一切。看得出来，他们也不想好奇地对我问长问短，而只是跟我说些根本不相干的话。对此我感到高兴，同时又感到伤心；我不想解释这种矛盾心理。比起妈妈来，我很少见到丽莎，虽然她每天都来看我，甚至一天来两次。从她们的谈话片段，从她们的整个神态来看，我发现丽莎积攒了太多需要她去奔走的事，因为有自己的事要忙，她甚至于常常不在家；一想到她居然可能有"自己的事"，就不免使我产生某种气人之感；不过，这一切不过是某种病态的、纯生理的感觉，不值得详细描写。塔季雅娜·帕夫洛芙娜也几乎每天来看我。虽然她对我毫无温存可言，但至少没有像过去那样常常骂我，这反倒使我十分懊恼，因此我干脆直言不讳地对她说："塔季雅娜·帕夫洛芙娜，您不骂人的时候乏味透了。""好，那我就再不来看你了。"说罢，她扭头就走。而我反倒高兴，总算攆走了一个人。

被我折磨得最厉害的是妈妈，我动不动对她发脾气。当时我的胃口奇好，因此我常常肆意埋怨饭开得晚了（其实从来不曾晚过）。妈妈不知道怎样才能如我的愿。有一回，她给我端来了菜汤，并且照老习惯，亲自喂我，可是我一边吃一边埋怨个不停。突然，我对自己的抱怨感到十分恼火："也许，只有她才是我的最爱，可是我却使劲折磨她。"但是我心中的恨并没有稍减，于是我恨得忽然大哭起来，而她，可怜见的，却以为我是因为感动才哭的，她向我弯下腰，开始不断地吻我。我强忍住，才勉强接受了她的吻，在那一刻，我还真的很恨她。但是我始终是爱妈妈的，即便那会儿，我也很爱她，根本不恨她，而常有的情况是：你最爱谁，就先欺负谁。

在那最初几天，我恨的只有一个医生。这医生是个年轻人，可是却带着一副自命不凡的样子，说话既生硬又不懂礼貌。倒像他们一个个在科学上仅仅在昨天，而且忽然，有了什么特别大的新发现似的，其实昨天什么特别大的发现也没有发生；但是这帮"平庸之辈"和"市井之徒"却一向这样。我忍了很久，终于忍无可忍，忽然爆发了，我当着全家人的面向他公然宣布，他是瞎折腾，我的病根本用不着他看就会好的，说他空有一副实事求是的模样，可是却满脑子装满偏见，竟不明白医学从来不曾医好过任何人的病；最后还说，很可能他这人很没有修养，"就像现在我国的所有技师和专家们一样，最近居然把鼻子翘得老高"。这医生听了很生气（仅此一点就足以证明他就是这样的人），然而他仍继续前来。我终于向韦尔西洛夫宣布，如果这医生不停止前来，那就别怪我说话难听，恐怕十倍于此也说不定。韦尔西洛夫只是指出，比你说过的话加倍难听的恐怕就说不出口了，更何况难听十倍呢。我很高兴他指出了这一点。

第三部

这人还真行！我是说韦尔西洛夫。他，他才是这一切的罪魁祸首——可结果呢：我当时却唯独对他没有生气。倒不是他对我的态度博得了我的好感。我想，当时我们俩彼此都感到，我们必须互相多做些解释……因此还不如永远不做解释好。在类似的生活环境中，如果能碰到一个聪明人，那还是非常开心的！我已经在本故事的第二部中提前说到，他已经简短、明了地向我转告了被捕的公爵写给我信的那事，他还谈到泽尔希科夫，谈到他替我澄清了事实，等等，等等。我已决定保持沉默，因此我只干巴巴地向他提了两三个十分简短的问题；他对此的回答既清楚而又准确，完全没有多余的话，最好的是，也没有多余的感情。当时，我最怕的就是腻腻歪歪地自作多情。

关于兰伯特的事，我一直没提，但是读者当然已经猜到，关于兰伯特的事，我念念不忘，想了很多。我在说胡话时曾几次提到兰伯特；当我从说胡话中醒来，察言观色，很快就明白，兰伯特的事还是个秘密，他们什么也不知道，连韦尔西洛夫也不知道。当时我感到很高兴，我的担忧不翼而飞，但是后来我才知道我错了，使我感到吃惊的是：我在病中时他居然来看过我，但是韦尔西洛夫对此只字未提，于是我还以为，对于兰伯特而言，我已石沉大海，消失得无影无踪。其实我一直在想他：想到他时不仅没有反感，居然还透着好奇，甚至还带着关切，似乎预感到在他这里有某种新的出路，与我心中萌生的新感情和新计划不谋而合。总之，在我下定决心开始谋划之前，一定要先好好考虑兰伯特。插叙一件怪事：我已经完全忘记了他住哪儿，当时到底在哪条街上发生的这一切。房间、阿尔丰西娜、哈巴狗、楼道——我都记得清清楚楚；哪怕立刻画出来都行；可是这一切到底发生在哪儿；就是说，到底发生在哪条街上和哪座公寓——却忘记得干干净净。最奇怪的是，直到我完全恢复知觉的第三天或第四天，这时我已经开始关注兰伯特的事很久了，我才想起了这事。

总之，当我死而复生后醒来，我最初的感觉就是这样。我注意到的只是最表面的东西，很可能我还不会识别什么是最主要的。事实上，也许一切最主要的东西当时在我心中已经明确了、成形了；要知道，我当时感到恼火和不高兴的毕竟不仅仅是没有给我拿肉汤来。我记得，当时我是多么感到悲哀，有时候又是多么感到伤心啊，尤其是当我长久地只剩下一个人的时候。他们偏偏很快就明白了，跟他们在一起我心烦，他们的同情只会触怒我，于是他们便越来越经常地让我独自留下：先意承志，心太细了也不好。

二

在我恢复知觉后的第四天，下午两点多，我躺在床上，我身边没一个人。这天风和日丽，我知道，在三时许，当太阳即将西下的时候，它的红色斜晖就将笔直地照射到我那墙壁的一角，并以一个灿烂的光影照亮这地方。我根据昔日的经验知道这一点，而且知道，再过一小时这情况准会出现，主要是就像二二得四一样，我预先就知道这点，这使我很恼火，以至恼怒。我像抽风似的全身抽动，翻了个身，突然，在一片深深的寂静中，我清楚地听到有人在祈祷："主啊，耶稣基督，我们的上帝啊，饶恕我们吧。"这祷告词是用很轻很轻的声音说的，在这之后则是发自整个胸腔的一声长叹，在这之后，一切复归寂静，而且寂然无声。我迅速地微微抬起了头。

先前，也就是在昨天，甚至早在前天，我就已经发现，在我们楼下的这三个房间里似有某种特别的地方。在那个穿过客厅的小屋里，过去是妈妈和丽莎住的，显然现在已经换了人。白天和每逢夜里，我已经不止一次地听见某种声响，但是一切都瞬息即逝，只是很短的一刹那，接着又立刻回归寂静，万籁无声，长达数小时，因此我根本就没去注意。头天夜里，我想，那里可能是韦尔西洛夫,再说,他随后很快就到我屋里来了,虽然我从他们的谈话中已经确凿无疑地知道,韦尔西洛夫在我生病期间暂时搬到外面的另一套房间去住了,而且就在那里住宿。至于妈妈和丽莎,我早就听说了,她们俩(我想,大概是为了我的安静)搬到楼上我过去的那口"棺材"里去住了,甚至有一回我还私下里寻思:"她们俩在那儿怎么住得下呢?"现在,我才突然弄清,在她们从前那屋里住的是另一个人,而这人根本就不是韦尔西洛夫。我自己也没有料到,以前我一直认为自己十分虚弱,这次却十分轻快地下了床,把两脚塞进便鞋,随手披上放在一旁的那件灰色的粗羊羔皮长袍(这是韦尔西洛夫施舍给我的),穿过客厅,向妈妈过去住的那房间走去。我在那里看到的情景,竟把我完全弄蒙了;我怎么也没料到会出现这样的情景,我像生了根似的停在房门口。

里面坐着一位白发苍苍的老人,蓄着一部很大的雪白的大胡子,很清楚,他早就坐在那里了。他不是坐在床上,而是坐在妈妈的小凳子上,不过用后背靠着床。然而他的身子挺得笔直,似乎根本不需要任何支撑,虽然,显而易见,他有病。他身上穿着一件衬衫,衬衫上罩着一件蒙了面的羊皮短袄,他膝盖上盖着妈妈的毯子,脚上穿着便鞋。他的个子,看得出来,长得很高大,肩膀宽阔,尽管有病,但样子十分精神,虽然略显苍白和消瘦,长圆脸,一头浓发,但并不很长,他的年龄大约七十开外。在他身旁的小桌上,伸手可及,放着三四本书和一副银边眼镜。我虽然丝毫没想到会遇到他,但我立刻就猜到他是什么人。但是,我始终捉摸不透,这些天来,他几乎就住在我身旁,怎么能这么安静地坐着,以至于我至今丝毫也没有察觉呢。

他看见我后纹丝不动,但却凝神而又默默地注视着我,就像我注视着他一样,唯一的差别是我无限惊讶地看着他,他却毫无诧异之色。相反,在这沉默的五秒或十秒钟之内,他似乎把我周身上下看了个遍,他忽然微微一笑,甚至静静地、不出声地笑了起来,虽然这笑很快就过去了,但是这笑容明快

第三部

的痕迹仍旧留在他脸上，主要是留在他的眼神里。这眼睛很蓝，很大，目光炯炯，但是由于年迈，眼睑低垂，并有点肿，周围布满无数细小的皱纹。他这一笑，较之其他，给我留下了极深的印象。

我是这么想的，一个人笑的时候，在大多数情况下，会让人看着讨厌。最常见的情况是在人们的笑声中会经常暴露出某种低俗、平庸的表情，某种似乎有损笑的人身份的表情，不过笑的人对他所产生的这印象几乎一无所知。正如，一般说，人们对自己睡着了，他们的脸会是怎样的，一无所知一样。有些人睡着了，在睡梦中他的脸是聪明的，而另一些人，即便他是聪明人，但是在睡梦中，他的脸却变成一副蠢相，因而显得十分可笑。我不知道因何发生这样的情况：我只想说，笑的人就跟睡着了的人一样，大部分多对自己的脸一无所知。非常多的人根本就不会笑。然而，这也没什么会不会的问题：这是天赋，是做作不出来的。能做的除非改造自己，使自己向好的方面发展，克服自己性格中坏的本能：只有这样，这类人的笑才会（极有可能）变得好起来。有的人，只要一笑，就会彻底暴露自己是什么人，而您就会忽然了解到他的全部底细。甚至无可争议的聪明的笑，有时也会令人讨厌。笑首先要求的是真诚，可是人们之间哪有真诚呢？笑要求没有恶意，可人们最常见的是怀有恶意的笑。真诚的、没有恶意的笑——这是开心，可是当前这世道，人们哪能开心得起来呢，人们会开心吗？（关于当今这世道，开心不开心的问题——这是韦尔西洛夫的观点，我记住了他的话。）一个人开心——这是一个人从头到脚，全身毕露的一个最大特点。有的人您很久都捉摸不透，可是只要这人不知怎么真心实意地放声大笑，他的整个性格你就会忽然间了如指掌。只有修养极高和极好的人才会开心得富有感染力，就是说，才会喜不自胜和善良淳厚。我不是说他的智力水平，而是说他的性格，说他整个的人。因此，如果您想看透一个人，了解他的内心，那您不必去考察他沉默时的情况，或者他是怎么说话的，他是怎么哭泣的，甚至也不必去研究他是怎样被一些高尚无比的思想激动的，而是在他笑的时候，您才能看清他的为人。一个人笑得好——说明他是个好人。此外，您还要注意所有的细节，比如说，一个人的笑无论如何不能让您感到是愚蠢的，不管这笑是多么开心、多么淳朴。如果您在这人的笑中稍许发现了一点儿愚蠢的痕迹——这说明，这人无疑是个智力有限的人，尽管他高谈阔论，似乎充满了思想。如果他的笑并不显得愚蠢，可是这人一旦大笑，不知为什么您会突然感到他很可笑，哪怕只是稍许有点可笑也罢——那，您就该知道，此人身上并没有自己真正的人格，起码，有，也不完全。或者，最后，即便这笑具有感染力，可是不知为什么您总感到有点庸俗，那，您就该知道，这人的天性也是庸俗的，至于您以前在他身上发现的一切高尚和崇高的品质——或者是蓄意假装的，或者是无意识地模仿他人的，而且这人到头来肯定会变坏，变得唯"利"是图，以至于那些高尚的思想，他就会毫不惋惜地抛弃，就像抛弃青年时代的谬误和迷恋一样。

　　我故意把这篇关于笑的长篇大论安排在这里，甚至不惜打断故事的进程，因为我认为这是我从生活中得出的一个最严肃的结论。我尤其要把它推荐给待字闺中的姑娘，她们已经准备要嫁给一个她们看中的人，但是仍在考虑，仍在不很信任地观察他，还没有最后拿定主意。请诸位千万不要笑话一个可怜的少年，自己对于婚姻大事还一窍不通，竟硬要用这一套指点迷津的说教来干涉他人的婚事。但是我明白的只有一点，笑是了解一个人心灵的最好的试金石。您不妨看看小孩：一部分孩子会笑，而且笑得非常好——因此他们十分迷人。爱哭的孩子我就讨厌，而爱笑和开心的孩子——这是天堂之光，这是未来的启示，因为将来人一定会变得像孩子一样纯洁和淳朴。而在这位老人转瞬即逝的笑中，就闪过某种像孩子般具有无比魅力的神态。我立刻走到他跟前。

三

"坐,你坐下,两腿恐怕还站不住吧。"他指着身旁的座位,客气地邀请我坐下,并且继续用他那神采奕奕的目光望着我的脸。我在他身旁坐了下来,说:"我认识您,您是马卡尔·伊万诺维奇。"

"对,宝贝儿。你能下床,那就太好了。你年轻,这太好了。老年人走向坟墓,而年轻人就该活着。"

"您有病?"

"有病,朋友,特别是两条腿;这腿走到门口还行,可是在这儿一坐下,就肿了。我这还是从上礼拜四气温一下降(注意:指严寒降临)开始的。我至今一直在抹药膏,你瞧;这还是前年在莫斯科由利希滕大夫,爱德蒙德·卡尔雷奇开的处方,这药膏很管用,嘿,管用极了;唔,可现在却不怎么管用了。再说,这胸口也感到闷。而现在,打昨儿个起,这后背就跟好多条狗在咬似的……每到夜里就睡不着。"

"您住这里,怎么根本听不到您的声音呢?"我打断了他的话。他望了望我,似乎在思索什么。

"千万不要吵醒你妈。"他加了一句,仿佛忽然想起什么似的,"她整夜都在这儿,在我身边忙活,就像苍蝇似的,听不见一点儿声音;而现在,我知道,她刚躺下。唉,一个老人,生了病,这日子不好过呀,"他叹了口气,"不过这灵魂好像还抓住什么东西不放,老在那儿挂着,总觉得活在世上好;似乎,要是这整个生活再从头开始,这灵魂恐怕也不会惧怕;不过,没准,这想法也是有罪的。"

"为什么有罪呢?"

"这想法是幻想,一个老人应当走得风光体面。再说,要是一个人带着抱怨和不满去迎接死神,那是莫大的罪过,如果因为精神愉悦而爱上了生活,那,我想,上帝还可能饶恕,哪怕这是老人也罢。一个人很难知道所有的罪过,什么是有罪,什么是无罪。这秘密超过了人的智慧。一个老人应当在任何时候都知足,死的时候则应当神志清醒、脑子清楚,怡然自得而又风光体面,在活够了世上的日日夜夜之后,咽下自己的最后一口气,高高兴兴地走,就像叶落归根一样，使自身的奥秘圆满结束。"

"您总是说'奥秘'长'奥秘'短的，您说'使自身的奥秘圆满结束'是什么意思呢？"我问，回头看了看房门。我很高兴只有我们俩，周围一片寂静，一点儿声音都没有。夕阳即将西下，照在窗户上，一片明亮。他说得有点转文，不够确切，但是说得很真诚，并且带着某种强烈的兴奋，倒像他真的十分欢迎我到来似的。但是我发现他无疑正处在一种发烧状态，甚至烧得很厉害。我也有病，从我进来看他那一刻起，我也在发烧。

"奥秘是什么？一切都是奥秘，朋友，上帝的奥秘存在于一切之中。每棵树，每棵小草，其中都包含着这一奥秘。无论是小鸟在歌唱，还是满天的繁星在夜空闪烁——一切都是这个奥秘，同样的奥秘。而最大的奥秘则在另一个世界等候着人的灵魂。就这样，朋友！"

"我不知道您说的是什么意思……当然，我不是为了逗您玩，请相信我是信仰上帝的；但是所有这些奥秘早就被人的智慧所揭示，至于那些未被揭示的，将来一切也会被揭示出来，这是十分肯定的，说不定在最短期限内就能做到。植物学家已经完全知道树木是怎样生长的，生理学家和解剖学家甚至都知道鸟儿为什么歌唱或者很快就会知道，至于星星，它们不仅被全部数清了，甚至它们的任何运动也都被计算得分秒不差，因此都可以预告，甚至可以提前一千年预告某颗彗星将于何时何刻出现，分秒不差……而现在甚至连最遥远的星星的构造，也弄清楚了。您不妨拿起一架显微镜——这是这样一种放大镜，它能把物体放大一百万倍——您可以通过它来研究一滴水，您可以看到那里的整个新世界，看到不少生物的整个生活，这曾经是奥秘，而现在都被揭开了。"

"我听说过这事，宝贝儿，我从别人那儿不止一次地听说过了。我无话可说，这是一件伟大和光荣的事业；按照上帝的旨意，把一切都给了人；无怪乎上帝把生气吹入人的鼻孔,说:'你活着,并认识一切。'①"

"唔,这是老生常谈。您不会是科学的敌人,不会是教权主义者吧?也就是说,我不知道您能不能懂得……"

"不,宝贝儿,我打小就尊重科学,虽说我自己一窍不通,但是我并不抱怨:我不行,别人行就成。也许这样还更好,因为每个人都有自己的特长,因为,亲爱的朋友,并不是每个人都适合搞科学。所有的人都自命不凡,个个都想一鸣惊人,我要是有能耐,说不定我比所有的人都强。可是现在我毫无能耐,什么也不懂,又怎能自以为了不起呢?你呢,既年轻又聪明,你生就的命就是这样,你就好好学吧。要认识一切,什么都懂,一旦遇到什么不信教的人或者调皮捣蛋的人,你就可以在他面前侃侃而谈,你就不会被他的胡言乱语所难倒,你那不成熟的思想也不会被他搅乱。至于你说的那玻璃片,不多久以前,我还见过呢。"

他喘了口气,叹息了一声。没错,我来看他,给他带来了非常大的快乐。他渴望与人交往,几乎达到了病态的地步。此外,我觉得,有时候,他看我时带着某种非同寻常的爱,我这看法决不会有错:他把他的手掌亲切地放在我手上,抚摩我的肩膀……哦,有时候,必须承认,他似乎把我完全忘了,仿佛就他一个人坐这儿,虽说他还在热烈地说话,可又仿佛是对天上的某处说话似的。

"朋友,"他继续道,"在根纳季隐修院有一位大智大慧的人。他出身贵族,官至中校,拥有大量财富。以前在尘世生活,他就不愿意受婚姻束缚;他离开尘世,闭门隐修,已经第十个年头了,他喜欢清静的、远离尘器的栖身之地,使自己的情感超脱尘世的虚空,清静无为。他遵循修道院的所有清

---

① 参看《旧约·创世记》第二章第七节:"耶和华神用地上的尘土造人,将生气吹在他鼻孔里,他就成了有灵的活人,名叫亚当。"

规，但就是不肯落发为僧。我的朋友，他有很多书，我还从来没有见过谁有这么多书——他亲口告诉我，这些书价值八千卢布哩。他的大名叫彼得·瓦列里扬内奇。他在不同时期教给了我许多东西，我也非常爱听他说话。有一回，我对他说了这话：'先生，您有这么大的智慧，在修道院里修炼也已经十年了，断绝了自己的一切欲念，那您为什么还不肯堂堂正正地接受落发，使自己变得更圆满呢？'他对我的回答则是：'你说什么呀，老人家，我这点智慧又算得了什么呢；也许，是我的智慧迷住了我的心窍，而不是我降服了我的智慧。你刚才提到我的修炼：也许我早就违反了清规。你说我已经斩断了自己的欲念，这话又从何说起呢？我可以立刻舍弃我的金钱，我可以把我的官衔拱手相让，我可以把我的勋章立刻放到桌上，可是我却丢不掉我的烟斗，虽说我已经与它苦斗了十年。由此可见，我这又算哪门子修士呢，你又怎能称赞我弃绝了欲念呢？'当时，我对他这样谦卑很惊讶。就这样，去年夏天，在彼得节前的斋戒期，我又去朝拜了那座隐修院——是主指引我去的——我看见，在他的修道室里就放着这东西——显微镜——是花大价钱从国外订购的。他说：'等等，老人家，我让你看一件奇怪的东西，因为你还从来没有见过这东西。你会看到一滴水，像眼泪般清澈，唔，你再看看这水里有什么，你将会看到机械师们很快就会把上帝的所有奥秘全找出来，任何奥秘也不给咱们俩留下。'他就是这么说的，我记住了。其实，我早在三十五年前就看过这显微镜了，我是在安德烈·彼得罗维奇的舅舅，我们的主人，亚历山大·弗拉基米罗维奇·马尔加索夫家看到的，后来，他死后，他领地上的农奴才转归安德烈·彼得罗维奇所有。这位老爷很阔气，是位大将军，养了一大群猎犬，专事狩猎，当时我在他手下管了多年狩猎的事。想当年，他也买了这么一架显微镜，是从国外带回来的，他吩咐所有的家奴，无论男女，一个跟一个地上前观看，他老人家也让大家看了跳蚤和虱子，针尖和头发，还有一滴水。说来也挺逗乐的：大家都不敢上前，但又怕老爷——他是个急脾气。有些人连看也不会看，眯上眼睛，什么也没看见，有些人则吓得大叫，村长萨文·马卡罗夫则用两手捂住眼睛，叫道：'你们爱怎么着就怎么着——我就是不去！'当时闹了许多无聊的笑话。但是，我没向彼得·瓦列里扬内奇说实话，还在这以前，在三十五年多以前，我就见过这一奇迹，我看到人家很高兴地让大伙儿看，因此我也就假装感到很奇怪和很害怕似的。他让我看了一会儿后问我：'唔，怎么样，老人家，现在你有什么话要说吗？'我直起了腰，对他说：'主说："要有光"，就有了光。'① 可他突然对我说道：'那就没有暗了？'他说这话时神情是那么怪，甚至都没笑一下。当时我觉得他很奇怪，而他似乎生气了，不再吭声。"

"您那位彼得·瓦列里扬内奇无非是在修道院里吃斋、磕头，可是却不信奉上帝，而您偏又赶上了这时候——就这样，"我说，"此外，这人十分可笑：要知道，他在这以前看过显微镜已经不下十次了，可是他却在看第十次的时候发了疯？真是神经过敏……在修道院里养成的。"

"这是个纯粹的人，智商很高的人，"老人正色道，"他也不是不信奉上帝。他聪明过人，智商很高，可是心不平静。这样的人现在很多都是来自过去的老爷和有学者头衔的人。我还要说这么一句：这样的人是在自己惩罚自己。你应当绕开他们，别惹他们，别让他们心烦，而在夜间临睡前，在祷告的时候，要提到他们，替他们祷告，因为这样的人正在寻找上帝。你临睡前祷告吗？"

"不，我认为这不过是一种无聊的仪式。不过，我必须向您承认，我倒很喜欢您那位彼得·瓦列里扬内奇，至少他不是个草包，毕竟是个人，有点像咱俩都很熟悉的一个人，咱俩都认识。"

---

① 见《旧约·创世记》第一章第三节。

老人只注意我回答的第一句话。

"朋友，不祷告是不对的。祷告是件好事，心感到快乐，无论是临睡前，睡后起床，还是半夜醒来。再告诉你一件事。今年夏天，时逢七月，我们正急急忙忙赶到圣母修道院去参加一个节庆。越是走近目的地，加入我们一伙的人就越多，最后聚集到一起的我们这伙人差不多有两百之多，大家都一个劲地跑去亲吻两位伟大的显灵者阿尼基和格列高里的神圣和圣洁的圣骨[①]。小兄弟，我们就在田野里过夜，第二天清早我醒来，大家还全睡着，甚至太阳也没有从林子后面升起。我抬起头来，亲爱的，放眼望了一眼四周，深深吸了口气：到处都是说不出的美！一切都静悄悄的，空气清新；小草在生长——长吧，上帝的小草；小鸟在歌唱——唱吧，上帝的小鸟。女人抱着的小孩尖叫了一声——主与你同在，小人儿，幸福地成长吧，小不点儿！当时，就像我有生以来头一回似的，把这一切拥抱在我心中……我又趴下，十分轻松地睡着了。活在这世上真好，亲爱的！我的身子骨要是能好起来，过了春天我还去。至于奥秘，也许这样倒更好，心里既感到害怕又感到奇妙；这种害怕能使人的心愉悦：'主啊，一切都在你之中，我也在你之中，把我收留下来吧！'不要抱怨，年轻人：正因为是奥秘，它才更美更好。"他动情地又加了一句。

"'正因为是奥秘，它才更美更好……'这，这话我一定记住。您说得非常不准确，但是我懂……我吃惊的是您比您能够表达的要知道和懂得的多得多；不过您好像在说胡话……"我望着他那发烧的眼睛和苍白的面容，不觉脱口而出。但是，他好像并没有听见我的话似的。

"你知道吗，亲爱的小伙子，"他又开口道，仿佛在继续他说过的话似的，

[①] 一译圣尸，干尸或遗骸。

"你知道吗，在这世上，人的记忆是有限度的？对一个人的记忆也就一百年而已。他死后一百年，他的子女或者他的孙儿孙女们，因为见过他的脸，还能记得他，而以后，对他的记忆虽然还能继续，那也只是一种口口相传的记忆和想象的记忆而已，因为见过他活着的脸的人都过世了。墓地上他的坟头会长满青草，坟头上白色的墓碑会剥落，于是所有的人，以及他的子孙后代就会忘记他，后来连他的姓名也忘记了，因为只有不多几个人才会留在人们的记忆中——那就随它去吧！忘了就忘了吧，亲爱的，而我即便躺在坟墓中也爱你们。孩子们，我会听见你们的欢声笑语，我会听见你们在祭扫先人的日子里，在父辈亲人的坟头上走来走去的脚步声；现在，你们就在阳光下好好活着吧，开开心心，我会替你们祷告上帝的，我将在你们的梦境中来看你们……死后，我也一样爱你们！……"

主要是我自己也跟他一样在发烧：我本应该走开或者劝他安心养病，也许，还应当扶他上床，因为他就跟完全在说胡话一样，可是我却忽然抓住他的一只手，向他俯下身去，紧紧握住他的手，心头滴着泪，用激动的低语说：

"能见到您，我很高兴。我也许早在期盼您了。他们这些人，我谁也不爱：他们没有好品相……我决不跟他们走，我不知道我应当往哪儿去，我要跟您在一起……"

幸亏妈妈突然进来了，要不然，我都不知道该怎么收场了。她进来时一脸刚刚睡醒、神色焦虑的样子，手里拿着一个小玻璃瓶和一把汤匙；她一看见我们俩，便惊呼道：

"我早知道会这样！我没能及时把奎宁药送来，我来迟了，你全身在发烧！我睡过头了，马卡尔·伊万诺维奇，宝贝儿！"

我站起身来，走了出去。她好歹服侍他吃了药，帮他躺到床上。我也回去，躺到自己的床上，但是心情很激动。我回来后，怀着极大的好奇，努力回想这次邂逅。当时,我对这次见面期盼什么呢——我不知道。当然,我思前想后,杂乱无章,我脑子里闪过的不是思想,只是思想的一些只鳞片爪。我躺着,面向墙壁,忽然我在墙角看到夕阳的一块璀璨、明亮的光点,也就是我不久前满怀诅咒地等待的那个光点,我记得,我整个心顿时沸腾起来,就仿佛有一束新的光照进了我的心。我记得这个甜蜜的时刻,而且永志不忘。这不过是新的希望和新的力量闪现的一刹那……我当时正在逐渐康复,因此,这样的冲动,也许是我当时精神状态的不可避免的后果;但是我现在仍旧相信那个最光辉的希望——因此我才想把它记下来,并且牢记。当然,我当时也坚定地知道,我决不会与马卡尔·伊万诺维奇一起去云游四方,我自己也不知道当时攫住我的新追求到底是什么,但是我说过一句话,虽然是在病中:"他们没有好品相!""当然,"我如痴似狂地想,"因此从那一刻起,我就在寻找好品相,而他们那些人,正因为没有好品相,因此,我才弃之不顾。"

我背后有什么东西在窸窣作响,我回头一看:妈妈站着,在我身旁弯下身来,正以一种怯生生的好奇,注视着我的眼睛。我突然抓住她的一只手。

"您这是干吗呀,妈妈,关于我们的这位嘉宾竟什么也不告诉我?"我突然问,我自己也几乎不曾料到我会说这样的话。她脸上的不安一下子全没了,她脸上似乎腾地升起一片快乐,但是她什么也没有回答我,除了下面这句话:

"丽莎你也不要忘记,丽莎,你把丽莎忘了。"

她脸一红,放连珠炮似的说道,她说完这话后就想赶快走开,因为她也很不喜欢过分渲染自己的感情,在这方面她完全像我,也就是说,腼腆而又纯洁;再加上,不用说,她也不愿意同我谈有关马卡尔·伊万诺维奇的事。我们交换目光所能说的,有这一点也就足够了。但是,正是我这个最恨感情过于外露的人,偏偏拉住了她的手,不让她走:我带着甜甜的笑容注视着她的眼睛,文静而又温和地笑着,另一只手则抚摸着她那可爱的脸,她那塌陷的两腮。她微微弯下腰,用自己的额头紧贴在我的脑门上。

"好了,基督与你同在。"她忽然说,直起了腰,容光焕发,"祝你早日康复。我盼望你早点儿好起来。他病了,病得很重……生死由命,上帝做主……啊,我说什么呀,这是不可能的!……"

她离开了。她毕生都诚惶诚恐、满怀景仰地敬重自己的合法丈夫——朝圣者马卡尔·伊万诺维奇,而他也宽容大度地彻底宽恕了她。

第二章

一

妈妈弄错了，我并没有"忘记"丽莎。敏感的妈妈看到兄妹之间的关系似乎有点淡漠，但这不是爱不爱的问题，毋宁说，这是嫉妒。有鉴于下文，我先三言两语地做个交代。

自从公爵被捕后，可怜的丽莎身上便出现了某种傲慢，某种高不可攀的、几乎叫人受不了的高傲；但是家中每个人都明白事实真相，也明白其实她很痛苦，如果说，起初我对她待我们的态度很生气、很不满的话，那唯一的原因也是我太小家子气，爱动怒，再加上我有病，就更变本加厉了十倍——现在，我对此就是这么想的。我根本没有不喜欢丽莎，而是相反，我更爱她了，不过我不想头一个走过去迁就她，然而我也明白她也决不会主动过来迁就我。

问题在于，在关于公爵的一切暴露无遗之后，在他刚被逮捕之后，丽莎就急急忙忙地首先摆出一副姿态来对待我们和对待大家（不管这人是谁），似乎她想也不容许别人想，可以可怜她，可以说点什么安慰安慰她，或者说点什么为公爵辩护的话。相反——她竭力不做任何解释，也不同任何人争论——她仿佛为自己不幸的未婚夫的所作所为感到无限骄傲似的，认为这简直就是一种高尚的英雄行为。她似乎无时无刻不在对我们大家说（我再重复一遍：她一句话也没有说）："要知道，你们谁也不会这样做，要知道，你们谁也不会因为荣誉和责任去公然自首；要知道，你们任何人也没有这种敏感和纯洁的良心，不是吗？至于他的所作所为，那谁的心里没有见不得人的丑事呢？不过大家都藏着掖着，不敢公之于众而已，而他这个人却情愿快点毁掉他自己，而不愿成为一个连他自己都看不起的宵小之徒。"她的每一个姿势显然都在表露这样的意思。我不知道，但是我换了是她，肯定会这样做。我也不知道，她心里，也就是她私底下，是不是这样想的；我怀疑，她不见得会这样想。她的理智的另一半，清醒的另一半，肯定会看透她那个"英雄"的无限渺小，因为现在谁会不同意，这个不幸的甚至从某方面来看还有点舍己为人的人同时也是一个极端渺小的人呢？甚至她的这种傲慢不逊，她的这种与我们所有的人作对的态度，以及她这种不断的怀疑，怀疑我们对他另有看法——也多少让我们猜到，在她心灵的密室中，对她的这位不幸的朋友可能已经形成了另一种看法。但是我要赶紧补充一句，这只是我个人的看法，在我看来，她至少有一半是对的；她摇摆不定，难于作出最后的结论，比起我们大家来，甚至，还是情有可原的。我自己也打心眼儿里承认，即使到了今天，现在一切都已尘埃落定，我还完全不知道，对这个不幸的、令我们大家如此作难的人，最终究竟应该如何、应该做出怎样的评论。

然而，由于她，家里几乎形成了一个小小的地狱。曾经如此强烈地爱过的丽莎，现在想必十分痛苦。而根据她的性格，她宁可默默地痛苦。她的性格像我，就是说，专断而又骄横；我始终认为，过去认为，现在也认为，她爱公爵是出于专横，正因为他没有性格，从第一句话和第一个小时起，他就完全听命于她。这是在一个人的心里自然而然形成的，没有任何预先的打算；但是这样的爱，女强人对弱男人的爱，比起个性相同的男女之爱，有时候会显得无比强烈，也无比痛苦，因为她会不由自主地承担起帮助自己弱男友的责任。至少，我是这么认为的。我们大家从一开始就十分体贴她，关心她，尤其是妈妈；但是她并没心软，对大家的同情也毫无反应，仿佛她一概拒绝任何帮助似的。跟妈妈起初还说几句话，但是，随后，一天天地变得话越来越少了，越来越三言两语、断断续续，而且越来越生硬了。起初，她有事还找韦尔西洛夫商量，但是很快她就选中瓦辛做她的参谋和帮手了，这是我后来才吃惊地知道的……她每天都去找瓦辛，还常常跑法院，去找公爵的上司，找律师和检察官；到后来，在家里几乎整天都不见她的踪影。不用说，她每天都去监狱探望公爵，一天两次，公爵被关在贵族牢房，但是这些会面，我后来才深信不疑，对于丽莎来说是非常不快的。不用说，局外人哪弄得清一对恋人之间的事呢？但是我知道，公爵无时无刻不在深深地侮辱她，比如，用什么来侮辱她呢？说来也怪：居然是醋劲大发。不过，这事以后再说；但是，对此我要补充一个想法：很难断定他们俩谁使谁更痛苦。在面对我们的时候，丽莎总是以自己的英雄而自豪，可是当他们俩面对面的时候，她对他的态度也许就完全变了，就像我根据某些材料深表怀疑的那样，不过，这也留待以后再说吧。

总之，我对丽莎的感情和态度，那暴露在外的一切，只是双方的一种伪装，硬是不让对方知道真相的一种谎言，其实，我们俩从来没有像现在这样彼此相爱，爱得这么深。我还要补充一点，自从马卡尔·伊万诺维奇出现在我们家以来，丽莎先还感到惊讶和好奇，可是后来对他的态度就变得近乎蔑视，甚至高傲。她仿佛故意似的对他不理不睬，根本不理他。

我曾在上一章中说明：我将"保持沉默"，我说过这话，当然，仅在理论上，就是说，仅在我的幻想中，我是想信守承诺的。噢，比如说，我跟韦尔西洛夫宁可谈动物学或者罗马皇帝，也不跟他（比如说）谈她，或者谈那个（比如说）他在给她的信中谈到的那句最重要的话，其中，他告诉她那份"文件没有被烧掉，而是仍旧保存着，并将出现"——我在发作热病后清醒过来，恢复理智后，就立即开始在心中暗自寻思这句话。但是，呜呼！在实践中刚迈出头几步，甚至还没有开始迈步，我就明白，要在这类预谋中克制自己是多么难、多么不可能啊：在我认识马卡尔·伊万诺维奇后的第二天，我就遇到了一种使我异常激动、出乎我意料的情况。

二

我激动是因为娜斯塔西娅·叶戈罗芙娜突然来访，这位女士就是已故的奥莉娅的母亲。① 我已经听妈妈说过，在我生病的时候，她曾来看过我两三次，她很关心我的健康。这个"好心肠的女人"，就像妈妈一向说她的那样，是专门来看我的呢，还是按老规矩，其实是来看妈妈的——我没有问。妈妈每次端菜汤来喂我吃的时候（当时我还不能自己吃饭），为了给我解闷儿，总是把所有的家务事原原本本地讲给我听，而我总是顽固地每次都竭力表现出对所有这些新闻兴趣不大的样子，因此关于娜斯塔西娅·叶戈罗芙娜的情况我根本就没细问，甚至根本不予理睬，不置一词。

这时正当十一点钟左右；她进来的时候，我刚要起床，想坐到桌旁的圈椅里去。见她进来，我就故意留在床上，拥被而坐。妈妈正在楼上忙活什么，她来了，妈妈也没下来，因而我们俩忽然单独出现在一起。她在我对面坐了下来，坐在靠墙的一把椅子上，笑嘻嘻的，一言不发。我预感到我们会无话可说；再加上，一般说，她的到来使我十分恼火。我甚至都没有向她点点头打声招呼，就直勾勾地逼视着她的眼睛；她也直勾勾地望着我的眼睛。

"公爵走后，您现在一个人住那儿，很无聊吧？"我失去了耐心，忽然问道。

"不，我现在不住老地方了。我现在经过安娜·安德烈耶芙娜的介绍，在

---

① 在前两部中奥莉娅的母亲叫达丽娅·奥尼西莫芙娜，可能是陀思妥耶夫斯基记忆有误。

给老爷看孩子。"

"给谁看孩子？"

"给安德烈·彼得罗维奇呀。"她回头看了看房门，神秘兮兮地低声道。

"那里不是有塔季雅娜·帕夫洛芙娜吗……"

"既有塔季雅娜·帕夫洛芙娜，也有安娜·安德烈耶芙娜，她们俩，您哪，还有丽扎韦塔·马卡罗芙娜，还有您妈……所有的人，您哪。大家都在帮忙。现在，塔季雅娜·帕夫洛芙娜和安娜·安德烈耶芙娜彼此很要好，您哪。"

这倒是新闻。她说得兴高采烈。我愤愤然看着她。

"您比上一回来看我后心情好多了。"

"啊，是吗，您哪。"

"似乎人也胖了？"

她异样地看了看我。

"我非常爱她，您哪，非常，您哪。"

"爱谁？"

"爱安娜·安德烈耶芙娜呀。非常，您哪。这么一位高贵的姑娘，又这么聪明……"

"原来是这样。她怎么样，现在怎么样啦？"

"她很平静，您哪，很平静。"

"她一向很平静。"

"一向，您哪。"

"假如您来这里造谣生事，"我忍不住，忽然叫道，"那您要知道，我决不插手管任何闲事，我已下定决心，抛开……一切，离开所有的人，我无所谓——我要远走高飞！……"

我闭上了嘴，因为我猛地醒悟过来。把我的新目标解释给她听，我觉得似乎有点低三下四。可是她听了我的话后却毫不惊奇,也毫不激动,但是紧接着又是沉默。她忽然站起来,走到门口,望了一眼隔壁房间。确信那里没有任何人,只有我们俩后,她这才放心大胆地走回来,坐到原来的位置上。

"您这就放心了!"我忽然笑起来。

"您走后,您在文官夫妇那儿租的房间还保留着吗?"她忽然问,向我稍许弯下点身子,压低了声音,好像她此来就为了这个最主要的问题似的。

"房间? 不知道,也许要搬走吧……我哪儿知道?"

"可是房东夫妇却在迫不及待地等您回去;那位文官已经等得不耐烦了,还有他太太。安德烈·彼得罗维奇向他们保证,说您肯定会回来的。"

"这关您什么事?"

"安娜·安德烈耶芙娜也想知道;她后来得知您会留下来不走,还挺高兴的。"

"为什么她这么有把握我肯定会留在那房间不走呢?"

我还想加上一句:"这跟她又有什么相干呢?"但是我出于自尊忍住了,没问下去。

"兰伯特先生也向他们肯定了这点。"

"什——么?"

"我是说兰伯特先生,您哪。他也向安德烈·彼得罗维奇竭力肯定您一定会留下来不走的,他也让安娜·安德烈耶芙娜相信了这点。"

我整个人仿佛都受到了震动。这岂非咄咄怪事! 兰伯特已经认识了韦尔西洛夫。兰伯特居然钻到韦尔西洛夫身边去了 —— 兰伯特和安娜·安德烈耶芙娜 —— 他也钻到她身边去了! 我感到一阵烦躁,但是没有吭声。一阵自尊的浪潮可怕地袭来,淹没了我整个的心,这是自尊,还是我不知道的其他什么。但是在这一刻我仿佛忽然对自己说:"如果我哪怕再问一句话,要求解释,那我就会被卷进这圈子,永远不可能同它一刀两断。"我心里燃起一股仇恨。我用尽力气决定保持沉默,我躺着一动不动;她也闭上了嘴,足有一分钟。

"尼古拉·伊万诺维奇公爵怎么样?"我仿佛失去理智似的突然问道。问题在于我问得很坚决,原来只是想换个话题,可又偏偏无意中提出了一个最要命的问题,我就像疯子一样费了老大劲,刚下定决心要从那个圈子里跑出去,又被卷了进来。

"他在皇村,您哪。得了点小病,城里现在正流行热病,所以大家都劝他搬到皇村去住一阵,搬到他自己那座宅子里去,因为那里空气好,您哪。"

我没有回答。

"安娜·安德烈耶芙娜和将军夫人隔三岔五就去看望他一次,是一块儿坐车去的,您哪。"

安娜·安德烈耶芙娜和将军夫人(也就是她)成了朋友!一块儿坐车去!我没有作声。

"她们俩现在很要好,您哪,现在安娜·安德烈耶芙娜对卡捷琳娜·尼古拉耶芙娜评价可高了……"

我一直不作声。

"卡捷琳娜·尼古拉耶芙娜又'沉溺于'社交界,一个活动接着一个活动,风光极了;据说,所有的御前大臣都爱上了她……她跟比奥林格先生已经彻底吹了,不会结婚了;大家都这么说……好像从那次以后就这样。"

就是说从韦尔西洛夫的那封信以后。我浑身哆嗦,但是没说一句话。

"安娜·安德烈耶芙娜对谢尔盖·彼得罗维奇公爵感到十分惋惜,卡捷琳娜·尼古拉耶芙娜也一样,您哪,大家都说会宣告他无罪的,而那个斯捷别尔科夫则可能定罪……"

我愤恨地看了看她。她站起身来,突然向我弯下了腰。

"安娜·安德烈耶芙娜特别关照打听一下您的健康状况,"她用压得很低的、近乎耳语的声音说道,"并且一再恳求您,一旦可以外出,务必常常去看她。再见了,您哪,祝您早日康复,我这就回去告诉她……"

她走了。我在床上坐了起来,我头上冒出了冷汗,但是我感到的并不是恐惧:我在病中和我在大病初愈的头几天,每当我想起那天夜里我与兰伯特相遇的情形,我心中就有一种莫名其妙的恐惧,由此及彼,比如说,我刚才听到有关兰伯特的不可思议的、十分丑恶的消息,以及他正在耍阴谋等等时,我却丝毫没有感到恐惧。相反,我坐在床上思绪凌乱的最初一刹那,也就是娜斯塔西娅·叶戈罗芙娜刚走之后的那一瞬间,我甚至都没想到兰伯特,但是……我念念不忘,最关心的还是有关她的消息,有关她同比奥林格的分手,有关她在社交界春风得意、活动不断、十分"风光"的消息。"可风光了。"——我耳边似乎传来娜斯塔西娅·叶戈罗芙娜的声音。于是我忽然觉得,凭我自己的力量,我是摆脱不了这种瞬息万变、令人目眩神迷的生活的,虽然在听了娜斯塔西娅·叶戈罗芙娜讲的那许多奇闻逸事之后,我能够克制住自己,保持沉默,并不追问。我无限渴望这种生活,他们的生活抓住了我的思绪,使我透不过气来……此外,我还另有一种甜蜜的渴望,对此,我既感到幸福,又感到难以忍受的痛苦。我的思绪似乎在飞旋,但是我让它们去飞旋。"这有什么可考虑的!"我不由得感到。"然而连妈妈也瞒着我,没有告诉我兰伯特曾经来过,"我又胡乱地、漫无头绪地想道,"这肯定是韦尔西洛夫不让她说……宁可死,我也不会去问韦尔西洛夫关于兰伯特的事!""韦尔西洛夫,"我脑子里又倏忽闪过,"韦尔西洛夫和兰伯特,噢,他们又有多少新花招啊!韦尔西洛夫还真行! 一封信就把这个德国人比奥林格吓跑了;他诽谤了她;诽谤……而诽谤之后总会留下些什么。①于是这位身为御前侍从的德国人也怕闹出什么乱子

---

① 引自法国作家博马舍的喜剧《塞维勒的理发师》,略有改动。

来——哈哈……这也是给她一个教训!""兰伯特……兰伯特该不是钻到她身边去了吧?那还用说!她为什么就不能同他'沉瀣一气'呢?"

这时我忽然甩开这整个毫无意义的想法,绝望地将头倒在枕头上。"绝对办不到!"我忽然下定决心,叫了起来,我从床上跳下,穿上便鞋,披上睡袍,径直向马卡尔·伊万诺维奇的房间跑去,倒像那里真有什么驱散所有这些幻象的妙方和解救之道,以及我可以赖以停泊的铁锚似的。

也许当时我的确全心全意、尽心竭力地感触到了这一思想;要不然的话,当时我怎么会不可遏制地突然从床上跳起来,而且就在这样的精神状态下向马卡尔·伊万诺维奇飞奔而去呢?

三

但是在马卡尔·伊万诺维奇的房间,完全出乎我的意料,我碰到了两个人——妈妈和医生。我不知道为什么在去的时候心里硬以为,我肯定会同昨天一样碰到老人独自在屋,因此,我木然而又莫名其妙地在门口站住了。我还没来得及皱眉头,韦尔西洛夫立刻又走了进来,而在他之后,丽莎也走了进来……这意味着,大家不知为什么都聚到马卡尔·伊万诺维奇的房间里来了,而且"恰好是在不该来的时候"都来了。

"我是来问候您健康的。"我说,直接走到马卡尔·伊万诺维奇身边。

"谢谢,亲爱的,我一直在盼你来:我知道你肯定会来的!夜里我一直在想你。"

他亲切地望着我的眼睛,我看得出来,他爱我几乎胜过爱所有的人,但是我刹那间又不由得发现,他的面容虽然是快乐的,但是经过一夜,病情还是加重了。在此之前,医生刚刚给他非常认真地检查了一遍身体。后来我才知道，这位医生（也就是我曾跟他吵过架的那个年轻人，马卡尔·伊万诺维奇一来，就是他给看的病）对病人非常仔细——可惜我不会用他们的医学语言说话——认为他身上患有多种疾病的并发症。我从第一眼就看出马卡尔·伊万诺维奇已经与他建立起了非常亲密的友谊；我在这一刻对此感到非常不悦；不过，话又说回来，这一刻，当然我的心情也很恶劣。

"说真的，亚历山大·谢苗诺维奇，今天，您亲爱的病人怎么样啦？"韦尔西洛夫询问。要不是我十分震惊，我要做的头一件事，肯定会是十分好奇地观察韦尔西洛夫对这位老人的态度，这事我昨天就想过。现在最使我吃惊的是韦尔西洛夫脸上那种非常温和、非常愉快的表情，他脸上有一种完全真诚的表情。我不知怎么发现，似乎韦尔西洛夫的脸，当他只要稍微变得朴实点，就会变得惊人地美。

"我们老吵架。"医生回答。

"跟马卡尔·伊万诺维奇吵架？我不信，跟他是不会吵架的。"

"他不听话，夜里不睡觉……"

"你给我得了吧，亚历山大·谢苗诺维奇，别骂我啦。"马卡尔·伊万诺维奇大笑，"怎么样啊，老爷，安德烈·彼得罗维奇，后来他们拿我们的这位小姐又怎么样了呢？瞧，她一上午都在嘀嘀咕咕地担心。"他指着妈妈又加了一句。

"啊，安德烈·彼得罗维奇，"妈妈果真非常担心地叫道，"你快说说，别再折磨人啦，怪可怜见的，她的问题后来是怎样解决的呢？"

"我们的小姐被定了罪！"

"啊！"妈妈叫起来。

"不是发配西伯利亚，你放心——总共才罚款十五卢布；唱了一出滑稽戏！"

他坐了下来。医生也坐了下来。他们这是在说塔季雅娜·帕夫洛芙娜——对这个故事我还一无所知。我坐在马卡尔·伊万诺维奇的左边，丽莎则坐在我对面的右边；今天她显然有自己特别的伤心事，她就是带着这件伤心事来看妈妈的；她的面色很不安，很烦躁。这时候，我们不知怎么对望了一眼，我忽然暗自寻思："我们俩蒙受了耻辱，我应当先向她迈出第一步。"我的心突然对她变软了。这时，韦尔西洛夫说起了今天上午发生的事。

原来，今天上午，塔季雅娜·帕夫洛芙娜在调解法庭同她的厨娘打了一场官司。这事十分无聊；我已经提到过，这个凶狠的芬兰女佣，有时候发起脾气来，会一连好几个星期不说话，对自己太太的问话不理不睬，一句话也不回答；我也曾提到过，塔季雅娜·帕夫洛芙娜对她有一个弱点，对她的各种不是一忍再忍，就是不肯把她彻底辞退，撵走了事。在我看来，这些老处女和老姑娘的所有这些心理上毫无道理的怪脾气，根本不值得关注，而应该给予高度的蔑视，而我之所以决定在这里提一提这故事，盖因这个厨娘以后，在我的故事进一步叙述过程中，注定要扮演某个非同小可的、要命的角色。就这样，这个倔脾气的芬兰女佣已经不理她好几天了，塔季雅娜·帕夫洛芙娜终于失去了耐心，最后忽然动手打了她，而这在过去是从来不曾有过的。这个芬兰女佣即便这时也没发出一点儿声音，但她当天就去找了住在同一个后楼梯上，住在楼下一个犄角的退役海军准尉奥谢特罗夫，此人包揽诉讼，承接各种案件，不用说，为了谋生，他是不惜把这类纠纷闹上法庭的。结果是塔季雅娜·帕夫洛芙娜被调解法官传唤，而韦尔西洛夫在审理此案时不知为什么非去出庭做证不可。韦尔西洛夫在叙述这一切时，说得非常开心，妙趣横生，以至于连妈妈也笑了；他绘声绘色，现身说法，扮演了不同的角色，既模仿塔季雅娜·帕夫洛芙娜说话，又模仿海军准尉和厨娘说话。一开头厨娘就向法院声称，她只要罚款，"要不，把太太关起来，我做饭给谁吃？"对法官提出的问题，塔季雅娜·帕夫洛芙娜回答得非常傲慢，甚至不留下一点儿辩护的余地；相反，她最后说："非但打了，而且还会再打。"由于她出言不逊，藐视法庭，当场就被罚款三卢布。那个海军准尉是个又瘦又高的年轻人，他开始发表为自己当事人辩护的长篇演说，但是越说越乱，贻笑大方，丢尽了脸。庭审很快就结束了，判处塔季雅娜·帕夫洛芙娜罚款十五卢布给被害人玛丽娅。塔季雅娜·帕夫洛芙娜毫不拖延地就掏出小钱包，准备付钱，可是那个海军准尉却立刻出现在她跟前，想伸手接钱，但是塔季雅娜·帕夫洛芙娜却几乎给了他一记，把他的手打开，推到一边，转过身，面对玛丽娅。"得啦，太太，不值得费这个心，记在账上不就得啦，至于给这家伙的钱，我会亲自付给他的。""瞧，玛丽娅，你竟给自己找了这么个瘦高个儿！"说时，塔季雅娜·帕夫洛芙娜指着那个海军准尉，同时，她心里非常高兴，因为玛丽娅终于跟她说话了。"还当真是个瘦高个儿，太太，"玛丽娅得意地回答，"您今天吩咐做肉丸子加豌豆吗？刚才因为上赶着到这儿来，没听清楚。""啊。不，加洋白菜，玛丽娅，不过，劳驾，可别像昨天那样烧煳了。""今天我一定特别卖力，太太；请伸出手来，您哪。"于是她吻了吻太太的手，以示和好。总之，皆大欢喜，全法庭的人都很开心。

"这人也真逗！"妈妈摇了摇头，对这消息和安德烈·彼得罗维奇的叙述很满意，但是又不安地偷偷看了看丽莎。

"打小就是个有个性的小姐[①]。"马卡尔·伊万诺维奇笑了笑。

"脾气大而又娇生惯养。"医生插嘴道。

"是说我有个性，是说我脾气大而又娇生惯养吗？"这时塔季雅娜·帕夫洛芙娜忽然走了进来，她心里很得意，"你呀，亚历山大·谢苗诺维奇，你就别废话了；打从十岁起你就认识我，我哪就娇生惯养啦——至于脾气大，肝

---

① 西俗：老处女因未婚，故称小姐。玛丽娅称主人为太太——这里的"太太"是"女主人""老夫人"的意思。

火旺，你给我治了整整一年，也没治好，这可是你的耻辱呀。好啦，你们就别净取笑我啦；谢谢，安德烈·彼得罗维奇，劳您驾去了一趟法院。唔，你怎么样啊，马卡鲁什卡①，我就是专门来看你的，而不是来看这家伙的。"（她指了指我，同时又友好地用手拍了拍我的肩膀；我还从来没见过她心情这么好，这么开心。）

"唔，怎么样？"最后，她忽然关切地皱紧眉头，转脸问医生。

"他就是不肯躺到床上好好休息，这样老坐着，会把自己累垮的。"

"我不过是想小坐一会儿，跟大家伙儿在一起。"马卡尔·伊万诺维奇就像孩子似的，带着一副恳求的面容，嘀咕道。

"我们就喜欢这样，喜欢；喜欢大家伙聚在一块随便聊聊；我知道马卡鲁什卡的脾气。"塔季雅娜·帕夫洛芙娜说。

"你这人脑子灵，太机灵了，"老人又微微一笑，对医生说道，"说话不让人；且慢，先让我把话说完：我会躺下的，宝贝儿，听见了，按照我们的说法，那就是'躺下了，说不定就起不来了'，朋友，这就是支撑我没倒下的原因。"

"可不嘛，您不说我也知道，这是老百姓的偏见，说什么'我一躺下，弄不好，就起不来了'——这正是老百姓最怕的，因此，宁可硬挺着把病挺过去，也不肯住院治疗。而您呢，马卡尔·伊万诺维奇，无非是给一种思念压倒了，思念自由自在的生活和思念朝圣的大道——这就是您的病根；您不习惯长久住在一个地方。您不是所谓的朝圣者吗？唔，到处流浪在我们民间几乎已经成为癖好。老百姓的这一特点我已经不止一次地注意到了。我们的老百姓多半是些流浪者。"

"那，照你看来，马卡尔也是个流浪者喽？"塔季雅娜·帕夫洛芙娜接茬道。

---

① 马卡尔的昵称。

"噢，我说的不是这意思；我使用这词是它的一般意义。唔，就算是一个笃信宗教的流浪者吧，唔，是一个笃信上帝的流浪者，可是他毕竟是个流浪者。是一个好的、可敬的流浪者，但总还是流浪者……我是从医学观点说的……"

"请您相信，"我突然对医生说，"这毋宁说是您，我，以及在这里的所有人，才是流浪者，而不是这位老人，我们还应当向他好好学习，因为他在生活里有坚定的信念，而我们，无论多少人，在生活中，却毫无坚定的信念可言……话又说回来，您哪懂得这个呀。[1]"

我显然说得很生硬，但是我来此就是为了这个。说实在话，我也不知道我为什么还继续坐在这里，而且跟发疯似的。

"你怎么啦？"塔季雅娜·帕夫洛芙娜疑惑地望了望我，"怎么，你认为他这人怎样，马卡尔·伊万诺维奇？"她用手指了指我。

"愿上帝赐福给他，他很厉害，"老人用严肃的表情说道；但是听到"厉害"两字，几乎所有的人都笑了。我勉强忍住了没有发作；笑得最厉害的是医生。最糟糕的是，当时我不知道他们事先早约好了。韦尔西洛夫、医生和塔季雅娜·帕夫洛芙娜还在两三天前就已约好，要千方百计地分散妈妈的注意力，因为她对马卡尔·伊万诺维奇有一种不祥的预感和担心，而马卡尔·伊万诺维奇的病情比我当时怀疑的要严重得多，也无望得多。这就是大家都在开玩笑、拼命笑的原因。只有那个医生笨，自然，他连开玩笑都不会：因此以后才会发生这样的事。如果我早知道他们有约在先，也就不会闯那么大祸了。丽莎也一无所知。

我坐在那儿，心不在焉地听着：他们又说又笑，而我却满脑子都是娜斯

---

[1] 试比较陀思妥耶夫斯基在1880年6月8日所作的关于普希金的讲演，其中提到了俄国多余人的当代变种"漂泊者"这一概念。"漂泊者"指"浪迹天涯，无所适从"的俄国人，与这里的所谓"流浪者"有异曲同工之妙。他们互相印证，又互相补充。马卡尔是一个笃信上帝的俄国人，有坚定的信仰，他不是陀思妥耶夫斯基所说的"流浪者"或"漂泊者"。

塔西娅·叶戈罗芙娜和她带来的那消息,我简直摆脱不掉她的身影,我总觉得她坐在那儿东张西望,后来又小心翼翼地站起来,向别的房间窥视。最后他们大家忽然大笑:塔季雅娜·帕夫洛芙娜(我根本不知道因为什么)忽然管那医生叫不信上帝的人:"你们这些当医生的,都是不信上帝的人!……"

"马卡尔·伊万诺维奇!"医生叫了起来,还奇蠢无比地假装生气,让别人来评理,"我是不是不信上帝的人?"

"你是一个不信上帝的人?不,你不是一个不信上帝的人,"老人注视着他,庄重地回答道,"不,谢谢上帝!"他摇摇头,"你是一个快乐的人。"

"谁快乐,谁就不是不信上帝的人?"医生嘲弄地说。

"就某方面来说,这也是一种说法。"韦尔西洛夫说,但是他根本没笑。

"这是一个很有道理的说法。"我不由得惊呼,为这说法所震惊。医生疑惑地环顾四周。

"对于这些有学问的人,对于这些教授(大概在这以前他们曾谈论过教授什么的),"马卡尔·伊万诺维奇微微垂下眼睛,开口道,"我先是有点害怕:不敢面对他们,因为我最怕不信上帝的人。我想,我身上只有一个灵魂;如果我把它毁了,就找不到另一个灵魂了;可是后来我鼓起了勇气,我想:'那有什么,他们又不是上帝,而是跟我们一样都是有七情六欲的人。'再说我很好奇,'我倒要看看,什么是不信上帝?'不过,到后来,朋友,连这点好奇也没有了。"

他沉默了片刻,但是还打算继续讲下去,脸上也依旧挂着那文静而又庄重的笑容。有一种心地淳厚的人,他们对所有的人、对每一个人都很信任,从不怀疑人家会嘲笑他。这样的人一贯胸无城府,因为他们不管碰到什么人,都准备把心里最珍贵的东西统统倒出来。但是,我觉得马卡尔·伊万诺维奇不一样,他心里另有一种东西,而这另一种东西在促使他说话,而不仅仅是天真和老实：看上去他像在布道。我高兴地捕捉到他针对医生，也许也针对韦尔西洛夫的某种甚至似乎狡黠的嘲笑。他们的谈话显然是在继续一星期前的争论，但不幸的是，在这谈话中又出现了那最要命的话，这句话昨天曾使我十分激动，并促使我做出了一件我至今犹后悔不已的出格举动。

"对于那种不信上帝的人，"老人神情专注地继续道，"也许现在我还害怕；不过是这么回事，我的朋友亚历山大·谢苗诺维奇：不信上帝的人我压根儿就没遇见过，一回也没见过，我见到的不是这种人，而是一些无谓地奔忙的人——这才是对他们的最好称呼。这些人各种各样，简直说不清都是些什么人；有大人物，有小人物，有蠢人，也有博学多才的人，甚至也有一些普普通通的老百姓，他们始终都在无谓地奔忙。尽管他们一辈子都在读书、发议论、饱尝读书的乐趣，可是他们自己却始终浑浑噩噩，莫名其妙，什么问题也解决不了，有的人东奔西跑，却看不清自己是老几。有的人心如铁石，可是心里却抱着模糊的幻想；有的人则感情冷漠，举止轻浮，只会用自己的嘲笑回敬别人的嘲笑；有的人只会从书本上寻章摘句，而且这也仅是他的一孔之见。我还要说的一点是：活得太无聊了。小人物虽穷，没有面包，养不活孩子，睡在粗硬的麦秸上，可是他心里毕竟是快乐的、轻松的；他也做错事、说粗话，可是心里还是轻松的。大人物花天酒地，大吃大喝，坐在金山上，可是他们心里却很郁闷。有的人满脑子学问，可仍旧很郁闷。我是这么想的，一个人越聪明，就越烦恼。再比如说吧：打从开天辟地以来，有人就教导苍生，可是他们教出了什么好结果呢，这样就能把世界变得十分美好、充满快乐，变成欢天喜地的乐土了？我还要说：人们都没有好品相[①]，甚至也不想有；

[①] "好品相"（благообразие）是《少年》中的重要概念，曾屡次出现在马卡尔的谈话中。它也是一个宗教概念：一个人不仅要外表美，还要内心美，融伦理因素与美学因素于一体，而主要是应当信仰上帝，皈依上帝，照上帝的旨意和教导办。

大家都走上了毁灭之路，可是人人却在夸耀自己的毁灭，而不想去追求那唯一的真理①；一个人活着而不信仰上帝——真是苦海无边。结果是，什么东西能给我们光明，我们却偏要诅咒它，而且自己还不知道。但是这有什么用呢：一个人不可能什么也不崇拜；这样的人是活不下去的，也绝没有这样的人。他不信仰上帝，就会去崇拜偶像——木制的，金制的，或者想象中的。他们不过是些偶像崇拜者，而不是不信上帝的人，应当这么来认识他们。唔，那么不信上帝的人有没有呢？这样的人是有的，而且还真是些不信上帝的人，不过那些人比这些偶像崇拜者可怕得多，因为他们来来去去总是把上帝的名挂在嘴上。我还不止一次地听说过他们，可是却根本没见过。这样的人有，朋友，我想，这样的人也应当有。"

"有，马卡尔·伊万诺维奇，"韦尔西洛夫忽然肯定道，"这样的人有，而且也'应当有'。"

"这样的人肯定有，也'应当有'！"我突然情不自禁地、热烈地脱口而出，我也不知道为什么，不过韦尔西洛夫说话的口吻吸引了我，使我着迷的似乎还有隐藏在"这样的人也应当有"这句话里的某种含义。这样的谈话完全出乎我的意料。但是在这一刻忽然出现了一件也完全出乎我意料的事。

四

这天天气异常晴朗；马卡尔·伊万诺维奇房间里的窗帷，根据医生的嘱咐，通常整天都不拉起；但是现在窗户上挂的不是窗帷，而是左右拉动的窗帘，因此窗户最上方没有被遮住；这是因为老人抱怨，过去挂着窗帷，他根本看

---

① 指基督教的真理，上帝的真理。

不见太阳，感到压抑。我们恰好坐到了这一时刻，这时太阳光突然笔直地射到马卡尔·伊万诺维奇的脸上。他说话的时候起先并不注意，只是在说话中有好几次下意识地把头偏向一边，因为明亮的阳光刺激着他那有病的眼睛，使眼睛感到很不舒服。妈妈就站在他身旁，已经有好几次不安地张望着窗户；应当想个办法把这窗户完全挡严实了才好，但是，为了不妨碍说话，她就想试着把马卡尔·伊万诺维奇坐的那张小凳往右边挪动一下：总共只要挪动三俄寸左右，最多四分之一俄尺①。她已经好几次弯下腰，抓住小凳，但是她挪不动；小凳和坐在它上面的马卡尔·伊万诺维奇纹丝不动。马卡尔·伊万诺维奇感觉到她在使劲拖，但是他谈兴正浓，只是完全无意识地试着抬起点身子，试了几次，但是他的两条腿不听使唤。但是妈妈还是继续使劲拖，终于这一切惹怒了丽莎，使她大动肝火，有好几次她的目光闪出了愤怒之火，但是在最初一刹那我并不知道她在冲谁发火，再说我也被谈话分了心。这时忽然生硬地响起了她对马卡尔·伊万诺维奇那近乎呵斥的叫声：

"您也可以稍微抬起点身子嘛，瞧，妈妈多费劲！"

老人朝她迅速瞥了一眼，一下子全明白了，顷刻间，急忙抬起了点儿身子，但是毫无结果，略微抬起了一两俄寸，又跌坐在小凳上。

"我的身子抬不起来，宝贝儿。"他向丽莎仿佛诉苦似的回答道，不知怎么分外听话地望着她。

"能够连本成套地说话，稍微挪一下身子就不行啦？"

"丽莎！"塔季雅娜·帕夫洛芙娜喝道。马卡尔·伊万诺维奇又做了一次非凡努力。

"拿起拐棍，它就在旁边放着，拄着拐棍站起来点儿嘛！"丽莎又一次不

---

① 1俄寸约等于4.45厘米，1俄尺为16俄寸，四分之一俄尺等于4俄寸。

客气地下令道。

"啊，真是的。"老人说，立刻急急忙忙地抓住拐棍。

"只要把他稍微扶起来点儿就成了！"韦尔西洛夫站起来，医生也动弹了一下，塔季雅娜·帕夫洛芙娜也跳起来，但是他们还没来得及走过去，马卡尔·伊万诺维奇便使劲撑住拐杖，突然微微地站了起来，而且以一种快乐的得胜姿态在原地站住了，扭头四顾。

"啊，站起来了！"他快乐地笑着，几乎自豪地说道，"谢谢，亲爱的，谢谢你让我开了窍，要不，我还以为这两条腿完全不中用了呢……"

可是他没站多久，还没来得及说话，支撑着他全身重量的那根拐杖，不知怎么，忽然在地毯上一滑，因为他那"两条腿"几乎完全支撑不住他，他便扑通一声全身栽倒在地板上。我记得，看到这情景简直可怕极了。大家"啊呀"了一声，都扑过去扶他起来，但是，谢谢上帝，他没摔伤，只是重重地，带着响声，两个膝盖碰到了地板，但总算来得及先伸出右手撑住了身子。大家把他扶了起来，让他坐到床上。他的脸十分苍白，倒不是因为害怕，而是因为剧烈的晃动。（医生发现，他除了别的病以外，还有心脏病。）妈妈吓得失魂落魄。可是马卡尔·伊万诺维奇，虽然脸色依然很苍白，却忽然用抖动的身躯，仿佛惊魂未定似的，向丽莎转过身来，几乎用一种温柔而又平静的声音向她说道：

"不，亲爱的，我这两条腿恐怕真的站不住了！"

我简直无法形容我当时的印象。问题在于，在这可怜的老人的言语中没有丝毫埋怨或者责备；相反，一眼就可以看出，他从最初那一刻起就根本没有发现丽莎的话有任何恶意，而她对他的呵斥，他认为这是理所当然的事，也就是说，他有错，就该"挨训"。这一切对丽莎也产生了极大影响。在老人摔倒的那一刻，她也跟大家一样跳了起来，她站着，整个人都失魂落魄，当然，她很痛苦，因为她是这一切的罪魁祸首，但是一听到这话，她忽然几乎顷刻间，就羞得满脸通红，后悔不迭。

"够了！"塔季雅娜·帕夫洛芙娜忽然下令，"全是闲聊惹的祸！是时候了，各就各位；身为医生，却带头闲扯，能有什么好事！"

"可不吗，"亚历山大·谢苗诺维奇接茬道，在病人身边忙碌着，"对不起，塔季雅娜·帕夫洛芙娜，他需要安静！"

塔季雅娜·帕夫洛芙娜却不理这茬，她沉默了大约半分钟，两眼笔直地逼视着丽莎。

"上这儿来，丽莎，亲我一下，亲一下我这老傻瓜，要是你愿意的话。"她出乎意料地说道。

于是丽莎亲了亲她，我也不知道为什么，但是我觉得必须这样做；因此我也差点没主动跑过去亲吻塔季雅娜·帕夫洛芙娜。正是不应该再用责备来增加丽莎的压力，而是应该用快乐和祝贺来欢迎她，祝贺她心中必然萌生的新的美好感情。但是，我却舍去所有这些感觉于不顾，坚定地、一字一句地、清晰地说道：

"马卡尔·伊万诺维奇，您刚才又用了'好品相'这一说法，而我恰好在昨天，在所有这些天里对这词百思不得其解⋯⋯而且我整个一生都百思不得其解，只是过去我不知道我在苦苦地思索什么。您我用词的这种巧合，我认为是命中注定的，几乎是奇迹⋯⋯我要当着您的面宣布这点⋯⋯"

但是我顿时被大家阻止了。我再说一遍：我不知道他们关于妈妈和马卡尔·伊万诺维奇有什么约定；根据我以前的所作所为，他们当然肯定会认为，我会闹出诸如此类的乱子。

"别让他，别让他瞎掰！"塔季雅娜·帕夫洛芙娜顿时大怒，恶狠狠地叫道。妈妈开始发抖。马卡尔·伊万诺维奇看见大家都很害怕，也害怕起来。

"阿尔卡季，得啦！"韦尔西洛夫严厉地喝道。

"对于我，诸位，"我更加提高了嗓门，"对于我，看到你们大家都围在这个赤子般的人（我指着马卡尔）身边——简直不像话。这儿只有一个人是圣洁的，这就是妈妈，不过连她也……"

"您会把他吓坏的！"医生坚决说。

"我知道我是全世界的敌人，"我喃喃道（或者与此类似），但是我又一次地环顾四周，挑衅似的望了一眼韦尔西洛夫。

"阿尔卡季！"他又向我大喝一声，"与这一模一样的场面曾经在我们之间发生过一次。求你了，现在克制一点儿！"

我没法形容他以怎样强烈的感情说出了这句话，他脸上表现出了异乎寻常的悲伤，真正的悲伤，十足的悲伤。最使我惊奇的是，他那模样像个有罪的人似的：我是法官，他是罪人。这一切简直要了我的命。

"是的！"我也向他叫道，作为回答，"当我埋葬韦尔西洛夫，把他从我心里挖出去的时候，已经发生过与这一模一样的情况……但是随后死人又复活了，而现在……现在已经暗无天日！但是……但是您在这里会看到一切的，看看我到底能干什么！甚至您都想不到我能够证明什么！"

我说完这话后就冲进我的房间。韦尔西洛夫跑过来追我。

五

我旧病复发；十分厉害的寒热病发作了，入夜就说胡话。但也不是尽说胡话：做了数不清的梦，一个接一个。没完没了，其中有一个梦或者梦的片段，我终生难忘。现在我就说出来，不做任何解释；这是预言，我不能忽略不提。

我忽然出现在一个又高又大的房间里，心里揣着某种巨大而又自豪的打算；但这并不是在塔季雅娜·帕夫洛芙娜家：这房间我记得很清楚；我必须提前先指出这点。虽然只有我独自一人，但是我又不断觉得，不安而又痛苦地觉得我又不是完全一个人，有人在等我，等我做出什么事来。在门外某处，坐着一些人，他们在等我将会做出的事。这种感觉真让人受不了："噢，如果我独自一人就好了！"忽然，她进来了。她那样子很胆怯，非常害怕，她在偷觑我的眼神。我手里拿着那份文件。她笑嘻嘻的，想引诱我，她跟我亲热；我可怜她，但又开始感到厌恶。她突然举起双手蒙住脸。我鄙夷不屑地把那"文件"甩到桌上："甭求我，给，我不要您任何回报！我要用轻蔑来报复我受到的所有侮辱！"我走出房间，由于无比的骄傲而气喘吁吁。但是在门口，在黑暗中，兰伯特抓住了我；"笨蛋，笨蛋！"他悄声道，使劲抓住我的手，不让我走，"她势必在瓦西里岛开办贵族女子学校"。（注意：他的意思是说，如果她父亲从我这儿知道了那封信的内容，肯定会剥夺她的遗产，把她赶出家门，她为了糊口只好这么做。我按照梦中所见，逐字逐句，不加更改地记录下兰伯特说的话。）

"阿尔卡季·马卡罗维奇正在寻觅'好品相'。"可以听见就在附近某处，就在这里的楼梯口，传来安娜·安德烈耶芙娜的低语声；但是她话中有话，不是在赞扬，而是一种叫人受不了的嘲笑。我与兰伯特一起又回到了房间。但是，她一看见兰伯特就哈哈大笑。我的第一印象是——可怕的恐惧吓得我停住脚步，不敢上前。我看着她，简直不敢相信；她似乎突然从脸上摘下了面具：脸还是原来那样，但脸上的每一根线条都被她极端的无耻扭曲了。"以身相许①呀，太太，以身相许呀！"兰伯特叫道，于是他俩又大笑不止，笑得我的心都沉下去了："噢，难道这个无耻女人——就是那个只要看我一眼就

---

① "以身相许"在原文为"赎买"，不过不是以钱赎，而是用身体：以身相许赎取那份作为"凭证"的信函或文件。

第三部

能使我热血沸腾,一心向善的女人吗?"

"瞧吧,这些骄傲的女人,为了钱,在她们的上流社会,什么事情做不出来呀!"兰伯特感慨系之地说道。但是这个无耻女人却一点儿也没有为此感到不好意思;她所以放声大笑,正是在笑我竟如此胆小。噢,她乐意以身相许,这我看得出来,但是……我又怎么啦?我已经既感不到可怜,也感不到厌恶了;我发抖,我从来都没有这样发抖过……我被一种新的、无法形容的、我还从来没有体验过的感情所笼罩,这感情十分强烈,就跟整个世界……噢,我现在已经无论如何跑不掉了!噢,这事多么无耻,我又是多么开心啊!我抓住她的两只胳臂,接触到她的手臂,我顿时感到一阵痛苦的战栗,我把我的嘴唇贴近她那两片无耻的、鲜红的、笑得发颤而又诱人的嘴唇。

噢,这种下流的回忆快快滚开!这可憎的梦!我发誓,在做这个可恶的梦以前,我脑子里从来就不曾有过哪怕多少类似于这个可耻的念头的任何念头!甚至于这一类身不由己的任何幻想都不曾有过。(虽然我把那份"文件"缝在口袋里,有时候还带着一种异样的嘲笑摸过这口袋。)可是这一切完全现成的念头又从何而来呢?难道说这是因为我身上有一颗蜘蛛般的心!这表明,一切早就在我这颗堕落的心中,在我的欲望中,萌生和躲藏着,不过在醒着的时候这颗心还知道羞耻,我这脑子也不敢有意识地去想象诸如此类的事情罢了。可是在睡梦中,灵魂就自动把一切呈现出来,把心中所想和盘托出,而且原模原样,活灵活现,而且——采取预言的形式。难道那天清晨我从马卡尔·伊万诺维奇那儿跑出去的时候,我要向他们证明的就是这事吗?但是够了,时候未到,这事就不去谈它了!我曾经做过的这梦,是我一生中最奇怪的经历之一。

第 三 章

一

　　三天后，清晨，我下床后，顿时感到我已站稳脚跟，再不会躺下了。我整个人感到康复在即。所有这些小小的细节，也许根本就不值得记下来，但是，当时，有这么几天，虽然并没有发生什么特别的事情，但留在我记忆里的这些天是快乐而又平静的，而这在我的这本记事录里是难得一见的。我当时的精神状态暂时还不想明说；即便读者知道个中底细，恐怕也不会相信。还是以后让事实来说话，让它不言自明的好。现在我暂时只说一点：请读者记住蜘蛛的心这一说法。而这居然还是一个想离开他们，离开整个上流社会，一心追求"好品相"的人说的！渴望追求"好品相"，而且十分强烈，这当然是对的，但是它怎样才能和其他天知道怎样的渴望结合在一起呢——这对于我是个秘密。而且永远是个秘密，我曾经上千次地对人（似乎主要是俄国人）的这种本领感到惊奇：竟能在自己的心中既抱有最崇高的理想，又能抱有最大的卑鄙，而且二者都是完全真诚的。这是俄国人心中特别的无所不包以致无所不用其极呢，还是不过是卑鄙而已——这倒是个问题！

　　但是，先撇下这些不谈。不管这样还是那样，反正到来了一个平静的时刻。我无非是明白了，无论如何应当先恢复身体，而且愈快愈好，只有这样才能尽快地开始行动，因此我决定先强身健体，听医生（不管他是谁）的话，至于那些暴风雨般的打算，我非常明智地（无所不包的成果）且留待出走时再说，也就是说，且待我恢复健康之后，至于怎样才能把这一切平和的感受以

第三部

及享受平静的愉悦，同预感到即将到来的暴风雨般的决定时胸中既甜蜜又痛苦又惶惑不安的心跳结合起来呢——我不知道，但是我又把一切诉诸"无所不包"。不久前的烦躁不安在我心中已经没有了；我把一切都留之于来日，已经不像不久前那样惶惶然不敢面对未来了，而是像一个坚信自己财富和力量的富豪。我越来越傲慢，越来越期待命运的挑战，我认为这多少也是因为我实际上已经康复了，因为生命力正在迅速回到我身上。正是这几天，即我彻底恢复健康，甚至真正恢复健康的这几天，我现在回忆起来仍感到分外愉快。

噢，他们原谅了我的一切，也就是说，原谅了我的出格举动，而这正是被我当面称为没有好品相的那些人！我喜欢人们身上的这一品性，我把这称之为心灵的智慧；起码，他们的这一品性立刻赢得了我的好感，当然，这也是有一定限度的。比如说，我跟韦尔西洛夫又说话了，就像两个最要好的朋友一样，但也适可而止：一旦感情过分外露，稍有冲动（而冲动是常有的），我们俩就立刻加以克制，仿佛对什么事略显抱歉似的。常有这样的情形：胜利者不能不对自己的战败者感到羞愧，因为占了他的上风。胜利者显然是我，因此我感到羞愧。

那天早晨，也就是当我旧病复发之后刚能下床的那天，他进来看我，这时我才头一次从他那里听到他们当时有一个有关妈妈和马卡尔·伊万诺维奇健康的共同协议；他又指出，老人的身体虽然好了点儿，但是医生仍不敢担保他从此无虞。我全心全意地向他承诺，我以后的一举一动一定倍加小心。当韦尔西洛夫告诉我这一切的时候，我才头一次忽然发现，他本人非但非常真诚地关心这位老人，也就是说，其关心程度不仅远远超出了我对像他这样的人所能有的期待，而且他本人也不知道为什么特别看重这个人，而他之所以看重他，并不仅仅是因为妈妈。这一点立刻就引起了我的兴趣，几乎使我感到吃惊，我得承认，如果没有韦尔西洛夫，我一定会对这位老人身上的许多品德视而不见，不予重视的，而这老人乃是留在我心中最不可磨灭、最奇特的印象之一。

韦尔西洛夫好像很担心我对马卡尔·伊万诺维奇的态度似的，也就是说，他既信不过我的头脑，也信不过我的分寸感，因此后来当他看到我有时候还是能够懂得应该怎样对待一个概念和观点完全不同的人的，总之，我还是能够在必要的时候做到谦逊和包容的——看到这点后，他感到非常高兴。我还得承认（我以为我并没有贬低自己），我在这个来自民间的人物身上发现了他对某些感情和观点的看法，对我来说，这完全是新的，是我所不知道的，与我过去对这些东西的看法相比，要清楚得多，也令人欣慰得多。他也有某些极大的偏见，他却对此深信不疑，毫不动摇，沉着得令人气愤，有时简直不能不让人气得火冒三丈。但是这一点，当然，也只应归咎于他没有受过教育；但是他的心灵素质还是相当好的，我甚至还没有在别人身上发现在这方面比他更好的品德。

二

他身上首先吸引我的，正如我在上文已经指出过的那样，是他那异常纯洁的心灵和一点儿也不爱面子；所有看到过他的人，都会很快感觉到这几乎是一颗纯洁无邪的心。有一种心灵的"愉悦"。因而达到一种"好品相"。他很喜欢"愉悦"一词，也常常把这词挂在嘴上。诚然，有时候他也常常会出现某种类似病态的兴高采烈，某种似乎令人感动的病态——我认为，这多少是因为他一直在发烧，说真格的，在这段时间里他一直热病缠身；但是这并没有妨碍他的好品相。也有一些截然相反的现象：一方面，他非常忠厚，有时候竟完全看不出别人对他的讥讽（常常使我很恼火），可与此同时，他又有一种十分细心的明察秋毫,他最喜欢逮住别人在辩论中的错误。他喜欢辩论,但只是偶一为之,而且别具特色。看得出来,他走遍了俄罗斯的许多地方,听到过许多故事,但是,我要再说一遍,他最爱动感情,因此他总是感慨万千,他自己也爱讲那些令人感动的故事。一般说,他很爱讲故事。我听他讲过许多有关他本人云游四方的故事,也听他讲过许多有关最远古的"苦修者"生平的种种传说。我对此并不熟悉,我想,这些传说他大部分是从平民百姓的口头故事中听来的,许多事情还说错了。有些事情简直令人难以置信。但是与许多明显的胡编乱造或者简直是胡吹一气的同时,还往往会闪现出某种惊人的完整光彩,充满了百姓的感情,而且永远十分感人……比如,在这些故事中我记住了一则长篇故事《埃及的玛利亚传》[①]。关于这篇"传记"以及几乎所有这一类故事,在此以前我一无所知。我要坦白地说,听到这故事,几乎不能不落泪,倒不是因为感动,而是因为某种奇怪的喜悦:感到某种非凡和炽热的虔诚,就像这名女圣徒浪迹天涯,走过的那片狮群出没、炽热似火的沙漠一样。关于这事我就不想说了,再说我也不擅长说故事。

　　除了易受感动以外,他有时候还会对当代现实中某些非常有争议的事发表某些非常独特的见解,这类观点我也很爱听。比如,有一次他讲了个故事,讲到不久前有个退伍回乡的士兵;这种事他几乎是目击者。一个士兵退伍回到家乡,又回到老乡们身边,可是他不愿意重新同老乡们住在一起,老乡们也不喜欢他这个人。这人走上了歧途,开始酗酒,还在某地抢劫了什么人。并没有站得住脚的确凿罪证,但是却把他抓了起来,开始了审讯。在法庭上,律师为他作了完全无罪的辩护——查无实据,这就完了,可是那士兵听着听着,忽然站了起来,打断了律师的话:"不,你别往下说了。"他痛哭流涕,追

[①] 玛利亚(埃及的)是生活在公元6世纪的基督教苦修者。

悔莫及，招供了一切，"毫无保留"，承认有罪。陪审员们走出去，关上房门，闭门磋商，忽然又都走了出来："不，他无罪。"大家发出一片欢呼，兴高采烈，可是那士兵却站在原地，一动不动，仿佛变成了一根石柱似的，感到莫名其妙；他莫名其妙的还有一点，庭长对他作了一番训诫后，竟把他无罪释放了。这士兵获得自由后，始终不相信自己。他开始苦恼，开始沉思，不吃，也不喝，也不同别人说话，到第五天忽然上吊死了。"心头有罪，又怎能活下去呢！"马卡尔·伊万诺维奇最后说，这个故事当然无足轻重，这样的事现在在所有报刊上也都数不胜数，但是我喜欢听他说话的口气，而最有意思的是他说的有些话绝对具有新意。比如说，他讲到那士兵回到乡下，老乡们都不喜欢他时，马卡尔·伊万诺维奇形容道："大家知道士兵是什么人吗，士兵是'被教坏了的庄稼人'。"后来讲到差点打赢官司的那名律师，他又形容道："大家知道律师是什么人吗，律师是'被雇用的良心'。"这两种说法，他说时毫不费力，并没有字斟句酌，他自己也毫不察觉，然而这两种说法却包含了对这两个对象的整个独特的看法，虽然，当然喽，这并不代表全体老百姓的看法，但这毕竟是马卡尔·伊万诺维奇的看法，是他自己的看法，而不是他从别人那儿学来的！民间对某些问题的成见，就其独特新奇而言，有时确实令人拍案叫绝。

"那么您，马卡尔·伊万诺维奇，您怎么看自杀这种罪孽呢？"我趁机问他。

"自杀是人类的最大罪孽，"他叹了口气，回答道，"但是唯有主才是这事的审判者，因为只有他才知道一切，知道一切的限度和一切的分寸。咱们应当不断地替这样的罪人祷告。每当你听到这类事情的时候，就应当在临睡前替这样的罪人不胜感慨地祷告，哪怕仅仅为他向上帝叹息一声也好；甚至于哪怕你根本不认识他，你关于他所作的祷告，将会更易上达天听。"

第三部

"假如他已经被判罪,我的祷告能对他有用吗?"

"你怎么知道呢? 许多人,噢,有许多人不信上帝,还用自己的谬论来迷惑那些不明事理的人;你不要听他们的话,因为他们自己都不知道他们跟跟跄跄地在往哪儿去。一个还活着的人替一个已被判罪的人祷告,是的确能够上达天听的。一个无人替他祷告的人将会怎样呢? 因此,当你临睡前跪下祷告的时候,在祷告完毕之后应当加上一句:'吾主耶稣啊,请饶恕所有那些无人替他们祷告的人吧。'这样的祷告非常管用,主也非常爱听。也应当替所有还活着的罪人祷告:'主啊,你掌管所有人的命运,请你拯救一切没有忏悔的人吧。'——这也是一种好的祷告。"

我答应他一定祷告,因为我感觉到我的这一承诺将会给他带来极大的快乐。果然,他脸上闪出了快乐之光;但是我要赶紧补充一句,在这种情况下,他从来没有居高临下地对待过我,就是说,像个长者对待某个少不更事的少年似的;相反,他常常非常爱听我对各种问题发表的见解,甚至还听出了神,他认为,他虽然是跟一个(按照他那高雅的说法)"公子哥儿"打交道(他知道得很清楚,应当说"年轻人",而不是"公子哥儿"),但同时他也明白,这个"公子哥儿"在受教育程度上要远远高过他。比如说,他很喜欢讲,也很经常讲到在荒野隐修的事,而且把"隐修"看得比朝圣更高,高得没法比。我激烈地反驳他,强调这些人自私,这些人弃绝尘寰,他们本来可以替人类造福,可是他们却弃之不顾,只是为了自己修行得道的自私目的。他先是不明白我说的意思,我甚至疑心他根本就没有听懂;但是他却竭力为隐修辩护:"当然,先是可怜自己(指刚住进隐修院的时候),可是后来却一天天地感到快乐了,再后来你就会看到上帝。"这时候,我就给他展示了一幅全景画,描绘了科学家、医生以及世界上所有的人类之友所从事的有益活动,从而使他闻后大喜,因为我自己也讲得很热烈;他对我不住地连声称是:"没错,亲爱的,没错，愿上帝祝福你，你想得有道理。"但是，当我把话说完，他终究还是没法同意，"话虽这么说，"他深深地叹了口气，"又有多少人能经受住诱惑而不动心呢？金钱虽然不是上帝，但毕竟是半个上帝——这是个巨大的诱惑，而这里还有女色，还有自命不凡和嫉妒心重。于是便把大事忘了，专做小事。哪能与隐修院相比呢？在隐修院，人就会变得矢志不移，甚至可以建立大功德。朋友！可是在尘世间又怎么样呢？"他非常动情地感叹道，"不过是些梦想而已，不是吗？拿起一粒沙子，种在石头上；当你那沙子在那块石头上变黄了，长出了芽，那你在尘世间的梦想也就实现了——正如我们俗话所说。可是基督的说法却是这样的：'可去把你所有的财富分给穷人，做所有人的奴仆。'① 你就会变得比从前更富有，富有得不知多少倍；因为你将来的幸福，将不仅是吃得好，将不仅是穿金戴银，将不仅是自己得意和别人羡慕，而是因为你将拥有数不清的爱。这已经不是一笔小小的财富，不是十万、一百万，而是拥有整个世界！现在我们是不知餍足地聚敛财富和疯狂地挥霍，而那时却既不会有孤儿，也不会有乞丐，因为所有的人都是我的亲人，我拥有了大家，我把所有的人都买了下来，一个也没落下！眼下已经不稀罕了，连最富有和最有名望的人，对自己到底还能活多久都满不在乎，连他自己也不知道该想出什么娱乐来排遣时光；到那时你的寿命和时光将增加似乎一千倍，因为你一分钟也不想浪费，而且你每分钟都感到心灵的愉悦。到那时您就不仅是从书本里得到聪明绝顶的大智大慧，你将直接和上帝面对面；届时大地将焕发异彩，比太阳还亮，那时将不会再有悲伤，也不会再有叹息，而有的将是无比珍贵的天堂……"

正是这种兴高采烈的出乎常规的话，似乎，韦尔西洛夫也最爱听。而这

---

① 《马太福音》第十九章第十六至二十一节讲到有一个富家子弟问基督："我该做什么善事，才能得永生？"对此他得到的回答是："你若愿意做完全人，可去变卖你所有的，分给穷人，就必有财宝在天上，你还要来跟从我。"

一回他恰好就在这房间里。

"马卡尔·伊万诺维奇！"我突然打断他的话，自己也毫无分寸地激动起来（我记得那个夜晚），"要知道，你这样说，是在宣传共产主义呀，彻头彻尾的共产主义！"

他对共产主义学说一无所知，甚至连这个字眼他也是头一回听说，因此我只好立即把我所知道的有关这问题的一切开始讲给他听。不瞒诸位，我知之甚少，而且东鳞西爪，颠三倒四，即便现在，我也完全是个门外汉；但是我却不顾一切，知道什么就非常热烈地统统说了出来。至今每当我想起这一切，我还非常得意，我的话居然给老人家留下了异乎寻常的印象。这甚至不是印象，而几乎是震撼。在这种情况下，他对许多历史细节也产生了强烈的兴趣："在哪儿产生的？怎么形成的？谁创立的？谁说的？"顺便说说，我发现，一般说来，这是平民百姓的一大特点：如果他对某一问题很感兴趣，他就决不会满足于一般的思想，而是一定会要求提供最过硬、最确切的细节。我正是在说明这些细节上前后矛盾、错误百出，又因为韦尔西洛夫就坐在我身旁，我感到有点惭愧，羞于面对他，因而也就更加急躁。弄到最后，马卡尔·伊万诺维奇在感动之余只能对我所说的每句话反复说："对，对！"但是很明显，他并没有听懂，而且失去了头绪。我感到十分遗憾，但是韦尔西洛夫忽然打断了我们的话，站起来，扬言现在该是去睡觉的时候了。当时我们都在一起，而且时间也很晚了。过了几分钟，他又跑到屋里来看看，我趁机立刻问他：总的说，你是怎么看马卡尔·伊万诺维奇的，你对他有何想法？韦尔西洛夫愉快地微微一笑（但他根本不是笑我谈到共产主义时错误百出——相反，他对此只字未提）。我再说一遍：他简直好像迷上了马卡尔·伊万诺维奇，当他听老人说话的时候，我常常在他脸上捕捉到非常动人的微笑。然而，这微笑完全不妨碍批评。

"首先，马卡尔·伊万诺维奇不是农夫，而是一名家奴，"他很乐意地说道，"过去是家奴和奴仆，生来就是奴仆，是奴仆的孩子。家奴和奴仆，在过去那个年代，总是在非常多的方面沾染上对自己主人私生活（精神生活和智力生活）方面的兴趣。请注意，马卡尔·伊万诺维奇至今最感兴趣的是主人和上等人生活中的种种事件。你还不知道他对近来俄罗斯发生的有些事兴趣有多大。你可知道他是一个大政治家？你不用给他吃蜜，只要给他讲讲什么地方谁和谁在打仗、我国会不会参战，就成。过去，我就曾经用这样的谈话使他兴奋不已。他非常尊重科学，而在所有的科学中他最爱天文学。此外，他还在自己身上培养了一种独立精神，这是你在他身上无论如何都动摇不了的。他有信念，非但很坚定，而且相当清楚……十分真诚。尽管他非常无知，却对某些概念出人意料地熟悉，足以让人大吃一惊，因为你根本不曾想到他还能懂这些。他十分赞赏隐修，但是他无论如何也不会到荒野去，也不会进修道院，因为他是一个地地道道的'流浪者'，正如亚历山大·谢苗诺维奇十分正确地称呼他的那样。顺便说说，你为此生医生的气也大可不必。唔，最后，他还有什么呢：他有点像艺术家，有许多自己的看法，也有不是自己的看法。在叙述的逻辑性上略有欠缺，有时候说话还很抽象；还带有一些多愁善感的冲动，不过这也纯粹是老百姓的多愁善感，或者，不如说，带有一种我们老百姓广泛带入宗教感情中的一种平民百姓十分普遍的恻隐之心，关于他纯洁的心和为人和善，我就不多说了：这题目无须咱俩来谈……"

三

为了结束对马卡尔·伊万诺维奇个性的评论，我想随便讲个故事，这些故事都是他讲的，说实在的，已经是讲别人的私生活。这些故事的性质很奇怪，说得更确切些，这些故事没有任何共性；其中挑选不出任何道德训诫或者任何总的导向，除了有一点，所有这些故事或多或少都很感人。但是也有一些并不感人，甚至完全是些说笑逗乐的玩意儿，甚至还有一些是嘲笑某些放荡的修士的故事，因此他在讲这些故事时直接损害了他所信奉的思想。我曾向他指出过这点，但是他没有听懂我讲话的意思。有时候很难想象有什么动机来促使他讲这些故事，因此有时候我对他的这种喋喋不休甚至感到惊奇，我想这部分是因为他老了和他表现出的一种病态。

"他跟过去不一样了，"有一回韦尔西洛夫向我悄声道，"他从前不完全是这样的。他很快就要死了，比我们设想的要快得多，必须做好准备。"

我忘了说，我们家形成了某种类似"晚会"的聚会。除了不离马卡尔·伊万诺维奇左右的妈妈外，每逢晚会必来他小房间的还有韦尔西洛夫，我也每次必来，因为我无处可去；而最近几天，丽莎也几乎每回必到，虽然比别人来得稍晚一点儿，而且每次几乎都坐在那儿一言不发。塔季雅娜·帕夫洛芙娜也常来，虽然来的次数不多。医生也常来。我也不知道怎么搞的，我忽然跟这医生要好了起来，当然，不是很要好，但是至少没有了过去那种出格的奇谈怪论。我喜欢的似乎是他那种傻头傻脑的脾气（这是我终于在他身上发现的），以及他对我们家的某种依恋，因而我终于决定原谅他那种医术上的傲慢。此外，我还教会了他经常洗手，剪指甲，如果他做不到经常穿清洁内衣的话。我直截了当地向他说明，这根本不是讲究打扮，也不是附庸风雅，爱好清洁自然应当列入医生这一行业的规范之内，而且，我还向他证明了这点。最后，连卢克丽娅也常常从自己的厨房里跑出来，跑到门口，站在门外，听马卡尔·伊万诺维奇讲故事。有一回，韦尔西洛夫把她从门外叫了进来，请她同我们坐在一起。韦尔西洛夫这样做，我很喜欢，但是从这回起她就再也不到门口来了。各人有各人的脾气！

下面我穿插一个故事,未加选择,唯一的原因是我记得比较全。这是一则关于某个商人的故事,我想,这样的故事在我们的大城市和小市镇何止千千万,只要你善于观察就成。不愿意看的人可以绕过去不看,更何况这故事我是用他的口气说的。

四

现在我要说的事发生在我国的阿菲米耶夫城,真是怪极了。那里有名商人,姓斯科托博伊尼科夫①,名叫马克西姆·伊万诺维奇,整个七里八乡没有比他更富有的了。他开了一家印花布工厂,手下拥有几百名工人;自以为很了不起。应当这么说吧,一切都听命于他,连当官的也不敢为难他,什么事都由他做主,连修士大司祭②也因他热心公益事业而对他给予表彰;他给修道院捐了许多钱,每当他悲从中来时,他也曾很为自己的灵魂叹息过,为自己死后的岁月也不曾少操心。他是位鳏夫,没有子女;关于他的夫人,有谣言说,似乎,还在他结婚的头一年就被他毒打致死了,从年轻的时候起他就爱动手打人;不过这已经是在此以前很久的事了,他不想再受婚姻的束缚。他还有个毛病,爱喝酒,喝到醉醺醺,他就满城乱跑,赤身露体,还大喊大叫;这城名气不大,可是丢人现眼的事却不少。等酒劲一过,他又变得脾气很大,凡是他决定的一切就都是好的,凡是他吩咐做的一切,就都是对的,都好极了。给老百姓算工钱也胡作非为,他说了算;他拿起算盘,戴上眼镜,问:"福马,该给你多少钱?""从圣诞节起我就没拿过钱,马克西姆·伊万诺维奇,

---

① 在俄文中,"斯科托博伊尼科夫"有"屠户""屠夫"之意。
② 授予东正教修道院院长的最高职衔。

该给我三十九卢布。""嚯，这么多钱哪！给你太多了；你整个人也不值这么多钱，你根本不配：得从算盘珠上拨掉十卢布，你就拿二十九卢布吧。"那人不敢作声；谁也不敢说个不字，大家都不作声。

他说："我知道该给他多少钱。跟这里的人打交道就不能用别的办法。这里的人都是下三烂；没有我，他们在这里统统得饿死，不管他们有多少人。再说，这里的人全是贼，瞧上什么东西，就会顺手牵羊地拿走，没一点儿男子汉气概。再比如说，这里的人都是醉鬼；给他一开支，他就拿去进小酒馆，坐在小酒馆里喝个精光——喝得一丝不挂，出来时都成了光腚。再说，这些人还都是混蛋：坐到小酒馆对面的石头上，就扯开嗓子哭诉：'我的亲娘哎，你干吗把我这样一个苦命的醉鬼生到这世上来哎？你还不如把我这苦命的醉鬼一生下来就掐死得啦！'这样的混蛋难道是人吗？是野兽，而不是人。这样的人，首先要把他们变成人，然后再给他们钱。我知道什么时候才能给他们钱。"

马克西姆·伊万诺维奇就是这样说阿菲米耶夫人的，他虽然说话难听，但说的全是实情：老百姓都累垮啦，受不了啦。

住在这城里的还有一名商人，不过已经死了；这是个年轻人，做事浮躁，结果倾家荡产，连老本儿也赔光了。最后一年，他就像沙滩上的一条鱼似的死命挣扎，可是他的阳寿已到。他跟马克西姆·伊万诺维奇素来不和，还欠了他一屁股债。他临终前那一刻还在咒骂马克西姆·伊万诺维奇。他身后留下了一名年轻寡妇，跟她一起，还留下了五个孩子。丈夫死后，小寡妇留下来孤苦伶仃，就像一只无家可归的小燕子——经受了小小的考验，更何况还有五个小不点儿，没钱养活；她最后一点儿财产——一座木屋，也被马克西姆·伊万诺维奇收去抵了债。于是她就把他们五个一溜儿排开，站在教堂前的台阶旁，老大是男孩，才八岁,其余的都是女孩,各差一岁,一个比一个小;大闺女才四岁,最小的那个还抱在怀里吃奶哩。日祷结束后,马克西姆·伊万诺维奇走了出来,于是所有的孩子齐刷刷地一齐跪倒在他面前——这是她在这以前教会他们的,他们就像一个人似的合掌当前,她自己则站在他们身后,怀中抱着第五个孩子,在大庭广众之中向他跪下:"老爷,马克西姆·伊万诺维奇,可怜可怜这些没爹的孩子吧,留给他们一口饭吃吧,不要把他们从自己的窝里赶出去吧!"所有的人,不管是谁,都伤心落泪——她把孩子们教育得多好啊。她心想:"在大庭广众之中,他一定会感到面子十足,饶恕我们,把房子还给孤儿们的。"结果却满不是那么回事。马克西姆·伊万诺维奇开口道:"你是个年轻寡妇,你要的是丈夫,而不是为这些孤儿哭哭啼啼。那死鬼临死的时候还咒骂我哩。"——说罢便扬长而去,也没把房子还给他们。"我干吗学别人的样犯傻呢(即姑息放纵)?即使做了好事也没用,他们只会骂得更凶;这一切都毫无用处,只会引来更多的流言蜚语。"而流言蜚语还当真不少,似乎,他对这小寡妇还当真有过那意思,那还是大约十年以前的事,她还是个黄花闺女,他白花了一大笔钱(她过去长得很漂亮),他忘了,这罪孽就跟拆毁一座教堂一样;不过他当时什么也没捞着。而这些卑鄙下流的事,他在全城,甚至全省,的确干过不少,甚至完全失去了这方面的分寸。

尽管母亲和小不点儿们大哭大叫,他还是把孤儿们赶出了木屋,倒也不仅是因为他心怀嫉恨,而是因为一个人有时候自己也不知道出于什么动机偏要固执己见。唔,起初靠大家接济,后来她自个儿就出去帮人家干活儿。可咱们这里除了工厂以外,还能有什么活儿能挣到钱呢;于是她就帮人擦地板,在菜园里帮人锄草,帮人在澡堂子里生火,怀里还得抱着个孩子,真是叫天天不应、叫地地不灵;而其他四个孩子只能在

第三部

这里的大街上，光穿着一件衬衫跑来跑去。当她让他们跪在教堂台阶旁边的时候，毕竟还有双鞋子穿，不管是什么鞋子，毕竟还裹着件破大衣，不管怎么说吧，总还是商人家的孩子；而这时候他们只能光着脚丫子跑来跑去：大家知道，孩子身上的衣服不经穿。唔，可孩子们不在乎，只要出太阳，他们就像小鸟似的欢天喜地，他们的小嗓子就像银铃似的，丝毫没有感觉到他们已经离死不远了。这寡妇心想："冬天来了，那时候我让你们住哪儿呢；但愿在此以前上帝把你们召回去！"只不过她还没能等到冬天。我们那儿有这么一种孩子们常得的咳嗽病，叫百日咳，会传染，一个人传给另一个人。最早死的是那个吃奶的小女孩，她死后，其他孩子也都病了，四个小姑娘，就在那年秋天，一个接一个，她也全给埋了。不错，有个小女孩是在大街上给马车轧死的。你猜怎么着？她把她们埋了，呼天抢地，号啕大哭；她诅咒过她们，可是上帝当真把她们召回去了，她又舍不得了。母亲的心啊！

她身边还活着的只有一个最大的小男孩，她对这孩子战战兢兢，疼爱得不得了。这孩子身体弱，很娇嫩，脸蛋儿像个小姑娘似的，很好看。她把他带进工厂，交给他的教父——一个管事照管，她自己则雇给一个文官家当保姆。有一回，这小男孩在院子里跑来跑去玩，就在这当口，马克西姆·伊万诺维奇忽然坐着双套马车跑了进来，又正赶上他喝得醉醺醺的；而这孩子恰好从楼梯上笔直地向他冲来，其实纯属无意，一滑，竟笔直地撞到了他身上，这时他刚好下车，于是这孩子就伸出两手直直地撞了一下他的肚子。他一把揪住孩子的头发，大吼："这是哪家的孩子？拿鞭子！给我抽，就这会儿，当着我的面。"孩子吓得半死。开始抽他，他叫起来。"你还敢叫？给我重重地抽。抽到他不叫为止。"但是不管怎么抽他，多也罢，少也罢，他就是不停地叫唤，直到他完全昏死了

第三部

过去。这时才扔下鞭子，停止抽他，害怕了，孩子也停止了呼吸，躺着，不省人事。后来有人说，当时抽得并不重，只是这孩子胆子太小。马克西姆·伊万诺维奇也害怕了，他问："这是哪家的孩子呀！"有人告诉了他。"真是的！"他说，"把他送到他妈那儿去，他干吗在这儿的工厂乱跑呀？"后来他有两天没理会这事，两天后又问道："那孩子怎么样啦？"那孩子的情况不好：病了，躺在他母亲住的那角落里，他母亲也因为这事辞去了她在文官家干的活，他得了肺炎。"真是的！"他说，"凭什么呀？抽得很疼倒还好说，只是小小地吓唬吓唬他而已。我对别人也都这么殴打，打过就了了，并没惹出什么麻烦。"他本来以为母亲会告他，所以他板起面孔，不理她，可是哪儿呀，他母亲哪儿敢告他呀。于是他让人送了十五卢布给她，还给她请了一名医生；倒不是他怕什么，就是那么的，灵机一动。而这时他的酒瘾又很快上来了，他足足喝了两三个礼拜的酒。

冬天过去了，在最光辉灿烂的基督复活节，在这最伟大的节日，马克西姆·伊万诺维奇又问道："那小男孩怎么样啦？"可是他一冬天都默不作声，没问过。有人告诉他："全好了，在母亲那儿，她一直在给人家做散工。"于是马克西姆·伊万诺维奇当天就坐车去看望那位寡妇，但是他没进屋，而是把她叫到大门口，自己仍旧坐在车上，他说："是这么回事，老实巴交的寡妇，我想做你儿子的真正的恩人，赐给他无边的恩惠：从此以后，让他到我身边来，到我府上来干活儿。如果他能很快讨得我的欢心，我就分给他一笔可观的财产，如果他能完全合乎我的心意，那我的全部财产在我死后都可以留给他，确定他为继承人，把他当我的亲生儿子一样看待，不过有一个条件，除了重大的节日外，太太您不许到我府上来。如果这合乎您的心意，那明天早上您就把孩子送到我这里来，不能总让他玩打拐子游戏吧。"他说完就走了，撇下母亲，她简直不知如何是好了。有人听到这话后，便对她说："小家伙长大了会责怪你的，怪你断送了他这么好的前程。"妈妈为自己的孩子伤心落泪，哭了一夜，可是第二天一早还是把孩子送了去。而那小孩则吓得半死不活。

马克西姆·伊万诺维奇让他穿戴得像个小少爷似的，还请来了一位老师，于是从那时起便让他坐下来读书；到后来，竟不许他离开自己的眼睛半步，只许他待在自己身边。只要这孩子稍一分心，他就嚷嚷："读书！好好学：我想让你做个有出息的人。"这孩子很瘦弱，从那回被打以后，他就开始咳嗽。"是不是在我这儿过不惯呢！"马克西姆·伊万诺维奇很诧异，"在她母亲那儿，光着脚丫子乱跑，啃面包皮，他怎么比过去更瘦弱了呢？"那老师就说："任何一个孩子都要蹦蹦跳跳地玩，不能总是学习；必须放他出去活动活动。"跟他讲了一通大道理。马克西姆·伊万诺维奇想："你说得也对。"而这位老师彼得·斯捷潘诺维奇（愿他早升天国），就像个疯修士①，很贪杯，甚至常常喝过了头，就因为这，已经没人请他教书了，他在这城里一直靠别人的接济过活，可是人很聪明，学问也过得硬。"我不该待在这儿，"他常常自言自语地说，"我本该到大学里去当教授的，在这里，我好像被人扔进了烂泥坑，'我的衣服都憎恶我。'②"于是马克西姆·伊万诺维奇就坐下来，向这孩子叫道："你就蹦呀跳呀地玩吧！"可那孩子在他面前连大气都不敢出。后来竟至于发展到，这孩子连听到他的声音都受不了——一听到他的声音就浑身发抖。马克西姆·伊万诺维奇越来越感到纳闷："他不该这样，不该这样呀；我把他从烂泥坑里救出来，让他穿上细呢的衣裳，让他穿上绸面的矮筒靴，

---

① 俄国旧时常见的一种被人认为是先知的疯疯癫癫的修士。
② 语出《旧约·约伯记》第九章第三十至三十一节。约伯谈到一个人无法在全能的上帝面前替自己辩护时说："我若用雪水洗身，用碱洁净我的手，你还要扔我在坑里，我的衣服都憎恶我。"

第三部

穿上绣花衬衣,我对他就像对将军的儿子一样,他怎么就不念我的好呢?怎么就像个狼崽子似的不知感恩呢?"尽管大家对马克西姆·伊万诺维奇已经见怪不怪了,可现在又感到纳闷起来:这人简直疯了;死抓住这个不点儿大的小孩硬是不撒手。"我宁可不要这条老命,也要改掉他这坏脾气。他父亲临死时,已经领过圣餐,还在诅咒我;这是他父亲遗传的性格。"其实他一次也没再用过树条鞭(从那次以后,他怕了)。他把他吓坏了,就这么回事。不用树条鞭就把他吓坏了。

后来出了一件事。他一出去,孩子就扔下书本跳起来,爬到椅子上:在此以前,他把一只皮球扔到了柜顶上,他为了能够够到这小球,他的袖子挂住了柜顶上的一盏灯;这灯咣当一声摔到地板上,摔了个粉碎,摔得满屋子都发出丁零当啷的声音,这可是件贵重物品——萨克森瓷器。而这时马克西姆·伊万诺维奇正在隔壁的隔壁房间里,忽然听到了,他大吼一声。这孩子吓坏了,慌不迭地拔脚飞奔,跑上了屋前的凉台,穿过花园,打从后面的小门直接跑上了河堤。在河堤上有条林荫道,道上古柳成行,是个好玩的去处。他从上面跑下来,跑到水边,就在挨着渡船停泊的地方,有人看到他跑到水边,吓得举起手来一拍,他也看到前面是水,吓了一跳——站在那里,像生了根似的一动不动。而这地方很宽,水流湍急,驳船在来来往往;河对岸商铺林立,有一面广场,教堂的金色屋顶在闪闪发光。恰好在这时上校夫人费尔辛格带着女儿正急着过河——步兵团就驻扎在这里,那女儿也是个小孩,大概八岁,她穿着一件雪白的连衣裙,看着小男孩,在笑,她两手捧着一只小篮子,农村的小篮子,小篮子里放着一只小刺猬。她说:"妈,您瞧,这小男孩望着我的小刺猬。""不,"上校夫人说,"他是被什么事吓着了。——什么事把你吓成了这样呀,漂亮的小男孩?"(这一切是我后来听人说的。)

第三部

她说,"多漂亮的小男孩呀,穿得有多漂亮;孩子,您是谁家的孩子呀?"他还从来没见过刺猬呢,他走过来,看了看,把刚才的事都忘了——孩子嘛,年龄还小! 他问:"您这是什么呀?"小姐说:"这是刺猬,我们刚才向一个乡下人买的:他在树林里捉到的。"他说:"这刺猬怎么是这样呀?"——说时已经笑了,他开始用手指杵它,刺猬则竖起了刺。小姑娘看着小男孩乐了,说:"我们要把它带回家去养。"他说:"啊,把你的这只小刺猬送给我吧!"他就这样十分感人地请求道,这话刚出口,忽然马克西姆·伊万诺维奇就站在堤岸上吼道:"啊,原来你在这儿! 抓住他!"(他气急败坏得连帽子都没戴,就从家里跑出来追他。)那小男孩这才想起了一切,他惊叫一声,就向水边跑去,他把两只小拳头紧紧贴在胸前,望了望天,(大家都看见了,看见了!)扑通一声跳进了水里! 于是,人们都叫起来,从渡船上跳下河去,开始救他,可是他被水冲走了,河流太急,等到捞上来时,终因呛水过多——死了。他的胸部太弱,禁不住水呛,再说这样的孩子哪儿能经住这样的折腾呀? 这地方,在人们的记忆里,还不曾有过这样小的小孩自杀的! 真作孽呀! 这么一个小小的灵魂在那个世界上又能对主上帝说什么呢!

从那以后,马克西姆·伊万诺维奇便对这事沉思起来。人都变了样,变得认不得了。当时,他悲恸欲绝。他开始喝酒,喝得很多,戒了酒——也无济于事。他也不再去工厂,谁的话也不听。有人跟他说什么——他也不理,或者挥挥手。他就这样过了大约两个月,后来就开始自言自语。走来走去,自己跟自己说话。城郊有个叫瓦西卡的小村子着了火,烧掉了九座房子;马克西姆·伊万诺维奇坐车去看了看。遭到火灾的人围住他,呼天抢地地哭起来——他答应救济,连指令都下了,可后来他又把管家叫了去,变了卦。他说:"不必了,什么也不给。"——也没说明为什么。他说:"既然主把我看成恶棍,把我交给大伙儿咒骂,那就让大家伙咒骂去吧。我的名声早就像风一样四散开了。"修士大司祭亲自登门找他,这位长老在修道院里主持公务,很严厉。"你怎么啦?"他说,十分严厉。"我就这样。"说时马克西姆·伊万诺维奇给他翻开书指着一个地方:

"凡使这信我的一个小子跌倒的,倒不如把大磨石拴在这人的颈项上,沉在深海里。"(《马太福音》第十八章第六节)

"是的,"修士大司祭说,"虽然没有直接谈到此事,毕竟与此有关。如果一个人失去了分寸,那就有祸了——这人非完蛋不可。而你却自命不凡。"

马克西姆·伊万诺维奇坐着,木然不动。修士大司祭望了他好一阵。

"你听着,"他说,"并且要记住。有道是:'绝望的人说的话将随风飘散。'还有件事你要记住,连上帝的天使也不是十全十美的,十全十美和没有罪过的只有上帝一个,我们的耶稣基督,天使就是为他服务的。再说,你也并非想要这个娃娃死,你只是做事冒失而已。不过有一点我感到纳闷:那些更悲惨的胡作非为的事你干得还少吗?你把人逼得走投无路、到处乞讨的事做得还少吗?你奸污幼女、坑人害人的事做得还少吗?——这不就跟杀人一样?他的几个妹妹不也是在这以前接二连三地死了吗?所有四个女娃子,几乎就在你眼皮底下一个个死了,不是吗?怎么就这一个使你心神不定,精神恍惚呢?要知道,对过去所有那些人,我认为,你不仅没感到惋惜,而且连想都忘了想吧?为什么您就那么害怕这孩子呢?其实,你对他的投河自尽即使有错,错也不大。"

"我老梦见他。"马克西姆·伊万诺维奇说。

"那又怎么样呢?"

但是他也没有再坦露什么,只是一声不吭地坐着。修士大司祭觉得奇怪，但也只好走了：对这人毫无办法。

于是马克西姆·伊万诺维奇就派人去请老师，请彼得·斯捷潘诺维奇；自从出了那件事以后，他们还没见过。

"你记得他的样子吗？"他问。

"记得。"他说。

"你给这里的小饭馆画过几幅画，还临摹过一幅主教的画像。你能不能替我画一幅带色的油画呢？"

"我什么都能。"他说，"我是个多面手，什么都能。"

"你给我画一幅最大的画，有整个一面墙那么大，先在上面画一条河，然后是斜坡、渡口，必须把当时在那里的人统统画上去。必须把上校夫人和那小女孩也画上，还有那只小刺猬。还有对岸，也统统给我画上去，必须看上去同真的一样：教堂呀，广场呀，店铺呀，还有出租马车停靠的地方呀——都要同真的一样统统画上去。就在这渡口，再画上那小男孩，站在河边，站在原来的地方，而且一定要把他两只小拳头贴紧胸前，贴紧两个小乳头的神态画出来。一定要有这个。你一定要从另一面把教堂上方的天空向他敞开，使他面对教堂，面对天空，务必使所有的天使在天国之光的照耀下飞过来迎接他。你能不能按照我的要求统统画出来呢？"

"我什么都能。"

"我本来是不会请你这样一个二把刀的，我可以写信到莫斯科甚至到伦敦去聘请头等的画师，可是只有你记得他的脸。如果画得不像，或者不很像，那我只能总共付给你五十卢布，如果你画得非常像，我就付给你两百卢布。你记住，眼睛是蓝色的……必须是一幅非常大的画。"

做好了准备；彼得·斯捷潘诺维奇开始画画，但是有一天他突然来了。

"不，"他说，"不能这样画法。"

"怎么啦？"

"因为这是罪过，自杀是所有罪过中最大的罪过。犯了这样的大罪，天使怎么会去迎接他呢？"

"他不是个娃娃吗，他是无罪的。"

"不，他不是娃娃，已经是大孩子了：发生这事的时候，已经八岁了。他毕竟应该担负某种罪责。"

马克西姆·伊万诺维奇闻言更加恐怖了。

"我是这么想的，"彼得·斯捷潘诺维奇说，"我们不展示天空，也不必画天使；我只画出一道光从天而降，仿佛在迎接他；就这样一道光，反正有点那意思就得了。"

就这样画了一道从天而降的光。后来，已经过了些时候，我曾亲眼见过这幅画，看到了这光，这河——有整面墙那么长，整条河都是蓝色的；那可爱的半大不小的孩子也画在上面，两只小手紧贴胸脯，还有那个不点儿大的小姐和小刺猬也统统画了上去。不过马克西姆·伊万诺维奇当时不让任何人看这幅画，而是把它锁在书房里，不让任何人看见。全城的人都蜂拥而来，想一饱眼福：他吩咐把所有的人统统赶走。于是议论纷纷，彼得·斯捷潘诺维奇当时高兴得就像丢了魂似的。说什么"我现在已经无所不能了，我只应该在圣彼得堡的宫廷里效忠皇上"，他是一个非常和气的人，就是太狂妄，太自命不凡了。也是活该他倒霉：那两百卢布一到手，他就立刻开始喝酒，把钱拿给大家看，大吹大擂；他喝醉后，夜里，一个跟他一起喝酒的我们的小市民把他给杀了，钱也给抢走了；这一切直到第二天早晨才真相大白。

这一切的结果，直到现在，那里都念念不忘。突然，马克西姆·伊万诺维奇坐车来看望那位寡妇：她在城边一位小市民太太的茅屋里租了

第三部

间房子。这一回他走进了院子；先是站到她面前，一躬到地。那位太太自从上几回发生的事情以后，一病不起，只能勉强动弹。他喊道："太太，老实本分的寡妇呀，嫁给我这个恶棍吧，让我在这世上活下去吧！"那位太太半死不活地望着他。他又说："我想，我们能再生个小男孩，如果他能生下来，说明那小男孩已经原谅了咱俩：原谅了你，也原谅了我。这是那小男孩托梦给我说的。"她发现这人脑子不正常，仿佛发了狂似的，但终究还是忍不住。

"这都是废话，"她回答他，"全是因为我性格软弱。就是因为这性格软弱，我才失去了我所有的孩子。我连看见您站在我面前都受不了，更不用说受一辈子活罪了。"

马克西姆·伊万诺维奇走了，但是并没有善罢甘休。因为这件怪事，全城上下一片哗然。马克西姆·伊万诺维奇派人去说亲。又从外省请来了自己的两个姑姑，她俩过着小市民的生活。这姑姑倒不一定是真姑姑，好歹也算是门亲戚吧，也算看得起她们；她们俩开始劝她，说尽了好话，可她还是不肯走出茅屋。于是他又派城里商人的老婆，派大堂大司祭的老婆，派一个个官太太，去说合：全城的人都围着她转，而她竟十分厌恶。她说："假如能叫我的孤儿们全活过来就行，可现在这有什么用？再说我怎么对得起我那些孤儿，会作多大的孽啊！"修士大司祭也来劝她，好话说尽。他说："你能唤醒他做个新人。"她闻言吃了一惊。其他人则对她感到诧异："送上门来的幸福不要，这不是犯傻吗！"最后他用这样的话说服了她："他终究是自杀的，他不是娃娃，而是半大的孩子，根据年龄，已经不能让他直接领临终圣餐了，因此，他终究应当承担某种罪责。如果你我结为夫妻，我将庄严地承诺：我一定兴建一座新教堂来追荐他的亡魂。"她拗不过他，只好同意了。他们就这样成了亲。

第三部

　　结果是大家都感到诧异。打从第一天起,他俩就过得和和美美,彼此真心实意,恪守夫妇之道,两个人就像一颗心似的。她在当年冬天就怀了孕,于是他们就开始不断地朝拜教堂,战战兢兢地生怕主发怒。他们去朝拜过三家修道院,聆听神的启示。他还建造了他许诺建造的教堂,在城里开办了一所医院和一所养老院。还拿出一部分钱来周济孤儿寡母。他又想起了被他欺侮过的人,对他们一一做了补偿;钱花得像流水似的,因此他老婆和修士大司祭都拉住他的手,劝他适可而止,因为"这点也就够了"。马克西姆·伊万诺维奇听从了他们的劝告,说道:"有一回,我曾克扣过福马的工钱。"于是他又把克扣的钱还给了福马。福马甚至感动得哭起来。他说:"我,我就算了吧……即使不补给我钱,我们也心满意足了,我们要永远为他祷告上帝。"因此,这事深入到了所有人的心,这表明,大家说得对,一个人在世时就可以做出好榜样。那里的老百姓都很善良。

　　那家工厂开始由他太太亲自管理,而且管理得井井有条,人们至今犹念念不忘。他没有把酒戒掉,但是一到他酒瘾上来,她就悉心照料他,后来还给他治病。他说话也变得庄重了,甚至连声音也变了。他开始有了大慈大悲的恻隐之心,甚至对牲口也这样:有一回,他从窗户里看见一名庄稼汉在穷凶极恶地抽打一匹马的脑袋,就立刻派人出去用双倍的价钱向那农人买下了这匹马。他变得会流泪了:不管是谁跟他说话,他都会泪流满面。当她终于要临盆时,主也终于听取了他们的祷告,赐给了他们一个儿子,于是马克西姆·伊万诺维奇从那时候起还是头一回容光焕发;他乐善好施,做了很多好事,把人家欠他的债也大都免了,他还邀请全城的人都来参加孩子的洗礼。他把全城的人都请了来,可是第二天,当他出来时,脸黑得像黑夜。他夫人看到他仿佛有什么心事,就把那新生的婴儿抱过来给他看。她说:"那孩子已经原谅我们了,他接受

第三部

了我们为他流的眼泪和祷告。"必须这么说,关于这事,他俩整整一年一句话也没有提到过,他俩只是暗暗地藏在心里。马克西姆·伊万诺维奇脸色像黑夜般阴沉地看了看她。他说:"且慢,他大概有一年不来了,可是昨天夜里我又梦见了他。""听到这句奇怪的话后,现在,我还是婚后头一回心里充满了恐怖。"她后来回忆道。

梦见那个半大的小男孩并不是无缘无故的。马克西姆·伊万诺维奇刚说到这事,几乎,可以说吧,就在同时,那新生儿就出事了:忽然生病了。这孩子病了八天,不住地祷告,请来了大夫,又写信到莫斯科去把一位首屈一指的头等医生请了来,是请他坐火车赶来的。医生来了,大发脾气。说:"我是首屈一指的名医,整个莫斯科都等着我去看病。"他开了点药水就急急忙忙地走了。带走了八百卢布。可那小孩到傍晚就死了。

此后又发生了什么呢? 马克西姆·伊万诺维奇把全部家产都留给了他的爱妻,还给了她所有的资财和文书单据,又正确无误地办妥了一应法律手续,然后站到她面前,向她一躬到地:"你就让我走吧,我无比珍贵的妻子,趁现在还来得及,救救我的灵魂吧。如果我在有生之年灵魂不能得救的话,我就不回来了。我曾经心如铁石,残酷无情,让别人吃了很多苦,但是我希望,主看到我悲恸欲绝,看到我即将去浪迹天涯,决不会撇下我不管,决不会不给予我报酬,因为撇下这一切,也就背上了不小的十字架,承受了不小的苦难。"他妻子泪流满面,百般劝他:"我现在在这世界上就只有你一个人了,我留下来又能依靠谁呢? 在这一年里,我已经在心里学会了宽恕。"全城人都来规劝他,劝了他整整一个月,又是恳求他,又是决定看住他,强迫他留下。但是,他们的话他一概不听,夜里,他秘密出走了。据说,他甚至直到今天还在到处流浪,吃苦受难,可他每年都要给他的爱妻捎封家信回来……

第 四 章

一

现在我要来讲最后的灾难，以此结束我的这部记事录。为了继续写下去，我必须先做个交代，提前说明一些问题，这些问题我在做的时候并不完全蒙在鼓里，但是等我知道了，完全弄清楚之后，又已经太晚了，因为那时候一切都已经结束。要不然我就说不清楚，因为所记所写就会变得像谜一样，令人捉摸不透。因此我只好牺牲所谓艺术性；做一些直截了当的普通说明，我将这样来做，仿佛这不是我写的，不掺杂我的个人观感，就像报纸上常见的一则短讯一样。

问题在于，我儿时的发小兰伯特，很可以算是，甚至简直可以算是那些坏透了的小流氓团伙里的一员，他们串通一气，狼狈为奸，目的就是做现在大家称之为敲诈勒索的那种勾当，对此，现在在法典上都可以找到定罪和量刑的依据。兰伯特参加的那个团伙，早在莫斯科的时候就已经出现了，并在那里做过许多案（后来这一团伙已被部分破获）。我后来听说，他们在莫斯科的时候，有一段时间，曾经有过一个非常有经验，也不笨的头目，这人已经上了年纪。他们干他们的那套勾当，有时是全体出动，有时则分散出击。他们所干的事，除了极其肮脏、极其卑鄙下流的事情以外（不过这类消息已经在报上披露过了），还在他们的头头领导下干一些相当复杂，甚至十分奸诈的勾当。关于其中的某些勾当，我是后来才听说的，但是现在我并不想详细讲。我只想提到一点，他们的主要手段是，先去打听别人的某些隐私（有时候这些人还是非常好的正人君子和地位相当高的人）；紧接着他们就去找这些人，以公布证据相威胁（有时候他们根本就没有证据），如果要他们保持沉默，就必须付钱。有些事并无大错，也根本算不上犯罪，但是，甚至一个十分硬气的正派人也怕公布这些事情。他们瞄准的大部分是家族隐私。为了说明有时候他们的头头干得多么机智和高明，我想撇开任何细节，仅用三言两语讲一件他们的把戏。在一个非常好的好人家，发生了一件的确很罪过，而且犯法的事；具体说，就是有一位有名的、受人尊敬的人的妻子，跟一位年轻而又富有的军官私通。他们刺探到这一消息后是这样行动的：他们直接让那个年轻人知道，他们将告知那女人的丈夫。他们没有任何证据，甚至连最微小的证据也没有，那个年轻人对此也知道得一清二楚，再说他们也不想瞒他；但是，他们手段之所以高明，他们打算之所以狡诈，全因他们在这种情况下基于这样一种考虑，即这位被告知的丈夫，即便没有任何证据，也会像他已经获得确凿无疑的证据一样，采取同样的行动。他们在这里瞄准的就是知晓此人的性格，知晓此人的家族状况。主要是参加这一团伙的有个年轻人，他本人就出身于这个有身份的圈子里，他已经预先搞到了必要的情报。他们已从这个情夫身上敲到了很大一笔钱，而且对他们毫无危险，因为受害人本身就渴望保密。

　　兰伯特虽然参加了，但并不完全属于这个莫斯科团伙；他尝到甜头以后，便开始一点一滴地慢慢干，并且作为试验，开始独立行动。我要预先说明的是：他并不完全适合干这一行。他这人非常聪明，也有计谋，但是性子急。此外，还太老实，或者不如说，还太天真，就是说，既不了解人，也不了解社会。比如说，他似乎根本就不了解那个莫斯科头目的作用，以为指挥和组织这样的勾当是十分容易的。最后，他几乎认为所有的人都跟他自己一样是坏蛋。或者，不如说，他一旦认定某某人害怕，或者因为什么可能害怕，他就会毫无疑问地认定此人真的害怕了,就像他毫不怀疑公理似的。我不知道怎么说清楚这个道理;以后我会用事实来说得更清楚些。但是,依我看,他虽然思想发达,但相当粗俗,而对有些善良的、高尚的感情,他不仅不相信,甚至,也许,都不明白这样的感情为何物。

他来到彼得堡,因为他早就想到彼得堡来一试身手了,他认为彼得堡是比莫斯科更为广阔的天地,还因为他在莫斯科的某处因为什么事碰了壁,现在正有人在到处找他,准备向他下毒手。他一到彼得堡就立刻同他过去的一名同伙联络上了,但是活动范围很小,小打小闹而已。后来他认识的人扩大了,但也没有形成任何气候。"这儿的人全是草包,这儿的人净是些不中用的娃娃。"后来他对我说。就在这时,一天早晨,天刚蒙蒙亮,他忽然发现我躺在围墙下,都快冻僵了,竟瞎碰瞎撞地撞上了一件能够"发大财"(按照他的说法)的"事"。

这全怪我信口开河,胡说八道,当时我正躺在他的住地,人也渐渐暖和了过来。噢,我当时就像说胡话似的!但是在我说的话中有一点是清楚的,在那倒霉的一天,我碰到的种种窝火的事情中,最窝火的事莫过于我牢记在心和念念不忘的由比奥林格和她惹出来的那件糟心的事:要不然的话,我在兰伯特那儿也不会胡言乱语地净胡说这件事,而会旁及其他,比如,谈到泽希科夫赌场什么的;然而事实上我只说了前面的事,这是后来兰伯特亲口告诉我的,我也才知道这事的前因后果。再说,在那个可怕的早晨,我也似乎处在一种异常亢奋的状态中,把兰伯特和阿尔丰西娜当成是我的某种解放者和救星。后来,我的身体逐渐康复,但是还卧床不起、不能下地的时候,我曾反复思量过,兰伯特从我的胡言乱语中究竟听到了什么,我又向他胡言乱语到了什么程度?——我头脑里竟一次也没有怀疑到,当时他竟知道了那么多!噢,当然,凭良心说,我当时已自觉扪心有愧,我当时也曾怀疑,说不定我说过了头，说了一些不应当说的话，但是，我再说一遍，我万万没有料到竟会达到这样的程度！与此同时，我还抱有希望，我估计当时我在他那里连话都说不清楚（这事我记得很牢），然而事实上却是，我的口齿远比我后来设想和希望的要清楚得多。但主要是我发现这一切已经是后来过了很长时间以后的事了，我倒霉也就倒霉在这里。

从我的胡话、信口开河、喃喃自语以及我兴之所至胡说一气等等之中，他知道了：第一，几乎所有人的确切姓名，甚至还有某些人的住址；第二，他对这些人（老公爵、她、比奥林格、安娜·安德烈耶芙娜，甚至韦尔西洛夫）的作用有了一个相当清楚的了解；第三，他知道我受到了侮辱，并威胁说要报复；最后，第四，也是最主要的，他知道，有这么一份凭证，是份秘密文件，已被藏了起来，有这么一封信，如果把这封信拿给半疯半癫的老公爵看，他看过这封信后就会知道，他的亲生女儿认为他是疯子，她已经"同律师商量过"怎样才能把他监护起来，他知道这事后肯定会彻底发疯，或者把她逐出家门，剥夺她的遗产继承权，或者与一位韦尔西洛娃小姐结婚（他已经要跟她结婚了，但是大家不让）。总之，兰伯特已经明白了许多事；无疑，还有许许多多事模糊不清，但是这个精于敲诈勒索的老手终究还是碰到了一条可靠的线索。后来，当我从阿尔丰西娜的监护下逃出

来之后，他立刻就找到了我的住处（方法很简单：问一下住址查询处就行了）；后来他又立即进行了必要的调查，从中得知我向他胡乱吹嘘的所有那些人是真实存在的。于是他就直接采取了第一步行动。

最关键的问题是存在一份凭证，而且这凭证的所有者就是我，而且这凭证具有很高的价值；对此，兰伯特并不怀疑。这里我删略了一个情况，这情况还是以后在适当的地方再说为好，但是我必须提到，正是这情况十分关键地使兰伯特确信，这凭证确实存在，主要是，还具有很高的价值。（这情况很要命，我要预先说明，这情况不仅当时我无法想象，甚至到整个故事全部结束，一切都忽然破灭，真相大白的时候，也这样。）就这样，当他对主要的问题深信不疑之后，他迈出的第一步就是去找安娜·安德烈耶芙娜。

然而我至今还捉摸不透：他兰伯特怎么能混到和钻到像安娜·安德烈耶芙娜这样一个高不可攀的女士身边去的呢？不错，他进行了调查，但是这又怎么样呢？不错，他穿得很漂亮，能说一口带巴黎口音的法国话，还有一个法国式的姓名，但是，要知道，安娜·安德烈耶芙娜也不会不一眼就看穿他是个骗子呀？或者我们不妨假定，她当时就需要一个骗子也说不定。但是难道此话当真？

我始终打听不出他俩见面时的详细情形，但是，后来我曾多次想象过他们见面时的情况。最可能的是，兰伯特一开口说话、一举手一投足，就在她们面前扮演了一个我发小的角色，他正为他的这个可亲可爱的老同学心惊胆战。那是一定的，在这头一次见面时，他就会很清楚地向她暗示我有一份"凭证"，并且让她明白这是一个秘密，只有他兰伯特一人掌握这秘密，又说我打算用这份凭证来向阿赫马科娃将军夫人报复，等等，等等。主要是他会尽可能确切地向她说明这凭证的作用和价值。至于安娜·安德烈耶芙娜，她正处在这样的情势下，不能不抓住这一类有关的情报不放，不能不非常关注地倾

第三部

听,而且……出于"生存竞争"①也不能不上钩。也正巧在这时有人把她的未婚夫②看管了起来,把他送到皇村以利监护,而她本人也受到了监护。可现在忽然出现了这样的事:这可不是娘儿们东家长西家短的悄悄话,也不是眼泪汪汪的抱怨,不是谗言,也不是诽谤,而是说到一封信,一份凭证,也就是说,这是一份确凿无疑的证据,足以证明他的女儿以及所有想把他从她手里夺走的人居心叵测,在耍阴谋,因此必须赶快脱身,哪怕逃跑,仍旧跑到她这儿来,跑到安娜·安德烈耶芙娜的身边来,哪怕二十四小时之内就与他正式结婚;要不然的话,有人会把他关进疯人院的。

也可能,兰伯特根本就没跟这姑娘耍滑头,甚至一分钟也没有耍过,而是从头一句话起就十分干脆地说:"小姐,要不您就死心塌地地做个老处女,要不您就成为公爵夫人和百万富婆:一份凭证,我可以把它从一名少年那儿偷出来交给您……代价是一张三万卢布的期票。"我甚至以为正是这样。噢,他认为所有的人都是跟他一样的坏蛋;再说一遍,他身上有一种坏蛋的直来直去,坏蛋的天真幼稚……不管是不是这样,最大的可能是,安娜·安德烈耶芙娜即使听到了这样的开场白,也会一点儿不动声色,一分钟也不慌乱,她会镇静自若地听完这个敲诈勒索者那一套恬不知耻的行话——这都是因为她"能屈能伸"。唔,不用说,一开始她会稍许有点脸红,紧接着她就会定下心来把话听完。我想象得出这位高不可攀的、骄傲的、确实值得人尊敬的姑娘(而且人又这么聪明),跟兰伯特手拉手前进的情景,这……这才是个聪明人!俄罗斯人的智慧,聪明得过了头,真是能屈能伸;而且这还是一个女人的智慧,而且是在这样的态势下!

---

① "生存竞争"一说源出达尔文的《物种起源·物竞天择》一书。曾被广泛引用于社会学、政治学和文学艺术中。此处有讽刺意义。
② 指老公爵。

现在我来做个归纳：在我病愈后开始出门的那一天和那一刻之前，兰伯特心里就有两种想法（这点我直到现在才清楚地知道）：第一个想法是，向安娜·安德烈耶芙娜索要一张不少于三万卢布的期票，用以交换那份所谓凭证，然后帮她去吓唬公爵，把公爵偷偷带出来，然后再让她马上跟公爵结婚——总之，诸如此类吧。关于这点甚至拟好了一份完整的计划；只等我伸出援手，即只等我把那份凭证拿出来。

第二个方案是背弃安娜·安德烈耶芙娜，把她一脚踢开，把这凭证卖给阿赫马科娃将军夫人，只要更有利可图就行。这方面，他还指望比奥林格能有所作为。但是兰伯特还没有去拜会过将军夫人，只是盯住她的行踪。他也在等我伸出援手。

噢，他需要我，也就是说，他需要的不是我，而是我手里的这份凭证！关于我，他也拟好了两个计划。第一个计划是，如果离开我不行，就同我一起干，跟我对半分，但是必须在精神和肉体上先控制我。第二个计划对他更有吸引力，而且吸引力要大得多，这计划是先像哄小孩似的哄我，然后从我手里把那份凭证偷走，或者干脆把它从我手里抢走。这个计划他特别偏爱，而且也已经在他的幻想中酝酿很久。我再说一遍：出了这么一个情况，通过这一情况他几乎十拿九稳地相信，第二个计划有十分把握，但是我有言在先，这事留待以后再说。不管怎么说吧，他焦躁不安、迫不及待地在等我：一切都取决于我，然后再决定采取什么步骤和怎么干。

不过也得对他说句公道话：尽管他办事浮躁，但是他暂时还算能沉得住气。在我生病期间，他并没有登门来看我——他只来过一次，与韦尔西洛夫见了面；他没有惊动我，也没来吓唬我，直到我病愈后出门的那一天和那一刻，他都保持着一种完全无所求于人的姿态。至于说我可能把那凭证交给他人，或者告诉别人，或者销毁——他对此倒是放心的，因为从我所说的话里他可以认定，我自己也很看重这一秘密，生怕别人知道有关这凭证的事。至于说我痊愈后头一天出门准会头一个去找他，而不会去找任何其他人，他对此也毫不怀疑。至于娜斯塔西娅·叶戈罗芙娜来看我，多少也是受了他的撺掇；他也知道，我的好奇与害怕已被激起，我肯定熬不住……再说，他已采取了一切措施，甚至我哪天出门他也能够知道，我无论如何绕不开他，甚至我想这么做也办不到。

但是，如果说兰伯特在等我，那更加焦躁地在等我的恐怕就是安娜·安德烈耶芙娜了。干脆说吧：兰伯特准备背弃她，也多少是有道理的，而且错在她那方面。尽管他俩之间无疑存在协议（至于采取什么形式我不知道，但是存在协议，那是没有疑问的），安娜·安德烈耶芙娜直到最后一分钟都没有跟他完全推心置腹。她没有向他完全敞开胸怀，只是向他暗示她对一切都同意，也暗示她答应所有的条件——但不过是暗示罢了；也许，她还详尽无遗地听了他的整个计划，但也只是默许而已。我说这话是有充分把握的，而原因只有一点，她在等我。她宁可跟我打交道，而不是跟这坏蛋兰伯特——对我来说，这是无可置疑的事实！这我懂。但是她的错误在于，最后兰伯特也终于懂了，如果她越过他从我手里骗得了这份凭证，从而与我达成协议，那对他就太不利了。更何况，那时候他自以为这桩"买卖"很牢靠，已经胜券在握。如果换了别人，就会心里不停地打鼓，就会仍旧心存疑虑。但是兰伯特年轻、毛糙、迫不及待、一心想发财，对人知之不深，还以为所有人都跟他一样卑鄙；这样的人是不会怀疑的，更何况他已经从安娜·安德烈耶芙娜的口中探听到了有关这事的所有最主要的证据。

我最后还有一句话，而且是最重要的一句话：在这天之前韦尔西洛夫是否已经知道了点什么，他当时是否已经参加了与兰伯特的某种哪怕是模糊的密谋？不不不，当时还没有，虽然，也许，那句要命的话已经说出……但是够了，我跑得太前，说得太多了。

唔，我，我怎么样呢？我是不是已有所察觉，在我出门之前我又知道了点什么呢？在我动手写这篇短讯的时候，我已经告诉过大家，在我出门那天之前，我一无所知，当我知道一切的时候已经太晚了，甚至当时已经一切都结束了。这话没错，但是，完全是这样吗？不，不是这样的；我无疑已经知道了某些事实，甚至知道得太多了，但是，我是怎么知道的呢？请读者回忆一下我做的梦！既然我能做这样的梦，既然这梦能从我心里冒出来，并且以这样的形式出现，这表明我许许多多事情还不知道，只是预感到我刚才才弄清楚，事实上我也仅仅在"一切都已结束"之后才知道的事。我虽然不知道，但是我的心却预感到了，因此才感到忐忑不安，所以恶魔才会出现，让我做那些噩梦。因此我匆匆忙忙地去找的这个人，我完全知道他是何许人，甚至还预感到将会发生的种种细节！那我干吗要急匆匆地去找他呢？您想：我现在，就在我写这篇东西的此时此刻，我自以为我当时就已经知道所有的详情和细节了，因此我才急匆匆地去找他，其实那时候我还一无所知。也许，读者能够明白这道理。而现在——且听我言归正传，一件事一件事地慢慢道来。

二

事情得从我出门的两天前说起。丽莎晚上回来，似乎满肚子心事，惊惶不安。她受到了可怕的侮辱；她也的确出了件令她忍无可忍的事。

我曾经提到过她和瓦辛的关系。她去看他，不仅为了向我们表明她不需要我们，还因为她的确很看重瓦辛。他俩还在卢加的时候就认识了，我始终觉得瓦辛对她并不是无意的。她在遭遇不幸时，自然希望能有一个坚定、沉着的聪明人，一个永远高尚的聪明人，能够帮她出出主意，她认为瓦辛就是这样的聪明人。再加上女人在评价男人的智慧上并不十分高明,如果她们喜欢一个人,那这个人的奇谈怪论,她们也十分乐意把它们当作严肃的结论,只要这些奇谈怪论符合她们自己的愿望就成。丽莎喜欢瓦辛,因为她感到他对她处境的同情,而且在头几回交谈之后,她又感到他也同情公爵。此外,她本来就疑心他对她有意,这时就不能不欣赏他对他的情敌的同情。至于公爵,她曾经亲自告诉过他她有时候常去找瓦辛商量事,可是公爵听到这消息后,一开始就异常不安:他开始对她吃醋了。丽莎因此感到受了侮辱,因而故意与瓦辛保持来往。公爵不再吭声,但心里很不痛快。丽莎后来自己也向我承认(过了很长时间以后),当时,甚至她也很快不喜欢瓦辛了:他很沉着,正是这种永远四平八稳的沉着,起初,她十分喜欢,后来她却觉得有点堵心,很不是滋味。看上去他似乎很干练,也的确给她出过几个看来很不坏的主意,但是所有这些主意却偏偏行不通,办不到。他看问题有时候太高傲,在她面前毫不客气,她把这归咎于他不自觉地对她的处境越来越大的蔑视。有一回,她向他表示了感谢,谢谢他对我一向宽宏大量,尽管他人比我聪明,而且高出我许多,可是他却能够平等待人,对我并不嫌弃(其实她只是把我的话转告他而已)。他回答道:

"话不能这么说,也不是因为这个。这是因为我看不出他同别人有任何不同。我认为他既不比聪明人笨,也不比好人坏。我对所有的人都一视同仁,因为在我看来,所有人都一样。"

"怎么,难道您就看不出不同?"

"噢,当然,所有的人,在某些方面,彼此不尽相同,但是在我看来,差别是不存在的,因为人们相互间的差别与我无关;对我来说,所有人全一样,所有的东西也全一样,因此我对所有人都一视同仁。"

"那您不觉得这样无聊吗?"

"不，我一向怡然自得。"

"那您也没有任何愿望？"

"怎么没有愿望？不过，并不急近。我几乎什么也不需要，多一卢布也不要。我穿金戴银，还是像我现在这样——都无所谓；穿金戴银给我瓦辛什么也增添不了。大块吃肉、大碗喝酒，也引诱不了我：难道名利地位就一定比得上我现在所做的工作吗？"

丽莎用人格向我担保，他有一回就是一字不差地这么说的。然而，不应当这么就事论事，而应当考虑到当时的情况，他在什么情况下说这番话的。

慢慢地，丽莎得出了一个结论，他之所以体恤公爵，只是因为在他看来所有的人都一样，"并不存在差别"，而完全不是出于对她的同情。但是，到最后他竟开始明显地失去自己的平静，他对公爵的态度也开始有了转变，不仅是谴责，甚至还带有一丝蔑视和嘲讽。这就惹恼了丽莎，但是瓦辛并不善罢甘休。主要是他说话总是那么温和，甚至谴责别人时也不含怒气，只是从逻辑上得出结论，说明她的英雄一钱不值；但也正是在这种逻辑推理中蕴含着嘲弄。最后，他几乎直截了当地在她面前得出一个结论：她的爱情太"不通情达理"了，这种爱情太固执，太勉为其难。"您在自己的感情问题上迷了路，迷了路，既然意识到了，就要立刻改正。"

这事恰好就发生在那一天；丽莎愤怒地从座位上站起来，要走开，但是这个通情达理的人到底做了什么，怎么结束了这事的呢？——他摆出一副十分高尚的样子，甚至十分动情地向她提出了求婚。丽莎立刻直截了当地当面骂他是混蛋，走了出去。

提出求婚，让她背离一个不幸的人，因为这个不幸的人"配不上"她，主要他还是向一个怀有这个不幸的人的孩子的女人求婚——你看，这些人有多聪明！我把这称为可怕的理论脱离实际和对生活的完全无知，而这盖由于此人太自以为是了。此外，丽莎还非常清楚地看透了，他甚至还以自己的行为感到自豪，比如说，哪怕是因为他明知她已经怀孕而不嫌弃。她带着愤怒的眼泪急忙去找公爵，可是公爵却甚至较瓦辛尤甚：听了她的叙述后，似乎基本可以确信已经没什么可吃醋的了，但是他却变本加厉，发起了狂。其实爱吃醋的人都这样！他跟她大闹了一场，使她深受侮辱，她恨不能立刻跟他一刀两断，断绝一切关系。

然而，她回得家来，虽然还克制着自己，但是对妈妈却不能不承认。噢，那天晚上，她们俩又和好如初了：坚冰已经打破；不用说，她们俩，照老习惯，互相拥抱着，哭了个够，于是丽莎明显地平静了下来，虽然仍旧愁眉不展。晚上，在马卡尔·伊万诺维奇那儿的聚会，她还是去了，但是一句话也不说，不过也没有离开房间。她很用心地听他说话。自从那次小板凳事件以后，她变得对他异常恭敬，在恭敬中又带有几分胆怯，虽然仍旧沉默不语，不爱说话。

但是这一回马卡尔·伊万诺维奇却有点出人意料，奇怪地改变了话题；我要指出，清晨，韦尔西洛夫和医生曾经愁眉深锁地谈到过他的健康。我还要指出，再过整整五天就是妈妈的生日了，我们全家已经准备了好几天，准备给妈妈过生日，也常常谈起这件事。马卡尔·伊万诺维奇由于妈妈的生日，不知为什么突然陷入了回忆之中，想起了妈妈的童年，以及她还"站不稳"的时候。"她老让我牵着她，"老人回忆，"常常，我教她走路，我把她放在墙角，离我两三步远，然后叫她过来，她就摇摇晃晃地穿过房间，向我跑来，她也不怕，还笑，一直跑到我跟前，扑到我脖子上，搂着我。后来我还常常给你讲故事，索菲娅·安德烈耶芙娜，你最爱听我讲故事了，常常在我膝盖上一坐就是一两个小时——听我讲故事。屋里的人都奇怪：'瞧，她就爱跟马卡尔·伊万诺维奇在一起。'有时候，我就抱你到林子里去，寻找挂马林果的小树丛，让你坐在马林果树旁，我自己则用木头给你削小笛子。玩够了，我就抱你回家——小丫头睡着了。有一回你怕狼，扑到我身上，浑身发抖，其实什么狼也没有。"

"这我记得。"妈妈说。

"难道你还记得？"

"许多事情我都记得。自从我开始记事起，我就看到您对我的爱和善。"她用满怀深情的声音说道，突然整个脸都羞红了。

马卡尔·伊万诺维奇稍候片刻：

"对不起，孩子们，我要走了。现在我的寿限到了。我受苦受难了一辈子，晚年得到了安慰；谢谢你们，亲爱的。"

"得啦，马卡尔·伊万诺维奇，亲爱的，"韦尔西洛夫有点惊慌不安地叫道，"方才大夫还对我说您好多了……"

妈妈恐惧地留神谛听。

"你那位亚历山大·谢苗内奇，他知道什么呀，"马卡尔·伊万诺维奇微微一笑，"他是一个可爱的人，但也仅此而已。得啦，朋友们，或者，你们以为我怕死吗？今天，在早祷之后，我心里就有这么一种感觉，我从这里再也走不出去了；这是上帝的旨意。唔，那有什么呢，但愿主的名能受到称颂；只是我舍不得你们，舍不得大家伙。多灾多难的约伯，看着自己新生的孩子，得到了安慰，但是他忘得了过去的孩子吗，他能忘了他们吗——这是不可能的！① 只是一年年过去，悲伤仿佛与欢乐掺和在一起，逐渐变成一种快乐的

---

① 《旧约·约伯记》中讲到，上帝为了测试约伯的信仰深度和真诚，让他经受了各种考验，包括让他的子女一一死去。马卡尔·伊万诺维奇在这里说的话，表示他不同意圣经中对约伯感受的解释。依他看来，约伯不可能忘记过去，也没有得到安慰。同理，马卡尔·伊万诺维奇也不可能忘记自己的不幸：爱妻的背叛。很可能，这里也反映了陀思妥耶夫斯基本人精神上的感受——他的第一个孩子索尼娅才出生三个月就死了。他久久难忘，十分痛苦。

叹息罢了。世上的事就是这样：每个灵魂既受到考验，也得到安慰。孩子们，我想对你们说句话，不多，就三言两语。"他继续道，脸上露出一丝淡淡的、非常愉悦的笑容，这笑容我永远忘不了。他突然对我说道："亲爱的，你要关心神圣的教堂，到时候，它会召唤你的——你要为它去死；但是你且慢，不要害怕，不是现在。"他笑道，"现在你也许还没有想到这事，但是以后你也许会想到的。不过有一点：如果你想做好事，那就应该为上帝去做，而不是为了逞强好胜。自己该做的事就应当坚决去做，而不要因为胆小怕事就半途而废；做事要循序渐进，而不要冒冒失失地乱冲乱撞；好了，这就是我要对你说的话。还有一点，要学会每天做祷告，而且要坚持到底。我说这话没有别的意思，是为了你以后能想起来。安德烈·彼得罗维奇，我还想对您说句话，其实，即使没有我，上帝也会找到您的心的。再说，自从那件像利箭一样刺透我的心的事发生以后，咱们俩已经很久不谈这问题了。现在，我在临走前，只是提醒你一下……别忘了您当时的承诺……"

他低头说最后两句话的时候，几乎像耳语。

"马卡尔·伊万诺维奇！"韦尔西洛夫尴尬地说道，从座位上站了起来。

"好了，好了，别不好意思了，老爷，我不过是给你提个醒……在这件事上最对不起上帝的是我；因为，虽然您是我的主人，但是我毕竟不应该纵容你的这一弱点。因此你呀，索菲娅，也不要太责备自己的良心了，因为你整个的罪——也是我的罪，我是这么想的，你那时候未必懂事，而您，我看也跟她一样，老爷，"他微微一笑，因为某种难以名状的痛苦，两片嘴唇开始发抖，"我的妻，虽然当时我可以教训你一顿，甚至用手杖打你，而且也应当这样，但是我看见你眼泪汪汪地跪在我面前，什么事也没有隐瞒……甚至还亲吻我的双脚，我看着你又觉着可怜起来。我提起这事并不是为了要责备你，我心爱的人，而只是为了提醒一下安德烈·彼得罗维奇……因为您自己，老爷，也应当记得您所许下的贵族的承诺，一结婚也就全掩盖过去了……我是当着孩子们的面说这番话的，我的老爷……"

他显得非常激动，望着韦尔西洛夫，似乎在等他说一句表示肯定的话。我再说一遍，这一切完全出乎我的意料，因此我坐着一动不动。韦尔西洛夫也很激动，甚至不亚于他：他默默地走到妈妈跟前，紧紧地拥抱她；接着妈妈也默默地走到马卡尔·伊万诺维奇面前，跪倒在他脚下。

总之，这场面令人震惊；这一次，屋子里全是我们自己人，甚至连塔季雅娜·帕夫洛芙娜也不在。丽莎不知怎么坐在那里，全身挺得笔直，默默地听着；她突然站起来，坚定地对马卡尔·伊万诺维奇说道：

"我就要去接受大的苦难了，请您也祝福我吧。我的整个命运将在明天决定……请您今天替我祷告祷告吧。"

她说罢就走出了房间。我知道马卡尔·伊万诺维奇已从妈妈那儿知道了有关她的一切。但是，我还是头一次在这天晚上看到韦尔西洛夫同妈妈在一起；在此以前，我在他身边看到的只是他的一名女奴。在这个人身上，我还有许许多多事不知道和没有察觉的，而这人我已经谴责过，因此我神思恍惚地回到了自己房间。应当这么说，正是这时候加深了我对他的各种疑惑；我还从来没有觉得他像当时那样神秘莫测，捉摸不透，但是关于这一点也正是我现在写的整个故事所要讲的，到时候一切也就清楚了。

"竟有这样的事，"当我已经躺下来睡觉的时候，心中寻思，"原来他曾给马卡尔·伊万诺维奇做过'贵族的承诺'——妈妈一守寡就同妈妈结婚。当他以前跟我讲到马卡尔·伊万诺维奇的情况时，他对这点竟一直保持沉默。"

第二天，丽莎一整天都不在家，回来时已经相当晚了，而且直接走进了马卡尔·伊万诺维奇的房间。我本来不想进去，以免妨碍他俩，但是很快我就发现，妈妈和韦尔西洛夫已经在那儿了，于是我就走了进去。丽莎坐在老

第三部

人身旁，正趴在他的肩膀上哭，而他则面容悲戚地、默默地抚摩着她的头。

韦尔西洛夫向我说明（已经是后来在我屋子里了），公爵固执己见，决定在法庭判决之前，一有可能，就同丽莎正式结婚。丽莎很难下这决心，虽然她已经几乎没有不下这决心的权利了。再说马卡尔·伊万诺维奇也"下令"让她结婚。不用说，她无疑也会主动地，不用别人下令和毫不动摇地去结婚，但是在当前这时刻，她受了她所爱的人的深深的侮辱，她在自己心目中被这爱情弄得如此屈辱，因此她很难下这决心。但是，除了这侮辱以外，还掺杂进一个新情况，这倒是我万万没有想到的。

"你听说，彼得堡老城区的那帮年轻人，昨天统统被捕了吗？"韦尔西洛夫忽然加了一句。

"怎么？杰尔加乔夫？"我叫道。

"对，还有瓦辛。"

我大吃一惊，尤其听到瓦辛也被捕了。

"难道他被牵连到什么事情里去了？我的上帝，现在将怎么处置他们呢？偏偏又赶在这时候，丽莎刚痛骂了瓦辛！……您认为，会拿他们怎么办呢？这准是斯捷别尔科夫干的！我敢发誓，准是那个斯捷别尔科夫干的好事！"

"甭管它了，"韦尔西洛夫说，异样地看了看我（他看人的样子就像看一个不明事理和没有眼力见儿的人似的），"谁知道他们留下了什么把柄？谁知道会怎么处置他们？我说的不是这事：我听说你明天要出去。该不是去看谢尔盖·彼得罗维奇公爵吧？"

"这是头一件要做的事。虽然，不瞒您说，我很难受。怎么，您有什么话要我转告他吗？"

"没有，什么话也没有。我会自己去看他的。我可怜的丽莎。马卡尔·伊万诺维奇能够给她出些什么好主意呢？他自己对人，对生活都一窍不通。

还有一点，亲爱的（他早就不称我为'亲爱的'了），这也是……一些年轻人……其中有一个是你的老同学，叫兰伯特……我觉得，这些人都是大坏蛋……我仅仅为了给你提个醒……不过话又说回来，这都是你的事，我也明白我无权……"

"安德烈·彼得罗维奇，"我抓住他的一只手，不假思索，几乎像心血来潮似的，我常会心血来潮（事情当时完全不明了），"安德烈·彼得罗维奇，我什么话也没说——这您看见了——我至今一直保持沉默，您知道为什么吗？ 就是为了躲开你们的隐私。我已下定决心永远也不要知道这些隐私。我是个懦夫，我害怕，您那些隐私会把您从我心中完全夺走的，而我不想这样。既然这样，您又何必知道我的隐私呢？ 最好是，我无论上哪儿，您都完全无所谓！ 不是吗？"

"你说得对，那你就别多说了，我求你了！"他说，说罢就离开我走了出去。这样一来，我们也就在无意中表明了心迹。明天我将在我的人生途中迈出新的一步，他只是加剧了我的激动，因此我整夜都辗转反侧，不时醒来；但是我的心很踏实。

三

第二天我走出家门时虽然已经是上午十点了，但是我还是努力悄悄地走开，既不告别，也不打招呼；可以说是悄悄地溜走的。我为什么要这样做——我也不知道，但是，如果，即使妈妈发现我要出门，问起我，我也会恶狠狠地回答她。当我出现在大街上，吸了一口早晨的冷空气，我心里猛地产生了一种非常强烈的感觉，因而心头猝然一震——这几乎是一种动物的感觉，我把它称为兽性。我出去到底要干什么，又要到哪里去？ 这还完全不确定，同时也是野兽般搜索猎物的感觉。我既感到害怕，又感到快乐——二者兼而有之。

"我今天会不会失足弄脏我自己呢？"我雄赳赳气昂昂地暗自思量，虽然我知道得很清楚，今天一旦迈出这一步，那就会决定我的一生，一辈子都无法挽回。但又何必云山雾罩地给大家打哑谜呢！

我直接来到了公爵的监狱。三天前，塔季雅娜·帕夫洛芙娜就给我弄来了一封给狱吏的短信，他很客气地接待了我。我不知道他是不是好人，我认为这是多余的；他允许我探视公爵，并且把会见安排在自己的房间里，客气地把这房间让给了我们俩。房间就是房间——一个普普通通的房间，是供某一级别官吏住的官房中的一间——我也认为描写这是多余的。这样一来，我和公爵就单独在一起了。

他出来见我时穿着一身军便服，内衣很干净，领带也很讲究，梳洗整齐，但与此同时却十分消瘦，脸色发黄。我甚至发现他的眼白也黄兮兮的。总之，他已经模样大变，我站在他面前甚至感到困惑。

"您变得多厉害啊！"我惊呼。

"这倒没什么！请坐，亲爱的。"他半带那种公子哥儿的派头，指了指圈椅，对我说道，他自己则坐在我对面，"我们先谈主要的：您瞧，我亲爱的阿列克谢·马卡罗维奇……"

"阿尔卡季。"我纠正他的口误。

"什么？啊，得了，得了得了，都一样。啊，对了！"他突然明白过来，"对不起，亲爱的，咱们先谈主要的……"

总之，他心慌意乱，急匆匆地想要先谈什么事。他似乎满怀心事，从头到脚充满了某种最重要的想法，他急于把它说出来，讲给我听。他说了很多话，说得又急又快，他又紧张又痛苦地解释着，用手比画着，可是开始的时候我简直什么也没听懂。

"简而言之（他在这以前已经说了十次'简而言之'），简而言之，"他最后说，"阿尔卡季·马卡罗维奇，如果说我惊动了您，昨天又通过丽莎坚决要求您来一趟，这简直就跟救火一样，但是，这也是因为这个决定的本质是非常重要的，是非同小可的，那咱们……"

"对不起，公爵，"我打断他的话，"您是昨天叫我来的，不是吗？——但是，丽莎根本什么话也没转告我呀。"

"什么！"他叫起来，忽然住了口，似乎莫名其妙，一头雾水，甚至几乎感到恐惧。

"她根本什么话也没转告我呀。昨天晚上她回来时神思恍惚，甚至都没来得及同我说句话。"

公爵从椅子上跳了起来。

"难道此话当真，阿尔卡季·马卡罗维奇？如果真是这样的话，那……那……"

"这有什么大不了呢？您干吗这样担心？无非是忘了，或者是别的什么……"

他坐了下来，但是他那神态忽地呆若木鸡。似乎因为丽莎什么话也没转告我，这消息把他压垮了似的。他忽然又很快地说起话来，还手舞足蹈，但还是让人一头雾水，听不懂。

"且慢！"他忽然说道，闭上了嘴，向上举起一根手指，"且慢，这……这…… 如果我没猜错的话…… 这倒是一个高招，您哪！……"他咕哝道，脸上露出一副躁狂的笑容，"这表明……"

"这什么也没有表明！"我打断道，"我只是不明白，这么一个无聊的情况竟会惹得您这么痛苦…… 啊，公爵，自从那时，自从那天夜里以后——您还记得吗……"

"从哪天夜里？有什么事？"他任性地叫道。我把他的话打断了，他显然很恼火。

"在泽尔希科夫赌场呀，我们最后一次见面就在那里，也就是在您写那封信以前呀？您那时候也非常激动，但当时和现在——这么大的差别，我甚至看着您都害怕……还是您根本不记得了？"

"啊，对了，"他以一种上流人士的腔调说道，仿佛忽然想起来了似的，"啊，对了！那天晚上……我听说了……嗯，您的身体怎么样，在这一切之后，现在您自己的身体怎么样，阿尔卡季·马卡罗维奇？……不过，真是的，咱们先谈最要紧的事吧。您瞧，说实在的，我追求三个目的，我面前有三大难题，因此我……"

他又很快说起了自己的"要紧事"。我终于明白了，我面前看到的这个人，如果不给他放放血的话①，起码也应当在他头上敷上块浸醋的毛巾。他的话说得颠三倒四，说来说去，无非围绕着打官司以及可能出现的结局打转；他还说到他们团的团长曾亲自来看过他，劝了他老半天不要干某种事，但是他就是不听；他还说，他曾亲自给某部长打了份报告，刚送上去；他还讲到检察官；讲到一旦他被褫夺公权，他很可能就会被发配到俄国北部的某个地方；也可能移民塔什干，在那里工作，他又讲到他要教育自己的儿子（未来的，丽莎生的）学会什么什么，还要传授他什么什么技能，那时他们住"在穷乡僻壤，在阿尔罕格尔斯克，在霍尔莫戈雷②"。"既然我想听取您的意见，阿尔卡季·马卡罗维奇，那您就应该相信，我这人是很重感情的……如果您知道，如果您知道，阿尔卡季·马卡罗维奇，我亲爱的，我的弟弟，丽莎对于我意味着什么，此时此地，在所有这段时间内，她对我又意味着什么，那就好啦！"

---

① 放血是欧洲民间治疗炎症的一种方法，我国也有使用的，如治疗牙痛等。
② 俄国著名科学家罗蒙诺索夫出生在霍尔莫戈雷附近，所以他才有此联想。

他两手抱住头，忽然叫起来。

"谢尔盖·彼得罗维奇，难道您当真要把她给毁了，把她给带走吗？带到霍尔莫戈雷去！"我忽然熬不住了，脱口而出。丽莎与这个没头没脑的愣头青一辈子拴在一起的命运，忽然清晰地，仿佛头一次展现在我的意识面前似的。他望了望我，站起来，向前走了一步，转过身又坐了下来，始终用手抱住脑袋。

"我老梦见蜘蛛！"他忽然说。

"您太激动了，公爵，我劝您先躺下来好好休息休息，马上请个医生来。"

"不，劳驾，以后再说吧，我请您来，主要是想跟您说明一下关于婚礼的事。您知道，婚礼就在这里的教堂举行，我已经跟他们说过了。这一切都已经得到许可，他们甚至很赞赏……至于丽莎，那……"

"公爵，您就饶了丽莎吧，亲爱的，"我叫道，"您就别折磨她了，至少在现在，别吃醋啦！"

"什么！"他叫起来，两眼圆睁，几乎直瞪瞪地瞅着我，脸也变了，整张脸都挂上了某种长长的、茫然不解的、疑惑的笑容。看得出来，"别吃醋了"这话不知为什么使他十分吃惊。

"对不起，公爵，我是无意中说的。噢，公爵，最近我认识一位老人，我名义上的父亲……噢，如果您能见到他，您就会平静下来……丽莎也十分珍视他。"

"啊，对，丽莎……啊，对，这是您父亲？或者……对不起我亲爱的，某种关系……我记得……丽莎告诉过我……一位老人……我坚信，我坚信。我也认识一位老人……但是咱们先不谈他吧，主要是应当先弄清当下这时机的整个实质，必须……"

我站起来想走。我看着他那种模样难受。

"我不明白！"他看见我站起来要走，严厉而又孤傲地说道。

"我瞧着您这种模样难受。"我说。

"阿尔卡季·马卡罗维奇，一句话，还有一句话！"他忽然抓住我的双肩，已经完全换了一副模样和姿态，把我硬按在圈椅上，"您听说过他们的事了，您明白内情吗？"他向我弯下了身子。

"啊，对，杰尔加乔夫。准是斯捷别尔科夫捣的鬼！"我忍不住叫道。

"是的，斯捷别尔科夫，还有……您不知道吗？"

他欲言又止，又把眼睛瞪得溜圆，直视着我的脸，脸上仍旧挂着那种长长的、抽风似的、茫然不解而又疑惑的笑容，而且这笑容越拉越长，越展越开。他的脸色逐渐变得苍白起来。忽然有种什么东西仿佛使我心头猛地一震：我不由得想起韦尔西洛夫告诉我关于瓦辛被捕时他那目光。

"噢，难道还有您？"我惊恐地叫起来。

"您瞧，阿尔卡季·马卡罗维奇，我叫您来，就是想解释清楚……我想……"他开始迅速低语。

"原来是您告发了瓦辛！"我嚷道。

"不是的。您知道吗，本来有一部手稿。瓦辛在出事的前一天，把它交给了丽莎……请她代为保管。她就把它留在我这儿让我看看，后来就出现了他俩第二天争吵的事……"

"您就把手稿交给了上级！"

"阿尔卡季·马卡罗维奇，阿尔卡季·马卡罗维奇！"

"总之是您，"我跳起来，掷地有声地叫道，"您没有任何别的动机，也没有任何别的目的。而唯一的原因是倒霉的瓦辛是您的情敌，您这样做的唯一原因就是嫉妒，您把人家信任地请丽莎代为保管的手稿交了出去……交给谁呢？谁呢？交给了检察官？"

但是他还没来得及回答,他也不见得能回答出什么来,因为他站在我面前像个木头人似的,脸上还依旧是那副病态的笑容和呆滞的目光;这时忽然门打开了,进来了丽莎。她看见我们在一起,几乎惊呆了。

"你在这儿?那么说,你在这儿?"她突然脸色陡变,抓住我的两只手,叫道,"那么说,你……知道啦?"

她已经读懂了我脸上的表情,一眼就看出我知道了。我忍不住一把抱住她,紧紧地,紧紧地抱住不放!我还是头一回,在这一刻真正强烈地懂得了,一种多么走投无路、多么暗无天日、多么苦海无边的不幸,降临到这个……自寻苦难的姑娘的整个命运之上!

"难道现在还能跟他说什么话吗?"她突然挣脱了我的拥抱,"难道还能跟他在一起吗?你到这儿来干吗?你就瞧瞧他的德行吧,瞧瞧吧!对这种人难道还有什么话好说吗?"

当她惊呼着,指着这个不幸的人的时候,她脸上既显出无边的痛苦,又显出无边的同情。他用两手蒙住脸,坐在圈椅上。她说得对:这人得了酒狂症①,无行为能力;也许,在三天以前他就已经无行为能力了。当天上午就把他送进了医院,傍晚前他就发作了脑炎。

四

当时,我把公爵留下来,让他与丽莎在一起,中午一点左右就离开他们,回到我从前的住所。我忘了说,那天天气潮湿,灰蒙蒙的,已经开始解冻,吹来的风也暖洋洋的,足以使大象都无精打采,心绪不宁。房东见我回来高

---

① 一译震颤性谵妄症,一种神经性的意识障碍,常出现幻听、幻视、幻觉、躁狂不安等症状。《卡拉马佐夫兄弟》中的伊万最后也出现了这种酒狂症。

兴极了，开始手忙脚乱，跑前跑后地招呼我，赶在这样的时刻，我对此感到非常不高兴。我的态度冷冰冰的，径直走过去，进了自己的房间，他紧随在我身后，虽然不敢问长问短，但是他眼睛里却闪出一种好奇，而且他那神态，仿佛他还真有资格表示某种好奇似的。为了对自己有利，我必须对他客客气气；虽然我太需要向他打听一些事了（我也知道，我肯定能打听出来），但是让我主动问他，我又感到恶心。我问候了他妻子的健康，我们还一起去看了她。他太太虽然关切地接待了我，但又摆出一副就事论事和不爱说话的样子，这倒使我心气平和了下来。简而言之，这次我打听到了一些咄咄怪事。

嗯，不用说，兰伯特来过，后来他又来过两次，"看了所有的房间"，声称他可能要租。娜斯塔西娅·叶戈罗芙娜也来过几回，她来干什么那就只有上帝知道了。"她也很好奇"，房东又加了一句，但是我没有给他安慰，没有问他她好奇些什么。总之，我没有问长问短，只有他一个人在说话，我装作在我的皮箱里翻寻什么东西（其实皮箱里已经什么东西也没有了）。但是，最可恼的是他也想同我故弄玄虚，他发现我故意忍住不问他，也就认为他责无旁贷，理应吞吞吐吐，几乎像打哑谜似的。

"小姐也来过几回。"他又加了一句，奇怪地望着我。

"哪位小姐？"

"安娜·安德烈耶芙娜呀，来过两回，认识了我老婆。很可爱的姑娘，很漂亮。能结识这样一位小姐，简直太荣幸了，阿尔卡季·马卡罗维奇……"他说完这话后，甚至还向我迈前了一步，看来他非常想让我明白他说这话的意思。

"还来了两回？"我惊奇地问道。

"第二回还跟一位小兄弟一起。"

"她这是跟兰伯特。"我忽然不由得想道。

"不,您哪,不是跟兰伯特先生,"他好像立刻猜中了我的心思,好像他带着自己的眼睛钻进了我的心似的,"而是同小姐的亲兄弟,年轻的韦尔西洛夫先生一起。好像他是位宫廷侍从?"

我感到很窘;他望着我,非常亲切地微笑着。

"啊,还来过一个人打听您来着……这小姐是位法国人,阿尔丰西娜·德·韦登小姐。啊,她唱得多好听呀,诗也朗诵得倍儿棒!那时候她还曾偷偷到皇村去看过尼古拉·伊万诺维奇公爵,卖给他一只稀有的小狗,黑黑的,通体才有拳头那么大……"

我推说头疼,请他让我独自待会儿。他立刻满足了我的愿望,甚至连话都没说完,非但一点儿不生气,甚至还几乎非常高兴,神秘兮兮地挥了挥手,仿佛是说:"我明白,您哪,我明白,您哪!"虽然这话并没说出口,可是他却蹑手蹑脚地、乐呵呵地走出了房间。世上真有这么一些叫人又好气又可恨的人。

我坐着,独自一人,思前想后地想了大约一个半小时,其实也说不上想,陷入沉思而已。我虽然感到很不安,但是我一点儿也不感到惊奇。我甚至还期待着更厉害的什么事,期待着更大的奇迹。"也许,他们现在已经做了不少事。"我想。我坚信,而且早就坚信,在家的时候就坚信,他们的机器已经开动了,而且已经开足了马力。"他们现在就缺我了,不是吗?"我又想道,感到某种又刺激又愉快的扬扬自得。他们在拼命等我回去,并且正在我的住所策划什么事——这就像白天一样一清二楚。"该不是策划老公爵的婚礼吧?他们正布下天罗地网,对他进行围猎。不过,诸位,我能允许这么做吗,这才是关键,您哪?"最后我又扬扬得意地想。

"我一旦投身其中,就会像碎木片一样,又被卷进这旋涡之中。我现在,当下是自由的吗,或者我并不自由? 今天晚上回到妈妈身边,我还能不能像所有这段日子以来对自己说'我是独立自主的'呢？"

这才是我问题的关键，或者不如说，这才是我独坐床上的一角，双肘拄在膝盖上，两手托住脑袋，心在怦怦跳，苦苦思索了一个半小时的关键问题。但是我也知道，当时我就已经知道了，所有这些问题——全是废话，吸引我的只有她——她，而且只有她一个人！我终于直截了当地说出了这句话，并用笔白纸黑字地写下了这句话，因为甚至现在，过了一年之后，当我在写这部记事录的时候，我也不知道对我当时的这种感情又当何以名之！

噢，我可怜的丽莎，我心中充满了毫不虚假的痛苦！单是为她而感到的这种痛感，似乎就足以克服或者消除（哪怕是暂时的）我身上的这种兽性（我又想起了这词）。但是吸引我的却是无限的好奇，某种恐惧，还有某种感情——我也不知道是什么感情；但是我知道，当时就知道了，这是一种邪念。也许，我急于拜倒在她的石榴裙下，也许，我想出卖她，让她经受种种苦难，以及"赶快，赶快"向她证明什么。任何痛苦以及对丽莎的任何同情，已经不足以使我止步不前了。但是我能不能站起来，动身回家……去找马卡尔·伊万诺维奇呢？

"难道我就不能干脆去找他们，从他们那里打听到一切之后，就断然永远地离开他们，全身而退，飘然离开这些怪事和怪物吗？"

下午三点，我才猛地醒悟，几乎迟到了，我急急忙忙地走出了门，拦住一辆出租马车，飞也似的去找安娜·安德烈耶芙娜了。

第五章

一

安娜·安德烈耶芙娜一听到下人禀报我来了，就立刻放下自己手里的活计，急忙跑出来迎接我，把我迎进她的第一个房间——这在过去是从来没有过的。她向我伸出了两手，脸陡地红了一下。她默默地把我领进自己的房间，又在她做活计的地方坐了下来，并让我坐在她身边；但是她已经不再动手干活儿了，而是始终以一种热切的关心继续打量着我，但是又不说一句话。

"您让娜斯塔西娅·叶戈罗芙娜来看我。"我开门见山地说，她这种过分的体贴和关心使我有点受不了，虽然我感到很开心。

"我全听说了，我什么都知道。这个可怕的黑夜……噢，您心里该有多痛苦啊！听说，找到您的时候，您已经僵卧在严寒中，不省人事，是真的吗，真的吗？"

"这是兰伯特……告诉您的……"我脸红了，喃喃道。

"我当时就从他那儿听到了一切；但是我一直在等您。噢，他来找我的时候都吓坏了！在您的住处……也就是在您卧床不起的地方，人家不让他进去看您……可是又奇怪地接见了他……我真不知道到底是怎么回事。但是他把那天夜里的事统统告诉我了，他说，您刚一苏醒，就向他提起了我……提到您对我的忠诚。我感动得都掉眼泪了。阿尔卡季·马卡罗维奇，我简直不知道我哪点配得上您这么热切的关心，而且还处在您当时所处的这样的情况下！告诉我，兰伯特同您是发小吗？"

第三部

"是的，但是这事……不瞒您说，也是我不小心，也许，当时我对他也说得太多了。"

"噢，关于这种肮脏的、可怕的阴谋，他不说我也能知道！我始终，始终有预感，他们肯定会把您弄到这地步的。请告诉我，比奥林格竟敢动手打您，是真的吗？"

她说成这样，仿佛我倒卧在围墙下全是比奥林格和她一手造成似的。我想她这话也对，但是我发火了：

"如果他真敢动手打我，就休想不受惩罚地走开，我现在就不会不报复而坐在您面前。"我热烈地回答道。主要是，我觉得她为了什么目的想故意惹恼我，让我同什么人作对（不过，同谁作对，那是明摆着的）；然而我还是中了她的圈套。

"您说，您已经预见到我将被人家弄到这地步，就卡捷琳娜·尼古拉耶芙娜来说，这仅仅是误解……虽然这话也对，她的变化也太快了，这么快就把她对我的好感变成了误解……"

"可不是吗，也太快了嘛！"安娜·安德烈耶芙娜甚至带着一种兴高采烈的同情接茬道，"噢，您不知道他们现在正在那里耍什么阴谋！当然，阿尔卡季·马卡罗维奇，您现在很难理解我现在的处境有多微妙。"她红着脸，低下了眼睛，说，"自从那天早上咱俩最后一次见面以后，我采取了一个步骤，这一步并不是人人都能理解和弄得清楚的，他们不会像您那样还有那种未被污染的头脑，还有一颗未被败坏的、纯洁的爱心。请您相信，我的朋友，我会十分珍惜您对我的忠诚的，我会永远感激您和回报您的。在这世上，当然，会有人拿起石头来打我，甚至都已经拿起来了。①但是，即便从他们鄙俗的

---

① 典出《新约·约翰福音》第八章第三至七节：有一女人在行淫时被文士和法利赛人拿获，想用石头打死她。耶稣说："你们中间谁是没有罪的，谁就可以先拿石头打她。"

观点来看，他们也是对的，甚至在当时他们中间又有谁能、又有谁敢说我一个不字呢？我从小就被父亲抛弃。我们韦尔西洛夫家族，是一个古老的俄罗斯望族，然而我们又是一些无赖，我吃的是别人施舍给我的面包。因此我现在要转而投靠一个从小就把我视同己出，如许年来一直施恩于我的人，这不是十分自然的吗？我对他的感情，只有上帝能够看到和作出评判，因此我不许世俗的法庭对我现在的所作所为说三道四。更何况这里还有一桩最阴险、最狡诈的阴谋，他自己的亲生女儿竟与人合谋想要毁掉这个既轻信而又大度的父亲，难道这能容忍吗？不，我宁可毁了自己的名声，我也要救他。我宁可守在他身边，做他的保姆，守着他，看护他，但是我决不让那种冷酷的、世俗的、卑鄙的阴谋得逞。"

她说得异乎寻常地激昂慷慨，很可能一半在演戏，但她毕竟是真诚的，由此可见，她整个人已被卷进了这桩公案，而且陷得很深。噢，我感觉得出她是在假模假式地说谎（虽然态度真诚，因为装假也可以很真诚），她现在是个坏女人；但令人奇怪的是，女人都有这种本领：这种正派的模样，这种高雅的风度，这种高不可攀的上流人士的高洁和孤傲——这一切都把我弄糊涂了，我开始同意她的所有看法，就是说，当我坐在她那里的时候；至少——我不想反驳她。噢，男人会处在女人的绝对的精神奴役中，尤其是如果这男人十分大度的话。这样的女人能够让一个十分大度的男人相信一切，说什么他都信。"她居然同兰伯特混到一起——我的上帝！"我疑惑地望着她，想道。不过，我还是全说了吧：我甚至至今都说不准她到底是怎么了；她的感情的确只有上帝才能看清，再说，人是一部十分复杂的机器，在有些情况下你简直莫名其妙，更何况这是个女人呢。

"安娜·安德烈耶芙娜，您到底要我做什么呢？"我问，语气相当坚决。

"什么？您这问题是什么意思，阿尔卡季·马卡罗维奇？"

第三部

"根据所有的情况……也根据一些其他考虑……"我语无伦次地解释道,"您打发人叫我来,似乎希望我做什么,那您究竟希望我做什么呢?"

她没有回答我的问题,而是霎时间又说起话来。说得与方才一样快,一样慷慨激昂。

"我不能,因为我太骄傲了,我不能跟像兰伯特先生那样的陌生人做什么解释和交易!我在等您,而不是等兰伯特先生。我的处境是一种可怕的绝境,阿尔卡季·马卡罗维奇!我被这女人的阴谋诡计重重包围。因此我必须巧施计谋,而这正是我感到受不了的。我已经堕落到要耍阴谋了,因此我像等待救星一样等您来。不能怪我贪婪地环顾四周,想找到哪怕就一个朋友,因此一找到朋友我就不能不欢天喜地:这个人,甚至在那样的黑夜里,自己都快冻僵了,还能够想起我,还会不断地念叨我一个人的名字,这人,当然,对我是忠诚的。在这段时间里,我一直都这么想,因此我才寄希望于您。"

她带着这个迫不及待的问题注视着我的眼睛。但是我又没有勇气说服她,让她不要相信兰伯特的谎言,我也没有勇气直截了当地向她解释,兰伯特骗了她,当时我根本就没有向他说过似乎我特别忠实于她,也根本没有只想起"她一个人的名字"。这样一来,我的沉默似乎就变成了对兰伯特谎言的肯定。噢,我相信,其实她自己也清楚得很,兰伯特是在夸大其词,甚至干脆是对她谎话连篇,他的目的只有一个,就是他去找她,跟她来往,就有了个体面的借口,如果说她望着我的眼睛、坚信我的话和我的忠诚是真的,那当然她也知道,可以说出于礼貌和年轻,磨不开面子,我也不敢否认,话又说回来,我做这样的推测对不对呢——我也不知道。也许我这人变得太坏了。

"我弟弟会帮我的。"她看到我不想回答她的问话,忽然热烈地说。

"我听说,您曾经同他到我的住所去过。"我尴尬地喃喃道。

"要知道,不幸的尼古拉·伊万诺维奇公爵现在已经几乎走投无路,再也摆脱不了这整个阴谋了,或者不如说,再也躲不开自己的亲生女儿,除非逃到您的住所去,即逃到一个朋友的住所去;要知道,他总有权至少认为您是他的朋友吧!……到那时候,只要您还想做点什么对他有利的事,那就请您做这件事吧……只要您能够做到,只要您身上还有舍己为人之心和勇气……最后,还有一点,如果您当真能够做到什么的话。噢,这不是为了我,不是为了我,而是为了那个不幸的老人,只有他一个人是真心爱您的,只有他的心对您永远恋恋不舍,就像对自己的儿子一样,甚至直到现在,他都在想念您!至于我,我一无所求,甚至包括您——既然连我的亲生父亲也对我耍起了这么狡诈、这么阴险的反常的把戏的话!"

"我倒觉得,安德烈·彼得罗维奇……"我本来想开口回答。

"安德烈·彼得罗维奇,"她打断了我的话,苦笑了一声,"安德烈·彼得罗维奇当时对我这个开门见山的问题回答得很干脆,他向我保证,他从来没有对卡捷琳娜·尼古拉耶芙娜有过半点觊觎之心,我在迈出我的这一步时完全相信了他的这一保证;而事实上,他仅仅在听到有关某个比奥林格先生的最初消息之前,才显得那么气定神闲。"

"根本不是那么回事!"我嚷道,"有一刹那,我也相信他爱这女人,但根本不是那么回事……即使曾经有过这么回事,那他现在也可以完全放心了……因为这位先生已经退出了。"

"什么先生?"

"比奥林格呀。"

"谁告诉您他退出了?说不定这位先生还从来没有像现在这样卖劲呢。"她狞笑道;我甚至觉得她面含讥讽地看了看我。

"是娜斯塔西娅·叶戈罗芙娜告诉我的。"我不安地嘟囔道。我无法掩饰这不安,而且这不安她也看得太清楚了。

第三部

"娜斯塔西娅·叶戈罗芙娜是位很可爱的女人，当然，我也没法不许她爱我，但是她也没有任何办法知道与她无关的事。"

我的心开始隐隐作痛；因为她正是要燃起我的怒火，而我心中的怒火也果真被她燃烧起来了，但不是对那个女人，而仅仅是对安娜·安德烈耶芙娜本人。我从座位上忽地站起。

"作为一个实事求是的人，我要警告您，安娜·安德烈耶芙娜，您的指望……对我的指望……很可能白费心计……"

"我指望您能帮帮我，"她坚定地看了看我，"帮一个被大家抛弃了的女人……帮您的姐姐，如果您愿意这么说的话，阿尔卡季·马卡罗维奇！"

再过一刹那，她可能就要哭出来了。

"唔，最好您就别指望了，因为，'很可能'什么也不会发生。"我含混不清地说道，心里有说不出的难过。

"我该怎么来理解您这句话呢？"她仿佛心惊胆战地问道。

"无他，我将离开你们大家——一走了之！"我几乎勃然大怒地忽然嚷道，"而把那凭据撕个粉碎。再见！"

我向她鞠了一躬，默默地走了出去，与此同时，我几乎不敢抬头看她的脸；但是我还没有从楼梯上下去，娜斯塔西娅·叶戈罗芙娜就追上了我，手里拿着折成对折的半张信纸。娜斯塔西娅·叶戈罗芙娜是从哪儿跑出来的呢，当我和安娜·安德烈耶芙娜说话的时候，她又坐哪儿了呢——简直弄不明白。她半句话也没说，仅仅把信笺交给了我，就跑回去了。我打开了这张信笺：纸上清清楚楚地写着兰伯特的住址，显然，还在几天前就准备好了。我忽然想起，有一回，娜斯塔西娅·叶戈罗芙娜来看我，我说漏了嘴，说我不知道兰伯特住哪儿，但是我说这话的意思是表示"我不知道，也不想知道"。但是兰伯特的住址，现在我已经通过丽莎知道了，而且我还是特意请她到居民住址查询处去打听的。我觉得安娜·安德烈耶芙娜这样做也太明显,太无耻了;尽管我拒绝帮她的忙,可是她却似乎一点儿不信,竟公然让我去找兰伯特。其实我心里跟明镜似的,她已经知道了有关那张凭证的一切——如果她不是从兰伯特那里知道的,又有谁会告诉她呢?因此她才让我去找兰伯特商量。

"他们这些人,无一例外,简直把我当成没有主见、没有个性的孩子了,可以对我为所欲为!"我愤怒地想。

二

尽管如此,我还是去找了兰伯特。要不我怎么来对付我当时的好奇心呢?原来,兰伯特住得很远,住在夏园旁的歪脖子胡同,不过还是住在那家公寓里;但是,当那天我从他那里跑出来的时候,我根本就没注意路径和距离远近,因此当四天前我从丽莎那儿拿到他的住址的时候,我甚至都吃了一惊,几乎不敢相信他竟住那儿。我还在上楼的时候,就发现在三楼房间的楼道门口站着两个年轻人,我想,他们在我之前已经拉过门铃了,他们在等开门。可是在我上楼以后,他们俩却陡地背对着房门转过身来,仔仔细细地打量着我。"这里是公寓,他们当然是来找别的房客的。"我走到他们身边时皱起了眉头。在兰伯特这儿碰到别的什么人,我当然很不高兴。我竭力不去看他们,伸手去拉门铃。

"慢!"一个人向我嚷道。

"请等等再拉门铃,"另一个年轻人用一种响亮而又柔和的声音,每个字稍许拉长了点声调,说道,"等我们完事了,咱们再一起拉门铃好吗?"

我停住手。这两人都是年轻人,年约二十,或者二十二三;他俩正在门口做一件什么奇怪的事,我惊讶地想看个明白。那个嚷嚷"慢"的小伙子,是个大高个儿，身高约两俄尺十俄寸①，不会更少，枯瘦，但是肌肉发达，还长着一颗与身体很不相称的小脑袋，脸上有少许麻点，但是面相一点儿不蠢，甚至还颇讨人喜欢，面色古怪、阴沉，但有点滑稽。他目光专注，但专注得过了头，他神情坚决，但坚决得完全没有必要，是多余的。他穿得很蹩脚：穿一件旧的棉大衣，领子很小，是浣熊皮的，已经脱了毛，而且这大衣与他的身材相比又嫌短——显然是别人的旧衣服，脚上穿的是一双十分蹩脚的、几乎是庄稼汉穿的靴子，头上则是一顶皱得不成样子的，变成了红褐色的高筒礼帽。整个人看来是个邋遢鬼：两只手，没有手套，脏兮兮的，长长的指甲里满是污垢。相反，他的同伴却穿得很讲究，试看，他身穿水貂皮的轻裘，头戴高雅的礼帽，十指尖尖，戴着浅色的新手套；他的身高与我相仿，但是他那张帅气而又年轻的脸上却有一种异常可爱的表情。

那个瘦高个儿小伙子，从自己的脖子上扯下领带——一根完全戴旧了的、油渍麻花的带子，或者几乎像根破布条，而那个好看的男孩则从兜里掏出另一条新买来的黑色领带，替那个瘦高个儿小伙子系在脖子上，那个瘦高个儿听话地，脸上带着一种十分严肃的表情，伸长了脖子，伸得很长很长，并从肩膀上褪下了大衣。

"不，这不行，这衬衫太脏，"他一边给他打领带，一边说，"不仅不会有效果，而且会显得更脏。我不是早跟你说过吗，让你戴上假领。我可没这本事……您行吗？"他突然转过身来问我。

"什么？"我问。

"是这么回事，您知道吗，给他打领带。要知道，必须设法弄成这样，能够看不到他的脏衬衫，要不，不管怎样，这效果就整个落空了。我刚才特意

---

① 约合186厘米。

向理发师菲利浦给他买来了这条领带,花了一卢布。"

"你这是——就那个卢布?"瘦高个儿嘀咕。

"对,就那个卢布;我现在已经身无分文。那么说,您也没法? 这样的话,就只能去求阿尔丰辛卡了。"

"您找兰伯特?"瘦高个儿突然粗声粗气地问我。

"找兰伯特。"我望着他的眼睛,回答道,神态坚决,丝毫不亚于他。

"多尔戈鲁基①?"他又用同样的腔调和声音问道。

"不,不是科罗夫金。"我也同样粗声粗气地回答道,不过我没有听清,听错了。

"多尔戈鲁基?!"瘦高个儿几乎喊起来,重复道,几乎带着一种威胁向我逼近。他的同伴哈哈大笑。

"他说的是多尔戈鲁基,而不是科罗夫金,"他向我说明,"您知道吗,法国人在《论坛报》②上常常把俄国人的姓氏念歪了……"

"在《独立报》③。"瘦高个儿像牛叫似的吼了一声。

"……反正在《独立报》也一样,比如说,把多尔戈鲁基写成多尔戈鲁基——我亲眼看见过,而且始终把B某某写成沃龙尼耶夫伯爵。"

"杜博伊尼!"瘦高个儿又喊了一嗓子。

"对,还有一个某某杜博伊尼。我亲眼所见,我们俩都笑坏了。还有一位俄国夫人杜博伊尼,在国外……不过,你知道吗,干吗把所有读错的姓氏都一一列举出来呢?"他又突然回过头去跟瘦高个儿说。

"对不起,您是多尔戈鲁基先生吗?"

---

① 在原著中为多尔戈鲁基的法文音译,与俄文略有差异。
② 一种法国报纸,在巴黎出版。
③ 全名《比利时独立报》,在布鲁塞尔出版。

"是的，我是多尔戈鲁基，您怎么知道的？"

瘦高个儿突然向那个好看的男孩低语了一句什么，那主儿皱起眉头，做了一个不赞成的手势，但是那瘦高个儿却忽然对我说道：

"公爵，您有没有一个银卢布借给我们俩，不要两个，就要一个，行吗？"

"啊呀，你这人真讨厌。"那男孩叫道。

"我们一准还您。"瘦高个儿最后说，他的法国话说得既蹩脚又别扭。

"您知道吗，他是个玩世不恭的人，"那男孩向我笑了笑，"你以为他不会说法国话吗？他说得跟巴黎人一样好，他不过是故意学俄国人说法语的腔调，那些俄国人在交际时非常喜欢用法语交谈，可自己又说不好……"

"在火车上。"瘦高个儿说明。

"是的，火车上也一样；啊呀，你这人真无聊！不必说明嘛。比如你这人就爱装傻。"

这时我掏出一枚卢布，递给了瘦高个儿。

"我们一准还您。"他说道，把钱藏了起来，可又突然向房门转过身去，一本正经地板起面孔，开始用他那粗鄙的大靴子踢门，主要是竟毫无愠怒之色。

"啊呀，你又要跟兰伯特打架呀！"那男孩不安地指出，"您还是拉一下门铃吧！"

我拉了拉门铃，但是那瘦高个儿还是不停地用靴子踢门。

"啊，这该死的……"门背后忽然传来兰伯特的声音，他很快开了门。

"听着，我的朋友，您要干吗，要我把您的脑袋打开花不成！"他向瘦高个儿喝道。

"我的朋友，这位是多尔戈鲁基，我的另一位朋友。"瘦高个儿的眼睛盯着气红了脸的兰伯特，神气地、一本正经地说道。兰伯特一看见我，仿佛整个人忽地变了样。

"是你呀，阿尔卡季！终于把你盼来了！那么说，你的病好了，终于好了？"

他抓住我的两只手，紧紧地握了握；总之，他是那么真诚地欢天喜地，使我顿时觉得开心极了，我甚至爱上了他。

"我头一个就来看你！"

"阿尔丰西娜！"兰伯特叫道。

阿尔丰西娜立刻从屏风后跳了出来。

"他来啦！"

"原来是他！"阿尔丰西娜惊呼道，她把两手举起来一拍，又张开双臂，扑过来要拥抱我，但是兰伯特拦住她，护住了我。

"喏喏喏，别动！"他像吆喝小狗一样向她喝道，"你知道吗，阿尔卡季，今天我们几个人商量好了，要到鞑靼餐厅去吃饭。我决不放你走，跟我们一块去吧。咱们先一起吃饭；吃过饭，我立刻让这两人滚蛋，那时候咱们再聊个够。进屋，快进屋吧！咱们进去只稍待片刻，立刻出来……"

我进去后，站在房间中央，一边四处张望，一边回想着上次的情况。兰伯特在屏风后面匆匆更衣。瘦高个儿和他的同伴并没有介意兰伯特刚才说的话，也跟着我们俩走了进来。我们大家都站着。

"阿尔丰西娜小姐，亲亲我呀？"瘦高个儿又跟牛似的吼道。

"阿尔丰西娜小姐。"那个年纪较小的向她指着领带，也想凑过去，但是阿尔丰西娜却恶狠狠地呵斥了他俩。

"啊，可恶的浑小子！"她向那个年纪小的喝道，"别靠近我，您会把我弄脏的，您也一样，傻大个儿；要不的话，知道吗，我非让你们俩滚到门外去不可！"

那个年纪小的，尽管她鄙夷不屑和厌恶地把他推开，可他却似乎当真害怕被他弄脏似的（对此我怎么也弄不懂，因为他长得那么英俊，当他脱去皮大衣后，里面又穿得那么好），那个年纪小的还是死乞白赖地央求她给他那个瘦高个儿朋友系上领带，而在打领带前必须从兰伯特的假领中先找一个干净点儿的给他系上。听到这个建议，她气得差点没冲过去打他们。但是让兰伯特听见了，他在屏风后面向她嚷道，叫她不要耽误时间，他们请她做什么，她就照办得了，"要不然，他们会纠缠不休的。"于是阿尔丰西娜立刻抓过一条假领，开始给瘦高个儿系领带，但是已经毫无厌恶之意了。而那瘦高个儿则像刚才在楼梯上那样，在她面前伸长了脖子，让她系领带。

"阿尔丰西娜小姐，您把您的 ma bologne 给卖啦？"[①] 他问。

"'ma bologne'是什么意思？"

年纪轻的那个解释道，"ma bologne"就是哈巴狗的意思。

"这是什么难听的土话？"

"我是学矿泉疗养地的俄国太太说话。"[②] 傻大个儿说，仍旧伸长了脖子。

"什么叫矿泉疗养地的俄国太太……兰伯特送给您的那块漂亮表弄哪去了？"她忽然对那个年纪小的说。

"怎么，又把表弄丢啦？"兰伯特在屏风后面怒气冲冲地说。

"吃了！"傻大个儿又吼了一嗓子。

"我把它卖了八卢布：要知道，这是一块镀金的银表，而您说是块金表。这种表现在在商店里——只要十六卢布。"年纪小的那个对兰伯特不乐意地辩白道。

"以后，不许这样！"兰伯特更加光火地继续道，"我的年轻朋友，我给您买衣服，给您好东西，不是为了让您把钱花在您这个瘦高个儿朋友身上的……您这买的是什么领带呀？"

---

① 原文故意扭曲。
② 原文故意扭曲。

"这不过花了一卢布,花的也不是您的钱。他根本没领带,还得给他买顶礼帽。"

"屁话!"兰伯特还当真发了火,"我给了他很多钱,也足够他买礼帽的了,可他却立刻去吃牡蛎喝香槟。他身上有股味儿;他是个邋遢鬼,这种人是带不出去的。我怎么带他出去吃饭呢?"

"坐出租马车呀!"那傻瓜又像牛似的吼道,"我们有一个银卢布,是我们这位新朋友借给我们的。"

"不借,阿尔卡季,什么也别借给他们!"兰伯特又叫道。

"对不起,兰伯特;我要您干干脆脆地立刻给我十卢布。"那男孩忽地生气了,甚至满脸通红,因此变得几乎加倍地可爱,"以后永远不许您说您刚才对多尔戈鲁基说的那些蠢话。我要十卢布,先把一卢布立刻还给多尔戈鲁基,而其余的,我要立刻给安德烈耶夫买顶礼帽——您自己会看到的。"

兰伯特从屏风后走了出来。

"给您三张黄票子,三卢布,直到星期二什么也不给了,休想……要不然……"

傻大个儿从他手里一把抢过钱。

"多尔戈鲁基,给您一卢布,还给您,多谢了,彼佳,坐车去!"他向自己的同伴叫道,紧接着忽然举起剩下的那两张钞票挥舞着,两眼逼视着兰伯特,用足力气吼道:"嗨,兰伯特! 兰伯特在哪儿,你有没有见到兰伯特?"①

"不许,不许您乱叫乱吼的!"兰伯特也非常恼火地喝道。我发现,这一切之中有某种我根本不知道的过去的情由,我诧异地看着他。但是瘦高个儿一点儿也不怕兰伯特的恼怒;相反,吼得更厉害了。"嗨,兰伯特!"等等。

---

① 当时的流行语,陀思妥耶夫斯基曾在小说《鳄鱼》中用作篇首题词。此处对兰伯特有讥讽之意。

第三部

他俩就带着这吼声走到楼梯上。兰伯特本来想追上他们,但是却半途折回了。

"哎,我会很快让他们滚——蛋的!他们出的力比不上他们要的价……咱们走,阿尔卡季!我去晚了。那里也有个……有用的人……在等我。也是个畜生……这些人都是畜生!草——包,草——包!"他几乎咬牙切齿地又叫道;但是他又忽然彻底醒悟过来,"你总算来了,我很高兴。阿尔丰西娜,不许走出公寓一步!咱们走。"

门外台阶旁,有宝马快车在等他。我们坐了上去;但是一路上,他仍旧不肯镇定下来,对这两个年轻人十分恼火,静不下来。我觉得奇怪,他居然这么认真,再说他们对兰伯特很不敬,而他甚至于有点怕他们。而我根据我根深蒂固的小时候的老印象,总觉得大家都应该怕兰伯特才是,因此,尽管我已经完全独立自主了,但是,此时此刻,我自己大概还是怕兰伯特的。

"告诉你吧,这两人都是大草包。"兰伯特还是不肯善罢甘休,"你信不信:三天前,这个高个儿混账东西居然在体面的交际场合出我的洋相。站在我面前,大叫:'嗨,兰伯特!'居然在体面的交际场合!大家都笑了,知道他是让我给他钱——你可以想象他那副下作样子。我给了。噢,这帮恶棍!你信不,他曾在部队里当过贵族士官,后来给开除了,可以想象,他是受过教育的;他曾在体面人家受过教育,你可以想象!他有思想,本来可以……哎,见鬼!而且他力大无穷,像是赫拉克勒斯[①]。他有用,但用处不大。你看得出:他根本不想洗手。我曾把他介绍给一位太太,一位年老而又显贵的太太,说他痛悔前非,由于良心发现,想要自杀,可他来到她那儿,竟大大咧咧地坐了下来,吹起了口哨。而这另一个,漂亮的——是个将军的儿子;家族以他为耻,是我把他从一场官司里救出来的,可他却这么报答我。简直不能算人!

---

① 希腊神话中力大无穷的英雄。

我得让他们滚蛋，滚蛋！"

"他俩知道我的名字，你对他俩说起过我？"

"做过这种傻事。劳驾，待会儿吃饭的时候，你只管坐着，沉住气……去吃饭的还有个大混蛋。这主儿——非但混蛋透顶，而且还很狡猾；这里的人全是无赖，这里没一个好人！等咱们完事了——那时候……你爱吃什么？唔，无所谓，那里的菜做得很好。我请客。你放心。你穿得很好，这就好嘛。我可以给你钱。你要常来。你想，我在这里供他们吃喝，每天都有大馅饼；这表，也就是他给卖了的——这已经第二回了。那小的，叫特里沙托夫——你见过了，阿尔丰西娜瞧着他都恶心，不许他靠近。他忽然在饭馆里，当着许多军官的面，大叫：'我要吃田鹨。'我只好给他要了田鹨！我非报复他不可。"

"你记得吗，兰伯特，咱俩有一回在莫斯科坐车去一家小饭馆，你在这饭馆里用叉子扎了我，那时候你手里怎么会有五百卢布的呢？"

"是的，我记得！哎，见鬼，记得！我喜欢你……这点请你相信。谁都不喜欢你，可是我喜欢；不过，你要记住，就我一个人……待会儿到那里去的还有一个麻脸——这是个十分狡猾的混蛋，如果他说话，你甭理他，如果他问你什么问题，你就胡扯一气，不理不睬……"

他由于激动，一路上他竟什么也没问我。他对我这么有把握，甚至都没怀疑我信不过他，我甚至感到受了屈辱；我觉得，他脑子里有个混账想法，以为他可以像过去一样对我发号施令。"再说，他这人非常没教养。"我走进饭馆时想道。

三

海洋街的这家饭馆，过去，当我可憎可厌地腐化堕落的时候，也常来，

第三部

因此这些房间，这些稍一打量便能认出我是老主顾的堂倌，以及，最后，我突然身陷其中、似乎已经无法脱身的兰伯特的这帮诡秘的朋友——这种种人与物产生的印象，而主要是我有一种阴暗的预感，我是自愿去干某种卑鄙下流的事的，我无疑会以做坏事而结束——这一切仿佛忽然刺痛了我的心。有这么一刹那，我差点没有跑掉；但是这一刹那过去了，我仍旧留下来没有走。

那"麻脸"（不知为什么兰伯特非常怕他）已经在等我们了。这是一个小人，一副买卖人的混账相，这种类型的人我几乎从小就深恶痛绝；年约四十五岁，中等个儿，头发挺白，脸刮得光光的，光得令人恶心，斑白的连鬓胡修剪得既窄小又整齐，就像两根香肠似的，紧贴在非常扁平而又非常凶恶的脸的两腮。不用说，这人很枯燥，一本正经，不爱说话，甚至，根据所有这些小人的习惯，还很傲慢。他非常仔细地把我打量了个遍，但是一句话不说，而兰伯特竟愚蠢到这种地步，他让我们俩共坐一桌，却不认为有必要介绍我们俩互相认识，因此，那主儿很可能把我当作陪同兰伯特前来搞恫吓诈骗的同谋犯。在整个这饭局中，他跟这两个年轻人（几乎和我们同时到达）也没说过一句话，但是看得出来，他同他们很熟。他同兰伯特说着什么，但是只跟他一个人说话，而且几乎在窃窃私语，并且也几乎只有兰伯特一人在说话，麻脸只是在敷衍他，断断续续地说些气冲冲的、最后通牒式的话。他的举动很傲慢，一副凶相，面带嘲笑，兰伯特却与之相反，十分激动，显然，一直在劝他，大概想劝他加入他们的什么勾当。有一回，我伸手去拿一瓶红葡萄酒；麻脸突然拿起一瓶赫雷斯酒①，递给了我，在此以前，他没跟我说过一句话。

"您尝尝这个。"他在递给我酒瓶时说道。这时我才猛地醒悟，他肯定已

---

① 一种烈性的白葡萄酒。

经知道了我在这世上的一切——我的身世，我的姓名，或许还有兰伯特指望我干的那事。一想到他可能把我看作兰伯特手下的小伙计，我心头那股无名火就蹿上来了，可是当麻脸一跟我说话，兰伯特的脸上就表现出某种极其强烈和极其愚蠢的担心。麻脸把这些都看在眼里，笑了。"兰伯特简直离不开这些人。"我想。这一刻，我打心眼儿里恨他。就这样，我们虽然整个饭局都同坐一桌，可实际上却分成两拨：麻脸和兰伯特是一拨，靠近窗户，两人相对而坐，另一拨是我和挨着我坐的邋遢鬼安德烈耶夫，而特里沙托夫则坐在我对面。兰伯特急于吃饭，不时催促堂倌快点儿上菜。当堂倌端上香槟酒的时候，他突然向我举起了酒杯。

"为你的健康，干杯！"他说，打断了和麻脸的交谈。

"您能允许我也跟您干一杯吗？"那个漂亮的特里沙托夫隔着桌子向我伸过自己的酒杯。在上香槟酒之前，他一直心事重重的样子，沉默寡言，傻瓜根本不说话，默默地大快朵颐。

"很高兴。"我回答特里沙托夫。我们碰了一下杯，一干而尽。

"我就不来为您的健康干杯了，"傻瓜突然向我转过身来，"倒不是因为我希望您死，而是因为我希望您今天别喝多了。"他说这话时阴阳怪气，但是很有分量。

"您喝三杯也就够了。我看，您在瞅着我这不干不净的拳头是不是？"他伸出拳头放在桌上，继续道，"我是从来不洗手的，就这么脏兮兮地租给兰伯特，一旦兰伯特遇到什么麻烦事，我就用它来砸烂别人的狗头。"他说完这话后，忽然使劲用拳头敲了一下桌子，因为使劲太大，震得桌上的杯盘都跳了起来。除了我们以外，在这屋里还有四桌人在吃饭，都是军官和各种器宇不凡的先生。这饭馆是一家时新饭馆。所有的人都顿时停止了谈话，向我们这角落张望；看来，我们早就激起这里人的某种好奇。兰伯特满脸通红。

第三部

"啊，他又要闹事了！似乎我早就请求过您，尼古拉·谢苗诺维奇，要好自为之。"他用恼怒的低语对安德烈耶夫说道。安德烈耶夫用悠长而又慢条斯理的目光把他打量了一遍：

"我不希望我的新朋友多尔戈鲁基今天在这里喝得太多。"

兰伯特的火气更大了。麻脸默默地听着，但却显然很高兴。对安德烈耶夫的出格举动，他不知为什么很喜欢。只有我一个人不明白为什么我不该喝酒。

"他这么闹只是为了拿到钱！听着，饭后，您会拿到七卢布的——不过，请让我们先把这饭吃完，别丢人现眼。"兰伯特向他咬牙切齿地说。

"啊哈！"傻瓜得意扬扬地吼叫道。这可把麻脸乐坏了，他不怀好意地嘻嘻笑起来。

"我说，你也太……"特里沙托夫不安而又痛苦地对自己的朋友说，显然希望他能够收敛。安德烈耶夫闭上了嘴，但是时间不长；他心里的打算不是这样。在我们一旁，隔开一张桌子，五六步远，有两位先生在吃饭，在热闹地交谈。这两位看上去都是非常爱面子的中年绅士。一位是高个儿，很胖，另一位也很胖，但是小个儿。他们说的是波兰话，谈的是巴黎的时局。傻瓜早就好奇地不时向他们俩张望，倾听他们俩说话。显然，他觉得小个子波兰人很滑稽，于是他就立刻恨透了他。大凡肝火旺和肝脏有病的人，常常会没来由地突然发火，他就属于此列。忽然，小个子波兰人提到了议员马迪埃·德·蒙若[①]的名字，但是，根据许多波兰人的习惯，按照波兰话的说法，把重音落到了倒数第二个音节上，结果读成了马迪埃·德·蒙惹了。傻瓜要的就是这话把。他向波兰人转过脸，神气活现地挺直了身子，仿佛向人家提问似的，一字一顿地、大声地忽然说道：

[①] 马迪埃·德·蒙若（1814—1892），法国国务活动家，法国1848年革命的参加者，1871年任法国国民议会议员。他的名字当时常见于俄国报端。

"马迪埃·德·蒙惹?"

那两个波兰人怒气冲冲地向他转过了身子。

"您要干吗?"那大个子波兰人用俄国话厉声喝问。傻瓜等的就是这话茬。

"马迪埃·德·蒙惹?"他忽然又重复了一遍,声音大得震动了整个餐厅,也不再做任何解释,就像不久前在兰伯特家门口,他向我步步逼近,愚蠢地不断向我嚷嚷似的:多尔戈鲁基?波兰人从座位上跳起来,兰伯特也从桌旁一跃而起,他本来想跑过去劝安德烈耶夫,后来又撇下他,跑到波兰人身边,开始向他俩低声下气地道歉。

"这是小丑,先生,这帮人都是小丑!"小个子波兰人鄙夷不屑地一再重复道,气得满脸通红,像根胡萝卜似的,"以后这里来不得了!"餐厅里骚动起来,发出了抱怨声,但多半是笑声。

"出去……劳驾……咱们出去说!"兰伯特完全不知所措了,嘟囔道,

他正在竭力想办法把安德烈耶夫弄出房间。安德烈耶夫想探个究竟般观察了一遍，终于看出他现在就要拿出钱来了，遂答应跟他出去。大概，他已经不止一次用这种无耻的手段向兰伯特要钱了。特里沙托夫本来也想跟在他们后面跑出去，但是他看了看我，又留下了。

"啊，多混账啊！"他用自己的尖尖的手指捂住了眼睛，说。

"太混账了，您哪。"麻脸低声道，这一回他那模样已经十分恼火。这时，兰伯特回来了，几乎满脸煞白，开始热烈地比画着，低声向麻脸说着什么。这时麻脸吩咐堂倌快上咖啡；他厌恶地听着；显然，他想快点儿离开这里。然而，这整个起哄和闹事，不过是一场普普通通小学生般的胡闹而已。特里沙托夫端着一杯咖啡，从自己的座位上站起来，转到我这边，挨着我坐了下来。

"我很喜欢他。"他以一种十分坦诚的样子对我说，倒像他一向都在跟我谈论这事似的。

"您简直没法相信安德烈耶夫有多不幸。他把给他妹妹作陪嫁的钱都吃光喝光了，又在他当兵的那一年把他们家的所有东西都吃光喝光了。我看得出来，他很痛苦。至于他不爱洗手——这是因为他绝望。他有一些非常奇怪的思想：他会突然对您说，小人与君子——都一样，没有区别；什么事也不要做，既不做好事，也不做坏事，或者都一样——好事与坏事都可以做，而最好是拥衾高卧，整月都不脱衣服，就管吃喝拉撒睡。但是，请您相信，他不过随便说说而已。您知道吗，我甚至想，他今天之所以寻衅闹事，是想同兰伯特彻底决裂，一刀两断。他昨天还这么说来着。您信不信，他有时候夜里，或者长时间一人独坐斗室，就会哀哀痛哭，您知道吗，他哭的时候有点特别，不像普通人那样哭法：他会吼，大声吼叫，您知道吗，这就更加让人可怜了。更何况这么一个大高个儿，这么一个坚强有力的人，竟会突然号啕大哭。他有多可怜啊，不是吗？我想挽救他，可是我自己——又是一个十分恶劣和十分堕落的孩子,您简直没法相信!多尔戈鲁基,如果我去拜访阁下,您会让我进去吗?"

"噢,欢迎光临,我甚至还很喜欢您哩。"

"我有什么可喜欢的?不过谢谢您。我说,咱们再干一杯,不过,我这是怎么啦!您还是不喝的好。他说得对,您不能多喝,"他突然别有深意地向我使了个眼色,"可我还是要喝。我现在反正已经无所谓了,而我,您信不信,我不管干什么,都克制不了自己。如果您对我说,我不要再上饭馆去吃饭了,可是我只要有饭吃,上哪都行,干什么都行。噢,我们真心实意地想做个好人,真的,但我们总是一拖再拖。'岁月蹉跎,韶华付东流!'①而他,我非常害怕——他会去上吊的。跟谁也不说一声就去了。他就是这样一个人。眼下,所有的人都爱上吊;谁知道呢——也许,很多都是像我们这样的人?比如说,没有多余的钱,我就活不下去,多余的钱比必需的钱更重要,而且重要得多。我说,您喜欢音乐吗?我非常喜欢。我去看您的时候,我可以给您演奏点什么听听。我弹钢琴弹得很好,学了很长时间。我是认认真真学的。如果我写歌剧的话,那您知道吗,我一定要选用《浮士德》里的情节。我很喜欢这个主题。我一直在构思大堂里的那出戏,只是构思,在脑子里想象,一座哥特式的大教堂,大堂内部,唱诗班,圣歌悠扬,格蕾琴走进来。要知道,唱诗班是中世纪的,要听得出是在十五世纪。格蕾琴神情忧郁,起先唱宣叙调,声音低低的,但是可怕和痛苦,而唱诗班的歌声却在阴郁、严厉和无情地轰响:"那日,是愤怒的日子!"②突然——响起了魔鬼的声音,魔鬼的歌。魔鬼看不见,只听得见歌声,与圣歌并存,与圣歌一起,几乎与圣歌重合,然而又完全不同——无论如何要做到这点。这歌很长,不绝于耳,这是男高

---

① 转引自顾蕴璞译《莱蒙托夫全集》第二卷第226页(河北教育出版社,1996)。
② 在原著中是拉丁文。这是天主教安魂弥撒所唱圣歌描写"末日审判"的起首句。

音，一定要男高音。开始时声音低低的，柔和的：'格蕾琴，当你还天真未凿，还是个孩子的时候，你跟着你妈常常到这座大教堂来，看着一本旧的祈祷书，在学念祈祷文——这情景你还记得吗？'但是这歌声却越来越有力，越来越充满激情，节奏越来越快；音符越来越高：其中有眼泪，有忧伤，一种不绝如缕、走投无路的忧伤，以及最后变成了绝望。'没有饶恕，格蕾琴，这时对你没有饶恕！'格蕾琴想祈祷，但是从她胸口迸发出的只有哭喊——您知道吗，当胸中憋着太多的眼泪，憋得实在难受，是怎么回事吗？——可是撒旦的歌声始终不肯止息，而且像一把利刃似的越来越深地刺进您的心，歌声越来越高——忽然几乎被一声怒喝所打断：'一切都终了了，你受到了诅咒！'格蕾琴双膝下跪，合掌当胸——这时便响起她的祈祷，祈祷文很短，近似于宣叙调，但是十分质朴，没有任何装饰音，是某种高度中世纪的东西，四行诗，总共只有四行诗——斯特拉代拉①就曾作过好几首这样的乐谱——于是她在唱完最后一个音符后晕倒了！台上出现了骚动。把她扶了起来，抬走了——这时突然响起了雷鸣般的合唱。这声音就像铁骑突现，万马奔腾，合唱充满了灵感，仿佛是一曲压倒一切的胜利凯歌，就仿佛我国的《天使颂》②；仿佛地动山摇，一切都受到了彻底的震撼——一切都转为一片万众欢腾的齐声高呼：'和散那！'③'仿佛普天之下发出的一声呐喊，随着，她就被人抬走了，抬走了。这时候大幕立即落下！不，您知道吗，如果我还能做点儿什么，我一定会做出成绩来的。可现在我却什么事也做不成，只会幻想。我一直在幻想，一直在幻想；我整个一生都变成了幻想，仅仅是幻想而已，连夜里我也

---

① 斯特拉代拉（1642—1682），意大利作曲家、歌唱家和小提琴家，创作有许多歌剧和宗教清唱剧。
② 东正教教堂举行圣餐仪式时所唱的称颂天使的赞歌。
③ 在原著中是希伯来文。据《新约·马太福音》注，"和散那"原有"求救"的意思，在此是称颂的话。

在幻想。啊，多尔戈鲁基，您看过狄更斯的《老古玩店》吗？"

"看过，怎么啦？"

"您记得吧……慢，让我再干一杯——您该记得，该书的结尾处有一个地方写到，他们——那个疯老头和他的孙女——非常可爱的十三岁小姑娘，经过奇异的逃亡和流浪之后，终于栖身在英国边境的某个地方，近处有一座哥特式大教堂，于是这小姑娘就在这里找了个工作，带领游客们参观大教堂……有一回夕阳西下，这孩子站在教堂的台阶上，全身洒满了这最后的夕阳，她站在那里，望着落日，在她那童稚的心里，感到十分奇妙的心里，掠过一丝静静的遐思和默想，仿佛出现在她面前的是一个谜——太阳就像是上帝的思想，而教堂就像是人类的思想……不是吗？噢，我说不好，无法表达，但是上帝一定很喜欢孩子们童蒙初开的想法……而这里，在她身旁，在台阶上，那个疯老头，她爷爷，却用他那停滞的目光望着她……您知道吗，这里没有任何非同寻常的地方，在狄更斯的这幅画里也完全没有任何出奇之处，但是此情此景您却一辈子忘不了，于是这就在整个欧洲留传了下来——为什么呢？因为这是美！这是童蒙初开！哎！我不知道这到底是什么，只觉得好。我在上中学的时候一直喜欢看小说。您知道吗，我有一个姐姐在乡下，只比我大一岁……噢，现在那里的一切都卖掉了，已经没有了村庄！我常常同她一起坐在凉台上，坐在那几株古老的菩提树下，读着这部小说，这时太阳也快下山了，我们突然停止了阅读，互相向对方说，我们也要成为好人，我们也要成为心地美好的人——那时候我正准备考大学……啊，多尔戈鲁基，您知道吗，每个人都有自己的回忆！……"

他忽然把他那漂亮的脑袋靠在我肩膀上——哭了。我觉得他非常非常可怜。不错，他喝了很多酒，但是他同我说的话是那么真诚，那么真诚，那么友好，而且还这么动情……突然，就在这一刻，街上传来了喊叫声和用手指重重敲打我们身旁窗户的声音（这里的窗户都是用的整块大玻璃，而且又在底层，所以可以从外面用手指敲）。这是被带出去的安德烈耶夫。

"喂，兰伯特！兰伯特在哪儿？你有没有见到兰伯特？"从外面传来他那粗野的喊声。

"啊，他原来在这儿！那么说，他没走？"我那男孩霍地从座位上蹿出来，叫道。

"结账！"兰伯特咬牙切齿地对堂倌说。当他开始付账的时候，气得两只手都在发抖，但是麻脸却不许他替自己付钱。

"为什么？难道不是我请您来，您接受了邀请吗？"

"不，对不起。"麻脸掏出自己的钱包，算清了自己那一份，单独付了账。

"您是让我难堪吗，谢苗·西多雷奇！"

"我就是这样，您哪。"谢苗·西多罗维奇断然道，接着他便拿起礼帽，也不向任何人告辞，独自走出了餐厅。兰伯特把钱扔给了堂倌，也跟在他后面匆匆跑了出去，在不安中甚至把我也忘了。我和特里沙托夫在大家出去后才走了出去。安德烈耶夫像根路标似的站在大门口，他在等候特里沙托夫。

"混蛋！"兰伯特忍不住骂道。

"喏喏！"安德烈耶夫向他怒吼道，他一挥手把他的圆筒礼帽打落在地，这帽子沿着人行道滚了几步。兰伯特只好低三下四地跑过去把它捡了起来。

"二十五卢布！"安德烈耶夫向特里沙托夫指了指他从兰伯特身上敲诈来的一张钞票。

"得啦，"特里沙托夫向他嚷道，"你干吗老闹事……你干吗向他勒索二十五卢布？只要他拿出七卢布就行了嘛。"

"干吗向他勒索这么多钱？他答应开单间请我们吃饭，还有陪酒的女人，可是女人没来，却来了个大麻子，此外，我没有吃完，还在外面挨了冻，这就非得加十八卢布不可。他还欠我们七卢布 —— 加起来一共二十五卢布整。"

"你们俩快给我滚 —— 蛋，见鬼去！"兰伯特吼道，"我要把你们俩统统撵走，我要让你们俩乖乖地听话……"

"兰伯特，我要把您撵走，我要让您乖乖地听话！"安德烈耶夫喝道，"再见，公爵，不要多喝酒！彼佳，走！喂，兰伯特！兰伯特在哪儿？你有没有见到兰伯特？"他一面大踏步走开，一面最后一次地大声吼道。

"那我上您家去，可以吗？"特里沙托夫一面急忙追上自己的朋友，一面向我匆匆地喃喃道。

我和兰伯特单独留了下来。

"好了……咱们走！"他仿佛喘不过气来似的说道，甚至，似乎人都变傻了。

"上哪儿？我哪儿也不跟你去！"我急忙挑战似的叫道。

"你怎么不去？"他一下子清醒过来，害怕地、惊觉地问道，"我就等着剩下咱俩在一块儿呢！"

"那去哪儿？"不瞒诸位，我喝了三大杯葡萄酒和两小盅赫雷斯酒，头也有点晕，在嗡嗡响。

"这儿，上这儿，瞧见啦？"

"这儿是卖鲜牡蛎的，你瞧，写着呢。这儿的味儿太难闻了……"

"这是因为你刚吃过饭，这是米柳京商店①；咱们不吃牡蛎，我请你喝香槟……"

"我不喝酒！你想灌醉我呀。"

"你这是听他们瞎掰，他们在笑话你。这些坏蛋的话你就信了！"

---

① 这家商店位于彼得堡涅瓦大街的米柳京商场。这里有几家店铺，专卖烈性酒，并有专门的单间，供顾客小酌。

第三部

"不，特里沙托夫不是坏蛋。再说我自己也应当小心为是 —— 就这话！"

"怎么，你也有骨气？"

"是的，我也有骨气，而且比你强，因为你见谁就对谁奴颜婢膝，低三下四。你把我们的脸都丢尽了，你见了那两个波兰人就跟奴才似的，请求人家原谅。可见，你经常在饭馆里挨揍，是不是？"

"要知道，咱俩得好好谈谈，傻瓜！"他叫道，露出一种既鄙夷不屑又不耐烦的神态，他那模样就差点没说："你也跟我耍这一手？你害怕了，是吗？你是不是我的朋友？"

"我不是你的朋友，你是骗子。咱们走，目的就是向你证明我不怕你。啊呀，这气味多难闻呀，一股干酪味儿！真恶心！"

第 六 章

一

我要再一次请求大家注意,我头脑里有点嗡嗡响,如果不是这样,我所说的话和所做的事就会不一样。在这家小店后面的一个单间,的确可以吃牡蛎,于是我们俩就在一张小桌旁坐下,桌上铺着一块劣质的桌布,兰伯特要了香槟酒;于是一杯金色的冰凉的香槟酒就出现在我面前,它富有诱惑力地望着我;但是我感到很恼火。

"要知道,兰伯特,我感到最可气的是,你以为你现在还可以像过去在图沙尔中学那样对我发号施令,其实,你自己在这里的所有人面前,低三下四,像个奴才。"

"傻瓜!哎,干杯!"

"你甚至都不屑在我面前弄虚作假,哪怕就掩饰一下你想灌醉我呢。"

"你胡说,你喝醉了。应当再喝,心里就痛快了。拿酒杯,拿起来呀!"

"什么叫'拿起来呀'?我走开,这就结了。"

我还当真欠了欠身子。他勃然变色:

"肯定是特里沙托夫背后说了我不少坏话:我看见了——你们在那儿说悄悄话。可见你是个傻瓜。他老黏糊糊地缠着阿尔丰西娜,连她都感到恶心……讨厌透了。我以后有机会再告诉您他是怎样一个人。"

"这你已经说过了。你心里就只有一个阿尔丰西娜,你的目光太浅了。"

"我目光浅?"他没听懂我的意思,"他们现在都转到麻脸那边去了。就这么回事！因此我才把他们统统赶走。他们都是些小人。这麻脸是个大坏蛋，准会把他们都教坏了。而我要求他们始终要行为高尚。"

我坐了下来，无意识地拿起酒杯，呷了一口。

"就文化程度说，我比你高得多。"我说。他看见我又坐了下来，高兴坏了，立刻又给我满上。

"要知道，你怕他们，不是吗？"我继续逗他（当时我肯定比他还可恶），"安德烈耶夫打落了你的帽子，你还反过来给他二十五卢布。"

"我是给了，但是他会给我付出代价的。他们想造反，看我不拧下他们的脑袋……"

"麻脸搞得你心烦意乱。你知道吗，我觉得，你现在就剩下我一个人了。现在你的全部希望全寄托在我一个人身上，是不是？"

"是的，阿尔卡什卡①，这话也对：我就只剩下你一个朋友了；这话你说得太对啦！"他拍了一下我的肩膀。

拿这个粗人有什么办法呢；他也太低级了，竟把人家的嘲笑当成了夸奖。

"如果你是我的好朋友，你就可以帮我摆脱许多不如意的事。"他继续道，亲切地望着我。

"我又能拿什么来帮你呢？"

"拿什么帮我——你自己知道。没有我，你就是一个傻瓜，肯定很笨，我会给你三万卢布，咱俩对半分，至于怎么做——你自己知道。你又算老几，你瞧：你什么也没有——既没有名，也没有姓，而现在一下子就可以发大财了；有了这钱，你就可以飞黄腾达了！"

他居然使出了这一招，我不胜诧异，我满以为他会耍花腔，而他却跟我开门见山，直截了当，充满了孩子气，直出直进。我决定听他说下去，是出

---

① 阿尔卡季的昵称。

于包容，以及……非常好奇。

"要知道，兰伯特：这你就不懂了，我同意听你说下去，是因为我大度。"我坚定地宣称，又从酒杯里呷了一口。兰伯特又立刻给我满上。

"我说，阿尔卡季，如果像比奥林格这样的混账东西胆敢对我破口大骂，并且当着我所崇拜的女士的面打我，那我就不知道我会做出什么事来了！你却忍气吞声，我看不起你：你是个窝囊废！"

"你怎么敢说比奥林格打了我呢！"我涨红了脸，叫起来，"说我打了他，那还差不多，而不是他打了我。"

"不，是他打了你，而不是你打了他。"

"胡说，我还踩了他的脚呢！"

"可他用手把你挡了回去，还吩咐下人把你拽走……她却端坐不动，在马车里看着，笑话你——她知道你没有父亲，可以欺负你。"

"我不知道，兰伯特，咱俩跟孩子似的斗嘴让我觉得可耻。你是想惹我发火，竟那么粗俗、那么露骨，就好像跟一个十六岁的孩子斗着玩似的。你这是跟安娜·安德烈耶芙娜商量好了！"我叫道，气得发抖，无意识地不断喝酒。

"安娜·安德烈耶芙娜是个大骗子！她骗了你，也骗了我，骗了整个上流社会！我等你来，就是因为你能更好地跟那女人做个了断。"

"跟哪个女人？"

"跟阿赫马科娃夫人呀。我什么都知道。你自己告诉过我，她就怕你手里的那封信……"

"什么信……你胡说……你见过她了？"我不安地嘟囔道。

"我见过她，她长得很美。很漂亮，你倒很有眼力。"

"我知道你见过。不过，你不敢跟她说话，关于她，我也不准你说三道四。"

"你还小，她是在笑话你——就这么回事！我们在莫斯科的时候碰到过这么一位品德高尚的女人：鼻子翘得老高！当我们威胁她要把她的底细统统抖搂出来时，她发抖了，立刻乖乖地听话了；于是我们一箭双雕：既拿到了钱，又干了那事——你明白是什么事吗？现在她又在社交界高不可攀了——呸，见鬼，她飞得多高呀，马车多漂亮呀，要是你亲眼看见，这是在怎样的杂屋里干的！你还没生活经验；要知道，她们什么犄角旮旯儿的地方都不怕……"

"这我倒想过。"我忍不住嘟囔道。

"她们下作到了极点；你不知道，她们什么事都干得出来！阿尔丰西娜就曾在一个这样的地方待过，她十分厌恶。"

"我想过这事。"我又一次肯定道。

"可你挨了打，还心疼她……"

"兰伯特，你是个混蛋，你太可恶了！"我忽然似乎明白了，浑身发抖，叫道，"我梦见过这一切，你站在那儿，还有安娜·安德烈耶芙娜……噢，你呀——你太可恶了！难道你以为我是这样的卑鄙小人吗？我梦见这个，是因为我早知道你会说这话的。最后，这一切不可能这样简单，决不会像你这么公开、这么露骨地说的那样！"

"瞧，居然生气了！啧啧啧！"兰伯特拉长了声音笑着，得意扬扬地说道，"好啦，阿尔卡什卡老弟，现在我已打听到了我要打听的一切。也正是为了这事，我才等你来。我说，可见你是爱她的，因此您想报复比奥林格——这就是我首先要弄清楚的。当我在这里等你的时候，我就一直在怀疑这事。既然是这样，事情就不一样了。可能还更好，因为她也爱你。那你就娶她，立马娶她，这更好。再说，你也不可能走别的路，你选中的这条路完全正确。然后，要知道，阿尔卡季，你还有朋友帮忙，这就是我，可以供你随意差遣。正是我这朋友会帮你的忙，会帮你把她娶到手：即便掘地三尺，我也要把一切弄到手，阿尔卡季！事成之后，你再送给我这老同学三万卢布，作为酬劳，怎么样？我一定帮你的忙，你甭怀疑。干这事，我知道个中的全部奥秘，你会得到所有的陪嫁，于是你就摇身一变成了阔佬，飞黄腾达！"

我虽然感到晕晕乎乎，但还是愕然地看着兰伯特。他神情严肃，就是说，他不仅严肃，而且我看得很清楚，他好像认为我能把她娶到手是十拿九稳似的，甚至对他的这一想法感到很得意。不用说，他也想把我像个孩子似的抓在手里（大概——这我当时就看到了）；但是一想到能同她结婚，这个想法还是使我整个人受到了极大刺激，虽然我对兰伯特这人感到很诧异，他怎么会相信这种荒唐事呢，同时我又巴不得这事是真的，然而我片刻也没有丧失理智，当然，这是完全不可能实现的。不知怎么，这一切都掺和到一块儿了。

"难道这可能吗？"我喃喃道。

"干吗不可能？你向她出示一下凭据——她就会胆战心惊，为了不丢掉钱，她就会嫁给你。"

我决定让兰伯特大放厥词，看他还能卑鄙无耻到什么地步，因为他竟那么老实地把这一切卑鄙的想法和盘托出，甚至都不曾怀疑过，我也可能忽然发火呢；但是我还是支吾其词地应付他，说什么我不想仅仅靠强迫把她娶到手。

"我无论如何不想使用强迫手段，你怎么会这么卑鄙，认为我会出此下策呢？"

"哪能呀！她是自愿嫁给你的；这不是你，而是她自己害怕了，决定嫁给你的。而她嫁给你，还是因为她爱你。"兰伯特警觉道。

"你这是胡扯。你在笑话我。你凭什么知道她爱我？"

"这是肯定的。我知道。连安娜·安德烈耶芙娜也这么认为。我这是跟你说的大实话，安娜·安德烈耶芙娜就是这么认为的。以后你上我家去，我还会告诉你一件事，你就会看到她真的爱你。阿尔丰西娜去过皇村，她在那儿

第三部

也打听过……"

"她在那儿能打听到什么呢？"

"咱俩先上我家去：她会亲自告诉你的，你听了一定很开心。你哪点比别人差？你帅气，有教养……"

"对，我有教养。"我低语道，差点都喘不上气了。我的心在怦怦跳，并不只是因为喝了酒。

"你帅气。你穿得考究。"

"对，我穿得考究。"

"而且你善良……"

"对，我善良。"

"那她凭什么不乐意呢？没有钱，比奥林格是不会娶她的，而你却可以使她失去钱——因此她才害怕；你娶了她，也就向比奥林格报了仇。你冻僵之后的那天夜里，你就亲口说过她爱上你了。"

"难道我对你说过这话吗？我肯定不是这么说的。"

"不，你就是这么说的。"

"我那是说胡话。没准，当时我还对你说过什么凭据吧？"

"对，你说你有这么一封信；我当时还想，既然有这么一封信，你怎么能坐失良机呢？"

"这一切都是幻想，我还没有蠢到这地步，蠢到对此信以为真。"我嘟囔道，"首先，年龄上的差距；其次，我并非出身望族。"

"她肯定会嫁给你的；不能不嫁给你，要不这么多钱就白丢了——我会把这事办妥的。再说她爱你。你知道吗，老公爵对你非常有好感。你在他的庇护下就可以拉上各种关系；至于说你不是望族，眼下不需要这一套了，只要你能弄到钱——你就可以步步高升，十年后你就会成为百万富翁，名震天下，那时候还要什么姓，还要什么名？在奥地利就可以买到男爵头衔。一结婚，就要把老婆攥在手心里。得把她们抓得紧紧的。女人如果爱上了男人，就喜欢自己被攥在手心里。女人喜欢男人有性格。而你用那封信一吓唬她，从那一刻起，你也就向她显示了你的性格。她会说：'啊，他这么年轻，可他有性格。'"

我像傻了似的坐那儿。我还从来没有跟别人进行过这么下作的谈话。但是这里却有一种甜蜜的渴望在吸引我谈下去。何况兰伯特这么愚蠢和卑鄙，在他面前是用不着害羞的。

"不，兰伯特，你知道吗，"我突然说道，"不管怎么说，这里有许多无稽之谈；我跟你说话，是因为咱俩是老同学，咱俩没什么可害臊的；但是同别人我是无论如何不会下作到这地步的。主要是你凭什么这么肯定地说她爱我呢？你刚才说到钱的问题说得很好。但是，要知道，兰伯特，你不知道上流社会：他们的一切都是建筑在极端宗法主义的，可以说门第关系之上的，因此现在，当她还不知道我的才干，还不知道我在生活中怎样平步青云的时候——现在她终究还是羞于下嫁给我这样一个愣头青的，我也不想瞒你，兰伯特，这里的确有那么一点，可以使人产生希望。要知道：她可以出于感激嫁给我，因为我可以使她摆脱另一人对她的恨。而她怕他，怕这个人。"

"啊，你这话是说你父亲吧？怎么样，他很爱她吗？"兰伯特突然以一种非凡的好奇警觉道。

"噢，不！"我叫道，"你这人既可怕，同时又十分愚蠢，兰伯特！如果他爱她，我现在又怎么能够娶她呢？要知道，我们毕竟是父子啊，这岂不太可耻了吗？他爱妈妈，爱妈妈，而且我是看见过他怎么拥抱妈妈的，我过去却以为他爱卡捷琳娜·尼古拉耶芙娜，但是现在我清楚地看到，也许他从前曾经爱过她，但是现在早就在恨她了……而且想报复，她害怕，因此我才告诉你，兰伯特，他一旦动手报复，是非常可怕的。他会变得几乎像疯子。他

第三部

一旦动怒，是什么都做得出来的。这是一种老式的出于崇高原则的敌视。在我们这时代——人们对所有的共同准则已不屑一顾；在我们这时代，起作用的不是共同准则，而只是个别情况。啊，兰伯特，你什么也不懂，你蠢得像段木头；我现在跟你讲这些准则，你大概什么也听不懂。你的文化程度太低了。你记得你过去常常打我吗？我现在比你力气大——你知道这个吗？"

"阿尔卡什卡，咱俩上我家去。坐他一晚上，再干他一瓶酒，让阿尔丰西娜弹吉他、唱歌。"

"不，我不去。我说，兰伯特，我有'思想'。如果我不能成功，又结不成婚，我就一头钻进思想；而你没有思想。"

"好，好，你就敞开说吧，咱们走。"

"我不去！"我站起来，"我不想去，也决不去。以后我会来找你的，但你是个卑鄙小人。我可以给你三万卢布——你要就给你吧，但是我比你干净，比你高尚。我看得一清二楚，你在所有方面都想骗我，作弄我。但是关于她，我不许你想入非非：她比所有的人都高尚，而你的阴谋诡计——却这么下作，我甚至都对你感到吃惊，兰伯特。我想娶她——这是另一回事，但是我不要财产，我蔑视财产。即使她跪下把自己的财产拱手相让，我也不要……而娶她，娶她，这是另一回事。要知道，你说得好，要把她攥在手心里。要爱，热烈地爱，用只有男人才有、女人绝不可能有的慷慨大度去爱她，但也需要专制——这很好。因为，你知道吗？兰伯特，女人喜欢专制。兰伯特，你玩过女人，但是在所有其他方面你笨得惊人。要知道，兰伯特，你根本不像看上去那样混账，你只是普普通通的混账东西。我喜欢你。啊，兰伯特，你干吗要做这样一个骗子呢？要不，咱俩就可以十分开心地生活在一起了！要知道，特里沙托夫——很可爱。"

这最后几句语无伦次的话，我已经是在大街上口齿不清地说的了。噢，我之所以为此详尽地追忆这一切，为的是让读者看到，尽管我欢天喜地，尽管我赌咒发誓，一再许诺我要迷途知返，改过自新，寻求好的品相，可当时我还是轻而易举地跌落下去，跌进如此肮脏的泥淖！我敢发誓，要不是我已经完全彻底地确信，现在我已经完全不是过去的我了，我已经在实际生活中锻炼出了刚强的性格，那我是决不会向读者承认这一切的。

我们走出了那家小店，兰伯特用一只手微微搂着我的腰，扶着我。我突然抬起头来看了看他，看见他的目光十分清醒，正在十分专注和聚精会神地打量我，脸上的表情几乎就同那天早晨我差点冻僵的时候一模一样，那天他也这样，一只手搂着我，扶着我走，然后坐上出租马车，用耳朵听，用眼睛看，倾听着我语无伦次的喃喃自语。一些即将喝醉但是还没有完全喝醉的人，常会有些脑子极其清醒的瞬间。

"我无论如何不到你那里去！"我坚定而又清楚地说道，嘲弄地望着他，用手把他推开。

"好啦，得啦，我让阿尔丰西娜生茶炊，沏茶，得啦！"

他非常有把握，我绝对逃不出他的魔爪；他就像逮住一只猎物似的，扬扬得意地搂着我，扶着我，当然，因为他需要我，而且就在那天晚上，他需要的也正是我处在这样的状态！至于为什么——以后，一切自会分晓。

"我不去！"我又重复了一遍，"马车！"

这时恰好有一辆出租马车驶过，我跳上了雪橇。

"你上哪儿？你怎么啦！"兰伯特抓住我的皮大衣，惊恐万状地吼道。

"不许跟着我！"我叫道，"不许追。"在这一刹那，马车恰好起动，于是，我的皮大衣从兰伯特手里挣脱了出来。

"反正你会来找我的。"他用恶狠狠的声音冲我的背影叫道。

"我想来就来——看我高兴！"我坐在雪橇上向他回过头去。

二

他没来追我,当然,一方面也是因为附近没有出现另一辆出租马车,我也就很快从他的视野中消失了。我只走到干草广场就在那里下了车,放走了雪橇。我非常想徒步走走。我既没感到疲劳,也没感到大的醉意,只感到精神抖擞、精力充沛,浑身上下充满了非凡的精力,足以去干任何大事,同时脑子里又有数不清的令人愉悦的思想。

心在重重地、急促地跳动——我都能听见每一次心跳。我感到一切都是那么可爱,那么轻松愉快。我走过干草广场的拘留所①,我非常想走过去,同哨兵互相亲吻。恰逢融雪天气,广场上的雪化了,变黑了,发出一股潮湿的气味。但是我很喜欢这广场。

"我现在要到奥布霍夫大街去,"我想,"然后往左拐,走出去,到谢苗诺夫团,再绕道过去,这太好了,一切都太好了。我敞开皮大衣——怎么没有人来剥我的大衣呢,强盗上哪去了?据说,干草广场上有盗贼出没;让他们过来呀,没准,我把皮大衣送给他们也说不定。我要这皮大衣做什么?皮大衣是财产。财产就是盗窃。②然而,真是瞎掰,一切多么美好。解冻了,融雪了,这很好嘛。干吗要严寒?根本不需要严寒。瞎掰也有瞎掰的好处。关于准则等等,我刚才对兰伯特究竟说了些什么呢?我说没有共同准则,有的只是个别情况;我胡说些什么呀,超级胡说!这是存心,为了虚张声势。真有点害臊,不过也没什么,我会纠正的。别不好意思啦,别折磨自己啦。阿尔卡季·马

---

① 该拘留所大楼现仍在。1874年,陀思妥耶夫斯基曾作为《公民报》主编在此被拘留两昼夜。
② 法国吉伦特派首领布里索说过的一句话,后来法国经济学家和社会学家蒲鲁东(1809—1865)在《什么是财产?》一书中引用,遂成名言。

卡罗维奇，阿尔卡季·马卡罗维奇，我喜欢您。甚至还很喜欢您，我的年轻朋友。可惜您只是个小骗子……而且……啊，对了……啊！"

我突然停下脚步，我的整个心又在陶醉中隐隐作痛：

"主啊！他这是说什么呀？他说她爱我。噢，他是个骗子，他刚才净胡说八道了；他这是为了让我到他家去过夜。也可能不是。他说，连安娜·安德烈耶芙娜也这么认为……哦，对了！娜斯塔西娅·叶戈罗芙娜也会打听到什么后去告诉他的：她到处乱窜。刚才我干吗不到他家去呢？到那儿去了，我就什么都知道了！嗨！他有一套计谋，这一切我都已经预感到了，直到最后一个细节。我在梦中看见过。你想得倒挺周全，兰伯特先生，但你这是胡说，事情绝不是这样。也许，就会是这样呢！也许，就会是这样呢！难道他真能让我娶她？能，也许就能。他天真幼稚，而又深信不疑。他像所有的买卖人一样，既笨又胆大妄为。愚蠢与胆大妄为结合在一起——是一种很大的力量。您应该承认，您其实害怕兰伯特，阿尔卡季·马卡罗维奇！他要正人君子干什么？还那么一本正经地说：这里没有一个正人君子！就说你自己——你是什么人？哎，我算什么人呢！难道卑鄙小人就不需要正人君子吗？在诈骗活动中，正人君子比任何地方都更有用，更有用，哈哈！至今都不懂得这道理的只有您一个人，阿尔卡季·马卡罗维奇，连同您的完全天真和幼稚。主啊！要是他当真让我娶她，那怎么办呢？"

我又停下了脚步。在这里，我要承认一件蠢事（因为这事早就过去了），我要承认，在此以前很久我就想结婚——就是说，我没有这个想法也就不会发生这事了（而且以后也不会发生，我保证），但是我已经不止一次，而且在此以前很久就幻想过，结婚该有多好啊——也就是说，有很多很多次，尤其在每次入睡前，即将睡着的时候。我还在十六岁的时候就开始有这种想法了。我在中学里有个同学，与我同岁，叫拉夫罗夫斯基——他是一个非常可爱、文静和漂亮的小男孩，但是除此以外却没有任何出众的地方。我跟他几乎从来不说话。突然有一次，我们俩挨着坐一起，就我们俩，他仿佛心事重重似的，突然对我说："啊，多尔戈鲁基，您以为怎么样，现在能结婚就好了；真的，现在不结婚，那要到什么时候才结婚呢；现在是最佳时期，然而又绝对不行！"他非常坦率地向我说了这话。于是，我忽然全身心地同意他的这一想法，因为我自己也梦见过那事。然后我们又接连好几天凑到一起，都是谈论那事，似乎很秘密，然而谈来谈去也就是谈那事。而后来，我也不知道这是怎么发生的，但是我们俩分开了，再也没有说话。就是从那时候起，我就开始幻想了。这种事，不值得回忆，但是我想指出的是，这种事有时候由来已久……

"这里只有一个反对理由能放到桌面上来。"我继续往前走去，但脑子里始终在幻想，"噢，当然，我们俩的年龄差别微不足道，这不可能造成障碍，但是有一点：她是这么一个贵族，而我不过是个普通人多尔戈鲁基！这太糟糕了！嗨！韦尔西洛夫难道就不能在娶妈妈的时候向政府提出申请，允许他认我做儿子吗……以表彰，可以说吧，我父亲的功绩……他既然做过官，想必总有功劳吧；他曾经做过调停官……噢，去他的，真腌臜！"

我忽然喊出了这句话，又忽然第三次停了下来，但已经仿佛被压倒了似的，在原地怔住了。意识到我居然想要接受这样的耻辱，用让人家认我做儿子的办法来改变我的姓氏，从而背叛我的整个童年——这种屈辱的痛苦感，一瞬间就把我刚才的好心情消灭殆尽，我心头的高兴劲儿也一下子烟消云散了。"不，这念头我决不告诉任何人，"我满脸通红地想，"我如此低三下四，是因为我……爱上了她，犯糊涂了。不，如果说兰伯特也有什么话说对了的话，那就是现如今根本不需要做所有这些混账事，眼下，在我们这时代，最要紧的是自己先活出个人样来，然后得有钱。也就是说，不是钱，而是得有威权。我必须以此作为资本才能投身到'思想'中去，再过十年，我将会震惊整个俄罗斯,我要向所有的人报复。至于对她,那丝毫也不用客气,这又是兰伯特说对了。她一害怕就会嫁给我。'你不知道,你不知道这是在怎样的杂屋里发生的!'"我想起了兰伯特不久前说过的话,"这话有理,"我肯定道,"兰伯特一切都对,比我对一千倍,也比韦尔西洛夫,比所有这些理想主义者对一千倍!他是一个现实主义者。她会看到,我有性格,并且会对别人说:'他有坚强的性格!'兰伯特不过是个卑鄙小人,他只想从我身上捞到三万卢布就心满意足了,但是我毕竟只有他一个朋友呀。别的友谊是没有的,也不可能有,这一切都是那些不切实际的人臆造出来的。我甚至都没有贬低她;难道我在贬低她吗?丝毫没有:所有的女人都这样!女人难道有不犯贱的?因此才需要管束,因此她才生来就是个附属品。女人是罪恶和诱惑,男人才是高尚的和舍己为人的,永远如此,万古不易。至于我想利用这凭证——这无关紧要。这既无妨于高尚,也无妨于舍己为人。纯粹席勒式的人物是没有的——这样的人是臆造出来的。只要目标是高尚的,即使手段肮脏,也没什么!事后一切都能洗刷干净,一切都会完好如新。而现在,这仅仅是大丈夫不拘小节的做法,这仅仅是人生,这仅仅是人生的真谛——这才是我们现在的说法。"

噢,我再说一遍;请大家原谅,我把我当时的醉后狂言一字不落地全部引述了出来。当然,这仅仅是我当时的思想精髓,但是我觉得,我当时就是这么说的,这就是我说的原话。我必须把这些话如实地引述如上,因为我坐下来写这部记事录,就是为了自责。不自责这些,还自责什么呢?难道生活中还能有什么比这更严肃的事吗?喝醉酒并不是辩白的理由。酒后吐真言。①

我就这么幻想着,整个人都沉浸在幻想中,最后终于不知不觉地走到了家门口,就是说,走到了妈妈的住所。我甚至都没发觉我怎么走进房间的;

---

① 在原著中是拉丁文。

但是我刚一迈进我们那间窄小的前室就立刻明白了,我们家发生了一件非同寻常的事。房间里在大声说话,在大呼小叫,听得见妈妈在哭。卢克丽娅从马卡尔·伊万诺维奇的房间里跑出来,正要跑到厨房去,在门口差点没把我撞倒。我匆匆脱下皮大衣,走进马卡尔·伊万诺维奇的房间,因为所有的人都聚集在这里。

那里站着韦尔西洛夫和妈妈。妈妈斜倚在他的怀里,他则紧紧地搂着她,把她贴在自己的胸口。马卡尔·伊万诺维奇,照老习惯,坐在自己的矮凳上,但是似乎处在某种虚脱状态,因而丽莎使劲用两手托住他的一只肩膀,不让他倒下去,甚至看得很清楚,他老往一边歪,要倒下去。我一个箭步冲过去,迈近了一步,打了个哆嗦,我明白:老人已经死了。

他刚死,就在我来到前的分把钟。十分钟前,他还像往常一样感觉良好。那时只有丽莎一人跟他在一起;她坐在他身旁,在给他讲自己的不幸,而他则像昨天一样抚摩着她的头。忽然,他全身发抖(据后来丽莎说),他想微微站起身来,想喊叫,但是没有喊出声来,却开始向左边歪倒。"心力衰竭!"韦尔西洛夫说。丽莎大叫,叫得整座楼都听见了,于是他们大家立刻跑了来——这一切就发生在我到来前的一分钟左右。

"阿尔卡季!"韦尔西洛夫向我叫道,"马上跑去找一下塔季雅娜·帕夫洛芙娜。她肯定在家。请她立刻来。叫一辆马车。快,求你了!"

他的眼睛在闪亮——这我很清楚地记得。我看不出他脸上有什么纯粹怜惜的表情和眼泪——只有妈妈、丽莎和卢克丽娅在哭,相反,这点我记得很清楚,他脸上有一种惊人的异常兴奋,近乎狂喜。我跑去找塔季雅娜·帕夫洛芙娜。

从上文可以看出,这路离这里并不太远。我没有坐马车,而是脚不点地地一路跑去。我脑子里一片模糊,甚至有点近乎兴高采烈的感觉。我明白发生了某种带有根本性的事。我身上的醉意已经完全消失了，一点儿不剩，与此同时，当我拉响塔季雅娜·帕夫洛芙娜家门铃的时候，一切不登大雅之堂的想法也随之风吹云散。

芬兰女佣开了门："不在家！"说罢就想立刻关上门。

"怎么不在家？"我强行闯进前室，"不可能！马卡尔·伊万诺维奇死了！"

"什——么？"突然传来塔季雅娜·帕夫洛芙娜从她通往客厅的房门后发出的惊呼声。

"死了！马卡尔·伊万诺维奇死了！安德烈·彼得罗维奇叫您立刻过去！"

"你胡说！……"

插销响了一下，但是门只开了一条小缝："怎么回事，快说！"

"我也不知道，我刚回去，他就死了。安德烈·彼得罗维奇说是心力衰竭！"

"我马上去，立刻去。快跑，告诉他们我马上就来；快跑，快跑呀，快呀！啊呀，干吗还站着？"

但是，我通过虚掩着的房门清楚地看到，有个人忽然从放置塔季雅娜·帕夫洛芙娜卧榻的门帘后走了出来，站在房间深处，在塔季雅娜·帕夫洛芙娜的身后。我下意识地、本能地抓住门把手，硬是不让她关上门。

"阿尔卡季·马卡罗维奇，他死了，难道是真的？"传来一个我熟悉的文静而又平和的声音，像银铃般作金属声，听到这声音，我心中的一切一下子战栗起来：在这问题上，也可以听到某种深入她内心并激动她内心的余韵。

"既然这样，"塔季雅娜·帕夫洛芙娜突然甩开房门，"既然这样——您自己看着办吧，随您便。您自找的！"

她急促地从家里跑了出去，边跑边披上头巾和皮袄，下了楼。家里就剩下我们俩。我脱去皮大衣，跨前一步，随手关上了门。她仍像我们上回见面时那样站在我面前，容光焕发，目光亮晶晶的，也像上回那样，向我伸出了两手。我两腿一下子软了，扑通一声跪倒在她脚下。

三

我哭了起来，我也不知道为什么哭；也不记得她怎样让我坐在她身边，我只记得，在我无比珍贵的回忆中，我们俩并肩坐着，手拉着手，急促地谈着话：她详细地询问有关老人的情况，有关他的死，我向她娓娓道来——因此也就不妨这样认为，我哭的似乎是马卡尔·伊万诺维奇，其实这样想是极其荒唐的；而且我也知道，她无论如何都不会认为我居然会做出这种完全是三岁小孩都会做出的庸俗之举。我终于忽然清醒过来，觉得羞耻。现在我认为，我当时哭的唯一的原因是喜出望外。我认为她本人对此也一清二楚，因此关于这段回忆我心安理得。

她始终问来问去地问我有关马卡尔·伊万诺维奇的事，这倒使我忽然感到十分纳闷。

"难道您认识他？"我诧异地问。

"早认识了。我从来没见过他，但是他在我一生中也起过作用。当时，我害怕的那人曾给我讲过许多有关他的情况。您知道那人是谁。"

"现在我只知道，'那人'比您曾经向我吐露过的更贴近您的心，而且贴近得多。"我说，自己也不知道，我这样说想说明什么，但是似乎带着一种责备，皱起眉头，满脸不悦。

"您说他刚才吻了您妈妈？拥抱了她？这您亲眼看见了？"她并不听我

说话，继续问道。

"是的，看见了；请相信，这一切才是非常真诚和慷慨大度的！"我看到她很高兴，急忙肯定道。

"愿上帝保佑他！"她画了个十字，"现在他解脱了。这位非常好的老人只是束缚了他的生活。老人死了，他身上的责任感和……自尊感，又会复活，就像过去曾经复活过一次那样。噢，他首先应该——他是一个宽厚的人，他将使您的母亲心安，她是他在世上最爱的人，最后他自己也可以安心了，而且，谢天谢地——也该是时候了。"

"他对您很宝贵吗？"

"是的，很宝贵，虽然并不是他自己希望的那种意思，也不是您问的那个意思。"

"那您现在替他担心，或者替自己担心吗？"我突然问道。

"唔，这是十分复杂的问题，咱们先不谈它。"

"当然，先不谈它；不过，我对此一无所知，也许，我不知道的东西太多了；但是，让它去吧，您说得对，现在一切都重新开始了，如果说有人复活了，那首先是我。对于您，我曾经动过卑鄙的念头，卡捷琳娜·尼古拉耶芙娜，也许，不到一小时前，我就做过一件卑鄙的事来反对您，不过我现在坐在您身边，并不感到丝毫内疚。因为现在一切都过去了，一切都已重新开始，至于一小时前那个阴谋反对您的人，我不认识他，也不想认识他！"

"您该清醒啦，"她莞尔一笑，"您好像有点说胡话。"

"难道在您身边还能有自知之明吗？……"我继续道，"一个人正直也罢，卑鄙也罢——您都像太阳一样，高不可攀……请问，在发生了这一切之后，您怎么还肯出来见我呢？如果您知道一小时前（仅仅是一小时前）发生的事，您还会出来见我吗？什么样的梦应验了啊？"

第三部

"很可能，我什么都知道，"她又静静地莞尔一笑，"您刚才还想在什么事情上报复我，您刚才还发誓要毁了我，可是当有人（任何人）胆敢当着您的面说一声我的坏话，您肯定就会立刻把他杀死，或者把他狠揍一顿。"

噢，她在微笑，她在开玩笑；但这仅仅是因为她太善良了，因为这时候她的整个心都充满了（就如我后来才想明白的那样）自己的巨大关切，以及强烈的内心感受，因此她在同我交谈、回答我那些空洞而又敏感的问题时，只能像回答小孩子那种幼稚而又纠缠不清的问题时那样只想敷衍一下，摆脱纠缠。我突然明白了这道理，我开始感到羞耻，但是我已经欲罢不能。

"不，"我叫起来，已经不能自制，"不，我并没有杀死那个说您坏话的人，相反，我还支持了他！"

"噢，看在上帝分上，不要，不需要，您什么也甭说了。"她突然向我伸出一只手，想阻止我说下去，脸上甚至带着痛苦的表情，但是我已经从座位上跳起来，站在她面前，想把一切和盘托出，如果我和盘托出了，也就不会发生后来发生的那事了，因为结果肯定是我向她招认了一切，把那凭据还给了她。但是，她突然笑道：

"不要，什么也不要，不需要任何详情细节！您的所有罪过，您不说我也知道：我敢打赌，您想娶我，或者类似这样的事，您刚和一个您的什么帮手，你过去的老同学，就此事商量过……啊，我好像猜到了吧！"她叫道，严肃地注视着我的脸。

"怎么……您怎么猜到的？"我像个大吃一惊的傻瓜似的喃喃道。

"唔，您又来了！不过，够了，够了！我原谅您，不过咱们不谈这事了。"她又挥了挥手，已经带有明显的不耐烦，"我自己就是一个幻想家，如果您知道，当我忍无可忍的时候，我在幻想中将会采取怎样的手段，那就好啦！够啦，您总是打断我的话。我很高兴塔季雅娜·帕夫洛芙娜走了；我很想见到您，如果她在场，咱俩就不能像现在这样畅所欲言了。我觉得我对不住您，对不住当时发生的那事。是不是？不是吗？"

"您对不住我？但当时我却背叛了您，把您出卖给了他——您会怎么想我呢？在所有这段时间里，在所有这些日子里，从那时候起，我无时无刻不在想这件事，翻来覆去地想，翻来覆去地感觉。"（我没有对她说谎。）

"您不应该这样折磨自己，那时候这一切是怎么发生的，我太清楚了；无非是因为您一时高兴说漏了嘴，说您爱上了我，说我……唔，说我听您的话。谁叫您只有二十岁呢。要知道，您爱他胜过爱世上的一切，您在他身上寻找朋友、寻找理想，不是吗？这我太清楚了，但后悔已晚；噢，对了，当时也是我自己不对：我应当立刻把您叫过来，让您的心平静下来，但是我却一时气恼；让他们不接待您，不许您进屋；结果就发生了大门口那一幕，以及后来又发生了那一夜的事。您知道吗，在这段时间里，我跟您一样，一直在幻想同您再悄悄地见一次面，只是不知道怎么来安排这件事。您以为怎么样，您知道我最怕什么吗？我最怕您相信他对我的种种诽谤。"

"我决不相信！"我叫道。

"我很珍惜我们过去的几次见面；我珍重您身上的年轻人气质，甚至，也许，还有那一片真诚……要知道，我是一个非常严肃的人。我是当代女人中最严肃，也最愁眉不展的人，您要知道这点……哈哈哈！我们还会有机会说个够的，现在我有点不舒服，我太激动了……似乎，我有点歇斯底里。但是终究，他终究会给我一条活路的！"

这声感叹无意中脱口而出；我立刻明白了这话的意思，我不愿捡起这话题，但是我却全身觳觫，发起抖来。

"他知道我已经原谅了他！"她又忽然惊叫了一声，仿佛在自言自语。

"难道您能原谅他写的那封信吗？他又怎能知道您原谅了他呢？"我叫

道，已经不能自已。

"他怎能知道？噢，他会知道的。"她又继续回答道，但是她那神态仿佛把我忘了，仿佛在自言自语，"他现在已经清醒了过来。既然他能看透我的心，知道我的全部心事，他又怎能不知道我已经原谅了他呢？因为他知道我也有点像他。"

"您？"

"唔，是的，这他知道。噢，我不是一个热情似火的人，我沉着冷静；但是我也跟他一样希望大家好……要知道，他爱上我，总有爱我的道理吧。"

"他怎么说您身上全是毛病呢？"

"这话他不过说说罢了，他心里另有秘密。他这封信写得太可笑了，不是吗？"

"可笑？！"（我全神贯注地听着她说话；我认为她还真有点歇斯底里的样子，而且……也许，她这话根本不是说给我听的；但是我还是有许多话想问她。）

"噢，是的，可笑，要不是……要不是我心里害怕的话，我一定会大笑的。然而，我绝不是胆小鬼，别这么想；但是，看了这封信以后，我一夜都没睡着，这封信好像是用某种痛苦的血泪写成的……写过这样的信后，还能有什么留下呢？我爱生命，我非常担心自己的生命，在这方面，我非常胆小……啊，您听我说！"她突然冲我喊道，"快上他那儿去！他现在只有一个人，他不会老待在那儿的，他肯定一个人跑到什么地方去了：快去把他找回来，一定要快，要跑去找他，向他表明您是爱他的儿子，向他证明您是一个可爱的、善良的孩子，是我的大学生，对您，我……噢，愿上帝赐给您幸福！我谁也不爱，对，这样更好；但是我希望大家幸福，大家，尤其是他，让他知道这点……甚至一开口就先说明这点，我将会十分高兴……"

她站起来，突然消失在门帘后面；在那一瞬间，她脸上闪烁着泪花（在大笑之后歇斯底里的泪花）。剩下了我一个人，激动而又忐忑不安。我不敢肯定她的这种激动从何而来，我还从来没有想到她会这么激动。仿佛有什么东西在我心头抽紧了似的。

　　我等了五分钟，最后——十分钟；深深的寂静猛地使我吃了一惊，于是我决定探头门外，呼唤一声。听到我的呼唤后，玛丽娅出来了，用十分平静的声调向我宣布，太太早就穿好衣服，从后门出去了。

第七章

一

就差这个了，竟有这么糟糕的事。我抓起我的皮大衣，边走边披到肩上，匆匆跑了出去，心想："她吩咐我去找他，我上哪儿能找到他呢？"

但是，先撇开其他一切不谈，我为一个问题感到纳闷："为什么她认为现在出现了某种机遇，他会赐给她平静呢？当然，是因为他会同妈妈结婚，但是她又会怎样？因为他将同妈妈结婚，她会感到高兴，或者相反，她将因此而不幸吗？因此她才歇斯底里？为什么我就解不透这个谜呢？"

我记下这第二个当时掠过我脑海的想法，无非是为了切记，不要忘记：因为它很重要。这天晚上是命中注定的。因而，好像使人不由得不相信命中的定数：我还没向妈妈的住所走出一百步，突然就碰到那个我想找的人。他一把抓住我的肩膀，让我停下来。

"是——你！"他快乐地叫道，同时又似乎非常诧异。"你想，我刚去过你那儿，"他迅速地开口道，"到处找你，到处打听你——普天之下，我现在最需要的人就是你！你那房东跟我胡说一气，天知道他胡说了些什么，但是你不在家，我只好走了，甚至都忘了让他转告你，让你立刻跑来找我——可怎么样？我还是一边走一边信心十足地认为，命运决不会不让你现在就来找我，因为我现在最需要你，果真我遇到的头一个人就是你！快到我那儿去，你还从来没有去过我那儿呢。"

总之，我们俩在互相寻找，我们每人又都发生了某种类似的事。我们俩急匆匆地向前走去。

途中他只说了几句简短的话，告诉我他把妈妈留下来交给塔季雅娜·帕夫洛芙娜了，等等。他领着我，拉住我的一只手。他住得离那些地方并不远，因此我们很快就到了。我的确从来没有去过他那儿。这是一处不大的寓所，共有三个房间，是他特地为那个"吃奶的婴儿"租下的（或者，说得准确些，是塔季雅娜·帕夫洛芙娜租下的）。这套房间过去也一直在塔季雅娜·帕夫洛芙娜的掌管下，住在那里的有那个保姆和小孩（现在又加上了娜斯塔西娅·叶戈罗芙娜）；但始终给韦尔西洛夫留了个房间，也就是一进门的头一间，相当宽敞，里面的家具也相当好，都是软椅和沙发，就像一间书房，供看书和写字用。果然，在桌子上，在书柜和书架上放着好多书（而在妈妈房间里几乎根本没有书）；还有许多写满字的稿纸，以及一沓沓捆好的信件——一眼看去，仿佛这里早就有人住过似的，我也知道韦尔西洛夫过去（虽然相当少）也经常完全搬到这里来住，甚至一住就是好几星期。首先引起我注意的是挂在写字台上方的一帧妈妈的肖像，装在一个用名贵木材制成的华丽的雕花镜框里——其实这是一幅照片，当然，是在国外拍的，就把它放到这么大的尺寸看，这东西肯定很珍贵。我不知道，过去也从来没有听说过有关这帧肖像的任何事，使我特别吃惊的是，这照片照得非常像，可以说，是一种神似——总之，这仿佛是一帧出自画家之手的真正的肖像，而不是刻板地翻拍出来的。我一进去，就立刻不由自主地停在了它面前。

"不是吗？不是吗？"韦尔西洛夫忽然在我身旁重复道。

他是在说"不是吗，太像啦？"，我回过头去看了他一眼，他脸上的表情使我吃惊。他的脸色有点发白，但是目光热烈，炯炯有神，焕发出一种幸福和活力：他这种表情我还根本没见过。

"我不晓得您竟这样爱妈妈！"我忽然欢天喜地地断然道。

第三部

他不胜幸福地微微一笑,虽然在他的微笑中也反映出某种饱经苦难的表情,或者不如说,流露出某种仁慈而又高尚的情怀……我说不清,也说不好;但是,我觉得,智力高度发达的人,是不会有一张幸福的脸和脸上露出的那种兴高采烈和春风得意的神情的。他没有回答我的话,而是举起双手从挂钩上摘下那幅肖像,凑到嘴边,亲了亲,然后又轻轻地挂回墙上。

"请注意,"他说,"既是照片而又照得很像,这是非常少见的,也可以理解:这是因为原型本身,也就是我们每个人,也非常难得像他本人。只有在极稀少的瞬间,一个人的脸才会流露出自己的主要特点,自己最有代表性的思想。画家研究一个人的脸,必定先抓住这脸的主要神态,虽然在他描摹的那个时刻脸上根本就没有这一神态。照相只能抓住一个人现在的样子,很可能,拿破仑有时候会照出一副蠢相,而俾斯麦却会照出一副温情脉脉的样子。而这里,在这张相片上,阳光有神助似的恰好抓住了索尼娅最富神韵的那一瞬间——羞答答的、温顺的爱,她那略显怕生而又胆怯、腼腆的纯洁。那时,当她终于确信我非常渴望有一张她的相片时,她正感到十分幸福!这张照片虽然并不是很早以前拍的,但那时候她毕竟比现在年轻些,也好看些;然而即使那时也已经有了这塌陷的两腮,这些布满额上的皱纹,还有这怕兮兮、怯生生的目光,她的这种目光仿佛与年俱增似的——越往后越多。你信不信,亲爱的?现在我几乎无法想象她长着另一种脸,要知道,她从前也曾经年轻过,而且也长得非常漂亮!俄国女人很快就会变丑,她们的美转瞬即逝,诚然,并不仅仅因为这是典型的民族特点,还因为她们会忘我地爱。俄罗斯女人,只要她爱上了谁,就会把一切一下子全交给他——她的瞬间的美,她的长远的命运,她的现在和将来:她们不会保留,不会隐藏,不会备而不用,于是她们的美就迅速地耗尽在她们所爱的人身上。这些塌陷的两腮——这也是耗尽在我身上,耗尽在我短暂的欢娱中的美。看到我爱你妈妈,你感到高兴，也许，你甚至都不相信我曾经爱过她？是的，我的朋友，我曾经很爱她，但是，除了坏事，我什么也没有对她做过……这里还有另一张相片——也给你看看。"

他从桌上拿起来，递给了我。这也是一张照片，尺寸要小得多，装在一个细巧的椭圆形木框里——这是一张姑娘的脸，瘦削而又像得了痨病似的，尽管如此，这脸还是非常漂亮；这脸若有所思，同时又奇怪地似乎没有思想。脸型很端正，这是经世世代代养育而成的一种典型，但却给人一种病态的印象：就像这人突然被一种呆滞不动的思想所掌控似的，而这思想之所以使他痛苦，是因为他无力驾驭。

"这……这是您过去曾经打算娶，后来害痨病死了的那姑娘……她的继女？"我有点胆怯地问。

"是的，我曾经打算娶她，后来得痨病死了，她的继女。我知道你听说过……那些流言蜚语。不过，除了流言蜚语外，你什么也不可能知道。你放下这照片，我的朋友，这是一个可怜的疯子，别无其他。"

"彻底疯了？"

"或者说是白痴；不过，我以为她也是疯子。她留下了一个孩子，是谢尔盖·彼得罗维奇公爵的，由于疯狂，而不是由于爱情；这是谢尔盖·彼得罗维奇公爵干的最最卑鄙的事情之一；现在这孩子就在这里，在另一个房间，我早就想领你去看看他了。谢尔盖·彼得罗维奇公爵不敢到这里来，也不敢看这孩子；这是我和他在国外就说好了的。我把他抱回来抚养，这是得到你妈妈许可的。当时，在你妈妈的许可下，我才打算娶这个……不幸的……"

"难道这样的许可可能吗？"我急躁地反问。

"噢，是的！她允许我这样做了：女人会嫉妒女人，但这不是女人。"

"在别人看来，她不是女人，但不是对于妈妈！我这辈子都不相信妈妈不曾嫉妒过！"我叫道。

"你说的也对。当一切都已经了结之后，也就是说在她已经许可之后，我才明白这道理。但是，先不说这个。莉季娅死后，这事并没有摆平，再说，即使她还活着，这事也没法摆平，甚至到现在我都不让你妈妈去看那孩子，这不过是个插曲。我亲爱的，我早就盼着你到这里来了。我早就幻想在这里咱俩能碰碰头；你知道，这幻想有多久了吗？—— 我幻想已经两年了。"

他真心诚意地看了看我，心中带着一种坦率的赤诚。我抓住他的一只手。

"您干吗一再拖延，干吗不早叫我呢？如果你早叫我，你就会知道过去发生了什么事，以及就不会发生什么事！……"

就在这当口，端来了茶炊，娜斯塔西娅·叶戈罗芙娜也忽然抱来了那小孩，他还睡着。

"你看看他，"韦尔西洛夫说，"我喜欢他，现在特意让她们抱来，让你也看看他。好了，把他抱走吧，娜斯塔西娅·叶戈罗芙娜。坐到茶炊跟前来。我要想象一下咱俩从来就是这么住在一起的，每天晚上都聚在一起，永不分离。让我好好看看你：你这么坐，让我能够看到你的脸。我多么喜欢它，喜欢你的这张脸啊！当我还在日夜盼望你从莫斯科来的时候，我就在想象你的脸长得怎样了！你刚才问我，为什么不早叫你来？等一下，这道理也许你现在就会明白的。"

"但是，难道只有这老人死了，您才能无所顾忌地说话吗？这倒怪了……"

即使我说了这话，我仍旧带着爱在看他。我们俩说话就像两个朋友在说话似的，不是一般的朋友，而是真心诚意的莫逆之交。他把我领到这里来，是想对我澄清什么，诉说什么，辩白什么，然而，就在说这些话以前，一切就已经解释和辩解清楚了。现在，不管我从他那里听到什么—— 目的都已达到，我们都幸福地知道这个，而且幸福地互相看着对方。

"倒不是因为老人死了，"他答道，"不仅仅是因为他死了，还有别的原因，现在都凑到一块儿了……但愿上帝祝福这一时刻和我们的整个一生，以后，乃至永远！亲爱的，让我们好好谈谈。我总是东拉西扯，总是分心，想说一件事，结果却沉浸在上千桩次要的细节上。这也是常有的事，当一个人的心充满……但是，我们还是好好谈谈吧；是时候了，我早就爱上了你，孩子……"

他往后靠在自己的圈椅上，再一次打量了我一遍。

"这多奇怪啊！听到这话是多么奇怪啊！"我重复道，沉浸在欢乐中。

这时，我又想起他脸上忽然飞掠过的他那常见的褶子——仿佛忧伤和嘲笑兼而有之，这样的表情我太熟悉了。他镇定了一下，然后仿佛有点费力地开口道。

二

"是这样的，阿尔卡季：如果我早叫您来，又能告诉您什么呢？我的全部答复就在这问题中。"

"也就是说，您想告诉我，您现在是妈妈的丈夫和我的父亲了，因此……关于我的社会地位，您不知道过去该怎么跟我说，是这样吗？"

"亲爱的，不仅是关于这事，我不知道怎么对您说：这里有许多问题我不能不保持沉默。这儿甚至有许多事是可笑的、丢人的，就像变戏法；真的，就像是最最粗俗的戏法。唔，过去我们哪能彼此了解呢，因为我自己也仅仅是在今天才了解我自己这个人，在下午五点钟，在马卡尔·伊万诺维奇去世前整整两小时。你在不愉快地、莫名其妙地望着我？你放心，我会把这戏法解释清楚的；我说的话完全是实话。我整个一生都是在漂泊和困惑中度过的，可是突然——在某年某月某日，在下午五点钟，这些问题全解决了！甚至有点气人，不是吗？在不多久以前，在从前，我果真会生气也说不定。"

我听着，确实感到痛苦和莫名其妙；韦尔西洛夫额上过去的皱纹很厉害地显现了出来，而这是我在那天晚上听到所说的那些话之后所不愿意看到的。我突然叫道：

"我的上帝！您是收到从她那里送来的什么东西了吧……今天，五点钟？"

他定神瞧了瞧我，显然被我的惊呼吓了一跳，可能，还有我所说的那句"从她那里"。

"你一切都会知道的，"他说，脸上挂着一丝沉思的笑容，"唔，当然，你需要知道什么，我也不会瞒你，因为我领你到这里来，也就是为这事；不过现在咱们暂时先不谈这一切。你知道吗，我的朋友，我早就知道我们的孩子从小在思考自己的家庭，因为自己的父辈和周围的人没有好品相而感到受了羞辱。我还在上学的时候，就注意到这些爱思考的孩子了，当时我就认定，这一切盖由于他们过早地学会了嫉妒。不过请注意，我自己也曾经是个爱思考的孩子，但是……请原谅，亲爱的，我这人非常心不在焉。我只是想说明，在几乎整个这段日子里，我始终在为你担心。我一直把你想象成一个年龄虽小，但却恃才傲物、落落寡合的人。我也跟你一样从来不喜欢交朋友。这样的人是不幸的，因为他们只能凭借自己的力量和幻想，他们热烈地渴望，过早地渴望，几乎像报复似的渴望好品相，正是'像报复似的'。但是够了，亲爱的；我又离题了……我还在以前，还在没有开始爱你以前，已经在想象你的模样，想象你那孤僻而又疯狂的幻想……但是够了；说实在的，我都忘了我刚才说什么了。不过，这话究竟还是应当说出来的。而过去，过去我又能对你说什么呢？现在我看到你的目光落在我身上，我知道，这是我的儿子在看我；可是，要知道，甚至昨天，我还不敢相信，我会像今天这样同我的孩子坐在一起说话。"

他确实变得非常心不在焉，同时又好像被什么事情所深深打动似的。

"我现在不需要幻想和白日梦，我现在有您就足够了！我跟定了您！"我说，全身心地向往着他。

"跟定我？我的漂泊生涯正好结束，而且还正好在今天；你来晚了，我亲爱的。今天是最后一幕结束，大幕正在落下。这最后一幕拖的时间很长。它是在很早以前开始的——当时，我最后一次逃亡国外。当时，我抛弃了一切，要知道，亲爱的，我当时与你妈妈断绝了夫妻关系，而且这意思是我亲口对她说的。这点你应该知道。我当时向她宣布，我将一去不回，她永远也不会再见到我了。最糟糕的是，当时我竟忘了给她留一点儿钱。关于你，我也丝毫没有想到。我离开俄国的目的就是在欧洲定居，我亲爱的，而且从此再不回来。我流亡国外，当了侨民。"

"投奔赫尔岑去了？参加国外的宣传活动？您大概一辈子都参加了什么密谋吧？"我忍不住叫道。

"不，我的朋友，我从未参加过任何密谋。瞧你，甚至眼睛都亮了；我喜欢你发出的惊呼，我亲爱的。不，我无非是因为苦闷才离开祖国的，由于一种突如其来的苦闷。这是一种俄国贵族的苦闷——真的，我也说不清是什么。一种贵族的苦闷，别无其他。"

"农奴制……人民解放？"我气喘吁吁地嘟囔道。

"农奴制？你以为我在怀念农奴制？受不了人民的解放？噢，不，我的朋友，我们才是人民的解放者。我侨居国外毫无怨恨之意。当时我还是个调停官，出了不少力；我出力是无私的，我出走也不是因为我的自由主义收效甚微。当时我们大家也都毫无收获，也就是说，大家也都像我一样。我出走，与其说是后悔，不如说是因为骄傲，请你相信，我当时根本就没有想到，我

第三部

已经到了像个微不足道的鞋匠那样终老一生的时候了。我首先是个贵族,我将像贵族一样死去!但是我毕竟感到悲哀。在俄罗斯,像我们这样的人,有一千左右;事实上,或许,也不会更多,但是,要知道,这就足够了,思想绝不至于因此而湮灭。我们是思想的载体,亲爱的!……我的朋友,我说这话是抱着一种奇怪的希望,希望你能懂得所有这些奇谈怪论。我忽发奇想,把你叫了来:因为我早就在幻想要把什么事情告诉你……告诉你,正是告诉你!可是,然而……然而……"

"不,您说吧,"我叫道,"我在您脸上又看到了真诚……怎么样,当时,欧洲使您的心灵复活了?您说的'贵族的苦闷'又指什么呢?对不起,亲爱的,我还没听懂。"

"欧洲使我的心灵复活了?当时我可是去埋葬它的!①"

"埋葬?"我诧异地反问。

他微微一笑。

"我的朋友阿尔卡季,现在,我思绪万千,心潮澎湃。我永远忘不了我初到欧洲时的最初印象。过去我也曾去过欧洲,但是当时时代不同,我还从来没有带着这样的悲凉到那里去过,而且……还像当时那样,带着这样的爱。我先告诉你一个我当时的最初印象,我当时做的一个梦,真的是梦。这事发生在德国。我刚离开德累斯顿,由于心不在焉,我错过了一站,我本来应当在那里转车,转到我要去的那条铁路线,结果却误入了另一条支线。我立刻下了车;当时是下午两点多,天气晴朗。这是德国的一个小镇。有人给我介绍了一家旅馆。必须等候:下趟车要到半夜十一点才能通过。这件意外事甚至使我很高兴,因为我并没有什么特别要紧事需要赶路。我

---

① 当时的欧洲主要指19世纪60年代拿破仑三世当政时期的法国。赫尔岑曾预言,靠镇压和屠杀工人起义而存在的法国和欧洲必将灭亡。

在漂泊，我的朋友，我浪迹天涯。这家旅馆很糟糕，又很狭小，但整座旅馆却掩隐在万绿丛中，周围布满花坛，就像在德国常见的情形那样。给了我一间窄小的房间，因为我整夜都在旅途中，所以吃过午饭后我就睡着了，时当下午四点。

"我做了一个完全出乎我意料的梦，因为我从来没有做过这样的梦。在德累斯顿美术馆有一幅克劳德·洛伦的画，图录上的名称叫《阿喀斯与伽兰忒亚》，我却一直把它叫《黄金时代》，我也不知道为什么。这幅画我从前也见过，而现在，两三天前，我又顺便见到了它。当时我梦见的就是这幅画，但是我梦见的并不是一幅画，而仿佛是某种现实。不过，我也不知道我到底梦见了什么：就像画中的情形一样——希腊群岛的一角，然而时间却仿佛倒退了三千年；蓝色的、轻柔的海浪，岛屿与悬崖，沿岸鲜花盛开，远处是一派神奇的景色和令人产生遐想的落日——美得令人无法用言语形容。欧洲人都把这里认作自己的摇篮，这想法也使我的心仿佛充满了对故土的爱。这里是人类的人间天堂：诸神由天上降临人间，与人相亲相爱……噢，这里曾经居住过一些非常优秀的人！他们在这里幸福地起居作息，天真无邪；草地上和小树林里，充满了他们的歌声和欢声笑语；无穷无尽、无限充沛的精力都用于爱和朴实无华的快乐中。太阳把温暖与光明洒遍他们全身，为自己的这些优秀的儿女感到高兴……这是一个美丽的梦，然而，这也是人类的崇高迷误！黄金时代——这是所有幻想中最难以置信的幻想，但是人们却为之献出了自己的整个生命和全部精力，许多先知先觉者也曾为它出生入死，受尽苦难，但是没有它，人们不想活，甚至也没法死！这整个感受我仿佛在这梦中都体验到了；当我一觉醒来，睁开眼睛，眼睛还真的被泪水打湿了：悬崖呀，大海呀，落日的斜晖呀——这一切似乎还历历在目。我记得，我当时很高兴。一种我不知道的幸福感从我的心中流淌而过，甚至达到了痛苦的程度。这是一种全人类的爱[1]。已经完全是黄昏了；落日的一束斜晖，透过放在窗台上的盆花的绿叶，照进了我那小房间的窗户，把阳光洒遍了我全身。于是，我的朋友，于是——我在我梦中见到的这欧洲人童蒙初开那一天的落日，当我醒来后，在我清醒的状态下，竟在我眼前立刻变成欧洲人寿终正寝那一天的落日。那时候，在欧洲上空，特别能听到一种类似丧钟的声音。我说的不仅指战争，也不是指焚毁杜伊勒里宫的事[2]……噢，你放心，我知道这是'合乎逻辑'[3]的，我也十分明白当前流行思想的不可阻挡，但是，我作为崇高的俄罗斯文化思想的载体，却不能允许出现这一现象，因为崇高的俄罗斯思想是各种思想的全面和解。当时全世界又有谁能明白这样的思想呢，所以我只能孤独地漂泊。我不是说我个人——我是说俄罗斯思想。那里只有争斗和逻辑；那里法国人仅仅是法国人，德国人仅仅是德国人，而且这种关系在两国的整个历史上达到了极度紧张的状态；因而，正是在那个时代，法国人从来没有这样损害过法国，德国人从来没有这样损害过德国！只有我独自一人，处在所有的纵火者中间，敢于直视他们的眼睛，对他们说，他们焚毁杜伊勒里宫是个错误；只有我独自一人，处在所有保守的复仇者中间，敢于对这些复仇者说，焚毁杜伊勒里宫，虽然是犯罪，但毕竟是符合逻辑的。这是因为，我的孩子，只有我一个人，作为俄国人，又是当时欧洲的唯一欧洲人。我不是说我自己，我说的是整个俄罗斯思想，我在漂泊，我的朋友，我在浪迹天涯，但是我也知道得一清二楚，我应当保持沉默，

---

[1] 全人类的爱和对全人类的爱是两个概念。前者指人人相爱，后者指爱一切人——爱朋友，也爱敌人。

[2] 指1870—1871年的普法战争，结果以法国惨败和德军占领法国而告终。紧接着在这场战争后爆发了巴黎公社起义。1871年5月21—27日，起义工人与政府军之间爆发了激烈的巷战，因而许多建筑物被焚毁和炸毁，包括法王居住过的宫殿——杜伊勒里宫，以及卢浮宫的部分建筑。

[3] "合乎逻辑"指符合某种思想、理论和主义：有侵略就必有反抗，有压迫就必有人民的抗争，而战争和起义就必有流血、牺牲和破坏。

默默地漂泊。但是我终究还是感到悲哀。我的孩子，我不能不尊重我的贵族身份。你好像在笑？"

"不，我没笑，"我用深受感动的声音说道，"我根本就没有笑：您说的您梦见黄金时代的那个梦，深深震撼了我的心，请您相信，我开始理解您了。但是我最高兴的还是看到您这样尊重您自己。我急于向您申明这点。我还从来不曾料到您会是这样的！"

"我已经告诉过你，我很喜欢你的这种感慨，亲爱的。"他又对我的这种天真的感慨微微一笑，接着便从圈椅上站起来，自己也不曾察觉地在屋里走来走去。我也微微站起了身子。他继续用他那奇怪的语言接着说下去，但是态度非常诚恳，含义十分深刻。

三

"是的，孩子，给你再说一遍，我不能不尊重我的贵族身份。我国历经许多世纪，造就了一批在任何地方也没有见过的、整个世界都没有的高等的文化人——这是一些胸怀天下、忧国忧民的人。这是一些俄罗斯人，他们来自俄罗斯人民的高等文化层，因而我也有幸属于这一阶层。他们蕴含着俄罗斯的未来。像我们这样的人，也许总共只有一千人——也许多一些，也许少一些——但是整个俄罗斯，生息繁衍，生生不息，也仅仅是为了造就这一千人。有人会说，就一千人——太少了，有人则义愤填膺，为了造就这一千人竟耗费了这么多世纪和千千万万的人。我看，有一千人，就不少了。"

我竖起耳朵听着。我听出了他的信念和毕生的追求。这"一千人"的说法凸显了他的抱负！我感到，他对我的感情外露是出于某种外在的震撼。他对我说这些热情洋溢的话，是因为他爱我；但是他为什么突然跟我说了这些话，而且为什么他偏偏要跟我说呢，个中原因我还不甚了然。

第三部

"我侨居国外,"他继续道,"对过去种种我毫不惋惜。当我还在俄国的时候,我曾尽我力之所能为俄国服务,出国后,我仍继续为它服务,不过拓宽了思想,看得更大更远了。但是,我为它提供的服务,却远比我仅仅作为俄国人提供的要大得多,不像法国人在当时仅仅是法国人,德国人在当时仅仅是德国人那样。在欧洲,暂时还无人懂得这道理。欧洲造就了一批高尚的法国人;英国人和德国人,但是关于未来的欧洲人应当是怎样的他们几乎还一无所知。而且,似乎暂时还不想知道。这道理是很清楚的:因为他们不自由,而我们是自由的。在欧洲只有我一个人在当时是自由的,虽然我胸怀俄国人的苦闷。

"请注意一个奇怪现象,我的朋友:任何一个法国人都可以不仅为自己的法国服务,甚至也可以为全人类服务,不过有一个条件,他必须是一个十足的法国人;英国人和德国人也一样,只有我们俄国人,甚至在我们这个时代,也就是说,还远在大结局①到来之前很久,就已经获得一种能力,即只有当他是一个十足的欧洲人的时候,他才能成为十足的俄国人。这就是我们与所有其他民族最本质的区别,在这方面,我们与其他民族判然有别。我在法国是法国人,跟德国人在一起是德国人,跟古希腊人在一起是古希腊人,然后又是十足地道的俄国人,正因为如此,我是一个真正的俄国人,并最大程度地为俄国服务,因为我显示了俄国的主要思想。我是这一思想的开路先锋。我当时侨居国外,但是,难道我就抛弃了俄罗斯吗? 不,我在为它服务。就算我在欧洲一事无成吧,就算我到那里去,无非是浪迹天涯吧(而且我也知道,我到那里仅仅是浪迹天涯),但是我是带着我的思想去的,我是带着我的意识去的,这就够了。我给那里带去了我的俄国人的苦闷。噢,不光是当时

---

① 据基督教教义,这里指基督二次降临的"千禧年"或"千禧王国",届时基督将亲自为王,治理世界一千年。首批复活的圣徒将与之共享福乐。随后即是"末日审判"或"公审判":好人升天堂享永福,坏人下地狱受永刑。

流的血把我吓倒了，甚至也不是杜伊勒里宫，而是随后必将发生的一切。他们注定还要长久地厮杀，因为他们还是太法国人的法国人、太德国人的德国人，而且他们还没有演完自己的角色。而在此以前，我不忍看到破坏。对一个俄国人来说，欧洲就像俄国一样宝贵：它上面的每一块石头都是亲切的、宝贵的。欧洲就如同俄国一样，它同样是我们的祖国。噢，比祖国还祖国！没有人比我更深切地爱俄罗斯了，但是我永远也不曾责备过自己把威尼斯、罗马、巴黎，它们的科学与艺术宝库，它们的整个历史——看得比俄罗斯更亲。噢，俄国人十分珍惜这些古老的异邦的石头，上帝的世界所创造的这些古老奇迹，这些圣迹残片；甚至对这些东西，我们也比他们本国人感到更珍贵！现在他们的思想不同了，感情也不同了，他们已不再珍惜那些古老的石头……那里的保守派仅仅为自己的生存而斗争；而那些纵火者之所以铤而走险，也无非是为了生存和有口饭吃。只有俄罗斯不是为自己而存在，而是为了思想，我的朋友，你得承认这样一个意义重大的事实，已经快一百年了，俄罗斯绝对不是为了自己而存在，而仅仅是为了欧洲！可是他们呢？噢，他们在达到上帝的王国[①]之前，注定还要经受许多苦难。"

不瞒你们说，我非常不安地听着他说话，甚至他说话的腔调也使我感到害怕，虽然我不能不被他的思想所震慑。我非常害怕谎言。突然，我声色严厉地向他指出：

"您刚才说'上帝的王国'。我听说，您在那里布道，宣传上帝的福音，还戴着枷锁[②]？"

"先别提我戴枷锁的事，"他微微一笑，"这是另一回事。当时，我并没有布道，并没有宣传什么，但是我却思念他们的上帝，这是实情。他们当时标

[①] 指前面提到过的基督二次降临，亲自为王，成立"千禧王国"。
[②] 指苦行修士戴的镣铐和枷锁。

榜无神论……只是其中的一小部分人，但是，要知道，这都一样；这不过是一些领跑的头马，但这是付诸实施的第一步①——这才是最重要的。这里又是他们的逻辑；但是，要知道，逻辑总有美中不足之处。我是另一种文化的人，我的心不允许发生这样的事。他们忘恩负义，抛弃了思想，他们吹口哨，扔烂泥，我对这些都感到不能容忍。这过程的粗野使我感到害怕。但是，现实总难免粗野，甚至在最光明磊落地追求理想时也是如此，而这，我当然应当知道；但是我毕竟是另一类人；我在选择上是自由的，而他们不自由——于是我哭了，为他们而哭，为古老的思想而哭，也许我哭，流下的是真正的眼泪，而不是花言巧语、说一些动人的话。"

"您就这么强烈地信仰上帝吗？"我不信任地问道。

"我的朋友，这是个问题，也许是多余的问题。就算我不十分信仰吧，但是我仍旧不能不怀念那古老的思想。有时候我简直不能想象，一个人怎么能没有上帝而活着，难道什么时候这可能吗？我的心永远认定这是不可能的；但是在某个时期大概又是可能的……对于我来说，甚至毫无疑问，这个时期定将来临；但这时我想象的永远是另一番景象……"

"什么景象？"

不错，他以前曾经说过他很幸福；当然，在他的言语中流露过许多喜不自胜的心情；因而我从他所说的话中也学到了许多东西。至于我们俩当时到底说了些什么，由于我对他的敬重，毫无疑问，现在我并不想形诸笔墨，逐一列出。我想在这里引述的只是这个奇怪景象中的某些细节，而这景象是我从他的嘴里套出来的。主要是，这"枷锁"云云，过去一直折磨着我，使我百思不得其解，我想把这事弄清楚，因此我才坚持让他给我说清楚。至于他当

---

① 1871年，法国爆发了巴黎公社起义。巴黎公社是工人阶级成立的第一个革命政府，集立法权与执行权于一身，并于1871年4月30日颁布法令，宣布政教分离。

时所说的某些荒诞不经和非常古怪的思想，则永远留在了我心里。

"我总在想象，我的亲爱的，"他带着一丝沉思的笑容开口道，"现在战斗已经结束，争斗已经平息。在互相诅咒、互相抹黑和吹口哨之后，出现了平静，人们如其所愿，只剩下了他们自己；过去的伟大思想离开了他们；至今一直哺育着他们；温暖着他们的伟大力量之源，就像克劳德·洛伦油画中的那个宏伟的、吸引人的夕阳一样陨落了，这好像已经是人类的末日。于是人们忽然明白了，就剩下他们自己，他们一下子感觉到了完全彻底的孤独。我亲爱的孩子，我还从来无法想象人们竟会如此忘恩负义、如此愚蠢。孤寂无依的人们立刻开始更加紧密、更加充满爱地互相偎依在一起；他们手拉着手，终于明白，现在只有他们才是彼此的一切，彼此的依靠。灵魂不死①的伟大思想一旦消灭，那就不得不用别的思想来代替；于是人们才会把过去投向永生（灵魂不死）的整个充沛的大爱，转而投向大自然，投向现世，投向人们，投向任何一株小草。他们才会不可遏制地热爱大地和生命，随着他们逐渐意识到人生苦短和人生有限，他们的爱也就会愈加强烈，不过已经是另一种爱，而不是过去的爱了。他们将会看到和发现大自然中过去想也不曾想到过的现象和奥秘，因为他们那时是用新的目光来看大自然，就像情人在观看自己的爱侣一样。他们睡醒之后就急着互相亲吻，急急忙忙地彼此相爱，因为他们已经意识到来日无多，这就是他们留下的一切。他们将彼此为对方劳作，人人都为大家献出自己的一切，并且仅仅以此而感到幸福。每个儿童都会知道和感觉到，世上的任何人都是他的父亲和母亲。'即使明后天是我的末日'，每个人望着落日都会想到，'那也不要紧，我死了，但是他们大家都活着，即使他们死了，还有他们的孩子。'——一想到人们将会代代相传，始终相亲

---

① 一译"永生"，基督教教义之一。认为人的物质生命是暂时的，只有灵魂得到基督的拯救，升入天堂与上帝相结合，才能得到永远不死的真正的永恒生命。

相爱，互相体贴，互相关心，也就不会去想死后相会再见的事了。噢，他们将会急着彼此相爱，以便熄灭自己心中巨大的忧伤。他们为了自己可以是骄傲的、勇敢的，然而各自为了对方却会变得胆怯起来；每个人都为每个人的生命与幸福胆战心惊。他们彼此间温柔体贴，而不会像现在这样羞于外露，他们就像孩子一样彼此亲亲热热。他们相逢时将会以深情和通情达理的目光彼此相望，可是他们的目光中却充满着爱和忧伤……"

"我亲爱的，"他突然面含微笑地打断了自己的话，"这一切都是幻想，甚至是最难以置信的幻想；但是我却经常浮想联翩，因为我的整个一生不这样就没法活，不能不想这事。我说的不是我的信仰：我的信仰不大，我是一个自然神论者①，哲学上的自然神论者，我认为，我就像我们那整个一千人一样，但是……有意思的是，我想象的那景象，最后总会出现一种幻象，就像海涅笔下的'波罗的海基督'②一样。我不能没有他，我不能不想象他最后终于出现在孤苦无靠的人们中间。他走到他们面前，向他们伸出手，说：'你们怎能忘记我呢？'这时大家才如梦初醒，睁开了眼睛，响起了一片伟大的、欢乐的颂歌，赞美新的也是最后的复活……

"先撇下这个不谈，我的朋友；至于我'戴上枷锁'——全是胡说八道；你放心，别为这事感到不安。不过还有一点：你知道，我一向不苟言笑，出言谨慎；如果说我现在打开了话匣子，那是……由于百感交集，而且又是对你，而对任何其他人我是决不会说的。我之所以补充这点，就是为了使你心安。"

我甚至深受感动；并没有出现我担心出现的谎言，而我尤其感到高兴的

---

① 自然神论是一种宗教哲学学说，承认上帝只是作为世界的始因而存在，否认上帝的个体（有神论）存在，否认他能干涉自然界和社会的生活。

② 指德国诗人海涅的诗《和平》（载《北海集·诗歌集》）。基督出现在丧失信仰的人们面前这一形象，不止一次地激发过作者的想象，参见《罪与罚》草稿及《卡拉马佐夫兄弟》中的《宗教大法官》。

是，我已经看得很清楚，他的确苦闷过和痛苦过，也的确，毫无疑问，他深情地爱过——而这也是我感到最宝贵的。我把这想法兴奋地告诉了他。

"但是，您知道吗，"我突然又加了一句，"我觉得，尽管您很苦闷，您在当时也一定感到非常幸福，是不是呀？"

他愉快地笑了。

"你今天的看法特别中肯。"他说，"唔，是的，我曾经很幸福，再说，既然我这样苦闷，又怎能不幸福呢？不，在我们这一千人中，再没有比在欧洲漂泊的俄国人更自由、更幸福的了。真的，我不是说笑，这里有许多严肃的思想。我决不会用我的苦闷来交换任何别的幸福。在这个意义上，在我整个一生中，我永远是幸福的，我亲爱的。正是这幸福，在当时，使我生平第一次爱上了你妈。"

"怎么是生平第一次呢？"

"正是这样。我在漂泊和苦闷的同时，忽然前所未有地爱上了她，于是我立刻派人把她接了来。"

"噢，您也给我讲讲这事吧，你也给我讲讲妈妈吧！"

"正因为如此，我才叫你到这里来的，要知道，"他快活地微微一笑，"我就怕你以为我是为了赫尔岑，或者为了在国外参加什么密谋，才原谅我撇下你妈妈的……"

第三部

第八章

一

因为我们当时谈了一晚上，一直坐到深夜，我就不把我们的谈话内容一一列举了，我只想提一件事，这件事终于给我解开了他生平中的一个谜团。

我想先从他爱妈妈说起，这对我是毫无疑问的，如果说他出国时抛弃了她，与她"断绝了夫妻关系"，那肯定是因为他太苦闷了，或者因为诸如此类的原因，不过，这也是世人常有的，但是又永远很难说清楚。在国外，在过了很长时间以后，他又忽然重新爱上了妈妈，在分隔两地的情况下，在思想感情上，他又深深地爱上了她，于是又派人去接她。也许有人会说"胡闹"，但是我的看法却不一样。我认为，这里蕴含着一切，人生中必须严肃对待的一切，尽管这里也看得出明显的窝囊，而这窝囊，看来，也多少是我造成的。但是我敢发誓，他因欧洲而产生的苦闷，我认为是毫无疑问的，它不仅足以与修筑铁路这样一些当代的实际活动相提并论，而且要高得多。我认为他对人类的爱是最真诚、最深刻的感情，毫无作秀之嫌；至于他对妈妈的爱，虽然，也许带着稍许幻想的成分，但仍是某种完全无可争议的事实。在国外，在"既苦闷又幸福"之中，我还要补充一点，在最严格的修士般的孤寂之中（这一特殊信息，已经是后来我经由塔季雅娜·帕夫洛芙娜打听到的了），他竟忽然想起了妈妈——而且正是想起了她"塌陷的两腮"，于是便立刻派人去把她接了来。

"我的朋友，"他似乎顺便地脱口而出，"我忽然意识到，我之为思想而奋斗，绝没有解除我作为一个有道德、有理性的人应尽的义务，我有责任在我的有生之年，至少让一个人得到实际的幸福。"

"难道这种书生气的想法就是一切的原因吗？"我不解地问。

"这不是书生气的想法。不过，也说不定。然而，这里一切都交织在一起：要知道，我是真的很爱你妈妈，真心实意地爱，而不是书生气地爱。如果我不是很爱她，也就不会派人去接她了，即使我灵机一动，冒出这个想法，我也尽可以随便找个德国男人或者德国女人，让他（或她）'得到幸福'也就行了。每个人在自己的一生中都必须做点什么，至少使一个人获得幸福，但是这必须是实实在在的幸福，真的幸福——我要把这定为任何一个智力发达的人必须遵守的金科玉律，就像我想给每一个农夫定下一条法律或者一宗劳役，由于俄国的森林砍伐殆尽，必须在自己的一生中至少种一棵树；不过一棵树似乎少了点儿，不妨下令，让他们每人每年都种一棵树。一个高等的、智力发达的人，由于追求崇高的思想，有时会完全脱离迫切的现实问题，变得可笑、任性、冷漠，甚至简直可以说是愚蠢，这不仅表现在实际生活中，甚至，最后，在自己的理论上也变得蠢了。因此，必须务实，身体力行，必须至少使一个具体而又现实的人得到幸福，这样才会真的改变一切，才会使这个有心为善的人面目一新，焕发出精神与活力。作为一个理论，这很可笑；但是，如果把这付诸实施，并变成一种习惯，那就显得根本不蠢了。我对此有过切身体会：我刚一开始发挥这个关于新的金科玉律的思想时——起先，当然，就跟闹着玩似的，后来我才突然开始明白，埋藏在我心底的对你母亲的爱到底有多深。而在这以前，我竟完全不明白我是爱她的。当我跟她同居的时候，只是趁她还很美貌，拿她取乐而已，到后来就烦了。一直到德国我才明白过来：我爱她。先从她那塌陷的两腮说起，过去我从来不会想起它，有时候即使见了，心里也不感到痛苦——我说的是实实在在的痛苦，真正的痛苦，生理上的痛苦。有一些痛苦的回忆，我亲爱的，常常会给人带来切肤之痛：几乎每个人都有这样的回忆，只是人们常常把它们忘记而已；但是也常会发生这样的情形，后来会突然想起来，甚至只是想起某个大致的轮廓，但后来就欲罢不能了。我开始想起我与索尼娅同居时成千上万个生活细节；最后，这些生活细节竟自动地油然而生，大量涌入我的脑海，在等她到来的那些日子里，我几乎望眼欲穿，万分痛苦。最使我受不了的是，我想到她在我面前总是那么低声下气，她总认为自己在所有方面都比我低下，而且低得没法比——你想想——甚至在肉体上。有时候，我想看看她的手和手指，她就害羞和满脸通红，因为她的手和手指根本不像贵妇人那样细嫩柔滑。而且不仅是手指，对她身上的一切，她都自惭形秽，尽管我爱的就是她的美。她跟我在一起时总是羞答答，十分怕生，但糟糕的是，在这种羞赧中往往会流露出某种恐惧。总之，她总认为自己在我面前是某种低贱的东西，或者，甚至，几乎见不得人。没错，有时候，起初，我有时会想，她始终把我看作她的老爷，并且感到害怕，但是，这满不是那么回事。我敢发誓，她比任何人都更了解我的缺点，我毕生没有遇到过一个比她更细心、更善解人意的女人了。起初，她还长得很美的时候，我曾要求她打扮得漂亮些，噢，那时候她是多伤心啊。这里既有自尊，也有某种异样的受到屈辱的感情：她明白，她永远也成不了太太，穿上不应该是她穿的衣服，只会显得可笑。她作为一个女人不愿意在自己的穿戴上成为别人的笑柄，她明白每个女人都应该有她自己应该穿的衣服，然而成千上万的女人却永远不懂得这道理——只想打扮得时尚。她害怕我那嘲笑的目光——就是这道理！但是使我特别伤心的是，我想起她那深深的惊讶的目光，而在我们同居的整个时期，我经常在自己身上感觉到这种目光：这表明她完全明白她的命运以及等待着她的未来。因而一看到她这种目光，我就常常甚至会感到心情沉重，虽然，不瞒你说，我当时并没有同她深谈，我有点倨傲地蔑视这一切。要知道，她并不像现在这样总是那么怯生生的、腼腆的；现在就常发生这样的情形，她会忽然变得很开心，变得十分妩媚动人，就像一个二十岁的少女似的；而从前，从年轻的时候起，有时候，她是很爱说说笑笑的，当然，是在自己的圈子里——同侍女们和女食客们在一起的时候；有时她说笑的时候，蓦地被我撞见，她会迅速地满脸通红，怕兮兮地看着我！有一回，已经是在我出国前不很久的时候了，也就是说，就在我同她脱离夫妻关系的头天晚上，我走进她的房间，正好碰到她一个人在屋里，坐在小桌旁，手里没有任何活计，她用一只手支在小桌上，在深深地沉思。她不干活儿，就这么坐着，几乎从来不曾有过。当时，我已经很久不跟她亲热了。我轻手轻脚地走过去，踮着脚尖，突然搂住她，亲了亲……她吓得跳起来——我永远忘不了她脸上的那种欢悦和幸福的表情，突然，代替这一切，她陡地满脸通红，两眼亮了一下。你知道我在这发亮的目光里看到了什么吗？'你这是对我的施舍——就是嘛！'她歇斯底里地号啕大哭起来，借口是我吓着她了，但当时我甚至沉思起来。一般说，这样的回忆都十分沉重，我的朋友。这就像伟大的艺术家在他们史诗般的作品中有时候会描写那些痛苦的场面一样，后来，一辈子，回想起这些场面都令人十分痛苦——比如莎士比亚的奥赛罗的最后独白，叶甫盖尼跪倒在塔季雅娜脚下，或者，在维克多·雨果的《悲惨世界》中，那个越狱逃跑的苦役犯跟那个小孩，跟那个小姑娘，在一个寒冷的黑夜，在井边相遇的情形；这类事一旦刺穿了你的心，后来就会永远留下伤痛。噢，我是多么焦急地在等候索尼娅啊，我又多么想快点儿拥抱她啊！我带着一种焦躁的不耐烦幻想着一整套新的生活计划；我幻想通过逐渐的、循序渐进的努力，破除她心中对我的这种经常的畏惧，向她阐明她自身的价值，以及她甚至高于我的一切。噢，当时我就十分清楚，我一旦同你妈妈分开，总会开始爱她，可是一旦与她重新聚首，又总会对她忽然变冷；不过，这不是那么回事，当时并非那么回事。"

我很惊讶:"那她呢?"我心中闪过这一疑问。

"那么,当时,您跟妈妈是怎么见面的呢?"我小心翼翼地问。

"当时?当时,我跟她根本就没见面。当时,她刚到柯尼斯堡,就在那里留下了,而我则在莱茵河畔。我没有去见她,而是让她留在那里等我。我们俩见面已经是过了很久很久以后的事了,噢,过了很久,我去找她是为了请她允许我娶……"

二

这里我要讲的仅仅是这事的主要内容,亦即仅仅是我自己能够领会的内容,再说,他说到这里就开始语无伦次起来。他一说到这事,他的话就忽然变得十倍地语无伦次和颠三倒四。

就在他最迫不及待地等候妈妈去的时候,他忽然遇到了卡捷琳娜·尼古拉耶芙娜。那时候他们俩都在莱茵河畔,在一处矿泉疗养地疗养。卡捷琳娜·尼古拉耶芙娜的丈夫已经几乎要死了,至少,大夫们已经判定他必死无疑。自从第一次见面起,她就使他倾倒,仿佛用什么魔法把他迷住了似的。这是他命中的一劫。有意思的是,当我现在记下并回想这一切的时候,我竟不记得他在自己的叙述中哪怕就一次使用过"爱情"这词和他"爱上了她"这样的说法。倒是"命中一劫"这话我记得。

而且,当然,这也确是他的命中一劫。他并不想这样,"并不想爱"。我不知道我能不能把这意思说清楚;但是,一想到他居然能发生这样的事,他的整个心就愤愤然,气愤不已。他说,他心中原本自由的一切,面对这次邂逅,一下子荡然无存了,于是这个人就永远被这个女人牢牢地拴住了,尽管这女人与他根本就没有关系。他不愿意被这种情欲所奴役。现在我就爽快地说吧:卡捷琳娜·尼古拉耶芙娜是上流社会女人中少有的典型——这样的典型在这圈子里也许并不多见。这是一个非常纯朴、非常爽直的女人的典型。我听说，我千真万确地知道，当她出现在社交界（她常常会完全退出社交界），她就凭这气质而使所有的人都拜倒在她的石榴裙下。韦尔西洛夫在第一次见到她时，当然，并不相信她是这样的人，他相信的正好相反，就是说她在装腔作势，是个表里不一的伪善的女人。在这里，我想稍稍超前一点儿，举一段她本人对他的看法：她断定，他也不可能对她有别的想法，"因为一个理想主义者，在现实面前碰壁之后，总是会先于别人，倾向于把一切都说得很糟糕"，我不知道，笼统地对理想主义者这么说是否有理，但是对于他，这当然是千真万确的。我倒想在这里说一点儿我自己的想法（这是我在听他说话时脑海里倏忽一闪的一点儿想法）：我认为他爱妈妈，用的多半是一种人道的和全人类的博爱，而不是一般男人爱女人的那种普通的爱，可是他一旦遇到了一个女人，他却用这种普通的爱爱上了她，可是他又立刻弃绝了这种爱——多半因为不习惯。话又说回来，我的这一想法也可能不对；这话，当然，我没有告诉他这话。似乎有点失礼；同时我敢发誓，他当时处在这样的情况下，使人不由得觉得他可怜：他十分激动，有时候，在说到某些地方时往往欲言又止，简直说不下去，哭丧着脸，在屋里走来走去，一沉默就是好几分钟。

她当时很快就识破了他心中的秘密；噢，也许还故意跟他打情骂俏：碰到这样的情况，即使最光明磊落的女人也免不了犯贱，这是她们难以克服的本能。最后，他俩以无情的决裂而告终，他似乎想打死她；也许他是吓唬她，恨不得打死她；"但是这一切又突然变成了恨。"后来便出现了一个奇怪的时期，他忽发奇想，要用那一套戒律来折磨自己，"也就是修士们使用的那一套戒律。你可以用有步骤的实践逐步克服自己的意志，从最可笑和最细小的事情做起，而以完全克服自己的意志而告终，这样，你就可以成为一个自由的人。"他又补充道，这对修士们来说是一种很严肃的事，因而积千年之经验，这已经形成一套学问。但是最值得注意的是，他立志遵守"戒律"，在当时，根本不是为了摆脱卡捷琳娜·尼古拉耶芙娜，而是因为他有十分把握，他当时不仅不爱她，甚至还恨透了她。他对她恨之入骨，他对她的恨到了这种程度，甚至忽发奇想，决定要爱上她那被公爵欺骗过的继女，并要同她结婚，他让自己完全相信了他的这份新的爱，并且还让这个可怜的白痴不可抗拒地爱上了他，从而用这份爱使她在生命的最后几个月得到了完全的幸福。为什么他那时候只想到她，而没有想到一直在柯尼斯堡等他的妈妈呢——我始终没有弄清这道理……相反，他突然之间把妈妈完全忘了，甚至连生活费都没有寄给她，幸亏当时塔季雅娜·帕夫洛芙娜救了她；然而，他又忽然去找妈妈，"请允许他"与这姑娘结婚，借口是"这样的新娘不是女人"。噢，这一切也许不过活画出"一介书生"的穷酸相，正如后来卡捷琳娜·尼古拉耶芙娜谈到他时所说的那样。但是又为什么呢，真是的，那些只会"纸上谈兵的人"（如果确实他们只会纸上谈兵的话），却会货真价实地去受苦，以致酿成这样的悲剧呢？话又说回来，当时，在那天晚上，我的想法却稍许有点不同，有个想法使我感到震惊：

"您的整个造诣，您的整个心灵，都是用您的痛苦和您的毕生奋斗得来的——可她的尽善尽美却得来全不费功夫。这不平等……因此女人使人愤慨。"我说这话根本不是为了讨好他，而是热烈地，甚至是愤愤然对他说的。

"尽善尽美？她尽善尽美？她身上没有任何尽善尽美的地方！"他突然说道，差点对我的话感到不胜惊奇，"这是一个最平常的女人，这——甚至是一个坏透了的女人……但她应该是十全十美的！"

"为什么说应该呢？"

"因为她有这么大的魅力，她就应该十全十美！"他恶狠狠地叫道。

"最可悲的是您现在一想到她还这么痛苦！"我突然身不由己地脱口而出。

"现在？我痛苦？"他又把我说的话重复了一遍。他站在我面前，仿佛有点困惑不解似的。这时忽然有一种静静的、绵长的、沉思的微笑蓦地照亮了他的脸,他在自己面前竖起一根手指,似乎在思索。紧接着,但已经完全清醒了,他从桌上拿起一封打开的信,把它撂到我面前:"给,你看吧! 你一定要知道这一切……可你干吗总让我翻这些陈谷子烂芝麻的老账呢!……这只会亵渎和激怒我的心!……"

我无法表达我的惊讶。这封信是她写给他的,这是一封今天下午五点左右才收到的信。我几乎浑身哆嗦地看完了这封信。信并不长,但写得十分直爽和真诚,因而我在看这封信时就像她本人站在我面前听到她说话的声音一样。她非常老实(因此几乎很感人)地向他承认她怕他,因而直截了当地恳求他"让她过几天安静日子"。最后她告诉他,现在,她肯定会嫁给比奥林格。在这之前,她还从来没有给他写过信。

以下就是我当时从他的解释中听明白的内容:

刚才,不多会儿以前,他刚看过这封信,他忽然在自己心中感到一种完全出乎他意料的现象,在这万劫不复的两年中,他头一次没有对她感到丝毫的恨意和丝毫的震动,可是不久前,他只要一听到比奥林格的名字就会"发疯"。"相反,我却全心全意地捎去了我对她的祝福。"他深情地对我说。我十分欣喜地听了他的这段话。这说明,构成他心中情欲和痛苦的一切,一下子都自然而然地消散了,就像一场梦,就像中了两年的魔法。在他还不甚相信自己的时候,刚才,他就急着跑去找妈妈——怎么样呢:他进去的时候,正好是妈妈成为自由人的时候,昨天那个在遗嘱中托他代为照顾妈妈的老人去世了。这两件事恰好碰在了一起,震撼了他的心。少顷,他又急忙跑出去找我——他这么快就想起我,我永远忘不了。

而且我也忘不了那晚的结局。这人忽然整个地又变了。我们俩一直坐到深夜。关于这整个"消息"对我发生了什么影响——以后,在该讲的时候我会讲到的,而现在——我只想对他的情况说几句结束的话。现在,我思量再三,当时他最使我倾倒的,是他对我的忍让,是他对我这样一个孩子真诚地说实话的态度!"我简直鬼迷心窍,不过也多亏有它!"他叫道,"要不是我瞎了眼,也许,我永远也找不到我心中这位完整而又永远的唯一女皇,我的受苦受难的女皇——你的母亲。"他这几句不可遏制地脱口而出的热情洋溢的话,我要特别记下来,以备后用。但是当时,他抓住并征服了我的心。

记得,最后我们变得开心极了。他让用人拿来了香槟酒,于是我们俩便为妈妈和"未来"干杯。噢,他当时充满生命力,渴望好好地活下去!但是,我们之所以兴高采烈,并不是因为喝多了酒:我们每人才喝了两杯。我也不知道为什么,但到最后我们俩几乎都大笑不止。我们说起了完全不相干的事;他天南地北地大讲奇闻逸事,我也一样。我们俩的说笑和闲扯绝无恶意和嘲弄之意,但是我们都很开心。他一直不让我走:"坐,再坐一会儿!"他反复说,我也就留下了。他甚至还跑出来送我:夜色很美,稍许有点上冻。

"请问:您给她写回信了吗?"我忽然完全无意地问道,并在十字路口最后一次握了握他的手。

"还没有,没有,这完全无所谓。明天来,早点儿来……还有件事:彻底甩开兰伯特,把'凭证'撕掉,要快。再见!"

他说完这话后立刻走了,我则站在原地,惊慌失措,不知如何是好,竟没有叫他回来,特别是"凭证"这一说法使我十分震惊:竟说得这么准确,他又是从哪儿听来的呢,除了兰伯特还能有谁呢?我心神不定地回到了家。我脑海里突然闪过这"两年像中了魔似的种种怪事",怎么会像梦,像鬼迷心窍,像幻景一样消失不见的呢?

第 九 章

一

但是我第二天早晨醒来,却感到精神倍增,心也更热了。我想到昨天在听他"忏悔"谈到某些部分时,竟有表现出了某种心浮气躁,似乎过于高傲的样子——一想到这,我就不由得打心眼儿里产生一种自责。即使他的话有点杂乱无章,即使他的某些坦白似乎有点使人摸不着头脑,甚至颠三倒四,难道他昨天叫我去是准备发表演说的吗?他在这样的时刻来找我,把我当作他唯一的朋友,是他看得起我,给了我很大面子,这一点我永远也忘不了。相反,他的忏悔"很感人",不管我这么说人家会怎么笑话我,即使他有时候也说了些玩世不恭或者甚至似乎可笑的话,那我也是能够包容、能够原谅的,绝不至于不理解和不容许现实主义的而又不玷污理想的活法。主要是我终于了解了这个人,甚至我还多少感到遗憾,有点恼火,这一切原来那么简单:我始终在自己的心中把这个人看得非常高,高入云霄,非把他的种种遭遇披上一件神秘的外衣不可,因此,很自然,至今我仍希望事情要复杂一些。然而,在他与她的邂逅中,以及在他两年的痛苦中,的确也有许多复杂的事:"他不想在人生中听从命运的摆布;他需要的是自由,而不是在劫难逃的奴役;如果听从命运的摆布,他就不得不去欺凌在柯尼斯堡等他的妈妈了……"再说,他这人,不管怎么说,我认为他乃是个基督福音的布道者,他心中装着黄金时代的理想,他知道无神论将会导致的未来景象,可是他与她邂逅之后,把一切都毁了,把一切都颠倒了。噢,我并没有背叛她,但我还是站到了他

第三部

一边。比如说，我认为，妈妈决不会对他的命运有任何阻碍，即使他跟妈妈结婚了也是这样。这我明白——而他遇到那女人就完全不同了。不错，妈妈反正也不会使他心情平静，但是这也许甚至于更好：这样的人应当另作别论，就让他们的生活永远这样吧；这根本就没有什么不像话，不像话的倒是他们心安理得地安于现状，或者大体上都变成像芸芸众生一样的人。他对贵族的赞颂，以及他所说"我死也得像贵族般死去"——一点儿也没有使我感到困惑。我懂得，他这是指怎样的贵族；这是指那种愿意奉献一切的人，愿意成为世界公民，以及"把各种思想混合在一起"这一主要俄罗斯思想的鼓吹者。虽然这一切听上去似乎是胡说八道，也就是所谓"把各种思想混合在一起"（当然，这简直不可思议），但是毕竟有一点是好的，即他毕生崇尚的是思想，而不是崇拜混账的金钱。我的上帝！在我策划好我的思想之后，难道我，我自己——难道我崇拜的是金牛犊①，难道我当时需要的是金钱吗？我敢起誓，我需要的仅仅是思想！我敢发誓，即使我有亿万资产，我也决不会把一把椅子、一张沙发蒙上天鹅绒，我还会与现在一样吃同样的牛肉汤！

我边穿衣服边焦躁地急着想去看他。我要补充一句：关于他昨天出乎意料地提到"凭证"一事，比之昨天，我心里平静多了。首先，我希望能够同他解释清楚。其次，兰伯特居然能够钻到他身边，这到底是怎么回事，他又跟他说了些什么呢？但是我最高兴的是，我有一个非同寻常的感觉：这是因为我想到他已经"不爱她了"；对此我坚信不疑，并且感到好像有什么人从我心上推开了一块可怕的石头似的。我甚至还记得当时闪过我心头的一个揣测：他听到她要嫁给比奥林格的消息后，一定怒火中烧，当时还给她发了一封带有侮辱性的信，正是他最近这次发作的不成体统和荒谬绝伦，正是这个极端行动，才可能使他

---

① 典出《旧约·出埃及记》第三十二章第四节。

的感情发生剧变，使他逐渐回到正常的理性，从而成为这一转变的预示和前兆；我想，这就跟生病的情况差不多，必须反其道而行之，以毒攻毒，对他施行强刺激——这无非是一种治疗方法，别无其他。这个想法使我很高兴。

"就让她，就让她随意安排自己的命运吧，就让她随心所欲地嫁给比奥林格吧，只求他，我的父亲，我的朋友，不再爱她就成。"我感叹道。话又说回来，这里涉及我私人感情的某种隐私，但是在这里，在我的这部记事录里，我无意做过分的铺叙了。

这就够了。现在我要来讲紧接着发生的一件可怕的事，以及他们歪曲事实的整个阴谋，不再发任何议论。

二

十点钟，我正打算出去——不用说，出去找他——娜斯塔西娅·叶戈罗芙娜来了。我高兴地问她："该不是从他那儿来吧？"——却懊恼地听到根本不是从他那儿来，而是从安娜·安德烈耶芙娜那儿来。而且她，娜斯塔西娅·叶戈罗芙娜，"天一亮就离开那儿了"。

"离开哪儿？"

"离开那儿呀，昨天您去过的地方呀。要知道，昨天那个照看小孩的寓所，现在是用我的名义租下的，而房租却是塔季雅娜·帕夫洛芙娜付的……"

"哎，对我都一样！"我懊恼地打断她的话，"他至少总该在家吧？我能碰到他吗？"

使我感到诧异的是，我听她说，他离开院子比她还早；就是说，她是"天一亮"就离开那儿，他则更早。

"唔，那么，现在回来了吗？"

第三部

"没有呀,您哪,大概还没回来吧,而且,可能,根本就不回来了。"她说,仍旧用她那目光锐利而又鬼鬼祟祟的眼睛看着我,就像我已经描写过的那一回,我卧病在床,她来看我时那样,目不转睛地盯着我。使我最恼火的是,这里又出现了某种神秘兮兮和奇蠢无比的腔调,看来,这些人如果不搞得神秘兮兮、不耍花招就没法活。

"您为什么说他肯定回不来了呢?您这话是什么意思呢?他去找妈妈了——不就是这回事吗!"

"不——不知道,您哪。"

"那您大驾光临所为何来呢?"

她对我宣称她是从安娜·安德烈耶芙娜那儿来,她叫我去,而且一定要立刻见到我,否则"就晚了"。这又是一个打哑谜式的说法,使我十分恼火。

"为什么晚了?我不想去,也决不去!我决不让人家任意摆布我!让兰伯特见鬼去吧——您就这么告诉她,如果她让她的兰伯特来找我,我就让他滚蛋——您就这么告诉她!"

闻言,娜斯塔西娅·叶戈罗芙娜害怕极了。

"啊呀,别价呀,您哪,"她向我跨前一步,合掌当胸,仿佛哀求我似的,"您慢着,先不要这么忙。这事十分重要,对您本人很重要,对她也很重要,对安德烈·彼得罗维奇,对您妈,对所有的人都很重要……您还是立刻去拜访一下安娜·安德烈耶芙娜吧,因为她再也等不及了……这事我敢用人格向您担保……您先去,去了以后再做决定。"

我诧异而又厌恶地望着她。

"胡说,什么事也不会发生,我不去!"我执拗而又幸灾乐祸地叫道,"现在——一切都变了样!您明白这道理吗?再见,娜斯塔西娅·叶戈罗芙娜,我故意不去,也故意不向您问长问短。您越说我越糊涂。我不想弄清您给我打的这哑谜。"

但是因为她赖着不走,始终在那里站着,于是我抓起大衣和礼帽,自己走了出来,让她一个人站在房间中央。在我那房间里没有任何信件和文件,再说我出门一向就几乎不锁门。但是我还没来得及走到楼下的大门口,我那房东彼得·伊波利托维奇就从楼上跑下来追我,他没戴帽子,穿着上班去的制服。

"阿尔卡季·马卡罗维奇!阿尔卡季·马卡罗维奇!"

"您又有什么事?"

"您出去时没有什么话要吩咐我吗?"

"没有。"

他用锐利的目光和明显的不安注视着我:

"比如说,关于房间,您哪?"

"关于房间又怎么啦?我不是准时交给您房钱了吗?"

"不是这意思,您哪,我不是说钱。"他忽然微微一笑,笑容拉得很长,继续用目光盯着我。

"那您到底有什么事?"我终于叫起来,几乎怒不可遏,"您还要干什么?"

他又等了我几秒钟,似乎始终在等候我说什么。

"好吧,那就以后再说吧……既然您现在心情不佳,"他嘀咕道,笑容拉得更长了,"走吧,您哪,我自己也要上班去了。"

他跑上楼梯,回家去了。当然,这一切都发人深思。从当时发生的种种无意义的小事、琐事中,我故意没有忽略其中任何一个最小的细节,因为每个细节以后都与最后结局有关,并在其中占有一席之地,对此,读者将来自会相信。至于说他们确实把我弄得越来越糊涂,那倒是实话。至于说我当时很激动、很生气，那也正是因为我从他们的话里又听到了使我十分讨厌的那种耍阴谋、打哑谜的腔调，并且使我想起了过去种种。但是，我还是接着说吧。

韦尔西洛夫不在家，他的确天一亮就出去了。"当然，去看妈妈了。"我固执己见。保姆是一个相当蠢的娘儿们，我没问她，可是除她以外，屋里没有任何人。我向妈妈的住处跑去，但是不瞒你们说，我心烦意乱，因此半路上叫了一辆出租马车。他从昨天晚上起就不在妈妈那儿了。跟妈妈在一起的只有塔季雅娜·帕夫洛芙娜和丽莎。我刚一进去，丽莎就打算出去。

她们都坐在楼上我那口"棺材"里。而在楼下我们家的客厅里，在餐桌上，躺着马卡尔·伊万诺维奇，①在他一旁站着一位老人，在不紧又慢地念圣诗。与正事并无直接关系的一切，现在我不准备描写，我只指出一点，棺材已经做好，就停放在房间里。这不是一口普通的棺材，虽然也是黑色的，但是蒙上了天鹅绒，死者身上的盖布由名贵的材料做成——其华丽程度并不符合老人的身份和他的信念；但是妈妈和塔季雅娜·帕夫洛芙娜坚决要求这么做。

不用说，我并没有想到，我碰到她们时她们会是开开心心的；但是，我在她们眼中看到的那种令人感到压抑的特别的悲伤，加上一种关切和不安，却立即把我惊倒了，我顿时认定，"所以如此，恐怕不仅仅是因为死者"。我再说一遍，这一切我都记得清清楚楚。

尽管这样，我还是亲热地拥抱了妈妈，并且立刻问到他的情况。妈妈的眼神顿时亮起了一丝惊惶的好奇。于是我匆匆提到，昨天我跟他一起度过了整个晚上，直到深夜，可是今天从一大早起他就离开了家，可是还在昨天我们分手的时候，他就同我约好今天尽可能早点儿来。妈妈什么话也没回答，倒是塔季雅娜·帕夫洛芙娜抓住机会，伸出一只手指，恫吓了我一下。

---

① 俄俗：死人在正式入殓前暂时陈放在家中的长方形餐桌上。

"再见,哥哥。"丽莎忽然果断地说,迅速走出了房间。不用说,我追上了她,她也在大门口站住了。

"我早料到你会跟我下楼的。"她用急促的低语说道。

"丽莎,这里到底出什么事了?"

"我也不知道,反正事情不少。大概又是'老一套'的收场吧。他没有来,而她们却有关于他的某些消息。她们不会告诉你的,别操这份心了。如果你能放聪明点儿,你就别问了;但是妈妈很伤心。我也什么都不问。再见。"

她推开了门。

"丽莎,你,你自己没什么事吧?"我随她之后冲进了门斗。她那伤心欲绝的、绝望的样子刺穿了我的心。她那模样倒不是怨恨,甚至几乎带有某种程度的残酷和凶狠,她苦笑了一下,挥了挥手。

"死了倒好——谢天谢地!"她从楼梯上向我撂下这句话,说罢就走了。她这话说的是谢尔盖·彼得罗维奇公爵,而他那时候正卧病在床,发高烧,人事不省。"老一套!什么老一套?"我挑衅般想道,我忽然想把我昨天听了他的夜间忏悔以后所产生的感想讲给她们听听,哪怕是感想的一部分,甚至于忏悔本身。"她们现在净想他做了什么坏事——那就让她们知道知道全部真相吧!"这想法飞掠过我的脑海。

我记得,我讲的时候,不知怎么很巧妙地开了个头。她们的脸上顿时表现出了非常的好奇。这一回,连塔季雅娜·帕夫洛芙娜也用眼睛死死地盯住我;但是妈妈则较为克制些;她的表情很严肃,但是,一抹淡淡的、非常美丽的,虽然充满了某种无望的微笑,还是隐隐约约地在她脸上闪过,而且,几乎在我的整个叙述过程中这笑容都没有离开过她。我当然讲得很好,虽然我也知道,对她们来说,这几乎听不懂。令我吃惊的是,这一回,塔季雅娜·帕夫洛芙娜没有对我吹毛求疵,没有要我一是一、二是二地说清楚,没有像往常那样，按照她的老习惯，我一开口说话，她就没碴找碴。她只是间或抿起嘴唇，眯上眼睛，似乎在深入领会。有时候，我甚至以为她们都听懂了，但这几乎是不可能的。比如说，我讲到他的信念，主要是讲到他昨天的狂喜，讲到他对妈妈的赞赏，讲到她对妈妈的爱，讲到他亲吻她的照片……她们一边听着这话，一边迅速而又默默地交换了一下眼色，妈妈满脸通红，虽然两人继续沉默不语。紧接着——紧接着我当然不能当着妈妈的面触及那主要之点，即提到他见到她，以及所有其他情况，主要是提到她昨天写给他信的事，以及他看了信以后出现的精神上的"复活"，这正是最关键的，我本来想谈谈他昨天的感情变化，让妈妈高兴，可是这些感情变化，自然，也就变得不可理解了。虽然，这并不是我的错，因为我能讲的一切我都讲得很好。我讲完了，但心头却一片茫然；她们依然沉默不语，我跟她们在一起觉得很难受。

"很可能，他现在回来了，也许正坐在我房间里等我呢。"我说，站立起来要走。

"快去吧，快去吧！"塔季雅娜·帕夫洛芙娜竭力怂恿我。

"楼下你去过啦？"分别时，妈妈悄悄问我。

"去过了。向他鞠了一躬，并替他祷告了一番。他的脸多么安详，多么庄重啊，妈妈！谢谢您，妈妈，竟舍得为他的棺木这么花费。起先我觉得奇怪，但立刻又想，换了是我，我也会这样的。"

"你明天到教堂去吗？"她问。她的嘴唇开始哆嗦。

"您说什么呀，妈妈？"我惊奇地问，"我今天来参加祭祷，明天也来……何况明天又是您生日，妈妈，我亲爱的朋友！他就差三天就活到您生日了！"

我出去时心里感到既痛苦又惊奇：怎么会提出这样的问题——问我会不会到教堂去参加安魂祈祷呢？既然她们会这样想我——那她们又会怎么想他呢？

我知道，塔季雅娜·帕夫洛芙娜准会出来追我，所以我故意在门口停下来等她；她追上我以后，用手把我推到楼梯上，自己也跟了出来，随手带上了门。

"塔季雅娜·帕夫洛芙娜，这么说，你们无论今天还是明天都不曾指望安德烈·彼得罗维奇会来吗？我感到可怕……"

"闭嘴。你感到可怕，你有什么了不起。你说：你在说你们昨天那些胡说八道时，还有什么话想说而没有说呢？"

我认为没有必要隐瞒，再加上几乎对韦尔西洛夫很生气，于是我就一五一十地把卡捷琳娜·尼古拉耶芙娜昨天写给他信的事，以及这封信产生的效果，即关于他复活，获得新生的事都告诉了她。令我感到惊奇的是，信这事竟丝毫没有使她感到吃惊，我立刻明白她已经知道了这事。

"你是在胡说吧？"

"没有，我没胡说。"

"瞧你，"她恶狠狠地笑了笑，似乎在思考，"复活了！他还会这样！他亲吻照片的事是真的吗？"

"真的，塔季雅娜·帕夫洛芙娜。"

"真动感情了，不是作秀？"

"作秀？难道他有时候会作秀？您应该感到害臊，塔季雅娜·帕夫洛芙娜；您真俗气，妇人之见。"

我说这话时很激动，但她却似乎充耳不闻；尽管楼梯上很冷，她却又好像在思考着什么。我穿着皮大衣，她却只穿一件单薄的衣裳。

"我想托你办件事，只可惜你太蠢了。"她轻蔑而又不胜遗憾地说道，"我说，你先到安娜·安德烈耶芙娜那儿去一趟，看看她在那儿做什么……不过得了，甭去了；笨蛋就是笨蛋！走呀，快走呀，还像根柱子似的站着干吗？"

"我就是不去安娜·安德烈耶芙娜那儿！可是，安娜·安德烈耶芙娜自己却派人来叫我。"

"她自己？派娜斯塔西娅·叶戈罗芙娜来叫你去？"她又迅速地向我转过身来；这时她已经要走了，甚至都推开了门，但是又砰的一声把门关上了。

"我无论如何不去安娜·安德烈耶芙娜那儿！"我又愤慨又得意地重复道，"我就不去，因为您刚才管我叫笨蛋，其实，我还从来没有像今天这样目光敏锐。你们所有那些事我都了如指掌；尽管这样，安娜·安德烈耶芙娜那儿我还是不去！"

"我早料到啦！"她感叹道，但是又根本不是冲我刚才说的那话，而且继续在想自己的心事，"现在先骗她落进他们的圈套，然后打个死扣①，勒死她！"

"勒死安娜·安德烈耶芙娜？"

"笨蛋！"

"那您到底说谁呢？该不是说卡捷琳娜·尼古拉耶芙娜吧？勒死谁？"我都吓坏了。某种模糊又可怕的想法闪过我整个的心。塔季雅娜·帕夫洛芙娜目光锐利地看了看我。

"你在那儿干什么？"她忽然问，"你在那儿参与了什么？关于你，我也有所耳闻——啊，你得留神！"

"我说塔季雅娜·帕夫洛芙娜，我要告诉您一个可怕的秘密。不过不是现在，现在没工夫，明天单独告诉您，但是有个条件，您现在必须告诉我全部真相，他们到底想勒死谁……因为我听了这话后浑身发抖……"

"你发抖关我屁事！"她感叹道，"你明天想告诉我什么秘密呢？难道你还当真不知道那事，"她用疑问的目光死死地盯住我，"你当时不是向她发过

---

① 不是指我国常说的不能一拉就解开的扣，而指越拉越紧的扣。

誓，说你把克拉夫特的信烧了吗？"

"塔季雅娜·帕夫洛芙娜，我再跟您说一遍，您别折磨我了，"我继续说我自己想说的话，也不理睬她提的问题，因为我有点忘形，"您留神，塔季雅娜·帕夫洛芙娜，您瞒着我，不告诉我，可能会出乱子的，结果更坏……要知道，他昨天完全复活了，完完全全复活了！"

"哼，滚，小丑！自己说不定也跟麻雀似的爱上了她——父子俩爱上同一个女人！呸，真不像话！"

她不见了，愤怒地砰的一声带上了门。她最后那两句放肆无礼和恬不知耻的话把我都气疯了——只有女人才会这么恬不知耻。我跑了出去，感到深深地受了侮辱。我不想来描述我当时模糊的感受，再说，我已许诺过接下去只谈事实，现在它自会解答一切。不用说，我又顺便到他的住所跑了一趟，这回又是听到保姆回答，他根本没回过家。

"他根本不回来啦？"

"只有上帝知道。"

三

讲事实，讲事实！……但是读者能看懂什么吗？我记得，当时正是这些事实压得我喘不过气来，不让我好好想想，结果什么也没有弄清楚，因而这天下来，最后我的脑子全给弄糊涂了。所以我还不如抢前几步，先说三两句话交代一下吧！

我的全部痛苦在于：如果说他昨天复活了，不再爱她了，那在这样的情况下，他今天应该在哪儿呢？答案：首先——他应该在我这儿，因为我们俩拥抱过，然后，紧接着，就应该到妈妈那儿去，因为昨天他曾经亲吻过她的照片。可是现在倒好，这两个自然而然必须去的地方他都没去，而是"天一亮"他就离开家不见了，不知道上哪儿了，而且娜斯塔西娅·叶戈罗芙娜不知道为什么还胡说什么"他不见得会回来了"。这还不够，丽莎还一再声称"老一套"似乎即将结束，又说妈妈关于他已经有了若干消息，而且还是最新的消息；此外，那里无疑已经知道了卡捷琳娜·尼古拉耶芙娜那封信的事（这是我自己看出来的），可是她们还是不相信他已经"复活了，开始了新生活"，虽然她们很注意地听了我讲的那番话。妈妈伤心欲绝，塔季雅娜·帕夫洛芙娜则对"复活"这一说法挖苦、嘲笑。但是，如果说这一切我说得不错的话，那就意味着，他在一夜之间又变了，又出现了危机，而且还是出现在昨天的狂喜、感动和热情洋溢之后！这就是说，这整个所谓"复活"云云，就像一个吹大了的肥皂泡，破灭了，于是他说不定现在又在什么地方闲逛，气得发疯，就像上回听到她要嫁给比奥林格的消息时一样！我倒要请问，那妈妈怎么办，我怎么办，我们大家又怎么办，还有……说到底，拿她又怎么办呢？塔季雅娜·帕夫洛芙娜让我去找安娜·安德烈耶芙娜的时候，一不小心说漏了嘴，说什么"死扣"，这话究竟是什么意思呢？那么说，那里才是这个"死扣"的关键所在——在安娜·安德烈耶芙娜那儿！为什么是在安娜·安德烈耶芙娜那儿呢？不用说，我应当赶快跑去找安娜·安德烈耶芙娜；我说我不去找她，我这是故意说的，说的是气话；我马上就去。但是塔季雅娜·帕夫洛芙娜讲到"凭据"什么的又是什么意思呢？难道不是他昨天亲口对我说"把凭据烧掉"吗？

这就是我当时的想法，它也勒得我喘不过气来了；但是，主要是我必须先找到他。找到了他，我才能当机立断——这我感觉到了；只消三言两语，我们就能彼此了解！我要抓住他的两只手，紧紧地握着它们；那时候，我就会在我心中找到热烈的足以说服他的话——这就是我当时萦回于脑际，欲罢不能的幻想。噢，我将战胜他的疯狂！……但是他在哪呢？在哪呢？就在我焦躁不安的这当口，兰伯特突然出现在我面前。我在离我的住所还有几步远的地方，突然碰到了兰伯特；他一看见我就高兴得大叫起来，抓住我的一只手。

"我已经找了你三次……终于！咱们去吃早点！"

"慢！你去过我那儿了？那儿没有安德烈·彼得罗维奇吗？"

"那里一个人也没有。别管他们啦！你这傻瓜，昨天大发脾气；你喝醉了，而我有一件要紧事要告诉你；今天我听到了一些非常好的消息，关于我们昨天讲的那事……"

"兰伯特，"我气喘吁吁和急匆匆地打断了他的话，不由得有点拿腔拿调地说道，"如果说我停下来跟你说话，那唯一的目的就是同你永远一刀两断，昨天我就已经跟你说过，你什么都不懂。兰伯特，你还是个孩子，而且像法国人那样愚蠢。你始终以为你还像在图沙尔中学那样可以为所欲为，而我像在图沙尔中学那样蠢……但是，我已经不像在图沙尔中学那样蠢了……我昨天的确喝醉了，但不是因为喝多了酒，而是因为我本来就很兴奋；如果说我曾经附和你的一些胡诌，那是因为我在耍计谋，想要刺探你的想法。我骗了你，而你却高高兴兴地信以为真，继续大放厥词，要知道，娶她这事纯属无稽之谈，只有中学预备班的学生才会相信，难道我会相信吗？可是你却相信了！你相信，就因为你从来没有被上流社会接纳过，对于他们上流社会怎么办事，你什么也不懂。他们上流社会办起事来，并不这么简单——随随便便地说嫁就嫁了——这是不可能的。你想干什么，现在我就把话给你挑明了吧：你想把我叫了去，把我灌醉了，让我把凭据交给你，然后跟你一起去敲诈卡捷琳娜·尼古拉耶芙娜！你别做梦了！我决不会上你的当的，永远不会，要知道，还有一点，明天或者至多后天，这凭据肯定就会归还到她本人

第三部

手里，因为这凭据本来就属于她，因为是她写的，我要亲自交给她，如果你想知道在哪儿，那你听着，经由她熟悉的塔季雅娜·帕夫洛芙娜，在塔季雅娜·帕夫洛芙娜的住所，当着塔季雅娜·帕夫洛芙娜的面，我将亲自交给她，并且不向她索取任何报酬……现在你离开我——滚得远远的，我永远不想见到你，要不……要不，兰伯特，我就对你不客气了……"

说完这话后，我就像起了鸡皮疙瘩似的浑身发抖。人生中最要紧的事，也是人生的每件事中足以坏事的最坏的习惯，这……这就是装腔作势。真活见鬼了，我居然在他面前心烦气躁到了这样的地步，以至于说到最后竟扬扬得意地一字一顿，嗓门越提越高，蓦地热昏了头，竟塞进去这个毫无必要的细节，说什么我要经由塔季雅娜·帕夫洛芙娜，并且在她的寓所把这凭据交给她！当时我忽然想使他手足无措！当我直截了当地贸然说出关于那份凭据的事，又突然看到他大惊失色的蠢相时，我忽然想用细节的精确度来使他更加晕头转向。正是这种娘儿们般的爱吹牛和唠叨，后来成了种种可怕的不幸的罪魁祸首，因为关于塔季雅娜·帕夫洛芙娜以及她的寓所的这一细节，立刻钻进了他的脑海。这是一个骗子，一个擅长抓住小事不放、善于应付实际问题的人，一碰到高一点儿和重要一点儿的事，他就渺不足道、一窍不通了，但对这些鸡毛蒜皮的小事，他却感觉敏锐。我要是不提塔季雅娜·帕夫洛芙娜，那就好了——也就不会出那么大的灾难了。他听了我的话后，一开始还十分慌张。

"我说，"他嘀咕道，"阿尔丰西娜……阿尔丰西娜会唱歌给你听的……阿尔丰西娜去过她那儿；听我说：我有一封信，几乎算是一封信，其中阿赫马科娃讲到了你，是麻脸给我弄来的，你记得那麻脸吗——你会看到的，咱们走吧！"

"胡说，你把信拿给我看！"

第三部

"信在家里,在阿尔丰西娜那里,咱们走吧!"

不用说,这纯粹是胡说八道,他怕我离开他独自走开;但是我却忽然把他撇在了街中央,他本来想尾随我跟我走的时候,我却停住了脚步,伸出拳头,恫吓他了一下。但是他却站在那里想起了心事——听任我走开:也许,他心中又闪出了一个新计谋。但是,对我来说,这种种意外和邂逅并没有结束……现在我一想起这整个不幸的一天,所有这些意外和不期而遇,当时仿佛一起商量好了似的,从某个该诅咒的丰裕之角①,一下子都倾倒在我头上了。我刚一推开房门,还在前室,就碰到一个高个子年轻人,长着一张椭圆形的苍白的脸,外表十分神气和"洒脱",还穿着一件华贵的皮大衣。他鼻子上戴着一副夹鼻眼镜;可是他一看见我,就把它从鼻子上拉了下来(显然是为了礼貌),并且客气地用一只手抬了抬自己的高筒礼帽,但是并没有停下脚步,而是潇洒地微笑着,对我说"啊,晚安"——就走了过去,下了楼梯。我们俩立刻认出了对方,虽然我生平总共只在莫斯科匆匆见过他一面。这是安娜·安德烈耶芙娜的哥哥,宫廷侍从,年轻的小韦尔西洛夫,韦尔西洛夫的儿子,因此,也几乎是我的哥哥。把他送出来的是房东太太(房东去上班了,还没回来),当他走出去后,我就冲她劈面问道:

"他来做什么?他去过我屋了?"

"根本就没有去过您的房间。他是来找我的……"她迅速而又冷冷地断然道,说罢便转过身,向自己的房间走去。

"不,这可不行!"我叫道,"请回答:他来干吗?"

"啊,我的上帝!有人来,来干吗,难道都要一五一十地告诉您吗?我们似乎也可以有自己的打算吧。这个年轻人也许想来借钱呢,向我打听住址。

---

① 源出古希腊神话。原指曾用自己的乳汁喂养宙斯长大的母山羊的一只角,它可以倒出任何东西,取之不尽,用之不竭。

也许，还从上回起我就答应他了呢……"

"上回是什么时候？"

"啊呀，我的上帝！他可不是头一回到这里来呀！"

她走了。主要是，我明白了，这里的腔调变了。他们开始跟我恶声恶气地说话了。很清楚，这又是一个秘密。秘密每时每刻都在增加。小韦尔西洛夫头一次来看我，是和他妹妹安娜·安德烈耶芙娜一起来的，当时我正生病；这事我记得很清楚，就像我清楚地记得安娜·安德烈耶芙娜昨天就向我甩出了一句怪怪的话，说什么老公爵也许会住到我房间里来……但是这一切是这么莫名其妙，这么稀奇古怪，简直令我几乎百思不得其解。我拍了一下自己的脑门，甚至都没坐下来稍事休息，我就跑出去找安娜·安德烈耶芙娜了：她不在家，我从门房那里得到的回答是："小姐到皇村去了；恐怕要到明天这个时候才能回来。"

"她到皇村去了，不用说，是去看老公爵了，而她的哥哥就来检查我的住所！不，这办不到！"我咬牙切齿地说，"如果这里的确有什么猫腻，那我就要奋起保护那个'不幸的女人'！"

从安娜·安德烈耶芙娜那儿出来，我没有回家，因为在我那发热的头脑里突然掠过一个回忆——运河旁那家小饭馆，过去，安德烈·彼得罗维奇有一个习惯，在某些闷闷不乐的时刻，常爱到那里去小酌。我对这个猜想感到很高兴，顿时拔脚就向那儿跑去；已经是下午四点钟了，天色已渐渐入暮。小饭馆里的跑堂告诉我，他倒是来过，"待了一会儿，又走了，很可能还会来。"我突然咬咬牙决定等他，给自己要了一份午餐[①]；起码出现了希望。

我吃完了午餐，甚至还多吃了点儿，以便有资格尽可能在这里多待一会

[①] 俄国人吃饭较晚：午前吃的叫早餐；午后（三四点、五六点不等）吃的叫午餐；再往后，到中国人吃夜宵的时候，才吃晚饭。

儿，我想，我坐了大约四小时。我就不来描写我的悲伤和焦躁的等待了；我心中仿佛翻倒了五味瓶似的，不住地发抖。这管风琴声，这些顾客——噢，这整个愁绪都刻印在我心上，也许，我终生难忘！我也不来描写我脑海里升起的种种想法，就像秋天，一阵旋风袭来，刮起了乌泱泱的一片枯枝败叶；有某种与此相类似的情况，不瞒你们说，我时不时就感到我都快失去理智了。

但是有一样东西把我折磨得十分痛苦（不用说，是顺便的，从一旁冒出来的，掠过了主要的痛苦）——这是一种缠绕不去的、令人痛定思痛的感受——这就像有毒的秋天的苍蝇一样缠绕不去，你根本就没有想到它，可是它却在您周围盘旋不去，妨碍您，又突然会冷不防非常疼地叮您一口。这仅仅是一段回忆和一件事情，关于这事，我还没和世上任何人说过。这就是事情的原委，我总得找个机会把这事给说出来吧。

四

当初在莫斯科的时候已经决定，我将到彼得堡去，同时托尼古拉·谢苗诺维奇通知我，要我等他们寄路费来。谁给我寄钱——我没问；我知道准是韦尔西洛夫，因为当时我日以继夜地在幻想同韦尔西洛夫见面（心里七上八下，还私下里拟订了一套傲慢的计划），但是表面上却绝口不提，甚至对玛丽娅·伊万诺芙娜也只字不提。不过，我要提醒大家一句，路费我有；但是我还是决定等候；顺便说说，我以为这钱肯定会通过邮局寄来。

突然有一天，尼古拉·谢苗诺维奇回到家后，向我宣布（按照他的老习惯，简短而又不加渲染地），让我明天去一趟肉铺街，在上午十一点，到一家公寓，找一位 B－斯基公爵，那里有一位宫廷侍从韦尔西洛夫，安德烈·彼得罗维奇的儿子，从彼得堡来，下榻在他贵族子弟学校的同窗好友 B－斯基公爵家，他将会交给我一笔由他捎来的路费。看上去，这事最简单不过了：安德烈·彼得罗维奇不想经过邮局汇钱，而是把这一任务委托给了自己的儿子——他这样做也太可能了；但是这消息却使我感到一种不自然的压抑，把我吓坏了。毫无疑问，韦尔西洛夫想通过这办法使我和他的儿子，也就是我的哥哥，有个接近的机会；这样一来，也就凸显了我幻想中的那人的打算和感情；但又给我出了一大难题：在这完全出乎意料的会见中，我将持有怎样的态度，我又应该持有怎样的态度呢，会不会在什么事情上有失我的个人尊严呢？

第二天上午十一点整，我准时来到Б-斯基公爵的单身寓所，不出我之所料，屋里陈设的家具十分华丽，拥有好些穿号衣的仆役。我在前厅停住了脚步。内室里传来响亮的说话声和笑声：公爵处，除了宫廷侍从这个客人外，还有其他访客。我吩咐下人进去通报一下我来了，措辞似乎有点傲慢：至少，他进去通报时，神态怪怪地看了看我，我觉得，这甚至不大恭敬，不像应有的那样恭敬有加。我感到诧异的是，他进去通报了很长时间，大约有五分钟，与此同时里面不断传来那同样的笑声和那不绝如缕的谈话声。

不用说，我在那里站着等候，因为我知道得很清楚，我是"同样的老爷"，跟仆人一样坐在前厅里是不体面的，也是不可能的。至于我自己，未经专门邀请，我出于骄傲也决不会自动跨进客厅；也许我骄傲得过了头，但是必须这样。我不胜诧异的是，留下的仆役（两个人）竟敢当着我的面坐下来。我转过身去，装作没看见，然而却气得浑身发抖，突然我回过头，向一名仆人迈近一步，命令他"立刻"再进去通报一声。尽管我目光严厉，神态异常激动，那仆人还是懒洋洋地瞧了瞧我，也没有起立，于是，另一名仆人只好替他回答：

"禀报过了，您放心！"

我决定再等一分钟，就一分钟，或者看情况甚至少于一分钟，到时候——我一定掉头而去。主要是我还穿得非常体面：衣服和大衣都还很新，内衣也十分整洁，玛丽娅·伊万诺芙娜还特意亲自为此张罗了一番，但是关于这些仆役的情况，我实在是晚得多的时候，而且是在到了彼得堡以后，才确凿获悉的，其实，他们前一天就已经通过跟随韦尔西洛夫一起来的一名仆人获悉，"会有这么一个正在上学的弟弟来访，是私生子"。关于这事，我现在已经知道得一清二楚。

一分钟过去了。当一个人当断不断、反受其乱的时候，这感觉是十分奇怪的。"走还是不走，走还是不走？"我几乎打着寒战，每秒钟都在翻来覆去地念叨：突然那名进去禀报的仆人出现了。他两只手的指缝里夹着四张红票子，共四十卢布，在晃来晃去。

"瞧，您哪，请您收下这四十卢布！"

我一下子炸了。这太气人了。我昨天想了一夜，在幻想韦尔西洛夫所安排的两兄弟见面时的情景；我一整夜都在忽冷忽热地梦想，我应当保持怎样的态度，才不至于有损——才不至于有损我的一整套思想，这些思想是我在孤独中锻造出来的，甚至在任何圈子里都足以自豪的思想。我曾经幻想，我将怎样摆出一副高贵、高傲和略带忧郁的样子，也许，甚至同Б-斯基公爵交往时也应该如此，然后就这样被直接引进这个上流社会——噢，我并不顾惜自己的脸面，就这样，就这样写吧：既然这么精确地描写细节，那就应当这样把它写下来！可突然之间——经由仆人，拿了四十卢布送到前厅，还让我等了十分钟，而且还是经由仆人之手，从仆人的手指缝里，而不是放在托盘上，放在信封里！

我向那仆人大吼一声，吼得他打了个哆嗦，后退了一步；我立刻命令他把钱拿回去，让"老爷亲自送来"——总之，我当时的要求当然语无伦次，因此，那仆人也没有听懂。但是因为我这么大吼大叫，倒把他骂跑了。加之，客厅里也似乎听见了我的叫声，里面的说笑声突然停了下来。

第三部

我几乎立刻就听到了脚步声，庄重、不慌不忙而又轻柔，紧接着就在前厅的门槛处出现了那个英俊而又高傲的年轻人的高大身影（当时，我觉得他比我今天遇见他时更苍白、更瘦削）——甚至离门槛不到一俄尺就停了下来。他穿着一身华丽的红色绸袍，脚蹬便鞋，鼻子上夹着一副夹鼻眼镜。他一句话也不说，先用夹鼻眼镜对准我，端详了一番。我则像头野兽似的，向他跨前一步，挑衅似的站在他面前，逼视着他的眼睛。但是他只打量了我片刻，总共大约十秒钟；突然，一丝最难以察觉的嘲笑出现在他的嘴角，这笑容十分恶毒，其所以恶毒，正因为几乎不易察觉；他默默地转过身子，又向里面的房间走去，就像他来的时候那样，同样不慌不忙，同样轻柔和从容。噢，这些爱欺侮人的人，打小，还在自己家里，就由自己的母亲教会了他怎么欺侮人！不用说，我不知所措了……噢，我当时干吗不知所措呢！

几乎在同一瞬间，那名仆人又出现了，手里还是拿着那几张钞票：

"请收下，这是从彼得堡捎来给您的，可是我家老爷却不能接待您本人；'除非换个时间，等他稍空一些的时候。'"我感到，这最后一句话是他自己加上去的。但是我的手足无措仍在继续；我收下了钱，向门口走去。我把钱收下，正是由于不知所措，因为本来是应该拒收的。可是那仆人，当然想使我难堪，竟放肆地做了一个奴才能做的最狂妄的举动：他忽然在我面前使劲一推，使房门洞开，并且使门一直开着，当我走过去的时候，他又威风凛凛、字正腔圆地吆喝道：

"请，您哪！"

"混蛋！"我冲他吼道，猛地挥起手来，但是没有打下去，"你主人也是个混蛋！你把这话立刻转告他！"我加了一句，并且迅速走出去，上了楼梯。

"您怎敢出言不逊！要是我立刻禀报老爷，那一张条子就会立刻让您进警局。以后您可不许再挥起手来想打人了……"

我从楼梯上下来。楼梯是段通正门的楼梯，全部敞开，当我踏着红地毯下楼的时候，楼上可以看到我整个的人。所有三名仆役都走出来，在楼上的栏杆旁向下张望。我当然决计保持沉默：跟奴才们吵架是有失身份的。我下楼时没有加快步伐，甚至似乎还故意放慢了脚步。

噢，即使有这么一些哲学家（他们可耻！）会说，这都是些鸡毛蒜皮的小事，是一个乳臭未干的毛头小伙儿瞎发脾气——他们爱这么说，由它，但是对于我，这却是创伤，一个迄今尚未愈合的创伤，甚至直到眼下这一刻，直到我把这写下来，一切都已结束，直到我已经报了仇的这一刻。噢，我发誓！我不是一个爱记仇的人，也不是一个有仇必报的人。毫无疑问，即使在生病之前，如果有人欺侮我，我也总想报复，但是我敢发誓，我仅想以宽宏大量来报复。即使我用宽宏大量来回敬他，但是我总也要使他感觉到，让他心里明白——于是我也就报了仇！我还要顺便补充一句：我不是一个有仇必报的人，但却是一个爱记仇的人，虽然我心胸宽大，但是别人是不是也这样呢？当时，噢，当我抱着宽宏大量的感情到这里来的时候，我可能是可笑的，那就让他们笑去吧。宁可做个可笑而又宽宏大量的人，总比那些虽然不可笑但却卑鄙无耻、庸俗平庸的人好。关于这次与"哥哥"相遇的事，我没有向任何人透露过；甚至也没有向玛丽娅·伊万诺芙娜透露过，甚至在彼得堡也没有向丽莎透露过：这次见面如同可耻地挨了一记耳光。可现在倒好，又遇见了这位先生，而我根本就没有料到会遇见他；他向我微笑着，抬了抬礼帽，还十分友好地对我说了声"您好"。当然，他这样做，耐人寻味……但是伤口还是裂开了！

五

我在那家小饭馆里坐了四个多小时，我忽然像疾病发作似的跑了出来——不用说，又回去找韦尔西洛夫了，自然，在家里又没有碰到他：他根本就没有回来过。保姆感到寂寞，她忽然请我去把娜斯塔西娅·叶戈罗芙娜给叫过来；噢，我哪顾得上给她办这差事呀！我跑回去找妈妈，但是没有进去，而是把卢克丽娅叫了出来，我在过道问她，才知道他没来过，丽莎也没在家。我看到卢克丽娅也有什么事想问我，也许她也想托我办什么事；但是我哪顾得上这个呀！只剩下最后一线希望，他可能到我那儿去了；但是我并不相信会有这样的事。

我已经预先告诉过大家，我几乎失去了理智。可突然我在我的房间里碰到了阿尔丰辛卡①和我那房东。不错，他俩正从里面出来，彼得·伊波利托维奇手里还擎着蜡烛。

"这是怎么回事！"我几乎没头没脑地向房东吼道，"您怎么敢把这坏东西领到我屋里来？"

"是您呀！"阿尔丰辛卡叫起来，"您的朋友呢？"

"滚！"我吼道。

"这是一头真正的熊！"她假装很害怕的样子，一溜烟跑进了楼道，霎时间躲进了房东太太那儿。彼得·伊波利托维奇两手始终还擎着蜡烛，神情严厉地走到我跟前：

"请允许我向您指出，阿尔卡季·马卡罗维奇，您太暴躁了；尽管我们十分尊敬您，可是阿尔丰西娜小姐却不是坏蛋，甚至完全相反，她是来做客的，不是上您家做客，而是在我妻子那儿做客，她们俩认识已经有一段时间了。"

"那你怎么敢把她领到我屋里去呢？"我重复道，抱住头，我几乎忽然头痛极了。

---

① 阿尔丰西娜。

"纯属偶然，您哪。是我想进来关气窗，我原来把它打开了，透点新鲜空气；因为我和阿尔丰西娜·卡尔洛芙娜继续谈我们没有说完的话，于是在谈话中她就进了您的房间，仅仅因为她在陪我说话。"

"不对，阿尔丰辛卡是奸细，兰伯特是奸细，很可怕，您自己也是奸细。阿尔丰辛卡是到我屋里偷东西的。"

"这就随您怎么说了。今天您会说东，明天您就会说西。而我那套房间，我已经短期租出去了，因此我们夫妻俩将搬到那间小屋去住，所以阿尔丰西娜·卡尔洛芙娜现在，在这里，几乎是同您一样的房客，您哪。"

"您把房间租给兰伯特了？"我惊恐地叫道。

"不，不是兰伯特。"他又用不久前那种拉长了的笑容微微一笑。然而在这笑容中已经看得出果断，而不是上午那种困惑了，"我想，您是知道我租给谁的，只是无可奈何地装出一副不知道的样子，不过因为爱面子，您哪，因此才生气。晚安，您哪！"

"好了，好了，您就让我安静一下吧！"我挥了挥手，差点没哭出来，因而他突然惊讶地看了看我；然而他还是走出去了。我挂上门钩，插上了门，趴到床上，脸朝下，埋在枕头里。就这样过去了对于我这要命的最后三天中的可怕的第一天。我的记事录也将以描写这三天而告终。

第 十 章

一

但是，我又认为有必要超越事情的进程，提前向读者说明某些问题，因为，这里，在这个故事的逻辑发展中，掺杂进了太多的偶然性，如果不提前予以说明，读者会看不懂的。这里的问题就在于塔季雅娜·帕夫洛芙娜说漏嘴的那个所谓"死扣"上。这个"死扣"就是安娜·安德烈耶芙娜终于冒险采取了一个极大胆的行动，这行动也只有处在她那种境况下才能够想得出来。真是一个有个性的女人！虽然老公爵以健康为由被及时软禁在皇村，因而他与安娜·安德烈耶芙娜即将结婚的消息不可能在社交界广泛传播。因而，可以说，尚处在萌芽状态就暂时被压下去了。但是，话又说回来，一个可以随意摆布、生性软弱的老人无论如何不肯背弃自己的主张，无论如何不肯辜负已经向他提出过求婚的安娜·安德烈耶芙娜。在这方面他是个骑士；因此，或迟或早，他会忽然站起来，以不可阻挡之势，硬要来实现他自己的主张。正是一些性格软弱的人，常常会发生这样的事，因为他们终究有条不可触犯的底线。况且他也充分意识到他无限尊敬的安娜·安德烈耶芙娜处境尴尬，意识到上流社会可能谣言四起，嘲讽、挖苦和说她的坏话。使他暂时忍让和没有发作的，仅仅是因为卡捷琳娜·尼古拉耶芙娜一次也没有，既没有用言词，也没有用暗示，当着他的面，放肆地说过安娜·安德烈耶芙娜的坏话，或者暴露过什么用来反对他打算同她结婚的话。相反，她对自己父亲的未婚妻经常表现出异乎寻常的亲热和关切。这样一来，安娜·安德烈耶芙娜的处境倒变得异常尴尬了,她凭自己的女人的嗅觉十分敏感地懂得,老公爵对卡捷琳娜·尼古拉耶芙娜也十分敬重,而现在则较之既往更甚,正因为她宽宏大量和恭敬有加地赞成他续弦,所以,现在安娜·安德烈耶芙娜只要稍进谗言,对卡捷琳娜·尼古拉耶芙娜有所诋毁,她就会侮辱公爵对女儿的全部柔情,引起公爵对自己的不信任,甚至也许还有愤怒。由此可见,这片战场上现在还在进行战斗:两个女人仿佛在暗中较劲,相互比赛看谁更有礼貌、更能忍让,结果,斗到末了,连公爵自己也弄不清她们俩谁更值得赞赏了,于是,他就像所有生性软弱但心地温顺的人那样,照例把一切仅仅归咎于自己,开始感到痛苦。据说,他的苦闷进而发展成了生病;他的神经也果真失常了,他本来是到皇村去疗养以期增进健康的,结果,有人断言,他反倒有了卧病不起之势。

这里我要附带说一件事,这事我是在很久以后才知道的:似乎比奥林格曾直截了当地给卡捷琳娜·尼古拉耶芙娜出过一个主意,送老人出国,想方设法骗他出去,同时又不动声色地向外宣布,他已经完全丧失了理智,然后再在国外弄一张医生有关这事的证明。但是卡捷琳娜·尼古拉耶芙娜无论如何不肯这样做;至少后来人们都是这么断言的。她似乎愤怒地拒绝了这一方案。这一切不过是不着边际的传闻,但是我信。

就这样,可以说吧,这事已经发展到了毫无出路的绝境——这时,安娜·安德烈耶芙娜忽然从兰伯特那儿得知,有这么一封信,在这封信里,女儿已经在同律师商量用什么方法来宣布父亲是疯子。她那报复心重和骄傲的头脑兴奋到了极点。她回想起过去与我的几次交谈,琢磨了许多细小的情况,她没法怀疑这消息是真实可信的。于是在这颗坚强的、不屈不挠的女人的心中,就不可抗拒地酝酿成熟了一个出击的计划。这计划是,突然之间,不使用任何手段,也不掺杂任何谗言,一下子向公爵宣布一切,把他吓倒,使他震惊，并向他指出，疯人院正在不可避免地等待着他，如果他顽固不化、大动肝火、不肯相信，那就把他女儿的信拿给他看，说什么"既然有一回打算宣布您是疯子。那现在，为了阻挠这婚事，就更甭说了"。接着就把惊恐万状和伤心欲绝的老人抓在手里，把他弄到彼得堡——直接住进我那屋里。

这需要冒可怕的风险，但是她坚信她无所不能。这里，我要暂时打断叙述，大大超前一步，提前告诉诸位，她没有估计错这次出击的效果，不仅如此，这效果还超出了她的所有期待。关于这封信的消息对老公爵的影响，也许比她本人和我们大家所能设想的要大好多倍。在此以前，我还根本不知道公爵对这封信的事已略有耳闻；但是，根据所有性格软弱和生性胆怯的人的习惯，他不仅不相信这个谣言，而且还竭力听而不闻，置之不理，以便保持内心的平静；此外，他还归咎自己，认为自己这么轻信，不高尚。我还要补充一点，这封信没有被销毁，还存在这一事实，也严重地影响了卡捷琳娜·尼古拉耶芙娜，比我当时所能预料到的情况要严重得多……总之，这张文据，比我这个兜里揣着这封信的人所能设想的要重要得多。但是说到这里，我已经扯得太远了。

但是有人要问，干吗要搬到我房间里去？干吗要把公爵转移到像我们这样简陋的小屋里去呢，也许是想利用我们这样简陋的环境来吓唬他？如果不能回到他的府邸（因为在那里一下子整个计划都会受挫），那为什么不能像兰伯特所建议的那样，另找一处独门独院的"豪宅"呢？但是，安娜·安德烈耶芙娜非常之举的全部冒险性，也正在于此。

主要在于，必须在公爵来到之后立刻向他出示这份凭据；但是我无论如何不肯把这凭据拿出来。可是，因为不能再浪费时间了，安娜·安德烈耶芙娜便寄希望于自己的威力，决定在没有凭据的情况下也开始行动，但是必须把老公爵直接弄到我这里来——为什么呢？正是为了以这样的行动把我也给逮住，正如俗话所说，一石二鸟。她也打算用赶鸭子上架、迎头一击和出其不意等手法来影响我，左右我的行动。她琢磨，我看到老人在自己屋里，看到他惊慌失措和无助的样子，又听到他们众口一词的请求，我就会举手投降，交出凭据！我得承认——这办法很狡猾，很聪明，以攻心为上，不仅如此，她还差点没有成功……至于老人，安娜·安德烈耶芙娜当时正是用这样的方法说动了他，让他相信了她的话，哪怕只是口头上相信她向他开门见山地宣布，她是带他来找我的。而这一切我直到后来才知道。甚至单凭证据就在我这里这一消息，就在他那胆怯的心里消除了关于事实可靠性的最后疑虑——他是多么爱我和尊重我啊！

我还要指出一点，安娜·安德烈耶芙娜本人一分钟也没有怀疑过这凭据还在我手里，我还没有撒手。主要是她错误地理解了我的性格，无耻地指望我天真幼稚、缺心眼儿，甚至太重感情；而从另一方面，她又认为，即使我终于拿定主意，要把信交给，比如说卡捷琳娜·尼古拉耶芙娜，那也无非是遇到一种特殊情况，因此她才决意抢先一步，用出其不意、奇兵突袭和猛地出击等手法抢在这些情况出现之前。

最后，使她相信必须这么做的是兰伯特。我已经说过，这时兰伯特正处在十分危急的情况下：他是一个反复无常的家伙，他先是煞费苦心地希望把我从安娜·安德烈耶芙娜身边勾引过来，让我跟他一起把那凭据出卖给阿赫马科娃，不知为什么他认为这样做获利更大，但是因为我直到最后一刻都无论如何不肯把这份凭据拿出来，所以他才决定，在万不得已时，甚至帮一把安娜·安德烈耶芙娜的忙也未尝不可，以免什么好处也捞不着。因此他才在最后一刻到来之前，先死乞白赖地去巴结安娜·安德烈耶芙娜，我也知道，他甚至还建议，如果需要的话，还可以弄个神父来①………但是安娜·安德

---

① 指请个神父来为她和老公爵主持婚礼。

烈耶芙娜却带着轻蔑的嘲笑请他不要再提此事了。她觉得兰伯特此人非常粗俗，只会在她心中激起完全的厌恶；但是出于小心谨慎，她还是接受了他的效劳，比如说，刺探情报等等。顺便说说，我甚至至今都弄不清楚，他们是否收买了我的房东彼得·伊波利托维奇，他是否因为效力当时得到过他们的什么好处，或者不过是因为乐于搞阴谋而加入了他们一伙；不过他只是一个监视我行动的奸细而已，他老婆也一样——这我有把握。

读者现在定会明白，我虽然多少预先知道了点情况，但我还是万万没有料到，明天或者后天，我会在自己的房间里发现老公爵，而且是处在这样的情况下。再说，我也无论如何想象不出安娜·安德烈耶芙娜竟会如此胆大妄为！口头上，你尽可以爱说什么说什么，做什么暗示都行；但是要断然付诸行动，真的说到做到——不，我要告诉你们，这是一个很有性格的女人！

二

我接着讲下去。

第二天早晨，我醒得很晚，头一天夜里我睡得特别死，也没有做梦，我至今回想起来都觉得奇怪，因此，我醒来后觉得自己格外精神抖擞，好像昨天这一整天压根儿就不存在似的。妈妈那儿，我决定先不去，而是直接前往墓地教堂，以便在举行完仪式后再回到妈妈的住所，然后再陪着她，一整天都不离开她。我坚信，无论如何，在妈妈那里，我今天肯定能遇到他，或迟，或早，但肯定能遇到。

无论是阿尔丰辛卡，也无论是房东，都不在家，已经早就不在了。我不想问房东太太，什么也不想问，而且一般说，我也决意跟他们断绝任何来往，甚至尽快从这里搬走，因此，给我端来咖啡之后，我又立刻挂上门钩，插上了门。但是突然有人敲了敲我的房门；使我吃惊的是，来者竟是特里沙托夫。

我立刻过去给他开了门，很高兴，请他进屋坐，可是他不肯进来。

"我就站在门口说两句话……或者进屋也成，因为这里，似乎，必须低声说话；不过我在您这里决不能坐下。您在瞧我这身破大衣：这是因为兰伯特把我的皮大衣抢走了。"

他穿的那身皮大衣的确又旧又破，而且嫌长，很不合身。他站在我面前神色黯然、抑郁，两手插在口袋里，也不摘下礼帽。

"我不坐，我不能坐。听我说，多尔戈鲁基，详细情况我一点儿也不知道，但是我知道兰伯特正在做一件出卖您的事，这事很快就会发生，躲也躲不掉——这是肯定的。因此，您要留神。这是麻脸说漏了嘴，告诉我的。您还记得麻脸吗？但是他没有说到底是什么事，因此，更多的情况，我就什么也说不出来了。我不过是来给您提个醒——再见。"

"您请坐呀，亲爱的特里沙托夫！我虽然急着有事，但是我非常欢迎您来……"我叫道。

"我不坐，我不能坐；至于您欢迎我，我将铭记在心。唉，多尔戈鲁基，为什么要骗人呢：我自觉自愿地同意去做任何坏事，去做下流得都不好意思向您说出口的事。现在我们都在麻脸的掌控下……再见。我不配在您这里坐下。"

"得啦，特里沙托夫，亲爱的……"

"不，要知道，多尔戈鲁基，我现在对所有人都很粗鲁，现在又要开始纵酒作乐了。他们很快就会给我做一件更好的皮大衣，我要坐宝马香车了。但是我毕竟有自知之明，我毕竟不能在您这儿坐下，因为我自惭形秽，因为我下流，不配坐在您面前。每当我无耻地纵酒作乐的时候，我能想到这点毕竟还是愉快的。再见吧，好了，再见吧。我就不同您握手了；要知道，连阿尔丰辛卡也不屑同我握手。劳驾，请您不要追我，也不要去找我；我们有约定。"

第三部

这个奇怪的孩子转身就出去了。我只是没有空，但是我决定，等我把我们那档子事办妥了，一定要很快找到他。

我就不来描写那天上午接着发生的事了，虽然有许多事还可以记得起来。韦尔西洛夫没有到教堂去参加葬礼，而且，似乎从她们的样子看，还在把棺材抬出去之前就可以认定，她们也没有指望他到教堂里来。妈妈在虔诚地祈祷，看来，全身心都沉浸在祈祷之中。只有塔季雅娜·帕夫洛芙娜和丽莎守在棺材旁边。我就不来作任何描写，不来作任何描写了。下葬后，大家都回来在桌旁团团坐下，我又从她们的神态断定，大概她们也没有指望他来吃葬后宴。当大家从桌旁都站起来后，我走到妈妈跟前，热烈地拥抱她，向她祝贺生日；在我之后，丽莎也同样这么做了。

"我说哥哥，"丽莎悄悄地向我低语道，"她们在等他。"

"我猜也是，丽莎，看得出来。"

"他肯定来。"

我想，这意味着，她们已经有了准确的情报，但是我没有细问。虽然我不来描写我当时的感情，但是这整个谜团，尽管我当时精神抖擞又忽然像石头般紧压在我的心头。我们大家都围着妈妈，在客厅里的一张圆桌旁坐了下来。噢，能跟她在一起，看着她，当时我有多么高兴啊！妈妈忽然请我从福音书上念一点儿什么。我念了一段《路加福音》。她没有哭，甚至脸色也不十分悲伤，但是我从来没有觉得她的脸像当时那样，有一种精神上的感悟。她那静静的目光中闪耀着一种思想，但是我怎么也看不出她在惊惶地等候什么。谈话没有终止；大家开始追忆死者的往事，塔季雅娜·帕夫洛芙娜也讲了许多有关他的故事，而这些事都是我过去完全不知道的。总之，如果要记下来的话，其中一定可以找到许多发人深省的东西。甚至塔季雅娜·帕夫洛芙娜也似乎完全改变了她往常的态度：变得很文静、很和蔼，虽然，她为了替妈妈排遣悲伤说了许多话,但主要是她仍能保持冷静。但是有一个细节我记得非常清楚:妈妈坐在沙发上,而在沙发的左边,在一张特制的小圆桌上,放着一帧似乎用来作什么用的圣像——是一帧古老的圣像,没有金属衣饰,但是像上的两位圣徒头上罩有光环。这帧圣像原来是属于马卡尔·伊万诺维奇的——这我知道,我也知道,过去死者是从来不与这帧圣像分开的,认为它有灵。塔季雅娜·帕夫洛芙娜几次抬起头来注视着这帧圣像。

"我说索菲娅,"她忽然说,转变了话题,"干吗让圣像躺着呢——干吗不让它靠墙立在桌上,再在它前面点上长明灯呢?"

"不,还是现在这样好。"妈妈说。

"倒也是。要不就显得过于隆重了……"

我当时什么也没有听懂,但是,事情是这样的,马卡尔·伊万诺维奇早就在口头上立下遗嘱,把这帧圣像遗赠给安德烈·彼得罗维奇,现在妈妈正准备把它交给他。

已经是下午五点钟了,我们的谈话仍在继续,这时我忽然发现妈妈的脸上似乎在抽搐;她迅速坐直身子,开始留神谛听,当时正在说话的塔季雅娜·帕夫洛芙娜却像没事人似的,继续说她的话。我立刻向房门回过头去,过了一刹那,我就在房门口看见了安德烈·彼得罗维奇。他不是从屋前的台阶上进来的,而是从后楼梯穿过厨房和过道走进来的,我们大家都没有听见,只有妈妈一个人听到了他的脚步声。现在我就来描写紧接着出现的整个疯狂的一幕,逐一描写,决不放过一个动作,一句话;但这一幕很短。

首先,我在他的脸上,起码乍一看去,并没有发现一丝一毫的变化。他的穿戴和往常一样,几乎很讲究。他两手捧着一束不大但很名贵的鲜花。他走近前来,面带微笑地把这束花送给了妈妈;妈妈怯生生而又莫名其妙地看了看他,但是接受了这束花,于是一阵红晕飞上了她的双颊,使她那苍白的脸顿时有了生气，她的眼神闪现出喜悦。

"我早就料到你会高兴地收下的，索尼娅。"他说道。因为我们在他进来时都站了起来，所以他走到桌旁，拉过放在妈妈左边的那把圈椅，坐了下来，并没有发现这样他就占了别人的座位。于是，他也就直接坐到了那张放着圣像的小桌旁。

"大家好。索尼娅，今天我一定要送给你这束鲜花，因为今天是你生日，因此我也就没有来参加葬礼，以免带着鲜花来看死人；再说，我知道你也没有等我参加葬礼。老人看到这束鲜花大概也不会生气的，因为他自己就曾留遗言，要我们快快乐乐地过日子，不是吗？我想，他现在一定在这屋里的什么地方。"

妈妈奇怪地看了看他，塔季雅娜·帕夫洛芙娜则好像打了个哆嗦。

"谁在这屋里？"她问。

"死者呀。你们知道，一个不完全相信显灵之类奇迹的人，却往往最相信预兆……但是我最好还是讲讲这花吧：一路上我是怎么把它拿来的——我也不明白。路上，我曾经有两三次想把它扔到雪地里，用脚把它踩烂。"

妈妈哆嗦了一下。

"非常想。可怜可怜我吧，索尼娅，也可怜可怜我这可怜的脑袋。我之所以想这样做，是因为这花太美了。世上还有什么东西比花更美的呢？我拿着花，而周围是一片冰天雪地。我们这严寒和花——多么截然相反的两极啊！然而，我要说的并不是这事：我要摧残它，无非是因为它美。索尼娅，虽然我又要离开这里了，但是我会很快回来的，因为，似乎，我会害怕。我一旦害怕起来——又有谁会来医治我的恐惧呢，我又到哪里能找到像索尼娅这样的天使呢？你们这是什么圣像呀？啊，死者的，我记得。这是他那个家族的，祖辈传下来的；他一辈子都把这圣像带在身边；我知道，我记得，他曾把这圣像遗赠给我；我记得很清楚……好像是分裂派教徒的①……让我看看。"

他伸手拿起了圣像，把它凑近蜡烛，仔细端详了一下，但是他拿在手里只有几秒钟工夫，又把它放回到他面前的圆桌上。我感到奇怪，但是他所有这些透着古怪的话是突然说出来的，因此我都没有来得及听明白他说这些到底是什么意思。我只记得，一种病态的恐惧渐渐钻入我的心扉。妈妈的恐惧则渐渐变成一种困惑和同情；她在他身上看到的首先是一个不幸的人；过去也常常发生这样的情况，有时候他也像现在这样说些几乎同样奇怪的话。丽莎的脸不知为什么忽然变得非常苍白，她向我奇怪地点了点头，叫我看他。但是神情显得最惊恐的还是塔季雅娜·帕夫洛芙娜。

"您倒是怎么啦，亲爱的安德烈·彼得罗维奇？"她小心翼翼地问。

"亲爱的塔季雅娜·帕夫洛芙娜，我还真不知道我倒是怎么啦。您放心，我还记得您是塔季雅娜·帕夫洛芙娜，而且您很可爱。不过，我到这儿来只能待一小会儿，我想对索尼娅说几句祝贺的话，并且正在搜寻这样的词句，虽然我心中满是我要说的话，但是又说不出来；没错，净是这样一些十分古怪的话。您知道吗，我觉得，我整个人好像一分为二似的，"他用非常严肃的神态和最真诚的坦率环视了一眼我们大家，"真的，我在思想上分裂了，对此我非常害怕。仿佛您②身旁站着的是另一个您；您自己很聪明，也很明智，可是另一个您却非要在您身旁做出一些荒唐的事来不可，有时还是十分可笑的事，可是您又会忽然发现，这件可笑的事本来就是您自己想做的事，而且天知道为什么，就是说，有点像是一种不愿意的愿意，竭力抗拒而又乐此不疲。有一回，我认识一位大夫，他参加了他父亲在教堂的葬礼，忽然在葬礼上吹起了口哨。我真害怕我今天去参加葬礼，因为不知道为什么我头脑里忽然钻

---

① 这并非指马卡尔·伊万诺维奇属于俄国正教的分裂派，而是指圣像古老。
② 这一段中的"您"指韦尔西洛夫本人。这一段表现了双重人格。

进了一个坚定的信念,我也会忽然吹口哨或者哈哈大笑的,就像那个不幸的大夫那样,后来他的结果相当糟……我真不知道,为什么我今天老想到这位大夫;而且念念不忘,以致无法摆脱。你知道吗,索尼娅,现在我又拿起了这帧圣像(他拿起圣像,在手里转来转去),你知道吗,我恨不得现在,就在此时此刻,把它砸到炉子上,就砸在这个角上。我相信,它会立刻碎成两半——不多也不少。"

主要是他说这一切毫无做作之态,或者甚至也没有任何反常之举;他说得十分平淡,但因此也就更可怕;仿佛,他当真对什么事情非常害怕似的;我忽然发现他的两手在微微发抖。

"安德烈·彼得罗维奇!"妈妈举起两手一拍,叫了起来。

"放下,把圣像放下,安德烈·彼得罗维奇,放下,放桌上!"塔季雅娜·帕夫洛芙娜跳了起来,"脱下衣服,躺下。阿尔卡季,快去请医生!"

"然而……然而你们瞎忙什么呢?"他低声说,用专注的目光环视了我们大家一眼。接着又突然把两只胳膊肘放到桌子上,用两手支着脑袋:

"我把你们吓坏了,但是这样吧,我的朋友们,你们先给我一点儿安慰,再坐一会儿,大家都平静一点儿——哪怕就一分钟也行!索尼娅,我今天到这里来根本就不是为了谈这事;我来是有话要告诉你的,但完全是另一件事。再见,索尼娅,我又要去到处流浪了,就像我已经好几次离开你出去流浪一样……唔,当然,将来我还会再回到你身边来的——就这层意义说,你是个躲不开绕不开的人。再说等一切都了结的时候,我又能去找谁呢?要知道,索尼娅,现在我来找你是把你当作天使,而根本不是当作仇敌:你怎么会是我的仇敌,你怎么会是我的仇敌呢!你别以为我要砸碎这帧圣像,因为,你知道吗,索尼娅,我还真想把它砸成两半……"

在此以前,塔季雅娜·帕夫洛芙娜就喝道:"你把圣像放下!"说罢便从他手里一把抢过圣像,拿到自己手里。可是他最后一句话的话音刚落,他就忽然纵身跃起,霎时间就从塔季雅娜·帕夫洛芙娜手里抢过圣像,狂暴地挥舞了一下,使劲把它砸在贴有瓷砖的炉子的一个角上。圣像被整个砸成两块……他突然向我们转过身来,他那苍白的脸色忽地变得通红,几乎成了酱紫色,他脸上的每根线条都在发抖和战栗:

"你别以为这有什么寓意,索尼娅,我砸的并不是马卡尔的遗物,我只是想砸东西而已……我终究还是要回到你身边来的,你是我最后的天使!话又说回来,你也可以认为这另有寓意;要知道,非这样不可!……"

他说罢便忽然匆匆走出屋子,又是穿过厨房(他的皮大衣和礼帽放在那儿了)。我就不来详细描写妈妈的情况了:她吓得够呛,她站着,举起双手,合掌过顶,突然在他身后叫道:

"安德烈·彼得罗维奇,你哪怕回来告别一下呢,亲爱的!"

"他会回来的,索菲娅,他会回来的!你放心!"塔季雅娜浑身发抖,怒不可遏,像野兽般大怒地叫道,"你不是听见了吗,他亲口说他要回来的!就让他这个爱胡闹的人再去胡闹一回吧,也就最后一回了。一旦老了——那时候他跑不动了,说真格的,除了你这个老保姆以外,又有谁会来伺候他呢?他自己刚才不是也这么直截了当地说过吗,真不害臊……"

至于我们的情况,丽莎晕过去了。我本想去追他,但却向妈妈扑了过去。我搂着她,把她搂在自己怀里。卢克丽娅跑进来,给丽莎端来一杯水。妈妈很快就清醒了过来;她跌坐在沙发上,两手捂着脸,哭了起来。

"但是,但是……但是去追他呀!"塔季雅娜·帕夫洛芙娜似乎突然明白过来,忽然用足了力气叫道,"去呀……快去呀……快去追呀,一步也别离开他,去呀去呀!"她使劲把我从妈妈身边拽开,"啊呀,还不如我亲自去呢!"

"阿尔卡沙，啊呀，你快去追他呀！"妈妈也忽然叫道。

我拼命跑了出去，也穿过厨房和院子，但是哪儿都看不见他的人影。远处人行道上，在黑暗中，还影影绰绰可以看见几个行人；我拔脚追了上去，追上以后，仔细看了每个人的脸，又跑了过去。就这样我一直跑到十字路口。

"对疯子是没法生气的，"忽然闪过我的脑海，"可塔季雅娜对他大怒，恨透了他；可见，他根本不是疯子……"噢，我始终觉得，这另有深意，他一定想跟什么东西一刀两断，就像跟这帧圣像一样，而且把这做给我们看，做给妈妈看，做给大家看。但是，这"另一个他"无疑在他身旁；这毫无疑问……

三

然而，哪儿也找不到他，我总不能再跑到他家去找他吧；也很难想象，他会这么简简单单地跑回家去。忽然有个想法在我面前亮了一下，于是我就飞快地向安娜·安德烈耶芙娜的住处跑去。

安娜·安德烈耶芙娜已经回来了，我被立刻请了进去。我进去时尽可能克制住自己的情绪。我没有坐下，便直截了当地告诉了她刚才发生的事，也就是具体讲了他的"双重人格"问题。她也没有坐下，而是专心听我说话，但是她听的时候表现出的那种贪婪的好奇心，那种既无情又冷静又自以为是的样子——我永远忘不了，也永远不能原谅她。

"他在哪儿？您也许知道吧？"我固执地认定，"昨天塔季雅娜·帕夫洛芙娜让我来找您……"

"我昨天就叫您来。他昨天在皇村。而现在（她瞧了一眼挂钟），现在是七点……说明，他肯定在家。"

"我看得出来您什么都知道——那您就说吧，快说！"我叫道。

"我知道许多事,但并不是什么都知道。但是,对您也无需隐瞒……"她用奇怪的目光打量了我一下,面含笑容,似乎在考量着什么,"昨天上午,作为对卡捷琳娜·尼古拉耶芙娜的信的答复,他向她正式提出了求婚,请她嫁给他。"

"这不可能是真的!"我瞪大了两眼。

"信是经我之手送出去的;我亲自把一封没有打开的信送过去,交给了她。这一回,他行事'颇有骑士风度',对我什么也没隐瞒。"

"安娜·安德烈耶芙娜,我一点儿也不明白!"

"当然,很难明白。这就像一名赌徒,把最后一枚金币撂到赌桌上,可是兜里却揣着一把上了膛的手枪——这就是他求婚的含义。十成倒有九成,她决不会接受他的求婚;可见,他仍寄希望于另外一成的可能性,不瞒您说,这非常有意思,然而,我看呀……然而,这很可能是一种疯狂,虽然是同一个人,却是我的'另一面',正如您刚才一针见血地说的。"

"您还笑?难道我能相信这信是由您转交给她的吗?要知道,您是她父亲的未婚妻呀?您就饶了我吧,安娜·安德烈耶芙娜!"

"他请求我为了他的幸福而牺牲自己的前途,不过话又说回来,并不是真正请求我:这完全是一种心照不宣的话,我只是在他的眼神里看到这意思。啊,我的上帝,这点儿意思不就够了吗:要知道,他过去不就曾赶到柯尼斯堡去找您妈妈,请她允许他娶阿赫马科娃夫人的继女为妻吗?这跟他昨天选中我做他的特使和心腹,又何其相似耶。"

她的脸色稍许有点苍白。但是她的平静只是更加衬托出她的嘲讽。噢,当我弄明白了这事的原委以后,在这一刻我也就在许多方面原谅了她。我寻思了大约一分钟;她没有吱声,她等着。

"您知道吗,"我忽然冷笑了一声,"您肯转交这封信,是因为对于您这毫无风险，因为这段婚姻根本成不了，但是他又会怎样呢？到末了，她又会怎样呢？不用说，她肯定会拒绝他的求婚，那……那又会出现怎样的情况呢？他现在在哪儿，安娜·安德烈耶芙娜？"我叫道，"现在每分钟都很宝贵，每分钟都可能出现不幸！"

"他在自己家里，我跟您说过了。他在我转交的他昨天给卡捷琳娜·尼古拉耶芙娜的那封信里，请求她无论如何在他的住所今天跟他见上一面，时间是今晚七点整。她答应了。"

"她上他家？这怎么行呢？"

"为什么不行？这套房间是属于娜斯塔西娅·叶戈罗芙娜的：他们俩很可能作为客人在她那儿相遇嘛……"

"但是她怕他……他可能会打死她！"

安娜·安德烈耶芙娜只是微微一笑。

"卡捷琳娜·尼古拉耶芙娜尽管非常怕他（我自己也在她身上看出来了），但是，她还从很早以前起就一直对安德烈·彼得罗维奇的高尚人品和绝顶聪明怀有一种景仰和惊叹之情。这一回，她相信了他的话，以期跟他永远一刀两断。他在自己的信中向她做了最庄严、最骑士式的承诺，让她无须怕他……总之，我不记得信中的措辞了，但是她信了……可以说吧，为了最后一次……也可以说，她也报以无所畏惧的英雄气概。这可能是双方某种骑士式的较量。"

"可是那另一个他，另一个他呢！"我叫道，"要知道，他疯了呀！"

"卡捷琳娜·尼古拉耶芙娜昨天在答应一定前来会面的时候，大概没有考虑到会出现这样的情况。"

我突然转过身，拔腿就跑……不用说，是去找他，去找他们俩！可是跑到客厅，我又回来了一小会儿。

"您大概恨不得他把她给杀了吧!"我叫道,说罢便跑了出去。

尽管我像疾病发作似的浑身发抖,我还是轻手轻脚地走进房间,穿过厨房,小心地请人把娜斯塔西娅·叶戈罗芙娜给我叫出来,可是她却立刻自己走了出来,用一种十分疑惑不解的目光默默地盯着我。

"老爷他,您哪,他不在家,您哪?"

但是我直截了当、准确无误,用迅速的低语告诉她,我从安娜·安德烈耶芙娜那儿什么都知道了,而且我自己也刚从安娜·安德烈耶芙娜那儿来。

"娜斯塔西娅·叶戈罗芙娜,他们在哪儿?"

"他们在客厅,您哪;也就是前儿个您曾在那儿桌旁坐过的那客厅……"

"娜斯塔西娅·叶戈罗芙娜,您让我进去吧!"

"这怎么可能呢,您哪?"

"不是上那儿,而是到隔壁的房间。娜斯塔西娅·叶戈罗芙娜,也许,安娜·安德烈耶芙娜自己就希望我这样做。要是她不愿意,她就不会告诉我他们在这儿了。他们听不见我……她自己就愿意我这样……"

"要是她不愿意,咋办?"娜斯塔西娅·叶戈罗芙娜始终目不转睛地盯着我。

"娜斯塔西娅·叶戈罗芙娜,我始终记得您的奥莉娅……让我进去吧。"

她的嘴唇和下巴突然抖动起来:

"亲爱的,除非看在奥莉娅分上……看在你一片真情的分上……你可不要抛弃安娜·安德烈耶芙娜呀,宝贝儿!你不会抛弃她吧,啊?你不会抛弃她吧?"

"决不抛弃!"

"如果我让你待在那儿,你给我发个重誓,说你决不冲进去,决不大喊大叫,行不?"

"我发誓,我用我的人格担保,娜斯塔西娅·叶戈罗芙娜!"

她抓住我的衣服,把我领进一间暗室,就紧挨着他们坐在里面的那间屋,她领我走过一段柔软的地毯,悄无声息地走到房门口,让我坐在一块悬挂在房门上的门帘旁,微微撩起门帘上的一个小小的角,向我指了指他俩。

我留了下来,她走了。我当然得留下。我明白我在偷听,我在偷听别人的隐私,但我还是留了下来。哪能不留下来呢——那个人格分裂的人又怎样呢? 要知道,正是他当着我的面砸烂了圣像,不是吗?

四

他俩面对面地坐在那同一张桌旁,昨天① 我就是同他坐在这张桌旁喝酒,庆祝他"复活"的,我能够完全看到他俩的脸。她穿着一身普通的黑衣黑裙,非常漂亮,而且像往常一样显得很镇静。他在说什么,而她则非常关注和非常用心地听他说话。也许,她身上还可以看到某种程度的胆怯。他的神态异常亢奋。我进去的时候,谈话已经开始,有一段时间,我什么也没有听懂。我记得,她忽然问道:

"这都怪我?"

"不,应当怪我,"他回答,"您只是一个无辜的罪人。您知道吗,成为无辜的罪人,这是常有的事? 这是最不可饶恕的罪过,因此几乎永远会受到惩罚。"他又加了一句,异样地笑起来,"有那么一小会儿,我还当真以为我把您完全给忘了,还放肆地嘲笑自己的一片痴情……但是,这情况您知道。我才不管您要嫁的那人呢! 我昨天向您提出求婚,请您原谅,这样做很荒唐,但是舍此别无他法……除了做这件荒唐事,我又能做什么呢? 我不知道……"

---

① 这里应为"前天",而不是"昨天"。

他说这话的时候,向她抬起了眼睛,不知所措地大笑起来;而在此以前他说话一直看着旁边。如果我换了是她,听到他这笑声,一定会十分害怕,这我感觉到了。他突然从椅子上站起来。

"请问,您怎么会同意到这儿来的?"他仿佛想起了一件要紧事似的,突然问道,"我的这一邀请和我的整个这封信——都很荒唐……且慢,您怎么会同意来的,我还猜得出来,但是,您为什么来——这倒是个问题?难道您仅仅因为一个怕字才来吗?"

"我来就为了看看您。"她说,用一种胆怯和小心谨慎的目光端详着他。两人沉默了大约半分钟。韦尔西洛夫又跌坐在椅子上,接着便用一种温存,但是充满激情、几乎发抖的声音开口道:

"我已经很长时间没有看见您了,卡捷琳娜·尼古拉耶芙娜,时间长得我几乎不认为有可能,有朝一日能像现在这样,端详着您的脸,听着您说话的声音了……我们有两年不曾见面,有两年不曾说过话了。我从来就不曾想过咱俩能够在一起说说话。好了,随它去吧,过去的就让它过去吧,今天的事,到明天就会如过眼云烟,倏忽不见,让它去吧!我同意,因为这是无可奈何的事,但是现在您应该不虚此行,"他几乎像哀求似的又加了一句,"既然您赏光来了,那就请您不虚此行;回答我一个问题!"

"什么问题?"

"要知道,我们永远不会再见面了——您还顾虑什么呢?请您斩钉截铁地对我说句真心话,回答我一个问题,聪明人是从来不会提这样的问题的:您从前是不是爱过我,或者是我……弄错了?"

她顿时满脸通红。

"爱过。"她说。

我早就料到她会这么说的——噢,她多么老实,噢,她多么真诚,噢,她多么光明磊落啊！

"那现在呢？"他继续问道。

"现在不爱了。"

"您还笑？"

"不，我刚才所以笑了一声，是无意的，因为我早就料到您会问我：'那现在呢？'所以我才笑了笑……因为一个人猜到了什么，总会会心地微笑的……"

我甚至觉得奇怪；我还从来不曾见过她这么小心谨慎，甚至近乎胆怯，那么腼腆。他瞪大两眼，几乎要吃了她。

"我知道您现在不爱我了……而且——一点儿都不爱了？"

"很可能，一点儿都不爱了。我不爱您，"她果断地加了一句，已经不笑了，脸也不红了，"是的，我曾经爱过您，但是时间不长。当时，很快，我就不再爱您了……"

"我知道，知道，因为您看到我并不是您想要的那种人，可是……您想要什么样的人呢？请给我再解释一遍……"

"难道我从前给您解释过这事吗？我需要一个什么样的人呢？我是一个最平常的女人；我是一个爱平静的女人，我爱……我爱快活的人。"

"快活的人？"

"您瞧，我甚至都不会跟您说话了。我觉得，如果您当时少爱我一点儿，也许我就会爱上您了。"她又胆怯地微微一笑。在她的这一回答中闪现出了最大的真诚，难道她会不明白，她的这一回答是他俩关系的最彻底的概括吗，它说明了一切，解决了一切。噢，他多么应该懂得这道理啊！可是他看着她，异样地微笑着。

"比奥林格是个快活的人？"他继续问道。

"他根本不应该使您感到不安，"她有点急促地回答道，"我准备嫁给他，仅仅因为我嫁给他以后我感到最平静。我的整个心仍属于我自己。"

"据说，您又爱上了交际，爱上了社交啦？"

"不是交际。我知道，我们的社交界，也跟所有的地方一样，十分混乱；但是从外表看，总还光彩夺目，因此，如果想活下去只是想做个匆匆的过客，那这里比任何地方都好。"

"如今我开始经常听到'混乱'一词；您那时候看到我净做些乱七八糟的事，又是镣铐，又是思想，蠢事不断，等等，大概也把您吓坏了吧？"

"不，不完全是那些事……"

"那是什么呢？看在上帝分上，把一切直截了当地告诉我吧。"

"好，那我直截了当地把这告诉您，因我认为您是个绝顶聪明的人……我总觉得您身上有某种荒谬可笑的地方。"

她说出这话后，陡地满脸通红，似乎意识到自己说话太冒失了。

"就因为您把这话告诉了我，我才能在许多方面原谅您。"他异样地说道。

"我还没说完呢，"她急匆匆地说道，依然涨红着脸，"荒谬可笑的是我……可笑就可笑在我还像个傻瓜似的跟您说话。"

"不，您并不可笑，您只是个水性杨花的上流社会女人！"他的脸变得异常苍白，"方才，当我问您您来干什么的时候，我也没有把话说完。您愿意我把它说出来吗？这里有一封信，有一份凭证，让您非常害怕，因为令尊如果拿到了这封信，就会在他生前诅咒您，并在自己的遗嘱中依法剥夺您的遗产继承权。您害怕这封信，因此——您是来拿这封信的。"他说这话时几乎浑身发抖，甚至牙齿也差点没有打战起来。她用一种苦恼而又痛苦的表情听完了他的话。

"我知道您会给我制造许多麻烦，"她说道，似乎在回避他刚才说的话似的，"但是我到这里来，与其说是想劝您不要再折磨我，让我不得安宁，毋宁说是想见见您本人。我甚至非常希望能够见到您，已经很久了，我自己……但是我见到您时却发现您同过去完全一样。"她突然又加了一句，似乎沉浸在某种特别的、果敢的思想中，甚至怀有某种奇怪的、突如其来的情感。

"那么说，您希望见到不一样的我了？而且这是在读了我骂您水性杨花的信以后？请问，您到这里来一点儿也不害怕吗？"

"我到这里来是因为我从前爱过您；但是，您知道吗，我请您千万不要用任何事情来威胁我，当我们俩现在在一起的时候，请您不要使我想起从前不好的思想和感情。如果您能跟我谈点别的什么，我将会感到很高兴。就让您的威胁放到以后再威胁吧，而现在我们谈点别的……说真的，我到这里来就为了能够看看您，听听您说话。如果您做不到，那您干脆杀了我也行，只是请您不要威胁我，也不要在我面前自己折磨自己。"她最后说，奇怪地等待着，望着他，仿佛当真以为他会杀了她似的。他又从椅子上站了起来，用一种炽热的目光望着她，断然道：

"您将会不受一点儿侮辱地离开这里。"

"啊，对了，您做过保证！"她微微一笑。

"不，不仅是因为我在信上做过保证，而且因为我愿意，我一定会整夜想念您……"

"来折磨自己？"

"当我独自一人的时候，总会在想象中出现您的形象。我总在想象中同您交谈，每当我走进穷街陋巷和鸡窝狗洞时，作为鲜明的对照，您就会立刻出现在我面前。但是您总是像现在这样嘲笑我……"他仿佛忘乎所以地说道。

"我从来，从来没有嘲笑过您！"她用充满深情的声音叫道，脸上流露出深深的同情，"我既然来了，那我就要竭尽全力做到让您无论如何不感到屈辱。"她又忽然加了一句。"我到这里来，就为了告诉您，我几乎是爱您的……

对不起，我也许说得不对。"她又急匆匆地加了一句。

他笑了：

"您怎么不会装假呢？您怎么会这么老实呢，您怎么不会跟大家一样呢……唔，怎么能对一个应当撵走的人说'我几乎是爱您的'呢？"

"我只是不会表达，"她又急急忙忙地开始说，"我说得可能不对；因为从我们第一次见面时起，我在您面前总是觉得不好意思，而且不会说话。如果说'我几乎是爱您的'用词不当，但是在我心里几乎就是这么想的——因此我就说了出来，虽然我爱您用的是这样一种……用的是一种爱一切人的一般的爱，而承认这种爱是永远不会害羞的……"

他那灼热的目光一直紧盯着她，默默地听着。

"当然，我贬低您了，"他仿佛忘乎所以地继续说道，"这也许当真就像人们常说的那种所谓情爱吧……我只知道一点，见您是完蛋，不见您也同样完蛋。见您不见您都一样，不管您在哪儿，您总在我眼前。我也知道，我可以对您深恶痛绝，恨您比爱您更深……话又说回来，我已经很久不想这事了——我完全无所谓。我遗憾的只是我爱上了一个像您这样的女人……"

他的声音哽住了，他仿佛气喘吁吁地又继续道。

"您怎么了？我这么说话您觉得荒唐？"他微笑了下，笑容苍白，"我想，只要我能赢得您的欢心，我情愿像柱塔僧① 一样，在某个地方独脚站立，站他三十年也在所不惜。我看得出来，您可怜我；您的脸似乎在说：'如果我能爱您，我会爱上您的，但是我不能'……是不是？没什么，我已经没有自尊了。我情愿像叫花子一样接受您的任何施舍——听见啦，任何施舍……一个乞丐还能有什么自尊呢？"

---

① 在柱形塔式教堂内进行苦修的苦行僧。

她站起身来，走到他身旁。

"我的朋友！"她伸出一只手，碰了碰他的肩膀，脸上带着一种难以形容的感情，说道，"您这话我承受不起！我将一辈子思念您，思念您这个我最宝贵的人，思念您这颗最博大的胸怀，思念您所体现的某种我能够尊重、能够爱的最神圣的东西。安德烈·彼得罗维奇，请您理解我的话：要知道，我现在到这里来是有所为而来的，亲爱的，过去和现在您都是我亲爱的人！在我们俩最初几次见面中，您使我的头脑受到多大震动啊，这我永远也不会忘记。让我们像朋友一样分手吧，您将成为我毕生中最严肃、最可亲的思念！"

"'让我们分手吧，那时候我才会爱您'，我会爱您的——不过咱们得先分手。听我说，"他说，满脸煞白，"请再给我一点儿施舍；您可以不爱我，可以不跟我住一起，我们可以永远不见面；如果您叫我去——我将是您的奴隶，如果您不想见我，不想听我说话——我就会立刻消失不见，只求您一点——只求您不要嫁给任何人！"

我听到这样的话后，我的心猛地抽紧了，感到一阵心酸。这种在屈辱中透着天真的请求，是这么露骨、这么不现实，因此让人听来更觉得可怜，而且更深地刺穿了人的心。是的，当然，他在乞求施舍！难道他真的以为她会同意吗？然而他却低下到了妄图一试：试图乞讨！精神颓丧到了这样无以复加的地步，令人不忍卒看。她的整个面部表情痛苦得忽然扭曲了；但是在她还没有来得及说话之前，他忽然醒悟过来。

"我要消灭您！"他忽然用一种异样的、扭曲的、某种不像是自己的声音说道。

但是她对他的回答也很怪，也是用某种完全不是自己的、出乎意料的声音回答道：

"如果我给了您这份施舍，"她忽然果断地说，"为此，您以后对我的报复一定会更甚于您现在对我的威胁，因为您永远也忘不了您曾经站在我面前像个乞丐似的乞讨……您的威胁我不想听，我受不了！"她最后说道，几乎带着愤怒，差点没带着挑衅望了望他。

"'您发出的威胁'，也就是这样一个乞丐发出的威胁！我开开玩笑而已。"他含笑地低声说，"我不会拿您怎么样的，甭怕，您走吧……至于那份凭据，我会竭尽全力给您弄来的——不过您走吧，走吧！我给您写了一封混账的信，可是您对这封混账的信却作出了回应，您来了——咱们两清了。您走这儿。"他指了指门（她想穿过我站在门帘后面的那房间）。

"请您原谅我，如果您办得到的话。"她在门口站住了脚。

"如果将来我们有朝一日能够完全像朋友一样再见面，带着灿烂的笑容回忆起今天这一幕时，那又会怎样呢？"他忽然说道；但是他脸上的所有线条都在抖动，就像一个疾病发作的人似的。

"噢，上帝保佑！"她叫道，合十当胸，但却胆怯地端详着他的脸，仿佛在猜测他要说什么。

"您走吧。咱俩都很聪明，但是您……噢，您却是一个同我一样的人！我写了一封疯狂的信，而您居然同意来，就为了说一声'您几乎是爱我的'。不，咱俩都是一样的疯子！您就这样一直疯下去吧，不要变，那咱们就会像朋友一样再见面了——这是我对您的预言，我向您发誓！"

"到那时候我一定会爱上您的，因为我现在就已经感觉到这个了！"她身上的女人天性不由得冒了出来，她在房门口又向他抛出了这最后一句话。

她走了出去。我急急忙忙并悄无声息地走进了厨房；娜斯塔西娅·叶戈罗芙娜在那里等着我，我几乎没有抬头望她，就经由后楼梯和院子走上了大街。但是我只来得及看到她坐上了在台阶旁等候她的出租马车。我开始沿着大街奔跑。

第十一章

一

我跑去找兰伯特。噢，不管我多么希望把我那天晚上和整个夜间的行为说得合乎逻辑，也不管我多么想给我的行为找出哪怕一丁点儿合乎常理的地方，甚至即使到现在我已经对一切深思熟虑之后，我也无论如何想象不出这事应有的明确联系。这是一个感情问题，或者不如说，这是一种错综复杂的感情，而我处在这感情的旋涡中，自然会目迷五色。诚然，这里有一个占主导地位的感情，它压迫着我，指挥着一切，但是……有必要承认它吗？何况我自己也没把握呢……

不用说，我忘乎所以地跑到了兰伯特的住处。我甚至把兰伯特和阿尔丰西娜吓了一跳。我一向注意到，甚至最放荡、最堕落的法国人，在他们的日常生活中也非常热衷于某种资产阶级的规矩，某种最单调乏味、最司空见惯、井井有条而又一成不变的生活方式。兰伯特很快就明白了，一定出了什么事，他看到我终于来找他了，我终于落入了他的掌控之中，大喜过望。而他一心盼望的就是这个，日思夜想，所有这些日子，想来想去就是想这件事！噢，他多么需要我啊！可是你瞧，在他已经完全灰心失望之际，我却主动找上门来，而且还处在这样的疯狂中——他所需要的正是这样一种状态。

"兰伯特，来酒！"我叫道，"让我们，让我们喝个痛快来闹它个天昏地暗。阿尔丰西娜，您的吉他在哪儿？"

这一幕我就不来描写了——写了也属多余。我们开始畅饮，我把一切都告诉了他,一切。他贪婪地听着。我开门见山,自己带头向他出谋划策,先放一把大火。首先,我们应当先写一封信,把卡捷琳娜·尼古拉耶芙娜约出来,约到我们这儿来……

"那倒行。"兰伯特附和道,他抓住我说的每句话。

第二,为了更有说服力,不妨在信里附上一份她要的那份凭据的完整的副本,让她能够直接看到人家没骗她。

"就应该这么办,就应当这样!"兰伯特附和道,不断地和阿尔丰西娜交换眼色。

第三,应该由兰伯特本人出面把她约出来,用他自己的名义,仿佛他是一个从莫斯科来的陌生人,而我则必须把韦尔西洛夫带到这里来……

"把韦尔西洛夫带这儿来也行。"兰伯特附和道。

"必须带来,而不是也行!"我叫了起来,"非带来不可!因为这样做全为了他!"我解释道,接着便一口接一口地连续喝酒。我们仨是一起喝的,似乎,我一个人喝光了整整一瓶香槟酒,他们俩只是做做样子。"我同韦尔西洛夫将坐在另一个房间里(兰伯特,必须再弄到一个房间!),当她一下子同意了所有条件——既同意用金钱赎买,又同意另一种赎买[①],因为她们全是贱货,我就同韦尔西洛夫一起出来,揭穿她有多么卑劣,而韦尔西洛夫则看到她有多么下作,他的病就会霍然痊愈,从而把她一脚踢开。但是,这事,还必须把比奥林格找来,让他看看她的嘴脸!"我又发狂般加了一句。

"不,比奥林格就不必了。"兰伯特指出。

"必须,必须!"我又吼起来,"你什么也不懂,兰伯特,因为您蠢!相反,应当让上流社会丑态毕露——这样,我们既报复了上流社会,也报复了

---

① 指以身相许,用肉体赎买。

她，就让她受到惩罚吧！兰伯特，她会给您一张期票……我不要钱——我不在乎钱，我唾弃钱，而你可以弯下腰去把钱捡起来，连同我的唾沫，装进自己的口袋，但是我却要毁灭她！"

"对，对，"兰伯特始终点头称是，"这是你——应该的……"他一直在同阿尔丰西娜交换眼色。

"兰伯特！她非常崇拜韦尔西洛夫，我刚才已经深信不疑。"我向他含混不清地说道。

"你能把一切都偷听来，这太好了：我从来没料到你竟是这么能干的一名密探，你这么聪明！"他说这话是为了巴结我。

"胡说，法国佬，我不是密探，但是我足智多谋！你知道吗，兰伯特，她很爱他！"我继续道，竭力想把心里的话都说出来，"但是她不会嫁给他，因为比奥林格是近卫军，而韦尔西洛夫不过是个舍己为人的人，是人类的朋友，在她们看来，不过是个滑稽可笑的角色，别无其他！噢，她明白韦尔西洛夫对她的迷恋，并以这种迷恋为乐，卖弄风情，百般引诱，但是，她不会嫁给他！这就是女人，这是一条毒蛇。任何女人都是毒蛇，任何毒蛇都是女人！他的病必须治好；他眼睛上的遮眼布必须扯下：让他亲眼看到她有多么下作，这样，他的病就治好了。我一定会把他带到你这儿来的，兰伯特！"

"本来就该这样嘛。"兰伯特对一切都点头称是，不断给我斟酒。

主要是，他战战兢兢地担心，可别说了什么话惹我生气，可别说了什么话冒犯了我，他竭力劝我多喝酒。这一套做得那么粗俗、那么明显，连我在当时也不能不有所察觉。但是我自己已经无论如何也走不开了；我不停地喝酒，不停地说话，我非常想把心里的话统统倒出来，当兰伯特出去买第二瓶酒的时候，阿尔丰西娜用吉他弹了一支西班牙曲子；我差点没有失声痛哭。

"兰伯特，你知道全部底细吗？"我不胜感慨地叫道，"这人，一定要把他挽救过来,因为他周围……是一片魔障。就算她嫁给了他吧,那燕尔新婚的第二天早晨,他也会把她一脚踢开……因为这是常有的事。因为这种强迫的、野蛮的爱,就像癫痫病发作,就像绞索上的死扣,就像生病一样——稍得到满足,障眼布就会立刻脱落,与之相反的感情就会油然而生:厌恶与憎恨,就想消灭她,弄死她。你知道亚比煞的故事①吗,兰伯特,你读过这故事吗?"

"没有,不记得了。是小说?"兰伯特嘟囔道。

"噢,你什么也不知道,兰伯特!你太,太无知了……但是我不在乎。无所谓。噢,他爱妈妈;他亲吻过她的照片;他会在第二天早晨就把那女人赶走,自己则去找妈妈;但是已经晚了,因此现在必须挽救他……"

最后,我伤心落泪,开始痛苦地哭泣,但还是不停地说呀说呀,喝了很多酒。有一个非常突出的特点,那就是整个晚上兰伯特一次也没有提到过那份"凭据"的事,就是说,没问这凭据在哪儿?就是说,没叫我拿到桌面上来给他看看。既然要商量如何行动,似乎,还有什么比问到这事更自然的呢?还有个特点:我们只是说要做到这点,而且我们也一定会做到"这点",但是,在哪儿做,怎么做,什么时候做呢——对此我们却绝口不提!他只是对我连连称是,言听计从,不断和阿尔丰西娜交换眼色——别无其他!当然,我那时候已经没法分辨是非好坏了,但是这事我还是记得的。

结果是我在他那儿的长沙发上睡着了,也没脱衣服。我睡了很长时间,醒来时已经很晚。记得我醒来后大为诧异,极力想弄明白和回想起所发生的一切,又在沙发上躺了一段时间,装作还未睡醒。但是兰伯特已经不在屋里了:他出去了。已经九点多;生着了的火炉在噼啪作响,就像那天夜里我被冻僵之后头一回住到兰伯特家的情形一样。阿尔丰西娜在屏风后面监视着我:

---

① 参见《旧约·列王记上》第一章第二至四节:大卫王年迈,美貌的童女亚比煞被带到王那里,奉养王,伺候王,王却没有与她亲近。

这情形我立刻就发现了，因为她有两三次探出头来张望，观察我的动静，但是每次我都闭上了眼睛，装睡。我这样做是因为我感到心情压抑，我必须弄清楚我现在的处境。我恐惧地感到，我昨夜向兰伯特推心置腹，吐露了一切，跟他密谋策划，我千不该万不该不应该来找他——这样做实在太荒唐，也太可恶了！但是，谢谢上帝，那凭据还留在我身边，还同过去一样缝在我一侧的口袋里；我用手摸了摸——还在！这就是说，我只要立刻跳起来，拔腿逃走就行了，以后见到兰伯特也没什么不好意思的：他不配。

但是我自己却感到羞愧难当！我自己是自己的法官——噢，上帝啊，我心里装着些什么东西啊！但是，我不想来描写这种地狱般的、让人受不了的感情，也不想来描写怎样意识到自己的肮脏和下流了，但是我终究应该坦白承认，因为，似乎，到了该坦白承认的时候了。在我这部记事录中必须指出这一点。总之，让大家都知道好了，让大家知道，我之所以要侮辱她，想目睹她怎样向兰伯特赎买（噢，多下流啊！）——并不是为了挽救发狂的韦尔西洛夫，让他回到妈妈身边去，而是因为……因为，也许，我自己就爱上了她，爱上了她，因她而吃他们的醋！吃谁的醋呢：吃比奥林格的醋，吃韦尔西洛夫的醋？吃她在舞会上将要与之暗送秋波、载言载笑的所有人的醋？——而我却只能站在一旁的角落里，自惭形秽……噢，太不像话啦！

总之，我不知道我因她而在吃谁的醋；但是我却感觉到，并且在昨天晚上我已经像二二得四一样深信不疑，对于我，她已经一去不复返了，这女人将会把我推开，嘲笑我的虚伪和荒唐！她是一个诚实而又光明磊落的人，而我——我是密探，是用所谓凭据进行敲诈的人！

所有这一切，我从那时候起就一直埋藏在我心底，而现在是时候了——我要做个结论。但是，我还要最后一次申明一点：我也许有整整一半，甚至有百分之七十五是自我诽谤！那天夜里，我像个疯子似的恨透了她，后来又像个发酒疯的醉鬼。我已经说过,这是一种感情和感觉乱成一团的混合体,对此我自己也莫名其妙。但是,反正一样,总得把这些东西说出来吧,那至少有一部分感情总还是确凿有过的吧。

我怀着不可遏制的厌恶,怀着不可遏制的改正一切的愿望,从沙发上跳了起来;但是我刚一跳起来,顿时,阿尔丰西娜也跳了出来。我抓起皮大衣和礼帽,并让她转告兰伯特,说我昨天胡说八道了,说我诽谤了那个女人,说我这是故意开玩笑的,让兰伯特以后永远不要再来找我了……这些话我是用法语说的,说得勉勉强强、笨嘴拙舌、心慌意乱,不用说,说得很不清楚,但是令我吃惊的是,阿尔丰西娜却全听懂了,而且懂得非常正确,但是,令我最感吃惊的是,她听了我的话后甚至很高兴,也不知道她高兴些什么。

"对,对,"她对我连连称是,"这可耻!把一位太太……噢,您真高尚,您放心,我会开导兰伯特的……"

当我看到她对事情的态度竟会出乎意料地发生这么大的变化(由此可见,兰伯特看来也这样),甚至在当时我本就应当感到纳闷。可是我却默默地走了出去;我心里乱糟糟的,脑子里一片空白!噢,直到后来,我才对一切反复思忖,但是,已为时晚矣!原来这是一个恶毒的阴谋诡计!我必须在这里停顿一下,预先做些说明,把这一切交代清楚,否则读者会看不懂的。

问题出在,还在我同兰伯特第一次见面时,当我在他的住所从冻僵中逐渐暖和过来的时候,我竟像个傻瓜似的嘟嘟囔囔地告诉了他,那份凭据就缝在我的口袋里。当我躺在他家墙角的沙发上忽然睡着了,就睡了一会儿,兰伯特就立刻趁机摸了摸我的口袋,确信口袋里果真有一张纸缝在里面。后来他又几次验证,确信那张纸片还在那儿,比如说,当我们在鞑靼人开的饭馆里吃饭的时候,他就有几次故意搂住我的腰。当他终于弄明白这份凭据有多重要之后,他就制订了一个十分独特的计划,这计划是我万万没有料到的,而我却像个傻瓜似的一直以为，他一再叫我上他家去，唯一的目的就是拉我入伙，拉我跟他一起干。但是，呜呼！他一再叫我去完全另有目的！他叫我去的目的就是灌醉我，使我烂醉如泥，当我不省人事地躺倒和打鼾的时候，就拆开我的口袋，把那份凭据据为己有。而在那天夜里，他和阿尔丰辛卡就是丝毫不差地这么干的；阿尔丰辛卡拆开了口袋。他们拿到了信。拿到了她的信，拿到了我那份莫斯科的文件之后，就拿一张一样大小的普通信纸塞进我那拆开的口袋，然后又把它重新缝好，就像什么事情也没有发生过一样，因而我什么也没发觉。是阿尔丰辛卡缝的。而我，而我几乎到最后，还有整整一天半时间，还继续自以为我掌握着这秘密，卡捷琳娜·尼古拉耶芙娜的命运还仍旧掌握在我手中！

最后一句话：这回凭据被盗，是一切的罪魁祸首，是所有其他不幸的总根源。

二

我这部记事录的最后一昼夜已经来临，我已经面临大结局了！

当我慢慢走到自己住处的时候，我想大概是十点半，我心情亢奋，我多少还记得，我有点异样地心不在焉，但是我心里已经打定主意。我并不着急，因为我已经知道下一步我将怎么做了。但是我刚一跨进我们那楼道，我忽然立刻明白了，又出现了一个新的不幸，事情非同一般地复杂化了：老公爵刚从皇村被接回来，现在正待在我的住处，而陪在他身边的则是安娜·安德烈耶芙娜！

他们不是把他安置在我的房间里，而是把他安置在挨着我房间的两间房东家的屋子里。后来我才知道，还在头天，就在这两间屋里做了某些变动和装修，不过变化不大，很有限。房东和他的妻子搬进了那个爱发脾气的麻脸房客的小屋里。那麻脸房客，我过去已经提到过了，他被暂时赶走了——搬往何处，不得而知。

迎接我的是房东，他见我回来后就立刻溜进了我的房间。他的神态并没有像昨天那样坚决，但是仍处在一种非同一般的亢奋状态，可以说，正处在事件的高潮中。我什么话也没有对他说，但是，我走进屋角，两手抱头，就这么站了大约一分钟。他起先以为我是在"装腔作势"，但是末了他忍不住了，害怕了。

"难道这样做不对吗？"他嘟囔道，"我就想等您回来后再问个清楚，"他看见我不回答，又加了一句，"您要不要我把这扇门也干脆打开，这样可以直通公爵的内室……就不必再绕道，由楼道再进去了？"他指着一侧直通他的房东房间（现在当然成了公爵的住处）的常年关着的房门，说道。

"是这么回事，彼得·伊波利托维奇，"我神态严厉地对他说道，"能不能劳您大驾立刻把安娜·安德烈耶芙娜请到我这儿来，我有话要对她说，他们早来了吗？"

"已经差不多一小时了。"

"那您就去吧。"

他去了，带回来的答复很奇怪，他说，安娜·安德烈耶芙娜和尼古拉·伊万诺维奇公爵正在焦急地等我到他们那边去；也就是说，安娜·安德烈耶芙娜不想枉驾过来。我整理和刷干净了我那一夜间睡皱了的常礼服，洗了脸，梳好头，这一切都做得不慌不忙，因为我明白必须倍加小心，然后才走过去看望老人。

公爵坐在长沙发上，坐在一张圆桌旁，安娜·安德烈耶芙娜则坐在另一个角落，紧挨着另一张铺着桌布的桌子，桌上放着一只房东家的茶炊，擦得倍儿亮，已经烧开了，她正在给他烹茶。我进去的时候仍旧板着脸，老人顿时察觉到这点，打了个哆嗦，他脸上的笑容迅速转为恐惧，但是我立刻忍不住笑了起来，向他伸出了双手；可怜的老人立刻投入了我的怀抱。

毫无疑问，我立刻明白，同我打交道的这个人现在成了什么样子。首先，我开始像二二得四一样清楚，老人虽然几乎还很精神，虽然多少还有点理性、多少还有点个性，可是在我跟他没见面的这些日子里，他们却把他变成了一具木乃伊，变成了一个十足的小孩，一个胆小怕事、不信任和多疑的小孩。我还要补充一点：他完全知道他们为什么要把他弄到这里来，一切都与我在上文中解释过、提前交代过的情况一样。他们直截了当地告诉他，他女儿背叛了他，要把他送进疯人院，这消息使他大吃一惊，使他的心都碎了，把他压垮了。他让人家把他弄走，由于害怕，他只勉强意识到他在做什么。有人告诉他，我掌握了一份密件，只有我才握有彻底解决这一问题的钥匙。我要预先声明：他在这世上最怕的正是这个所谓彻底解决和这把钥匙。他原以为我会头顶某个判决词，手拿凭据，板着脸走进来找他，现在他看见我一副乐呵呵的样子，东拉西扯地只谈别的，见此情景，他都高兴坏了。当我们互相拥抱的时候，他都哭了。不瞒你们说，我也流了一点儿眼泪，哭了；我突然十分可怜他……阿尔丰辛卡的那只小狗用它那像银铃般的吠声叫了起来，竭力想从沙发上跳过来，扑到我身上。自从他得到这只小狗起，他就与它分不开了，甚至睡觉也跟它睡一起。

"我早说过，他是个宽宏大量的小伙儿！"他指着我，向安娜·安德烈耶芙娜感慨系之地说。

"您的身体好得可真快呀，公爵，您脸色多好，多神采奕奕，多健康！"我说。唉！其实，一切正好相反：这是一具木乃伊，我这么说只是为了鼓励他。

"真这样，真是这样？"他快乐地重复道，"噢，我令人惊奇地康复啦。"

"不过，还是喝您的茶吧，如果您也给我来一杯，那我就陪您一起喝。"

"太好了！'让我们痛饮与享受……'或者，这是怎么说来着，有这么一首诗。① 安娜·安德烈耶芙娜，给他斟杯茶，他总是以情深打动人……给我们斟杯茶，亲爱的。"

安娜·安德烈耶芙娜给我们斟上了茶，但是她忽然向我转过身来，非常庄重地开口道。

"阿尔卡季·马卡罗维奇，我们俩，我和我的恩人尼古拉·谢苗诺维奇公爵，到您这儿来避难了。我认为，我们是来投奔您的，投奔您一个人，我们俩请求您给我们一个避难的安身之地，要记住，这个圣徒，这个最高尚和备受欺凌的人的几乎整个命运，都掌握在您手中……我们期望您诚实的心的决定！"

但是她未能把话说完；公爵惊恐万状，几乎吓得发抖。

"以后，以后再说不行吗？亲爱的朋友！"他向她举起双手，重复道。

我无法形容她的这一乖谬举动使我心中感到多么不痛快。我什么话也没有回答她，只是满足于向她冷冷地、威严地点头致意；接着我就坐到桌旁，甚至故意说起别的事，说了一些蠢话，开始说说笑笑，说些俏皮话……老人显然对我很感谢，变得喜气洋洋、兴高采烈。但是他的喜气洋洋，虽然表现得兴高采烈，显然并不牢固，刹那间就可能变成完全的灰心丧气；这是乍一看就看得出来的。

"亲爱的孩子，我听说你病了……啊，对不起！我听说，你一直在研究招魂术？"

"我想都不曾想过。"我微笑道。

"不曾想过？那谁跟我说过这招——魂——术呢？"

---

① 出处不详，但类似俄国18世纪末至19世纪初的"轻"诗歌。颇像俄国诗人巴丘什科夫（1787—1855）的诗《欢乐的时刻》（1806—1810）：

尽情地享受生活，

满杯地痛饮欢乐……

"这是这里的那个小官吏彼得·伊波利托维奇方才跟你说的。"安娜·安德烈耶芙娜解释道,"他是一个很快乐的人,知道许多奇闻逸事,要不要我叫他来?"

"是的,是的,他很招人喜欢……知道不少奇闻逸事,不过还是以后再叫他来的好。我们叫他来,他就会给我们讲许许多多趣事;但是,以后吧,你想,方才给我们铺桌布准备开饭的时候,他居然说:您放心,飞不了,我们不是搞招魂术的人。难道搞招魂术桌子就会飞起来吗?"

"真的,我不知道;听说,桌子的腿会走,会动。"①

"但是你说的那事,太可怕了。"他恐怖地望了望我。

"噢,您放心,这全是胡说八道。"

"我也这么说来着。娜斯塔西娅·斯捷潘诺芙娜·萨洛梅耶娃……你不是也认识她吗……啊,对了,你不认识她……你想想,她也相信招魂术,你想想,亲爱的孩子,"他又转过头去对安娜·安德烈耶芙娜说道,"我就对她说:要知道,在政府各部门也都放着一张张桌子,每张桌上也都放着八双官吏的手,一直都在写公文——那为什么那里的桌子就不会跳舞呢?你想,忽然都跳起舞来了!财政部或国民教育部的桌子都造反了——岂非太荒唐了!"

"您还跟过去一样,说话风趣,妙趣横生,公爵。"我叫道,极力装作在真心大笑。

"不是吗?我说话太多,但是挺有风趣。"

"我去把彼得·伊波利托维奇叫来。"安娜·安德烈耶芙娜站起身来。她高兴得满脸放光:她看到我对老人很亲切,十分高兴,但是她刚一出去,老人的整个脸陡地大变。他匆匆瞥了一眼房门,向四下张望了一下,从沙发上

---

① 据说,行招魂术时,桌子会动,会发出一种响声。这时,有人在一旁念字母表,把与响声正好合拍的字母连接起来,组成单词和句子,此即所谓来自"他世界"的声音。

向我弯下身来，用惊恐的声音对我悄声道：

"亲爱的朋友！唉，要是我能看见她们俩一起在这里就好啦！噢，亲爱的孩子！"

"公爵，您尽管放心……"

"是的，是的……咱俩会使她们和好的，不是吗？这是两个最好的女人的小小的无谓争吵，是吧？我只寄希望于你一个人……咱俩会把这里的一切都弄好的；这里的这套房间多奇怪啊，"他几乎害怕地环视了一下四周，"你知道吗，这房东……他的脸竟那样……你说，这人不危险吗？"

"房东？噢，不，他能有什么危险呢？"

"是的，当然。那更好。他似乎很笨。他是个贵族。亲爱的孩子，看在基督分上，不要告诉安娜·安德烈耶芙娜，说我在这里什么都怕；我一进门就夸这里的一切，对房东也赞不绝口。我说，你知道冯·索思的故事吗①——记得吗？"

"那又怎么啦？"

"没什么，没什么……但是我在这里是自由的，不是吗？你以为怎样，我在这里不会出什么事吧……诸如此类的事？"

"我敢向您担保，亲爱的……哪能呢！"

"我的朋友！我的孩子！"他忽然叫道，合十当胸，已经毫不掩饰自己的恐惧了，"如果你真有什么……凭据的话……总之……如果你有什么话要告诉我，那请你别说，看在上帝分上，什么也别说，最好根本不说……尽可能拖长时间，不要说出来……"

他想扑过来拥抱我；他脸上老泪纵横；而我没法形容我当时心里有多难受，

---

① 指1869年底一位名叫冯·索思的官员在莫斯科妓院被杀一案。

我的心都碎了：可怜的老人就像一个被茨冈人拐走的可怜的、势单力薄的、吓坏了的孩子，被背井离乡带到一些不认识的人中间似的。我们想拥抱，却没有拥抱成：门开了，安娜·安德烈耶芙娜走了进来，但是与她同来的不是房东，而是她哥哥，那个宫廷侍从。这件突如其来的事把我惊呆了，我站起来，向门口走去。

"阿尔卡季·马卡罗维奇，让我给你们介绍一下。"安娜·安德烈耶芙娜大声说，因而，我不得不停下了脚步。

"我与令兄早认识了，太熟悉了。"我一字一顿地说，特别加重了"太"字的语气。

"啊，那次是可怕的误会，我十——分抱——歉，亲爱的安德……安德烈·马卡罗维奇。"那个年轻人含混不清地开口道，以一种十分放肆的态度向我走了过来，抓住我的一只手，而我又没法把手抽回来。"这全怪我那个斯捷潘；他当时禀报得那么混账，我竟把您当成了另一个人——那是在莫斯科，"他向妹妹解释道，"后来我就千方百计到处找您，希望找到您后能解释清楚，但是我病了，不信您问她……亲爱的公爵，即使就出生关系而言，我们也应当成为朋友……"

这个放肆无礼的年轻人竟敢伸出一只手，甚至搂住了我的一只肩膀，这已经是亲昵得过分了。我一扭身躲开了，但是我觉得很尴尬，只想快点儿走开，一句话不说。我走进自己的房间，坐到床上，左思右想，十分激动。这阴谋压得我喘不过气来了，但是我也不能直截了当地使安娜·安德烈耶芙娜过不去，下不了台呀。我突然感觉到，她对于我也是宝贵的，她的处境很可怕。

三

不出我之所料，她主动走进了我的房间，让她哥哥陪着公爵，给公爵讲

第三部

上流社会各种各样刚出炉的、最新鲜的流言蜚语，一下子就把易受感动的老人给逗乐了。我默默地，带着一脸疑惑，从床上欠起了身子。

"我把一切都告诉您了，阿尔卡季·马卡罗维奇，"她开门见山地说道，"我们的命运全掌握在您手里。"

"但是，要知道，我已经预先告诉过您，我无能为力……最神圣的职责不允许我去干您指望我干的那事……"

"是吗？这是您的答复？好吧，就让我完蛋好了，可是老人家呢？您是怎么考虑的呢：要知道，他到晚上就会发疯！"

"不，如果我把她女儿的信给他看，他看到女儿居然与律师商量怎样宣布她父亲是疯子，他倒会发疯的！"我热烈地叫道，"这才是他最受不了的。要知道，他根本不相信有这封信，他已经跟我说了！"

"他已经跟我说了。"这是我添油加醋说的谎；但也不过是顺嘴说说而已。

"他已经说了？我早料到会这样！这样的话，我就完了；难怪他现在一直哭着闹着要回家。"

"请告诉我，说实在的，你们的计划到底是什么呢？"我不依不饶地问道。

她脸红了，可以说，是因为她的傲气受到了伤害，但是她克制住了：

"如果我们手里有了她女儿的这封信，我们在上流社会的眼中就占了理。我会立刻去把他的总角之交Б-斯基公爵和鲍里斯·米哈伊洛维奇·佩利谢夫请来；他们俩都是上流社会具有影响力的可敬人士，而且，我也知道，早在两年前，他俩就曾愤愤不平地指责过他那无情而又贪心的女儿的某些行为。他们当然会使他与女儿言归于好，但这是根据我的请求，我自己也坚持要这样；但是这样一来，事态就会完全改观。此外，那时候，我的亲属，法纳里奥托夫家族，正如我所指望的，也会当机立断，出面支持我的权益。但是，对于我，摆在第一位的是他的幸福；让他终于明白和珍惜：谁真正对他忠实？毫无疑问，我最指望的是您对他的影响，阿尔卡季·马卡罗维奇：您非常爱他……再说，除了您与我，又有谁会爱他呢？最近这段日子，他老是提到您；他思念您，您是'他的忘年交'……不用说，以后我一辈子都会感谢您，我对您的感谢是无穷无尽的……"

这已经是她答应给我酬谢了——也许是钱吧。

我断然打断了她的话：

"不管您说什么，我都无能为力，"我带着一副决心已定、毫不动摇的姿态说道，"我只能以同样的真诚来回报您的真诚，我只能给您说明一下我的最后意愿：我将在最短时间内把这封要命的信交到卡捷琳娜·尼古拉耶芙娜手中，但是有一个条件，从现在发生的种种事情中不要再无事生非，让她预先向我保证，她决不阻碍您的幸福。这就是我能做到的一切。"

"这不可能！"她说道，满脸涨得通红。一想到将由卡捷琳娜·尼古拉耶芙娜来体恤她，她的气就不打一处来。

"我决不会改变决定，安娜·安德烈耶芙娜。"

"也许，您会改变的。"

"您去找兰伯特吧！"

"阿尔卡季·马卡罗维奇，您不知道，由于您的一意孤行将发生怎样的不幸。"她厉声而又凶狠地说道。

"不幸将发生——这是肯定的……我头晕。咱俩够了：我拿定了主意——就结了。不过，看在上帝分上，劳您大驾——不要再把令兄领到我这里来了。"

"但是，他正是要消除……"

"什么也不用消除！我不需要，不要，不要！"我抱着头叫道，（噢，也许，我当时对她的态度太高傲了！）"不过，我倒要请问，今天公爵将在哪儿过夜？难道在这儿？"

"他将在这里过夜，在您这儿，并且跟您住一起。"

"傍晚前我就搬到另一个地方去！"

说完这句无情的话后，我就抓起礼帽，开始穿皮大衣。安娜·安德烈耶芙娜一言不发而又严厉地观察着我的行动，我感到她可怜——噢，我真可怜这个骄傲的姑娘！但是我跑出了公寓，没给她留一句有希望的话。

四

我将努力长话短说。我已经不可更改地做出了决定，于是我就直接去找塔季雅娜·帕夫洛芙娜。唉！如果我能在她家碰到她，也就能防止发生这场大不幸了；但是，好像故意跟我过不去似的，这天，我好像特别不顺心。当然，我也顺道去看了看妈妈，第一，去看望一下可怜的妈妈。第二，我指望在那里肯定能遇到塔季雅娜·帕夫洛芙娜；但是她也不在那儿；她刚出去，不知上哪去了，妈妈则卧病在床，她身边只留下丽莎一个人。丽莎请我别进去，不要吵醒妈妈："她一夜没睡，很伤心；谢谢上帝，现在总算睡着了。"我拥抱了丽莎，只告诉了她两句话，说我已经做出一个重大决定，我马上就会去把它付诸实施。她听了我的话后并不特别惊奇，好像这话最普通不过似的。噢，她们当时已经习惯了，我总是不断地做出"最后的决定"，然后又胆怯地取消了它。但是现在——现在是另一回事！然而，我还是拐进了运河边的那家小饭馆，坐在那里等候，以便再去找塔季雅娜·帕夫洛芙娜，这次一定得找到她。不过，我要说明一点，为什么我忽然需要找到这个女人呢。问题在于，我想让她立刻去找卡捷琳娜·尼古拉耶芙娜，请她到她家去一趟，然后我再当着塔季雅娜·帕夫洛芙娜的面把那份所谓凭据交还给她，彻底说明一切……总之，我只想做我该做的事；我只想彻底还自己以清白。这点解决之后，我一定要，而且非这样做不可，立刻替安娜·安德烈耶芙娜说几句好话，如果可能的话，就带上卡捷琳娜·尼古拉耶芙娜和塔季雅娜·帕夫洛芙娜（作为见证），把她们带到我那儿去，也就是带到公爵那儿去，在那里使两个敌对的女人言归于好，使公爵复活，而且……而且……总之，至少，在这几个人里，而且就在今天，我要使所有的人都幸福，因而，余下的人就只剩下韦尔西洛夫和妈妈了。我毫不怀疑我将马到成功：因为我把信交还给了卡捷琳娜·尼古拉耶芙娜，而且我也没有向她索取任何回报，她出于感激，肯定不会拒绝我这样请求的。唉！我还一直以为我掌握着这份凭据哩。噢，我自己都不知道，我当时处在一种多么愚蠢、多么混账的境地啊！

当我再度去拜访塔季雅娜·帕夫洛芙娜时，天色已经十分昏暗，已是下午四点左右了，玛丽娅粗声粗气地回答我："没回来。"我现在记得很清楚当时玛丽娅对我皱紧眉头时那异样的眼神；但是，不用说，当时我头脑里还完全没有意识到什么。相反，另一个想法却忽然刺痛了我：当我懊恼而又有几分气馁地走下塔季雅娜·帕夫洛芙娜家的楼梯时，我想起了可怜的公爵方才向我伸出双手的情景——我忽然痛责自己，也许，甚至只是出于个人心烦，居然丢下了公爵，置公爵于不顾。我不安地开始想象，当我不在那里时，他们可能会发生某种很不好的事，因此我就急匆匆地赶回家去。但是，家里仅仅发生了下面的情况。

安娜·安德烈耶芙娜方才愤愤然离开我以后，并没有灰心丧气，需要说明的是，还从早晨起，她就派人去找过兰伯特，后来又派人去找了他一次，因为兰伯特始终不在家，最后她只好让她哥哥去找他。她也怪可怜的，因为看到我反抗，她只好把她的最后希望寄托在兰伯特身上，寄托在他对我的影响上。她焦急地等候着兰伯特，只是纳闷，直到今天，兰伯特一直寸步不离她左右,并且围着她献殷勤,怎么会忽然把她完全撇下,连个人影也不见了呢?唉!她连想也没有想到兰伯特现在掌握了凭据,已经做出了完全另外的决定,因此,当然,他也就躲起来了,甚至故意躲着她。

这样一来,安娜·安德烈耶芙娜忐忑不安,心中越来越恐慌,几乎无力给老人解闷儿;与此同时,他的不安却增大到了令人恐惧的地步。他经常提一些胆怯的问题,甚至还开始怀疑地不时看看她,有几次还哭了。那个年轻的小韦尔西洛夫,当时在这里坐了不多一会儿。他走后,安娜·安德烈耶芙娜终于把彼得·伊波利托维奇叫了来,她曾对他寄予很大希望,可是老人一点儿都不喜欢他,甚至很讨厌他。一般说,也不知道为什么,公爵对彼得·伊波利托维奇的看法,变得越来越不信任,越来越怀疑了。而那房东则仿佛故意似的,又开始讲起了招魂术,以及其他一些戏法,仿佛这些戏法是他亲眼所见,具体说,就是来了一名江湖骗子,似乎,他竟当着全体观众的面,砍下了许多人的脑袋,鲜血淋漓,大家都看见了,后来他又把这些脑袋一个个装了回去,安在脖子上,仿佛接上去似的,这也是在众目睽睽之下表演的,仿佛这事就发生在1859年。公爵听得害怕极了,同时又不知为什么勃然大怒,安娜·安德烈耶芙娜只好立刻把这个说故事的人打发走。幸好,这时送来了午餐,这是头天晚上特意在这里附近的一个什么地方(通过兰伯特和阿尔丰西娜),向一位出色的法国厨师订购的,这法国厨师尚未找到工作,他想在一个贵族人家或者俱乐部里谋个差事。配有香槟酒的午餐使老人大为高兴;他吃了很多,开了许多玩笑。饭后,当然,难免犯困,他想睡觉,因为他饭后有小睡片刻的习惯,所以安娜·安德烈耶芙娜就给他铺好了床。入睡前,他一直亲吻她的手,说她是他的天堂、希望、仙女和一朵"金花",总之,说了一大串最东方式的词语。最后他睡着了,也就在这时我回来了。

安娜·安德烈耶芙娜急匆匆地跑进房间找我,合十当胸,说什么倒不是为了她，而是为了公爵，求我不要离开，等他醒了以后就去陪陪他。"没有您，他会完蛋的，他会出现神经质的中风；我担心他熬不到半夜……"她又补充道，她本人非离开一会儿不可，"也许，甚至需要两小时，因此，只好把公爵留给我一个人照顾了。"我向她热烈地保证，我一定留下来，直到晚上，等他醒了以后，我一定竭尽全力，给他解闷儿，让他开心。

"而我一定履行自己的天职！"最后她毅然道。

她走了。我要提前补充一点：她亲自去找兰伯特了；这是她的最后一线希望。此外，她还去了她哥哥家和她的亲属法纳里奥托夫家；她回来时会是一种什么心情，也就可想而知了。

她走后大概过了一小时，公爵醒了。我隔墙听到了他的呻吟声，就立刻跑了过去；我过去时发现他已经坐在床上，穿着睡袍，但他看到自己孤身一人，孤灯只影，睡在陌生的房间里，都吓坏了，当我进去时，他吓了一跳，猛地欠起身子，叫了起来。我急忙走到他身边，当他看清是我之后，才含着高兴的泪花开始拥抱我。

"有人告诉我您搬走了，搬到别的公寓去了，您一害怕就跑了。"

"谁会对您说这种话呢？"

"谁会？你瞧，也许是我自己想出来的，也许是有人告诉我的。你想呀，我刚才做了一个梦：进来一个大胡子老头，捧着圣像，一个劈成两半的圣像，他突然说：'你的生活也将这样劈成两半！'"

"啊呀，我的上帝，您大概听到别人说了吧，说韦尔西洛夫昨天砸碎了圣像？"

"可不是吗？我听说了，听说了！还在今天上午我就听娜斯塔西娅·叶戈罗芙娜说了。她是把我的皮箱和小狗送到这里来的。"

"唔，于是您就做了这梦。"

"唔,反正都一样;试想,这老头总是举起一个手指吓唬我。安娜·安德烈耶芙娜去哪儿啦?"

"她说话就回来。"

"从哪儿回来,她也走了?"他痛苦地叫道。

"不,不,她说话就回来,她请我坐在这里陪您。"

"是的,回来。那么说,我们的安德烈·彼得罗维奇疯了;'多么意外,又多么快呀!'①我早就向他预言,他将以此而了结此生。我的朋友,等等……"

他忽然用手抓住我的上衣,向他身边拉了拉。

"方才房东,"他悄声道,"忽然拿来了许多照片,下流的女人照片,摆着各种姿势的东方裸体女人,他还忽然要我用放大镜看……要知道,我还违心地夸她们好呢,但是,这就像他们把下流女人带到那个不幸的人身边,以便以后灌醉他一样……"

"这是因为您老在想冯·索恩。得啦,公爵!房东是个混蛋,没错!"

"是个混蛋,没错!这是我的看法!我的朋友,如果你能做到,快把我从这里救出去吧!"他突然双手合十,央求我。

"公爵,我只要能做到,我将为您做到一切!我全听您的……亲爱的公爵,请少安毋躁,也许,我能把一切都处理好的!"

"可不是吗?我们说话就逃走,皮箱咱们就留这儿,做做样子,这样他就以为咱们还要回来。"

"逃到哪儿去呢?还有,安娜·安德烈耶芙娜咋办?"

"不,不,跟安娜·安德烈耶芙娜一起走……啊,我亲爱的,我脑袋里

---

① 引自俄国剧作家格里鲍耶陀夫的喜剧《聪明误》。这句话是说剧中主人公恰茨基的,但也表明陀思妥耶夫斯基有意将韦尔西洛夫与恰茨基进行对比。

第三部

"一片混乱……慢,那里,在右边那包里,有一张卡佳①的照片;是我方才偷偷塞进去的,不让安娜·安德烈耶芙娜,尤其是那个娜斯塔西娅·叶戈罗芙娜看见;看在上帝分上,把它拿出来,快,小心,留神,别让她们碰见咱俩……能不能先插上门,挂上门钩呢?"

我果然在包里找到了一张卡捷琳娜·尼古拉耶芙娜的照片,镶着椭圆形的镜框。他把照片拿在手里,凑近亮光,突然老泪纵横,顺着他那发黄而又消瘦的面颊流了下来。

"这是天使,天上的天使!"他感慨系之地说,"我一辈子都对不起她……可现在!亲爱的孩子,我什么也不相信,什么也不相信!我的朋友,告诉我:能够想象他们要把我送进疯人院吗?我说了一些非常风趣的话,大家都哈哈大笑……却突然要把这个人送进疯人院?"

"从来没那事!"我叫道,"这是误会。我知道她对您的感情!"

"你也知道她的感情吗?那太好了!我的朋友,你使我复活了。可是他们对我说了您多少坏话啊?我的朋友,快去把卡佳叫来,让她们俩当着我的面互相亲吻,然后我再带她们俩一同回家,咱们把房东赶走!"

他站起身来,在我面前合十当胸,突然双膝下跪,跪在我面前。

"亲爱的,"他悄声道,已经处在一种疯狂的恐惧中,浑身像片树叶似的在发抖,"我的朋友,请把全部事实真相告诉我:现在他们要把我弄哪儿去?"

"上帝啊!"我叫道,赶紧把他扶起来,让他坐在床上,"您终于对我也不相信了;您以为我也参加了他们的密谋?我决不允许任何人动您一个手指头!"

"对,不错,决不容许,"他含混不清地说道,两手紧紧地抓住我的胳膊肘,还在继续发抖,"决不把我交给任何人!你自己也决不对我说任何谎话……因为,难道他们当真要把我从这里弄走吗?我说,这房东,伊波利特,或者,

---

① 卡捷琳娜的小名。

他叫什么来着,他……不是大夫吗?"

"什么大夫?"

"这……这——不会是疯人院吧,就这儿,在这房间里?"

就在这当口,房门忽然打开了,进来了安娜·安德烈耶芙娜。想必,她在门口偷听了,实在忍无可忍,才突如其来地推开房门。公爵是一听见响声就会发抖的,这时惊叫了一声,趴倒在床上,把头埋进了枕头。他终于像疾病发作似的大发神经,号啕大哭。

"瞧,这就是您做的好事。"我指着老人对她说。

"不,这是您做的好事!"她急剧地提高了嗓门,"我最后一次问您,阿尔卡季·马卡罗维奇,您愿不愿意把坑害这个无力自卫的老人的卑鄙阴险的阴谋揭露出来,牺牲'您那疯狂而又幼稚的幻想',救救您的亲姐姐呢?"

"我要救的是你们大家,但是只能用我方才说的方法!我要再跑一趟,也许一小时后,卡捷琳娜·尼古拉耶芙娜会亲自到这里来的!我要让大家和好,我要让大家都感到幸福!"我几乎倍感鼓舞地叫道。

"把她找来,快把她找来,"公爵蓦地振作起来,"快领我去找她!我要卡佳,我要见卡佳,我要祝福她!"他高呼,举起双手,挣扎着想从床上坐起来。

"您看见,"我向安娜·安德烈耶芙娜指着他说道,"您听见他说什么了吧:现在无论如何,任何'凭据'也帮不了您的忙。"

"我看到了,但是它能在上流社会的舆论中证明我的行为是正当的,而现在——我的名声被玷污了;我的良心是清白的。我被所有的人抛弃了,连我的亲哥哥也因为害怕不成功而抛弃了我……但是我将履行自己的天职,我将留在这个不幸的人身边,做他的保姆,做他的看护!"

已经不能浪费时间了,我跑出了房间。

"一小时后我就回来,而且不是我一个人回来!"我边走边嚷嚷。

第十二章

一

我终于找到了塔季雅娜·帕夫洛芙娜！我一下子就把所有的事情都告诉了她——关于凭据，一切的一切，干净利落，直到现如今在我们公寓里发生的一切。虽然她自己本来就十分了解这些事，只消三言两语就能抓住事情的要害，然而我的叙述，我想，还是占了我们大约十分钟的时间。说话的只有我一个人，我一五一十地全说了，也不嫌害臊。她默默地听着，一动不动，腰板挺得笔直，像根火柴棍似的坐在自己的椅子上，抿着嘴唇，目不转睛地盯着我，使劲听着。但是，等我一说完，她就忽然从椅子上跳起来，她跳得那么急、那么突兀，以至我也跳了起来。

"啊呀，你这狗崽子！那么说，这封信果然缝在你的衣兜里，而且是那个混账的玛丽娅·伊万诺芙娜缝的！啊呀，你们这些胡作非为的混账东西啊！那么说，你到这里来就是为了征服他人的心，战胜上流社会，因为你是私生子，你就想向某个鬼东西报仇吗？"

"塔季雅娜·帕夫洛芙娜，"我叫道，"不许你骂街！也许，就因为您，就因为您爱骂人，才使我一到这里心肠就变硬了。是的，我是私生子，也许正因为我是私生子，我才真的想对某个鬼东西报仇，因为连鬼在这里也找不到一个有罪的人。但是您要记住，我已经拒绝跟那些坏蛋沆瀣一气，而且已经战胜了自己的迷恋！我将默默地把凭据放到她面前，然后默默地走开，甚至不等她说一句话；您将亲眼看到，您将是目击者！"

"拿出来，把信立刻拿出来，马上把信放到这里的桌子上！也许你在说谎呢？"

"它就缝在我的衣兜里：是玛丽娅·伊万诺芙娜亲手缝的；到这里来以后，他们给我做了一件新的常礼服，我从旧衣服里把它取了出来，把它亲手缝进了这件新做的常礼服里；瞧，它就在这里，您摸摸，我没撒谎，您哪！"

"拿出来，快拿出来呀！"塔季雅娜·帕夫洛芙娜咆哮道。

"决不，您哪，我对您再说一遍；我要当着您的面把它放到她面前，然后，不等她说一句话就走开；但是必须做到，让她知道，让她亲眼看到，这是我亲自交给她的，是自觉自愿的，不是强迫的，也不要回报。"

"又臭美了？爱上她了吧，狗崽子？"

"这种下流话，您爱说多少由您：随便，我该骂，但是我不生气。噢，就让她把我看成个微不足道的毛孩子好了，似乎我只会不怀好意地盯着她，耍阴谋；但是，但愿她能意识到，我已经征服了我自己，而且把她的幸福看得高于世上的一切！没关系，塔季雅娜·帕夫洛芙娜，没关系！我会对自己喊道：壮起胆来，充满希望！就让这是我迈上人生舞台后的第一步吧，它结束得很好，结束得很高尚！我爱她又怎么样，"我继续亢奋地说道，眼睛闪着光，"我并不羞于承认这点：妈妈是从天上下凡的天使，而她则是人间的女皇！韦尔西洛夫将回到妈妈身边，而在她面前我也用不着害臊；要知道，我曾经偷听过她和韦尔西洛夫的谈话，我站在门帘后面……噢，我们仨都是'一样的疯子'！您知道'一样的疯子'这句话是谁说的吗？这话是他说的，安德烈·彼得罗维奇说的！但是，您知道吗，一样疯狂的人恐怕还不止我们仨？我敢打赌，这样疯狂的人，您是第四个！您要我说出来吗：我敢打赌，您一辈子都在爱安德烈·彼得罗维奇，也许，现在还在继续爱……"

我再说一遍，我精神亢奋，而且处在某种幸福之中，但是我没来得及把话说完:她忽然有点反常地一把揪住我的头发,用足力气使劲往下拽了两下……然后又突然甩开,跑到一个角落,脸朝墙角,用手帕捂住了脸。

"狗崽子!以后永远不许你再讲这种话!"她哭着说道。

这一切都大大出乎我的意料,因此,很自然,我都被惊呆了。我站在那里,望着她,一时间都不知道怎么办了。

"哎呀,傻瓜!还不快过来亲吻一下我这个老傻瓜呀!"她突然又哭又笑地说道,"以后再不许,再不许你对我说这种话了……我是爱你的,而且一辈子都在爱……爱你这傻瓜。"

我亲吻了她。附带说说:从那时起,我跟塔季雅娜·帕夫洛芙娜就成了朋友。

"啊呀,对了!我倒是怎么啦!"她突然拍着自己的脑门,惊叫道,"你刚才说什么来着:老公爵在你们住的那公寓里?此话当真?"

"我向您保证。"

"啊呀,我的上帝!哎呀,我感到厌恶!"她在屋里急得团团转,"他们居然在那里随意摆布他!哎呀,这帮混账东西怎么不怕天打雷劈呢!而且从一大早起就这么折腾他?这个安娜·安德烈耶芙娜还真行!这个小修女还真有两下!而她,那个米利特里萨①,居然什么也不知道!"

"什么米利特里萨?"

"就是那个人间女皇呀,你的理想!哎呀,那现在怎么办呢?"

"塔季雅娜·帕夫洛芙娜!"我蓦地醒悟过来,叫道,"我们净说傻话了,忘了最要紧的事:我就是跑来找卡捷琳娜·尼古拉耶芙娜的,大家都在那里等我回去呢。"

---

① 出处不详。

我解释道，要我交出文件不难，只要她答应立刻与安娜·安德烈耶芙娜言归于好，甚至同意她的婚事……

"那太好了，"塔季雅娜·帕夫洛芙娜打断道，"我也已经跟她说过一百遍了。要知道，他活不到结婚那天的——反正这桩婚事成不了，至于在遗嘱里给她，给安娜留下一笔钱，那这笔钱本来就已经写进去了，早就给留下了……"

"难道卡捷琳娜·尼古拉耶芙娜只是因为舍不得钱吗？"

"不，她担心的只是这凭据落到她手里，落到安娜手里，我也一样。我们提防的就是她。做儿女的只是不想让老人受到打击，至于那个德国佬比奥林格倒是真舍不得那笔钱。"

"既然如此，她还会嫁给比奥林格吗？"

"拿这傻女人有什么办法呢？说她傻，她还真傻，而且会傻一辈子。你瞧，他又能给她带来什么平静呢，说什么'要知道，总得嫁个人吧，那嫁给他，她觉得最便当了'；那咱们就等着瞧吧，瞧她怎么个便当法。以后有她捶胸顿足，哭的时候，那时候就晚啦。"

"那您为什么还允许这样的事情发生呢？您不是很爱她吗，您不是还当面对她说过您爱上她了吗？"

"我是爱上她了，而且爱她的程度还超过把你们大家全加在一起的程度，可她始终还是个没有头脑的傻女人！"

"那现在您还不快去找她，让我们把一切都解决之后，再亲自带她去见父亲。"

"那可不行，不行，小傻瓜！问题就在这儿！啊呀，怎么办呢！啊呀，我厌恶透了！"她急得团团转，可是却顺手抓起了披巾，"唉，要是你早四小时来就好啦，现在已经七点多了，她方才还到佩利谢夫家吃饭，后来就跟他们一起上歌剧院了。"

"主啊，那能不能去歌剧院跑一趟呢……哦，不，不行！那现在拿他老人家怎么办呢？要知道，说不定，他夜里就会死的！"

"我说，你就别上那儿去了，不如去找妈妈，就在那儿过夜，然后明天一早……"

"不，无论出什么事，我不能撇下老人家不管。"

"没让你不管呀；这——你做得对。而我，你知道吗，我这就跑去找她，给她留张条……你知道吗，我会用我们的暗语写（她会懂的），说文件在这儿，让她明天上午十点整到我这里来一趟——一定得准时来！你放心，她会来的，她会听我的话的：然后我们再一下子把一切都办妥了。你就跑回去，变着法地哄着老人，伺候他睡下，没准能拖到明天早晨也说不定！也不要吓唬安娜；要知道，我也很爱她；你对她有点不公平，因为你没法理解这里的原委：她受了委屈，她打小就受尽委屈；哎呀，你们一个个都让我操碎了心！可是你别忘了替我告诉她，说这事是我主动操办的，是我主动要管的，我全心全意，让她尽管放心，而且她的自尊心也决不会受到伤害……要知道，最近这几天我跟她完全吵翻了，你不理我，我也不理你，大吵了一场——破口大骂！好了，快跑吧……不过等一等，你再给我看看你的口袋……是真的吗，真的吗？啊呀，是真的吗？！你就把这信交给我，哪怕就一夜，对你又有什么要紧呢？留我这儿，我吃不了它。要知道，没准，一夜之间，你又会脱手交给别人……变卦了呢？"

"没那事！"我叫道，"给，您摸摸，您看，但是我决不会把它留下来，放在您这儿！"

"看得出，里面是张纸，"她用手指摸着，"唉唉，好，你就走吧，而我就去找她，也许，我也会到剧院去。这你说得对！你还不快跑，快跑呀！"

"塔季雅娜·帕夫洛芙娜，等等，妈妈怎么样？"

"挺好。"

"那安德烈·彼得罗维奇呢？"

她挥了挥手。

"会清醒过来的！"

我精神抖擞，充满希望地拔脚飞跑，虽然并没有像我指望的那样如愿以偿，但是，唉，命运却做了别的安排，等待我的却是另一种命运——在这世界上，真是在劫难逃啊！

二

还在楼梯上，我就听见我们寓所里吵吵嚷嚷，进室内的房门敞开着。楼道里站着一名穿号衣的陌生听差。彼得·伊波利托维奇和他老婆，两人好像被什么事情吓坏了似的，这时也站在楼道里，在等着什么。进公爵房间的门敞开着，里面传来一个人雷鸣般的叫声，我立刻听出，这是比奥林格在嚷嚷，我还没来得及跨前两步，就突然看到老泪纵横、浑身发抖的公爵，由比奥林格和陪同他来的P男爵（即曾经去找韦尔西洛夫进行谈判的那人）搀着从里面出来，走进了楼道。公爵放声大哭，不断地拥抱和亲吻比奥林格。安娜·安德烈耶芙娜也跟在公爵后面走进了楼道，比奥林格冲她嚷嚷；他不断威胁她，似乎，还向她跺脚——总之，尽管他"一身上流社会的气派"，看上去，还是活脱脱像个粗鲁的德国大兵。后来我才弄清楚，他不知为什么灵机一动，认为安娜·安德烈耶芙娜甚至犯了什么刑事罪，现在无疑应该对自己的行为甚至受到法院的追究。由于不了解就里，他夸大了事实，这是许多人的通病，因此他也就认为自己有权可以毫不客气地对待别人。主要是他还没来得及弄清楚事情的原委：后来我才知道，有人用匿名信告诉了他这里的一切（这点我以后再说），于是他就勃然大怒，飞也似的跑来，在这种情况下，即使这一民族中甚至最机智的人，有时也会像那些鞋匠一样大打出手。安娜·安德烈耶芙娜以高度自尊的态度迎接了这整个打击，但是我来晚了，没赶上这一幕。我只看到，比奥林格把老人搀扶到楼道以后，就忽然把他交给了P男爵，让他搀扶着，他自己则急速地向安娜·安德烈耶芙娜转过身去，冲她嚷嚷，大概在回答她提出的什么意见。

"您是个阴谋家！您图谋他的钱财！从这一刻起，您在上流社会丢尽了脸面，您将面对法庭，对您的行为负责！……"

"是您在利用一个不幸的病人，以致把他逼疯……您冲我嚷嚷，就因为我是女人，无人出来保护我……"

"啊呀，对了！您是他的未婚妻，未婚妻嘛！"比奥林格恶狠狠地开始狂笑。

"男爵，男爵……亲爱的孩子，我爱您。"公爵向安娜·安德烈耶芙娜伸出双臂，呜咽道。

"走吧，公爵，您走吧：有阴谋在反对您，也许还会危及您的生命！"比奥林格叫道。

"对，对，我明白，我立刻明白了……"

"公爵，"安娜·安德烈耶芙娜提高了嗓门，"您侮辱了我，还允许别人来侮辱我！"

"滚！"比奥林格突然向她大喝一声。

这让我忍无可忍。

"混账！"我向他吼道，"安娜·安德烈耶芙娜，我保护您！"

这里我就不来详加描述了，也没法描述。这一幕是可怕的、卑劣的，而我好像突然失去了理智。似乎，我冲上前去，打了他，至少重重地推了他一下。他也使劲打了一下我的脑袋，把我打倒在地。我醒过来后，已经在下楼追他们了；记得，我的鼻子在流血。有一辆马车在大门口等候他俩，当下人搀扶公爵上车的时候，我赶到了马车跟前，尽管那听差使劲把我推开，我还是扑到比奥林格身上。这时怎么出现了警察，那我就不记得了。比奥林格抓住了我的后脖领子，威严地吩咐巡警把我带到派出所去。我大叫，他必须同去，以便一起做笔录，我还嚷嚷说，他们无权抓我，无权把我几乎从我自己的家里带走。但是，因为这事发生在大街上，而不是发生在室内，更因为我像醉鬼似的大叫大嚷、大骂和打架，更因为比奥林格穿着军服，所以巡警就把我抓了起来。这时我气得发狂，拼命反抗，似乎把巡警也打了。接着，我记得，忽然出现了两名巡警，于是就把我带走了。我依稀记得怎么把我带进了一个乌烟瘴气、充满烟味的房间，里面有许多各种各样的人，有的站着，有的坐着，有的在等候什么，有的在写什么；我在这里还继续大喊大叫，要求做笔录。但是现在的事情已经不仅仅是做笔录了，因为我寻衅闹事和对抗警察执行公务复杂化了。再说，我当时的样子也太不像话了。有个人忽然对我厉声呵斥。这时巡警也指控我行凶滋事，还提到上校什么的……

"贵姓？"有人向我喝问。

"多尔戈鲁基。"我吼道。

"多尔戈鲁基公爵？"

我忘乎所以地以非常恶劣的破口大骂回敬了他们，接着……接着，我记得，我被拖进一间黑屋子，一间让醉汉"醒酒"的小屋。噢，我现在没法抗议了。还在不多久以前，读者诸君在报纸上读到过一位先生的投诉，他被五花大绑地关起来，也关在一间醒酒屋里，坐了整整一夜，但是他好像甚至并没有过错；而我毕竟有错在先。我倒在铺板上，与两个毫无知觉地睡着的人为伍。

第三部

　　我的头在疼，太阳穴在跳，心也在跳。我想必失去了知觉，似乎，还说了胡话。我只记得，我醒来时已是深夜，我在铺板上坐了起来。我一下子想起了一切，也明白了一切，我把胳膊肘支在膝盖上，两手托住头，陷入了深思。

　　噢！我就不来描写我当时的感受了，再说我也没空，我只指出一点：我在被捕入狱、坐在铺板上、深夜寻思的时刻，也许，在我心中，还从来不曾体验过比这更为欢快的瞬间。读者也许会觉得这有点怪，有点信口开河，有点标新立异，想出风头——然而，这一切的确就像我所说的那样。这样的时刻也许每个人都会碰到，但是这样的时刻毕生只会碰到一次。在这样的时刻，人们将会决定自己的命运，确立自己的观点，并对自己说出终生不渝的追求："这就是真理，这就是你为了达到真理该走的路。"是的，这些瞬间是我的心灵之光。今天我受到傲慢的比奥林格的侮辱，明天我还有望受到那个上流社会女人的侮辱，我知道得很清楚，我满可以对他们进行可怕的报复，但是我决定了，我不报复。我决定了，尽管有各种各样的诱惑，我决不暴露那份凭据，不让它被整个上流社会知晓（这想法已经在我脑海里盘旋了很久）；我一再对自己说，明天我就把那封信放到她面前，如果需要，我甚至也可以忍受她的嘲笑，即使她不感谢我也无所谓，但是我还是要一句话不说，永远离开她……不过，关于这点就无须多讲了。至于明天我将会在这里发生的一切，怎么带我去见他们的上司，他们又将怎样处置我——我几乎都忘了去想。我怀着一颗爱心画了个十字，躺倒在铺板上，像孩子似的十分香甜地睡着了。

　　我醒得很晚，天已大亮。屋子里只有我独自一人。我坐起来，开始默默地等待，等了很久，将近一小时，想必，已经九点左右了，才突然来叫我出去。我本来可以深入地详细描写一番，但是不值得，因为这一切现在都无关紧要；我只需要把最要紧的事说完就成。我只指出一点，令我大为诧异的是，这回对我出人意料地客气，问了我一些话，我回答了他们几句，就立刻放我走了。我默默地走了出来，在他们的眼神中，我高兴地看到他们对我这个人的某种诧异，甚至在这样的状况下，都能不失自己的尊严。如果我没有发现这点，我也就不会把这记下来了。塔季雅娜·帕夫洛芙娜在出口处等我。下面我就三言两语地说明一下我当时这么轻易获释的原因。

一大早，也许还只有八点钟，塔季雅娜·帕夫洛芙娜就飞也似的来到我的住处，也就是说，来到彼得·伊波利托维奇那儿，她还以为可以在那里碰到公爵，谁知她却突然听说了发生在昨天的所有的可怕的事，主要是她还听说我被捕了。于是她就立刻跑去找卡捷琳娜·尼古拉耶芙娜（还在昨天，她从剧院回来后，就同被送到她那儿的父亲见了面），叫醒了她，把她吓了一跳，要求她立刻设法把我释放出来。她立刻带着她写的一张条子飞也似的去找比奥林格，并立刻要他再写一张条子给"有关人士"，由比奥林格本人出面，坚决恳求对方把我立刻释放，因为"我之被捕，纯属误会"。她就是带着这张字条来到警局的，于是，比奥林格的请求受到了尊重。

三

接着，我就来继续说主要的事。

塔季雅娜·帕夫洛芙娜拉着我上了一辆出租马车，把我带回了家，立刻吩咐生茶炊，并亲自在厨房里帮我梳洗和洗刷干净。在厨房里，她还大声告诉我，卡捷琳娜·尼古拉耶芙娜本人将于十一点半亲自到她这里来——这是方才她们俩约好的——同我见面。这话正好在这时也让玛丽娅听见了。几分钟后，她端来了茶炊，又过了两分钟，当塔季雅娜·帕夫洛芙娜又突然叫她来的时候，她却没有答应：原来，她有什么事出去了。请读者务必注意，当时，我认为，大概是十点差一刻。虽然塔季雅娜·帕夫洛芙娜对她也不打声招呼就出去了感到很恼火，但也只是以为她上小铺买东西去了，也就把这事立刻给忘了。再说，我们也顾不上管这事；我们俩说个没完，因为我们有说不完的事，因而我，比如说，对玛丽娅的消失，几乎压根儿就没在意；请读者也务必记住这点。

不用说，我当时正处在一种目眩神迷的状态；我是在述说自己的感受，主要是我们在等卡捷琳娜·尼古拉耶芙娜，一想到，再过一小时，我终于又能见到她了，而且还是在我一生中有如此决定意义的时刻，竟使我浑身发抖，战栗不已。最后，等我喝完两杯茶以后，塔季雅娜·帕夫洛芙娜蓦地站了起来，从桌上拿起一把剪刀，说道：

"把你的口袋拿来，必须把信取出来——总不能当着她的面拆开吧！"

"对！"我叫道，解开了常礼服。

"你这儿怎么乱七八糟的？谁给你缝的？"

"我自己，自己，塔季雅娜·帕夫洛芙娜。"

"看得出来，是你自己缝的。唔，就是它了……"

信，取了出来；旧信封还是老样子，可是里面杵着的却是一张空白信纸。

"这是——咋回事？"塔季雅娜·帕夫洛芙娜把它翻了几个身，叫道，"你怎么啦？"

我站在那里已经无话可说，脸色煞白……我忽然无力地跌坐在椅子上；说真的，当时我差点没晕过去。

"这又是怎么回事！"塔季雅娜·帕夫洛芙娜吼道，"你那封短信呢？"

"兰伯特！"我突然跳起来，明白了是怎么回事，拍了一下自己的脑门。

我急急忙忙、上气不接下气地向她说明了一切——在兰伯特家的那一夜以及我们当时的密谋，话又说回来，还在昨天，我就向她承认了这一密谋。

"给偷走了！偷走了！"我叫道，在地板上连连跺脚，揪住自己的头发。

"糟糕！"塔季雅娜·帕夫洛芙娜明白了是怎么回事后，突然认定，"几点了？"

已经十一点左右了。

"唉，玛丽娅又不见了！……玛丽娅，玛丽娅！"

"您有什么事，太太？"玛丽娅忽然从厨房里答应道。

"你在这儿？那现在咋办！我赶紧去找她……唉，你呀，太粗心了，太粗心了！"

"我——去找兰伯特！"我吼道，"如果有必要，我掐死他！"

"太太！"玛丽娅突然从厨房里尖声叫道，"这里有个女的一个劲要见您……"

她还没把话说完，那"女的"就大呼小叫、哭哭啼啼地从厨房里自己冲了进来。这女人就是阿尔丰辛卡。我就不来一五一十、详详细细地描写当时那一幕了；这一幕完全是骗局和作假，但是应当指出，阿尔丰辛卡却把这一幕演得非常出色。她哭哭啼啼地表示后悔，发狂般指手画脚、叽叽喳喳地开始说（当然是用法语），这信是她当时亲手拆开的，它现在在兰伯特手里，兰伯特正伙同"这强盗"，这歹徒一起，想把将军夫人强行请去，然后开枪打死她，就现在，过一小时……又说，她现在已从他们那里知道了这一切，突然感到非常害怕，因为她看到他们有手枪，手枪，因此她现在急忙跑到这儿来找我们，要我们去救她，抢在这家伙前头……这歹徒……

总之，这一切演得非常逼真，甚至阿尔丰辛卡的某些解释，虽然显得十分荒唐，反而增强了它的逼真性。

"什么歹徒？"塔季雅娜·帕夫洛芙娜叫道。

"啊呀，我忘了，他叫什么来着……一个可怕的人……对了，韦尔西洛夫。"

"韦尔西洛夫，不可能！"我吼道。

"啊，不，有可能！"塔季雅娜·帕夫洛芙娜尖叫道，"你快说呀，大妹子，别跳来跳去，别手舞足蹈，他们在那儿想做什么？说清楚点儿，大妹子：我不相信，他们想朝她开枪？"

"大妹子"是这么说的（注意：一切全是假的，我有言在先）：韦尔西洛夫将坐在门背后，她一进来，兰伯特就把这封信拿给她看，这时候，韦尔西洛夫就跳出来，于是他们就把她……噢，他们将实行自己的报复！又说，她，阿尔丰辛卡害怕惹祸上身，因为她也参加了这事，而那位夫人，将军夫人一定会来，"立刻，立刻"会来，因为他们把这封信的抄件寄给了她，因此她立刻就会看到，这封信真的在他们手里，她肯定会来找他们，而写给她信的只有兰伯特一人，她并不知道还有韦尔西洛夫插手，而兰伯特则自称有一个从莫斯科来的人，一位莫斯科太太派他来的，一位莫斯科的太太（注意：即玛丽娅·伊万诺芙娜）！

"啊呀，真恶心！啊呀，真恶心！"塔季雅娜·帕夫洛芙娜惊呼道。

"救救她吧，救救她吧！"阿尔丰辛卡叫道。

当然，这个疯狂的消息，甚至乍一看就不难看出其中有某种不合情理之处，但是我没工夫来细细琢磨了，因为实际上这一切看上去都非常逼真。还可以假定，而且这是非常可能的，卡捷琳娜·尼古拉耶芙娜在收到兰伯特的邀请后，肯定会先来找我们，找塔季雅娜·帕夫洛芙娜，以便弄清情况；但是这也很可能不发生，她可能会直接去找他们，而如果是那样的话——她就完了！也很难相信，她竟会轻易地急忙去找她不认识的兰伯特，而且一叫就去；但是，由于某种原因，也可能出现这样的情况，比如，她看到原文的抄件后，确信她的信真的就在他们手里，如果是那样的话——那她就死定了！主要是没给我们留下一点儿时间，甚至连思考的时间也没有。

"韦尔西洛夫会杀了她的！既然他不惜堕落到与兰伯特为伍，他肯定会杀了她！这是另一个他，一而二，二而一！"我叫道。

"啊呀，这'另一个他'！"塔季雅娜·帕夫洛芙娜绞着手，"唔，不能待在这儿了，"她突然打定主意，"拿起你的帽子和大衣——一起出发。大妹子，把我们直接带去见他们。啊，很远！玛丽娅，玛丽娅，假如卡捷琳娜·尼古拉耶芙娜来找我们，你就告诉她，我说话就回来，让她先坐一会儿，等我回来，如果她不想等，那你就把门反锁上，强迫她，不让她出去。你就说是我吩咐这么做的！给你一百卢布，玛丽娅，如果这差使您干得好的话。"

我们急忙跑了出去，下了楼。毫无疑问，想不出比这更好的办法了，因此无论如何，主要的灾祸在兰伯特的住处，即使卡捷琳娜·尼古拉耶芙娜真的先到塔季雅娜·帕夫洛芙娜这里来了，那玛丽娅总归会留住她，不放她走的。然而，在塔季雅娜·帕夫洛芙娜已经叫来了马车之后，她又突然改了主意。

"你跟她去吧！"她吩咐我，把我留下来跟阿尔丰辛卡一起，"如果有必要，你就拼出你这条小命，明白吗？你先走，我马上就到，我先要赶紧上她那儿去一趟，也许能碰到她也说不定，因为不管怎么说，我总觉得可疑！"

于是她就飞也似的跑去找卡捷琳娜·尼古拉耶芙娜了。我则同阿尔丰辛卡一起前往兰伯特的住处。我催促马车夫快跑，而在飞跑中我继续盘问阿尔丰辛卡，但是阿尔丰辛卡多半用长吁短叹，最后用眼泪汪汪来搪塞我。但是，当一切处在千钧一发之际，上帝保佑了我们大家，使我们得以免灾，使我们得以免祸。我们还没走完四分之一的路，我突然听见身后有人喊叫：有人在叫我的名字。我回头一看——特里沙托夫正坐在一辆出租马车上追我们。

"上哪儿？"他惊恐地叫道，"而且还跟她，跟阿尔丰辛卡一起！"

"特里沙托夫！"我叫了他一声，"您说得对——惹祸了！我去找兰伯特这混账东西！咱们一起去，人多些！"

"快回头，立刻回头！"特里沙托夫叫道，"兰伯特在骗人，阿尔丰辛卡也在骗人。是麻脸叫我来的；他们都不在家，刚才我遇见了韦尔西洛夫和兰伯特，他俩都到塔季雅娜·帕夫洛芙娜家去了……他俩现在在那儿……"

我叫马车停下，跳过去与特里沙托夫坐到一块。我至今也弄不明白我怎么会这么突然当机立断的，但是我忽然相信了，并且忽然做出了决定。阿尔丰辛卡可怕地号叫起来，但是我们不理她，而且我至今也不知道，她掉过头来追我们了呢，还是干脆回去了，反正从此以后我再没见过她。

在马车上，特里沙托夫气喘吁吁，好不容易才告诉了我，有一个阴谋诡计，先是兰伯特和麻脸商量好了，但是后来，在最后一刹那，麻脸又不干了，于是他就立刻派特里沙托夫去找塔季雅娜·帕夫洛芙娜，告诉她，叫她不要相信兰伯特和阿尔丰辛卡，特里沙托夫又补充说，此外他就什么也不知道了，因为此外麻脸什么也没有告诉他，是没来得及，况且他又急着要到什么地方去，行色匆匆。"我看到，"特里沙托夫继续道，"您坐在车上，就来追你了。"当然，很清楚，麻脸也不知道全部底细，因此他竟派特里沙托夫直接去找塔季雅娜·帕夫洛芙娜；而这已经是另一个谜团了。

但是，为了避免说乱，我在描写这出惨剧之前，想先说明一下全部真相，这已是我最后一次提前交代剧情了。

四

兰伯特偷到那封信后，就立刻与韦尔西洛夫串通一气。至于韦尔西洛夫怎么会同兰伯特勾结在一起的——我暂时就不说了：这事以后再说；主要是"双重人格"在这里起了作用！同韦尔西洛夫串通一气后，兰伯特就必须尽可能巧施诡计把卡捷琳娜·尼古拉耶芙娜骗出来。韦尔西洛夫直截了当地断定，她决不会来。还从那时候起，即前天晚上，我在大街上遇到兰伯特，我曾经向他吹嘘地宣布，我将在塔季雅娜·帕夫洛芙娜家，当着塔季雅娜·帕夫洛芙娜的面，把信还给她。于是兰伯特就从那一刻起，对塔季雅娜·帕夫洛芙娜的住所实施了某种监视和监听的措施，也就是收买了玛丽娅，他给了玛丽娅二十卢布，后来，过了一天，在偷到这凭据后，他又第二次去找了玛丽娅，这时就与她铁板钉钉地敲定，答应事成之后送给她两百卢布作为酬劳。

这就是为什么玛丽娅方才一听到卡捷琳娜·尼古拉耶芙娜将于十一点半到塔季雅娜·帕夫洛芙娜家来，而且我也来，她就立刻从家里急急忙忙地跑了出去，带上这消息，坐上马车，赶到兰伯特那儿。她要告诉兰伯特的正是这消息——兰伯特要她帮忙的也正是做这事。正好在这时候，韦尔西洛夫也在兰伯特那儿。一刹那间，韦尔西洛夫就想出了这条阴险的诡计。据说，疯子有时候也诡计多端，十分聪明。

这条计策就是先把我们俩——塔季雅娜·帕夫洛芙娜和我——引出去，无论如何要引出这套房间，哪怕只引出一刻钟也好，但是必须在卡捷琳娜·尼古拉耶芙娜到来之前。接着，他们就在街上等候，只要我和塔季雅娜·帕夫洛芙娜一出去，他们就立刻跑进屋（玛丽娅会给他们开门的），等卡捷琳娜·尼古拉耶芙娜前来。而阿尔丰辛卡则应该同时费尽心机地拖住我们，不管在哪儿，也无论用什么办法。至于卡捷琳娜·尼古拉耶芙娜，她该如约于十一点半到达，因此——必定早于我们一来一回所需要的时间。（不用说，卡捷琳娜·尼古拉耶芙娜根本就没有收到兰伯特的任何邀请，这全是阿尔丰辛卡撒的谎，这就是韦尔西洛夫想出来的把戏，包括所有的细节，阿尔丰辛卡只是演了一个吓坏了的背叛者的角色。）不用说，他们是在冒险，但思路是正确的："成功了——固然好，不成功——也丝毫无损于我，因为那凭据毕竟还在他们手里。"但是，它还是成功了，而且也不可能不成功，因为我们不能不跟着阿尔丰辛卡跑,即使仅仅根据一个推测:"这多么像是真的啊!"我要再重复一遍:我们没有时间考虑。

五

我和特里沙托夫跑进厨房,碰到了正在胆战心惊的玛丽娅。当她放兰伯特和韦尔西洛夫进去的时候,她忽然不知怎么发现兰伯特手里拿着一把手枪,顿时大惊失色。她虽然拿了人家的钱,但是根本没料到他们会带枪来。她正在犹疑不决,因此一看见我,就向我扑了过来。

"将军夫人来了,可他们拿着枪!"

"特里沙托夫,您先站在这儿的厨房里,"我吩咐道,"我一叫,您就拼命跑到我这里来帮忙。"

玛丽娅给我打开了那个通向小过道的房门,于是我就溜进了塔季雅娜·帕夫洛芙娜的卧室——也就是那间只能放下塔季雅娜·帕夫洛芙娜的一张床的小屋,也就是我无意中在那里偷听过一次的小屋。我坐到床上,并且立刻替自己找到了门帘上的那条小缝。

在那间屋里已经出现了吵闹声,有人在大声说话;我要指出的是,卡捷琳娜·尼古拉耶芙娜在他们进去后过了恰好一分钟,也走进了这公寓。吵闹声和说话声还在厨房里就听见了;在叫嚷的是兰伯特。她坐在长沙发上,而他则站在她面前,又叫又嚷,像个十足的混蛋。现在我才知道他为什么这么愚蠢地不知所措:他又急又怕,生怕他们被人捉住;以后我再来说明他到底怕谁。信就抓在他手里。但是韦尔西洛夫却不在屋里;我准备一遇到危险就冲出去。我现在转述的只是他们当时说话的大意,也许,许多话我已经记不清了,当时我太激动了,不可能记得十分准确。

"这封信索价三万卢布,您居然大惊小怪!它值十万,我只要您三万!"兰伯特厉声地、异常急躁地说道。

卡捷琳娜·尼古拉耶芙娜虽然明显地被吓坏了,但她望着他的目光仍带有某种轻蔑和惊奇。

"我看得出这里设置了某种陷阱,我一点儿也不明白,"她说,"不过,假如这封信当真在您手里的话……"

"这不就是吗,您自己都看见了!难道不是这个?开一张三万卢布的期票,一戈比也不能少!"兰伯特打断了她的话。

"我没钱。"

"开张期票就成——这是纸。然后您再去找钱,把钱弄来就成,我可以等,但不能超过一星期。只要您把钱拿来——我就把这期票还您,同时把这封信也还您。"

"您居然用这种奇怪的腔调来同我说话。您错啦。如果我去告您,今天就会把您的这份所谓凭据没收。"

"您向谁告我?哈哈哈!您会当众出丑的,我们会向公爵出示这封信!怎么没收呀?我可不会把这凭据放在家里。我会通过第三者向公爵出示。别执迷不悟啦,太太,我还没要很多,您该感激我才是,换了别人,除此以外,还可能要求您伺候……您知道是什么伺候……没一个漂亮女人会拒绝这种伺候的,在进退两难的情况下,比如说,在这样的情况下……嘻嘻嘻!您可长得挺漂亮呀,您!"

卡捷琳娜·尼古拉耶芙娜猛地从座位上站了起来,满脸通红——朝他脸上啐了口唾沫,然后就迅速向门口走去。就在这时候,那个混账兰伯特掏出了手枪。他就像个智力有限的混账东西一样,盲目地相信这凭据的作用,也就是说——主要的——他没看清他在同谁打交道,因此,正如我说过的那样，他认为所有的人都同他本人一样，充满了那种卑鄙的感情。他一开口就以他的粗暴激怒了她，其实，也许，她并不回避同他进行一场金钱交易。

"不许动！"他因为被啐了一口而勃然大怒，大吼道，他抓住她的一只肩膀，亮出了手枪——不用说，这仅仅是为了警告——她一声惊呼，跌坐在沙发上。我冲进了房间；但是，与此同时，韦尔西洛夫也从通楼道的房门背后跑了出来（他就站在那里，等候时机）。我还没来得及眨一下眼，韦尔西洛夫就从兰伯特手里一把夺过手枪，用足力气，用手枪猛击了一下他的头部。兰伯特摇晃了一下，跌倒在地，失去了知觉；鲜血从他的头颅里忽地涌出来，流到了地毯上。

而她，看到韦尔西洛夫后，脸忽地变得煞白，像白布一样；若干瞬间，她一动不动地看着他，处在一种难以形容的恐怖中，紧接着便突然昏迷了过去。他向她冲了过去。这一切，我现在犹历历在目。我记得，当时，我恐惧地看到他满脸通红，几乎成了酱紫色，两眼充满了血丝。我想，他虽然看见我在房间里，但又好像不认识我似的。他一把抓住失去知觉的她，力大无比地把她抱了起来，贴近自己的胸部，仿佛她是一片羽毛似的，然后就开始毫无意义地抱着她，像抱着个孩子似的，在屋里走来走去。房间很小，他却从一个角落走到另一个角落，走个不停，显然，他不明白他为什么要这样做似的。当时，他在某个瞬间失去了理智。他一直看着她的脸。我跟在他后面跑，主要是我怕那把手枪，他一直用手拿着那把手枪，都忘了，就在她的头旁拿着那把手枪。但是他推开了我，一次是用胳膊肘，另一次是用脚。我本来想叫特里沙托夫过来帮忙，但是又怕激怒疯子。最后我突然撤下门帘，开始恳求他把她放到床上。他走过去，把她放了下来，自己则站在她身旁，注视着她的脸，大约有一分钟，接着又忽然弯下腰，亲吻了她两次，亲吻了她那苍白的嘴唇。噢，我终于明白了，这是一个已经完全丧魂失魄的人。忽然，他向她挥舞了一下手枪,但是,又似乎明白了过来,转过手枪,把手枪对准了她的脸。我顿时用足力气,抓住他的一只手,开始喊特里沙托夫。我记得:我们俩与他搏斗,但是他却抽出自己的一只手,对自己开了一枪。他想先开枪打死她,然后再自杀。但是我们不让他杀她,他只好把手枪直接对准自己的心脏,但是我把他的手及时地往上推了一下,子弹打中了他的肩膀。就在这一刹那,塔季雅娜·帕夫洛芙娜大呼小叫地冲了进来;他已经不省人事地躺在地毯上,挨着兰伯特。

第十三章：结 尾

一

现在这一幕已经过去将近半年了，从那时起许多事已成了过去，许多事都彻底变了，而我也早已开始了新生活……但是我也该向读者有个交代，让读者松口气。

当时以及很久以后，对于我，至少有一个首要问题还没有解决：韦尔西洛夫怎么会和兰伯特这样的人沆瀣一气的呢，当时他抱有什么目的呢？慢慢、慢慢地我得出了某种解释：依我看，韦尔西洛夫在那些时刻，亦即在那整个最后一天及其前夜，根本不可能有任何固定的目的，甚至，我认为，那时候他根本就没有思考，而是处在某种旋风般的感情影响下。话又说回来，我根本不认为他真的疯了，更何况，即使现在，他也根本不是疯子。但是，我却毫无疑问地认为有"另一个他"在起作用。说实在的，这另一个他又是什么意思呢？后来，我特意读了一本某专家写的医学书，至少在这本书看来，这另一个他不是别的，而是他心灵已经严重失常的初级阶段，这种心灵失常会导致相当不良的后果。再说，韦尔西洛夫本人在妈妈家的那次争吵中曾经非常真诚地向我们解释过，他当时的感情和意志"分裂"了。但是我还要重复一遍：妈妈那儿的那场争吵，那帧被劈开的圣像，虽然无可争议是在那个真正的"另一个他"的影响下发生的，但是从那时起我总觉得，这里也多少有某种幸灾乐祸的寓意，似乎他对这几个女人的期待有某种恨，对她们享有的权利和她们的审判怀有某种怨恨，就是这个他，与他的另一半，合在一起，砸碎了那帧圣像！这似乎在说："连你们的期待也将一起被粉碎！"总之，即使有另一个他在起作用，但也有纯粹胡闹的成分……但是这一切——不过是我的揣测；要准确无误地说透它——也难。

诚然，尽管他十分崇拜卡捷琳娜·尼古拉耶芙娜，但他心中却始终根深蒂固地埋藏着对她精神优势的发自内心的深深不信任。我敢肯定，他当时躲在门背后，等的就是看到她在兰伯特面前低三下四。但是，等待归等待，他是不是真希望她这样呢？我要再重复一遍：我坚信，他什么也没有希望，甚至连想也没有想。他想要做的仅仅是待在那里，然后跳出去，对她说些什么，也可能——也可能，侮辱她，也可能杀了她……当时什么都可能发生；但是，只有一点，他和兰伯特进去后，他对将要发生的事一无所知。我还要补充一点，手枪是兰伯特的，他自己来时并没有带任何凶器。他看到她高傲的自尊，主要是他无法忍受威胁她的无耻小人兰伯特，就跳了出来——接着便失去了理智。在那一瞬间，他是不是想开枪打死她呢？我看，他也不知道，但是，假如我们没有把他的手推开，他肯定会开枪打死自己的。

他的枪伤并不致命，后来就痊愈了，但是他躺了相当长的时间——不用说，是在妈妈那儿。现在，当我在写这几行文字的时候，外面已经春色满园，时当五月中旬，风和日丽，我们家的窗子全敞开着。妈妈坐在他身旁；他抚摩着她的脸和头发，深情地看着她的眼睛。噢，这不过是从前韦尔西洛夫的一半；他已经离不开妈妈了，而且永远离不开了。他甚至学会了"流泪的本事"，这话是令人难忘的马卡尔·伊万诺维奇在他的商人故事中讲的；不过，我觉得，韦尔西洛夫一定会长寿。他现在同我们相处时就像孩子一样，心地单纯而又襟怀坦白，但是又不失分寸，不苟言笑，不说多余的话。他的整个智慧和整个精神气质一如既往，始终未变，虽然他身上所有理想主义的表现更加凸显了出来。我要直截了当地说，我从来没有像现在这样爱过他，我感到遗憾的是我没有时间，也没有机会来更多地谈他。不过，我可以讲一件不久前发生的趣闻（这样的趣闻很多）：将近大斋期时，他的枪伤已经全好了，到第六周，他忽然宣布他要守斋了。①我想，他已经大约三十年或者更多的时间没有持斋了。妈妈很高兴；开始给他准备素食，然而这素食却相当昂贵和精致。我从另一个房间听见，他在星期一和星期二低声哼唱《新郎将要光临》——他对曲调和歌词都十分陶醉。在这两天中，他好几次谈到宗教，谈得非常好；但是到了星期三，守斋突然中断了。有什么事情突然激怒了他，因为某种"滑稽的对比"，正如他笑着形容的那样。他不喜欢神父的外表和教堂环境的某种气氛；但是，他从教堂回来后，突然微笑着说："朋友们，我很爱上帝，但是——我干不了这一套。"当天吃午饭的时候，他就吃起了烤牛肉。我知道妈妈常常（现在也一样）坐到他身边，低声细语地，带着温煦的笑容，同他说话，有时候还讲一些十分抽象的事：现在她忽然在他面前胆大起来，但这是怎么发生的——我就不知道了。她坐在他身边，同他说话，大多是低声细语。他则笑吟吟地听她讲，抚摸着她的头发，亲吻着她的手，他脸上焕发出一种幸福极了的表情。有时候，他也会旧病复发，几乎像歇斯底里。那时候，他会拿起她的照片，也就是那天晚上他曾经亲吻过的照片，眼泪汪汪地看着它，亲吻它，回忆着往事，还常常把我们大家都叫过来，但是在这样的时刻，他很少说话……关于卡捷琳娜·尼古拉耶芙娜，他似乎完全忘了，一次也没有提到过她的名字。关于他和妈妈结婚的事，我们也绝口不提。她们本来想带他出国度夏，但是塔季雅娜·帕夫洛芙娜坚持说不必，况且他自己也不愿意。今年夏天，他们想在彼得堡郊县的一处乡村别墅里过。顺便说说，我们暂时全靠塔季雅娜·帕夫洛芙娜的钱过活。我要补充一点：我感到非常难过，因为我在写作这部记事的过程中，在谈到这个人时，经常流露出

---

① 东正教的大斋期，在每年复活节前七周，或称四旬斋。到大斋期的第六周才提出要守斋，不亦晚乎。

十分放肆的不恭敬和傲慢的态度。我写作时，往往惟妙惟肖地想象我当时的心态。当我写完这部记事，写完最后一行的时候，我忽然感觉到，正是在这个追忆和追记的过程中，我改造和重新教育了我自己。现在，我对我写的许多内容都持否定态度，尤其是对某些词句和某些篇章所使用的语气，但是我一个字也不想更改。

我曾经说过，他只字不提卡捷琳娜·尼古拉耶芙娜；但是，我甚至认为，也许，他的心病已经彻底痊愈了。只有我和塔季雅娜·帕夫洛芙娜有时谈到卡捷琳娜·尼古拉耶芙娜的情况，而且还只能秘密地、悄悄地讲。现在卡捷琳娜·尼古拉耶芙娜在国外；在她出国前，我曾经同她见过面，而且到她那里去过几次。我从国外也收到过她的两封信，我都写了回信。但是关于我们来往信件的内容，以及关于她出国前我们临别时说了些什么，我现在不想说：这已是另一个故事，一个全新的故事了，也许，甚至这整个故事还在将来。有些事情，我甚至对塔季雅娜·帕夫洛芙娜也只字未提；但是够了。我要补充的只有一点：卡捷琳娜·尼古拉耶芙娜没有嫁人，现在她正跟佩利谢夫一家出国旅游。她的父亲去世了，于是她就成了所有遗孀中最富有的人。眼下她在巴黎。她和比奥林格的决裂发生得很快，仿佛是自然而然发生的，也就是说，最自然不过了。我就来讲讲这故事吧。

在发生那可怕一幕的上午，麻脸，也就是特里沙托夫和他的朋友投靠的那个麻脸，已经把即将发生的罪恶阴谋告知了比奥林格。这事是这么发生的：兰伯特始终想拉麻脸一起干，因此他掌握了凭据之后就告诉了他所有的细节，以及他们所策划的事情的全部情况，最后，甚至告诉了他他们计划的最后一招，即韦尔西洛夫想出来的把塔季雅娜·帕夫洛芙娜骗出去的那个花招。但是到了关键时刻，麻脸却选择了不如背叛兰伯特更好，因为他比他们大家都明智，并预见到在他们这一方案中很可能会触及刑事犯罪。主要是他认为比奥林格的酬谢比无能而又急躁的兰伯特以及由于自己的痴情而变得近乎疯狂的韦尔西洛夫的幻想计划,要可靠得多。这一切我都是在事后听特里沙托夫告诉我的。顺便说说,我至今也既不知道也不明白兰伯特跟麻脸的关系,为什么兰伯特离开了他就不行。但是,我觉得奇怪得多的是这样一个问题:为什么兰伯特需要韦尔西洛夫?既然凭据已经捏在兰伯特手中,他完全可以单干,根本无需他的帮助。这答案我现在清楚了:他之所以需要韦尔西洛夫,首先因为他熟悉情况,主要是,因为万一乱了阵脚或者遭遇不测,可以把全部责任推到他身上去,更因为韦尔西洛夫不要钱,因此兰伯特认为,他的帮助甚至决不是多余的。但是比奥林格在当时却没有准时赶到。他是在开枪后过了一小时,塔季雅娜·帕夫洛芙娜的住处已经完全变了样的时候才赶来的,具体说,就是韦尔西洛夫满身鲜血倒卧在地毯上后,过了大约五分钟,我们大家认为已被打死的兰伯特却撑起了身子,爬了起来。他先是惊讶地环顾四周,忽然很快明白了过来,走了出去,进了厨房,然后就一句话不说地在那里穿上大衣,永远消失了。他把那"凭据"留在了桌上。我听说,他甚至没有病倒,只是稍许感到有点不适而已。他被手枪击打了一下脑袋,受了点惊吓,流了点血,此外并无大碍。与此同时,特里沙托夫已经跑出去请医生了;还在医生到来之前,韦尔西洛夫就清醒了过来,而在韦尔西洛夫清醒前,塔季雅娜·帕夫洛芙娜又让卡捷琳娜·尼古拉耶芙娜恢复了知觉,而且已经把她送回家了。因此,当比奥林格跑到我们这里来的时候,在塔季雅娜·帕夫洛芙娜的住处,只有我、医生、受伤的韦尔西洛夫和妈妈,妈妈还病着,可是她一听到这消息后就丧魂失魄地跑了过来,妈妈也是那个特里沙托夫跑去请来的。比奥林格莫名其妙地看了看,可是当他一听说卡捷琳娜·尼古拉耶芙娜已经走了之后,就立刻跑去追她,他在我们这里没说一句话。

他惶恐不安;他清楚地看到,现在丑闻以及这丑闻的四处张扬,几乎是不可避免的了。然而，大的丑闻倒也没有发生，只是传出了一些流言蜚语。开枪的事没能瞒住 —— 这是实话；但是这整个主要的故事，就其主要的实质而言，却几乎无人知晓；调查的结果也仅仅是，有一个韦某人，坠入了情网，而且此人已有家室，年近半百，由情而痴，由痴而癫狂，竟向那个值得高度尊敬的女士求爱，但是这女士却完全不为所动，于是他就在癫狂发作的情况下，向自己开了一枪。除此以外，什么也没有泄露，于是这条消息也就以这样的形式，作为一种不明不白的流言，登在了报纸上，但是并没有指名道姓，仅用了当事人姓名的第一个字母。至少，我知道，比如兰伯特，就根本没人去找他的麻烦。虽然如此，知道真相的比奥林格却吓坏了。就在这时候，真是无巧不成书，他忽然听人说，就在那件灾难发生的前两天，卡捷琳娜·尼古拉耶芙娜竟同爱上了她的韦尔西洛夫面对面地进行了一次幽会。这就把他的肺气炸了，于是他就相当冒失地向卡捷琳娜·尼古拉耶芙娜指出，既然如此，她会发生这样离奇的故事，他也就不觉得奇怪了。于是卡捷琳娜·尼古拉耶芙娜便立刻拒绝了他，同他解除了婚约，既没有动怒，也没有动摇。关于跟这个人结婚最为明智的整个先入之见，也就烟消云散了。也许，在这以前很久，她就看透了他，但是也可能，经历了这番刺激和震动之后，她的某些观点和感情发生了突变。但是说到这里，我又要保持沉默了。我只想补充一点：兰伯特去了莫斯科，我又听说，他在那里不知因为什么事落入了法网。至于特里沙托夫，我几乎从那时起直到现在，很长时间都没有发现他的踪迹，尽管我千方百计地在到处寻他。他是在他的朋友"大高个儿"死了之后不见的：他那朋友是开枪自杀的。

二

我曾经提到过老公爵尼古拉·伊万诺维奇的死。那桩事故发生以后，这位善良而又讨人喜欢的老人很快就死了,不过,还是过了整整一个月——他是夜里去世的,死在卧榻上,死于中风。自从那天他住到我的住所以来,我再也没有见过他。有人说到他的情况时告诉我,似乎他在这一个月中变得脑子非常清楚,甚至十分严厉,再也没有感到害怕,也没有再哭,甚至在整个这段时间里一次也没有提到过安娜·安德烈耶芙娜,压根儿没提到过她一个字。他的整个爱都转移到了女儿身上,在他临死前一星期,有一回,卡捷琳娜·尼古拉耶芙娜曾建议他把我叫来,替他解解闷儿,但是他甚至皱起了眉头:这一事实,我如实写来,不做任何解释。他的领地经营得井井有条,此外,他还有一笔非常大的资产。根据老人的遗嘱,这笔资产的多达三分之一都应分给他难以计数的教女①;但是,令大家非常奇怪的是,在这份遗嘱中,居然根本没有提到安娜·安德烈耶芙娜:根本没有她的名字。但是,我却知道一件千真万确的事:在临死前几天,他把女儿、自己的朋友佩利谢夫和Б-斯基公爵都叫了去,当面吩咐卡捷琳娜·尼古拉耶芙娜,万一他即将死去,务必从这笔资产中分给安娜·安德烈耶芙娜六万卢布。他把自己的这一意愿说得准确、清楚而又简短,既没有任何感叹,也未做任何说明。他死后,事情都已弄清楚之后,卡捷琳娜·尼古拉耶芙娜通过自己的代理人通知安娜·安德烈耶芙娜,她可以在她愿意的任何时候领取这六万卢布;但是安娜·安德烈耶芙娜冷冷地,没多说一句话,拒绝了这一遗赠:她拒绝领取这笔钱,尽管大家一再劝她,这确是公爵的意愿。现在这笔钱还放在那儿,等她领取,直到现在,卡捷琳娜·尼古拉耶芙娜还希望她能改变决定;但是这事绝不会发生,而且这事我知道得千真万确,因为我现在是安娜·安德烈耶芙娜最亲近的熟人和朋友之一。她的拒绝引起了稍许轰动,大家都在谈论这件事。她

---

① 指因施洗和受洗而结成的宗教上的亲属关系。

的姨妈法纳里奥托娃太太先是对她与老公爵间的丑闻十分恼火,在她拒绝了这笔钱以后,又突然改变了自己的看法,向她郑重其事地表示了自己的敬意。可是她哥哥却为这事与她彻底吵翻了。虽然我常常去看望安娜·安德烈耶芙娜,但是,我们的关系也说不上十分亲密;我们根本就不谈往事;她很乐意在自己家里接待我,但是同我说的话都有点抽象。顺便说说,她曾坚定地向我宣称,她一定要出家进修道院;这还是不久前的事;但是我不相信她的话,认为这不过是她说的伤心话而已。

但是伤心话,真正的伤心话,却应该由我来说,尤其是谈到我妹妹丽莎的时候。这才是真正的不幸,比起她的苦命来,我遇到的种种挫折又算得了什么呢! 事情开始于谢尔盖·彼得罗维奇公爵的病没有好转,没有等到开庭,他就死在医院里了。只剩下丽莎一个人以及她未来的孩子。她没有哭,从外表看,甚至很平静;变得很温顺、很平和;但是她心灵中过去的那种热情,却仿佛一下子在她身上整个被埋葬掉了,变得不知去向。她心情平和地帮助妈妈操持家务,伺候患病的安德烈·彼得罗维奇,但是,她却变得非常不爱说话,对任何人和任何事都视若无睹,仿佛她对什么事都无所谓,仿佛她只是一名来去匆匆的过客。等韦尔西洛夫的伤势转轻后,她就开始睡大觉。我常常给她拿些书去,可是她不看;她开始变得越来越瘦,而且瘦极了。我想安慰她,但又不敢,虽然我常常去看她,也想安慰她;但是,在她面前,我又觉得有点难以接近,再说我搜索枯肠,也找不到可以跟她谈论的话题。这种状态一直继续到出了件十分可怕的事:她从我们的楼梯上摔了下去,不高,总共才差三级楼梯,但是她流产了,她的病持续了整整一冬天。现在她已经能够下床了,但是她的健康却受到了损害,而且是长期的。她跟过去一样,对我们沉默寡言,若有所思,但是跟妈妈已经开始稍许说说话了。最近的所有这些日子,一直是艳阳高照,春色满园,我总是默默地想起那个阳光普照的早晨，那是去年秋天，我同她一起走在大街上，两人都欢天喜地，满怀希望，彼此相爱。唉，从那以后还留下了什么呢？我并不抱怨，我开始了新生活，可是她呢？她的未来是个谜，而现在，我连瞧她一眼，都不能不感到心酸。

大约三星期前，我告诉她一则关于瓦辛的消息，却引起了她的兴趣。他终于获释，完全恢复了自由。据说，这个很有头脑的人作了最确切的解释，并提供了最有意义的材料，从而向那些决定他的命运的人完全证明了他无罪。至于他那本震惊朝野的手稿，不过是从法文翻译过来的一篇译文而已，也可以说，是他搜集来仅仅为了供自己使用的一份材料而已，他想以后利用它来撰写一篇有益的文章，供报刊使用。他现在已经到某省去了，至于他的继父斯捷别尔科夫，至今还因他犯的那件案子在继续坐牢。我听说，他那件案子竟越来越大，越来越复杂化。丽莎，脸上挂着异样的笑容，听完了关于瓦辛的消息，甚至指出，他的事出现这样的结果自在情理之中。她显然很满意——当然，她感到满意的是，已故的谢尔盖·彼得罗维奇的告发并没有造成伤害。至于杰尔加乔夫和其他人的情况，我在这里无可奉告。

我写完了。也许某位读者想知道，我的"思想"到哪儿去了，我那么谜一般预告过的新生活，我现在才刚刚开始的那新生活，究竟指什么？这新生活，这新的、展现在我面前的路，也就是我那"思想"，也就是我过去的那个思想，不过形式完全变了，以至于都认不出来了。但是，这一切已经没法写进我这部"记事"中去了，因为这已经完全是另一回事了，旧的生活已经完全过去，新生活才刚刚开始。但是，我还要补充两句必不可少的话：塔季雅娜·帕夫洛芙娜，我这位真诚而又可爱的朋友，几乎每天都缠住我不放，一再劝我非上大学不可，而且要尽快："以后，等你完成学业以后，再胡思乱想不迟，现在先把书念完。"不瞒你们说，我是在仔细考虑她的建议，但是我完全不知道我会怎么决定。顺便说说，我曾经反驳过她，我现在甚至没有权利去上学，因为我必须劳动，来养活妈妈和丽莎，但是她提出她有钱，她可以养活她们，她还一再要我相信，她的钱足够供我上完整个大学。最后，我决定征询一下旁人的意见。我环顾四周，仔细而又有分辨地选定了一个人。这人就是尼古拉·谢苗诺维奇，我过去在莫斯科的寄养人，玛丽娅·伊万诺芙娜的丈夫。倒不是我亟须听取别人的意见，我只是单纯而又不可遏制地想听听，这个完全不相干的，甚至有几分冷血的利己主义者，但无疑又是个聪明人的意见。我把我的整部手稿都寄给了他，请求他保密，因为我还没把它给任何人看过，尤其是还没有给塔季雅娜·帕夫洛芙娜看过。寄出去的手稿，两星期后又寄回来了，还附有一封相当长的信。我只想从这封信中摘录几段，因为我发现在这些段落中有某种较为共同的看法，似乎是某种解释。下面就是这些摘录。

三

……难忘的阿尔卡季·马卡罗维奇，您的闲暇时光从来没有利用得像现在这样，像写成您的这部"记事"这样，更有益的了。您在人生舞台上迈出的最初几步，就充满了暴风骤雨，历尽艰险，可以说，您对此已经自觉地意识到了。我坚信，您这样的记事，正如您自己所说，的确有助于您在许多方面"改造自己"。说实在的，我自然不敢对您冒昧地提出丝毫批评性的评论：尽管您写的每一页都发人深思……比如说，您那么长久又那么顽强地一直把那份所谓"凭据"保存在身边这一情况，就非常有特色……但是，这仅仅是我允许说出的数百条意见中的一条。我也极为珍视您决定把"您思想的秘密"（按照您自己的说法）告诉我，而且看来还只告诉我一个人。但是，您请求我对这一思想本身发表我的个人看法，我必须坚决拒绝：第一，一封信容纳不下；第二，我自己还没有准备

第三部

好做出回答，我还需要对此反复琢磨。我想指出的只有一点，您的"思想"颇有新意，而不是像当代大多数年轻人那样，饥不择食地追求一些预先给定的，而不是自己经过深思熟虑后得出的思想，这些现成的思想极其有限，而且还常常很危险。杰尔加乔夫及其同伙的思想，无疑就不如您的思想那样具有新意，因此，比如说，您的"思想"倒保护了您（至少是暂时保护了）免受他们的影响。最后，我还非常同意备受人们尊敬的塔季雅娜·帕夫洛芙娜的看法，虽然我本人认识她，但是我至今还未能给予她应当受到的足够重视。她主张您进大学深造，这对您是十分有益的。大学的学业与生活，无疑会更广地拓展您的思想和追求的境界，即使您在大学毕业后想要重操旧业，继续钻研您的"思想"，那也没有任何东西能够阻碍您。

现在，请允许我本人不请自来，自告奋勇地向您坦陈几点想法和感受，这是我在拜读足下如此坦率的记事时，在我的脑海和心灵里油然产生的几点想法和感受。是的，我同意安德烈·彼得罗维奇的看法，对您以及您那孤独的少年时代，的确应当担心。像您这样的年轻人的确不少，他们的才能的确常有向坏的方面发展的危险——或者发展成为莫尔恰林①式的奴颜婢膝，或者发展成为隐蔽地希望天下大乱。但是这种对天下大乱的希望，甚至最经常地产生于也许是对天下大治和"好品相"（我用的是您的说法）隐蔽的渴望也说不定？少年时代之所以纯洁，就因为它是少年时代。也许在这些如此早就萌生的疯狂和冲动中，正蕴含着这种对天下大治的渴望和对真理的追求，某些当代的年轻人，居然在这么混账和这么荒谬的事物中看到了这真理和这天下大治，甚至您都弄不清

---

① 俄国剧作家格里鲍耶陀夫的喜剧《聪明误》中的人物。

他们怎么会相信这些东西的,但这又是谁之过呢！我要顺便指出,从前,在相当不久以前,总共才过去了一代人,对这些有意思的年轻人尚未预感到如此遗憾,因为在那个时代,他们几乎总是这样收场的,他们最后总是成功地依附于我国拥有高度文化的阶层,并与他们融为一个整体。比如说,即使他们在步入社会之初就已意识到自己的全部混乱和偶然性,意识到即使在他们的家族环境中也缺少高尚的情怀,也缺少名门世家的传统和完美的形式,那这样甚至更好,因为他们往后就会自觉地去追求这种境界,进而逐渐学会珍惜它。现在的情形已略有不同——正因为现在已经几乎无可依靠。

我想通过比较,或者,可以说吧,通过譬喻来说明这一点。假如我是一个俄国小说家,而且很有才华,那我一定会从俄国的世袭贵族中选取我的主人公,因为唯有在这一类型的有文化的俄国人中,才能找到哪怕是美的秩序和美的印象的外貌,而这正是小说对读者进行审美影响所不可或缺的。我说这话,毫无玩笑之意,虽然我本人根本不是贵族(不说这话您也知道)。还在过去,普希金就曾打算把"俄国家庭的传统"作为自己未来小说的题材[1],而且,请您相信,这的确就是我们至今拥有的一切美的东西。至少,这就是我们多少完成了的一切。我这么说,并非因为我已经无条件地同意这美是正确的和真实的;但是这里,比如说,已经有了荣誉感与责任感的完备形式,而这,除了贵族以外,在我们俄国,不仅还没有在任何地方完成,甚至也没有在任何地方开始过。我是作为一个安分守己的人和追求平静的人才说这番话的。

---

[1] 参看普希金《叶甫盖尼·奥涅金》第三章第十三至十四节。普希金曾在这里谈到自己未来小说可能的构思:"那是一部老调子的长篇／将耗去我的愉快的晚年。／我不会用故作惊人的笔墨／描写恶人内心的痛苦,／我只是想要对诸位叙述／一个俄罗斯家庭的传统／描写诱人的爱情的美梦,／以及我们的古老的民风。"

第三部

至于这种荣誉感是否好,这种责任感是否对——这是次要问题,对于我更重要的正是这种完备的形式,以及这好歹是一种秩序,而且这秩序不是已经有人事先规定好了的,而是自己终于熬出来了的秩序。上帝啊,我们认为最重要的是,最后好歹有一种秩序,而且是自己的秩序!这就是我们希望做到的,也可以说,我们希望这时能休息一下,松口气,哪怕有什么东西终于建设好了,而不是一味破坏,不是到处都是飞舞的碎木片,不是垃圾和糟粕,眼看着已经过去两百年①了,仍旧一事无成。

别指责我是斯拉夫派;我这样说——仅仅是因为愤世嫉俗,因为我心里沉重!现如今,从不久前开始,在我国,正在出现一种与上述描写截然相反的情形。已经不是垃圾依附于那些高层人士,而是相反,从那些美的体形上高高兴兴、匆匆忙忙地剥落下一块块、一团团东西,并与那些制造混乱的、心怀嫉妒的垃圾混成一块。这绝非个别现象:那些曾属于有文化家庭的父辈和祖辈正在嘲笑他们的子孙也许想继续信仰下去的某些东西。不仅如此,他们还兴高采烈地不再隐瞒自己的子孙,他们忽然因为有权胡作非为而感到十分高兴,而这种权利他们不知道凭什么理由推导出了许许多多。我说的不是那些真正进步的人士,最亲爱的阿尔卡季·马卡罗维奇,我说的仅仅是一群难以计数的败类,正如俗话所说:"您挠一下俄国人,就会看到一个鞑靼人。"②请相信,真正的自由派,真正的、舍己为人的人类之友,并不像我们乍一觉得的那么多。

但是这一切都是空谈,让我们回过头来谈我们想象中的小说家吧。在这种情况下,我们这位小说家的处境应该是完全被确定了的:他将不

---

① 指俄国彼得大帝的改革以及以后的岁月。
② 据说,这句名言出自拿破仑。

可能写其他类型的小说，而只能写历史小说①，因为美的典型在我们当代已经没有了，即使还剩下一点儿残余，那根据现在的主导意见，也无法保持自身的美了。噢，在历史小说中，还可以描写许多非常赏心悦目的细节！甚至于还可以使读者看得入迷，让他把历史画面当成在当今这个社会还可能出现的情景。这样的作品，即使才华横溢，那与其将它列入俄国文学，还不如把它列入俄国历史更为妥当。这是一幅在艺术上十分完美的图画，是一幅俄国式的海市蜃楼，但是，在读者没有看穿它之前，在读者没有看出它是海市蜃楼之前，它的确存在过。这画面，描写了一个处在中上等文化圈子里的俄国家庭，接连写了三代人，以及他们与俄国历史的联系②——可是这些主人公的孙子辈，即这些祖先的后裔，却不能不被描写成他们的当代典型，有点愤世嫉俗，有点孤独，无疑又有点忧郁。③甚至应该让他一出场就像个怪物，让读者一眼就看出他是个下野的人物，并相信，在他身后已经没有戏了。再往后……连那个愤世嫉俗的孙子也将消失不见；将出现新的人，还不认识的人，新的海市蜃楼，但这些人又怎样呢？如果不美，那以后的俄国小说也不可能有了。但是，呜呼？难道到那时候仅仅是小说不可能有吗？

何必跑远呢，谈谈你的手稿不更好吗。试看韦尔西洛夫先生的两个家（这一回，请允许我斗胆直言）。首先，关于安德烈·彼得罗维奇本人，我就不想多说了；但是，话又说回来，他毕竟出身名门世家。他是一位有远古世系的贵族，同时又是一位巴黎公社社员。他是一个真正的像诗人般对现实有所感悟的人，他热爱俄罗斯，但是又全然否定俄罗斯。他不信仰任何宗教，同时又准备为某个模糊不清的信仰去死，他甚至都

---

①② 指列夫·托尔斯泰的小说《战争与和平》。
③ 指列夫·托尔斯泰小说《安娜·卡列尼娜》中的主人公列文。

第三部

叫不出它的名称，可是他却热烈地信仰它，就像俄国历史上的彼得堡时期①许多传播欧洲文明的俄罗斯志士仁人一样。但是对他本人，我们谈了这些也就够了；但是，对他那个世袭的贵族家庭倒应该谈谈：关于他的儿子我就不想说了，而且他也不配得到这样的荣誉。那些明眼人早就看出，我们这一类混账东西会落得个什么下场，他们不仅害自己，而且还带坏了别人。他的女儿安娜·安德烈耶芙娜就是一个活生生的例子——凭什么说她不是个有个性的姑娘呢？她是一个很有气魄的，类似于修女院院长米特罗方尼娅嬷嬷那样的人物②——自然，我并不是说，她将来会犯什么刑事罪，我这样说，那就有欠公道了。如果您告诉我，阿尔卡季·马卡罗维奇，这家庭是个偶然现象，我将感到十分欣喜。但是，恰好相反，下面的结论岂不更公允些呢：已经有许多这样的俄国家庭，无疑是世袭的贵族家庭，它们正以不可阻挡之势，大批地转为偶合家庭，并在普遍的无序和混乱中与后者融为一体。您在您的手稿中也多少指出了这类偶合家庭的存在。是的，阿尔卡季·马卡罗维奇，您就是这种偶合家庭的一员，您与我们前不久出现的世袭贵族的典型正好相反，他们有着与您截然不同的童年和少年③。

不瞒您说，我可不愿做一个描写出身偶合家庭的主人公的小说家！

这工作吃力不讨好，而且又没有美的形式。何况，这些典型，不管怎么说——还只是发生在当前的事，因此它们也不可能成为艺术完美的

---

① 指俄国由彼得大帝改革而开始的历史时期。
② 米特罗方尼娅嬷嬷是俄国谢尔普霍夫某修女院院长。她的俗家姓名为普拉斯科维娅·格里戈里耶芙娜·罗森男爵夫人，曾任沙皇御前的宫中女官。1873年，她因伪造金钱票据被捕，后移送彼得堡地方法院受审。当时，权威人士评论说，这个足智多谋的女人性格坚强，蔑视传统，具有男人般的性格。她的犯罪并不是为了图谋私利，而是不择手段地想以此"支持、巩固并扩大她所创建的团体"。
③ 指列夫·托尔斯泰的小说《童年》和《少年》。

典型。很可能会出现重大的错误，也很可能会出现夸张和疏忽。不管怎么说，需要太多的揣测。但是，那么一个不想仅仅写历史类小说，而是一心想写当前现实的作家，怎么办呢？那就只能揣测和……出错了。

但是，我倒觉得，像您这样的"记事"倒可以为未来的文学作品，为未来的图画——虽然是一片混乱，但却已经成为过去那个时代的图画——提供素材。噢，等当前的问题一旦成为过去，未来降临之后，那未来的艺术家就可以为甚至已经成为过去的无序和混乱找到美的形式。瞧，到那时候就需要您写的这一类"记事"了，它可以提供素材——尽管其中一片混乱，而且充满了偶然性，但它毕竟是真实的……至少可以保留某些真实的特点，并从中推断出，在当时那个混乱的时代，在某个少年的心中到底可能隐藏着什么想法——掌握这类状况并非完全微不足道，因为一代一代人都是从少年成长起来的……